U0956467

来自新世界

上册

新世界より

贵志祐介 著

丁丁虫 译

上海译文出版社

图书在版编目（CIP）数据

来自新世界：全2册/（日）贵志祐介著；丁丁虫译.
—上海：上海译文出版社，2014.4（2025.6重印）
ISBN 978-7-5327-6386-3

Ⅰ.①来… Ⅱ.①贵… ②丁… Ⅲ.①科学幻想小说—
日本—现代 Ⅳ.①I313.45

中国版本图书馆CIP数据核字（2013）第249956号

Shinsekai yori Jou
© Kishi Yusuke 2008
All rights reserved.
Original Japanese edition published by KODANSHA LTD.
Publication rights for Simplified Chinese character edition arranged with KODANSHA LTD. through KODANSHA BEIJING CUL TURE LTD. Beijing, China.

Shinsekai yori Ge
© Kishi Yusuke 2008
All rights reserved.
Original Japanese edition published by KODANSHA LTD.
Publication rights for Simplified Chinese character edition arranged with KODANSHA LTD. through KODANSHA BEIJING CUL TURE LTD. Beijing, China.

图字：09-2009-316号

来自新世界（上、下册）
［日］贵志祐介/著 丁丁虫/译
责任编辑/李 洁 特约编辑/马 惠
转帧设计/未氓设计工作室 人物绘图/弓可立 封面绘图/Shin

上海译文出版社有限公司出版、发行
网址：www.yiwen.com.cn
201101 上海市闵行区号景路159弄B座
浙江中恒世纪印务有限公司印刷

开本787×1092 1/32 印张33.75 插页10 字数449,000
2014年4月第1版 2025年6月第20次印刷
印数：118,001-123,000册

ISBN 978-7-5327-6386-3
定价（上、下册）：128.00元

本书中文简体字专有出版权归本社独家所有，非经本社同意不得转载、摘编或复制
如有质量问题，请与承印厂质量科联系。T：0571-88219183

目　录

Ⅰ. 新芽的季节

1

有些深夜，在周围都安静下来之后，我会沉沉地坐在椅子里，阖上双眼去看。

浮现在眼前的，历来都是别无二致的光景，每一次都一样。

在佛堂的黑暗中熊熊燃烧于护摩[①]坛上的火焰，伴着自地底传来的真言朗唱，橘黄色的火粉爆裂绽放，仿佛连合十的双手都要被包裹起来一般。每当此时，我都会感到不可思议：出现的为何是这幅景象？

距离我十二岁时的那个夜晚，岁月已然流逝了二十三载。在过去的岁月里，发生了许许多多的事情，也有过无法想象的悲伤与恐惧。在我十二岁时曾经相信过的一切，应该早已经被彻底颠覆了才对。

然而即使到了今天，不知为何，脑海中最先浮现的，依然是那一晚的景象。

我所受的催眠暗示，果真强大到如斯地步么？

有些时候，我甚至还有这样一种感觉，仿佛直到今天，我依然未曾从洗脑中逃脱。

时至今日，之所以会要将这一连串的事件记载下来，是因为一个小小的理由。

自从大半事物归于灰烬的那一天以来，已经过去了十年的岁月。

十年这样一个时间段，其实并没有什么太大的意义。只不过颇为讽刺的是，当曾经堆积如山的悬案一个个得到解决，新体制终于开始步上正轨的时候，对未来的疑问却也生出了萌芽。而在这些日子里挤出时间反复翻阅历史资料之后，我认识到，人类这种生物，不管有过多少不得不伴着泪水吞咽的教训，只要过了咽喉，所有教训便又会被彻底遗忘。

当然，不论是谁，都不会忘记那一天无法用言语表述的感受，还有不再让同样的悲剧重演的誓言。应该不会吧，我期望。

---

① 护摩，梵语 homa，为火祭、焚烧之意，即投供物于火中之火祭法。——译者

只是万一到了某一天、到了某个连人们的记忆都彻底风化的遥远未来，我们的愚蠢会不会再度上演呢？这份忧虑一直萦绕在我心头，怎么也挥之不去。

因此，我下决心提笔撰写这一份手记，然而写到中途却又屡屡感到难以为继。在自己的记忆里，仿佛时时处处都有被虫豸咬噬的部分，怎么也想不起重要的细节。

找当时一同经历的人比照印证，却又发现人类的大脑似乎会通过臆造来补全记忆中的欠缺部分。明明是一同经历的事情，彼此之间却常常生出相互矛盾的记忆。

譬如，我之所以能在筑波山活捉拟蓑白[①]，是因为之前眼睛疼痛，戴上了红色太阳镜的缘故。直到今天，这件事情依然鲜明地烙印在我的脑海里。然而不知什么原因，觉却相当自信地断言我并没有戴过那样的东西。不但如此，觉甚至还在言语之中暗示，那时候之所以会捉住拟蓑白，完全是他的功劳。当然，这是绝对的无稽之谈。

我半带赌气地找了所有我能想到的人，逐一对照矛盾之处。在这一过程中，无论是否愿意承认，我还是意识到一个事实：不管是谁，都不会将记忆扭曲到对自己不利的方向上去。

我一面怜悯地笑，一面将这条关于人类愚蠢程度的新发现

---

① 蓑白是作者虚构的一种变异动物，而拟蓑白则是在外形上模拟蓑白的一种动物型机器人。——译者

记到自己的手记里。忽然间，我意识到我独将自己划在了这条法则之外。但在他人看来，我肯定也是依照自身的喜好重写了自我的记忆吧。

所以，我想加上一条附记，注明这份手记说到底只是我的一家之言，甚至也许只是为了将我自身的行为正当化而扭曲的故事。尤其是后来之所以会有那么多生命陨落，也可以说都是我们的行为所致，因此对于我而言，哪怕是在无意识之中，应该也有扭曲故事的动机吧。

不过即使如此，我还是想努力挖掘自己的记忆，真诚面对自己的内心，尽可能忠实地描写事件的细节。此外，通过模仿古代小说的手法，我也希望尽量重现事件发生当时自己的所感与所想。

这份草稿以永不褪色的墨水写在据说足以保存千年而不会氧化的纸上。完成之际，我应该不会给任何人看(不过也许会给觉一个人看，听听他的意见)，直接放进时间胶囊，深埋到地下吧。

到那时候，我打算再抄写两份，总共留下三份。这几份手记的存在必须保密，以防将来的某一天，旧体制，或者近似于旧体制的制度复活，对一切书籍加以审查的社会再度降临。而之所以抄录三份手记，就是考虑到万一出现那样的情况，还可以勉强应对。

换言之，这几份手记是给千年后的同胞留下的绵长书信。

当它们被阅读的时候，我们应该已经知道，我们是否在真正的意义上有所改变，是否踏上了崭新的道路。

还没有作自我介绍。

我叫渡边早季。二一〇年十二月十日生于神栖六十六町。

就在我降生之前，一百年一开花的竹子忽然间一齐绽放。三个月滴雨未下，却在盛夏时分下起了雪。尽是反常的气象。然后，到了十二月十日的那天晚上，天地万物都要被无边的黑暗彻底吞没之时，猛然间闪电划破长空，无数人目睹到身披金色鳞甲的神龙在云间游弋的模样……

诸如此类的异象，半点也没有。

二一〇年是很平凡的一年。我也和那一年一同出生在神栖六十六町的其他孩子一样，是个极其平凡的婴孩。

不过对于我母亲来说，那恐怕是不同的吧。怀上我的时候，母亲已经快要四十岁了，心底似乎早已悲观地认定自己不能生出孩子。在我们的时代，临近四十的确是相当高龄的妊娠年纪了。

而且我母亲渡边瑞穗还身居图书馆司书的要职。她的决断不但可以左右小町的将来，在某些情况下甚至可能影响到许多人的生死。每天都承受着如此沉重的压力，又要小心顾及重要的胎教，实在不是一般人能够应付得来的。

同一时期，我父亲杉浦敬则是神栖六十六町的町长。那大概也是相当忙碌的职务吧。不过在我出生的时候，司书工作的责任之重，远非町长所能比拟。当然，今天也是这样，但也许已经没有像当年那么大的差别了。

在一场给新发掘出的书籍进行分类的会议开到一半的时候，母亲突然感到强烈的阵痛。虽然距离预产期还有一个星期，但羊水已经破了。母亲立刻被送到小町远郊的妇产医院。仅仅过了十分钟，我便在这里发出了第一声啼哭。不过据说我的运气很不好，脐带绕颈，脸都憋紫了。一开始根本哭不出来；助产士又是个年轻人，第一次给人接生，急得差点发疯。幸好脐带的结很快解开，我也终于得以将这个世界的氧气吸进自己的肺里，并发出健康的啼哭声。

两周之后，在同一家妇产医院兼育儿所里又有一个女孩降生。那就是后来成为我挚友的秋月真理亚。真理亚不但是早产儿兼胎位倒置，还和我一样都是脐带绕颈，而且据说她的情况比我严重得多，出生的时候已经差不多陷入了假死状态。

不过似乎是因为之前有过给我母亲助产的经验，这一回助产士处理起来很冷静。听说如果当时稍有一点应对不当，解开脐带的时间略晚一会儿的话，真理亚肯定就活不成了。

我记得自己在第一次听说这件事的时候，曾为自己间接拯救了挚友的生命欣喜不已。然而到了今天，每当再度想起这件事，我心中就会涌起复杂的感情。因为，如果真理亚没有降生到这个世界，应该也就不会有那么多的人失去生命……

回到刚才的话题。我在家乡丰润的自然怀抱中度过了幸福的幼年时代。

神栖六十六町由散布在大约五十平方公里地域内的七个乡构成。外界与小町的分界是八丁标。考虑到千年之后[①]的世界也许连八丁标都会不复存在，所以姑且在这里作个解释。八丁标又叫“注连绳”，上面悬着无数名为“纸垂”的纸片，它是阻止外界的邪恶事物侵入小町的牢固路障。

孩子们被反复告诫绝不可跑到八丁标外面去。外界到处游荡着恶魔和妖怪，小孩子一个人出去的话，会遭遇可怕的东西。

“都说有可怕的东西，可到底是什么呢?”

我记得自己有一天这样问过父亲。那应该是大约六七岁时候的事吧，说起话来可能还有点口齿不清。

“很多很多啊。”

父亲从桌子上抬起头来，手托在长长的下巴上，向我投来充满慈爱的目光。那双和蔼的茶色眼睛至今仍然在我记忆中闪亮。他从来没有用严厉的眼神看过我，也几乎从不对我大声说话。只有一次，也是因为我自己不注意，走路东张西望的，再不警告我，我就要掉进原野上的大洞里去了。

“唔，早季也知道的吧？化鼠、猫怪、气球狗的故事啊。”

---

① 本书的设定，手记写成之后将留待千年之后的读者阅读。——译者

“那些东西全都是故事，不是真的，妈妈这么说的呀。”

“别的先不说，化鼠真的有哦。”

父亲虽然轻描淡写地说了一句，却让我大吃一惊。

“骗人。”

“不是骗人。之前小町大兴土木的时候，也请过很多化鼠来帮忙。”

“我没看到啊。”

“因为大人们都注意不让孩子们看到。”

父亲没有说为什么要瞒着不让我们看到。不过化鼠这样的东西，恐怕是丑陋得没法让孩子看吧，我这样想。

“但是，化鼠既然听人的指挥，那也并不可怕呀。”

父亲把正在看的文书放到矮桌上，挥起右手，口中低声念诵咒文。细细的纸纤维发出的沙沙声变化起来，浮现出犹如炙烤一般的复杂花纹。那是显示町长决裁事项的花押。

“早季知道‘阳奉阴违’这个词吗？”

我默默摇头。

“表面上听从指示，心里却在打着相反的主意。”

“相反的主意是指什么？”

“欺骗对方，并制订背叛的计划。”

我张大嘴巴。

“不会有那种人吧。”

“是啊，人当然绝对做不出背叛别人的事。但是，化鼠和人完全不同。”

我开始有点害怕了。

“化鼠把具备咒力的人类当作神来崇拜，所以会对大人绝对服从。但是，对于还没有咒力的孩子，很难说它们会有什么态度。所以，我们必须尽可能避免让孩子与化鼠接触。”

“……可是，要让它们帮忙做事，不就要让它们进到小町里来吗?”

“这种时候必定会有大人在旁边监督。”

父亲把文书收进书箱，再一次轻轻挥手。书箱和盖子眼看着融合成一体，变成了中空的涂漆木块。除了父亲，谁都不知道施放咒力的时候采用了怎样的意象，所以很难在不损坏书箱盖子的情况下把它打开。

“总而言之，绝对不能到八丁标外面去。八丁标里面有强力的结界，非常安全，但如果往外面走上哪怕一步，就没有咒力守护了。”

“但是，化鼠……”

“不单是化鼠。学校里应该已经教过恶鬼和业魔的故事了吧?”

我不禁怔住了。

恶鬼的故事、业魔的故事，在不同阶段会不断被重述、不断被要求学习，仿佛要将它们深深刻入我们的潜意识。我这时候在学校听到的虽然只是幼年阶段的版本，但也已经差不多快到要做噩梦的地步了。

“八丁标外面，真的有恶鬼……业魔什么的？”

“嗯。”

仿佛是为了缓和我的恐惧，父亲和蔼地微笑起来。

“老师说那是很久以前的故事，早就没有了……”

“确实，近一百五十年来，一次都没出现过。但是，凡事总有万一啊。早季，你不想像采草药的少年那样突然撞见恶鬼吧？”

我用力点了点头。

在这里大致介绍一下恶鬼的故事和业魔的故事吧。只不过不是面向幼儿的版本，而是进入完人学校[①]之后学到的完整版。

恶鬼的故事

这是发生在大约一百五十年前的故事。有一个去山里采草药的少年，因为一心采草药，不知不觉来到了八丁标的注连绳前面。八丁标里面的草药差不多全都被采完了，少年无意间一抬头，却发现外面还生长着许多草药。

很久以前大人就已经反复告诫过，绝不能到八丁标外面

① 小说中设定的教育体制分两个层级，一个是幼儿启蒙教育，另一个是完人学校。完人学校相当于青少年教育，完人学校毕业后即可步入社会。——译者

去。如果一定要去，必须由大人陪伴才能出去。

可是，附近没有大人。少年犹豫了一下，他想，出去一小会儿应该没有问题吧。就算出了八丁标，注连绳也还在自己鼻子下面，近得很，飞快跑出去摘完草药再赶紧跑回来就行了。

少年悄悄钻过注连绳。纸条轻轻摇动，发出沙沙的声音。

就在这时，他的心里升起了一种非常难受的感觉。除了违反大人反复的叮嘱而产生的内疚感之外，还有一种迄今为止从未有过的不安袭来。

没事的——少年拼命给自己鼓劲，向草药走去。

然后，恶鬼来了。

恶鬼和少年差不多高，但外表看上去就很可怕。想要燃尽万物的愤怒犹如火焰一样变成了他背后的光圈，那光圈不住地剧烈翻腾旋转，卷出一个个漩涡。恶鬼所过之处，周围的草木全都伏倒、枯萎、熊熊燃烧。

少年的脸吓得惨白，但他拼命忍住了没有叫喊，悄悄向后退去。只要能钻过注连绳、进入八丁标，应该就不会被恶鬼看到了。

但就在这时，少年脚下发出了枯枝折断的声音。

恶鬼面无表情地向少年望过来。它就像终于找到了怒火的对象一般凝视着少年。

少年钻过注连绳，随即一溜烟地向里面跑了进去。自己已经回到了八丁标里面，应该没有危险了。

可是，少年回头一看，天哪，恶鬼也钻过注连绳侵入进来了！

这个时候，少年想，自己做了无法挽回的事，把恶鬼招进八丁标的里面了。

少年一边哭，一边在山路上奔跑。可是不管他跑到哪里，恶鬼都追在后面。

少年沿着注连绳，朝村子对面山谷间的小河跑去。

少年一边跑一边向身后张望，只见追在后面的恶鬼的脸在灌木丛中忽隐忽现。两只眼睛闪闪发光，嘴角带着诡异的笑。

恶鬼是在让自己带路去村子！

不行，不能这样下去。如果就这样把恶鬼带回村里，整个村子恐怕都要毁于一旦。

跑出最后的灌木丛，眼前是悬崖峭壁。深深的谷底传来的轰隆隆的水声，在山谷间回荡不休。峡谷上架着一座崭新的吊桥。

少年没有过吊桥，而是沿着悬崖向小河的上游跑去。

少年回头张望的时候，看见恶鬼已来到桥边，望着自己。

少年一个劲地往前跑。

跑了一阵，前方又出现了一座吊桥。

少年来到桥边。那是一座饱受日晒雨淋、已经破烂不堪的吊桥。吊桥摇晃不停，在乌云蔽天的背景下，仿佛一道诡异的黑影在招手呼唤“来吧，来吧”。

这座桥随时都可能塌掉。十多年前就已经没有哪个人敢走上去了。村里人也总是警告少年绝对不要走这座吊桥。

少年开始慢慢走上吊桥。

承担负荷的绳索发出令人不安的嘎吱声。脚下的木板差不多都朽烂了，仿佛马上就会四散粉碎一般。

恶鬼也上了吊桥。桥的摇晃更加剧烈了。

少年向谷底望了一眼，眼前一阵眩晕。

抬起头，恶鬼已经相隔不远了。

当那张可怕的面孔已经清晰可辨的时候，少年挥起自己一直带在身上的镰刀，一刀砍断了支撑吊桥的一根绳索。

吊桥的桥板直立起来，少年差一点滑落下去，幸好他及时抓住了另一根绳索。

恶鬼掉下去了吗？少年回头望去，哎呀，它和自己一样也抓住了绳子！

恶鬼用可怕的眼神盯着少年。

镰刀已经掉下山谷了，没办法砍断那根绳子了。

该怎么办？少年绝望之下，只有向天祈祷：就算我死也没关系，无论如何，请不要让恶鬼靠近村子。

是少年的祈祷被上天听到了吗？还是本来就已经破烂不堪的吊桥，另一根绳索终于承受不住这样的重量了呢？

吊桥“咔嚓”一声断了，向万丈深渊掉了下去。少年和恶鬼的身影都不见了。

自那之后，直到今天，恶鬼再也没有出现。

这个故事包含了若干启示。

就算是小孩子也很容易理解故事中包含了不能走出八丁标的教训。等到稍大一点之后，也许可以领会到舍己为人、牺牲自己的生命保障村子安全的教训。

但真正的教诲，越是聪敏的孩子越难领会。

到底有谁能够想到，这个故事的真正目的是在告诫我们恶鬼真的存在呢？

业魔的故事

这是发生在大约八十年前的故事。村子里住着一个少年。他是个非常非常聪明的孩子，但却有一个缺点。这个缺点随着少年的成长，渐渐变得越来越明显。

少年太骄傲了，一切都不放在眼里。

学校和村子里大人们教的东西，少年只是表面上装出好好在听的样子，重要的教训从来不会真正进到他的心里。

少年嘲笑大人们的愚蠢，甚至开始嘲笑这个世界的伦理。

傲慢，埋下了业[1]的种子。

渐渐地，少年开始逐渐远离朋友的圈子。孤独成了他唯一

---

① 业，佛教用语，指由行为产生的结果，含有因果报应的意思。——译者

的朋友，也是他倾诉的唯一对象。

孤独，是业的温床。

茕茕孑立的少年，常常沉湎在自己的思考里。而且，思考不应该思考的事情，怀疑不应该怀疑的东西。

不良的思考，开始让业无边蔓延。

就这样，在少年浑然无觉的情况下，业不断积累。少年终于开始向非人的事物——业魔转变。

一段时间之后，村人因恐惧业魔纷纷逃走，只剩下一座空荡荡的小村。

业魔搬进森林里住，然而不知什么时候，森林里一切可以称为生物的生物也都消失了。

业魔走到哪里，哪里的植物都会发生奇怪的扭曲，变成完全无法想象的形状，活生生地腐烂。

被业魔触摸的食物，立刻就会变成致命的毒药。

业魔在怪异的死之森林中彷徨。

终于，业魔意识到，自己不该存在于这个世界。

业魔离开了黑暗的森林。一出森林，眼前一片开阔。业魔被闪闪发亮的光芒包围了。他来到了山里的一处深湖。

业魔走进湖里，一边想着，这清洁的水能否洗净所有的业?

然而，业魔周围的水开始迅速变黑，整个湖水都开始变成毒液。

业魔无法存在于这个世上。

领悟到这一点，业魔悄无声息地消失在了湖底。

比起恶鬼的故事，这里的教训应该更加简单明了吧。

但是很显然，此时的我不可能理解它的真实含义。直到某一天，在无尽的绝望与悲伤之中，我亲眼看到了真正的业魔的身影……

一旦拿起笔，写下这些文字，便有各种各样的回忆蜂拥而来，几乎令我无法收拾。还是由孩提时代的事情开始吧。

就像之前写到的一样，组成神栖六十六町的有七个乡。小町中心是利根川东岸的茅轮乡，也是行政机关集中的地方；北面是在森林中间散布着高大房屋的松风乡；东面的沿海地带则是白砂乡；紧靠茅轮乡南边的是水车乡；在利根川的西岸，西北方向视野开阔的是见晴乡；靠在它南边的则是水田地带的黄金乡；最西面的是栎林乡。

我出生在水车乡。这个名字应该不需要进一步说明了吧。神栖六十六町中有数十道纵横交错的水路，将利根川细细分割。人们都乘船沿着水路来往通行。另外，水路的水虽然被用于运输，但在不断的努力之下，依然保有足够的清洁。虽然拿来喝可能还会有点犹豫，但用来洗脸是绝对没有问题的。

我家门前有鲜艳的红色鲤鱼游弋嬉戏，还有构成“水车乡”这个名字的无数水车旋转不停。七个乡里每个乡都有自己的水车，不过水车乡里的水车数量极多，非常壮观。上挂、逆车、下挂、胸挂……这些都是我记得的水车种类，实际上也许还要多许多。每个水车都承担着某项任务，捣米啊、磨小麦啊，将人从这种过于单调却又不得不集中精神的劳作中解放了出来。

诸多水车之中，有一个格外巨大的带有金属轮子的水车，那是每个乡仅此一座的发电用水车。由这里产生出来的珍贵电力，被用于乡文化馆房顶上高音喇叭的播音。伦理规定①严格禁止将电力用于除此之外的其他用途。

每天傍晚，太阳将要落山的时候，高音喇叭都会响起同样的旋律。那是名叫《归途》②的曲子，是有着“德沃夏克”这样一个奇怪名字的作曲家在很久很久以前写的交响乐的一部分。我们在学校学到的歌词是这样的：

远山外　晚霞里　落日西西沉
青天上　月渐明　星星眨眼睛
今日事　今日毕　努力又用心

---

① 小说中的设定，在未来社会中被严格遵守的规定，相当于法律。——译者

② 此处系指德沃夏克第九交响曲，题名《来自新世界》，也译《来自新大陆》。——译者

该休息　也休息　不要强打拼
放轻松　舒心灵　快快莫犹豫
夕阳好　黄昏妙　享受这美景
享受这美景

黑暗中　夜晚里　篝火燃烧起
跳不定　闪不停　火焰晃不已
仿佛是　邀请你　沉入梦乡里
甜甜梦　浓浓情　安宁又温馨
火儿暖　心儿静　嘴角留笑意
快快来　愉快地　沉入梦乡里
沉入梦乡里

《归途》一旦响起，在原野上游玩的孩子们就必须集合起来回家了。因此，每当听到这首曲子的时候，我的脑海中就会条件反射般地浮现出傍晚时分的情景。黄昏的街道，在砂石地上投下长长影子的松林，好似数十块镜子一般照映出深灰色天空的水田、成群的红蜻蜓。但无论如何，印象最深刻的，还是在视野开阔的山丘上眺望的晚霞。

只要阖上眼睛，便会有一幅场景浮现在眼前。那是在夏末秋初的时候吧。不知不觉间，天气已经开始变凉了。

“该回去了！”有人说。

侧耳倾听，风中的确传来隐约的旋律。

“啊，平局啦!”

觉这么一说，孩子们纷纷从隐藏的地方走出来，三三两两聚在一起。

大家都是八到十一岁的孩子，从早上开始一直在玩夺旗游戏。这就像是隆冬季节里打雪仗游戏的延续，所有人分成两个队伍，彼此蚕食对方的地盘，最终哪一方能够抢到竖在对方阵地最后方的旗帜，哪一方就胜了。这一天我所在的队伍因为开场时犯下的错误，一直都处在被动挨打的状态。

“真狡猾，再过一会儿我们就赢了。”真理亚抱怨说。

她比旁人都白皙，一双漂亮的眼睛有着颜色稍淡的瞳仁。最好看的是她的红色头发，犹如燃烧的火焰一般，放射出格外引人注目的异彩。

“你们投降吧!”

“是啊，我们一直都占上风。”

良像是被真理亚拽着一样附和道。这时候的真理亚已经颇有女王的潜质了。

“什么呀，我们为什么要投降?”我有点生气地反问。

“因为我们占上风啊。”良不知厌倦地重复自己的主张。

“但是，旗子还在呢!”我望向觉。

“平局。”觉严肃地说。

“觉，你是我们一队的吧？为什么要帮他们说话?”真理亚狠狠瞪着觉。

“因为规则就是这样的，没办法。太阳落山的时候游戏结束啊。”

“太阳还没落山呢。”

“别强词夺理了，没落山是因为我们在山丘上。”

我尽力以冷静的口气向真理亚解释。虽然平日里都是非常要好的朋友，但这种时候的真理亚实在是让我生气。

“喂，要回去了。”丽子有些担心地说。

“听到《归途》就要赶紧回家了。”

“所以你们要赶紧投降啊。”良重复真理亚的话。

“行了，别闹了。喂，裁判!”

觉好像有点急了，喊瞬过来。瞬站在距离大家稍远的地方，正在眺望山丘上的景色。在他身边，斗牛犬“昴”孤零零地坐着。

“什么?”

听到我们喊他，他才回过头来。

“什么什么呀，裁判好好管管吧。明明是平局。”

“是啊，今天是平局。”瞬说了这一声，又回过头去看风景。

“我们回去了。”

丽子她们说完，便一个跟着一个走下山丘。回去的时候必须要找顺路去各自乡里的小船搭个便船才行。

“等等啊，还没结束呢。”

“回去了。在外面呆得太久，猫怪会来的。”

真理亚几个人虽然还是一脸不满，但这场游戏也只有不了了之。

“早季，咱们也回去吧。”觉招呼我说。

我走到瞬身边。“还不走?”

“唔，走了。”

虽然嘴上这么说，瞬的眼睛还是没有从景色上移开，仿佛被深深吸引住了一样。

“在看什么呢?”

“喂，回去了。”觉在身后说，语气里有点焦躁。

瞬默默地指了指远方的景色。“那边。看得到吗?”

“什么?”

瞬指向的是远处的黄金乡，水田地带与森林的分界一带。

“看，蓑白。”

从很小的时候开始，我们就被反复教导、反复灌输视力的重要性，甚至超过了其他的一切。所以即便在这样的时刻，相隔数百米的距离，在黄昏光影参差斑驳的地方，我依然能够分辨出在田间小道上缓缓移动的白色身影。

“真的耶。”

“什么啊，蓑白这玩意儿又不是什么罕见的东西。”

从来都是很冷静的觉，声音里不知为什么显露出不高兴的语气。

但是我没有动。不想动。

蓑白以蜗牛爬行的速度从田间小道横穿过草地，消失在森林中。在这段时间里，我的眼睛虽然追着蓑白，意识却在身边的瞬身上。

那时候我还不明白自己心中的感情是什么。但是，只要和瞬并肩站在一起，眺望染上暮色的乡间景致，我的心中便充满了无穷无尽的甜美。

难道说，这也是我的记忆捏造的情景吗？将若干近似的片断糅合、美化，再撒上所谓感伤的调料……

就算真是如此，这种情景对于我来说，直到今天也依然有着特别的意义。这是我在那个完美无瑕的世界中生活的最后记忆，也是所有一切都遵照正确的秩序运行，对于未来没有半分不安的时刻的最后记忆。

然后，初恋的回忆直到今天更绽放出晚霞一般璀璨的光芒。哪怕就在不久之后，所有的一切都将被吞入无边无际的虚无与悲惨之中。

2

还是再说一些孩提时代的事吧。

在神栖六十六町，孩子长到六岁的时候就要上学了。我上的是“和贵园”。町里还有另外两所同样的学校，分别叫作“友爱园”和“德育园”。

当时，神栖六十六町的人口刚刚三千多一点。后来我看过古代的教育制度之后才知道，依照这样的人口规模竟然会有三所小学，应该说是非常罕见的例子了。但也正是这一点，最雄辩地说明了生我养我的这个社会的本质。在这里不妨再举另一个数字：同一时期，组成社会的成年人中约半数都在从事某种意义上的教育工作。

这种情况对于建立在货币经济基础上的社会来说是不可想象的吧？但在以互相帮助和无偿奉献为基础的我们的小町中，

原本就不存在货币之类的东西。有切实需求的领域，自然会分配人才过去处理。我们的社会正是在这样的结构之下才得以成立。

从我家走到和贵园大约二十分钟。水路可以更快，不过小孩子要想移动船只，只能去划很重的船桨，这远比走路费事多了。

小学建在距离小町中心稍远一些的安静场所。和贵园坐落在紧挨茅轮乡南边的地方。黑亮古老的木质校舍都是平房，从上面看正好是一个 A 字形。一进入位于 A 字中间的那一横上的正门，跃入眼帘的就是正面影壁上挂的匾额，匾额上写的是“以和为贵”四个字。据说那是名为圣德太子的远古圣人所编写的十七条宪法中的第一条，好像也是和贵园这个名字的由来。至于友爱园和德育园里挂着什么样的匾额，我就不知道了。

沿着 A 中间的一横排列着办公室和教室。沿走廊向右走，A 字的右边一竖也排着许多教室。整个学校的师生加在一起只有一百五十人左右，但教室却似乎超过了二十间。至于左边一竖则是管理楼，禁止学生进入。

在 A 字形校舍前面敞开的空地上，除了操场和单杠之类的设施之外，还用围栏围出了一片空地，饲养了许多动物：鸡、鸭、兔子、仓鼠等等。照顾这些动物的都是学生，按照值日表一天天排好。空地的一角还孤零零地竖着一个涂成白色的木制百叶箱，不晓得有什么用处。我在和贵园上学的六年间，一次都没见过它起作用。

被校舍从三个方向包围起来的中庭是一个非常神秘的地

方。这里严禁学生进入，也没有什么事情必须到那边去。除了管理楼的房间，其他房间都没有朝向中庭的窗户。要想窥探中庭，只有趁教员打开通向中庭窗户的机会偷偷瞥上一眼。

“……那你们知道中庭里面有什么东西吗？”

觉的脸上显出有点诡异的微笑，扫了周围一圈。每个人都咽了咽唾沫。

“等等，觉你不是也没看到吗？”

觉把大家都搞得非常紧张。我终于忍不住开口。

“嗯，我是没有直接看到，不过有人亲眼看到过。”

被我打断了话，觉有点不高兴。

“谁？”

“早季你不认识的人。”

“不是学生？”

“是学生，不过已经毕业了。”

“哦，真的吗？”我的脸上明显露出不相信的神色。

“喂，别扯这些了，赶紧告诉我们看到什么了吧。”真理亚说。周围纷纷发出赞同的声音。

“唔，好吧。不相信的人不听就是了……”

觉故意朝我这里望了一眼，我装作没听见的样子。说起来这时候转身离开也无所谓，不过我最终还是留下来继续听了。

“有学生在的时候，老师绝对不会打开那扇通向中庭的门，对吧？喏，就是管理楼前面那扇栎木门。但是恰好有一回，老师好像忘记看身后有没有学生，就把门打开了。”

“这个你已经说过了。”健催觉快点往下说。

“中庭里面是……简直让人不敢相信，是很多很多坟墓！”

虽然明知道觉要的就是这个效果，大家还是不禁惊呼起来。

“哇……”

“骗人！”

“可怕！”

连真理亚都用双手捂住耳朵。

我觉得这样子实在很蠢，于是开口问：“都是谁的坟墓？”

“啊……”

看到自己的恐怖故事收到了远超预想的效果，觉正在得意地微笑，却被我问得怔了一下。

“你说的那么多坟墓，到底都是谁的？”

“这我怎么知道，反正就是有很多很多坟墓。”

“为什么非要特意在学校中庭里面弄那么多坟墓？”

“所以我说了是听来的啊，我怎么会连这个都知道嘛。”

觉似乎打算推说所有的事情都是传闻听来的，他自己也不知道详细情况，真是狡猾。

“……难道说，是学生的坟墓？”

健的话让大家全都静了下来。

“要说是学生，是什么时候的学生？为什么会有那么多？”

真理亚低声问。

“不知道啊，不过我确实听说有人没从和贵园毕业，中途就消失了……”

小町有三所小学，学生的入学时间都是每个学年一并入学，但毕业却是各自不同。原因以后会说。但在那时候健的话中，我们却感到似乎触犯了某种深深的禁忌，大家全都沉默下来。

就在这时，坐在稍远一点座位上看书的瞬朝我们望过来。透过窗户里照进来的光线，可以看见他长长的睫毛。

“里面没有什么坟墓哦。”

所有人都像是被瞬的话拯救了一样，但是心里立刻又涌上了巨大的疑问。

“你说没有是什么意思？你为什么会知道？”我代表大家这样一问，瞬若无其事地回答：“我看的时候里面并没有那样的东西。”

“哦？”

“瞬，你看过？”

“真的？”

“骗人的吧？”

大家的问题像是决堤的洪水一样纷纷涌向瞬。只有被抢了风头的觉一个人满脸不高兴。

“我没说过吗？去年不是有一回家庭作业一直没收上来吗？自然课的自由观察作业。老师让我把大家的作业都收好之后送过去，然后我就进了管理楼。”

大家全都屏息静气等着瞬的下一句话，瞬慢吞吞地把书签在书里夹好，这才接着说。

“有一个堆得满满的全是书的房间，从那边的窗户可以看到中庭。里面是有些怪里怪气的东西，但至少没有坟墓。”

瞬似乎打算到此为止。我深深吸了一口气，正要一口气提出十多个问题……

“别开玩笑了。”觉抢在我前面，用一种从来没有听过的恶狠狠的声音说，“怪里怪气的东西是什么？你好好解释一下。”

你自己刚刚明明什么都没解释。我心里虽然这么想，但因为想要先听瞬的回答，也就没有反驳他。

“唔……怎么说好呢……很大一片空地里面，有几个砖瓦房一样的房子，差不多五个一排。房子上有着大大的木头门。”

瞬的回答里没有任何解释，但却有一种奇怪的真实感。觉一下子找不到进一步追问的话题，顿住了。

“对了，觉，你说的那个毕业生，看到的是什么？”我追问了一句，觉好像意识到形势对自己不利，支支吾吾了起来。

“所以说，都是听来的话，我也不是很清楚嘛。那个人可能自己看错了也说不定，嗯，那个时候还有坟墓吧。”

这才叫自掘坟墓。

“那为什么坟墓不见了？”

“这就不知道了……但是，你们知道吗？那人看到的可怕东西还不止坟墓这一样。”被追问的觉巧妙地换了个话题。

“看到什么了？”真理亚果然像条傻鱼一样上了钩。

“别急别急，等等再问。至少要等觉新编一个恐怖故事出来再问。”

我这么一揶揄，觉换上了严肃的表情。“不是骗人的，那个人说他真的看到的。虽然严格来说不是中庭……”

“是哦是哦。”

“那到底看到了什么可怕的东西啊？”健终于忍不住了，插嘴说。

我敢肯定觉心里一定在得意地笑，不过他的脸上倒是不带半分表情。“非常非常大的猫的影子。”

鸦雀无声。

这种时候真让人不得不钦佩觉说话方式的巧妙。如果有某种职业是编写让人害怕的故事，觉一定会是其中的佼佼者吧。虽然我知道不管在怎样的社会都不会有那种愚蠢的职业存在。

“那东西，是猫怪？”

真理亚自言自语的这一声让大家一下子炸开了锅。

“说起猫怪，好像经常在小学附近出没。”

“为什么呀？”

“不是很明显的嘛，为了抓小孩呀！”

“到了秋天，太阳快落山的时候经常出来。”

“有时候也会跑到住处附近，基本上都是半夜……”

我们总是对黑暗又害怕又好奇，对于充满了魑魅魍魉的恐怖故事非常着迷，其中又数猫怪最让我们毛骨悚然。在小孩子的口口相传之中，虽然有许多添油加醋的东西，但猫怪的基本形态总是近似成年的大猫。脸长得像是猫的样子，四肢却长得异常。据说它会像影子一样悄悄跟在被当作目标的孩子后面，到了没有人烟的地方就会从背后跳过来，用前爪压住肩膀。这样一来，小孩子就像被催眠了一样，身体麻痹，动弹不得。猫怪把嘴巴张到一百八十度，咬住小孩子的头，拖到不知什么地方去。原来的地方一滴血都不会留，被拖走的小孩子连尸体都找不到。诸如此类。

“所以呢？那个人是在哪里看到猫怪的？”

“是不是猫怪也不是很清楚，因为看到的只是影子而已。”

觉刚刚的慌乱神色不知道跑到哪里去了，现在又充满了自信。

“不过，据说是在距离中庭很近的地方看到影子的。”

“你说的很近是哪里？不是没有任何地方能从外面出入中庭吗？”

“不是外面哦。”

“啊？”

我对于觉的话向来抱有怀疑的态度，然而这时候不知怎地，背上却有一股冷飕飕的感觉。

“看到影子的地方，是在通往管理楼的走廊尽头。据说是在通往中庭的门附近消失了……”

对于这番描述，大家一句话也说不出来了。尽管比较不甘心，但确实可以认为完全落入了觉的算计之中吧。反正不管怎么说，这只是小孩子编出来的恐怖故事而已。

在那个时候，我是这样认为的。

就算现在回过去看，在和贵园上学的那些日子也是很幸福的。去学校就是和好朋友在一起玩，每天都快乐得不得了。

从早上开始，数学、语文、社会、自然等等无聊的课程一个接一个，教室里除了讲课的老师之外，还有关注每个人理解程度的指导老师，对于任何不明白的地方都会很仔细地加以解释说明，所以不会有谁跟不上进度。另一方面，考试多得吓人，印象中差不多每三天就有一场考试。不过那些考试基本上都和课程没什么关系，总是让我们跟在“我很难过，因为……”之类的句子后面写短文，所以也不算是什么很大的负担。

相比之下，最难的大概还是自我表现的课题。绘画、拿黏土做塑像之类的事情固然很好玩，但差不多每天都要写的作文就很让人头疼了。虽说也可能是多亏了那时候的锻炼，如今写起这份手记来并没有觉得有多痛苦。

熬过无聊的课程和课题，下午开始就是快乐的游戏时间了，而且周末休息两天，想在野外怎么疯跑都可以。

刚刚上和贵园的时候，我们的远足最多也就是沿着弯弯曲曲的水路探险，眺望两岸茅草屋顶的民居之类；后来就渐渐可以远行去黄金乡那么远的地方了；到了秋天，更可以借着稻穗全都结实的名义出去玩。不过真正有趣的还是要数从春天到夏天那段时间。我们喜欢去看水田。水面上有水黾在跑，水里有泥鳅和花鳉游泳，水底有搅和淤泥防止杂草的兜虾乱动个不停。农用水路和水塘里，有田龟、水蝎、龙虱、水螳螂等昆虫，还有鲫鱼。年纪大一点的孩子教给我们用木棉绳和鱿鱼干钓龙虾的方法，我也曾经有过花上整整一天钓来满满一桶的经历。

黄金乡里还会飞来许多鸟。春天，云雀直冲云霄，鸣声在四下里回响；在水稻育种的夏日之前，会有许多朱鹭拜访水田，捕捉泥鳅；朱鹭在冬天交尾，在附近的树上筑巢。到了秋天，幼鸟全都离巢而出。虽然鸣叫声不是很动听，但大群带着淡淡桃红色的朱鹭飞上天空的模样却是相当壮观。此外还有夜莺、雉鸠、乌鸦、麻雀、大山雀等等，以及很少会落到地面上来的鸢。

除了鸟类，偶尔我们也会遇到蓑白。它们像是在寻找苔藓和小动物的时候不小心从森林误闯进田间小道的。蓑白不但作为可以改良土壤、祛除害虫的益兽受到保护，在一般农家里，它们还被当作神的使者，或者吉祥的象征，受到小心的对待。常见的蓑白身长从数十厘米到一米，鬼蓑白甚至会长到两米以上。蓑白靠无数个触手推动身体前进，那副模样犹如波浪起伏一般，充满了与神兽之名相适应的威严。

除了蓑白，还有实际是白化型青蛇的白蛇、黑化型菜蛇的乌蛇等等，它们同样是受到民间崇拜的生物。但蓑白不管碰上它们哪个都会捕食吃掉。这一现象在当时的民间信仰中呈现出怎样的相互关系，对我来说始终是个谜。

孩子们上了高年级之后，就可以去更远的地方了：位于小町最西端的栎林乡；在白砂乡的遥远南面、美丽沙丘绵延不断的波崎海岸；一年四季总是山花烂漫的利根川上游河岸等等。水边常有矶鹬和苍鹭的身影，有时候丹顶鹤也会飞来。在水边的芦苇间寻找大苇莺的巢，爬上山在芒草丛中寻找伪巢蛇的窝，都是很有趣的游戏。特别是伪巢蛇的假蛋，对于喜欢恶作剧的孩子们来说，没有比这更合适的玩具了。

但是，无论看起来多么富于变化，在八丁标内侧的，终究不是真正的自然，只是盆景一般的东西而已。在这种意义上，以前我们小町中的动物园与那动物园栅栏外侧的世界，也许可以说本质上没有任何差异。我们所看到的大象、狮子、长颈鹿等等，实际上都是使用咒力创造出来的假大象、假狮子、假长颈鹿。就算万一从栅栏里跑出来，危害人的可能性也是零。

八丁标中的环境也是彻头彻尾对人无害的。到了后来，我对这一事实的体会将会深刻到厌恶的程度。但至少在当时，对于在山间疯跑也不会被毒蛇噬咬，甚至都不会被虫子蛰到的情况，我们并没有感到任何奇怪的地方。在八丁标内侧，我们永远找不到长有毒牙的蝮蛇和赤链蛇。有的都是无害的青蛇、菜花蛇、山链蛇、钻地蛇、腹链蛇、念珠蛇等等而已。另外，生在森林里的扁柏和丝柏之类的树木，也会分泌出大量——量大到过分的——带有强烈气息的物质，杀死一切对我们健康有害的孢子、扁虱、沙螨和细菌。

讲述孩提时代的时候，最不能忘记的应当是每年的节日祭典吧。我们的小町有许多一代代继承下来的祭典活动，形成了应和四季生活的旋律。

在这里大致举几个例子。春季有追傩、御田植祭、镇花祭。夏季有夏祭(鬼祭)、火祭、精灵会。到了秋季，有八朔祭和新尝祭。至于说冬日的风景，则有雪祭、新年祭和左义长。

幼年时候，给我留下最深印象的是追傩仪式。

追傩也称为“遣鬼”，据说是具有两千年以上传统的最古老的仪式之一。我不知道这个说法是真是假。

仪式的早晨，我们这些孩子也被集中到广场上，戴上半干的黏土上涂着胡粉[①]的“无垢之面”，以“侲子”的角色参加仪式。

从幼年时候开始，我就对这个仪式无比害怕。原因在于仪式中登场的两只鬼的面具实在太丑恶了。

说到两只鬼——“恶鬼”和“业魔”——的面具，“恶鬼”是一看就很邪恶的狞笑面具。后来有关仪式的知识被解禁之后，我曾经调查过这个面具的由来，但最终还是没弄明白。与之最相似的是古代“能面[②]”中的“蛇”，那好像是表示人类向鬼变化过程的三个能面中的一个，是由“生成”至“般若”至“蛇”这一系列变化形式的最终阶段。

“业魔”的面具则与“恶鬼”形成鲜明对比，仿佛是融解

① 东洋画中使用的白色颜料的一种，用于在土上作画。——译者

② 能是一种日本传统戏剧，能面指演员在该戏剧中戴的面具。——译者

在可怕的苦闷中一样，面孔扭曲得几乎看不出人形。

作为追傩核心的仪式，其过程按下面描述的步骤展开。

在铺着白砂、东西方向上点着篝火的广场里，首先出现二三十人的侲子，用奇特的调子吟唱着“遣——鬼、遣——鬼”，依次前行。

接下来，由上手处，担任祛鬼角色的“方相氏”登场。方相氏身着遵循古礼的装束，手中提着巨大的长矛。不过不管怎么说，最引人注目的还是他戴着的黄金假面，上面画有四只眼睛。

方相氏和侲子们一同不断吟唱“遣——鬼”，四周转过一圈，将据说可以祛除灾祸与邪恶的豆子撒向四方。豆子也会被投向围观的人群，成为目标的人都会双手合十地接受。

由此时起，骤然间可怕的部分开始了。方相氏突然回到侲子们旁边，将手里的豆子全都倒空。

方相氏大声呼喝“秽气——在此”，侲子们也一同唱和“秽气——在此”。紧跟着以此为信号，预先混在侲子当中扮演鬼的两个人，将“无垢之面”摘下扔掉，“无垢之面”的下面则是之前说过的“恶鬼”和“业魔”的面具。

虽然仅是作为侲子中的一员参加仪式，但对我来说，这一部分依然有着让我喘不上气来的恐惧。有一两次，紧挨在我旁边的侲子突然间变成了恶鬼。侲子们立刻犹如小蜘蛛一样丢下两只鬼四散奔逃。我想所有人一定都是被真正的恐慌驱赶逃开的。

方相氏一边吟唱“秽气——退散”，一边用长矛驱赶两只鬼。两只鬼先做一些抵抗的举动，然后在全员“秽气——退散”的唱和声中，被驱赶到看不见的地方。到这里仪式终于结束。

我至今还记得，有一次看到摘下伥子面具的觉，还不禁打了一个寒战。

“你的脸都白了。”

我这么一说，觉已经变紫的嘴唇颤抖了一下。

“什么呀，早季你才是。”

我们在对方的眼中看到的，是潜伏在我们自己身体中的恐惧。

觉忽然瞪大眼睛，向我身后努了努嘴。我回过头，正看见走向后台的方相氏摘下黄金假面。

在追傩中担任方相氏一职的，必须是众人公认的具有最强咒力的人。据我所知，镝木肆星从没有一次将这个宝座拱手让给别人。

镝木肆星意识到我们的注视，朝我们露出微笑。奇怪的是，在方相氏的面具下面，他还在脸庞的上半部戴着另一个面具。传说几乎没人看到过他的真实长相。镝木肆星的鼻子和嘴看上去都很普通，然而因为双眼隐藏在漆黑的玻璃后面，有一种令人畏惧的威严感。

“害怕吗?”镝木肆星以清晰而低沉的声音问。

觉的脸上浮现出敬畏的神色，点点头。镝木肆星的视线接着又望向我，然而不知怎地，望着我的时间总感觉似乎太长了一点。“喜欢新东西的孩子啊。”

不知道该怎么回应，我不禁怔住了。

“是吉，还是凶呢?”镝木肆星留下一个奇怪的、似乎带有些许轻薄意味的微笑，转身离开了。我们仿佛被迷住了一样，又在原地站了好一会儿。终于，觉嘀咕起来。

“听说那个人要是真想的话，能用咒力把地球劈成两半……”

我向来不认为觉的胡说八道有什么可信度，但这时候的经历却一直残留在我心中的某个角落里。

幸福的日子总会在不知不觉间迎来终点。

我的孩提时代也不例外。讽刺的是，当时我的烦恼却是感觉它太长了一点。

就像之前提到的，由和贵园毕业的时间因人而异。班上最先毕业的人是瞬。学习成绩比其他任何人都好、有着仿佛大人一般聪慧双眼的瞬，某一天忽然消失了。班主任真田老师以一种颇为自豪的语气向剩下的学生们宣告了他的毕业。

从那时候开始，尽早毕业并与瞬去同一所学校，就成了我唯一的愿望。可是，同班同学们一个接一个毕业，却怎么也没有轮到我。等到连好友真理亚都毕业了的时候，那种我一个人被丢下的心情，该怎样说明才能让人理解啊。

樱花散落，二十五人的班级最后只剩下五个人，这里面就有我和觉。就连每天大大咧咧的觉也开始变得无精打采起来。我们每天早上相互确认彼此都是掉队的人，然后在唉声叹气中度过一整天。我在心中暗暗祈祷，最好能和觉同时毕业，如果不能的话，最好是我先毕业。

但是，我这个小小的愿望也被彻底打破了。进入五月，就连我最后的依靠，觉，也终于毕业了。紧接着又有两个人跟着毕业，最终剩下来的只有两个人。说来也许会让人感觉奇怪，另一个人的名字我怎么也想不起来了。大概那是个很不引人注目的学生，不管做什么都是班上最差的一个吧。不过这恐怕并非真正的原因，真正的原因是我自己的潜意识封存了那份记忆。

在家里，我的话也明显变少了许多，整天把自己锁在小房间里。父母似乎也很担心我的情况。

“早季，其实你没必要着急。”有一天，母亲抚摸着我的头发说，“早毕业这种事情并没有什么意义。虽然说班上的同学一个个都毕业了会有点寂寞，不过很快你就又能和他们相会了。”

“没……我没觉得寂寞。”

我趴在床上一动不动。

“嗯，并不是说毕业早就了不起。它和咒力的强弱以及质量完全没有关系，这个你知道的吧？我和你父亲也不是那么早毕业的哦。”

“但也不是班级最后一个吧？”

“不是归不是，不过……”

“我不想变成掉队生。”

“不许说这个词！”母亲的语气很罕见地变得严厉起来，“你从哪里听到这个词的？”

我沉默着把头埋在枕头里。

“毕业的时间是由神决定的，你只要耐心等待就行了。耽搁的功课，很快就会赶上的。”

“如果……”

“嗯？”

“如果，我毕不了业呢？”

母亲沉默了一下，随即放声大笑起来。

“哦，你在担心这种事情啊？小笨蛋呀，没关系的。你肯定会毕业的。只是迟早的问题罢了。”

“不是也有人确实毕不了业吗？”

“嗯，但那种事情非常少，万分之一而已。”

我从床上爬起身，盯着母亲的眼睛。也许是心理作用，我感到母亲仿佛有些不安。

“据说要是毕不了业，就会有猫怪找上门来，是真的吗？”

“傻瓜。世上可没有猫怪这种东西。早季很快就要变成大人了，再说这种话会被人笑的哦。”

“可是，我看到过的。”

刹那之间，我觉得自己清楚地看到母亲眼中闪过一道恐惧的神色。

“在说什么呀，那只是你的错觉。”

“我看到过的。”

我又强调了一遍，想要弄清母亲的反应。这不是我在编谎话，那种看到的感觉的确是事实。不过那完全是一瞬间的事，我自己也觉得有可能是自己过于疑神疑鬼的缘故。

“昨天傍晚到家之前，我在十字路口一回头，看见有个像是猫怪一样的东西横穿过去。虽然一转眼就不见了。”

母亲叹了一口气。

“你知道杯弓蛇影的故事吗？越是害怕什么东西，越是看什么都像那个东西。早季你看到的肯定只是普通的大猫，要么是黄鼠狼什么的。尤其是傍晚的时候，经常会把东西的大小搞错。”

母亲恢复到了往常的模样。她说了一声晚安，关掉了灯。我放下心，沉沉睡去了。

但是，半夜里睁开眼睛的时候，和平的气氛飞到了九霄云外。我的心脏怦怦直跳，手脚冰冷，冷汗浸透了全身。那是非常非常让人难受的汗。

天花板上面，仿佛有某种邪恶的存在，将墙板压得嘎吱作响。隐隐约约的声音，就好像是尖锐的爪子在挠着木板一样。

是猫怪来了吗？

很长一段时间里，我浑身僵硬，动弹不得，就像是被紧紧捆住了一样。

我忍耐了很久，终于像是某种咒语被解除了似的，身体恢复了自由。我悄悄地从床上滑下来，尽力不出声音地拉开门。借着由窗户照进来的月色沿走廊向前走。这时候已经是春季了，但光着脚走在地板上还是很冷。

快到了，就快到了。父母的卧室就在走廊拐角过去的前面。

看到卧室门缝里透出磷光灯的光芒，我松了一口气。刚要伸手去拉门的时候，却听到里面传出声音。那是母亲的声音，是我从来没有听到过的、包含着深刻悬念的声音。我的手停在半空。

“我很担心，照这样下去，万一……”

“你这么担心，反而会给早季带来不好的影响啊。”父亲的声音似乎也充满了苦闷。

“可是，这样下去的话……唔，教育委员会已经开始行动了吗？”

“不知道。”

“图书馆很难对教育委员会施加什么影响。但你这样具有决裁权的人，要是想的话，总能有什么办法吧？”

“委员会是独立的。以我的职权也不能随意左右他们的安排，况且我又身为早季的父亲……”

“我不想再失去孩子了！”

“声音太大了。”

“那是因为早季说她看到不净猫了！”

“说不定只是她看错了。”

“万一是真的，那怎么办？”

我悄悄地后退了一步。父母谈话的内容虽然已经超出了我的理解范围，但我也清楚地知道，这不是我可以听的话。

和来的时候一样，我静悄悄地回到了自己的卧室。窗玻璃的外面，大水青蛾正停在上面。足有我手掌大小的淡蓝色蛾子，仿佛是宣告不吉事象的冥界使者。虽然天气并不寒冷，但从刚才开始，我身体的颤抖便一直没有停过。

未来将会发生什么？

有生以来第一次，我感到自己被赤身裸体扔在这个世界里，无依无靠。

未来等着我的，到底会是什么？

天花板发出可怕的嘎吱声。

有什么东西来了……

仿佛有某种大到可怕的东西马上就要扑过来似的。

啊，就要来了。

大水青蛾突然离开玻璃窗，消失在黑暗里。

紧接着，窗棂开始咔哒咔哒地摇动起来。明明一丝风都没有。

摇动执拗地持续，非但没有停止，反而越来越强，就像外面有什么东西正要把窗户整个拆下来一般。

我刚怀疑隔门自己开了，它却猛然关上，发出巨大的声响。

我喘不过气，奋力要把空气吸进肺里。啊，不行。来了。来了。来了……

突然，房间里所有的东西全都疯狂地动了起来。桌椅犹如疯马一样跳个不停，纸笔像是箭矢一样扎到门上。床慢悠悠地飘到空中。

我大叫起来。

走廊里奔跑的脚步声。父母呼唤我名字的叫喊声。拉门猛地打开。

紧接着，父母奔进一片混乱的房间。

“早季！别怕，没事了！”

母亲紧抱住我。

“这……这是什么?!”我叫喊着。

“不用怕。这是祝灵呀！你的祝灵也终于来了!”

“这个?”

父母赶到以后，看不见的怪物在房间里肆掠的现象逐渐沉静下去。

“这样早季也长大成人了。”

父亲露出如释重负的笑容。

“那，我……”

“今天你就从和贵园毕业了。明天开始，就要去完人学校了。”

在半空轻飘飘浮动的书本像是突然失去了生命一般掉在地上。歪着的床“哐当”一声摔下来，仿佛本来吊着它的绳子忽然断了似的。

母亲紧紧抱着我，简直要把我勒断了。

“啊，太好了！再也不用担心了!”

暖暖的泪水打湿了我的脖子。我被心底生出的安宁包围，闭上眼睛。

但是，在我耳朵深处，始终回荡着母亲悲痛的叫喊：

“我不想再失去孩子了!”

3

我得知古代的文献中记载着骚灵现象[1]，还是最近的事情。

在我手边放着从母亲担任司书的图书馆残骸中发掘出来的书籍。烙在封面上的烙印，是“訞”这样一个奇怪的文字。我们在和贵园和完人学校上学的时候，只有第一分类的图书才允许阅读。那些书封面上都有着“荐”、“优”、“良”之类的印字，而“訞”则是属于第四分类的印字，原本一般人是看不到的。但也正因为它们被收藏在地下室的深处，从而得以逃过被烧毁的下场，这只能说是命运的讽刺吧。

根据这本书的记载，即使是在古代——人类基本上都不具备咒力的时代，也常常会出现各种怪现象，比如不知从何而来的啪嗒声、餐具飘浮到半空、家具跳舞、房屋震响等等。

另外，很多时候发生这些现象的人家里都有正处在青春期的孩子，因此这些现象被认为是青春期凝滞的精神以及性能量转化为无意识的念动力所显现出来的结果。

别名叫作再起性偶发念动力的骚灵，和前来拜访我的祝灵，本质上是同一种东西——这也不必多说了吧。

自那一晚之后的连续三天里，发生了许多事情。父母向町上汇报说发现了我的咒力之后，立刻就有教育委员会的人来到家里。那是一个三人小组：身穿白衣的年长女性，仿佛学校的老师一样的年轻女子，还有身穿作务衣[②]一般的服装、有着锐利眼神的中年男子。以年长的女性为主导，三人小组对我的健康和心理状态作了充分的调查。我以为接下来就会被批准进入完人学校上学了，然而实际上真正的项目还没有开始。

我被暂时带离了自己的家。年长的女性对我说，这是进入完人学校之前必需的准备工作之一，不用担心。父母也握着我的手，笑着把我送出门去。在那时候，我的心中也并没有什么不安。

我被带上一条没有窗户的篷船，然后又按照吩咐喝下盛在

① Poltergeist，西方传说中的超自然现象，如不明原因的噪音、门窗自行开闭等等。后文中的“祝灵”，在本书的设定中，指新人类在青春期到来时，会忽然获得咒力，并引发身边事物的一些异变，是即将成年的标志。——译者

② 作务衣是日本僧服的一种，没有统一的样式，打理日常杂务时穿着，正式的坐禅法事等场合不穿。类似汉传佛教中的缁衣。——译者

一个漆碗里的液体，据说这是为了防止我晕船。液体有着黑砂糖一般的甜味，但舌头上残留的余味却非常苦涩。喝下去一会儿之后，我的头脑开始变得迷迷糊糊。虽然能感觉到篷船似乎是以很快的速度在运河上航行，但完全分辨不出是在朝哪个方向走。不过因为途中水流的摇摆有所变化，又能听到有风吹到船上的声音，所以我猜想恐怕到了某个很宽广的地方，说不定是进入了利根川的干流。虽然我很想问一声，但还是觉得不要多说废话的好，也就一直没有问。乘船期间，随行的年轻女子也一直在接连不断地向我提问，但都是已经问过的内容，而且好像也并没有把我的回答记录下来的样子。

篷船开了三个多小时，改变了好几次方向，终于停了下来。这是一处被遮得严严实实的船坞。

沿着同样被遮挡起来的台阶向上走，直到进入一所像是寺院一样的建筑为止，我都完全看不到周围的景色。

出来迎接的是一个身着黑色袈裟、年纪尚轻的僧侣，头上剃发的痕迹泛着青光。来到这里，随行的人便都回去了。

我被领进一间空荡荡的房间。壁龛里有着墨痕尚新的挂轴，虽然不知道上面写的是什么，但感觉似乎与和贵园匾额上的文字类似。

我本是要跪坐在榻榻米上，但依照僧侣的指示，改成结跏趺坐的坐姿。那是以盘腿的坐姿为基础，将两只脚的脚背放到腿上的姿势，似乎是以冥想平静心灵的意思。因为在和贵园中每日都有坐禅的时间，我早已经习惯了这个姿势，不过还是后悔没有穿更宽松的裤子出来。

我做着腹式呼吸，希望尽早将心情平静下来，不过也没有焦躁的必要。因为从此时开始，我足足等待了两三个小时。我也知道，太阳正在渐渐西沉。时间的流逝仿佛与平日不同。思绪无法收拢，漫然四散。不知什么缘故，我总不能将意识集中到一件事情上。

渐渐地，随着房间逐渐变暗，有一种小小的不和谐感开始膨胀。起初还不知道是为什么，后来我终于意识到，是因为已经过了日落的时分，却并没有听到《归途》的缘故。如果是在神栖六十六町之中的话，不管在哪个乡，黄昏时候应该都会听到同样的旋律。倘若说我到了一个遥远得连那首曲子都听不到的地方……难道我身处在八丁标之外了吗？

无稽之谈。这种事情可能吗？

自然的欲求让我站起了身子。出声询问“有人吗”，然而没有人回答。没办法，我只好走出房间。在莺张①走廊上每走一步都会发出刺耳的声音。幸好走廊尽头转弯的地方便是洗手间。

我解决了生理问题，回到房间，房间里已经点上了灯。走

① 莺张，铺设地板时不在表面钉钉，而在地板下面的龙骨上用两脚钉固定地板的高级手法。——译者

进门里，只见一个弯腰驼背、白发垂散的僧侣坐在里面，那身躯看上去比当时仅仅十二岁的我还小，似乎已经垂垂暮年的模样。他身上穿的只是一件相当简陋的袈裟，仿佛是拿破布缝补出来的一样，但周身却又有一股说不出的温润气质。我依照指示，在这位老僧正对面的位置坐下。

“怎么样，肚子饿了吗？”白发僧侣微笑着问。

“是，有一点。”

“难得来到这里，本想请你品尝一下这里的素斋饭，可惜很遗憾的是，你必须绝食到明天早上。能坚持得住吗？”

我心中非常失望，但还是点了点头。

“对了，我是这所破庙里的和尚，叫作无瞋。”

我情不自禁坐直了身子。在神栖六十六町，无瞋上人的名字无人不知。就像镝木肆星因为具有最强的咒力而广受敬畏一样，无瞋上人以其最高尚的人格而受到所有人的敬爱。

“我……是渡边早季。”

“我很了解你父母。”无瞋上人微笑着点头说道，“他们还是孩子的时候就已经非常优秀了。我那时候就在想，他们将来必然会成长为可以承担小町重任的人物，我果然没有看错啊。”

虽然不知道如何回答才好，但父母受到夸赞，还是让我心中涌起一阵自豪感。

“不过，你父亲很喜欢恶作剧。差不多每天都会拿伪巢蛇的假蛋去扔学校的铜像，臭得不得了。正好是我的铜像，哈哈……那时候我还是和贵园的校长呢。”

“还有这样的事啊。”

我第一次知道无瞋上人做过校长。至于说父亲也会像觉一样搞恶作剧，更是我做梦都没想到的。

“接下来早季也要进入完人学校，加入大人的行列了。在那之前，今天晚上先得要在这里的正殿过上一晚才行。”

“唔，这座寺庙，是在哪里?”

“这座寺庙叫作清净寺。平时我是极乐寺的住持，那是在茅轮乡；不过在点燃成长‘护摩’的时候，我必定会来这里举行仪式。”

“这里，难道是在八丁标的外面?”

无瞋上人的脸上略微显出一点惊讶。

“不错。你从出生以来，第一次来到八丁标的外面。不过不用担心。这座寺周围设有强力的结界，和八丁标之中一样安全。”

“是。”

无瞋上人的平静声音抚平了我的不安。

“那么，开始准备吧。护摩本身并没有什么不得了的地方，仅仅是个仪式而已。在那之前，先随便说点佛法吧。哎呀，不用这么一本正经地听，其实我的佛法好像很容易让人打瞌睡。你要是想睡觉的话，睡过去也没关系。”

“这……”

“哎呀，我是说真的。很久以前，寺里曾经来过不少失眠的人。我想他们反正也睡不着，总不能把时间白白浪费了，不妨请他们听一段有趣的佛法，于是就把这些失眠的人集中到一起，开了一场法会，结果刚讲了十分钟，大家全都打起了呼噜。”

无瞋上人说起话来滔滔不绝，一点也不像上了年纪的模样。他的话里自有一种吸引人听下去的力量。我一边笑，一边被自然地引入到他的话语当中。

不过也仅限于此了。佛法固然没有诱出我的睡意，但也没有什么特别新鲜的内容。人生的黄金律；己所不欲，勿施于人；最要紧的是站在对方的立场上换位思考……大概就是这么些内容。

“……这些虽然看起来很简单，但真正掌握起来却没有那么容易。譬如说，如果遇到下面这种情况该怎么办？你和朋友两个人去山里，半路上两个人的肚子都饿了。朋友带着饭团，可他只是自己一个人吃，没有给你。你求他分一个饭团给你，他却这样说：没关系，不用给你。”

“为什么？”

“你的肚子再怎么饿，我也能忍受。”

我呆住了。就算这是打比方的故事，也实在是太没道理了吧。

“绝不会有这种人的，我想。”

“当然，实际上是没有吧。不过，假如说万一真有这样的人，你会怎么想？这个人的主张哪里有问题呢？”

“哪里……”

我怔了一下。

“我想，是违反了伦理规定。”

无瞋上人微笑着摇了摇头。

“这种事情太细，也太明显了，恐怕伦理规定里面不会写的吧。”

确实，如果连这种事情都要一条一条写下来，母亲的图书馆里保存的一般伦理规定集，厚度大约都会超出八丁标之外了。

“这个问题的答案，不是用头脑去想的，而是要用这里去感受。”

无瞋上人将手放在自己的胸口。

“用心？”

“是的。你的心能否感受到别人的痛苦。如果能感受得到，应该就会觉得一定要做些什么去帮助别人。这是生而为人的最重要的事情。”

我点点头。

“你能感受到他人的痛苦吗？”

“能。”

“不是仅仅在头脑中想象，而是真的能将他人当作自己、在自己心中感受到那种痛苦吗?”

“是的，我能感受到。”我大声回答。

我猜想到这里面试应该结束了，可是无瞋上人的反应却与我的预期大相径庭。

“那么，我们来试一下吧。”

试一下是什么意思？就在我茫然不解的时候，无瞋上人从怀里取出一把小刀，摘下平淡无奇的刀鞘。我看见闪烁着寒光的刀身，心中不禁咯噔一下。

“我试着品尝一下痛苦。在我的动作面前，你也能感受到同样的痛苦吗?”

上人说着，突然将小刀插进了自己的膝头。这个举动太过惊人，让我不知如何是好，只能呆呆望着眼前发生的一切。

“经过多年修行，我已经可以，承受自身肉体的疼痛了。而且、到了、这个、年纪，连血、也不流了……”无瞋上人用断断续续的声音喃喃自语。

“停下来!”

我终于恢复了意识，叫喊起来。我的嗓子发干，心脏剧烈跳动。

“这是为了你啊。你，是不是真的，能感受到我的痛苦?如果能感受到的话，立刻就会停了。”

“我感觉到痛苦了，快停吧!”

“哎呀，还没有，你只是在想象。真正的痛苦，是要用你的心去感受。”

“这……”

该怎么办才好？我想跪坐起来，身子却无法动弹。

“知道吗？除非你感觉到我的痛苦，不然我不得不继续下去。这是我为了指导你而必须承担的责任。”

“可、可是，该怎么做……”

“不要想象，而要认识。要认识到，**是你让我这样做的。**”

无瞋上人的表情很痛苦。

“明白吗？**是你，正在让我受苦。**”

我喘不上气了。到底该怎么做，才能救下无瞋上人？

“请救救我。”无瞋上人用低沉嘶哑的声音说。“请让我停手。请帮助我。”

该怎样描述那一场景下的气氛啊……虽然明知道很没有道理，但我却也逐渐产生了认同感，并始相信的确是自己令上人遭受到如此的痛苦。我的泪水夺眶而出。

无瞋上人痛苦地呻吟着，抓着小刀的手腕微微痉挛。

然后，发生了让人难以置信的变化。骤然间我的身体犹如木棒一样绷得笔直，浑身无法动弹，视野一点点变得狭窄，胸口像是被什么东西重重压住，无法呼吸。

“请别杀我。”

这句话扣动了扳机。真有如被剑刺穿了一样，从我的左胸直贯天顶，尖锐的疼痛刹那间遍布全身。

我再也无法保持平衡，倒在了榻榻米上。

心脏仿佛衰竭。呼吸困难。我就像是搁浅在陆地上的金鱼一样，只能张着大口，却无法呼吸空气。

我看见无瞋上人正由上方凝视我的脸，仿佛在观察一只实验动物。

“醒醒。”

声音听上去很遥远。

“早季，没事吧？看，我什么事都没有。”

蒙眬的双眼里映出无瞋上人的身影。他似乎安然无恙，正站在我的身边，看上去半点伤都没有。

“好好看看，我没有受伤。这把小刀是假的，故意做成完全无法伤人的东西。”小刀的刀刃被无瞋上人一按就缩回到了刀柄里。

我在地上躺了很久，身子僵硬，动弹不得。我不知道到底发生了什么，大脑一片混乱。

胸中的疼痛不知什么时候消失了，捆住我的无形绳索也解开了。

我从地上努力爬起，却连一个字也说不出来。这样的恶作剧让我生气，但在抗议之前，自己身体的异常变化，也把我吓得不知所措。

“很吃惊吧？不过，这样一来，你在最后的考试中也合格了。”

无瞋上人再度恢复了原先的慈悲。

“你是能够将他人的痛苦感同身受的人。既然是这样，就不用再担心了。可以向你传授适当的真言了。”

我的身体已经完全恢复了原样，但对于上人的话，我除了点头，不知该作什么反应。

“但是，请不要忘记你刚刚感受到的痛苦，不管什么时候都不要忘记。请把它深深印在你的心里。”

无瞋上人的声音直渗入我内心的最深处。

“不是咒力，而是这份痛苦，才是真正区分人与兽的东西。”

祈祷的僧侣向护摩坛中注入香油，又投入丸药一样的东西，燃烧的火焰骤然激扬。

身后大群僧侣的诵经之声犹如聒耳的知了，在耳道的深处回响。

我在斋戒沐浴之后，换上如同死人一般的白色装束，依照指示，双手合十，紧挨着祈祷的僧侣身后跪坐。

在仿佛没有尽头的漫长护摩中，疲劳逐渐到达顶峰。已经快要到黎明了吧。各种各样的思绪仿佛泡沫一般浮上又消失，我已经无法保持正常的思考了。

每一次向火焰中投入什么东西的时候，我所持有的原罪和烦恼就都好像将被烧却一样，然而如此漫长的持续过程却也让我感觉到自己仿佛生来便是具有深重罪孽与烦恼的人类。

“好了，你的身心都已经很轻灵了。接下来，烧尽最后一点烦恼吧。”无瞋上人的声音自背后响起。

“注视火焰。”

黑暗中传来的声音仿佛不是出自无瞋上人，而是来自天上一般。

“注视火焰。”

我凝视着护摩坛上三角形香炉中跃动的火焰。

“摇动火焰。”

“我做不到。”

自从祝灵拜访以来，我还从没有以自己的意志使用过咒力。

“没关系，你做得到，摇动火焰看看。”

我凝视火焰。

“向左，向右，晃动，摇曳。”

注意力很难集中。不过坚持一阵子之后，仿佛忽然间对上了焦点一样，火焰在我的眼中开始变大。那是极其明亮的内焰，位于内焰之内近乎透明的焰心，还有舞动得最为激烈的暗淡外焰。

动吧，动吧。

不对。不该摇火焰。我忽然间明白了。火焰是明亮粒子的集合，但作为实体却太稀薄了。

应该摇动空气。

我平静思绪，令自己的意识更加澄明，于是连外焰周围的阳炎运动都可以清楚看到。那是摇荡着上升的炎热而透明的流体。

进一步集中精神。

流动吧，流动吧……再快一些。

阳炎的运动骤然加速。

紧接着的一刹那，火焰犹如被突然刮起的暴风催动一样，剧烈地左右摇晃起来。

我做到了。

那是达成辉煌业绩的刹那。

我做到的事情连自己都无法相信：不用手去触碰，只靠意志移动物体。

我深深吸了一口气，想要将意识的触手再度伸向火焰周围。

“够了，住手。”

严厉的声音制止了我。集中的精神犹如纸牌搭起的房子一样，刹那间分崩离析，意象被吞入无边的黑暗之中。

“你最后剩下的烦恼，就是你的咒力。”

有那么一瞬间，我无法理解这番言语的意义。

“舍弃烦恼。为了获得解放，必须将所有一切都在清净的火焰中烧尽。”

我不敢相信自己的耳朵。为什么要我把刚刚获得的咒力舍弃?

“上天授予的能力必须还给上天。自此刻而起，你的咒力，封禁于这个人偶之中。”

无法忤逆。以两枚八裁白纸叠在一起折出来的人偶，被放在我的眼前。人偶的头部和躯干上写着梵文，还画着奇怪的花纹。

“操纵人偶，让它站起来。”

这一次的任务显然要比刚才困难。而且，此刻我心乱如麻，怎么也无法集中精神。

但是，过了半晌，纸质的人偶颤抖着在视野中逐渐变大。

纸的头颅。纸的躯体。纸的四肢。

我自己的身体感觉逐渐与纸质人偶重合。我在腿上施加力道，用一种不倒翁般的方式取得平衡。

纸质人偶，轻飘飘地站起来了。

我的心中再度充满了欢喜与力量的感觉。

“渡边早季。你的咒力，由此封印!”

摇动佛堂般的巨声骤然震响。在我心中闪烁着耀眼光芒的意象，再度四散粉碎。

六枚长针，犹如活物一样发出呼啸声，飞上半空，刹那间贯穿了人偶的头、胸、四肢。

“将一切尽数烧却。燃尽所有烦恼，将灰烬返还给无边的荒土。”

祈祷的僧侣用粗暴的动作抓住针刺的人偶，投进火焰之中。

火花四散，犹如爆炸一样。火焰高腾，直抵佛堂的天顶。

“你的咒力，消灭了。”

我目瞪口呆地望着这一切。

接着，无瞋上人的声音又下了命令。

“你已经没有操纵火焰的能力了。试试看吧。”

无情的声音。我依照指示凝望火焰，然而这一次却什么也看不到了。不管心中如何焦急，想要用多少力气，火焰还是没有任何变化。

那种充满力量的感觉再也不会回来了吗？两行热泪滑下我的脸颊。

“你皈依神佛，放掷了自己的咒力。”无瞋上人的声音忽然恢复了温暖与柔和，“因此，以大日如来的慈悲，于此传授汝周正的真言，召来新的精灵，再度赋予你咒力。”

这一声犹如当头棒喝。我垂下头。诵经之声又大了一层。

无瞋上人将口凑到我的耳边，用只有我才能听到的低低声音，将真言传授给我。

写到这里，我感觉非常困惑，因为不管如何努力，我也无法将我自身的真言写在这里。

在我们的社会，即使到了今天，真言也具有极其重要的意义。我们被反复告诫说，那是向诸法诸天奉上祈祷、发动咒力的钥匙，如果随意乱说，将会失去言灵[①]。

然而反过来说，那仅仅是一句咒文，是没有任何意义的音节罗列而已。因此即便是在这里写出来，应该也不会有任何问题。

我的意识很明白其中的道理，然而在潜意识的最深处，至今依然存在着对于泄露真言的抵抗感，它执拗地阻止着想要写下真言的动作。

所以在这里，对于无论如何都想知道所谓真言是怎样一种东西的人，我只能写下这样一个例子：

> **南牟，阿迦捨，揭婆耶，唵，阿唎，迦么唎，慕唎，莎诃。**

说起来，这是觉被授予的虚空藏菩萨的真言。

在那之后，为我举行的成长仪式又持续了很久，但已经没有什么需要特别写下来的了。仪式终于结束的时候，已经是东方渐白的时分。不单是我，所有人都显得十分疲劳困顿。

接下来的整整一天一夜，我睡得犹如烂泥一般。等睡醒之后，又用了整整一天随同清净寺的学僧们一起勉力修行。直到

---

① 日语造词，指寄宿于语言之中的神秘力量。——译者

第三天才终于被允许回家。

自无瞋上人以下，全体清净寺的僧侣们都出来为我祝福，在叶樱树下送我远去。我再度被载上无窗的篷船，这一回，不到两个小时便抵达了水车乡。

父母一语未发，紧紧抱了我足有五分钟的时间，当天晚上又为我庆祝。凝聚了父母思念的饭菜摆了满满一桌。全都是我最喜欢吃的东西：由内往外用火焰炙烤的山芋团子，外观和触感都是活生生的、唯独改变了蛋白质组成的比目鱼片，凝胶之中浓缩了美味成分的虎蛱汤……

就这样，在这天晚上，我漫长的孩提时代结束了。从第二天起，新的生活开始了。

完人学校与和贵园一样都坐落在茅轮乡，不过是在最北边靠近松风乡的位置。在和贵园老师的陪伴下，我进入了石砌的校舍。当被告知接下来需要一个人去教室的时候，我不禁紧张起来，嘴巴都有些发干。

拉开教室的门，紧靠右手的地方就是讲台。入口处可以看到的墙上贴着展示完人学校理念的标语。左手是越往后越高的阶梯教室，三十多个学生端端正正地坐在里面。

依照班主任远藤老师的指示站到讲台前的时候，我不禁感到自己的腿在颤抖。长这么大，我还从来没有毫无防备地暴露在这么多的视线之下。

就算站在讲台上，我也没有半点勇气直视下面的同学。不过眼光扫过的时候，大家的视线也全都转移开来。忽然我感觉到有一种似曾相识的感觉。不是在和贵园，而是以前确实在哪里看见过同样的场景。薄雾一般覆盖着班级的氛围……这种奇异的既视感[①]到底从何而来?

“这位是渡边早季。从今天开始，她就是大家的同学了。”

班主任远藤老师在白板上写下我的名字。他不像和贵园的老师那样用手写板书。不知道是什么原理，黑色粒子与远藤老师的咒力相呼应，在白板上集中起来构成了文字的形状。

“从和贵园来的同学和她早就是好朋友了吧。其他人也要早点和她成为好朋友哦。”

涟漪一般的鼓掌声响起。到了这个时候，我才意识到原来整个班级的学生也和我一样非常紧张。

我稍稍松了一口气，比之前胆子大了一些，抬头望向班上的同学。立刻，三个谨慎地挥着手的身影映入我的眼帘。真理亚、觉，还有瞬。

仔细看下来，班上差不多三分之一都是和贵园的同班同学。完人学校的入学时间虽然参差不齐，但因为是按年龄编成班级的，所以从概率上说，这也是理所当然的事情。不过紧张

① 既视感，是人类在现实环境中(相对于梦境)，突然感到自己“曾于某处亲历过某画面或者经历过某些事情”的感觉。——编者

感虽然得到了相当的缓解，但一开始到底上的什么课，如今我已经想不起来了。

到了休息的时间，和贵园的毕业生们纷纷聚集到我的身边，仿佛早就等得不耐烦了一样。

“真是慢哪。”

这是瞬的第一句话。同样的话如果出自觉的口中，我大概会很生气吧。但对于瞬，我却微笑相对。

“对不起，让你久等了。”

“真的，都等烦了哦。”

真理亚从后面勾住我的脖子，用胳膊肘顶我的脑袋。

“大器晚成嘛。来得早的祝灵未必就是好的精灵，对吧？”

“话是这么说，可在和贵园还是排到倒数第一了。不管怎么说，早季的祝灵也实在是太悠闲了一点。”

觉好像完全忘了他自己也很晚毕业的事实。

“什么呀，觉你真是一点都没变……”

话一出口，我忽然觉得有些奇怪。

“倒数第一？不会啊，我后面还有一个呢。”

所有人都仿佛吃了一惊似的，全都缄口不语，脸上的表情消失得无影无踪，就像是戴上了伥子的无垢之面。

“……完人学校里可不单是学科成绩，还有能力实技。知道吗，我的波纹干涉成绩可是全班第一哦。”

“你怎么不说对击力交换完全没辙。”

“现在还是构图能力更要紧，老师说的。”

忽然间大家一齐说起话来。我对他们说的东西完全不解其意，而且好像都是在夸耀自己能把完人学校的课程驾御自如，这让我感觉不是很好。但是，我还是遵从了自小养成的习惯，也就是说，把他人想要回避的话题当作从一开始就不存在。

因为对大家的交谈无法插嘴，我只能扮演一个听众，暗自回味关于班级的奇怪的第一印象。确实，不知什么时候、不知在什么地方，我有过类似的感觉。

直到下一堂课的预备铃声响起，大家纷纷回到自己座位的时候，我终于想起来哪里奇怪了。

“妙法农场……”

我的低声自语，只有耳朵尖的觉有反应。他回过头。

“什么?”

我犹豫了一下，回答他说：

“这个班级和那家农场很相似。喏，就是在和贵园的时候参观过的那家。”

觉听到和贵园这个词的时候，显出一副自以为是的表情，就像听到小孩子说话一样。

“完人学校和农场很像？什么意思？你在说什么?”

“没什么意思，就是说气氛很相似。”

我渐渐有些难以抑制自己的不快情绪。

“我完全不明白你的意思哦。”

觉似乎也被什么弄得有些不高兴。这时候下一节课已经开始了，我们的交谈到这里也就结束了。

妙法农场位于黄金乡。我们在和贵园进行社会实践的时候去参观过。那是我们快从小学毕业的时候，老师们急匆匆地带我们去参观了许多地方，就好像忽然记起来似的，目的似乎是要让我们考虑一下自己将来想要从事什么样的职业。出生以来第一次亲眼看到的生产现场让我们两眼发光，恨不得早一天长成大人的想法变得更加迫切。

在属于职能组合的陶器和玻璃工房里，我们参观了只能用咒力制造出来的强韧陶瓷，还有透明度几乎和空气一样的玻璃。这些都是普通的烧制工艺绝对无法实现的。学生们一个个宣布自己从完人学校毕业之后要来这里当学徒。

不过要说给我们的最大冲击，没有任何地方能超过最后参观的妙法农场。

妙法农场包含了散布在好几个乡里的实验农田，是町上最大的农场。一开始参观的是位于白砂乡的海水田。我们消费的稻米是在黄金乡的水田里种植出来的，而在这里则是将许多稻米浸在海水里种植。据说这里使用了一种名叫逆渗透膜的东西，能够排出海水。我们试吃了这里收获的稻米，虽然带有一点咸味，但还是对它能够充分满足食用需要而惊讶不已。

第二个参观的是养蚕场。无数蚕虫结出闪烁着七彩光芒的蚕茧。由这些蚕茧制成的丝绸是相当高级的货品。不但不需要染料，而且据说还有永不褪色的特点。

旁边的建筑物里，饲养着供改良品种使用的外国产绢丝虫。这里有以黄金茧闻名的印度尼西亚产小字大蚕，蚕茧大小是普通蚕茧数倍的印度产柞蚕，以及数百只集合在一起、结出的蚕茧足有橄榄球一般大小的乌干达产阿纳菲野蚕等。压轴品种则是饲养在密闭房间里的常陆蚕。体长足有两米的三只蚕，有着旺盛的食欲，它们贪婪吞食大量桑叶的同时，又通过另一张口不知疲倦地不停向外吐丝。它们似乎已经忘记了结茧这一本来目的，蚕丝向四面八方乱喷，以至于每隔一小段时间就不得不将玻璃窗上的蚕丝除去，不然犹如棉花糖一样的蚕丝就会挡住视线，无法观察到玻璃窗内部的情况。据领我们参观农场的人介绍，昆虫的身体变得太大就会呼吸困难，所以房间是设置了双重门的气密室，内部的氧气浓度也相当高，甚至到了碰上火星就会爆炸的地步。

养蚕场的周围是种植了土豆、山芋、洋葱、萝卜、草莓等作物的田地。我们去参观的时候刚好是冬天，许多田地里都盖着白色的泡沫，就像是厚厚的雪一样。土豆和山芋对霜害的抵抗力很弱，一旦感觉到气温急降，就会有一种名叫苗床沫蝉的虫喷出大量的气泡给田地保温。这种虫原本是农业害虫尖胸沫蝉的一种，是用咒力加以改良之后的品种。

另外，在田地周围经常有巨大的蜂飞舞，深红色的甲胄在阳光下闪闪发光。那是赤胡蜂，是以凶猛的大黄蜂和狰狞的笛胡蜂为祖先创造出来的新物种，性情无比彪悍，攻击一切害虫，不过对人畜无害。

然后，在田地对面、农场的最深处，是牲畜圈。

我们直到临近小学毕业才被领去参观农场的真正原因，恐怕就是在这个牲畜圈上吧。这里有着用咒力加以改造的各种家畜：化作肉食生产工厂的家猪、成为牛奶制造器的奶牛、为了更有效率地采集羊毛而被改造为近似绒毯形状的绵羊等等。和植物与昆虫不同，亲眼目睹这些改造物的时候，绝不会产生什么舒心的感觉。也是因为这个原因，当我们终于在牛圈里看到形状普通的牛的时候，都不禁有些惊讶。

“什么呀，这不是普通的牛嘛。”

听了觉的感叹，我甚至都要羡慕他的迟钝了。

“没那么简单哦。”瞬指了指牛圈的一个角落，“那个是袋牛吧。”

我们大吃一惊，顺着瞬指的方向望过去。

“真的！真有袋子！”

叫起来的是真理亚。

一头灰色的牛正在牛圈角落里吃草，后腿根上的确有个小气球一样的白色突起紧贴在上面。

“嗯，那边的牛全都有袋子。”

领我们参观的是个体格健壮的男子，名字我早已经忘记了，只记得他带着稍许困惑的表情这么说。大概这是他不太愿意触及的话题吧。

“为什么不去掉?”觉问。完全没有理会对方的困惑。

“唔……很久以前制奶酪的农家就有传言说，有袋的牛，免疫系统会比较强，不容易得病。这里就是在研究那种说法到底是不是真的。”

看到袋牛之前，我们已经参观过许许多多奇形怪状的家畜，不过之所以会对袋牛表现出如此强烈的兴趣，我想也是有原因的。

为了更好地说明这个原因，还是看看我手边另一本书的内容吧。这本书名叫《新生日本列岛博物志》，封面上烙有“秘”字，表示它属于有可能造成危害的第三类书籍，需要慎重管理。这里摘抄其中的一段。

> 袋牛，古时被称作牛袋，但因为前述的原因，最终以袋牛作为物种名。尽管如此命名纯属偶然，但定下这个与“袋虫”① 相似的名称，其中也颇有意味。
>
> 所谓袋虫，指的是一种近似藤壶的甲壳类动物。由它的名字可以看出，它是一种类似袋子一样的生物，外观看

---

① 日语中的“袋虫”，指的是中文里的“蟹奴”(Sacculina)，属节肢动物门甲壳动物亚门蔓足纲根头目(Rhizocephala)，与中文“袋虫”所指的袋虫动物门(Aschelminthes)完全不同。这里为了与上下文保持一致，沿用日语说法，没有采用国内通译。请读者注意鉴别。——译者

上去完全不像虾、蟹之类常见的甲壳类。那是藻盾蟹等其他甲壳类动物由于被寄生而产生特殊变异的结果。

雌性袋虫经过无节幼体阶段，附着到蟹的身体上，成长为腺介幼虫状态，将体细胞的团块注入蟹体内。细胞块在蟹体内定居之后，就会用尖锐的针刺穿蟹的表皮，形成袋状的蟹奴外体。蟹奴外体的内容基本都是孵育囊，没有肢体和消化器官；而在蟹体内的蟹奴内体则会伸出类似植物根系一般的分支细管，从蟹体组织中吸收养分。

被袋虫寄生的蟹会失去生殖能力。这一现象被称为寄生去势。

（中略）

另一方面，自古以来人们就知道牛袋是在牛的睾丸、子宫、鼠蹊等部位出现的袋状肿瘤。因为对牛的健康没有负面影响，被认为是良性肿瘤，一般不做处理；近年来人们则逐渐认识到那是袋状的独立生物，而且是牛的一种，具有类似袋虫一样的进化过程。

虽然袋牛的进化起源不明，但其发生是明确的：母牛胎内的孪生牛胚胎在发育过程中，其中一只被吸收进另一只的体内并发生肿瘤化。认为袋牛是经过某种偶然途径进化而来的假说也因为这一现象而显得极有说服力。

被袋牛寄生的雄牛，睾丸中蓄积的精液里混有大量袋牛的精子；而在雌牛被寄生的情况下，交尾的时候，子宫内也会释放袋牛的精子。不管哪种情况，作为宿主的牛，交尾之后都会在产出健康幼仔的同时产出相当数量的袋牛幼体。袋牛幼体体长约4厘米，没有眼睛耳朵，像毛毛虫一样的身体有两只长长的前肢，尾部有一个类似昆虫产卵器的针状器官。

袋牛的幼体在诞生之后就用两只前肢行走，一旦爬上牛的身体，就会用尾部的针状器官刺入牛皮肤中的薄弱部位，注入自身的细胞块。细胞块在牛体内长成袋牛。据说袋牛幼体寿命很短，一旦完成使命，大约两个小时之后就会干枯而死。

无论是袋牛幼体还是袋牛本体，一眼看上去都与作为宿主的牛毫无相似之处，但在分类系统上，它却毫无疑问是哺乳类偶蹄目牛科的动物。袋牛幼体的前肢钩爪像牛蹄一样分成两趾，被认为是显示其进化起源的唯一痕迹。

但袋牛的精子在子宫内部与作为宿主的牛的卵子结合的情况，究竟是受精过程，还是在夺取卵子的养分，这方面的争论一直在持续。

有关袋牛是牛的一种这个问题，有很多非常有趣的民间传说。据说如果在袋牛幼体攀登牛身体的半路上把它抓住，它会扭动身体，发出酷似牛鸣的叫声，听到这种叫声的牛都会产生异常的不安，一齐开始鸣叫。笔者虽然有过多次观察袋牛幼体的机会，但遗憾的是，始终未能听到它的鸣叫声。

刚刚获得咒力这种奇迹般的能力、心中燃烧着野心与希望的学生们，与默默吃着草的被袋牛附体的牛的身影重合在一起，实在是一种很奇异的景象。

这不单是因为我们正被学校像家畜一样管理着，而且也因为我们对于自己所背负的东西一无所知吧。

4

纸牌搭起来的房子，眼看着越来越高了。

我瞥了一眼旁边的觉。他的进展好像很顺利，已经在搭第四层了。觉察觉到我的视线，带着几分得意，故意把飘在半空的纸牌弄得滴溜溜直转，那是张红心 4。

我压住心头涌起的将要输的预感，将意识集中到眼前的纸牌房子上。虽然只是将纸牌组合成三角形搭出金字塔的简单课题，但真正做起来就会立刻发现其中包含了所有锻炼咒力的必需要素。

首先，最主要的是要集中注意力。只要有一点点接触或者震动，甚至有一点微风吹过，纸牌房子就会倒掉；其次，需要有正确把握空间与位置关系的能力；此外，当纸牌房子搭到一定程度的时候，就要求具备能在关注整体的同时随时对细节做快速调整的技术。一旦察觉倒塌的前兆，就要尽快修好危险的地方。

顺便说一下，据说镝木肆星首次在完人学校挑战这个课题的时候，八十四枚纸牌的位置他全部了然于胸，刹那间便竖起了高高的金字塔。这段轶闻一直流传至今。哪怕是成年人，也几乎没人能够做到这一点，我猜想轶闻中恐怕带有某些夸张的成分吧。

在和贵园的时候，我们也曾经做过许多用手搭建纸牌房子的功课，不过那时候完全没有想到那是在给将来打下伏笔，我们还会在完人学校的能力开发教室遇到同样的课题。

“早季，要把基础垒垒好才行。”觉在旁边向我废话。

“现在才是决一胜负的时候呢。我不会输给你的，放心吧。”

“笨蛋。都是一个班上的人，争来争去有什么意思。看看人家五班吧，做得多好。”

我扫了一眼五班的情况。的确，五班全体差不多都是同样的进展状态，金字塔不断垒高。

“我们这边跟平时一样，还是他最厉害。”

确实像觉说的，瞬在班上是永远的第一名。他已经盖到了第七层，正在扩展第一层。瞬可以一次操纵两枚纸牌，用宛如蝴蝶展翅一般，班上没有任何人能学得来。我差不多稍不注意就会看他看得入迷。

“……但是，也有拖后腿的人啊。”

觉叹了一口气，向对面望去。觉身边的真理亚在速度上足可以同瞬匹敌，但是纸牌的组合方式太过杂乱，已经倒了两次了。不过每次她都能飞快重建，基本能够赶上我们的进度。

真理亚旁边的守则和她形成鲜明的对比，搭建方式小心到了几乎神经质的地步。那种安定性是全班数一数二的，速度大约勉强是整个班的平均数吧。

问题是对面的丽子。一眼看上去，她好像还没有把第一层完全搭好。

看到丽子的纸牌，连我都不禁为她捏一把汗。在和贵园里用手搭纸牌的时候，搭不好的孩子会紧张得手直发抖，而现在看一眼就能明白，丽子虽然是在使用咒力，纸牌也还是一样在颤抖。丽子毕业于黄金乡的德育园，我没有看到过她那时候的模样，但恐怕她一直都不擅长对付搭纸牌房子的课题吧。

而且丽子的笨拙也超乎常人的想象。好不容易感觉她快要把纸牌搭起来了，结果又一下子塌掉；终于以为她要凑起来，突然又全部散掉。尽是这样的不断重复。

“不行，再看下去连我都要给带坏了。”

觉摇摇头，转回自己的纸牌。

“只要有丽子在，我们班就永远都不可能赢。”

“什么呀，丽子是个好孩子。只不过有点儿没找到方法而已。”

嘴上虽然这么说，我自己也知道这是自我安慰。天野丽子无法顺畅使用自己的咒力。每次要解决课题的时候，必然会出现与意图相左的结果。

以前我们曾经做过类似传话游戏的课题，可能是为了培养意象还原能力。每个班排成一排，给最前面的孩子看一幅油画，然后这个孩子用咒力把意象做成沙绘拿给第二个孩子看，第二个孩子再将只看了一眼的沙绘尽可能忠实地还原出来，这样不断重复，直到最后一个孩子为止。最后做出来的沙绘与原来的油画最接近的班级获胜。

我们一班不论意象的形成还是传达能力，应该都是出类拔萃的。这其中最出色的依然还是瞬。瞬做的沙绘简直就像是在感光纸上复写的一样。接下来是真理亚。虽然不想承认，但不管是意象的正确性还是绘画才能，我怎么也不是她的对手。至于觉，如果排在第一的话会很紧张，但是由沙绘到沙绘的复制却很拿手。我倒是相反，对于仿照最初的油画做出意象来很有心得。守则颇有艺术家的才能，可以做出很让人吃惊的沙绘，而在正确性上恐怕至今也无人能出其右。

六个人的联合行动，经常是在丽子这里输得惨不忍睹。她所做的沙绘，说得尖刻一点，就好像濒死的螃蟹爬出的痕迹一样，不管怎么仔细观察、怎么发挥想象力，也看不出半点图画的模样。从第一位到最后一位，不管她排在哪个位置，一班所交出的图画，从来没有稍微像样一点的东西。

搭纸牌的冠军争夺战中，她的迟钝依然是决定性的。比赛规则是将全班所搭的纸牌房子合在一起计算层数，最多的班级获胜。但还有一个附加条件：全班都要搭到七层以上才行。

而且这一回，丽子还搞出了更加致命的失败。

至今我也不明白，在需要集中注意力的纸牌摆放竞技比赛中，究竟搞什么才会引发那样的事态，总之丽子的纸牌突然间弹了起来，跳过一个人，正好撞在了真理亚的纸牌房子上。

真理亚的房子虽然有些不稳定，但也已经搭到了班上第二的大小。这房子被撞之后，刹那间又变回平坦的纸牌堆了。

“啊……对、对不起!”

丽子的狼狈模样不用再说了。真理亚呆了一会儿，立刻又开始以之前一倍的速度搭建房子。真不愧是对房子倒塌已经习以为常的真理亚啊。可是从剩余的时间看来，就算是瞬和真理亚两个人一起，应该也来不及。果然，在真理亚的房子到达第三层之前，无情的笛声响起，比赛结束。

“对不起，我怎么会……”

比赛结束之后，丽子一直不停向我们道歉。

“没关系，别往心里去，反正我自己也会搞塌的。”

真理亚虽然笑着安慰丽子，但眼神总显得有些呆滞。

在这里介绍一下我所在的一班。班上的成员包括青沼瞬、秋月真理亚、朝比奈觉、天野丽子、伊东守，还有我渡边早季，一共六个人。全名一写出来应该就明白了吧，分班基本上是按照五十音的顺序进行的。由这个原则看来，我本应该是分在五班的，但不知为什么被分配到了一班。一班集中了我的三个好友，我猜这大概是为了让我尽早习惯完人学校的生活吧。

那一天放学后，我和真理亚、觉、瞬、守五个人沿着完人学校附近一条与水路平行的小径漫步。当然这也并不是故意要甩开丽子。这段时间，我们一班的六个人经常一起行动，不过在那样的大失败之后，我们猜丽子也不想看见我们，所以谁也没去找她。

“真想尽早随心所欲使用咒力啊。”觉伸了个懒腰说。

这一点上，大家都有同感吧。我们目前都只获得了使用咒力的临时许可，但不允许在町里使用咒力。只有在完人学校里忍耐了远比和贵园更长更无聊的学习时间之后，才能在最后的能力开发教室里获得解除咒力封印的许可。

“觉能随心所欲使用咒力的时候，我还是尽可能离远一点的好。”我讽刺说。

觉好像有点生气。“什么呀？”

“没什么。”

“我已经可以完美地操纵了，倒是早季很危险吧。”

“我觉得你们两个都很厉害了。”瞬像是劝架一样地说。

“就算瞬你这么说，我也不会有多高兴。”

觉把脚下的小石子踢向水路对面。

“为什么?”瞬的表情似乎真的不理解。

“我没乱说啊。我真觉得你们两个做得都很好。纸牌一点都没有乱飞。”

“啊……别再提那个了。”

真理亚叹着气捂住耳朵。

“少来这一套。瞬啊，你潜意识里根本就瞧不起我们嘛。早季，我说得对吧。”

实事求是地说，我确实也这么想，不过嘴上的回答却不是这样。

“不要把我想得跟你一样。瞬瞧不起的只有觉一个。”

觉正嘟嘟囔囔地抱怨，却突然停住了口。

“怎么了?”真理亚问。

觉伸手指向六七十米外的水路岸边。

“喏，看那边。”

我顺着觉的手指转过脸，只见那边有两个人影似的东西。脏兮兮的斗篷一样的布把全身裹得严严实实。

“……化鼠?”摆弄着自己红发的辫梢，真理亚低声说。

“真的。在干什么呢?”

瞬好像非常感兴趣。我也一样。说起来，以前还真没有在这么近的距离看见过化鼠。

“还是不要看的好吧。”守有点担心地说。

他的头发卷得很厉害，看起来好像头在爆炸似的。

“友爱园里的老师说过，就算看到化鼠，也不要靠近，更不能一直盯着看。和贵园没有人这么说过吗？”

当然说过，不过越说越会刺激好奇心，越会想要去看，这也是人之常情。我们慢慢朝化鼠的方向靠过去，观察它们的行动。

我想起自己还是孩子的时候从父亲那儿听到的话。看上去，化鼠们似乎被分配了水路疏浚的工作。水路的拐角处总有水流不畅、容易沉积的地方，从上流漂过来的垃圾就会堆积在这里。化鼠们用顶端带有小捞网的长竹竿，一刻不停地打捞着落叶和树枝。

如果使用咒力的话，这种工作大概一转眼就能做好吧。不过让人集中意识去做这种工作，确实也是太过单调无聊了。

“很努力嘛。”

“看它们那爪子，要想抓住捞网也挺难的啊。”真理亚同情地说。

“好像是哦。骨头长得和人就不一样，单单用两条腿站起来就已经很费力了。”

如瞬所说，虽然看不见化鼠们隐藏在斗篷里的脸，但抓着竹竿的两只前肢确实很纤细，就像啮齿类动物的前肢。支撑体重的后肢也是一副根本靠不住的模样。

“……都说了不要看了。”

守跟在距离我们稍远的地方，夸张地将脸背过去不看化鼠。

“哎……没关系的……啊、啊、危险！”

我们和化鼠之间的距离还剩二三十米的时候，觉叫了起来。一只化鼠想要把满满一网的树叶捞起来，但含有水分的树叶似乎比它预想的要重很多，这只化鼠的身子摇晃了一下，向前栽倒。

另一只化鼠发现情况不对，想要抓住它，可惜迟了一步。失去平衡的化鼠一头栽进水里。伴随着“噗通”的落水声，水花四溅。我们纷纷赶过去。

掉进水里的化鼠在距离岸边一米左右的水里挣扎。看起来它不会游泳，而且又有很厚的落叶和裹着全身的斗篷，连摆动身体都很难。

剩下的那只化鼠好像吓傻了一样，只知道团团乱转，连应该伸出捞网这种事情都想不起来了。

我深吸一口气，集中精神。

“早季，你要干什么？”真理亚惊讶地望着我。

“帮忙。”

“啊？怎么帮？”

“别和化鼠扯上关系。”后面的守用怯生生的声音警告。

“没关系，我只是把它从那边抓起来送到岸上去，轻而易举。”

“喂，难道……”

“不行！不能随便用咒力。”

“我也觉得不要用的好。”

我对大家都生气了。

“难道干看着它淹死吗！”

我静下心，用他人听不到的小声吟诵真言。

“但这样子还是很不好啊。”

“佛家讲究普度众生、慈悲为怀，老师教过的吧？”

我将意识集中到正在水中挣扎的化鼠身上。麻烦的是这家伙沉在水里的时间有点长了，枯叶之类的垃圾总是在干扰，让我没办法准确掌握化鼠的整体大小。

“……连着周围的叶子一起弄上来吧。”

瞬察觉到我的犹豫，给了我一个很有用的建议。我还给他一个感激的眼神，然后按照他的建议尝试去做。

周围的喧闹逐渐远去。

我用意志的力量将散乱的垃圾集中到一起，给予它上升的意象。巨大的泥块挣开水面张力，从水里浮上半空。

泥块中的水化作几道水流，重重落进河里。意识之网外缘的树叶扑簌扑簌地掉下去。垃圾里面应该有化鼠，但暂时还看不到。

我将垃圾块慢慢向岸边引导。大家纷纷后退，空出岸边的地方。

我把垃圾块轻轻放到路上，轻舒了一口气。

化鼠还活着。它在垃圾中脸朝下趴着，手忙脚乱地挣扎，一边低声呻吟，一边咳出混着气泡的水。在这么近的距离上看，可以发现化鼠的体型很大，若是站起来的话，恐怕会在一米以上吧。

“做得漂亮，像是用张大网捞起来的一样，完美的飘浮。”

“没有啦，还是多亏了你的建议。”

瞬夸奖我的时候，觉咬着嘴唇问：

“怎么办？这回的犯规要是被学校发现的话……”

“不被发现不就行了。”

“不被发现？我说的是如果被发现的话嘛。”

真理亚帮了我一把。“听好了，这件事情谁都不能说。为了早季，行吗？”

“行。”瞬轻松答应下来，那样子就像是有人找他借个笔记本一样。

“觉呢，行吗？”

“这个嘛，说是肯定不会说的，可要是露馅了呢？”

“应该没人看到。只要大家都不说就没关系。”

真理亚回过头。

“守？”

“什么？”

“什么什么……”

“今天没什么奇怪的事啊，我什么也没看到，我根本没看到化鼠。”

“好、好，好孩子。”

“但是，这家伙怎么办？”

觉皱着眉，低头望着被救上来的化鼠。

“这家伙不会跟什么人说吧？”

“说？化鼠能说话？”瞬似乎很有兴趣。

我朝化鼠凑过去。那东西一直趴在地上，根本没有起身的意思。是不是撞到什么地方了，疼得起不了身？可是另一头化鼠也在以同样的姿势匍匐在地。

化鼠非常害怕人类。我终于意识到这一点。

“喂，我刚刚救了你哦，知道吧？”我用尽可能柔和的语气对化鼠说。

“不要和化鼠说话！”守在不远处压低了声音叫。

“喂，听得见吗？”

湿透的化鼠那被斗篷头巾包住的头上下摆动，像是点头一样。显然四脚着地的姿势对它们来说更方便，它们就用这种匍匐的姿势靠近我，吻我的鞋子。

“这件事情要保密，知道吗？对谁都不要说。”

化鼠再次点头，好像完全听懂了我的意思一样。忽然间，我生出一股好奇心，想看看它们的脸长得什么模样。

“喂，看看这边。”

我轻轻拍了拍它的头。

“早季，别这样。”连真理亚都像是吓了一跳，劝我说。

“都说了不行……化鼠啊……”

守的声音听起来比刚才离得更远了。

“我说的话你听得懂吗？抬头让我看看。”

化鼠畏畏缩缩地抬起头。

我一直以为那会是类似野鼠一样很滑稽的脸，然而它真正的长相让我大受冲击。

由头巾下面往上看的，是我迄今为止见过的所有生物之中最最丑陋的脸庞。鼻子挤在一寸之内的空间里。与其说是老鼠，更容易让人联想起猪。生着细密胎毛的白色皮肤松松垮垮，上面有许多皱褶，皱褶深处的眼睛像是小小的串珠一样，正在滴溜溜乱转。兔唇裂得很深，黄色的门牙好像凿子，看上去仿佛是从鼻子里直接生出来似的。

“下——下下。师师师师师师师神——西西西西仙……大大大大大日日日日人人。”

化鼠突然发出叽叽喳喳的尖锐声音，开始说话。我不禁吓了一跳。

“在说话……”

真理亚低低说了一声。其他三个人都哑然了。

“你叫什么名字？”

“S@★♯◎&〈”

我这么一问，化鼠用唱歌一般的调子鸣叫起来，嘴角流下白色的泡沫。虽然知道名字，但终究无法用文字写下来。

“看来不用担心这家伙打小报告了。”觉放了心，“谁都不知道它说的是什么啊。”

紧张气氛稍稍缓和了一些，大家笑了起来。但是，我仔细端详着化鼠的脸，不知为何感到浑身发冷。

那是一种隐藏在内心最深处的禁忌被触碰到的感觉。

“喊不了它的名字，咱们还是暂且给它加个识别的代号吧。”瞬想了想，说。

“看看它的刺青吧。”

出乎意料的是，最远处的守提出了有用的建议。

“刺青？哪里有？”

“好像是在额头上。据说刻有部族和识别个体的号码。”守转过脸说。

我提心吊胆地伸手将覆盖在化鼠头上的头巾掀开。化鼠像是训练有素的大型犬一样，老老实实地一动不动，头部 ·点点露出来。

“有了。”

狭长的额头与头顶之间，用青色的染料刻着“木 619”几个字。

“这些字是什么意思？”

“肯定是化鼠的部族印记。”瞬说。

化鼠这种生物具有其他物种很少见的三个特征。

第一，就像化鼠这个名字显示的，它们从外表上看像是没有毛的老鼠，但体长则在 0.6 到 1 米左右。如果用两只后肢站立起来，大约会在 1.2 米到 1.4 米，其中特别大的个体基本上和人类差不多高。第二，虽然化鼠明显是哺乳动物，但却像蚂蚁和蜜蜂一样具有真社会性[①]，以部族为单位，以女王为中心，经营群居生活。这是由其祖先、原产于东非的裸滨鼠[②]处继承来的特色。小规模的部族也有两三百只工鼠，大一些的甚至可以有数千至上万工鼠[③]。第三，化鼠的智能远比海豚和黑猩猩更高，甚至可以说同人类的智能相仿。发誓对人类忠诚的“文明化”部族以向人类提供贡品和劳役为代价，换取人类对其生存的保障。这些部族都被赋予了汉字名称，通常都带有虫字偏旁。

譬如说，经常协助人类进行神栖六十六町土木作业的就是号称势力最大的大黄蜂族。此外还有黑褐蚁、斑虻、大蜻蜓、蜘蛛蜂、食虫虻、大锹形、灶马、拖足蜂、步行虫、斑蝥、木

---

① 真社会性(Eusociality)，是一种在生物的阶层性分类方式中具有高度社会化组织的动物。一般认为真社会性动物具有三项共同特征：繁殖分工、世代重叠、合作照顾未成熟个体。——译者

② 裸滨鼠(Heterocephalus glaber)，唯一一种具有类似蜜蜂、蚂蚁之类社会性昆虫的生活习性的群居性哺乳动物。——译者

③ 工鼠(Worker)，此处依照工蜂、工蚁等习惯译作工鼠。——译者

蠹蛾、龙虱、蟋蟀、青头蜈蚣、大螳螂、白蜡虫、螟蛾、灯蛾、寄生蝇、马陆、女郎蜘蛛、优草螽等等部族。在当时，这些部族都散布在小町的周边地带。

"'木'这个字，大概是说'木蠹蛾'吧。"瞬说。

"要是全部刻在头上，笔画数太多，反而会看不出来吧。"

"哦，那这家伙就是木蠹蛾族的工鼠了。"

木蠹蛾族合计不过两百头化鼠，是弱小部族中的一个。

化鼠对觉的话产生了敏感的反应。

"麻★蛾。麻蠹——蛾——部★族……Grrrrr。"

说了几声之后，化鼠的身体忽然开始颤抖起来，像是感到寒冷一样。

"好像觉得冷了啊。"

"全湿透了。而且化鼠一直都在洞里生活，本来体温就比较低吧。"瞬说。

于是我们解放了化鼠。两头化鼠全身趴在地上，以五体投地的姿势目送我们远去。走出一段之后，我回过头去看了一眼，它们依然匍匐在地，一动不动。

"到底只能用屎壳郎一样的战术了吧？"

真理亚说。这是距离救了化鼠那天之后一个月左右的事。

"太没意思了吧。"觉提出异议。

我们望着放在桌上的巨大黏土块，议论不休。

“那……做个大轮子，把球放在里面怎么样？这样的话，既可以转动轮子前进，也能控制球的方向嘛。”

我坐在桌子边上，摇晃着双脚发言。虽然是一时兴起想出的提案，不过却出乎意料地有种颇能行得通的感觉。

“这样的话，半路上轮子的强度会不够吧？球会把轮子压坏的。”

觉又开始挑毛病。我顿时生了气，正要反驳他的时候，瞬指出了更加重要的问题。

“要保证轮子旋转的时候全部贴地会很困难吧？假设其中一部分脱离地面，也可能被算作犯规吧。”

“……是啊。”

我顺从地放弃了自己的意见。

“光靠拍脑袋想恐怕想不出头绪，咱们不如先动手把黏土切了看看？我想，实际动手做一下，说不定就能弄明白制作出来的推球手该有多重了。”

我们按照真理亚的提议，决定暂且把黏土平分成两份，假定其中一半会被用于制作推球手，剩下的一半用来制作进攻手。

“就这么点儿啊。”觉失望地说。

“球有多重？”真理亚问。

瞬抱起胳膊。

“那东西是大理石的，我猜大概有十公斤以上吧。”

“黏土全部加在一起，应该差不多重吧。也就是说，推球手最多也就是大理石球的一半。”觉叨念起来。

“但是，黏土这东西一旦变干或者烧过之后就会变得很轻吧？”

“对的！所以，最终推球手的重量只会有球的三分之一左右。”

虽然大家全都面露愁容，但因为这一回瞬附和了我的意见，所以唯独我一个人的脸上露出了笑容。

“那，果然还是只有从后面推了。”守小声嘟囔道，“白绕了一圈嘛。”

运球淘汰赛于五天后开赛。也就是说，在这五天时间里，各班必须决定己方的基本战略，而用黏土制作推球手和攻球手，更需要不断练习，力争达到操作自如的程度。

在这里说明一下运球比赛的规则。两个班级分成运球方和拦截方。运球方在赛场上推动一个巨大的大理石球，如果能够落到指定的洞里就可以得分。拦截方当然就是要努力阻止大理石球掉进洞里。两个班级各运一次球，单次时间十分钟。双方都得分的时候，以进球时间短的一方为胜。

比赛当然只能使用咒力进行，但同时也有很多限制条件：不得以咒力直接接触球和赛场。我们所能操控的只有用被分配的黏土制造出来的棋子，也就是运球方的推球手和攻球手，或者拦截方的守球手。此外还禁止让棋子在赛场上飘浮，因为如果让棋子浮在空中去推球的话，也就相当于仅仅给球加了一层缓冲而已，和直接用咒力推球没什么区别。

赛场在学校的后院，宽二米、长十米，场地表面铺了一层细砂，上面还种了不少花草，就算是用推球手直接推球，也需要集中很高的注意力。终点洞穴由比赛的拦截方任意开设在自己喜欢的地方。不过，除此之外的一切改造比赛场地的行为，比如挖陷阱、做土山等都被规则禁止。

另外，只要是在允许的重量之内，不管棋子做成什么形状或者做多少个都没有限制。不过数量太多会很难控制。

还有一个重要的禁止事项：不允许直接攻击对方的推球手。不然的话，推球手遭到对方守球手的集中攻击，比赛一开始就会被破坏。不过得到攻击豁免的只有比赛之前预先被宣布为推球手的一个。如果使用多个推球手，从第二个开始就会暴露在毫不留情的攻击之下。所以不管哪个班级，推球手基本上只会有一个。

“那，这种样子的推球手行不行？”瞬说。

在他额头上，微微的汗珠闪烁着光芒。能按照大家七嘴八舌的意见将黏土任意加以变形，这份技术除了瞬之外谁都不行吧。

这个推球手的整体是一个矮胖的锥体，底部如船底一样是浅浅的 V 字形，仿佛要在赛场上滑行一般。为了控制球的左右运动，正面还有两只夹角呈 120 度的臂肢。最终的形状不禁让人想起张开双臂的人偶。

“不错嘛。简单归简单，还是挺帅的。”真理亚评论道。

“这样的话，接下来是攻球手了吧。瞬专心操纵推球手，剩下的人负责别的吧。”

觉顺势就给我们的讨论加上了总结，明明也没人邀请他。

“一班的讨论怎么样了？”

远藤老师笑嘻嘻地探进头来。他有一张圆圆的脸，又加上头发和胡须没有什么明显的分界线，所以得了一个“太阳王”的古怪绰号。

“好不容易才把推球手的形状决定下来。”

觉带着几分得意，把刚刚做好的模型指给远藤老师看。

“是吗？这么短的时间，就做到这么好了啊。”

“嗯，正打算把它硬化。”

“谁控制推球手呀？”

“瞬。”

“果然是瞬啊。”远藤老师重重点了点头，“那，接下来就是攻球手了。除了瞬的四个人，要好好分配哦。”

“是！”我们朝气蓬勃地回应道。

在那之后，经过反复的争论，我们最终决定做五个攻球手。瞬同时控制推球手和一个攻球手，剩下的一人控制一个。

在这期间，谁都没有意识到：一班不是应该还有一个成员吗？

第一战的对手是五班。这算是抽到了上上签吧。大家私下里都认为，从整体上看，棋子精妙的三班基本上是遥遥领先的冠军候补，能够与之抗衡的大约只有我们一班和以狡猾著称的二班了。

猜拳的结果，我们先做运球方。虽然是序幕战，但我们也带着极度的紧张打量五班的守球手。六块墙壁形状的守球手正在轻微地左右摆动，看起来是打算覆盖整个赛场，堵塞我方的前进之路。

我们五个人组成圆形战阵，各自在心中念诵真言。

"和预想的一样，最平凡的战略。"真理亚有点开心地说。

"这样的话，连三十秒都不用吧。"觉窃笑起来，像是已经胜券在握了一样。

"中央突破。"瞬小声向全员指示。

"这种防御措施，不管从哪里前进都一样。赛场中间一带好像最平坦。"

我方的推球手和攻球手一出现在赛场上，五班学生的脸上顿时出现了明显的惊慌之色。

带着臂肢的推球手，慢慢地在赛场上滑行，停在球的后面。

接着，五个攻球手整然有序地散开。三个在球的前方停下，组成一个三角形，剩下两个守护球的两侧。

作为先锋的三个，形状都是细长的三角锥，尖锐的顶端向着前方，正中的棱接地，看上去犹如纸飞机一般。守护侧面的两只则是重心很低的扁扁的圆柱体，表面有许多突刺。这些突刺虽然没有什么实际的意义，但看上去让人有种更加结实的感觉。

“双方都要公平竞赛。通力合作，拼尽全力，直到最后。明白吗?”

“太阳王”庄严地宣布，随后吹响了宣告比赛开始的笛子。

先锋的三个攻球手慢慢前进。推球手也开始慢慢加力，不过沉重的大理石球还没有动。从开始推至球开始动的这段时间需要非常小心。如果在推球手上施加过多的力，弄不好会把推球手碰坏。当然了，瞬绝不可能做出这种蠢事。

被当作守球手的六块墙壁仿佛完全被我们的气势压倒，简直都没有勇气上前，只知道继续着毫无用处的左右晃动。

动了。球慢慢旋转起来，向前滚去，它的速度逐渐加快，在赛场上勇往直前。配合球的运动，先锋的三只向中央冲去。

五班终于发现了我们的意图，想要把守球手集中到中央，但已经来不及了。所谓不费吹灰之力，说的就是眼下的情况吧。三只先锋撞上了对手本应该更重的墙壁，轻而易举地将之一举冲散。紧跟着，大理石球轰响着冲了过去。我负责的是先锋的左后方，与对手的接触仅仅是一刹那而已。

一旦防线被突破，五班便再没有回天之力。大理石球笔直朝着终点的洞穴滚去，带着痛快又恶毒的声音落进洞里。只有26秒。比最乐观的觉的估计还要快。

“不管怎么说，对手这么弱，实在也太没意思了。”觉说。

“真的。对方简直就像完全没有守球手一样啊。”

就连平时沉默寡言的守也是同样的看法。不过太大意的话，说不定会发生什么意料之外的情况。

“对方可还有攻击赛呢。”我努力想把已经松弛下来的气氛重新拉紧，“要知道，现在还没有完全胜利。”

“和胜利也差不多了吧。不管怎么说，他们要在26秒以内落进洞里，根本不可能吧。”觉还是笑嘻嘻的。

“现在还不知道会发生什么，不能大意。”瞬说。

我们把五个守球手运到赛场上。

但是，看到五班准备的棋子，我们全都怔住了。

因为他们的守球手太过平淡无奇，没什么特殊之处，所以我们都以为他们这次运球的棋子充其量也就是这种水平了。然而实际却出乎我们的意料，敌人撞上了大运，想出了出人意料的计策。

“什么呀，这是?”真理亚低声说，“六个都是同样的形状嘛。”

确实，五班的棋子全部都是犹如撞木一样的长方体，全身上下还插满了臂肢。

“这些家伙，把六个都用作推球手啊。”瞬喃喃地道。

这时候，“太阳王”在一模一样的六个棋子当中挑了一个，用笔在上面画了一个红色的双重圈印记。这大概就是唯一一个不可攻击的推球手了。

“不过从第二个开始的推球手应该可以攻击吧？可这样一来他们就没有棋子能拿来防守了……”

对于我的疑惑，觉回答说：

“就算被撞坏了一两个推球手也没关系。他们大概是想六个一起推，用球本身的运动撞开守球手。”

如觉所料。开始的笛声一吹响，球就动了，而且眼看着不断加速。

我们的守球手当中，四个是制门器（Door Stop）一样的形状。原本是打算用它们嵌进球体下方，争取阻止球的运动，或者干扰球前进的方向。可是其中两个因为对方的球速太快，嵌入进去之前就被弹飞了。

剩下的两个从侧面攻击没有红印的推球手，并且漂亮地推倒了其中的一个，但剩下的五个推球手的势头没有半点衰减。

“不好！照这样下去……”觉叫道。

确实，对方的球速比我们刚才更快。如果直接冲向终点，我们在时间上就要输了吧。

作为我们团队王牌的第五个守球手出现在赛场的中央。瞄准了球的前进路线。

“靠你了，瞬！”觉叫道。

第五个守球手是厚厚的圆盘形状。在其底部的中心，有一个大大的凸起。对手的球一旦滚上来，圆盘就会以这个凸起为中心迅速旋转，将球的前进方向做一个一百八十度的改变。这是瞬的天才构想。

球以猛烈的势头接近第五个守球手。只要是瞬，足可以把握住一刹那的机会，将圆盘转动起来。

但是球的速度太快，引发了未曾预料的现象：球撞到地面上一个细微的凹凸处，低低跳了起来。

为了不让球飞过圆盘，瞬使圆盘稍稍后退了一点。

大理石球撞上圆盘的刹那发出了一声难听的爆响，就像是硬东西碎掉的时候发出的那种。圆盘虽然飞速旋转，但球却在圆盘上再度跳起，前进路线基本上没有什么变化。

“完了……”觉彻底失望了一般，喃喃自语。

用这样的速度冲向终点，不要说 26 秒，就连 16 秒都用不了吧。就在我垂下头的时候，真理亚叫了起来。

“啊，啊！快看！”

我抬起头，未曾想到的景象跳入眼帘：球速太快了，五班已经完全陷入了无法控制的状态。

推球手当中的一个被卷上了旋转的球体，随即掉在球体前面，紧接着便被压得粉碎。

一侧的推球手力量消失了，推动球的力量失去平衡，球体歪向了一旁。

到这时候，已经不可能拦住球了。球体以迅猛的速度从终点旁边滚过，而且继续势头不减地向前滚去，一直滚出赛场之外。

“五班无法继续比赛，一班获胜。”

这还是第一次感到“太阳王”的声音恍若天籁一般。

“赢了！”

“第一场赢了！”

“五班自取灭亡了啊，那样的战术本来就行不通嘛。”

我们牵起手欢庆的时候，忽然发现瞬一个人落在圈子外面。

“怎么了？”我问。

瞬望着手上第五个守球手的圆盘，脸色沉重。

“糟糕啊，有点裂了。”

“啊？”

大家全都围到瞬的身边。圆盘是以高温烧制而成的，强度应该没有问题。就算托着沉重的石球做水平旋转，也应该完全承受得住。但是，我们都没想到还会有大理石球跳起来从上面砸向圆盘的情况。

“哎呀，接下来说不准要赛一场还是两场，这东西不能用了吗？”真理亚问。

“唔，依我看，下一回弄不好只要球往上面一压就会碎掉。水平旋转改变方向的战术肯定不能用了。”

“那下一回只能靠四个出战了吗……”

我们商量了半天善后事宜，然而短时间里也想不出什么办法，只好等决定了对手之后再来讨论。

五个班级进行淘汰赛，会多出一个班。完人学校采取的方法是这样的：首先通过抽签，分别让两支队伍比赛。各自的胜利者再进行抽签，其中一方直接进入决赛，剩下的一方则同第一轮的轮空队伍对战，胜者进入决赛。

因此，根据抽签时的运气，有可能只要打两场就能获胜，也有可能不得不连胜三场才行。

我们姑且去观看了三班与四班的比赛。三班果然显示出不负众望的强悍攻守能力。

三班的推球手是具有复杂曲面的马蹄形，可以说完美地控制了球体。攻球手则与我们的相似，但感觉更加精练。

更让人吃惊的是他们的守球手战术。两只小人偶之间拉开一条完全未经高温处理的细绳状黏土，而且黏土绳的表面还是湿润的，有很高的黏着力。两只小人偶在球的前进路线上拉开泥绳，扯断之后散开。如此一来，由于从上面通过的球体的旋转，细绳自然就被卷上球体。缠上了细绳状黏土的球无法再保持笔直的前进路线，虽然最终还是抵达了终点，但时间上已经大幅落后了。

“这一手真漂亮。”觉心有余悸地说。

“咱们钻进死胡同了，总以为黏土只能烧硬了用。”

“看来他们很有自信啊，算准了只要能让对手多花时间，赢的肯定是自己。”

“决战的对手肯定是三班了吧。”

真理亚也很罕见地露出心悦诚服的表情。

三班以 22 秒对 7 分 59 秒的优异成绩击败了四班。接下来是我们和三班之间抽签，让我们松了一口气的是，我们直接进入决赛。

“呀，真幸运。”

“趁这时候好好考虑考虑怎么打决赛吧。”

“圆盘修不好吗?”

“以我的咒力，没办法把高温烧制的陶器恢复到原状。只能尽量做些应急处理。”

我们决定由瞬、我、觉三个人重新拟定战术，真理亚和守去观看三班和二班的半决赛。

“暂且先把圆盘裂开的地方粘起来吧。”

“能要点修补用的黏土吗?”

我这么一问，觉跑去找“太阳王”确认去了。结果被告知如果放弃现在的棋子，则可以换回同等重量的黏土。但因为能换到的黏土并没有做过高温处理，而放弃的棋子已经经过了煅烧，实际上会损失很多重量。

“没办法了。刚才楔形的守球手碎了一个，就拿它换一点黏土吧。”

把黏土涂在圆盘的裂缝上，瞬送出咒力使之硬化。剩下的黏土该怎么用呢？我把手里的黏土捏来捏去，无意间捏出一个像纸一样的单薄圆盘。

等一下，这个，难道说……

“早季，别玩了。”觉不高兴地朝我说。

“喂，我说，这个说不定能赢三班。”

“你在说什么？”

刚刚结束了修补圆盘工作的瞬瞪起圆圆的眼睛望向我。

“有什么好主意吗？”

我重重点了点头，将刚刚出现在脑海里的点子解释给两个人听。

“太厉害了，真是天才的主意。”

瞬的夸赞让我的脸一直红到了耳朵根。

“唔——虽然点子本身实在不光彩，但也是因为不光彩，对手肯定想象不到吧。”

觉还是一贯的毛病，尽可能地贬损我，不过那语气也是在赞同我的主意。

“觉，干吧。只有这样了。”

“是啊。”

“没时间了。”

我们分头将新得到的黏土拉长摊薄，接在圆盘的周围。因为不能几个人同时对一个对象施用咒力，所以只能进行手工作业。时间很紧迫，好不容易快要弄完的时候，真理亚和守冲进了房间。

“糟了！半决赛结束了!”

“对手反正就是三班吧？不过，咱们这边已经找到对付他们的办法了。”

觉的口气好像完全是他的功劳一样。

“错了哦。”真理亚说，“三班输了，决赛的对手是二班!”

5

我们返回后院的途中，正碰上三班的人一个个走出来。

“我还以为决赛的对手肯定是你们三班呢。”我朝抱着推球手的弘搭话说。

“我们一直都占上风的。”弘似乎显得颇为不服。

“要是没有那场事故……”

弘举起马蹄形的推球手，像是要让我好好看看。那个推球手和地面摩擦的底部伤痕累累，侧面也掉了好大一块。

“怎么了？”

“事故啊，和对方的守球手狠狠撞到了一起。”

弘抚摸着推球手的破损处，像是很心疼。

“就在那时候，球朝反方向转过去了，我们花了一分钟时间才把它调回到原来的方向。”

“所以，结果是 1 分 36 秒比 1 分 41 秒，二班胜了。我们很不走运吧？”

班上年纪最大的美铃伸手搭在弘的肩头，长叹一口气。

“对手撞过来的时机实在是太糟了。”

“没办法，事故嘛。”

弘的声音里面隐藏着与话语相反的感情。

“小心点。”离开的时候，弘说，“决战还不知道会出什么事呢。”

不可否认，比赛前听到这样的消息，多多少少会带上一些主观想法。我们开始觉得，除了纯粹的比赛之外，还有别的东西掺杂在里面了。因此，当看到作为先攻方出现的二班推球手的时候，我们全都大吃一惊。

“那不是安着车轮的吗？”觉喃喃自语，一副难以置信的模样。

“咱们也讨论过这个方案，但是没办法做车轴，只得放弃。奇怪啊，应该只能用黏土的吧？”

瞬眯起眼睛仔细观察。

“不对，你们仔细看看，那不是车轮，是球。”

二班的推球手，在它的主体部分下面有个深深的凹槽，里面镶着一个球。从外面刚好只能看到一侧，所以看起来就像是主体部分上装了车轮一样。

“这不就跟小推车一样吗？稍微撞一下就会掉下来的吧？”

觉冷冷地说，“既然这样就应该嵌得更深一点，才不会那么容易掉吧。”

“不对。球嵌得越深，就越容易卷进沙子，那可就不好弄了。所以我觉得他们这个样子恐怕不是那么容易动的吧？”瞬的语气也颇为怀疑。

“要是卷进沙子动不了的话，他们是不是打算用普通的滑行方式前进？利用球形车轮还能转动的时候，突破咱们的防护网，是这个意思吧？”真理亚冷静地分析道。

我们的疑问在比赛开始的时候就真相大白了。

“两个人……”

我不禁叫了起来。是二班的两个顶尖人物。只要看到良和明的视线方向，就知道两个人一起在向推球手集中精神。

良大概是在控制主体推球；明则是保证球形车轮不掉下来，同时把前进路上的砂石草木扫清，防止卷进异物。两个人的咒力在如此狭小的范围里交错，这种事情本身非常危险，而且两个人同时操纵一个推球手也有点浪费，但在这样的场合下显然也有相当充分的优点：因为球与地面的摩擦很小，咒力可以很好地从推球手传递到球体上。二班的球以近乎在与我们第一战中失控的五班球体的速度前进，同时还保持着完美的控制。

我方的守球手拼死牵扯对方的速度，但敌人的推球手自由自在地左右穿梭，走着之字形，轻而易举地绕过了我们的防线。

觉的守球手转过头来要去追赶推球手，结果同磨磨蹭蹭的守的守球手撞在一起，一同飞出了赛场外面。

“没辙了。”我长叹一口气，对瞬说。

“是啊。这个推球手太漂亮了。接下来只有靠早季的点子了。”

我们放弃了继续让守球手拦截的打算，都停了手观望战况。看到我们这副样子，二班的人肯定认为胜券在握了吧。但意气风发地前进着的推球手却突然在半途停了下来。二班的人显然是被弄糊涂了。

“怎么回事？洞不见了？”二班的学朝我们这边叫了起来。

“洞有的哦。”瞬摆出若无其事的表情回答说。

“有？在哪里？”

“这个好像没有告诉敌人的道理吧。”觉嘲弄道。

“喂，赶紧先把计时停下来。太奇怪了！”学不满地叫道。

“不行哦。总不能他们随随便便一说，就把计时停了吧。”真理亚叮嘱负责计时的四班学生说。

“别开玩笑了！洞都没有，还怎么比赛？”

“说了有的嘛。”

与怒不可遏的学形成鲜明对照，瞬的态度一直都很沉着。

“找吧，不过要花你们的时间。”觉嘿嘿笑着说。

就连作为同一战线的我看了那副样子都觉得有些过分了，对手看到了只怕更加愤怒吧。

“明明没有洞，凭什么白白浪费我们的时间啊！”

“所以说了有洞的嘛。要是真没有洞，算我们犯规直接出局，怎么样？”

瞬静静地这么一说，学带着怀疑的眼神沉默了。实际上，这一场口舌之争应该已经消耗了快有两分钟了吧。

“……藏起来了吗？”

二班的学生终于意识到这一点，开始一个个把眼睛瞪得老大，满赛场寻找终点，然而怎么也找不到。

“这是犯规吧！”

学又一次咬牙切齿地喊了起来。

“应该没有规则说不能把终点藏起来吧？”

“有！在赛场上动手脚，明显是违反规则了！”

“但是，我们可没在赛场上动过任何手脚哦，要给个提示么？”

志得意满的觉看起来要多嘴了，我赶紧拦住他。

“等到最后再揭开谜底。现在是用他们的时间对吧？越晚找到对我们越有利。”

学慌慌张张地又回去找终点了。最终又花了一分钟时间才找到。当然总不可能一直找不到。终点的洞口是盖在圆盘下面的，圆盘表面伪装得和沙地非常相似，而且像潜伏在海底的鳐鱼一样把圆盘上下晃了好几回，把周围的砂石盖在上面，尽量混淆分界线（和觉吹嘘的相反，真要是追究有没有对赛场动手脚的问题，这恐怕也算是对竞赛规则打擦边球的行为了）。

二班对于该怎么用攻球手移开盖在终点处的圆盘，先做了一点不成功的尝试，不过很快想出了正确的办法。他们把大理石球推到圆盘的上面，由黏土硬化而成的圆盘承受不住超过十公斤的重量，两秒钟之后便碎成了两半，连着球一起掉进了洞里。

“啊——啊，果然还是撑不住啊。”

“不过已经充分达成使命了。二班花的时间超过三分钟。这样的话，我们可以轻易获胜了吧。”

觉又开始自以为是地说。不过在这时候，我们全班人都被一种乐观的气氛俘虏了。我们都以为，就算二班的守球手再怎么优秀，也不可能拖住我们三分钟之久吧。

等到攻守转换，我们的推球手登场的时候，每个人依旧信心十足。

情况变得复杂化，是从二班十只以上的守球手开始进行疯狂的波浪式攻击的时候开始的。一个人操纵两只以上的守球手拼命撞击我方的攻球手，毫不顾忌自身的损耗。对方的数量太多，我们没办法尽数防御，突破防线的几只纷纷撞上球体的侧面。

瞬一面躲避对手的纠缠，一面冷静地向前运球。我方有那三分钟作垫底，没必要着急。

前进到赛场一半虽然花费了将近五十秒钟，不过已经可以看到终点了。敌人的守球手数量固然众多，但基本上都很轻，就算撞上来也没什么影响。我们不禁都感觉胜券在握。

恰恰就在这个时候。

就好像是被什么东西拽住了一样，球猛然停了下来。瞬大吃一惊。接着，就在他向推球手上加力，想要再度推进的时候，事情发生了。

以极快的速度从斜前方飞来的守球手掠过球体，撞上了我们的推球手。

伴随着犹如敲击金属般尖锐的声音，陶器碎片四散飞射。

我们倒吸一口冷气，一个个目瞪口呆。相撞的守球手掉出了赛场，推球手左边的臂肢也被撞断了。

比赛虽然没有停止，但我们和二班的学生全都停下了动作。只有一个人除外。

从斜后方靠近的对方的守球手开始推动我们的球。大理石球慢慢地转动起来，滚出了赛场。

谁干的？我茫然地向二班的人望去，眼睛里映出的是学抿嘴偷笑的神情。我打了一个寒战，情不自禁地移开了目光，仿佛看到了什么不该看的东西。

“喂！干什么！”觉怒吼道，“这……这……”

面对如此过分的情况，觉连话都说不下去了。

“抱歉，事故啊。”学摆出一本正经的模样说。

“事故？是个借口吧？”真理亚叫道。

“好了，停止计时。”

“太阳王”插进我们中间。他来的时机恰到好处，看来应该是一直在什么地方观察着我们的比赛吧。

“非常遗憾，因为偶然的事故，决赛平局。”

“什么！这种事情不是他们犯规吗?!”

瞬很罕见地强烈抗议道。

“哎呀，这一次是偶然事故。判定一班和二班同时获胜，如何?”

既然教师已经这么说了，学生当然也没有办法再说什么。

令整个年级狂热的运球淘汰赛，便是以这样一种谁也未曾预想的形式谢幕了。

“难以置信。绝对是有意撞的!”真理亚简直愤怒得无法自制。

“就跟比赛之前三班说的一样。”

“是啊。肯定不是事故。”守也持同样意见。

“那家伙肯定算好了时间。”

觉以恍然大悟的语气说。

“擦着球飞过去，撞上推球手的臂肢，这个肯定也是计算好的。瞬也这么想吧?”

瞬一直抱着胳膊，沉默不语。

“怎么了？难道连你都相信那是事故?”

瞬摇摇头。“不是……我在想那之前的事。”

“之前的事？”

“我这里的推球手忽然停下来的事，就好像撞到了什么墙壁一样。”

“啊？”

“没弄错吧？”

“嗯。推球手的感觉，唔，有一种说不出的奇怪。地上明明没有什么大的起伏。”

我们全都哑口无言。瞬的感觉比我们任何一个人都敏锐，而且他也不是喜欢乱说话的人。

但如果真如他说的一样，那就只能认为是有人使用咒力拦住了我们的推球手。以咒力直接接触球体固然是犯规，而对其他人施加咒力的对象强行干涉，则是更加严重的问题——明显违反了伦理规定。万一两股咒力撞到一起，会产生犹如彩虹一般的干涉条纹，空间也会扭曲，并引发极其危险的事态。

也就是说，二班之中，恐怕存在将践踏规则视若常事的人。

单单这样想一想，便有一股强烈的不安攫住了自己的心，仿佛连脚下的大地都裂开了一样。那一天，我们一言不发地踏上了回家的路。恐怕每个人的心里都怀着深深的不安。不过在那个时候，对于在心中的障壁另一侧蠢动的恐惧，我们还并不清楚那到底是什么。

青春期的时候，再细微的烦恼感觉上也好像世界终结一般。不过，年轻的跃动之心，容不得苦闷情绪停留太久。过了一阵，就连当初为什么烦恼也想不起来了。

而且讽刺的是，忘却这样一种心理防卫机制也会将真正重要的问题如同不值一提的烦恼一般一并由意识中抹去。

运球淘汰赛结束之后，取代它引起我们重点关注的，是完人学校规模最大的活动：夏季野营。这个名字听起来就很有趣，实际也是一项充满惊险的活动。它的内容是由学生们自己乘皮划艇溯利根川而上，在野外搭起帐篷度过七天的时间。除了日程由教师调整、防止几个班级相互冲突之外，其他的一切计划都交给学生自己安排。自从成长仪式的时候去过清净寺以来，这还是第一次到八丁标的范围之外，单单这样想一想，就已经有了耐不住的紧张和兴奋，仿佛将要踏上另一个星球一般。

交织着期待与不安的焦躁感随着一天天过去的日子变得愈发高涨。我们坐立不安。每次碰到一起，都会就不知从哪里听来的小道消息、毫无根据的臆测、还有我们的计划说个不停。虽然这样得不到什么具体的成果，但这种共享消息、互相交谈的做法，多多少少可以缓解我们的不安。

因此，虽然运球淘汰赛的谢幕令人不快，但不快并没有在我们心中残留太久。我们既没有注意到长期缺席的天野丽子的名字已经消失不见；也基本上没有关心过校园里不知从何时开始再也看不见踪影的另一个学生：片山学。

显然，这些都是我们的思想本身一直处在严格管理与巧妙诱导之下的证据。

“早季，好好划。”

觉在身后开始了差不多第三十回的抱怨。

“我在好好划啊，是你没配合好吧？”

我也扔回给他差不多第三十次同样的回答。划皮划艇原则上是男女搭配一前一后协同作业，但若是双方不能好好配合，两个人的力量相互抵消，就会陷入越划越无法前进的状态。在这个意义上，我和觉的配合虽说是抽签的结果，但也是能想到的最糟组合了。

“啊——啊，和那一组怎么差这么多啊？”

真理亚和守的皮划艇，一看就是很轻快的模样。仅仅在出发前一天听了两个小时的讲解，看上去就好像已经配合了多年一样。特别是守，很难得地显出游刃有余的模样，一边划，一边还拿河水做出喷泉、在天空画出彩虹，博取真理亚的欢心。

“好好看看哦，人家那一组分明就是守在配合真理亚嘛。我坐在前面，看不到后面的动作，只有你来配合我啊。”

“人家那是前面的真理亚划得好，后面才能配合得起来。

早季你根本就是在看风景，一点都没划嘛。”

觉又开始抱怨，这些话当然都是他死不认错的借口。

初夏时节，宽广的河面上凉风习习。我把操桨的手停了一会儿，摘下麦秸帽，任凭河风吹拂自己的头发，又敞开像披风一样披在肩头的毛巾，想要吹干汗水湿透的 T 恤。橡胶制的救生衣虽然是个累赘，但说不准什么时候皮划艇就会翻掉，所以还是不能脱。

放眼望向河岸，眼帘内全都是大片大片的芦苇丛。不知哪里传来大苇莺啾啾的鸣叫声。

忽然间我发现皮划艇开始以前所未有的顺畅劈波斩浪一路前行。有那么一瞬间我还以为觉痛改前非，开始用心划船了，然而那是不可能的。

回过头，果然，觉正侧躺在皮划艇里，一只手托着自己的侧脸，另一只手轻触水面，正在体会小艇的速度感。

“你在干什么？”我厉声喝问。

觉抬起眼睛。“河水让人心情愉快。不像海，飞沫都咸得要命。”

完全是顾左右而言他。

“尽量不用咒力，只用桨往上游划，划到划不动为止——这话是觉你说的吧？现在又放弃了？”

“笨蛋，顺流而下就算了，逆流而上的时候哪有用手划的道理嘛。”

觉打了个哈欠。

“所以说我们最好用咒力抵消河水的流势……”

“那多麻烦啊，既然要用咒力了，就直接用咒力推着船走不是更省事吗？反正回去的时候手划就是了。”

觉已经彻底转入懈怠模式了，和他争论只能白白浪费时间。我将注意力转回到河岸的风景上。仔细看来，不管是配合很好的真理亚与守的配对、还是一个人划船的瞬，咒力的应用都明显超出了用来抵消水流的必要性。说起来，趋易避难到底是人类的天性。

靠近河岸的瞬正向我们这里招手，用桨指着芦苇丛。两艘皮划艇犹如活物一般灵巧地转过方向，朝瞬的小船靠近。

“瞧，那边，大苇莺的窝。”

沿着瞬指的地方望去，可以看到一个小小的鸟巢，刚好处在和我身高差不多的位置。我把小船停到紧挨在瞬旁边的位置，站起来探头往里面看。皮划艇左右剧烈摇晃起来，觉慌忙维持小船的平衡。

“果然。不过这个……”

直径大约七八厘米的杯状鸟巢筑在三根粗大的芦苇上，结实程度让人类都不禁叹为观止。鸟巢里有五枚小蛋，都带着鹌鹑蛋一般的茶色斑点。

“……真是大苇莺的窝吗？不是伪巢蛇做的？”

坦率地说，我直到今天都分不出两者的区别。

就像名字所显示的那样，伪巢蛇会在芒草草原上筑巢，不过实际上在河岸上以芦苇为材料筑巢的例子远比芒草多。

“这是真的巢哦。”坐着的觉说。

“伪巢蛇要做很多窝，又不需要育雏，做出来的假巢比较粗糙。而且这个窝所在的位置，从上面很难看到对吧？但伪巢蛇做的窝一般来说都是在非常显眼的位置。”

“而且看看窝的边缘就明白了。”瞬补充说，“真的大苇莺窝边缘会比较平整，因为成年的鸟会经常站在鸟窝边上。而伪巢蛇的窝做的时候什么样子，边缘就是什么样子。另外，真的窝常常会有成年鸟的羽毛，至于说伪巢蛇，它身上可是连一根羽毛都没有。”

男孩子们从小就拿伪巢蛇的假蛋当玩具，常常用来搞恶作剧，当然知道得很详细。我们女孩对于那种会放出恶臭的赝品可是从来都没有兴趣。

我们将发现大苇莺窝的地点记在笔记本上，画了个简单的插图，随后一边继续探索河岸上的鸟巢，一边前进。

夏季野营不仅仅是单纯锻炼胆量的活动，也是课程学习中的一环，因此各班需要选定野营时候的研究课题，回来之后要做讲解。我们一班选择的是“利根川流域的生态”这样一个颇为含混的主题。选题的时候当然经过各种各样的讨论，而最终选择这样一个主题，起因(就算承认这一点也没什么吧)则是觉一贯喜欢的恐怖故事。

“气球狗？”我忍不住“噗嗤”一声笑了出来，“那东西怎么会是真的啊。”

“都说了是真的。”觉认真地说。

他就是有这个特点，不管别人怎么嗤笑，总是一本正经反复强调自己的主张，说到后来，听的人也从起初的一笑置之，慢慢开始变得半信半疑。不过这一回他的故事实在离奇过头了。

“而且就在前些时候还有人看到过。”

“你说有人看到过，那是谁啊？”真理亚问。

“名字我没问。”

“喏，又是这样。你总说有证人啊、有目击者啊，但一旦问起到底是谁，你就含含糊糊说不出个所以然了。”

我感觉自己抓住了觉的弱点，不禁兴奋起来，甚至连我自己都觉得有点过分，不过觉却看不出生气的样子，还是自顾自地往下说。为了唬人上当，不惜做到这样的地步，他这股热情到底是从哪里来的呢？

“你要是真想知道名字的话，我说不定能问到。据说，就在那个人去筑波山的时候，在靠近山脚下的地方看到了气球狗。”

“筑波山？那个人为什么会跑到那种地方去？”

真理亚被觉的话牵住了鼻子，把证人的事情丢在了一边。

“好像是教育委员会布置的工作，要去调查什么东西。具体内容当然不可能告诉小孩子。反正他到了筑波山脚下的时候，看到从一个很大的坑道里，慢吞吞地爬出了气球狗。”

好吧。觉的话里什么地方有破绽？我正这么想的时候，守问道：

“气球狗长什么样子？”

“大小和普通的狗差不多，颜色是漆黑的。身子虽然很肥，但头只有普通狗的一半大，而且差不多贴着地面。”

“那真是狗吗？”守问。

“怎么说呢，大概不能算是吧。”

“好像并不可怕嘛。”

“嗯，不过要是把它惹怒了，它的身子就会像气球一样膨胀起来。这时候如果对手知难而退也就罢了，如果把它气得超过一定限度……”

“一直那样膨胀下去，最终就会啪的一声炸掉是不是？不管怎么说，你不觉得这种话题很傻吗？”

对于我的插问，觉早就预备好了新的说辞。

“问题就在这儿啊。”

“嗯？”

“这个故事太离奇了，匪夷所思是吧？可这故事要是编出来骗人的话，为了散布得更广，不是应该编得更正常一点吗？”

无数反驳一齐涌上心头，让我一时不知说什么好。按照觉的理论，岂不是说越不可能的故事反而越真实吗？

可是觉似乎误以为我被他说得哑口无言了。

“一般人好像都把气球狗当成山神的使者，不过我认为它应该就是普通的生物。胀大身体用以威胁对手的动物本来就有很多的吧？气球狗恐怕是其中一个极端的例子。炸开的时候，对手非死即伤啊。”

觉得意洋洋地阐述自己的观点。

一直默默旁听的瞬忽然开口。

“但这样是不成立的，我觉得。”

“为什么？”觉的脸色有点不快。

“因为真要把这种威胁付诸实施的话，自己会比对手死得更快，不是吗？照这样子弄，气球狗很快就会死光了。”

道理虽然简单，却是个完美的反驳。觉抱起胳膊，摆出一副思考生物学上高难问题的模样，但实际上恐怕是被驳得哑口无言了吧。

我带着这样的想法盯着觉看，觉却像什么也没发生过似的，又开口说：

“……对了对了，据说那个人看到气球狗之后，又遇上了恶魔蓑白。”

我差点从椅子上掉了下来。

“什么叫对了对了？气球狗的事怎么样了？”

“那个人看到气球狗膨胀起来了，当然就悄悄后退了嘛。

所以气球狗好像也没爆炸。不过嘛，说起来爆炸这种事倒也不知道是真是假。”

觉像壁虎一样轻轻松松把自己的尾巴切掉了。

“然后，那个人在爬筑波山的半路上，遭遇了恶魔蓑白。”

无视我们目瞪口呆的表情，觉自顾自地往下说。

“恶魔蓑白，是人们常说的拟蓑白那样的东西?”守问。

“唔。一眼看上去和蓑白很像，但再仔细看看，又好像完全不一样。”

“可是，为什么叫恶魔蓑白呢?”

对于真理亚的问题，觉皱起眉头回答说：“因为遇到恶魔蓑白的人，不久之后就会死掉。”

胡说八道。

“这么说，那个在筑波山上遇到恶魔蓑白的人，为什么没有死呢？没有死吧?”

对于我的追问，觉并没有显出尴尬的表情，只是嘟囔了几句“说不定快死了吧”之类的话，一副故作不解的样子。

如果就这样结束的话，那也不过是平日里常有的闲聊罢了。但就在这时候，瞬却提出了一个出人意料的建议。

“夏季野营的课题就做这个吧。”

“你说的‘这个’，是指恶魔蓑白?”我吃惊地问。

“也包括恶魔蓑白，还有气球狗等等未经确认的生物。难得有这么一个机会，我很想弄明白这些东西到底是不是真的存在。”

“很好玩呀。”

真理亚立刻产生了兴趣。

“等一下哦，你们有没有好好想过啊？要是遇上了恶魔蓑白，说不定很快就会死了。”

不出所料，害怕牛皮吹破的觉拼命劝说大家放弃。

“不会死的。”真理亚笑了起来。

“但是，怎样才能抓住它呢？我刚才忘记说了，咒力对恶魔蓑白好像不起作用。”

“什么意思？”

虽说可能是被逼得口不择言了，但觉到底是在说什么呢？我们面面相觑。

“唔……咒力不起作用到底是一个什么状态，我想不出来。”

“你解释解释。”

“……”

结果，被众人盘问的觉只能举起白旗。夏季野营的课题最终被选定为探索未经确认的生物。

不过冷静下来之后仔细想想，我们也明白那样的珍禽异兽不可能轻易被发现，所以提交给“太阳王”的课题改成了“利根川流域的生态”这样一个范围很广的题目。另外，我们也有一点隐隐的担心，害怕自己提交的课题会因为某种未知的担忧被叫停。真要到了紧要关头，我们打算用普通的蓑白、伪巢蛇之类的观察搪塞过去。

回到夏季野营的进展上来。发现大苇莺的巢之后不到十分钟，我轻轻叫了一声。

“那边！快看快看，有个鸟巢，很大的！”

瞬不知为什么怀疑地皱起眉头。“像是水骆驼①的。”

“是啊，那么大的巢，应该是水骆驼。”觉也赞同道。

这两个人很少会有意见一致的时候，真要遇上两个人都是同一个意见，基本上就不会错了。

“不过这巢还真是粗糙。”

三只皮划艇靠到我发现的鸟巢旁边。筑巢的位置虽然比大苇莺的低很多，但因为差不多正对着河流，视力相当好的人大概在河对面就能看见了吧。

瞬在皮艇上探出身子，看了看鸟巢里面。

“有蛋，五个。”

我和觉的船靠到瞬的船边。探出的肩膀快要触到瞬的身子，心跳不禁有些加速。为了掩饰自己的心情，我装作仔细察看鸟巢和鸟蛋的样子。虽然水骆驼据说只是鹭鸶当中体型最小

① 又称苇鸻，小型涉禽，栖息于水域附近的沼泽草丛中，捕食小鱼、虾蛙类水生昆虫，繁殖期营巢于距水面不高的芦苇秆上，每窝产卵 4～6 枚。——译者

的一种，但和只有麻雀大小的大苇莺相比起来，身体至少也要大一倍以上，巢也大了两圈多，小鸡蛋一样的鸟蛋带着微微的蓝色。

瞬从巢里拿起一个蛋。仔细端详了一会儿，咧嘴笑了。

“哇，果然如此。我还在想是不是搞错了。”

“什么?”

“早季也看看吧。”

瞬把细长手指夹着的蛋放到我手掌里。冷冷的感觉，仿佛是一件瓷器。

“这个怎么了?”

“没弄明白?”

瞬从巢里又拿了一个蛋，向觉扔去。他居然会把鸟蛋随随便便乱扔，吓了我一跳。

“喂，别这样子，会孵出小鸟的啊。”

“啊，”瞬微笑着说，“这是假蛋哦，你瞧。”

瞬又从巢里拿出一个蛋，放到河岸边上的一块石头上。我还没来得及反应，他就用船桨的木柄从上面敲了下去。

从蛋壳的裂缝里飞散出来的不是蛋黄蛋白什么的，而是散发着恶臭的粪块。最奇怪的是，里面还有小鹿角一样形状的突起，像是小丑箱里的弹簧小丑一样，向四面八方弹射出去。

“这是什么?”

"'恶魔之手'。听说过的吧?"

实际上这是第一次听说。我小心翼翼地用手试着捏了捏其中一枚奇怪的突起。

"边缘很锋利，小心点。"

"恶魔之手"的中心部分有着叶脉状的东西，颇有弹力。边缘部分则像瞬说的一样，锋利得犹如剃刀一样，上面还生着倒刺。

"这东西平时都缩在蛋壳里，蛋一破就会飞出来。"

"飞出来干什么?"

背后的觉回答道：

"青蛇、念珠蛇之类的动物，要是把这个当成普通的蛋误吞下去，蛋壳会在胃里破掉，'恶魔之手'就会弹出来。就算要往外吐，也会被倒刺勾住。越是挣扎，'恶魔之手'越会把柔软的黏膜切开，粪块里包含的毒素就会渗透进去。"

真是可怕的解说。念珠蛇是专门吃蛋的蛇，总是袭击鸟巢，把里面的蛋吃得一干二净。它生性非常贪吃，连弄碎蛋壳都顾不上，一口气吞下许多鸟蛋，会把身子撑得像一串念珠一样。它的名字就是从这里来的。要是吃下了这种可怕的假蛋，肯定会落得悲惨的下场吧。

在这个蛋里，没有生命，只有塞满了的死亡。

我拿出笔记本，迅速给碎掉的假蛋画了一幅草图。

"松风乡里有不少和大苇莺蛋很相似的假蛋，不过水骆驼的假蛋倒是头一回看见。”

觉举起假蛋迎着阳光仔细端详，深有感触地说。

“要产下这么大的假蛋，体型应该相当庞大吧。”

“也不是。大小好像和普通的伪巢蛇差不多。”瞬说。

“你怎么知道?”觉抬起头。

瞬默默地指了指前面。

我也向瞬指的方向望去，顿时明白了。

茂密的芦苇丛中，有一张小小的脸庞正在窥视我们。横叼着几根枯草的细长的嘴，与鹭鸶一类的鸟非常相似。不过，没有眼睑的赤红色眼睛、覆盖着鳞片的相貌，以及由眼角延伸出来的黑线，全都明白显示出那不是鸟。

伪巢蛇慢慢伸出镰刀形的脖子，一边滑动身子，一边卷起宽大的芦苇叶。大多数伪巢蛇的体色都是茶绿或者灰绿色，而这一条却是鲜艳的嫩绿色。整个身子看下来，只有嘴和鸟类极其相似，除此之外的其他部分与其祖先菜花蛇基本上没有什么区别。

顺着这条嫩绿色的蛇的行动方向望去，有一处建造中的新巢。蛇把嘴里叼的枯草插进巢的边缘，灵巧地筑巢。水骆驼的巢是将芦苇的茎秆弯曲折断相互交错做出来的，而这条蛇做的假巢其实更近似于大苇莺巢的构造。但即便如此，也有足够的欺骗性了。

“产那些假蛋的大概也是这家伙吧。伪巢蛇的习性就是沿路依次筑巢的。”

我的视线落回到觉的身上，看见他正悄悄从刚才发现的那个巢里拿出三个假蛋放进自己的背包里。巢里只剩下一个假蛋。

“你拿那东西干什么?”后面皮划艇上的真理亚问。

“要是没找到气球狗啊、恶魔蓑白什么的，拿这东西当成夏季野营的课题交出去也行吧。和水骆驼蛋相似的假蛋好像很少见。”

“可是你这么拿走了，对伪巢蛇很不公平吧?”

“假蛋嘛，有一个大概就够了吧。只要能让布谷鸟之类的觉得这不是个空巢就够了。”

觉的话似乎有些道理，但如果真的这样就行，为什么伪巢蛇一开始不是只产一个呢？不过话说回来，长了这么一张奇异面孔的蛇，它的狡诈天性也让我感到非常过分。

伪巢蛇的战略巧妙地利用了鸟类的巢寄生习性。

所谓巢寄生，是省却自己筑巢育雏的时间，将自己的蛋产在别种鸟类的巢里、让别种鸟类替自己育雏的行为。巢寄生的鸟蛋很快就会孵化，会把宿主的蛋全都扔到鸟巢外面去。虽说这种行为也是为了生存，但总让人感觉太过冷酷。而类似栖息在非洲大陆上的向蜜鸟(Honey Guide)，甚至会用嘴叼住荆刺，去刺杀宿主的幼雏。

我最喜欢阅读的《新生日本列岛博物志》中有这样的记载：千年之前人类发现具有巢寄生行为的鸟类，最多不过布谷、杜鹃、子规之类的几种①，而今天具有巢寄生行为的鸟类多达数十种，还出现了平时也会认认真真筑巢、但遇到合适机会也会寄生的机会型巢寄生鸟类，以及对同种鸟类也会进行巢寄生的品种。鸟类的世界已经彻底无可救药了。

伪巢蛇建造酷似鸟巢样的东西，在里面产下大小和形状足可以假乱真的假蛋，就是为了等待上当受骗的巢寄生型鸟。筑好巢之后，伪巢蛇只需要定期巡视自己做的巢，坐等品尝新鲜的鸟蛋贡品就行了。

我想起了理科课堂上老师展示给我们的伪巢蛇骨骼标本。为了弄碎蛋壳，伪巢蛇的脊椎骨下突起比其他的蛇类明显发达许多，简直像是具备了臼齿的大颚。蛋壳不会被排泄出体外，而是在这里被磨碎吸收，成为制作假蛋的材料。因为体内吸收了大量钙质，伪巢蛇自己的蛋也像鸟蛋一样具有坚硬的壳，孵化出的幼蛇用硬嘴啄破蛋壳爬出来。不过直到这一次亲眼看见实物为止，我一直不知道伪巢蛇为了打击同样以鸟蛋为食的竞争对手——青蛇和念珠蛇，会在假蛋里埋设“恶魔之手”的机关，也许是我上课的时候睡着了没听到吧。

现在说这话绝不是马后炮，实际上在那时候我确实已经感到有些说不出的怪异了。虽然课堂上也学过自然界的突然变异和优胜劣汰，但仅靠这样的机制，能进化出对于竞争对手如此

① 原文如此，实际上布谷、杜鹃、子规都是同一类鸟。——译者

的“恶意”吗？

不过当溯利根川而上的航程再度启动之后，我那原本就并不成熟的疑问便立刻被丢到九霄云外去了。

结束了皮划艇上的一日行程，我们趁着天色尚明的时候登上了河滩。沙地上隐约还残留着前面一个班的野营痕迹。

首要任务是支帐篷。虽然看上去很简单，只是在沙地上挖坑、竖起竹制的支架、在上面蒙上帆布、再绑上革质的绳子之类，但却出人意料地大费工夫。恶战苦斗了一番之后，最终发现最有效率的做法还是先由一个人以咒力让竹制支架和帆布浮在空中，再由另一个人用手将支架固定到正确的位置，最后用绳子绑上。于是大家一起效仿。

接下来是准备晚饭。因为一艘皮划艇可以承载三百公斤的货物，所以我们带了很多食材过来。从河滩周围采来枯枝柴草，用咒力点上火，往铁锅里扔进生米、切成大块的肉和蔬菜，还有干燥的豆腐皮之类，再注入以咒力净化过的河水，一锅杂烩就这么做出来了。杂烩里面虽然只放了一点儿的盐和味精，但到底是运动了一天，大家的肚子都饿扁了，全都爆发出旺盛的食欲，一眨眼的工夫就把铁锅吃了个底朝天。

这时候太阳已然落山。吃过晚饭，我们围在篝火旁兴奋地交谈。

那时候的情景，直到今天依然历历在目。运动了一整天之后的那种令人愉悦的疲惫，令我的眼睛微微有些湿润。当然这也有篝火烟雾的关系。因为是自打出生以来第一次走出八丁标的大冒险，所以每个人都变得比往日更加兴奋。天空由淡蓝色逐渐变为深灰色的时候，大家的脸庞看起来都像被篝火染成了赤红色。

说实话，前半场大家在说什么，我全都想不起来了。白天的对话明明连细节都记得清清楚楚，却想不起最有趣的晚间交谈的内容，说起来确实很奇怪，不过其实原因很简单：因为交谈仅仅是在我的意识表面流过而已。

在这时候，我全部的注意力都集中于坐在篝火对面的那个男孩子身上。

“……早季，没见过吧？”

觉忽然问了我这么一句，让我一时摸不着头脑。到底是问我没见过什么呢？不管怎样，先含糊地应一声吧。

“哦……怎么了？”

“哦？你见过？”

没办法，我只得摇摇头。

“是吧。绝对不可能看过嘛。”觉斩钉截铁般地说。

我虽然很想反驳，但因为完全不知道在说什么，也没办法回应。

“那就是了！”

觉不知道为什么非常兴奋。

“是在那时候第一次见到的吧？和瞬两个人，是吧？”

篝火对面的瞬也点点头。最近这两个人关系变好了吗？没有这种印象啊。

“实在是很不易。高度戒备啊。”

“是啊，总而言之，像在和贵园的时候偶然看到的那种肯定不会再有了，我想。”瞬微笑着，用他特有的冷静声音说。

“就算开着门，正面也有影壁挡着，根本看不见完人学校的中庭里有什么。老师们也对开门关门神经兮兮的。”

听这口气，两个人进过完人学校的中庭？我对他们的大胆非常吃惊。完人学校的中庭是在口字形建筑的中央，虽然并没有像和贵园的中庭一样明确禁止学生进入，但因为没有窗户，谁也没有看见过里面的样子，而且通常情况下大家根本也想不到要去靠近。

“不过有两次‘太阳王’开门的时候我瞥到一眼，门后的门闩形状被我牢牢记在心里。”

我想象不出千年之后的门锁会变成什么样子。据说从前是用雕刻花纹作为符牒的铁片插进锁孔开锁，并且结构十分复杂，精度也足以同时钟媲美。但在我们的时代，因为基本上没有什么地方需要上锁，所以锁也就恢复到了非常简单的形状。在门周围只有一打小小的门闩，以放射形装在上面。因为从门外是看不到哪里有门闩的，所以想开门的话要么是拿着记有正确配置的图，要么是回忆起原先记下的正确意象，通过咒力打开门。

“……所以，有一天我望风，瞬开门。一进到中庭里面，立刻把门关上。我们屏了一会儿气，才向挡住视线的影壁后面走去。”

觉停下来，看了看篝火周围的我们，像是在检查自己这番话引起的效果。

“后面有什么？”

“你猜呢？”觉的脸上显出诡笑。

“你不会又像在和贵园的时候一样，说里面都是坟墓了吧。”

我这么一说，不知原委的守瞪大了眼睛。

“啊？和贵园的院子里有坟墓？”

觉皱起眉头。“哎呀，那个时候的话我也只是听说的。”

“好吧，别卖关子了，快点说吧。到底是什么？”

“……和我在和贵园的时候看到的基本上差不多。”瞬回答，“只有几棵小树，感觉就好像是把这么大一片区域空在那里一样。但在最里面，有五间砖瓦房的仓库排成一排，都是很结实的木门。”

“没打开看看？”真理亚问。

这一次是觉回答。“我们虽然走过去看了看，但是立刻就退回来了。”

“为什么？”

“怎么说呢，就是有一股很臭的味道，不想靠近。”

平时总是喜欢说恐怖故事吓唬人的觉，这一次却奇怪地含糊其辞起来，但这反过来更让人觉得可怕。

“很臭的味道？”

“很冲鼻子……像是氨水一样。”

“会不会不是仓库，而是茅房？”

觉对我的笑话无动于衷。“不单如此……我好像还听到了声音，虽然可能是错觉。”

瞬这么一说，大家顿时鸦雀无声。

“声音？什么样的声音？”虽然很害怕，但我还是鼓起勇气问。

“听得不是很清楚，感觉像是动物的呼吸声。”

一定是两个人串通好了吓唬大家的。我心里虽然这么想，但还是无法否认背后有一股寒气蹿上来。接下去大家又是一阵七嘴八舌的闲聊。

因为第二天要早起，按理说应该直接睡觉了，不过我们还想再品味一下大冒险的余韵。守很难得地提议再去划一次皮划艇，真理亚立刻赞成。

虽说可以借着星光泛舟河上，不过一开始我就对这个想法没有什么兴趣。光线太昏暗了，基本上看不清什么东西，这让我有一种近乎本能的恐惧感。

不过话虽如此，一个人缩在营地更让人害怕，我只好硬着头皮参加。五个人中四个人可分别乘上两艘皮划艇，剩下一个人照管篝火。如果篝火熄灭的话，整个河面都会变得一片漆黑，连原来的位置在哪里都找不到了。

忘记说了，我们为皮划艇各自都起了自己的名字。我和觉乘坐的是樱鳟Ⅱ号，真理亚与守的是白莲Ⅳ号，瞬划的是黑鱼Ⅶ号。我们拿尖头戳了橡子的筷子抽签，结果决定我和瞬乘坐白莲Ⅳ号，真理亚和守乘坐樱鳟Ⅱ号。很遗憾的是，觉不得不一个人守着篝火了。

“这次不算！”觉死命抗议。

他从来都是“剩到最后必定有福”教派的信徒，非要等到最后一个抽签，结果自作自受了。

“什么嘛这是！从罐子上头往下看，里面全都看得清清楚楚的啊！”

“要是真看的话确实是这样子不假，但是谁也没有偷看哦。”做筷子的真理亚一本正经地说。

实际上根本没必要偷看罐子，只要仔细观察，就会发现戳了橡子的筷子和没戳的筷子的竖立方式不一样。

觉不情不愿地在篝火旁坐下，我们则把本来已经拖上岸的皮划艇扛去水边。

“暂时不要看篝火。”瞬说。

“为什么？”

“不是教过的嘛，皮划艇的铁则：在乘上去之前，要让眼睛完全适应黑暗。不然的话，会有一阵子看不到任何东西。”

瞬先上了白莲Ⅳ号，伸手来拉我的手。我的心怦怦直跳，激动得甚至都忘记了在黑暗河面上航行的不安。

皮划艇慢慢滑进了漆黑的世界。

在视线昏暗的地方骤然使用咒力会很危险，所以我们一开始是用船桨划船。

即使是在眼睛习惯了黑暗之后，也还是差不多什么都看不见的状态。映照水面的只有满天繁星而已。河水就好像一条没有尽头的漆黑小路，只有两艘皮划艇荡起的轻微水声在耳中回荡，令人心旷神怡。

“啊，真好像是做梦一样。”我心醉神迷地喃喃低语，“照现在这个状态，都不知道我们是在以多快的速度前进。”

“把手探进水里就知道了哦。”瞬在后面说。

我停下船桨，轻轻触了触漆黑的水面。指尖划开水面的速度相当快。

远远的前方传来笑声。我听出那是真理亚的声音。不知道是夜晚的寂静，还是水面的反响，声音好像远比白天的时候传播得远。

忽然，瞬停止了划船，将船桨拿进了船里。

“怎么了?”

“划船会有波纹……”

回过头，瞬正在望着水面。后方远处可以看到觉守护的篝火火光。不知道是不是顺流而下的缘故，仅仅一转眼的工夫，好像已经走了很远了。

“唔……因为是大河，波纹怎么也不会消失的吧？”

瞬在口中吟唱真言。

“怎么样，试试看能不能消除波纹。”

顺流而下的白莲Ⅳ号周围，同心圆状的波纹一层层荡漾开来。慢慢地，在扩散出去的同心圆内侧，一切涟漪都开始消失。

“啊，真厉害……”

简直像以我们为中心的区域被急速冻结起来一样，水面上凹凸不平的起伏都不见了。转瞬之间，水面就变得犹如打磨过的玻璃一样光滑平整，成了映照出满天星斗的漆黑镜面。

“太美了，就像是在宇宙里旅行！”

那一晚的经历，我这一生恐怕都不会忘记吧。

白莲Ⅳ号旅行的地方，不是地上的河流，而是闪烁着无数恒星的、天上的银河。

“喂——”，乘着吹来的风，从远处传来细微的喊声。那是觉的声音。转回头去看，视野里已经不见篝火的火光了。我们好像来到了十分遥远的地方。

“差不多该回去了吧？”

对于瞬的问题，我默默地摇了摇头。

想在这里多留那么一会儿。在这个和瞬两个人的完美世界里。

我们的皮划艇在星空的中心摇荡。我保持着向前的姿势，却悄悄将右手伸向后面。

过了一会儿，瞬的手掌与我的手合在一起。他的颀长秀美的手指握住了我的手指。

我多想让时间就这样停止了啊。我想要和瞬两个人，永远就以这样的姿势融合在一起。

我不知道这样过了多久。将我拉回到现实世界的，是轻微到恍不可闻的觉的叫声。仿佛因为半晌没有一个人回去，他有点慌神了。

“回去吧。”瞬说。

这一次我也点头了。继续置之不理的话，觉也实在太可怜了。

白莲Ⅳ号的船头在河面上快速转了个身。瞬刚一用咒力给船加速，水面上映照出的万千繁星顿时化作无数碎片，消失在涟漪之中。

听任小船以那令人心旷神怡的速度疾驰，我，忽然间被一种仿佛眩晕感一样的不安攫住了。

现在到底是以多快的速度前进？

水流也好、两岸的模样也好，都融解在模模糊糊的黑暗之中，无法准确地分辨。

如果人的感官能暧昧到这种程度，那本应无限接近于神之力的咒力，岂不是也将被迫化作沙上之塔般不稳定的存在？

然后，我想到一个问题：如果这种感官机能被封锁了，我们还能继续使用我们的咒力吗？

这样说来，我又想到：为什么在我们的小町，丧失了听觉或者视觉的人，一个也没有？

6

在《新生日本列岛博物志》中，关于“蓑白”这个词的来源，记载了一些很有趣的说法。迄今为止，有许多历史学家、生物学家、语言学家，都对“蓑白”的语源烦恼不已。

据说以前学术界普遍认为这个名字来源于比拟其形态的“蓑衣”一词。不过蓑衣到底是什么样的东西，因为没有找到任何一本书上有解释，我一点头绪也没有。

除此之外还有其他的解释。比如有人认为不是“蓑衣”，而是由“蓑”和白色的体色命名的“蓑白”；也有人认为是因为其中寄宿了死者的灵魂，因而取名为“灵之代①”；还有人认为是因为它平时在陆地生活，产卵时返回海里，所以得名“海之社”等，都是颇具说服力的意见。对于最后一个解释，书里还附了一段说明，说它在海藻、珊瑚上产的红色与黄色的卵块群就像花朵一样，看起来仿佛龙宫的装饰。

还有一派认为，当“蓑白”遭遇外敌的时候会将尾部抬起、身子倒立，那副样子就像是古代城堡的天守阁上装饰的兽头瓦当，因此被称为“美浓城”。不过之后的研究发现，装饰有兽头瓦当一类物品的名古屋城，并非是在美浓，而是在邻国尾张，据说自此之后这一派声势大坠，再也没有恢复往日的势力。

此外，也有人将“蓑”字解释为“四郎”的略称，由此又生出无数的民间说法，譬如有说法称，因为它体长可以达到一米以上，所以才被称作“三幅四郎”(所谓三幅，是说布匹宽度的三倍，在 180 厘米左右)；或是说它有无数蠢动的触手，看上去像蛇一样，所以被称作“巳之四郎”等等，无法一一记述。

顺便说一句，四郎这个名字，据说是某个古代传说中的年轻人的名字，虽然书里也提到传说的大致内容，说他遇到了白蛇妖，被变成了“巳之四郎”，但别的一概未提，因此难以判断真假。

不管哪种解释，对于我来说，都有其说得通的地方，至少要比筑波山一带到处乱爬的蟾蜍的词源容易理解得多。在同一本书里，说蟾蜍这个词来源于“以气引来小虫捕食”② ——难

---

① 蓑白在日语中发音为 MINOSHIRO，此文中“灵之代”、下文的“海之社”、“美浓城”、“三幅四郎”、“巳之四郎”发音也均是 MINOSHIRO，所以有“语源”的猜测。——译者

② 蟾蜍一词在日语中读作 HIKIGAERU，其中的 HIKI，和“吸引”发音相同。——译者

不成真有人相信蟾蜍也有咒力的奇谈怪论吗？

关于蓑白还有一个谜团。查阅古代的文献，几乎没有什么关于蓑白的记载。特别是千年之前刊行的书籍，尽管多数都被归为禁止阅读的种类，但基本上从没有过关于“蓑白”的记载。这样看来，蓑白出现在陆地上的时间，似乎最多不过几百年而已。依照进化的常识，如此短的时间内应该不可能诞生新的物种才对。

实际上这不单单是蓑白独有的谜团。与今天相比，千年之前的文明期在动物相（Fauna）上似乎有着巨大的断裂。自古以来动物灭绝本不是什么不可思议的事，但包括蓑白在内的数百种生物犹如从天而降一般突然登场，就颇有些耐人寻味了。

关于这一现象，近年来新出现的假说渐渐成了主流。这一假说认为，包括蓑白在内的多数生物之所以突然出现，是进化过程在人类无意识的影响下急剧加速的结果。

不过这个说法似乎有点过度联想。最近的研究发现，蓑白的直系祖先是类似于栖息在房总冲一带的蓑海牛之类的生物。基于这一事实，人类对进化产生急速影响的观点受到了批判。蓑海牛是体长仅有三厘米左右的小动物，说它会进化成那样巨大的蓑白，似乎有点难以置信，但从其名称由来的体表蓑状鳃突来看，又不得不承认两者之间确实很相似。如果蓑海牛真的是蓑白的祖先，由于两者的名字当中都有一个“蓑”字，说不定也是对主张蓑白的日文名是“蓑衣”或“蓑白”假说的一个佐证。不过关于这一点，我想还需要进一步的研究。

之所以在这里写上许多关于蓑白的介绍，是因为我们在夏季野营时遇到了拟蓑白。为了理解拟蓑白，首先需要对它所模拟的蓑白的形象有一个正确的认识。

如果千年之前蓑白并不存在，那千年之后蓑白的灭绝也并非不可能。所以，虽然前面也提到过不少次，在这里还是再重新描述一下蓑白的情况。

蓑白的整体形状像是大青虫或者马陆，体长数十厘米到一米左右。头部生有两根 Y 字形状的大触手，前面各生有一对小的触角。眼睛因为很小而且被包在皮肤的内侧，一般认为其视觉最多只能感觉明暗。蓑白的腹部也像大青虫和马陆一样有一排短小的步行肢(从这一点上说，很难认为它是海牛一样的腹足类动物)，步行的速度很快。许多条腿一起行动的模样常常被形容为急行军。蓑白的背面生有白色、红色、橙色、蓝色等等色彩鲜艳的触手和棘状突起，据说像是蓑衣一样。触手是半透明的，顶端能够发出如同荧光一样的强光。

蓑白是杂食性动物，主要的食物有苔藓、地衣、蘑菇、昆虫、蜈蚣、蜘蛛、栖息在土壤中的小动物以及植物种子等等。有毒的东西也能吃，毒素被包在囊泡里留在体内。因为这个缘故，它对土壤实际上具有净化作用。吃完之后，根据食物的不同，蓑白的体色会有显著的变化。特别是刚刚饱餐过苔藓之后，全身都会染上鲜艳的绿色。这个特点，同以海葵为主食的蓑海牛非常相似。

此外，在遇到外敌的时候，蓑白会将触手和棘刺竖立起来威吓对手。这时候的样子据说就像是无数的蛇在蠢动一般。无视警告继续接近的生物会被具有剧毒的刺胞攻击。但在这里需要特别说明的是，蓑白绝不会用刺胞刺人类。

蓑白科中有巨蓑白(体长两米以上，全身覆盖有银色的刚毛，很少见)、赤蓑白(全身都是半透明的红色)、蓝蓑白(触手的顶端是蓝色)、虹蓑白(生着有如蝴蝶鳞粉一样的细毛，呈现出犹如吉丁虫一般鲜艳的颜色)等亚种。

因为体型较大，而且毒性很强，所以蓑白基本上没有什么天敌。唯一能捕食它的只有在沙滩上潜伏的虎蛱。蓑白每年一次产卵的时候会返回大海，在这时经常遭遇虎蛱的袭击。

谨慎起见，关于虎蛱也作一些说明。那是狰狞的肉食蟹，学界普遍认为其祖先是海栖的梭子蟹。甲壳是横置的菱形，上面是绿与黄的迷彩色，壳的幅度从四十五到一百二十厘米不等。蟹钳很大，锯齿锋利。额头有三根棘刺，甲壳前段也呈锯齿形。虎蛱能够巧妙使用原先用来游泳的第四足，一边旋转一边挖掘沙子，将自己的身子隐藏起来。猎物一旦接近，可以从沙中跳起近二米高，突袭猎物。波崎海岸一带经常会发现虎蛱的身影，也有其远征到草原、森林乃至山谷的报告。虎蛱不挑猎物，从青蛙、蜥蜴、蛇，到小型哺乳类、海鸟，甚至连被海浪冲上沙滩的海豚、座头鲸之类的海兽都是它捕食的对象。金属一般强韧坚厚的甲壳简直可以说是刀枪不入，一般动物的爪子和牙齿都无法穿透。两只虎蛱遇到时经常会发生同类相残的现象，但与蓑白一样，也没有虎蛱危害人类的例子。

另外人们知道，当蓑白遭遇虎蛱袭击、被蟹钳夹住身体无法逃脱的时候，会出现极为有趣的现象，这是在其他动物身上看不到的。

我曾经偶然看到过整个过程。那是在和贵园毕业前一年，初夏时分的事。

“早季，看那个！”真理亚小声叫道。

“怎么了？”

我们两个人正处在一个可以俯瞰沙滩的小土丘上，小丘周围树木葱郁。那是我们俩的秘密场所。天气晴朗的日子里，放学之后，我们两个人常常会在这里打发时间。

“蓑白被虎蛱抓住了……”

我坐起身体，把头探出树丛。海风让鼻孔痒痒的，海岸上不见人影。我顺着真理亚指的方向望去，只见距离大海二三十米远的沙滩上，一只蓑白正在挣扎。它弯曲着身体，想要向大海前进，但却像在沙滩上扎了根似的无法移动一步。

仔细观察之下，我看见一只黑褐色的钳子正死死夹住蓑白的好几只步行肢。

“赶紧去救吧。”

我正要站起来，真理亚拉住了我的手。

"笨蛋，你在干什么啊！要是被人看见了怎么办？"

"反正也没人嘛。"

"可你也不知道什么时候会来人吧？这一带岸边偶尔会有男生来钓鱼的。"

确实，裸着身子在海岸边奔跑，绝对不是精神正常的行为。我们飞快穿上衣服，然后拨开树丛，沿着斜坡滑下去，来到海滩上。这时候虎蛱已经从沙子里爬了出来，那形象仿佛是迷彩色的怪物一般。两只大钳分别夹着蓑白的步行肢和棘状突起，似乎正在考虑接下来该怎么享用眼前的美食。

我禁不住打了一个寒战。虎蛱虽然说只是螃蟹而已，但我们也知道它甚至连成年黑熊都可以捕食，不管大人再怎么跟我们说虎蛱不会攻击人类，对于没有咒力的孩子来说，它也是个无法对抗的存在。

我从来没有像现在这样强烈盼望身边能有个男孩子。神啊，就算不是瞬，哪怕是觉，如果现在能出现的话……

"怎么办？扔点沙子吓唬它看看？"

我虽然不知所措，真理亚却在冷静地分析状况。

"等等，没关系。蓑白开始和它谈判了。"

抬头望去，刚刚还在挣扎的蓑白，开始用它无数的触手抚摸虎蛱的大钳。虎蛱也像变成了雕像一般，一动不动，安安静静地吐起了泡泡。

忽然间，蓑白的背上竖起了三根大触手，像是人在挥手一样，挥舞了一会儿，之后突然从根部切断，掉在沙地上。掉下去之后的触手还在不断扭来扭去，像是自己断掉的蜥蜴尾巴一样。

虎蛱的两支钳子还是一动不动地夹着蓑白的身体，依旧吹着它的泡泡，似乎什么也没看到。

蓑白的身子继续扭了一阵，仿佛很痛苦的样子，终于又竖起了两根触手。两根触手痉挛般地舞动，在虎蛱的眼前左右摇摆，然后再次自行断开，落在沙滩上。

一共五根触手在沙滩上扭动。虎蛱却依然没有什么反应。蓑白也停止了动作。

大约过了三十秒，蓑白显示出新的动作。这一次不再是方才安抚式的行为，转而变成了充满敌意的举动。它舞动倒竖起来的长长触手，带毒的刺胞敲击虎蛱的甲壳。敲击了两三次之后，接下来又捧起一根棘刺。棘刺硬直起来，像是充满力量一般，随后根部迅速缩小，自行切断。这根棘刺撞到虎蛱的钳子，吧嗒一声掉在沙滩上。

这时候，虎蛱终于放开了夹着蓑白的钳子。蓑白快速挣脱，慌慌张张地扭动躯体，一溜烟向大海的方向逃去。

虎蛱根本没有去看蓑白的背影，用钳子夹起还在扭动的六根触手和棘刺，悠然自得地吃了起来。

“看起来好像谈判成功了嘛。”真理亚说。

她的脸上虽然带笑，但因为不是很喜欢动物，脸颊周围显得有些僵硬。她其实并不关心蓑白的命运，只是为了我才一起过来的吧。

“但那只蓑白切了六根触手和棘刺下来啊，真可怜。”

“能换回一条命，还是很划算的吧。不然会被整个吃掉啊。”

被虎蛱抓住、无法逃脱的时候，蓑白会从背上蠕动的触手中切掉若干下来。虎蛱如果为了吃触手而放开蓑白的话，蓑白就可以逃走了。别处看不到的有趣事态就在这里发生。两者之间，针对蓑白需要切下多少触手才能达成交易，是由蓑白的剩余体力能够割下多少根触手以及虎蛱的饥饿程度而定。

谈判不成功的时候，蓑白会挥舞有毒的锐利刺胞，拼死反击。由虎蛱一方看来，虽然战斗力上自己具有压倒性的优势，但万一刺胞由甲壳的缝隙间刺进来、注入大量毒素的话，也有死亡的可能。

双方虽然都不是具备很高智能的生物，但在大多数场合下，都会在适当的地方作出让步，这一点实在令人惊异。对于虎蛱来说，蓑白可以视作稳定的粮食提供者。不杀死它、只夺取几根触手或棘刺就放掉的策略，说不定也是合理的选择。

话题还是回到夏季野营上来。

第二天早上，我们用饭盒煮了早饭。比起昨天晚上，我们这一回的吃相文明了许多。吃完之后又做了饭团预备充当午饭，然后收好帐篷，将支柱的孔和篝火的残骸都很仔细地填埋起来，将行李装上皮划艇，再度出发。

河面上笼罩着一层朝雾。我们半用船桨，半用咒力，在河上前进。左岸不时传来小鸟的鸣声，从那种比麻雀鸣叫拖得更长的声音听来，应该是白颊鸟吧。

虽然从早晨开始天空便阴沉沉地布满了云朵，让我感觉颇为遗憾，不过肺里满满地吸入了早晨清爽的空气，似乎连睡意都被彻底吹走了。

河面明显比昨天的一段宽了很多。右岸的远方云雾朦胧，几乎什么都看不见。

我想起在和贵园的时候学过霞之浦和利根川的历史变迁。

距今两千年前，霞之浦是被称作香取海的巨大内海，据说在今天的利根川河口处汇入。另外，利根川的水域也比今天更靠西面，据说曾经是注入东京湾的。

为了根治多次泛滥的利根川、增加可供耕作的土地，根据一个名叫德川家康的人的号令，开始了利根川东迁的事业。据说经过数百年的努力，利根川的河口终于被引导至犬吠埼。另一方面，似乎由于沙土的沉积，香取海面积缩小，演变成了霞之浦这个淡水湖泊。（德川家康这个启动了国家级大事业的人物让我很感兴趣，然而遗憾的是，在地理和历史的教科书中，只有这一个地方出现了这个人物的名字。）

之后的千年，利根川和霞之浦还在继续变化。首先，过去注入东京湾的大多数河流路线都发生了改变，纷纷与利根川汇合。当然，作为被诅咒的不毛之地，东京也完全没有润泽的必要。而且随着水量增加，利根川再度成为容易泛滥的河流。为了治水，据说是用运河将其同霞之浦连接在一起。因此，现在的霞之浦膨胀到足以与当年的香取海匹敌的地步。至少在面积上已经超越了琵琶湖，成为日本最大的湖泊。

利根川的下游流域则继续扩张，到了我们所住的神栖六十六町周边一带后，小町为了利用利根川进行交通，将之分割成数条运河和数十条水路。因此，溯利根川而上，第一次进入真正的干流的时候，我们的心中都有着异常的激动。

“喂——再快点吧。”三艘皮划艇并排航行的时候，觉提议道。

“为什么？这一带的芦苇丛不调查了吗？”我问。

“过了过了，反正这样的地方没什么重要的生物。”

“但是野营的计划表上不是说我们要在前面不远的地方安置今晚的帐篷了吗？”守不安地插进来说。

“你在说什么呀，忘记这次野营真正的题目了吗？是恶魔蓑白和气球狗对吧？好了，我们快点穿过霞之浦，上岸去吧。”

“唔……‘太阳王’说过不能深入霞之浦的吧？更不用说上岸……”

连平素向来大胆的真理亚，这一次也显得有点犹豫。

“没关系的，就稍微上去那么一下，到处看一看，马上就回来了。”觉用船桨敲着水面，轻松地说。

“怎么说，瞬？”

我向一个人陷入沉思的瞬征求意见，得到的却是出乎意料的回答。

“要是被发现了的话确实会很糟糕，但我还是想去稍微看一下。可能以后都不会再有机会来到这么远的地方了。”

瞬的发言使得整个气氛一下子倾向于远征。接下来就是擅长恶作剧的觉大显身手的时候了。我们最终决定先去今晚预定的宿营地，做出帐篷的支柱坑洞与篝火的痕迹，然后再埋回去。

“这样一来，下个班看到的时候，会认为我们在这里睡了一个晚上吧。”

觉志得意满，脸上满是开心的表情。我还从没见过他在做过什么好事之后会有同样的表情。

再度来到湖上，我们的皮划艇开始以远远超出常识的速度疾驰。上空的小燕鸥勇敢地挑起竞争，而樱鳟Ⅱ号只用了几秒钟便超了过去。眨眼之间便被远远甩在后面的小鸟翻了个身，朝着别处飞去了。

我大大地伸了个懒腰，坐在靠近船头的位置，全身都承受着湖风吹拂。赶在被风吹飞之前，我脱下麦秸帽，头发顿时被风吹得直伸向后方。充当披风的大毛巾已经在胸前打了两个结，但依然被强风吹得瑟瑟飘动。

虽然前后左右都是水景，可还是怎么也看不够。云层间射下少许阳光，在透明的水面上散射开来，画出绚烂夺目的图案。飞驰的皮划艇扬起的细小水沫还生出小小的彩虹。

我一直出神地望着景色，过了很久才发现视野中的变化。光线刺眼得厉害，各种颜色的残像和补色的影子慢慢地横穿过我的视野。

我朝觉的方向回过头，他正以严肃的表情凝望着湖面。要移动浮在水面上的小船，首先要在前方的水面集中精神，暗自念诵真言，尝试缩短它与小船之间的距离；当开始具备某种速度之后，再构想水面因斥力而将船向前方送出的意象，同时也必须保持船底滑行的感觉。不管哪种意象，都需要极度的精神集中，因此持续的时间太长，会感觉到相当疲劳。而且，因为波浪会将船上下摇晃，单单凝视水面就很容易让人眩晕。

觉看到我向他回头，似乎松了一口气。但他误解了我的意思。

“应该已经走了很远了，差不多也该换换班了吧?”

“我想不行。”

“不行？什么叫不行?”觉有点生气。

“我的眼睛不太对头，好像看强光看得太多了。”

我解释了我的症状。觉很是吃惊，但终于还是勉强接受了。

“没办法，那好吧，还是我来开船吧。”

我谢了觉，从背包里拿出红色的太阳镜戴上。这是父亲让我带着的东西，在玻璃匠凝聚了意念做出的高纯度玻璃中，掺入了薄而均匀的暗红色染料。那是用茜草与柿漆等物调和而成的，据说可以阻挡让人头晕的蓝光。要是一开始就戴上的话，眼睛大概就不会痛了吧，可惜刚才看得出神忘记了。

一戴上太阳镜，霞之浦的景色顿时就变得宛如夕阳西沉的时候一样，眼前晃动闪烁的现象顿时好了许多。

视力稍有弱化，就决不可使用咒力，这是我们被反复灌输的铁则。虽然通常认为到了镝木肆星级别的大师水平之后，即便在黑暗之中也能自如使用咒力，但像我们这样的初学者，如果不能清楚看到对象、正确把握其状态，就很容易发生无法预料的事故。

我们用了整整一个小时横穿霞之浦。到达最深处的时候，隐约听到芦苇丛中传来巨大的水声，紧跟着水下有一个巨大的黑影横穿而过，随即又迅速消失了。黑影是个很宽大的菱形，似乎是一只虎蛱。以前只在陆地上看到过虎蛱，没想到它的游泳技术竟然这么好，让我不禁很吃惊。

从芦苇丛透过茂密森林的缝隙向前望去，可以看到注入霞之浦的绿色河流。根据事先的调查，那应该是名叫樱川的河。筑波山仿佛耸立于近在咫尺的地方一般，然而向上游溯行一段时间之后，山却被两岸探出的树枝遮住了，看不到了。

半路上河流分成了两条。我们犹豫了一会儿，选择了左手边较宽的一条。又前进了一公里左右，终于穿出了郁郁葱葱的森林，视野豁然开朗。樱川似乎是由筑波山的西面北上的。

我们判断如果继续往前反而会离筑波山远了，于是决定在这里上岸。

“成功了！终于来到这个地方了。”

最先踏上地面的瞬开心地说。紧接着我、真理亚、守依次下船，最后是觉。因为一直都是他一个人在集中精神，所以现在他的脸色很不好，看起来非常疲惫。他独自去了树丛中茂密的地方，好像是吐了一会儿，我的内心感到自己非常邪恶。

无论如何，我们先把皮划艇藏到芦苇丛里。来到这么远的地方，应该不会被人发现，但还是要以防万一。为了不让波浪摇动小船，小心起见，我们将皮划艇的锚深深扎入泥里。

“怎么说？再过一会儿就是中午了。”

守好像肚子饿了，满怀期待地望着我们。

“行李也不重，还是先登山吧。等到了一个风景好的地方再吃东西也不迟。”

觉看起来还是很虚弱，瞬便担任起引导众人的任务。同样的话，若是从觉的口里说出来，也许就会有人反对，但既然是瞬说的，大家便没有任何意见。于是大家背起背包，出发登山。

话虽如此，在没有道路可言的道路上前进，远比预想的辛苦许多。开道的人虽然是用咒力披荆斩棘，但要不了五分钟就累得不行了，不得不和下一个人换班。

单单这个也就罢了，更让人头疼的是蚊蚋之类吸血昆虫的袭击。八丁标附近，这些烦人的虫子差不多可以说连个影子都没有；可是在这里，杀掉一批又来一批，简直是无穷无尽。虽然不算什么生死攸关的事，但也不得不连续地使用咒力，所以大家的体力消耗都很巨大。至于我，因为戴着太阳镜的缘故，找起小虫子更是费劲，可以说早就累得精疲力竭了。

所以，当一处异样的废墟突然出现在眼前的时候，我们全都不约而同地呆住了。

“呀，这是?”

真理亚胆战心惊地问。她的害怕并非没有道理。眼前是一个像文化馆那么大的建筑物，上上下下都爬满了藤蔓青苔，差不多快要和森林混成一体了。猛然间看到这种地方，任谁都要倒抽一口冷气。

“……大概是筑波山神社吧。”

觉看着手中的老地图说。他的声音虽然也有点异样，不过和其他人不同，多多少少要比刚上岸的时候有精神一点。

“神社?”

我刚反问了一句，脚底下就差点踩到一只癞蛤蟆，好容易才忍住没有尖叫出声。自打从爬这座山开始，就一直看到这些丑得要死的东西慢吞吞地爬来爬去。

“好像是座少说也有两三千年历史的神社。一千年前这座建筑物就已经很老了吧。”瞬补充说。

“咱们就在这儿吃饭吧?”守问。

大家的肚子确实都已经饿了，不过要说在这种地方吃饭，总觉得有点不寒而栗。

我正要表示反对，突然听到左边传来一声短促的惊叫，随即又戛然而止。又有人踩到癞蛤蟆了吧。我这么想着，转头一看，却只见觉站在那里，呆若木鸡。紧跟着跑上来的瞬也骤然僵住。

“怎么了?”

话问出口，我才发现除了我之外的四个人全都变成了木偶一般。没有一个人对我的问题作出反应。

到底怎么回事?惊慌失措之中，我下意识地朝四个人面对的方向看去，随即爆发出凄厉的尖叫。

在他们对面有一只怪异的生物，那形状简直是我这辈子从来没有见过的。

我的脑海中浮现出“恶魔蓑白”、“拟蓑白”一类的词。的确，那东西一眼看上去是很像蓑白，但仔细观察之后会发现它和蓑白截然不同。

那东西的长度大约为五六十厘米，一直在不停伸缩，简直像是橡胶做出来的东西，由于总有一部分表皮不停地膨胀收缩，整个形体几乎没有一个确定的形状。另外它的背面还丛生着许多海胆刺一样的半透明棘刺，每一根刺上都闪烁着七色光芒，光芒的强度远不是蓑白或者萤火虫之类的生物能相比的。

千变万化的光芒重叠交互、相互干涉，在空中绘出纵横变幻的漩涡状条纹。即使我戴着红色太阳镜，那份美景也几乎让我的脑髓麻痹。

拟蓑白在背后拖出长长一道彩虹般的残影，不急不徐地向神殿下面滑去。

我自己的哀嚎仿佛唤醒了自己的一部分意识，我朝觉和瞬大叫起来。

“快……觉！瞬！抓住它！别让它跑了！”

然而两个人全都没有半点反应，只是茫然地看着拟蓑白逃走。

我想要发动咒力，但又犹豫不决。以前也曾经说过，几个人的咒力同时作用于同一个对象，是一件非常危险的事。如果有人已经盯上了一样东西，不管发生什么，后面的人都不该再插手了。

觉和瞬都凝视着拟蓑白。放在平时，他们这时候发动咒力也不是什么奇怪的事，但两个人却都像冻住了一样，一动都不动。

我感觉过了很久很久，不过实际上也许只有几秒钟吧。拟蓑白悠然地消失在神殿的台阶之下，只余下满阶青绿的藤蔓和满地丈许的杂草。

我看着依然纹丝不动的四个人，束手无策。虽说此时的我的确不知道该怎么办才好，不过其实就连到底发生了什么事情，我到此刻也还是一头雾水。虽然也想伸手握住他们的肩膀狠命摇晃，但又有一股没来由的恐惧，害怕我的手一碰上去他们就倒在地上死了。这股恐惧捆得我死死的，也让我几乎无法动弹。

意外的是，第一个从咒缚中解脱的竟然是守。

“……肚子饿了。”

轻声的低语在周围回荡。

“唔，这是怎么了?”

终于，真理亚、觉、瞬依次恢复了正常。三个人全都跌坐在地上。觉的脸色还很难看，瞬则是低着头不停地擦眼睛。

“我们是不是死了?”

真理亚的话很有让人吓一跳的效果。大家全都清醒了。

“别瞎说。那个……应该不可能吧。”觉嘟囔着说。

之所以加上“应该”这个词，恐怕是因为连他自己也不确定吧。

“怪事，为什么刚刚我们都动不了呢?”

“我也是。咦，为什么为什么？觉?”真理亚抱住自己的肩膀，很不安地问。

“不知道。看到那个闪烁的灯光，脑袋就变得晕晕乎乎的，没办法集中精神了。”

“啊!”我叫了起来，“你们有没有觉得跟那时候一样？唔，就是在清净寺里看那个护摩坛的火的时候……”

“是了。”瞬终于站起了身，点着头说，“果然如此。刚才肯定是催眠术。”

“催眠术是什么?”

“很久很久以前操纵人心的技术。好像是给对象施加暗示，就能让他们睡觉啦、坦白啦，做各种各样的事情。”

瞬到底是从哪里知道这些知识的？我感觉有些不可思议。

“但是在我们当中，早季是最冷静的一个。好像还大声喊过抓住它什么的。是不是因为迟钝的缘故啊?”

觉的话让我心头火起。

“说什么呢！我是戴着太阳镜的好不好……”

感受力最迟钝的人，肯定是守吧，我想。不过忍住了没说。

“在催眠术中好像操纵红光和绿光的闪烁是最有效的。戴着红色的太阳镜的话，催眠的效果大概只有一半吧，让我看看。”

瞬又说了一个不知道从哪里看来的知识。我把太阳镜递给他，他戴上去抬头望天。

“不管怎么说，能用咒力跟那东西正面对决的只有早季一个人。这样的话，要想追上去抓住它，可不是件容易的事。那东西好像很喜欢钻到狭窄的地方。”

“好像是耶。喂，要不我们还是先回去吧?”真理亚说。

能从她嘴里听到这种没底气的话，也确实少有。

“那我们就先回小船去，然后在船上吃饭，怎么样?”

守的意见是不是应该归到胆怯的一类，我也不知道。

但就在这时，我的脑海里突然闪现出一个点子。

“没关系！抓得到!”

四个人一开始还是半信半疑的表情，在听了我的解释之后，终于闪烁起希望的光芒。而且不可否认，大家的情绪都变得高昂起来。

只是，捕捉拟蓑白的行为到底意味着什么，在那个时候，我们还一无所知。

“好，吃饱喝足，大干一场!”

休息过之后，觉心满意足地说。他的精力好像充分恢复了。

“说不定那玩意儿也很好吃。”

守也扫空了他的便当，英气十足地说。

“呃，能被那东西刺激到食欲的，一千个人里能有一个恐怕就不错了吧?”

瞬看起来像是被守惊到了。我也颇有同感。

我们的前方，三只虎蛱飘浮在两米高的地方，全是一副听天由命的模样，半点都不挣扎，只是不停地吐着泡泡。三只虎蛱的甲壳颜色都是深绿、浅绿和茶色混合起来的样子，但总体风格却各有不同。最大的一只像是地图；中等那只带有细细的纹路，让人想起植物的根系；最小的那个则有小小的斑点，像是长了苔藓一样。

用咒力将地图模样的虎蛱悬空吊起的觉，这时候好像是想看看它肚子长得什么样，把它快速翻了个身。刹那间，这只螃蟹的狰狞本性显露无遗。它似乎这才看到了旁边那只细纹的虎蛱，伸出游泳用的第四足，就像是要在空中游泳一样挥舞着，大螯也伸得笔直，要去攻击旁边的那只。

“哇，想干什么呢，这家伙。”

觉一瞬间害怕得想要逃走但又想掩饰，故而嘿嘿笑了起来。

我们用结实的木通草藤捆住了三只虎蛱。虽说是捆住，但虎蛱还是动个不停，想让它们老老实实呆在草藤里，就算用上咒力，也不是件容易的事。擅长手工的真理亚，在甲壳尖尖的两头上各捆了一圈，然后再在中间打一个结，但螃蟹比她想象的还要狡猾，总会把草藤挣松，然后只要看到我们伸手过来，就会挥起大螯来夹。没办法，只有找几根小竹枝，穿到它们背上草藤打的结里吊起来。不过要想在不被大螯夹到的情况下办到这一点，确实也不是很容易的事。

总之捕捉虎蛱花的精力要比预想的多，不过结果还是很让人满意。三根长长的草藤，前面拴着虎蛱，竟然也有几分上古时代鸬鹚捕鱼法的影子。我们一边留意不要把这三只虎蛱凑到一起，一边开始搜索拟蓑白的踪迹。

我们本以为像这样用草藤拴住虎蛱到处找拟蓑白，会是一项多少有些乐趣的事情，然而实际上完全不是这么一回事。不管什么生物，只要不幸落到它们大螯所及的范围之内，都会变成它们的盘中餐。这些虎蛱就像贪吃的饕餮一样，什么东西都往嘴里塞。

一开始我们还担心虎蛱吃得太饱搜索工作就得停顿下来，所以每次对于被它们抓到的猎物我们还想一个个抢下来不让它们吃到，可是看到两只大钳子死死夹着的青蛇、蛤蟆之类的东西，尤其是还在拼命翻滚挣扎的，实在是让人恶心得不行，最后也就随它们去了。

假如就这样一直没有任何成果的话，我所提出的如此不愉快的提案，大约也就会在众人的埋怨声中告终了吧。

但是，提着虎蛱搜索了近一个小时之后，真理亚拿的草藤上最小的那只螃蟹，出人意料地获得了成功。

“又不知道抓到了什么。”

我记得，那个时候真理亚带着打心底里厌恶的表情，一边窥视神殿台阶下面的缝隙，一边这样说。

“这次好像有点大……”

听到这话，我们所有人都吃了一惊。万一虎蛱抓到的是哺乳动物，生吞活剥的场面可没人想目睹。

“拽出来看看。”觉把头扭到一边说。

“帮个忙。”

“你自己也行的吧？只要用咒力把草藤拽出来就行了。”

“话是这么说，还是挺吓人的。”

真理亚扫了我们一圈，眼神里尽是不满。我不得不承认，当时我也装作去察看自己的螃蟹抓到了什么，对自己最亲密好友的恳求视而不见。不过我也是因为在那之前刚刚看到觉的螃蟹把捕获的猎物切得七零八落，感觉实在很恶心。

“那我来吧。”

出乎所有人的意料，挺身而出英雄救美的居然是守。

两个人把虎蛱从台阶下面拉出来的时候，剩下的三个人都远远散开了。要是看到兔子之类可爱的动物被活活切断，那可太残酷了。

“啊……啊！那个是？抓到了？”

最先意识到的是瞬。听到这声音，所有人全都朝虎蛱夹住的东西看去。

“拟蓑白！”真理亚叫了起来。

在这时候，能够立刻反应过来戴上太阳镜，应该算是我的绝活之一，虽说并没什么值得夸耀的地方。

拴在木通草藤前端的虎蛱，正以它的两只大螯，死死夹住它的猎物。

一点没错。就是刚才逃走的家伙。虎蛱虽然用可怕的力道死死夹住不放，但拟蓑白的身体并没有被切断，反而在拼命挣扎想要逃走。然后与此同时，它像是发现了我们，突然之间，半透明的棘刺顶端开始闪烁起七色的光芒。

“瞬！觉！抓住它!”

我大叫起来的时候，已然意识到眼下又一次陷入与刚才分毫不差的状况中了。除我之外的四个人都木然而立，一动不动——全被拟蓑白的催眠术困住了。

只有我来干了。幸好这一次有个强有力的帮手，就是咕噜咕噜吹着泡泡的凶暴螃蟹。这个不受催眠术影响的低级大脑，唯一充斥的只有绝对不让到手猎物逃走的决心。

这一次不单单是戴上太阳镜，我也从一开始就刻意不去看光芒的闪烁，所以头脑并没有变迷糊。我微闭双眼，使用咒力，将发光的棘刺一根根弯曲、拔出。

“请停止破坏行为。”

突然间，不知从哪里传来柔和的女性声音，吓了我一大跳。

“谁？谁在那里?”

“你正在破坏的是公共财产，图书馆的备用品。请马上停止破坏行为。”

声音从眼前的拟蓑白那里传来。

“是这东西先对我们用催眠术。”

“作为终端机器的自我防御策略，通过光线引发眩晕，得到了法令488722－5号的认可。请马上停止破坏行为。”

“你停止催眠的话，我就不再拔你发光的东西。”

“再次警告。请马上停止破坏行为。”

对于拟蓑白的石头脑袋，我怒了。

“我也警告你啊，你要是再不停，我就把你身上发光的东西一根根全拔下来!”

出乎意料的是，拟蓑白突然停止了发光。虽然威胁简单得可笑，不过好像很有用处。

“大家都好吧?”

我回头打量四个人的样子。四个人虽然稍稍显出一点自主意识，但还是一副茫然若失的模样。

“赶快把催眠术解了！不然我踩烂你!”

听到我严厉的声音，拟蓑白似乎有点慌。

“通过光线引发的眩晕效果会随时间而衰减。如国立精神医学研究所的医学报告 49463165 号所示，未发现任何后遗症。”

“催眠术，给我解了。现在，马上！不然……”

没必要继续说下去了。拟蓑白突然发出了震耳欲聋的巨大声音。我不禁捂住耳朵蹲到地上，却看见四个人如梦初醒一般地动了起来。

我小心翼翼地朝拟蓑白看去。在我的唇舌之间，有无数的疑问呼之欲出。

“你是谁？你到底是什么东西?”

“我是国立国会图书馆筑波分馆。”

“图书馆?”

“我的机种及型号为：松下自走型文档·自律进化版 SE778Hλ。”

虽然不知道后面这句话到底是什么意思，但至少有一点是明白的。这个东西不管看起来多像怪物，但应该是在作自我介绍。不过这份介绍也太奇怪了。想象一下，在街上走得好好的，突然对面有个人走过来张口就说，“你好，我是公民馆”，或者“我是学校”——一般没有这么说的吧。

“你……你是说，你本身就是图书馆?”我斟字酌句地问。

“是的。”

我再一次仔细打量起拟蓑白的身体。富有节奏的律动，随着光芒的隐去，确实给人一种人造物体的感觉。

“那，书在哪里?”

“由于纸质媒体基本上已经全部氧化腐朽了，仅剩的部分也都在战乱及有意识的破坏行为中损失，因此目前无法确认其所在。”

“不太明白……总之你是说书没有了是吧？那你就是个空的图书馆喽。”

“所有数据都转为档案，保存于容量 890PB 的全息记忆存储器中。”

我完全不知道它在说什么。

“……你肯定是在故意说些莫名其妙的话，让我听不懂。我还是把你那些触手一样的玩意儿都拔掉的好。”

其实我平时根本不会威胁人的。

“所有书籍的内容，全都保存在我内部的某个记忆装置里了，随时可以调用。”

拟蓑白几乎是马上回答了我。虽然意思还是听不太懂，我猜它也是尽力了吧。

“所有书籍，是什么意思？”

终于能开口说话了的觉插了进来，虽然口齿不清。

“截至公历二一二九年以日语出版的所有书籍，计 38 242 506 册，及英语等其他语言出版的参考书籍，计 671 630 册。”

我们面面相觑。即便是位于茅轮乡神栖六十六町的最大型图书馆，一般公开的藏书总共也不到 3 000 册，就算算上地下大书库的所有藏书，恐怕也不到 10 000 册。像眼前这东西如此小的身子容纳将近 4 000 倍数量的书籍，连最爱说胡话的觉也听不下去吧。

“你刚才说可以随时调用，是说任何时候都能读这些书？”

“是的。”

“那，比方说，我要是随便问个什么，你能从那么那么多书里找到正确的答案？”我半信半疑地问。

“是的，检索时间平均 60 纳秒。”

拟蓑白，或者说国立国会图书馆，颇有些自豪地回答。60

纳秒的意思我不是很明白，总之应该是比60秒少的意思吧。

“那……那我问你啊……”

我开始生出一股莫名的兴奋。这就是说，迄今为止所有我想知道的事情，基本上它都可以作出解答吧。我的头脑中一下子涌出上百个问题。

“为什么这一带蟾蜍这么多？”

觉抢先我一步，问出了一个异常无聊的问题。

“你既然是图书馆，为什么要把自己弄成这副样子？”

这是真理亚。瞬好像也想问什么，但似乎头脑还是被催眠术弄得昏昏沉沉的，发出的声音含混不清，听不清楚。

“我……我想问的是……”终于，我想起了自己最想问的问题，“传说中的恶鬼真的存在吗？还有业魔呢？”

然后，我们都吞了一口唾沫，等待着机器的继续。但是，过了六十秒，又过了两三分钟，拟蓑白连一点回音都没有。

“喂，答案呢？”觉终于忍不住开口问道。

“要使用检索服务，必须首先进行用户登记。”

明明让我们白等了这么久，拟蓑白的声音里却没有半点内疚的味道。

“什么啊，为什么一开始不说？”觉的声音变得有点可怕，“用户登记是要怎么做？”

“能够进行注册的人士需要满十八周岁以上。为了证明其姓名、住所、年龄，需要以下证件：驾驶证、保险证（需要记载住址）、护照（需要记载出生日期的个人信息页与记载有现住址部分的复印件）、学生证（需要记载住址及出生日期）、户籍证明的副本（发行日期需在最近三个月以内）、公务证件及类似品。所有这些都必须是有效期内的证件。”

“十八岁以上？可是，我们……”

“此外，以下证件不可申请，请注意：工作证、学生证（未记有住址或出生日期的）、月票、名片……”

拟蓑白所罗列的，恐怕都是很久很久以前具有效力的纸片名称吧。因为在历史课上我们曾经学到过那个奇怪的年代。在那时候，纸片比人更受重视，我们这样理解。

“这些东西一个都没有的话，怎么办才好？”我问。

“未注册的情况下，无法提供检索服务。”拟蓑白一如既往还是以柔和悦耳的声音说。

“那就没办法了吧。还是把这东西拆开，找找里面存的书吧。”

“破坏行为将会触犯刑法。”

“怎么弄呢？还是先把触手都拔掉，然后从当中切开？”我向觉说，就像是和他商量如何烧菜一般。

“唔，切成两半之前，可能还是先把那些老皮剥掉更好吧。”觉领会到我的意思，笑嘻嘻地附和道。

“……省略证件审查手续，以下开始进行用户登记！”

拟蓑白以明显更加悦耳的声音大声叫道。

“想要使用的人请逐一排队，以尽可能清晰的发音说出自己的姓名。”

按照拟蓑白所说的，我们依次站在拟蓑白面前，说出自己的名字。

“虹膜、音频认证及脑核磁共振成像认证结束。用户登记有效。青沼瞬、秋月真理亚、朝比奈觉、伊东守、渡边早季，从今日开始，可以在三年内使用检索服务。”

“那，这一带，为什么，蟾……”

觉正要继续问他那个超级愚蠢的问题，却被瞬举起右手拦住了。

“想问的问题堆积如山，但最想知道的还是刚才早季那个问题的答案……所谓的恶鬼，在这个世上真的存在吗？然后，还有业魔呢？”

这一次拟蓑白连一秒钟都没有考虑。

“恶鬼这个单词，数据库中存有 671 441 条记录，基本可以归为两个集合。一是散见于古代传说中的想象上的存在，常常被视作恶魔、妖怪、食尸鬼一类，但并非实际存在的东西；二是指患有在史前文明末期出现的拉曼－库洛基斯症候群，别名‘鸡舍狐狸’症候群的精神疾病患者。目前虽然未能确认其存在，但有确凿证据显示该种疾病确实曾经在历史上出现过，并且人们普遍认为，未来再度出现的可能性很高。”

我们面面相觑。拟蓑白所说的话，我们当然不可能百分之百理解，但直觉告诉我们，这样的内容不应该告诉我们，而且也是我们绝对不该知道的知识。

“所谓业魔，同样也出现于史前文明崩溃前夕，是对桥本-阿培巴姆症候群末期患者的俗称。与恶鬼一样，一般认为目前没有存活的业魔，但再现的危险性始终存在。”

“那……”

瞬想要接着问，但又犹豫了。

我看着他苍白的侧脸，完全理解他为什么犹豫。可以说，我理解到近乎痛切的地步。

不要再问了。来自潜意识的声音如此告诫。

但是，明知不可以，还是忍不住要打开潘多拉的盒子。这是人类自古以来不变的天性。

7

“在史前文明的时代，长期被划归于神话传说之列的念动力现象，也就是超能力（Psychokinesis），终于被科学的曙光照亮。这是基督教历二〇一一年的事情。”

拟蓑白淡然说道。它的声音中带有能令人感到知性的抑扬顿挫，也有着仿佛女性的柔润感觉，确实是一种很有魅力的声音。然而由于它的发音没有一个字不是准确无误的，反而让人生出一股非人的感觉。

“在那之前，所有在公众面前或科学家的监视下进行演示的超能力实验，几乎均以彻底的失败告终。但就在二〇一一年，阿塞拜疆共和国的认知科学家伊姆兰·伊斯马伊洛夫在首都巴库所做的实验，却得到了近乎完美的成功。在量子力学的理论中，观测这一行为本身会对观测对象造成影响的悖论，很早以前就为人们所知，但在超能力的问题上，在所有的科学家中，伊斯马伊洛夫是第一个认为它是微观世界的观测悖论扩展到宏观现象上的结果。对于实验结果抱有否定预期的观测者，向超能力的发动施加了潜在的对抗性力量，也就对实验结果产生了深刻的影响。因此，伊斯马伊洛夫将观测对象尽可能细化，使得没有一个观测者能够掌握实验内容的全体图景，同时不让包括伊斯马伊洛夫本人在内的所有了解该实验意图的人知晓实验的具体时间和场所，再根据双盲试验……”

我们五个人就像着了魔一样侧耳倾听拟蓑白的长长叙述。虽然它所说的内容我们连百分之一都理解不了，但从耳朵流入脑海的话语，就像落在干涸地面上的雨水一样全被毫无障碍地吸收了。

在此时之前，关于我们所处的这个世界，我们所了解的知识当中就像一幅拼图缺少了最重要的一块；而拟蓑白的话，恰好就是填补这个缺口、满足我们渴求的东西。

但我们没有一个人会预见到，随之而来的将是一幅让我们寒毛倒立的地狱图景。

“……伊斯马伊洛夫找到的第一位超能力者，是一个名叫劳拉·马露达瑙娃的十九岁女性。她的能力仅仅是移动密封在透明塑料瓶里的轻如羽毛的乒乓球。不过就像某种化学物质的溶液中最初出现的一个结晶会使周围出现同样的结晶一样，她可以说起到了核晶体的作用，诱发了全体人类的变化。在她出现之后，原本一直沉睡的能力开始在人类身上苏醒了。”

不知道什么时候，真理亚来到我身边，用力握住我的手。人类究竟如何获得了等同于神之力的咒力？这一段最初的插曲，即使是在我们的历史教科书中，也只是以模棱两可的暧昧记述一笔带过。

“……获得了超能力的人类数量急剧增加，最终到达世界总人口的0.3%，但同时也进入了平台期。在那之后，因为经历了漫长的社会混乱时期，资料和统计数据基本上都消失殆尽，不过还是遗留下一份调查结果，显示超能力者中分裂型人格障碍①的比率很高。”

“只有0.3%？”

觉低声问了一句。我也觉得这一点很不可思议，剩下的99.97%的人类到底怎么了呢？

“社会混乱，是什么意思？”真理亚问。

“一开始，一般人群中发生了排斥超能力者的运动。在初期，超能力者只能发挥出极微弱的能量，但即使如此，也足以破坏当时的社会秩序。这一可能性本来是被隐瞒起来的，但在日本，成为关键转折点的是少年A所引发的事件。”

“少年A？那是他的名字？”守皱着眉问。

---

① Schizoid Personality Disorder，患者性格孤独，感情冷淡，缺少与人相处的兴趣与能力，因而无法与人建立亲密关系，社会适应困难。——译者

“在当时，未成年人犯罪的时候，基本上不会提及他们的真实姓名，都以A这类符号来称呼。”

“那个小孩干了什么?”我问。

最多不过是偷了人家的东西吧，我想。

“A的能力其实很弱，但某一天他忽然发现不管什么锁，自己都可以使用超能力打开，于是就使用这种能力屡次在深夜侵入公寓的房间，对熟睡中的十九名女性施行了性暴力，并且杀害了其中十七人。”

我们全都僵住了，不敢相信自己的耳朵。性暴力，还有杀人……真的杀人。

“等等，你是瞎扯吧，不可能的吧，那个叫A的家伙是人类吗？是人的话，怎么可能杀人呢?”觉嘶哑着嗓子叫了起来。

“事实如此。而且在A被捕以后还连续发生了多起类似的事件，其中大部分都无法确定犯罪人，最终成为无头悬案。这也是因为有人使用超能力破坏了监控摄像头的缘故。此类事件最终导致一般人迁怒于所有的超能力者，从背后的指指戳戳到近乎公开的滥用私刑，各种各样的暴力事件频频发生。为了应对这种局面，超能力者一方也逐渐建立了出于防御目的的组织，但其中最激进的组织却抱有可怕的理想，想要创立一个淘汰一般人、只有超能力者的社会，并最终发展到使用超能力制造恐怖袭击的地步。凡此种种，各类政治的、人种的、思想的对立错综复杂，整个世界不知不觉地被推入了一个混沌的战争时代。此前从未有过的席卷亿万人的战争态势从此一直持续下去，毫无终止的迹象。”

我愕然四顾，所有人都是恐惧至极的表情。守双手捂住耳朵，蹲在地上。

“……在军事超级大国美国，终于爆发了以彻底铲除超能力者为目的的内战。以施加电击来分辨超能力者的简易判定机，再加上国内泛滥的私人枪支，北美大陆的超能力者一时间从总人口的 0.3%直降到 0.0004%。”

觉不停摇头，嘴里一直“骗人、骗人”地喃喃自语。

“……另一方面，在科学技术大国印度，已经发现了超能力者与普通人的 DNA 差异，研究随即迅速进展到操控人类遗传基因、将超能力赋予全体人类的项目上。但遗憾的是，这项研究未能取得实际成果，不过这一时期的研究在后来以别的形式起到了作用。”

我恍若大梦初醒，看着虎蛱夹住的奇怪生物/机械。难不成，这东西是从地狱来的恶魔吗？不断吐出迷惑我们的奇怪言语，是为了让我们最终失去精神上的平衡吗？

“……讽刺的是，由于不断面临生存危机，死里逃生的超能力者们的超能力发生了飞跃性的进化。最初研究以为超能力所能使用的能量仅仅是大脑中分解糖分所获得能量的外部投射，但后来发现这种推测是错误的。后续的研究结果表明事实上能够使用的能量并不存在上限。在当时，最强的超能力者已经具备了超越核武器破坏力的能力。所以，随着超能力者一方的反攻开始，战争的形势迅速逆转，地球上的所有政府实际上都已经瓦解殆尽。基于这个原因，今天的历史书中不曾记载的文明，也即史前文明都被全盘抹去。历史倒转，人类再度返回到黑暗时代。同时由于战乱、饥荒、瘟疫等原因，世界人口大幅减少，据推测，残存的人类总数不足全盛时期的2%。”

我的头脑无法思考，或者可以说是厌恶得无法思考。我想阻止拟蓑白继续往下说，但却不知道该说什么才好，就连从唇舌间发出声音都很困难。也许，大家全都和我一样。

“……关于那段持续了约五百年的黑暗时代，想要正确记述世界的状态是不可能的。伴随着基础设施的崩溃，互联网也自然消失，信息流动再一次被地理障碍阻挡，人类再一次被分隔、封闭在狭小的世界里。”

在我听来，拟蓑白讲述的声音仿佛是乐在其中。

“不过即使在那段时期，也还有一些书籍出版发行。基于这一时代最可信赖的文献记载，东北亚地区，人类的社会被分隔为四个互不相容的单位。由于人口的锐减，产生的讽刺性结果是，在某种程度上人类可以分隔居住了。第一种单位是少数超能力者统治多数一般人的奴隶王朝；第二种是隐居山野，通过不断迁徙来躲避奴隶王朝威胁的无超能力的狩猎种族；第三种是以家族为单位四处游荡，使用超能力无休止进行袭击和杀戮的掠夺者；还有最后一种，是继承了史前文明的遗产、维持电力供给、传承了各项科学技术的族群。不用说，继承了书籍印刷发行的当然就是这第四种人。”

“书籍……就是你前面说的，保存在你身体里面的很小的书？那个就是他们做的？”

“不是。他们只是复活了古老的活版印刷技术，制作出普通的书籍。我们图书馆则是扫描那些书，获取了其中的文字数据。”

“那你们一直都是和第四族群在一起了？”

“我们曾经长期保持着定期的接触，不过并不是一直都在一起行动。图书馆的存在意义，是为了守护作为人类共有财产的知识。然而遗憾的是，从某个时间点开始，图书馆成为许多人的首要攻击目标。因此，伴随着机器人工学的发展，具有躲避能力的自走型文档被提上议事日程。在都市地区，某一时期也曾经生产过可以在下水道中自由来往的机种，不过由于核武器等的攻击，都市自身的机能都被彻底破坏，那些机种也未能幸免。残余下来的只有与野生动物一样可以在野外风餐露宿、依靠自主摄取能量来维持完整机能的类型。再进一步的改良则是可以适应环境、改变自身形态的自律进化版本，那就是本人。”拟蓑白似乎很自豪地说。

“自主摄取能量……你都吃些什么？”守还是蹲在地上，抬起头问。

“一切大小适当的生物。水中的微生物可以直接消化吸收；

如果运气好，能抓到小型哺乳动物，我也具有吸血机能。”

意料之外的回答让我一阵恶心。我把目光从拟蓑白身上移了开来。

“……后来怎么样了？从黑暗时代到我们的这个时代之间，到底发生了什么？”

瞬将话题转了回去。

“黑暗时代中，人类的族群只有刚才说的四种是吧？这么说来，其中的哪一种……”

我也终于意识到了这个问题。在这四个族群中，我们究竟是哪一种的直系子孙呢？

“四个族群当中，最先衰微的是掠夺者们。”

拟蓑白的话让我略感意外。

“掠夺者是以血缘关系为基础建立起来的集团，人数从数人到数十人不等。遇到敌人的时候会毫不犹豫地使用超能力，有些掠夺者甚至以赶尽杀绝所遇到的村子为乐事。总体来说，这种族群非常可怕，但族群本身也非常不稳定。从掠夺者方面来看，当然不能彻底灭绝作为猎物的狩猎民及奴隶王朝的子民；而从对方的角度看来，掠夺者只不过是危险的害虫而已。因此，无超能力者们总是使用一切可能的手段尽力驱逐掠夺者。”

“使用一切可能的手段，是指什么？”

我只盼望拟蓑白早点讲完住口，然而觉却插进来问。

“掠夺者不知出于什么原因总喜欢驾驶史前文明遗留下来的两轮摩托车行动。虽然引擎和轮胎都已经无法再制造了，但当时使用超能力的制铁技术已经复活。掠夺者们在重达数百公斤的钢铁骨架上装上钢铁车轮，通过超能力驱动，以时速三百公里的速度在平原上火花四溅地疾驰，奔袭各个村落。对于无超能力的村民而言，地平线上扬起的沙尘和铁车轰隆隆的巨响，不啻于宣告死神的到来。因此，村民们在掠夺者通行的道路上挖掘陷阱，把削尖的竹子像枪一样倒插在坑底，又用肉眼很难发现的细丝悬在脖子的高度，或者简单地埋上高杀伤性的地雷、做些简陋的绳套，再不然就是在预计被抢的食物里加入慢性毒药，甚至还可以选出一些女性，事先让她们染上致命的传染病，作为祭祀品放给掠夺者施暴等等。”

我的心情再一次低落下去，恶心想吐的感觉难以抑制。

“当然，掠夺者一方随之而来的报复也变得更加可怕，无数村庄都被他们用超能力夷为平地。但决定了掠夺者凋亡的还有来自掠夺者内部的斗争以及族群的分裂。掠夺者的族群本来不过是因为共同的敌人或猎物等纯粹的利害关系集合起来的团体，在各个成员之间一旦露出稍许敌意，先下手为强、后下手遭殃的被害妄想便会无休止地蓄积，最终只能引来毁灭性的结果。”

所有人或是擦汗，或是捂着头和肚子，看起来情况都很糟糕。守更是对着灌木丛呕吐起来。

“住口！别再说了！”觉叫了起来，“你们还要听这东西往下说吗?!”

“不……等一下，我还想听一点。”瞬绿着脸说，“掠夺者的描述就到此为止吧。其他三个族群怎么样呢?”

“割据在东北亚的约十九个奴隶王朝，遵守着互不侵犯、互不干涉的约定，维持了六百年以上的稳定。在那期间，日本列岛上也有四个奴隶王朝并存，不过我这里只有神圣樱花王朝的记录。那是控制了整个关东地区及中部地方的王朝。神圣樱花王朝以长久的治世自傲，据称仅次于控制关西以西地区的新大和王朝。五百七十年间即位的帝王共有九十四代。”

“这九十四个人的传记可不要一个个都说一遍。”真理亚紧皱眉头说。

“为什么改朝换代这么频繁?”

瞬看起来是我们几个当中情况最糟的一个，但还是咬紧牙关问。

“《神圣樱花王朝研究》这本书引用了史前文明的历史学家J. E. 阿克顿的名言：‘权力导致腐败，绝对的权力导致绝对的腐败。’控制了奴隶王朝的超能力者们史无前例地拥有近乎于神的绝对权力，但这份权力的代价却也大到了难以想象的地步。”

拟蓑白的讲述很巧妙，不知不觉间，我们全都听得入了神。

神圣樱花王朝的权力机构一开始是由几个超能力者组成的寡头政治体，不过随着不断的肃清运动，权力最终集中到了一个人身上，形成了以一名超能力者为中心的绝对王权。

“即使帝王深居简出，又带上无数替身作掩护，但只要王朝中有超能力者存在，并被他们看到自己的身影，便有可能遭遇暗杀，而且这类暗杀根本无从预防。所以自从掠夺者的族群消失之后，奴隶王朝便形成了以一个家族统率数十万国民的政体。然而即便如此，真正的和平与安宁依然遥遥无期。”

“……该回去了，太累了，我都渴死了。”

守双手捂着耳朵，用快要哭的声音说。可是没有一个人有想走的意思。

“《神圣樱花王朝研究》在考察了统治时间相对较长的六名皇帝的基础上，对于共通性的特异精神疾病作了分析。然而为了这份调查，一个名为‘菲尔德历史调查学会樱花观察组’的团队牺牲了十几名调查员。”

除了守，我们其余四个人这时候也许是又一次被催眠了。拟蓑白的声音就像是贯穿了我的鼓膜，直接回响在我的大脑里。

“每个帝王死后，都会根据生前的业绩定一个谥号，与此同时，一般民众为他定的恶谥也会流传下来。第五代皇帝大欢喜帝即位时，有民众的欢呼与喝彩三日三夜不绝的记载。起先人们一般认为这是单纯的夸张说法，但后来的调查发现这一记载乃是事实。因为最先停止拍手的一百人，都被大欢喜帝当作庆典的活供品用超能力点燃，并把烧成黑炭的躯体作为王宫的装饰。民众们从这时候起便给大欢喜帝奉上了阿鼻叫唤王的恶谥。”

拟蓑白用单调的声音继续道，“第十三代爱怜帝，以酸鼻女王的恶谥为人所知。对于稍有不合己意的人，每天早上都会用无比残酷的方法公开处罚，她对这种事感到无比欢喜。因此，当时在宫中劳作的宫人之中产生了一种整日绝食不吃东西的习惯，就是为了不让自己呕吐。”

“……第三十三代皇帝宽恕帝，在生前就被奉上豺狼王的异名，这个名字后来变成他的恶谥。因为每当他心血来潮外出散步之后，街道上便会堆满惨不忍睹的尸体，残肢断臂像是被飞禽走兽啃的一般血肉模糊。宽恕帝喜欢以巨大的兽颚作为超能力意象活活吞噬人类的四肢，不过据传其中一部分尸体上也残留有宽恕帝自身的齿痕。”

“……宽恕帝的儿子，第三十四代皇帝醇德帝，死后被称为外道王。在他十二岁的时候，把躺在长椅上假寐的父亲宽恕帝的首级活生生扯下来喂狗，这件事其实颇得当时民众的赞赏，但之后在醇德帝心中显现的却是害怕自己也会被杀的恐惧。因此，醇德帝在自己的幼弟、堂兄弟，包括自己的孩子们长大一点之后，便将他们逐一杀死，把尸体喂给沙蚕或者海蛆去吃。但是，随着具有超能力的继承者数量越来越少，醇德帝的权力基础出现了新的危机。无超能力的一般民众多次尝试刺杀醇德帝，其结果是醇德帝产生了异常的嗜好，喜欢将人活生生喂给低等动物。”

“……第六十四代皇帝圣施帝，从即位很久之前开始便有鸱鸺女王的恶名。她倾心于奇怪的神秘主义，创造出怪物一般的鸱鸺(猫头鹰)意象，在满月的夜晚，攫取妊娠的女性，割开她们的肚皮，取出胎儿串在签上，奉于祭祀异端神明的祭坛。她将之视为自身的使命。”

我的身子止不住地颤抖。我的脑海中清晰地回想起自己曾经用过的类似意象：在黑夜中飞翔的巨大猛禽。

“……到了王朝的末期，继位者残杀先王篡位基本上已经成了惯例。继位者到了青春期，从能够发动超能力的那一瞬间开始，先王的性命便如风中之烛了。因此，王子们经常处在严密的监视之下，如果稍露反意，重则被当场诛杀，轻一点的也会被刺瞎双眼，在地牢中度过余生。第七十九代皇帝慈光帝，在九岁生日的深夜，发现自己可以使用超能力，即于拂晓赶赴王宫，躲在整排装饰壁龛的一个大壶的后面。从那个位置刚好可以清楚看到皇帝的宝座。后来，他的父亲诚心帝出现在皇宫，坐上皇位的一瞬间，慈光帝便停止了诚心帝的心脏跳动，而且还用超能力让诚心帝保持着活着的姿势，将前来觐见的先王心腹和亲信首级如同杀鸡一样一个个拧下来，藏到壁龛的壶里。这一天他杀了有二十多人，但实际上这只能算是牛刀小试而已。即便在神圣樱花王朝的历史上，慈光帝也可以算是最邪恶的屠杀者。他杀人如同呼吸一般，而且常常还会在无意识中使用超能力虐杀臣子与人民。在他的统治下，王朝的人口锐减一半，漫山遍野都是尸体，无数苍蝇遮天蔽日，市区常常一片漆黑。据说腐臭在数十里外都能闻到。如今，慈光帝这个名字早已被人们遗忘，流下来的只有尸山血河王这个恶谥。他那种过于非人的性格，作为恐怖传说流传至今……”

“别说了！别说了！别说了！”觉大叫起来，“这些故事到底有什么意义？这些、全部、都是胡说八道吧？瞬，让它闭嘴！再听下去我就要疯了。”

“……我想听的也不是这些东西，”瞬舔舔毫无血色的嘴唇，目不转睛地盯着拟蓑白，“我想知道的只有一点：我们的社会是怎样产生的？其他的都不要说了。只要解释一下我们社会的成立就行了。”

“五百年的黑暗时代，随着奴隶王朝的终结，拉上了大幕。支配日本列岛的所有王朝，早已与大陆失去了所有的交流，又因为代际间的严格淘汰，超能力者的血统已经完全断绝了。失去了中心的王朝分崩离析，彼此争斗。在山野间漂泊的狩猎民，开始攻击没有皇帝的奴隶王朝的村庄，而各个村庄则彼此联合与之对抗。战火一再扩大，仅仅数十年的时间，因战乱而死的人，便远远超过了过去五百年间被超能力虐杀而死的人。为了收拾这场混乱，一直作为历史旁观者的科学文明继承者们终于挺身而出。”

果然如此。伴随着安心感，在我心中有一股热热的东西扩散开来。我们不是继承奴隶王朝的王室血脉，更不是掠夺者的子孙，而是一直守护着人类理性的族群之后裔。

“……但是，从那个时代又是如何发展到今天这个社会的呢？而且，奴隶王朝的民众与狩猎民，不是没有咒力……超能力吗？那些人去了哪里？”

瞬又提出了好几个问题，但拟蓑白的回答没能满足他的期待。

“关于那之后直到今天的历史，可以信赖的文献极其稀少。因此非常遗憾，这些问题无法回答。”

“为什么？科学文明的继承者们不是一直都在出书吗？”真理亚撅起嘴。

“在黑暗时代确实如此。但是，在收拾混乱状态、建设新社会的过程中，他们似乎采取了新的方针，将一切知识都视作双刃剑，列为严格管理的对象。大部分书籍都被焚毁。国立国会图书馆筑波分馆，也就是我，综合这些信息，判断自己会在短时间内处于危险之中，因此决定与大部分副本一道，暂时躲避到筑波山中。”

以拟蓑白的时间概念而言，数百年大约也就是短短一瞬吧。

“在那之后，我们改变了图书馆的外壳设计，模拟具有无数触手的蓑白，也开发并附加了发光机能，即使被具有咒力的人类发现，也可以使用催眠术逃走……”

“不，我不是要听那些东西！”瞬似乎很急躁，“我们的社会，与那之前相比，到底改变了什么？啊呀，肯定变了对不对？建设了如今这个社会的，是继承科学文明的团体对吧？他们如果就是我们的祖先，当然也就有咒力，但他们却不像奴隶王朝的皇帝，也不像掠夺者，没有相互争斗。这又是为什么？”

“这……”

我本想说这不是理所当然的吗，但又把话咽了下去。

因为我意识到这并不是理所当然的——如果这个丑陋的说书人讲述的故事大部分都是真实的，如果人类社会的历史一直以来都涂满鲜血的话。也就是说，如果人这一种生物的本性之中充满了连虎蛱都要自愧不如的暴力，那为什么只有我们的社会能成为唯一的例外，与争斗无缘呢？

“史前文明的末期，随着人们逐渐认识到隐藏在超能力中的无限可能性，反过来也就是说蕴含在超能力中的可怕破坏力，如何才能防止将超能力用于攻击他人便成为最大的课题。针对这一点，心理学、社会学、生物学等领域开始了各种各样的研究，但没有任何资料显示最终采用了怎样的方针。”

“那么比方说，人们都考虑过哪些方法？”我问。

“最先被提出的是教育之重要。幼儿期的情操教育，从母子关系开始，到道德、伦理教育，乃至洗脑的宗教教育，人们针对所有的教育方法都进行了彻底的讨论。然而最后弄明白的是，教育确实具有关乎生死的重要性，但也并不是万能的。研究的结论是：不管建立如何完美的教育制度，要想彻底封锁人类的攻击性，无论如何也不可能。”

拟蓑白的语气变得像是在阐述自己的信念一样，它似乎是从各种书籍中抽出对应的记载加以综合。

“接下来摸索的是心理学方法。从愤怒管理，到运用坐禅、瑜伽以及超越冥想等方法的精神训练，更进一步的还有使用精神药剂这样的极端手法，所有这些都进行了深入的研究。无论哪种方法，虽然都有效果，但同样地，人们很快就发现哪一种都不是万能药。不过心理学研究也得到了另一个结果，也就是使用心理测试或者性格检查等手段，基本上可以百分之百找出有可能发生问题的儿童。这一结果同下一个重要的步骤——‘坏苹果理论’联系在一起，成为主流意见，即：预先排除具有危险因素的孩子。”

我的背上一阵恶寒。

我不愿意那么想，但却不能不想。

难道说……那样的思考方式，一直延续至今？无论是在和贵园，还是在完人学校……

“但即使如此，要想完全排除危险，依然不够充分。即使是最最普通的市民，即使是温顺的、有许多朋友的、有圆满社会生活的人，依然会有因为愤怒而忘记自我的瞬间。研究结果显示，人类所感受到的压力，九成以上起因都在他人。如果仅仅因为一刹那的冲动，便会带着激烈的愤怒和敌意击碎自己眼前那个人的头颅，那么平稳的社会生活到底该如何延续下去呢?”

拟蓑白的讲述非常扣人心弦，我们全都听得入了迷，连反驳都反驳不出。今天回头去想，那种说话的艺术，恐怕也是拟蓑白自我防御技术中的一种。

“心理学的研究走入死胡同之后，作为它的辅助手段，人们引入了运用精神药剂进行大脑荷尔蒙平衡管理的方法，但这一方法依然显示出局限性，因为不可能对所有人都保证长期的持续投药。取而代之崭露头角的是动物行为学。其中最引人注目的则是名为倭猩猩的灵长类社会。倭猩猩，从前被称作侏儒黑猩猩，但与黑猩猩频繁攻击同种伙伴、时不时还会致死的举动形成鲜明对照的是，在倭猩猩的群体中，基本上看不到争执。”

“为什么?”我问。

“当倭猩猩个体间的紧张或者压力增加的时候，会通过浓密的性接触消除。如果是成熟的雌性与雄性，那就是一般的性行为，而在双方是同性或未成熟个体的情况下，也会发生摩擦性器之类的模拟性行为。通过这些方法，争斗得以防患于未然，群体的秩序也得以维持。灵长类的研究者与社会学者们主张，眼下的当务之急是将人类社会也从黑猩猩型的争斗社会转变成倭猩猩型的爱的社会。”

“转变是怎么转变?”

“在名为《迈向爱的社会》一书中，作者提议按照三个阶段进行。第一阶段是要频繁进行肉体接触——握手、拥抱、亲吻面颊。第二阶段是在幼儿期到青春期的这个阶段奖励性爱接触，而且不单是异性，同性间的也应当奖励。这是要使儿童产生习惯，通过伴随情欲亢奋的模拟性行为缓解面对人的紧张。然后，第三阶段，则是成人间完全的性自由。不过，这一阶段不可或缺的是简易且可靠的避孕方法。”

我们面面相觑。

“……难道，以前的人不是这样的吗?”真理亚皱起眉，半信半疑地问。

“因为没有关于现在状况的资料，很难进行比较。但在史前文明阶段，肉体接触具有各种层次和类型。此外，在多数地区，同性恋都是禁忌，或者至少也是受压抑的。性自由也是同样的情况。”

我们在日常的所有情况下都可以和他人接触。男孩与女孩，女孩与女孩，男孩与男孩，大人与大人，孩子与孩子，大人与孩子。人与人的亲密交流，基本都是善意的。不过，唯独具有怀孕可能性的行为比较特别，必须在满足特定条件的情况下，得到伦理委员会的许可才行。

“但慢慢地人们也发现，即便如此依然不够充分。计算机的模拟显示出一个令人震惊的结果。刚才描述的所有措施虽然可以构建一个在各方面都堪称完美的社会，但在十年之内，一切都会崩溃。原因很简单。超能力普及后的社会，相当于构成社会的所有人都持有核武器的按钮。只要有一个人失控，全体社会就有崩溃的可能。”

拟蓑白讲述的内容，还是和之前一样，我最多只能理解一半，不过我还是痛切感觉到它所说的事情是如何深刻。

“人类的行为可以通过教育学、心理学、甄选不良品的生产工学等手法，在相当大的程度上加以控制，再通过将人类视作一种灵长类的动物行为学的应用来增强安全性。但是，真要守护社会这一大坝，便连一个小小的蚁穴都不能容许。因此，最终的解决方案，被引向这样一种视点：将人类这一生物降格视作具有社会性的哺乳动物。”

真是很讽刺的说法。人类终于拥有了神之力，然而为了调和这种太过强大的力量，不得不将自己从人贬低到猿、再从猿贬低到单纯的哺乳类。

“史前文明的动物行为学家康拉德·洛伦兹指出，在狼和渡鸦一类具有强大杀伤能力、并且进行社会生活的动物中，具有一种与生俱来的生理机制，可以抑制同种间的攻击。这就是所谓的攻击抑制。另一方面，在老鼠和人类这种不具强大攻击力的动物中，因为攻击抑制不充分，所以常常会在同类间发生过激的攻击与杀戮行为。因此，具有超能力的人类，为了维持历来的社会生活，就必须加上足够强大的攻击抑制。”

“但是，怎样才能加上攻击抑制呢？”

瞬宛如一个人自言自语般地低声呢喃。

“唯一有效的方法，只有改造人类的遗传基因。狼的DNA已经完全解读成功，专司攻击抑制的遗传基因也已经确认。但是，单纯将之直接导入还不够。攻击抑制的强弱，必须与攻击能力相适应。”

“也就是说，给予人类的攻击抑制，不能单是狼的程度，其强度要远远超出狼了？”

“现实中究竟在遗传基因中加上了何种强度的攻击抑制，由于资料的匮乏，无法加以推测。不过在原先的计划中，预定要组合进人类遗传基因的机制分为两种。第一种是普通的攻击抑制，与狼相似；但还有一种，被称为‘愧死结构’。”

我如罹电击。“愧死”这个词，我们从和贵园时代就被反复灌输，深深刻在每个人的意识之中。对于所有人来说，那是最可耻的死法。

“最初为了配合攻击抑制而构想出来的‘良心机制’，是一种当人想要使用超能力对人攻击时阻碍思维集中的机制。但是，因为效果很不稳定，最终没有实现。取代其被开发出来的，是具有更加单纯且更具有决定性效果的‘愧死结构’。‘愧死结构’的作用机制如下所述：首先，大脑一旦认识到自己想要攻击同种人类，便会无意识地发动超能力，停止肾脏及副甲状腺的机能。由此会产生不安、悸动、出汗等生理警告，其效果也可以通过学习、附加动机、暗示等增强。在这个阶段，绝大多数人都会停止攻击，但如果无视警告继续进行攻击，会发展成低钙血症，导致痉挛，最终窒息而死，或者因钾浓度剧增而导致心跳停止。”

“这……这太混蛋了。”觉痛苦地呻吟起来。

如果这是真的，那我们一直以来所相信的到底又是什么呢？我们被教导说，人类是因为具有高尚的品德才被授予了神之力。然而实际上，若是没有死亡的威胁，就不会停止互相的争斗，我们其实只是远比狼和乌鸦更加低劣愚蠢的动物而已吗？

“胡说！骗人！全都是谎话！”真理亚咬牙切齿地说。

“但是，道理是说得通的。”瞬低声喃喃自语。

“你相信这些话？”

我问瞬，然而瞬却没有回答。他向拟蓑白问道：“……恶鬼的出现，是那之后的事？”

瞬的问题让我皱起眉头。的确，我们的问题是从那里开始的。但是，刚才拟蓑白的话，与恶鬼又有什么关系呢？

“不。恶鬼，也就是拉曼－库洛基斯症候群，在史前文明崩溃之前就有记录显示其存在。另外，被称作业魔的桥本－阿培巴姆症候群，据推测也在差不多同一时期出现。但在紧随其后的混乱期与黑暗时代、战乱时期中，其存在并不受注意。”

在当时，我还没有很好理解拟蓑白话里的含义。今天回想起来，在暴力支配整个世界的时代，因为死亡与鲜血太过寻常，他们的存在也就被掩盖了吧。

“我们的社会诞生以后，恶鬼和业魔才变得受人关注了吗？或者说，如今这个社会体制，仅仅是为了防止恶鬼与业魔而构建起来的吗？”

瞬用尖锐的声音扔出疑问。

“关于现行的社会体制，因为没有资料，无法回答。”

“但是，为什么，恶鬼，刚才说的愧死结构……”

“等、等一下。”觉慌慌张张地拦住了瞬的问题，“瞬可能已经明白了，但是我们还没弄明白呢。恶鬼那个什么……库洛基斯什么的，到底是什么？然后业魔又和恶鬼有什么区别？”

“拉曼－库洛基斯症候群，正如其别名所显示的……”

我们正在侧耳细听，然而接下去的话却永远也听不到了。

拟蓑白，突然间和夹着它身体的虎蛱一起，裹在了一团白热的火焰漩涡之中。

我们被这突如其来的变故吓得当场跳开，不知如何是好，只能呆呆看着事态的发展。就连极其顽固的虎蛱也放开了拟蓑白，想要从火焰中逃走。它一边拼命晃动钳子，一边将身体在地上摩擦，然而超自然的火焰没有半点消失的迹象。虎蛱发出挠玻璃一般的刺耳声音，十条腿紧紧缩起，仰天倒在地上，终于不动了。

拟蓑白也蜷起了身子，分泌出大量满是泡沫的黏液，努力灭火，然而地狱的业火绝非它所能抵抗的。无数触手被火焰炙烤枯萎，发黑炭化。覆盖全身的橡胶一样的皮肤也在高温下变得满是洞孔，眼看着就要被烧光了。

就在这时，燃烧的拟蓑白上面，出现了一个奇异的事物。

抱着小小婴孩的母亲。

那是一幅立体影像。母亲眼中含泪，仿佛哀诉一般地望着我们。我们感到呼吸困难，身体僵硬，无法动弹。

不可思议的是，母子的影像刚一出现，火焰便消失了。但是，拟蓑白最后这张王牌似乎打得太迟了。影像开始闪烁起怪异的线条，随后慢慢变暗，最终完全消失。

不大一会儿，拟蓑白也和虎蛱一样，完全不动了。身体表面被烧得焦黑，散发出带有恶臭的白烟。

“谁……？”觉看着大家，用嘶哑的声音问。

“什么谁？”一直哑然无语的真理亚，反问道。

“刚刚你也看见了，那种起火的方式，绝不是通常会有的。你不觉得那个只能是以咒力烧起来的火吗？到底是谁干的？”

觉这个问题的答案是从背后传来的。

“是我。”

我吓得真的跳了起来。回过头一看，只见背后站着一个僧侣打扮的人物。他的个子极高，眼光如鹰隼般锐利无比。剃得精光的头颅泛着青光，长脸的额头上渗出汗珠。

“那是灌输妄言、蛊惑人心的魑魅魍魉之辈，一旦发现便要立即烧毁。你们到底在这里干什么?”

“我们……”

觉本想回答，但好像一下子想不出什么好的借口，说不下去了。

“我们在做夏季野营的课题，溯利根川而上的。”真理亚接下去说。

“学校允许你们到这种地方来了吗?”

僧侣打扮的人物抱起胳膊。脸上的表情愈发严厉，似乎是在警告我们，要是说谎的话，会有相当可怕的惩罚。

“……对不起，学校没有给过我们许可。我们是不小心来到这里的。”瞬谨慎地说。

“原来如此。不小心来到这里的么?然后不小心抓了一只螃蟹玩，后来不小心抓到了那个妖怪，再然后不小心听恶魔的话听入了神，是吧?”

谁也没有搭话。在这种状况下，解释是没用的。

“我是清净寺西堂离尘。你们的事，我知道得很清楚。”

西堂是清净寺里教育方面最高级的职位。我忽然想起，在当初清净寺的成长仪式上，侍立于无瞋上人身侧的，便是这个名叫离尘的僧人。

“你们且随我去清净寺。没有无瞋上人的指示，不得回町。”

“请等一下。在那之前，我想请教一个问题。”瞬指着拟蓑白的残骸说，“这东西说的事情，全都是谎话吗?”

我们不禁都为瞬捏了一把冷汗。那种事情，还是不问为好吧。不知是不是正中离尘师的下怀，他的眼中仿佛闪起了异样的光芒。

“你认为是真的?”

“我不知道。和我们从学校学到的知识相差太多了。但是，我觉得在那些话之中，似乎有着另一种整合性。”

瞬的话吐露了我们真实的心声。然而，在眼下这个场合，真实未必一定是一种美德。

“你们破坏了规则，来到了不能来的地方。而且，还触犯了禁令，听了恶魔的言语。仅这两条，便已是重大的罪过，但真正的问题还在这之前。”

离尘师的声音之中，有着令我们心胆俱寒的冰冷声响。

“你们违背了作为伦理规定基干的十重禁戒之中的第十条，不谤三宝戒。听从恶魔的声音，对佛法的教诲提出异议。因此，我必须马上冻结你们的咒力。”

离尘师从怀里取出纸束一样的东西。那是以两枚八裁白纸折起来的人偶。一共五个，放在我们面前。

看到人偶的头部与躯干上的梵文和奇怪的花纹，我想起了清净寺里的仪式，无瞋上人将我的咒力临时封印的事。

不要，绝对不要！不要失去咒力！我不想再度品尝和贵园毕业之前那种什么都无能为力的无助感和无依无靠。但是，我们无法反抗。

“由此刻起，你们的咒力，便封入此人偶之中。”离尘师宣布，“你们各自操纵自己的人偶，让它站起来。”

我让眼前的人偶站了起来。忽然间，一行眼泪自脸颊滑落。

“青沼瞬！秋月真理亚！朝比奈觉！伊东守！渡边早季！”

离尘师的大声断喝在山野中回荡。

“你们的咒力，于此冻结！”

离尘师的手中放出无数银针。针宛如胡蜂群一样，向着五个人偶准确飞来，刺穿了头、躯体、四肢。

“尽却烧施[①]……燃尽一切烦恼……灰烬洒向无边荒土……”

骗人的。这不过是个单纯的暗示而已。就靠这么弄一下，咒力不可能用不了。以前之所以有效，是因为我还小，还没有把咒力真正化作自己的东西。如今咒力已经完全归我所有了。这绝不是旁人能够夺走的。

我拼死说服自己对这一点深信不疑。可是，离尘师的冻结仪式还没有结束。

---

① 烧施，佛教用语，指火供，其意义为借火供的力量为善信者消灾祈福。——译者

“你们应该记得。在清净寺里，皈依神佛，放掷自己的咒力。你们因大日如来的慈悲，被无瞋上人传授了正确的真言，这才召来了新的精灵，再度被赋予了咒力。”

离尘师的声音越来越低，逐渐带上了仿佛传进心底最深处般的不吉声响。

“但是，背离了佛道的你们，精灵飞走了，真言也消失了。哪怕你们曾经铭记在心。此刻的你们，已经无法再回想起真言了吧。”

恐怕早在成长仪式的时候，我们的潜意识里便通过暗示而被埋下了钩子。当出现新暗示的时候，通过利用那个钩子，心灵便可以被随意操控了吧。

对于这时候的我们来说，钩子发挥了等同魔法的效果。迄今为止本应该一直占据了意识中心的真言，完全消失得无影无踪。

我们抱着一线希望，彼此对望了一圈，然而看起来所有人都是同样的状况。觉的脸扭曲着，表情如泣如诉，向我摇了摇头。

“好了，走吧。”

离尘师瞥了我们一眼，那眼神仿佛是在看一群家畜一般。

“别慢吞吞的，日落之前要回寺里。”

Ⅱ. 夏 闇

1

走了大约一个小时，原本很轻的背包变得像是灌了铅一样重，更让之后的路程显得无比漫长。

这也有可能是因为我们自从进入完人学校之后便动辄依靠咒力、疏忽了肉体锻炼的缘故。但更重要的是，那种什么都无能为力的挫败感夺走了我们的活力。

离尘师偶尔会在莲华座上转头看看我们，每当看到我们龟速的行军，脸上都会显出轻蔑与焦躁的表情，不过并没有说什么。大约他也知道不管说什么都没有用吧。

莲华座在距离地面大约两米高的地方飘浮，离尘师在上面结跏趺而坐，似乎是在冥想。我们有气无力地跟在大约三十米之后，有一种怪异的束缚感，仿佛被拖着在装满了水的池底行走。

“那个看起来像是真正的自我浮游术啊。”

瞬低声说，像是深感震撼。的确，即使是在完人学校中向我们教授所有咒力课程的成年人也做不到这一点。我们虽然能让皮划艇在水上航行，但和离尘师的咒力比较起来，根本不能同日而语。

“让自己乘坐的东西浮在空中，而且还让它往前走……这要做出什么意象才能办到啊。”

初级课程的咒力，是确定一个固定的坐标轴，然后试着让什么东西动一动；而要让自己飞上半空并且移动，则需要在自身之外的地方设置固定不动的点，这是相当困难的意象。像离尘师那样修行极高的僧侣，也许是在想象把自己放置在宇宙的中心静止不动，而让所有其他的森罗万象都向后方流逝吧。

“不管什么意象，和我们都没关系了吧?”觉恨恨地说，“反正我们不会再有能用咒力的日子了。”

大家全都沉默了。守的泪水一直都在眼眶里打转，听到这话终于落了下来。像是被他刺激到了一样，真理亚也开始抽泣起来。

“不会的，别乱说!”我瞪了觉一眼，“肯定还能再用咒力!”

“早季你怎么知道?”

觉也用与平日不同的眼神瞪回我。

“我们的咒力不是没有了，只是暂时被冻结了而已。”

“你以为冻结还会被解开?”

觉把脸凑到我这边，胁迫似的低声耳语：“拟蓑白说的话你还记得吧？我们知道得太多了，都变成‘坏苹果’了。现在的我们就是要被处决的对象。”

“别胡说……”我想要反驳，但什么也说不出来。

“早季，你没发现有点奇怪吗?”走在前面的瞬，向我回过头，用比觉更低的声音说。

“奇怪？什么意思?”

“离尘那和尚。样子一直都有点奇怪。”

听瞬这么一说，我仔细看了看。

“有什么地方奇怪，本来就是那样子。”

觉看也没看，嘟嘟囔囔地说。

“等等，真的……有点怪。”

因为之前一直都在想我们自己的事，所以没有注意。离尘师的样子确实很奇怪。他在莲华座上频繁扭动身体。坐禅的时候本应该是腹式呼吸才对，但他好像呼吸的时候连肩膀都在动。从我们这个角度只能看见他的后脑勺，而那上面正闪烁着细细的汗珠。

“病了吗?”瞬说。

“随他去呗，关心他干什么啊?”觉抱怨道。

“不……果然，我知道了。”

瞬像是确信了某件事。

“什么东西果然？”

“拟蓑白的诅咒。”

觉噗嗤一声笑了。

“所以嘛——说了多少回了，那玩意儿就是个传说，只是传说而已哦。”

“不是，可能没那么简单。拟蓑白烧起来的时候发生了什么，你还记得吧？”

瞬的后半句是向着我问的。

“嗯，当然记得。”

“那时候虽然只是短短一瞬，但在拟蓑白的上方还是能看到人像，对吧？一个抱着婴儿的妈妈。”

“那又怎么了？”

“我想，那个大概就是拟蓑白为了在人类面前保护自己而做出的影像。”

“唔……我也那么想过。”

“单单只看了一眼，我就感觉非常难受。大家应该也一样吧？更不用说攻击拟蓑白的离尘和尚，受到的影响应该会更大。咒力的火焰之所以消失，恐怕也是因为那个影像的出现导致他无法继续集中精神下去了。”

“什么意思……什么影响？”

我不是很理解瞬的话。

“愧死结构，拟蓑白说过的。”

我恍然大悟。为什么瞬没说的时候我就没有意识到呢。

“拟蓑白的本意大约是想通过投放那个影像，让攻击者产生一瞬间的犹豫，然后趁机逃走吧。但是，对于具有愧死结构的人来说，事情可没有那么简单。虽然说不是攻击真正的人，不会当场死亡……”

在如此紧张的情况下，竟然能够看透事情的本质，我对瞬的慧眼钦佩不已。在之后的研究中，的确发现所谓拟蓑白的诅咒很可能是基于愧死结构的缺陷而产生的。看到拟蓑白投放出的那种影像，即便知道是假象，也会在潜意识中埋下不祥的印记，认定自己做了对人攻击的行为。一两个月之后，当理性的控制力减弱的时候，埋下的印记突然爆发，启动愧死结构，夺取自己的生命。这并非天方夜谭。

“那……难道说那家伙再过一两个月就要死了？”听到瞬的解释，觉有点兴高采烈地说，“这是烧了图书馆备件的惩罚。”

“……说不定会更早。”瞬一边看着离尘师的背影，一边沉吟着说。

“那不是更好吗？要是现在就死，我们做的事情就不会泄露了。”觉应道。

“不要说蠢话！”我低声叫喊。

“现在的我们谁还能用咒力？如果他死了，我们又被丢在这样的地方，到底怎么回家？”

虽然这是我自己冲口而出的话，但看到两个人眼中浮现出的恐惧之色，我自己不禁也从心底生出毛骨悚然的感觉。这番话再次提醒我们，此时此刻，我们究竟处在怎样一种无能为力的状态下。

如果就这样被带回清净寺的话，恐怕会和觉说的一样，等不到什么宽大的对待吧。虽然我尽力不让自己去想，但落得一个被“处决”的结局恐怕也不奇怪。可是，如果不管不顾掉头逃跑，却又等于从逃出刀山又进火海一样。现在这个时候，我们的处境可以用四面楚歌来形容。

在那之后又过了大约两个小时，我们的行走愈发艰难，简直比蜗牛爬还慢。我很怀疑照这样子下去什么时候才能抵达清净寺。

左前方的茂密丛林之中，发出了什么声音。

离尘师向声音处望了一眼。灌木、蔓草、杂草顿时向四面八方散去。

遮蔽物被剥开，里面出现一只动物，正站在原地瑟瑟发抖。

“化鼠。”瞬低声自语。

我想起当初放学后遇到的掉进河里的化鼠。看起来，这一只要比那时候的那只大两圈。说不定和我的个头差不多高。它好像还没有理解目前的状况，抬着满是褶皱的猪一样的鼻子，不断嗅着空气中的气味。

“那化鼠的样子好奇怪。”

如真理亚所说，我也觉得很不正常。它背着弓箭，身上穿着革质铠甲一样的东西，但奇怪的不单是这身装扮，似乎还有什么地方很不正常。

“这家伙搞什么呢？态度很傲慢啊。”

觉的话终于让我意识到哪里不正常了。与之前看到的化鼠最本质的不同，正在于它的举动。

从河里救出来的木蠹蛾族的化鼠，虽然是和我们这样的孩子打交道，也始终是一副卑躬屈膝的态度，十分殷勤。但这只化鼠即使面对坐在莲华座上的离尘师，也没有半点惧怕的模样。

忽然间，化鼠转回头，大声呼喊起来：

“ガガガガ！ЖДЮК！Grrrr。チチチチチチ。☆▲Λ!”

接下去它所采取的行动更让人难以置信。玻璃珠一般闪着红光的眼睛盯着离尘师，从背后拔出弓，飞快地搭上箭，抬手就射。

刹那间，弓与箭都被白热的火焰包裹，化鼠发出尖锐的悲号，扔下弓箭。它转身想逃，但被咒力牢牢捉住，吊到了离尘师的正对面，拼命翻滚挣扎。

“好个畜生。居然敢对人动手么？”

即使面对着离尘师的冷酷，化鼠依然只是发出意义不明的奇怪声音。它头上戴的头盔状圆锥形帽子也飞掉了。

“头上没有刺青啊，你是从哪里来的？”

化鼠露出黄色的门牙，唾沫横飞，像是在威吓离尘师，一点也不像能听懂人话的模样。

“日本应该没有野生部族。是外来种么？”

离尘师喃喃自语，像我们对虎蛱做过的一样，把化鼠转了一个圈，检查一番之后又转了一圈，不过这一次化鼠的头固定住没有动。化鼠发出啮齿类动物特有的尖锐惨叫，当头颈折断的声音响起之后，一切都安静了。

离尘师朝我们转过头。失去咒力支持的化鼠尸体“嘭”的一声掉在地上。

“看来这一带已经有危险的外来种化鼠入侵了。我负有将你们安全带回清净寺的责任，不过眼下这个事态倒是有点麻烦。”离尘师消瘦的脸颊上显出笑意，“所以就要你们一起帮忙了。当然，是在如今的你们力所能及的范围之内。”

不知哪里传来一点细微的声音，觉腾地跳起来朝后面望去。脸上明显的胆怯神色实在很让我生气。

“既然十秒钟就要回一次头，你还不如一直看着后面走。”

觉也生气了。“你说什么呢？谁能像你那么没事人一样地走啊。我刚刚就一直在想，早季你还真是迟钝。”

“你看看瞬和真理亚。他们走在最前面，可也没有像你那么大惊小怪的呀。”

“笨蛋！你一点都不明白，最后面才是最危险的啊！”

觉气得脸都涨红了，“你想想刚才的化鼠。那家伙不是朝后面叫了什么吗？肯定有同伙躲在什么地方。”

“这个不用你说我也知道。”

“那你应该也知道说不定会有伏击吧？你以为化鼠伏击的时候会从正面攻击？明明看到自己的同伙被搞成那样子？”

我虽然不想承认，但觉的指责确实有道理。

而之所以不想承认，却也并非出于不想输给觉的私心。比起先锋，殿后更加危险，这种事情离尘师当然也是一清二楚。既然如此，也就可以推测出，瞬和真理亚走在前面，就意味着他们是五个人里最值得珍惜的，而我和觉放在最后，意思是说牺牲了也无所谓吧。

不过，在眼前的态势下，待遇最残酷的，应该是乍看上去最受重用的守吧。

守被放在莲华座上。离尘师让他浮在比自己乘的时候还要高的位置上，离地差不多三米左右，名义上是负责瞭望，实际上大家都心知肚明，他只不过是个诱饵而已。

离尘师在稍后的地方随行，猛禽一般的锐利双眼一刻不停地打量四周，但满头大汗的模样却又让他显得相当怪异。在他看到拟蓑白投射出的影像之后，个人状况就已经有些异常了，从刚刚杀死化鼠开始，情况似乎更加恶化。

“有情况！”

莲华座上，守大叫起来。

“停下！”离尘师命令道。

我们停下脚步，心中非常紧张，怯生生地观察周围。

“看到什么了？”离尘师问。

守一边颤抖一边回答：

“不是很清楚，有什么……什么东西在动。大约一百米的前面。”

离尘师仿佛陷入了沉思。

“那和尚在想什么？”我试着问觉。

“如果是化鼠的埋伏，再往前走一点就进入弓箭的射程范围了。”

觉舔着干燥的嘴唇，冷静地分析。

“那和尚不管咒力再怎么厉害，到底还是肉身的人，要被化鼠抢先进攻会很危险，所以必须慎重行事。”

就算是具备了神之咒力的人类，依然只要一支箭矢就会毙命。觉的话再度让我认识到这个明显的事实，我不禁打了个冷战。

早知道会遇上这样的事，当初就不该冻结我们的咒力。离尘师一定也在后悔吧，我想。我甚至还期待离尘师是不是会当场解除我们的冻结，然而遗憾的是，事态并没有向我期盼的方向发展。

“伊东守。”

离尘师抬头望向莲华座。

“准备好了吗？你仔细看看化鼠在哪儿。不用担心。我的咒力守护着你的身体。化鼠们的箭矢，一支都不会碰到你。”

领会到离尘师话里的意思，守的脸都青了。

“不、不要……不要！”

我们虽然全都倒抽一口冷气，但什么都做不了。守乘坐的莲华座，以悠然的速度向前飞旋而去。我们张口结舌地看着。什么事情都没有发生。终于，莲华座飞了回来，离尘师用严厉的目光望着守。

“怎么样，有化鼠吗？”

“不知道。”

守的脸上完全不见血色，像只小动物一样不停颤抖。

“什么……什么都看不到。”

“你不是说有什么东西在动吗？”

“但是，刚才看了，什么都没有，前面可能是弄错了。”

离尘师点点头，但却没有马上出发的意思。他似乎并不打算单纯依靠咒力，因而带着十二分的谨慎。他思索了半晌，扬起锐利的目光。

“刚刚说的有东西在动，是那一边吧？”

向着离尘师指的方向，守默默点了点头。

“好吧，姑且消毒一下。”

伴随着地鸣般的轰响声，可以看到稍远一些的斜坡上，泥土开始慢慢动了起来。周围的树木一棵棵倒下。斜坡土崩的速度逐渐加快，终于化作一股犹如大蛇的泥石流，朝着离尘师所指的方向猛冲过去。

绿荫遮蔽的美丽场所完全被埋在褐色的土块下，总共花费了不到五分钟时间。

这样一来，再也不可能知道那里是不是真有化鼠埋伏了。不过这种事情本来也没有关心的必要吧。

在那之后，我们的速度更加迟缓了。

不用说，那自然是因为只要遇上稍微让人觉得有些不安的地方，离尘师都会仔细进行一番“消毒”。在化鼠看来，我们这一行人，恐怕像是载着破坏神湿婆的世界主宰一般，在和平的绿色山野中刻上丑陋的爪印，一边前进，一边散布死亡与恐怖。不管再怎么好战的外来种化鼠，看到这幅光景，要是还想从正面进行决战的话，那未免也太愚蠢了。

对于所有相关者而言，最为不幸的是，如果我们没有走那条横穿化鼠部族的道路，也许就可以避免与化鼠正面冲突了。而之所以选择那条道路，是因为离尘师判断我们必须赶在日落之前抵达清净寺，否则会很危险，因此特意选了一条横穿山野的道路。

不过导致我们延迟的原因之一又恰是外来种化鼠的出现。原因与结果，常常像是吞噬自己尾巴的蛇一样。

爬山快到一半的时候，我们的眼前出现了化鼠的第一道防线。

“哇！那是什么东西？”

走在前面的瞬站住了。

山顶附近，突然出现了数百个身影。它们一齐敲击金属制的武器，还有像是铜锣一样的不知道什么东西，发出几乎可以震动大地的轰响。

“这是要攻击咱们吗？”

真理亚的声音像是悲叹。

“这等跳梁小丑，原本在三界之中没有容身之处，是因为佛祖的格外恩典，才准许在畜生道苟延残喘。现在竟敢向我离尘叫阵，无异于螳臂当车。”离尘师凛然道，“既然如此，那便只有调伏[①]了。”

不对，我想，它们绝不是想战斗。

如果真打算攻击我们，应该从背后奇袭才对。它们之所以没有那么做，是希望我们自己改变路线，避开战斗。有了这样的想法，它们的哄闹声听在耳里仿佛像在传递近乎祈祷的悲痛。

一阵轻风抚过脸颊。

抬头望去，只见离尘师所在的上空眼看着出现了一个巨大的龙卷风。

---

① 调伏：佛教用语，凭佛力降伏恶魔。——译者

与之对抗的是只有化鼠的哄闹声，像是要靠声音把龙卷风推回去一样。

紧跟着的一刹那，龙卷风卷起的大树、石块，纷纷向山顶飞去。排成一排的化鼠身影中，至少倒下了十几个。

异样的沉默笼罩了大地，我闭上眼睛。

沉寂了一两秒的时间。伴随着恐怖与愤怒的叫声，报复的箭矢如雨点一般飞来。

然而遮天蔽日、数不胜数的箭矢都被强风吹到了九霄云外。

“丑陋的害虫……全都下地狱去吧。”

再度笼罩大地的沉默之中，只有离尘师嘶哑的声音不祥地回响。

“住手!”

我叫喊道，但那声音恐怕谁也没有听见。

异常的风声骤然响起，简直连耳朵都要撕裂一般。那声音犹如刀刃划开光滑的丝绸，又令人联想起高八度的女声。恍惚之间，我仿佛看到无数肋生双翼、举着镰刀的女妖，犹如自谷底吹起的狂风一般疾驰奔上山丘，向化鼠们冲去。

是镰鼬[①]，我意识到。激烈旋转的空气中心出现的真空，

① 镰鼬，传说中的动物，据说被害者没有碰到东西、身上却出现像被镰刀割伤一样的伤口。它是日本后越地方流传的七大不可思议之一。——译者

可以像锐利的刀刃一样切骨碎肉。要以咒力引发镰鼬，需要为空气这种看不见摸不着的东西做出正确的意象，单单这一点，已经是只有极少数人才能做到的高难度技术了。

伴随着啮齿类动物的哀嚎与咆哮，数百个身影被卷在漩涡之中，转眼之间便被消灭殆尽。

我的头渐渐开始眩晕起来，仿佛看到了在我这个距离上本应看不到的血海，闻到了本应闻不到的血腥。幻觉攫住了我。

“好了，弄完了……哎呀，那边！还想逃！”

紧挨着我的觉，双手紧紧握拳，像是没有大脑一样，为这单方面的杀戮游戏兴奋不已。

“你蠢不蠢啊，有什么好开心的！”

我带着深深的厌恶训斥了觉一句，觉怔住了。

“那个……那些家伙不是敌人吗？”

“真正的敌人可不是它们。”

“那是谁？”

在我回答之前，侍奉佛门的僧侣一手搞出的大屠杀已经迎来了终点。山丘上站着的身影，一个都没有剩下。

“好了……走吧。”

离尘师下令。但在他的声音里，隐约蕴含着说不出的痛苦，我和觉对望了一眼。

来到山丘上，化鼠们的惨状映入眼帘。镰鼬的威力远远超出想象。半边脸被割掉、头和手脚被扯飞的尸骸，堆得漫山遍野。铁锈一般的血腥气足以让人窒息，我忍不住皱起眉头。地面被流淌的大量血液染得漆黑，不知从哪里聚集来的无数苍蝇开始了嘈杂喧闹的盛宴。

走在前面的瞬和真理亚畏惧遮天蔽日的苍蝇群，停下了脚步。

我们望向离尘师，期待他能把苍蝇群消灭。但这个身材高大的僧侣却只是一动不动地站着，什么动作也没有。

“怎么了？”觉小声问。

是那些身影，我的直觉告诉我。远远望去，化鼠的身影岂不是和人类没有什么区别吗？受到了拟蓑白诅咒的离尘师，在以镰鼬剁碎化鼠的过程中，也许无法从潜意识中抹去对人攻击的禁忌影像。如果确实像我猜的那样，这一回甚至真有启动愧死结构的可能。

“离尘师父？您没事吧？”瞬问了一声。

“……啊，不用担心。”

过了一会儿，离尘师虽然终于回答了瞬，但目光呆滞，发音也很奇怪。我们的心全都悬在离尘师的模样上。谁都没有注意到，在化鼠的尸体间，有个东西挤开密密麻麻的苍蝇墙爬了出来。

“那……那是什么？”

真理亚倒吸一口冷气的声音终于让我们的视线再度望向前方。

那里有一个奇怪的生物。

它全身都覆盖着漆黑的长毛，躯体又矮又胖，大小与大型犬相仿，然而与躯体形成鲜明对照的是，它的头小得异常。那东西身子贴着地面，窥视我们这里的动静。

“……气球狗!”守压低声音叫道。

“说什么哪，那种东西怎么可能存在?”

当初曾经一本正经讲述目击气球狗经历的觉，这时候却一口否定。

“但是你看，怎么看都很像啊。”

守很难得地没有让步。

“那这家伙会像气球一样膨胀吗? 你不会蠢得真这么以为……”

就像是以觉的话作为信号一样，那个生物——气球狗，躯体膨胀了一圈。

“哇，真的膨胀起来了。”

我刚猜想它是不是单纯向胸腔吸入空气，让身体看起来变大而已，却见气球狗睥睨着我们，身体又大了一圈。

“大家退后!”

瞬的话让大家纷纷向后跑去，远离气球狗。

“这东西会变成什么样子?”我问瞬。

“不知道。”瞬的脸上显出兴味十足的样子。

“但是，刚才的举动确实和觉说的一样吧? 如果后面说得也对的话，这东西应该会一直膨胀到爆炸吧。”

这话听着让人难以置信。但气球狗就像是在印证瞬的猜测一样，又膨胀了一圈。

“它干吗这么弄?”

“是在吓唬我们。”瞬低声说。

“吓唬?”

“大概是要把我们从这里赶走。”

因为我们都退后了，气球狗逐渐向独自一人留在最前面的离尘师逼近。它看到离尘师毫无反应的模样，身体又膨胀了一圈。一开始的时候体型本来就已经相当于大型犬了，现在更是变成了肥羊一般的体积。

但不知为什么，离尘师没有半点移动的意思。我感到非常惊讶，向那高个子僧侣望去。只见他站在原地，双眼紧闭，一动不动，恐怕意识已经模糊了。

气球狗无声无息地与离尘师对峙了半晌，终于像是愤怒起来一样，一气膨胀到之前的三倍以上。它的身体逐渐变成球形，倒竖的黑色刚毛之间，显出白色闪电一般的放射状线条。

“警告信号……? 不好，快逃!”

瞬叫了起来。我们一个个纵身而起，全力向山下跑去。其他四个人都是目不转睛地往前跑，但我终于还是耐不住好奇，停下脚步，回头去看，只见气球狗已经膨胀到可怕的大小了。

在这时候，离尘师终于睁开了眼睛。不要! ——我连警告的时间都没有。咒力生出的炫目火焰，将气球狗的全身包裹在里面。

转身跑回来的瞬，抓住我的手臂，把我拉倒在地上。

紧接着的一瞬间，爆炸声骤然响起。可怕的爆炸冲击波从摔倒并翻滚下去的我们头上横扫而过。

我们与气球狗之间大约有三十米的距离。如果不是斜坡的话，肯定会当场被炸死。

关于在那之后我们所看到的景象，我实在不愿写得太详细。对我们来说，为了从冲击中重新站起来，需要有一些茫然的、乃至哭泣的时间。然后，在终于回过神来之后，我们看到爆炸地点出现了一个火山口形状的巨大土坑。

在最近的距离上暴露于爆炸冲击波之中的离尘师的遗骸，没能留下半点原来的形状，像是被撕烂的破布一样。丧失了咒力的我们当然无法埋葬他的尸骸，只能简单弄些泥土覆盖上去。然而即便是这样的工作，已经要让我们把胃里所有的东西都吐出来了。

“早季，看这个。”

瞬把深深刺在地上的一个东西挖出来，递给我。

“什么?”

我一屁股坐在地上，连伸手的力气都没有。瞬把手上的东西举起来让我能看仔细。那东西是圆柱形，像是被切出来的一样，周围交错生有六枚羽毛一般的突起和尖锐的棘刺。

“像是水车的水轮机。”

“这个恐怕是气球狗背骨的一部分。”

“啊？背骨？”

由后面凑上来的觉，从瞬手上接过那个东西，在手里摆弄。

“硬得像石头，而且沉甸甸的。被这东西迎面撞上，大概当场就会死掉吧。”

“一定是气球狗爆炸的时候旋转着飞出来的，然后就这样了。”

“飞？为什么飞？”

“突刺对手，杀死它们啊。”

我再度打量周围的地面。看到附近的地上有无数孔洞，不禁感觉自己浑身的寒毛都竖了起来。气球狗身体里包含的骨头碎片，都会在爆炸中飞出，把对手割成碎片吗？

觉不停地把骨头凑到鼻子下面闻。

“怎么了？”

在我的想象中，那必然是充满了血腥的气味，单单这种想象就让我作呕。

“奇怪，有股焰火的味道。”

“是吗？原来如此。”瞬恍然大悟般地点点头，“气球狗的身体里恐怕积蓄了硫磺和硝石，具有制造火药的能力。如果单纯是靠吸入空气、像气球那样炸开，应该不会有那么猛烈的爆炸……一定是有一部分骨头像燧石一样具有摩擦并打出火花的功能吧。”

“等、等等。真有生物可以进化成能够自爆的种类吗?”

为了威吓对手而将身体膨胀的动物很多，但对不听警告的对手以自爆进行杀伤的行为，岂不是本末倒置吗?

“是啊。来这里之前，瞬不是也说过吗?如果将威胁转为实行，在对手死亡之前自己就先死了，这样一来，气球狗很快就会死绝了啊。”

对于我的疑问，瞬很有自信地回答说：“唔，我也那么想过，不过如今我也想起来了。从前的生物书上也曾经写过像气球狗一样会爆炸的动物。”

“还有别的动物也会爆炸?”

因为过于出乎意料，我和觉不禁一齐叫了起来。

“唔。而且，由那种生物类推下来，关于气球狗的真实来源大体上也能找到线索。”

“气球狗的真实来源?”

“哦?那它是气球呢，还是狗呢?”觉开玩笑地说。

摆脱震惊状态之后的反作用让我们逐渐陷入躁动。

“你们够了没有!光知道说些有用没用的东西!”一直沉默不语默默倾听的真理亚终于爆发了，“你们明白现在的状况吗?我们被丢在这个前不着村后不着店的地方，已经迷路了!而且，现在我们当中谁都没办法用咒力了……”

大家脸上的笑容一齐消失了。

“是啊。”在沉重而苦涩的沉默之后，瞬说，“总而言之，先沿着来时的道路退回去吧，今天晚上恐怕只能露营了。”

“喂……”

觉扯了扯瞬的胳膊肘，朝火山口对面努了努嘴。我们顺着觉示意的方向望去，全都惊呆了。

四五十米之外，有无数身影无声无息地盯着我们。

是化鼠。

“……怎么办？”

真理亚的声音，因为恐惧而颤抖。

“还能怎么办？坚持到底，打到最后。”觉说。

“打？怎么打？我们没有咒力啊。”我反驳说。

“那些家伙应该还不知道我们没咒力。如果眼下我们向它们示弱、转身逃跑的话，它们很可能会来追击。”

“可是，照现在这样子呆在这里不动，到最后还是会被袭击啊。”守用纤弱的声音说。

“是啊！只有逃跑呀。”

真理亚和守抱有同样的意见。

我仔细观察对面犹如雕像一样纹丝不动的化鼠，更加确信自己的猜测。

“我觉得它们并不想战斗，只求我们能从这里回去就好了。”

“你在说什么呀？要是那样的话，它们逃走不就行了？”最强硬的觉反问。

“那边一定有它们的巢穴。”

正因为如此，刚才的防御部队才会带着惨遭全歼的决心出现在我们面前吧。而那只气球狗恐怕也是……

“好，那咱们慢慢撤退。”

瞬又发挥出只在紧急关头显示的领导才能。

“绝对不要发出声音，不要刺激它们。另外也不能被它们发现我们在害怕，不然也会很危险。”

不用再讨论了。我们蹑手蹑脚地后退。天色已经暗了，每当有谁不小心踩到石块发出声音的时候，我们都是一身冷汗。

到了半山腰，我们小心翼翼地转头回去看。化鼠们虽然一直在死死盯着我们，但看起来也没有要追赶我们的意思。

“果然还是和早季说的一样，它们好像不是想战斗。”真理亚粗声说。

“现在下结论还为时过早吧。”觉阴阳怪气地泼冷水，“说不定是故意让我们放松警惕，然后再搞突然袭击。”

“为什么你总是说这样的话？”我恨恨地责怪觉说，“让我们害怕，你就高兴了？”

“光靠说乐观向上、没有任何实际意义的话，问题就会自己消失？”觉绷着脸说。

“你说的才是没有意义的吧？”

“……不见得，觉的猜测说不定是对的。”

出乎意料的是，说这话的竟然是瞬。

“什么意思？”

“乍一看好像是和早季说的一样，那些家伙不想在刚才的地方战斗。那大概是因为它们的巢穴紧挨在旁边吧。但如果距离巢穴足够远的话，可就不知道会怎么样了。”

“可是……化鼠为什么要袭击我们呢？”

“喂，我说，就在刚才，离尘干的事情你没看到吗？你看他杀了多少化鼠？我们才死一个人，你以为就能扯平了？”

觉的话虽然很有说服力，但总是让人感到不快。

“不过它们应该还以为我们有咒力吧？明知如此还要继续和我们战斗，不是白白增加无谓的牺牲吗？”

真理亚帮我反驳。但是瞬摇了摇头。

“就像离尘说的那样，它们应该是野生的外来种。虽然也有一定程度的文明，但之后恐怕一直都没有接触过人类。还记得最初出现的那一只侦察化鼠吗？它好像连咒力的存在都不知道吧？”

“话是这么说，但刚才那么多血淋淋的教训，它们应该对咒力的可怕刻骨铭心了吧？”我一边窥视化鼠的方向，一边小声说。

“嗯，正因为如此，所以它们现在没有攻击我们。但是，对于我们是否也具有同样的力量，它们应该也在猜疑吧。”

“为什么?”

“我猜它们肯定会这么想。如果我们也有同样的咒力，应该早就把它们杀光了。”

这一次的沉默，既苦闷又厚重。

“……那些家伙，接下来会干什么呢?”觉问瞬。

“等我们离开巢穴足够远的时候，很可能会先试着攻击一下。”

“那么，如果我们没办法反击呢?”

瞬没有回答。这个问题也不需要回答。

“到什么地方算是离开巢穴足够远呢?”真理亚担心地问。

“具体位置我也说不上来。”瞬抬头望着山顶，“最初的危险，恐怕是在我们下了山的地方吧。”

2

我们的步伐比来的时候都还要慢。还没下山，天就快要全黑了。

我全身大汗淋漓，感觉非常不好。是因为紧张的缘故吧，手脚都冷得像冰。

化鼠们保持着一定的距离，紧紧跟在我们后面，宛如尾随我们一般。

根据瞬的推测，人类在进行开战之类决定性行动的时候，常常会受所谓焦点一样的因素左右。这里的焦点，指的是容易引起注意的、自然而然集中意识的地方。

比如说，弯弓搭箭射鹿的猎人。在鹿穿过森林的小径、抵达河岸的时候，猎人射箭的可能性很高。景色的变化引起情绪的变化，不单是河面的散射光唤醒了意识，也有视野开阔、更容易狙击的现实理由，从而促使猎人将行动推迟到那个时刻。

迄今为止我们所见的化鼠行动，和人类非常相似。因此，瞬认为，它们和人类一样，很可能也会将地形上的焦点作为行动的契机。如果它们的巢穴是在山上，那么山丘与平地之间既有地理上的、也有心理上的明显分界。

“怎么办?”

我问瞬。事到如今，我感觉可以依靠的只有瞬了。

“只能进森林，分头逃跑。”

五个人聚在一起行动的话，化鼠很容易追击。分头行动虽然对于我们所有人来说都是很艰难的决定，但诚如瞬所说，除此之外，再无别的选择了。

“等到了化鼠们看不见的位置，大家就全力跑起来吧。一旦被抓就完蛋了，所以不用考虑保存体力的问题。尽可能跑得越远越好，找个地方躲起来。然后等确定周围安全之后，再回到我们今天来的道路上。注意不要让化鼠发现。在藏皮划艇的地方会合。”

想一想全员安然无恙再度会合的可能性，我不禁感觉眼前一片黑暗。说实话，这种分散逃跑的选择本身，其实已经隐含了付出一定牺牲的准备。甚至可以说，就算只有一个人能逃出去也算好了吧。

“怎么进森林?”觉凑到瞬的身边问。

他想说的话，连我都立刻明白了。

由山麓到森林，大约有五十米的距离。在那中间，没有任何能够藏身的树木或岩石。如果慢吞吞走过去，恐怕将是绝好的靶子。

真理亚抽泣起来，似乎再也忍耐不住了。我们再度感觉到事态的严重。我轻轻搂住真理亚颤抖的肩膀，脸颊贴在她的脸上安慰她。

低声的议论持续了一会儿。

一切都要看对手如何出牌。也就是说，要看它们是打算攻击，还是打算观望。

如果化鼠发起攻击，我们就必须全力以赴跑进森林。但是，一旦奔跑起来，就等于暴露了我们没有咒力的事实。此外，逃跑这一举动本身恐怕也会彻底引发化鼠的攻击。那样的话，五个人全都安然无恙逃出去的可能性，基本上为零。

另一方面，如果赌化鼠不攻击，慢慢走过去的话，一旦化鼠一齐放箭，那恐怕谁也活不成。

“……只有随机应变，视对方的态度而定了。”

瞬的话里有一股听天由命的味道。

“谁来判断对方的态度?”觉问。

“关系到咱们所有五个人的性命，”瞬将话随着呼气一并吐出，“多数决定吧。”

因为一直都有轻微的起伏，所以山麓与平地的分界线并不清晰。慢慢变浓的暮色，逐渐渗透到周围物体的轮廓之中。当我们注意到的时候，已经越过了焦点，走在不知何时会有箭矢飞来的危险地带。

呼吸既浅且急。我感觉太阳穴上的血管突突地跳。

明知道必须作好随时飞奔的准备，但两条腿却怎么也不听使唤，软绵绵地使不上力气。

我悄悄回头，借着微微的月光遥望山丘的方向。

化鼠们没有动。它们在视野开阔的半山腰布阵，仿佛正在注视我们。

好孩子，就这样子不要动啊，我们马上就走了，谁都不会再威胁你们了。要是射箭的话，你们知道会变成什么样吧？乖乖让我们回去，你们也安全了。要是伤了我们，你们的小命可就保不住了。一只不剩，全都得死。所以，拜托了。再过一会儿，只要一小会儿，安安静静地呆着。就这样，不要动。

我在心中拼命默念。然后，抬头往前看去，顿时吓了一跳。

四个黑色的人影，其中一个正举着手。

“谁？”我低声询问。

“我……我。”回答的是守的声音，像是喘息一般，“现在赶紧跑吧。”

“说什么呢？没关系的，对吧？再坚持一会儿。”

守的手放了下来。我稍稍放心了一点。一旦有三个人举手，就是多数决定。但实际上不用三个人，只要有一个人恐惧地跑起来，那就万事皆休了。化鼠的攻击必然开始，所有人都不得不跟着跑起来。

“早季，走得太快了。”

瞬的声音将我拉回现实。不知不觉中，我已经是近乎小跑的状态了。

“啊，抱歉。”

我恨不得抽自己一鞭子，赶紧将步伐调整回悠闲漫步的状态。

“再有一点儿。”觉喃喃地说。

“瞬，等到剩下二十米的时候，就跑吧。从瞄准到射中，至少要花三四秒，足够逃跑了。”

“……我想一直走到最后。”

瞬的声音里带着一丝迷茫。

“如果跑起来的话，那些家伙肯定会追上来。森林也不是安全地带啊。”

“但只要到了森林里，总可以找地方躲起来。而要是不赶紧跑，万一马上……”守插嘴说，又举起手。

“等等……后面！那是什么?”真理亚压低声音说。

我猛然回头，心脏狂跳不已，简直要蹦出嗓子眼。半山腰上的化鼠开始冲下来了。

“来了!”真理亚哀号了一声，举起手。

两票。

“等等，还没有。它们还没有开始攻击。”

瞬似乎是想安慰守和真理亚，但两个人并没有放下手。觉看起来有些迷茫，但也慢慢举起了手。

“不要！”我制止觉，“只有一点儿了，再坚持一下……”

尖锐的声音划过天空。一支箭发出如同黄蜂振翅一般的声音，从我们的头顶上空飞过，落在森林入口附近。

就算不知道“镝矢”这个名字，也知道这是它们的宣战布告。不等第三只手举起，刹那之间，我们便如脱兔一般飞奔起来。

像这般的抵死奔跑，有生以来还是第一次。然而不管腿怎么动，却仿佛无法前进一般，就好像做噩梦的感觉。

虽然如此，森林的入口终于还是逐渐迫近了。

再有一点点。

等到一头扎进树林的时候，我才终于发现自己在以极快的速度奔跑。

“别聚在一起！分头跑！”

瞬的叫声在森林里回响。

我离开道路，往右边转了一个大弯，在杂草丛中飞奔。完全听不到旁人的声音和奔跑声。不知什么时候，我变成一个人了。

只有自己粗重的呼吸声在头脑中回响。如此疯狂的速度能坚持到什么时候，我自己也不知道。不管怎么说，总之先跑到实在跑不动为止。

不久之前还和四个朋友在一起，突然间变成了独自一人。被化鼠追赶的恐惧，加上独自一人的不安，重重地压在胸口。陪着我奔跑的，只有在树梢间忽隐忽现的明月。

喘不上气。肺在要求更多的氧气。气管在哀嚎。大腿酸痛。膝盖以下已经没有感觉了。

到极限了。想要停下来休息。

但是，一旦停下脚步，也许就意味着死亡。

再坚持一会儿。再跑一会儿。只一会儿。

就在这么想的时候，我的脚踢到了什么东西。

我想要保持身体平衡，但什么也做不到。身体借着奔跑的势头，轻飘飘地浮上半空，重重摔在地上。

虽然想着必须立刻爬起来，但不知什么地方疼痛不已，身体不听自己的使唤。我死命翻了个身，仰面朝天，黄色的月亮映入眼帘，那光芒明亮得仿佛迄今为止从来没有见过。

冰冷的泥土，透过薄薄的 T 恤和背包，慢慢地夺取背心的热量。除了像风箱一般粗重地呼吸之外，什么也做不了。我横躺着一动不动。

就要死在这里了吗？这个念头忽然闪过脑海。我还很年轻，对于死，还没有什么实际的体验。

“早季！”

远处传来呼唤我的声音。

是觉。他在靠近。

“早季，没事吧?”

“觉……你逃吧。”我终于挤出声音说。

“能动吗?”

这一次，声音近在咫尺。接下来望着我的人，虽然因为逆光看不清表情，但我知道那正是觉。

“好像不行。”

“加把劲，赶紧走吧。”

觉朝我伸出手，把我拉起来。我被觉架着，总算东倒西歪地站起来了。

“能跑吗?”

我摇摇头。

“那就走吧。”

“嗯……已经晚了。”

“你说什么?”

我越过觉的肩头，望着他的身后。觉也回过头。黑暗之中，无数眼睛闪闪发光。侧耳细听，甚至可以听到轻微的野兽喘息。

“我们被化鼠包围了。”

我本以为我们必然会当场被杀，但万幸的是，这个预想并没有成为现实。我们两个人被几只举着长枪的化鼠押着带走了。化鼠们似乎还心存警惕，所以没有进入我们周围三米之内的范围。不知道是不是因为这个原因，我们既没有被捆绑，也没有被推搡，但背后有枪指着，稍远一点的地方还有好几张弓瞄着，实在也不是生还的感觉。

“其他人都逃了吗?”我小声问觉。

“不知道。一进森林就看不到了。”

我还担心化鼠是不是会禁止我们交谈，但看起来它们并不关心，于是我接着问。

“怎么找到我的?”

“跑的时候，看到你的背影了。”

然后觉就一直追在我的后面吗？这个做法与分头逃跑的主旨不符，不过我并不想责怪觉。

“大家大概都逃了吧。”

“是啊，大概吧。”

虽然知道这只是自我安慰，但觉的话还是让我稍微开心了一点。

就在这时候，走在前面的化鼠摆了个姿势让我们停下来。

前方是一片森林中的小空地。终于要动手了吗？我听天由命地闭上眼睛，没想到有根棍棒一样的东西戳了戳我的胸口。我立刻睁开眼睛。

“ギギギギ……Grrr!”

眼前站着一只化鼠，和我差不多高矮，身上披着缀有红缨的盔甲，手里提着长枪。看上去像是指挥眼前这一支小队的队长。我小心翼翼地摸了摸钝痛的胸口，T恤没有破，似乎也没有出血。看起来不是被尖锐的枪头刺，而是被枪柄戳了一下。

“早季!”

觉想要跑到我身边来，但被别的化鼠拿枪绊住了脚，摔倒在地上。

“我没事，你别动。”

我赶紧叫了一声。当然，我并不知道是不是只要安安静静呆着不动化鼠就不会伤害我们。其实这时候我们两个都作好要被化鼠处死的心理准备了。

眼前的化鼠再度发出尖锐的叫声。它似乎是队长。我第一次在如此近的距离上清楚看到它的脸。

不管是猪一样的鼻子，还是在漆黑的头盔下闪烁着的红色光芒、看上去就很残忍的眼睛，都和以前在水路上救过的化鼠没有什么不同，也和刚刚几个小时之前被离尘师杀掉的那些很相似。但却有一处非常明显的不同：从它的额头到眼睛周围，从鼻子上面到两颊，都覆盖着松球一样的鳞片。

说到有鳞片的哺乳类，虽然有穿山甲一类的例子，但像化鼠这样的啮齿类动物会有鳞片却是闻所未闻。而且同样是化鼠，有的个体有鳞片，有的个体没有鳞片，这也实在是很奇怪。

不过这点疑问只在脑海中一闪而过，随即便消失了。冷冰冰的金属贴着我的脸颊，我被枪顶住了。枪头反射的月光让我目眩。

这就结束了吗？我刚刚这么一想，枪尖却又飞速缩了回去。这是要一枪把我刺穿吗？

松球队长发出犹如濒死的猪一样的叫声，不知道是不是给自己鼓劲。我再不抱任何希望，紧紧闭起眼睛。

过了几秒钟，我再度睁开眼睛。

什么事情也没有发生。抬眼望去，松球队长已经去了觉的面前。两只化鼠从左右两边抓住他的手臂。

就在一转眼的工夫，松球队长的枪猛然刺出，直指觉的面门。不过就在将要刺中的刹那，枪却间不容发地停止了。紧接着又是第二枪、第三枪。

觉本来像是打算表现得刚强不屈的，但终于还是太过恐惧，两条腿都软了，眼看着就要瘫倒在地，还是两侧的化鼠撑住了他。就这么一个动作，停在他面前的枪尖刺到了额头。

“觉！”

我情不自禁想要跑过去，但被旁边的化鼠用枪制止了。

“没关系，小事一桩。”

觉对我说，额头的伤口处淌下血来。我虽然心疼，但看起来那只是轻伤，不会危及生命。我略微放了点心。

自松球队长以下的化鼠好像也是一样放下心来的样子，不过似乎并非因为觉的伤势很轻。我猜想它们应该还是心存疑虑，所以在把我们带去巢穴之前，先故意威胁我们，以此弄清我们是不是有咒力。

然后，我们再一次被驱赶着走了起来。

“疼吗？”我轻声问。

觉默默摇了摇头。出血一直没有止住，从眼睛上面流到脸颊周围、乃至嘴角附近，仿佛几道黑黑的线。

“我们会怎么样啊？”

“大概不会马上被杀吧。”觉小声说。

“你怎么知道？”

“要是想杀我们，它们刚才没必要特意搞那一出。”

“你这是一厢情愿的推测吧？”

“不是。还有一点，它们在我们进入森林之前曾经射过带声音的箭，对吧？那个可能是让我们站住的警告。如果一开始就打算杀了我们，就不会费那种工夫吧。”

“那，它们抓我们又是打算干什么呢？”

“唔……如果它们今天第一次知道咒力的存在，应该非常震惊，总想要尽可能多了解一点。对于它们来说，我们是如今这时候唯一的线索，肯定不会轻易杀掉我们。”

觉的推测大体应该是正确的。事实上，在那之后的一段时间里，我们没有遇到生命威胁。

我们出了森林，再度被带上山丘。疲劳早就到了极限，如果不是背后有枪顶着，恐怕一步也走不动。

即便是在如此疲劳的情况下，我也忍不住要打量押送我们的化鼠。让我惊讶的是，一共二十只化鼠当中，能够称为化鼠标准形态的只有十只，剩下的十只，身体的某些部位总有很明显的变形。而且看起来那些变形都不像是自然发生的，很像是为了某种目的而加以改造的结果。

之前说过的松球队长，还有像是副队长的一只，都覆盖着松球一样的鳞片。仔细观察，可以看见它们的双手以及盔甲间裸露的部分也都有鳞片。

此外还有四只弓箭手，它们拿的弓明显比一般的弓要大出两圈，左右手臂的形状就像寄居蟹的钳子一般差异很大。持弓的手臂长如棍棒，似乎比较僵硬，而弯弓搭箭的那只手臂则比持弓的手臂短很多，但从肩头到胸口的肌肉都非常强壮，唯独肘部到手掌的一段很细，手掌更是和手指结合在一起，像是两只钩子一样。还有两只化鼠，一只的眼睛大而突出，就像变色龙的眼睛，另一只长着巨大的耳朵，让人不禁联想起蝙蝠。它们的眼睛和耳朵一直不停转动，似乎是在提防周遭的敌情。除此之外，在眼前晃过的还有头上生有一根长角的、手脚细长的。这些变异又是为了什么目的，我完全想不出来。

“这些都是什么呀，简直就是怪物大游行。”觉嘟囔道。

“所以才叫化鼠啊。”①

“我可真没想到‘化鼠’这名字还有这种意思。”

虽然是完全笑不出来的冷笑话，但也让我的心情变得略微轻松了一些，至少可以客观看待眼下的事态，多少还是有些效果的吧。

上了山顶，在月光的照耀下，只见右手边被树丛包围的道路上浮现出令人毛骨悚然的黑影。然而化鼠钻进了道路对面荆棘丛生的灌木丛中，我们也无可奈何地扒开满是荆棘的灌木，跟着钻进去。

这些野蔷薇可能是化鼠为了防御外敌接近巢穴而种植的吧。我一边这样想，一边沿着曲曲折折的道路前进。突然间，眼前变得开阔起来。

如果随便扫一眼，眼前这片空地看上去只是普通的草地，没有什么出奇的地方。直到看到高大的水楢树根下面钻出化鼠，我才注意到巢穴的存在。化鼠巢穴的入口被一丈多高的杂草巧妙地掩饰起来，从那里面涌出的一只只化鼠简直像是魔术变出来的。

出来的化鼠当中有一只明显比其他的高出一头。它推开别的化鼠，慢吞吞走上前来。革质的铠甲上面罩着披风，像是这

① “怪物”在日语中写为“化け物”，所以有此一说。——译者

个部族里地位很高的一只。不过最显眼的特征还是那个犹如铁锤一样前后凸出的南北头。

松球队长四肢着地，谦恭地向前爬了几步，然后迎着南北头站起身。两只化鼠开始交谈。南北头用闪闪发光的眼睛瞥了我们一眼，似乎向松球队长下了什么指示。

我们害怕被带到一片漆黑的地下隧道去，不过万幸的是，化鼠把我们从巢穴入口处带开，将我们赶到树丛的深处。那里有个竖成圆锥形的木头支柱，上面缠绕着野蔷薇藤蔓。那东西直径二米，高一点五米左右，像是个巨大的鸟笼。

鸟笼一样的构造，看不到有什么类似入口的地方，不过有一处没有支柱，仅有野蔷薇的茎秆。两只化鼠用枪挑开野蔷薇的茎秆，把我们赶进鸟笼。枪抽回去的时候，满是棘刺的茎秆间隔又恢复到二三十厘米的程度。要想强行出去的话，恐怕会被戳得遍体鳞伤吧。更不用说还有一个提枪的哨兵始终在用阴森森的眼睛紧盯着我们。

因为鸟笼的高度不够我们站直身子，我们只能把背包垫在冰冷的地上坐下去。借着月光，勉强能看见彼此的脸庞。

“真是难熬的一天啊。”

觉的语气里有着意想不到的温柔。我的紧张刹那间舒缓，不觉眼泪落了下来。

“真的太难熬了……觉，你的伤口怎么样？”

“没事没事。血已经干了，只是蹭破点儿皮而已。”

觉为了证明他真的没事了，故意动了动耳朵给我看。这是整个班上只有他才能做到的拿手好戏。我放下了心，微微笑了笑。觉的额头上还粘着好几道血流的痕迹，看起来有点可怕，不过好像确实和他本人说的一样，伤口没什么大问题。

“接下来会怎么样？”

“总之呢，现在咱们只能在这儿等人来救了。瞬他们如果能顺利逃走，应该会去向町上汇报吧。”

要等多长时间才会有救援来呢？单单想想这个问题就让人不禁灰心丧气。

我们在狭小的鸟笼里，肩挨着肩，坐等时间流逝。

“这家伙还在盯着咱们呢。”

已经在鸟笼里关了一个多小时，哨兵依然用怀疑的眼神不时打量我们。和我们的目光接触的时候，它会把脸转到一边，但接着又会把视线重新投回到我们身上。

“白痴化鼠，别管它。”

觉伸手揽住我的腰。

“但是，有什么……喂，干什么？”

后半句是向着觉的动作说的。

“太紧张了吧？我来安慰你一下吧。”

在狭小的空间里，觉想压到我身上。因为背光的缘故，他的脸变成灰暗的影子，只有眼睛闪烁着光芒。

“好呀。我到上面，你别动。”

我把手掌放在觉的胸口。觉停止了动作。隔着T恤，心脏的跳动咚咚地传来。我微笑着，慢慢将他仰面推倒在地上。

觉的脸庞在月光下显得很苍白，我俯视着他，用手背温柔地抚摸他的脸颊。觉销魂般地闭上眼睛，宛如家猫一般安安静静地享受我的动作。

我双手捧住他的脸颊，在额头上轻轻一吻。觉将脸埋在我的胸口里。

由颈至胸膛和双臂，由两肋直到小腹，我依次用手掌和手指爱抚。

迄今为止我们一直都没有什么像样的接触机会。但在两个人矫揉造作的言语和行为之间，我们彼此都早已感觉到犹如背叛一般近乎无法忍受的爱意。

觉的那里已经完全硬了。之前我只有与女孩子的经验，对于如何让男孩子享受，我并不是很熟练。隔着牛仔裤轻轻摩挲，虽然有一层厚厚的布，也能感觉到那个部分变得火热，正在突突地跳。接下来该怎么做才好呢？

暂且先把那里放到一边。我用指尖轻搔觉的大腿内侧和屁股，这样一来，觉仿佛愈发焦躁一般，拉着我的手压到他那个地方。

裤子似乎太小了。我解开扣子，将前面稍稍开了一个小口。我再一次摩擦男孩子最敏感的部位。

不经意间，拟蓑白的话在我耳边回响起来。

"当倭猩猩个体间的紧张或者压力增加的时候，会通过浓密的性接触消除。如果是成熟的雌性与雄性，那就是一般的性行为，而在双方是同性或未成熟个体的情况下，也会发生摩擦性器之类的模拟性行为。通过这些方法，争斗得以防患于未然，群体的秩序也得以维持……"

不是的。我们不是猿类。

我摇了摇头，要把杂念从脑海中赶出去。

但是——我还是忍不住在想，伦理规定里虽然对男女间的性行为有着极其严格的规定和限制，几乎等同于禁止，但对于性行为之前的爱抚等，还有同性间的接触却表现出鼓励的意味。这是为什么？

"第一阶段是要频繁进行肉体接触——握手、拥抱、亲吻面颊。第二阶段是在幼儿期到青春期的这个阶段奖励性爱接触，而且不单是异性，同性间的也应当奖励。这是要使儿童产生习惯，通过伴随情欲亢奋的模拟性行为缓解面对人的紧张。然后，第三阶段，则是成人间完全的性自由。不过，这一阶段不可或缺的是简易且可靠的避孕方法。"

如果拟蓑白说的是真的，如果这些全都是为了守护我们的社会……

"怎么了？"

因为我忽然停下了动作，觉疑惑地问。

"唔……抱歉，没什么。"我向觉道歉。

“好了，换我来给你享受一下吧。”

觉说着，开始抚弄我的身体。

“等、等一下……”

他大概是想温柔地抚摸我，然而实际上却弄得我痒痒的，只想发笑。我难受地直扭身子，向后仰起头，忽然间意识到犹如箭矢一般的视线。是那只化鼠哨兵。它正目不转睛地盯着我们。

不管大人小孩，亲密接触的时候都不喜欢被人目不转睛地盯着看。所以一般人如果偶然撞上这样的局面，都会立刻转移视线，赶紧离开，不然会被认为很没礼貌。

话虽如此，不过如果旁观者不是人类，自然也不会明白这种礼节，而且我以前在波崎沙丘与真理亚相互爱抚的时候，也有瞬的爱犬昴守在一边，虽说我也不知道它怎么会出现在那儿的。

但眼下化鼠的视线却和昴不一样，让我感觉非常别扭。它不但明显理解我们行为的含义，而且在它那个低等的大脑里还寄宿着卑劣下流的妄想，此刻它透过那龌龊的有色眼镜，正流着口水，看我们看得出神。

我停止扭动。觉睁开半闭的眼睛。

“怎么了？别逗我了。”

“不是的……你看那儿。”

我朝化鼠哨兵的方向示意。

觉咂了咂嘴。

“所以说别管那家伙嘛。”

“不行呀。”

觉用因为快乐被打断而用充满仇恨的眼神瞥了化鼠哨兵一眼。

“混蛋。碍事的家伙，想个办法收拾它。”

“连咒力都没有，怎么收拾？”

觉似乎感觉到我话里的嘲弄，表情显得有些生气。

“就算没有咒力，也有人类的智慧。”

辛辣的回应浮现在脑海中，不过我还是把它压了回去。

“……说是这么说，但还是没办法的吧。咱们连手都伸不过去，语言也不通。”

觉的眼睛忽然亮了起来，像是想到了什么。我有种不祥的预感，不过没有出声，默默看着他在背包里窸窸窣窣摸什么东西。

“找什么呢？”

“找这个。”

觉一脸志得意满的表情，拿出来一个白色的鸟蛋。不对，是伪巢蛇的假蛋。

“你拿这东西干什么？”

假蛋一旦打碎，里面的“恶魔之手”就会通过弹簧装置弹出来，放出恶臭的粪块，污染周围两三米地方的区域。不过话说回来，这东西其实并没有真正的杀伤力，不如说只有激怒对手的效果。

“嘿嘿，你等着看吧。”

觉跪立在地上，凑到鸟笼的入口处，举着假蛋向化鼠哨兵示意。因为我们这是第一次向它打招呼，化鼠哨兵似乎满怀戒心，盛气凌人地晃了晃长枪。

“喂——别生气啊。一直站着，肚子饿了吧？这个可好吃了，大苇莺的蛋哦！”

觉用逗小猫般的和善声音招呼着，把手里的假蛋顺着野蔷薇之间的缝隙滚去化鼠哨兵身边。

化鼠哨兵看着滚过来的假蛋，陷入了沉思。它犹豫了一会儿，终于还是杵着枪，用一只脚灵巧地把假蛋拿了起来。

“你傻了吧，化鼠怎么可能不知道假蛋呀。”

“是吗？我觉得不一定哦。”

觉的声音有些嘶哑，不知道是不是因为带着紧张和期待的缘故。不过声音里似乎也有不知从何而来的自信。

“就算不知道又能怎么样？最多就是弄它一身屎，搞得它大发脾气而已。难不成它还会像蛇一样把假蛋整个吞下去……”

觉低低叫了一声“啊”。我顺着他的视线望去，只看见化鼠哨兵把嘴张得老大，正要把举高的假蛋扔进自己嘴里。

接下来发生的事情太过残酷，让我无法直视。

别做这么残酷的事情好不好，我想责备觉。但看到他的侧脸，便知道他所受的冲击比我还大，于是什么也说不出来了。

化鼠哨兵终于不动了。恐怕是死了吧，连叫都没叫一声。我们的行为应该没有败露。

“怎么办?”我小心翼翼地问觉。

我生性优柔寡断，总是喜欢开口问人，就连这时候也忍不住想要问些什么，随便什么都好。

“……只有逃了。”觉低声自言自语，“一旦知道这家伙被杀，化鼠恐怕不会再让我们活下去了。”

“可是怎么逃?”

我试着去摸粗大的野蔷薇茎秆，结果手指被刺了一下，赶紧缩了回来。如此看来，就算拼着全身鲜血淋漓，也很难从这儿挤出去吧。

“用那个!”

觉指指掉在尸体旁边的枪。从野蔷薇的茎秆缝隙间，勉强可以把手臂伸出去。觉把背包里的东西全部倒出来，抓住肩带的一头，朝枪的方向扔过去，大概是想钩住某个部位，把枪拽到自己身边，不过很不容易钩到。幸好试了几次之后，背包挂到了枪柄，把枪往我们这儿拽过来了一点儿。

“我来吧。”

我看到觉的手臂被野蔷薇的棘刺划伤，插口说。但是觉摇了摇头，继续他的挑战。

“搞定了！”

等终于拿到枪的时候，觉的手臂上已经有了无数的伤口，整条手臂被鲜血染得通红。

觉用枪作杠杆，学着化鼠把我们赶进鸟笼时候的做法，想把蔷薇茎秆挑开，但是废了半天劲，最后只是弄明白了一点：单靠一杆枪，怎么也弄不起来。要想挑开足够的空间，必须用两杆枪交叉才行。

“没办法，弄断吧。”

这一回我们想用枪尖把蔷薇茎秆割断，但让我们吃惊的是，这杆枪的枪尖竟然是石头。松球队长的枪上明明是金属枪尖。

“再不快点就要被发现了！”我焦急地说。

“再有一会儿就行了。”

觉一直在努力，没有半点抱怨。平素的他又喜欢吹牛又喜欢讽刺，只要稍稍被批评一下就会生气得跟人吵起来，但是今天的表现却和平时完全不同，不禁让我大感意外。

万幸的是，不知道是黑曜石还是什么石头做成的枪尖意外地锋利。觉只用了两三分钟，就锯断了蔷薇茎秆。茎秆既然断了，剩下的就好办了。觉用枪柄把锯断的茎秆卷起来推到一边。

“快！从这儿出去。”

一根茎秆的缝隙，勉强只够一个人通过。我四肢着地，飞快地爬了出去。

接下来是觉。他把背包递给我，我在外面用枪柄撑住茎秆。茎秆是朝鸟笼里面弯曲的，不容易撑住，不过总算还是办到了。觉的身子好像比我稍宽一些，出来的时候肋部被棘刺划伤了好几个地方，这回真是遍体鳞伤了。不过应该没有什么太大的影响吧。

我们弯着身子，窥探树丛外面的动静。大部分化鼠似乎都去追寻瞬他们的踪迹去了。我们只看到两三只化鼠站在那儿，另外还有几只，在巢穴里进进出出。

“好，逃吧。”

我们赶紧向着巢穴的反方向逃去。虽然距离隐藏皮划艇的霞之浦岸边越来越远，但这也是两害相权取其轻的选择。我们蹑手蹑脚地走了几十米，然后奔跑起来。

“去哪儿?”

“先跑再说。”

自从被化鼠抓住之后，时间到底过了多久？月亮已经偏西了，斜斜地压在远山的山棱线上。

我们沿着黑暗的山道一路狂奔。这回要是再被抓到，肯定只有死路一条了吧。

“那东西还是扔掉好吧?”

我一边喘着粗气一边向觉说。他还把那支枪当作宝贝一样紧紧抓着。

“说不定还有用。”

觉的回答虽然简短，但是想到其中的含义，我不禁心中黯然。对于两个丧失了咒力的人类孩子来说，如今唯一能称得上是武器的东西，只有这一支简陋无比的枪了。

接下来的四五十分钟，总算波澜不兴地度过了。虽然我们差不多都已经精疲力竭，但还是努力继续逃跑。万幸的是，后面好像还没有出现追兵的样子。不过心中的不安却一直在增加。

伴随着带有哀愁气息的旋律，在和贵园学过的古老歌谣的一节浮现在我的脑海中：

故乡渐行渐远，渐行渐远。

归途无迹可寻，无迹可寻。

“顺这个方向要跑到什么时候？”我终于忍耐不住，开口问。

“我们现在离那些家伙的巢穴还不够远。”

觉的头脑里好像填满了化鼠们追赶的身影。

“可我们是在朝西边跑对吧？这样跑下去的话，不是离霞之浦越来越远吗？”

“话是这么说，可难道你想往回跑吗？咱们只能先往前跑，看看能不能找到一条迂回的道路绕回去吧。”

“我们都是沿着一条直路在跑，要不要离开这条路，钻到森林里绕回去？”

“夜里钻进森林只会迷路，根本搞不清自己在朝哪个方向走，弄不好还会绕回到原来的地方去。”

我看出觉在发抖。

“可是这样一条路跑下去，化鼠要是追上来的话，不是很容易被发现吗？”

“所以才要趁现在多跑一点算一点。”

我们的讨论完全对不到一起。而且就算在说话的时候，觉的脚步也没有放缓。没办法，我也只有跟在后面。

突然间，正在奔跑的觉停下脚步。

“怎么了？”

觉把手指竖在唇上，做了个噤声的手势。他放低身子，凝视前方。我也顺着他的视线望过去，并没有看到什么奇怪的东西。

就在我想要再次开口问觉的时候，前方的茂密丛林中传来窸窸窣窣的声音。

我顿时僵住了。

在前面大约二三十米的地方，道路两侧出现了好几个小人一样的身影。每一个的手里都拿着刀枪之类的武器。

“是化鼠……”

巨大的绝望攫住了我。觉紧握着简陋的枪，向前跨出一步。

3

化鼠一共有六只，慢慢朝我们逼近。

“觉，把枪扔了。”我用尽可能平静的声音低声说，“反抗的话，会被杀的。”

“反正都是要被杀的。”觉摇摇头，“趁我跟它们打的时候，你进森林逃走吧。”

“不行的，逃不掉的。不过只要不反抗，至少不会马上被杀，可以等人来救吧。”

“不行，来不及。”觉固执己见，“而且我再也不想被关到那个小笼子里了。”

“觉！求你了，别心急。”

六只化鼠在距离我们四五米的位置停下来。是在提防我们吧。不过我也感觉到这些化鼠似乎有什么地方比较奇怪。

“……等一下。”

觉正要举枪，我抓住他的手。

“别碍事！”

“不是的……这些化鼠，和刚才的不一样。”

“哦？”觉奇怪地问了一声。

就在这时，排成一排的六只化鼠有了动作。我们本以为它们要一齐举枪，不料突然间全都当场跪了下来。

“怎么回事？”

觉叫了起来。我也张大了嘴巴。

“キキキキGrrr……天——珍——震——主[①]。”最中间的化鼠抬起头说。

它的发音很奇怪，不过听起来像是在致敬。

“sssh……シオア☆アーヴ·コロニ……∈δA。ツチクモ★Brrr……キケン！”

完全不知道它在说什么。不过，跪在地上的化鼠额头上，可以看到有刺青一样的痕迹。

“太好了！是顺从人类的化鼠部族！”

我大大松了一口气，差点瘫在地上。觉虽然还是半信半疑的表情，但终于还是下定了决心，朝化鼠走过去。我提心吊胆地看着他在距离化鼠三米左右的地方站住，仔细确认刺青的

---

① “天神圣主”之讹。因为化鼠不太会说人类的语言，下同。——译者

印记。

“食 604 ……是食虫虻族的?”

“キキキキキ……シオヤ☆アーヴ！ シオヤ☆アーヴ!”

致辞的化鼠对觉的话做出反应，不停上下点头，动作夸张得像是捣米一般。

“ツ☆クモ★……キケン……ツチクモ★キケン!”

后来才知道，保健所其实早已经了解到外来化鼠部族的存在，并把那个抓我们的部族命名为“土蜘蛛”，不过因为之前同样是从半岛渡海而来的马陆族比较温和，没有引发什么混乱，很容易地融入了当地化鼠的秩序，所以他们忽视了土蜘蛛的危险性。

顺便说一下，土蜘蛛这个奇怪的名字最早是太古时候统一了日本列岛的大和王朝(与神圣樱花王朝同时期的新大和王朝不同)用的，据说当时是对本为土著的绳文人的蔑称。时隔千年，这个名字又绕回来被用于称呼化鼠，而且还是外来部族，真可说是历史的讽刺。

总而言之，由这六只食虫虻族的化鼠带路，我们钻进昏暗的森林中。

“又惹上麻烦了。”

一脸严肃沉吟不已的觉，不经意漏了一句话。

“怎么了？我们不是已经得救了吗？这些化鼠绝对不会袭击人的。”

“是啊，现在是不会。”

“现在是不会？”

觉望着我的眼神里满是怜悯。

“你知道为什么化鼠把人类当作神明崇拜吗？是因为有咒力，对吧？眼下它们相信我们有咒力，所以才会采取这么恭顺的态度。如果知道我们的咒力消失了，你猜它们会怎么做？”

不知道是不是害怕被前面的化鼠听到，后半句的声音近乎耳语。

“你想得太多了吧……”

我感到有些不安，试图反驳觉。

“食虫虻是顺从人类的部族。它们应该很清楚，如果对我们下手，一旦被人知道，整个部族都会被夷平。而且话说回来，它们也没什么加害我们的动机呀。”

“要说动机，我可不敢打包票。化鼠有时候的思维方式和人类似，但怎么说也是啮齿类动物。”

觉的声音仿佛一下子老了二十岁。

“无论如何，对这些家伙不能掉以轻心。我们无法使用咒力的事实绝对不能让它们知道。早季也要当心。”

我心中暗想，到底怎么当心才好？不过并没有反驳，只是简单地应了一声“唔”。眼下实在不是争吵的时候。

但是，沿着森林中的道路往前走，我心中的不安愈发积累。

不让食虫虻族的化鼠见识见识我们的咒力，真能骗得过它们吗？随着对土蜘蛛从背后追上的担忧逐渐减弱，与之成反比的是，新的不安逐渐膨胀起来。

接下来还要走多久啊？忽然间，一只化鼠朝我们回过头，叫了句什么。但是疲劳与困顿让我的大脑一片混沌，什么也听不明白。

“它在说什么？”

“没太听懂，大概是说我们到了吧。”

觉的话，让一阵紧张犹如水波般荡漾到全身。

这时候，在前方的树丛之间出现了一只新的化鼠，模样和给我们领路的六只有着明显的区别，体格也大了一圈。它戴着一顶头盔，上面顶着一个锄头形状的东西，身上披着鳞片状的编织锁甲。不晓得是不是和土蜘蛛的松球队长差不多等级，我估计可能地位更高一些。

与我们交谈过的那只化鼠向“头盔”报告，“头盔”静静听它说完，然后以恭谨的脚步走到我们面前。

“天神圣主，欢迎来到这里。”

那只化鼠脱下头盔，日语流畅得让人惊讶。

“卑职是食虫虻族的禀奏大臣，名叫Θδ‰★Ⅴ。”

只有说到名字的时候用了近乎超声一般的高亢而复杂的声音。

“不过天神圣主通常都是简单地称呼卑职斯奎拉，两位天神也不妨如此称呼。”

“好的，斯奎拉。”觉平静地说，“我们本来是要去野营，结果迷路了。你能送我们去霞之浦的岸边吗？只要到了那里，后面就没关系了。”

“遵命。”

斯奎拉一口答应。我们顿时放下了心，浑身一下子松了劲。

“只是有一点，眼下还不能马上送两位天神过去。”

“为什么？”我不禁叫了起来。

“是因为现在是夜里，还是因为……？”

“我们的嗅觉比较发达，即便是夜间，走在森林里也可以如履平地。因此，倘若天神圣主不觉疲惫，卑职当然不吝担当引路之职。”斯奎拉恭顺地回答，“不过，眼下这一带的状况十分危险。被称作土蜘蛛的危险外来部族侵入此地，与我等这些本地种族之间关系十分紧张。昨日终于开启战端——但不知两位天神来此地的途中，是否也曾遭遇过它们？”

我本想回答，不过还是看了看觉。

“哦，没有遇到。”觉板着脸说。

斯奎拉似乎扫了一眼觉手中的枪和额头的伤口，不过也许是我的错觉吧。

“那最好不过。土蜘蛛乃是不服天神之威的不逞之辈，难保会不自量力袭击天神圣主。当然，既然是天神圣主，只要发动咒力，便能将它们碾得粉碎。不过土蜘蛛生性卑鄙，还是要小心提防它们躲在暗处偷放毒箭。”

斯奎拉满是褶皱的鼻子皱得更加厉害了，一时间唾沫横飞地骂起了土蜘蛛。

“哎呀，卑职激动起来，言语失礼了。总而言之，因开战之故，卑职此时正忙于防务。本来以卑职这般柔弱之身，披上这身装束，也才是刚刚的事。”

“你们能打赢吗？”

斯奎拉似乎一直在等我这个问题，听我一问，顿时滔滔不绝地讲述起来。

“眼下的形势颇为困难。若是换作大黄蜂那般强悍的部族，卑职倒也不敢断言战局走势，不过以卑职所属的食虫虻族而论，全员合计不过七百之数，颇为羸弱。相较之下，土蜘蛛的兵力，据推测至少也在四千以上。”

我打了一个寒战。离尘师死前“清除”的数目，不管再怎么算，再多也不会超过一千只。我本以为土蜘蛛被他扫荡之后差不多已经濒临灭绝了，没想到至少还残留了三千只。

“昨日刚刚向附近三个部族派出特使请求支援，不过援军恐怕还要过段时日才能赶到。”

“那，如果眼下土蜘蛛立刻发起进攻的话，你们岂不是撑不了一会儿？”

我情不自禁地问了一声，然而看到斯奎拉诧异的眼神，我意识到自己说漏了嘴。如果是具有咒力的人类，不管多少只化鼠来进攻，又怎么会担心呢？

“是啊，如果我们没来的话，你们打算怎么办？”

觉间不容发地补上了一句。他到底是平素喜欢编故事的人，修补言谈间的漏洞，那是最拿手的。

“能得到天神圣主的关心，卑职由衷感谢。”斯奎拉深深垂首施了一礼，“不过，我等种族在部族间进行的战斗与天神圣主所想的稍有不同，即便是敌我双方战力相差悬殊的情况，常常也要经过很长时间，才能决出胜负。”

“这又是为什么？”

“常言道百闻不如一见，接下来请容许卑职领两位天神圣主参观一番，请移步此处。”

斯奎拉向我们叩了一个头，随即开始迅速后退。这似乎是对待尊者的化鼠礼仪。

穿过茂密的丛林，视野豁然开朗。月亮虽然已经西沉，星光却依然明亮。延伸至远方的草原 望无际。高过丈许的长草之中，耸立着蚁穴一般的尖塔。

“这里是食虫虻族的巢穴？”

对于我的问题，斯奎拉摇了摇头。

“天神圣主所说的巢穴，卑职以为，指的当是女王所居的龙穴。那还在更远的地方。眼前这里是为了对抗土蜘蛛的势力而修筑的前线之一。”

“前线?”

“是由碉堡、堑壕、地下墙、战斗用隧道等组成的防卫线……不知天神圣主是否喜爱围棋、象棋之类的盘上竞技?”

斯奎拉没头没尾的一问，让我们不禁怔了一下。

“啊，呃，这个，两种棋都在学校里学过。”

实际上不管哪种棋都是一开始的时候觉得有趣，但是很快就失去了兴趣，所以我对这两种棋都没有脱离初学者的阶段。要说很快失去兴趣的最大原因，是因为从某个时间点开始，总有那么特定的两三个人我怎么也赢不了。其中一个当然是瞬，这也就罢了，可是每次看到觉赢了之后洋洋得意的样子，实在让我无法忍受。

“那么，如此解释卑职以为更容易理解。我们β★ε◎△……对不起，是我们化鼠部族之间发生战斗的时候，作战方式与其说是像象棋，不如说更像围棋。”

为什么他在化鼠这个词上顿了一下？我模模糊糊地想。

接下来，斯奎拉开始滔滔不绝地解说起化鼠争夺势力范围的情形，那股劲头甚至让我联想起拟蓑白。

化鼠的祖先据说是名为裸滨鼠的穴居性啮齿类动物，原产于东非，在地下挖掘狭长的隧道，生活在隧道里。虽然在人类的帮助下，体格和智能都有所提升，甚至能够建立自身的文明，但地下生活的习性依然没有什么变化。居住单元基本上都是垂直挖掘的纵穴。为了防止浸水，房间建在纵穴向上方的分支上。另外纵穴之间有水平隧道连接成网状，不用上到地面，便可以在各个单元之间来往。

“我们来到地面作战相对来说还是不久之前的事。在机动力这一点上，不管披上了怎样的重武装，在地面行动，总要比在地下挖掘前进快得多，这一点想来不必多做解释。不过，地面部队相互之间的战斗姑且不论，若是要进攻敌对部族的据点，地面进军却没有什么意义。”

“为什么?”觉问。

“地下的β★ε◎Δ……我们化鼠根据声音和震动便可以探知地面部队的位置，而地面部队却怎么也无法探知地下敌军的位置。因此，地面部队便会遭遇单方面攻击，譬如突然掉进陷阱，或是被脚下突然刺出的枪刺中等等。结果就是地面部队全军覆没。”

这样的战斗恐怕重复上演过无数次了吧。人类也好，化鼠也好，为了得到一个小小的教训，到底需要流多少鲜血啊。

“照你这么说，化鼠之间的战争总是对防守一方有利了?”觉恍然大悟般地说。

“诚如所言。因此，进攻一方只能在地下挖掘隧道进军。然而这种时候，防御方也能够通过声音察知，便可以预先在地下筑起坚固的防御壁，或是安排下如剃刀般锋利的尖锐石块，也可以在隧道里敌方将要通过的地点上方布下巨石，设一个陷阱，坐等对方挖到这里的时候掉下来砸死敌军。换言之，即便是在地下的战斗，攻击一方依然不容乐观。”

“那怎么办？”

“当年，交战双方持续胶着状态的结果，往往都是进攻方遭受沉重打击而撤退。但是，后来出现了天才的军事战略家Ж◎∞∑∴……姚齐。姚齐从天神圣主传授的一本书中得到灵感，独自建立了攻打部族的一整套战略战术体系。”

“那是什么书？”觉皱起眉问。

能传授战争之术的危险书籍为什么非但没有列为禁书，反而赐给了化鼠？

“遗憾的是，那本神圣的书籍没有留存下来，只有《三岁围棋入门》这个名字，辗转流传至今。”

我们面面相觑。这本书好像在和贵园的游戏室里见过。

“姚齐的战术正由围棋而来。首先派出地面部队，展开之后，在重点部位挖掘纵穴，确保据点。然后在据点与据点之间、各据点与龙穴之间设立新的据点，强化联络。而将据点与据点在地下连接起来的话，便形成了前线。像这样，由点而线，由线而面，逐步扩大控制区域，最终将敌人封闭在狭小的范围之中。反过来说，防守一方则要守护对外联系的路线。一旦被完全封锁，不单食物的运送会受影响，地下水脉也会被切断。因此，要插入企图封锁己方的敌军据点之间，建立自己的据点，一边阻止对手的联系，一边保持自身的联络。这刚好就像是围棋里面突破敌人的封锁网一样，局势发展到这个时候，才开始激烈的接触战。”

我再度眺望平原。经过斯奎拉这一番解释，果然发现本来像是蚁冢一样的塔，确实有着整然有序的战略配置。

“姚齐带来的战术革命在极短的时间里便普及到了所有的部族。原本普遍认为不可攻破的部族之中，有好几个都被攻陷，势力图发生了大幅更改。迅速引入新思想的部族勃然兴起，死守着旧方法不放的部族全部遭遇淘汰。”

“那么，姚齐后来怎么样了？”

化鼠的英雄故事竟然会引发自己如此的兴趣，连我也感到意外。姚齐应该是当今以最强势力自傲的大黄蜂族的奠基者吧。不过，斯奎拉如此饱含热情地讲述这个故事，说不定姚齐也是食虫虻族中兴的功臣。

“姚齐在一次激烈的战斗中战死了。”斯奎拉带着难以言喻的悲伤表情说，“姚齐出身的蜻蛉族，是个弱小的部族，全员合计仅有四百余只。因此，姚齐常常不得不亲自在战斗的第一线指挥作战．在一次对邻接部族的包围作战中，前线中部与敌人的桥头堡接触，顿时发生了激烈的战斗。哪一方能保持联络、哪一方会被切断联系，将关系到整个战争的走向。姚齐的战略眼光远在对手之上。他注意到，只要以放弃一个据点为代价，便可以保证自己军队的联络、切断对手的路线。但是，这里的唯一一个问题是，不得不作为弃子的那个据点，恰好是他自身所在的据点。”

觉叹了一口气。

“姚齐为自己的战略献身了。正如他所预料的，他的据点被敌人包围，连同他在内的六只防守要员一直战斗到最后，可惜最终全都被砍成了肉泥。但是，沉醉于杀戮之中的敌军冷静下来重新审视局势的时候，才发现自己的前线被彻底分割成了两个部分，完全无法恢复联系。包括龙穴在内的主体部分遭到封锁，失去了作为生命线的逃向外部的通道；而在另一方面，从主体切断、失去了补给线路的前线部队，等待他们的也只有悲惨的命运。由此，蜻蛉族漂亮地赢得了这一场战争的胜利。”

我们被斯奎拉的话深深吸引了。不知不觉间陷入某种错觉之中，就像拟蓑白讲述历史的时候那样，虽然两者的声音没有任何相似的地方。

“但是，还没有来得及品尝胜利的美酒，蜻蛉族便灭亡了。”

斯奎拉的语气仿佛是在哀悼那个在历史的舞台上留下一束光芒然后便完全消失了的部族。

“他们本来就是规模很小的部族，又失去了王牌姚齐，只有变成周围部族的练兵场。虽然如此，如果战争还是以从前的方式进行，蜻蛉族还可能一直坚守下去。然而讽刺的是，因为姚齐创立的战略方法，蜻蛉族被彻底封锁，弹尽粮绝，战斗力逐渐削弱，最终只有无条件投降一条路。”

“战败的部族会有什么结果?”我问。

难不成会被尽数屠杀?

“女王会被处死，其余所有成员会被当作奴隶役使。只要活着一天，就会受到比家畜还不如的残酷待遇，死后尸体也会被丢弃在山里，或被当作田间的肥料。”

我们沉默了。今天回想起来，这样的反应应该也在斯奎拉的预料之中。觉的嘴唇微微动了动，我看到他似乎是在说“蚂蚁……”。

的确，就像蚂蚁一样。化鼠们在某些方面显示出酷似于人类的性质，但在其他方面，却也显示出类似社会性昆虫的残酷。它们的所谓战争，与为了争夺劳动力而袭击其他蚁巢的工蚁相比，本质上并没有什么差别吧。

“……其实，卑职之所以详加解释，还是有私心的。”斯奎拉跪倒在地，恭谨地说，“这几日与土蜘蛛的战斗中，食虫虻族完全丧失了通向外界突破口的据点。向附近部族派遣的求援特使，恐怕大部分都在土蜘蛛的重重包围中被捕或者被杀了。换言之，如今我们部族正面临生死存亡的危机。在这千钧一发之际，年轻的天神圣主们忽然莅临此处，窃意以为，恐怕是上天要救我等于水火之中的意思。诚如死里逃生、地狱遇佛之喜。”

觉飞快瞥了我一眼。谈话看起来正向着我们最不希望的方向发展。

“卑职深知，以我等之间微不足道的争斗来烦扰天神圣主，实在有违卑职的身份，更可说是僭上的行为。只是，无论如何，能否请天神圣主出手拯救卑职的部族。土蜘蛛胆大包天，连天神都不知敬畏，卑职恳请天神圣主，向它们降下膺惩的铁锤。”

觉干咳了一声。

“我们虽然很想帮忙，但也无法随便出手啊。”

“这是为何？卑职以为，以天神圣主之能，举手投足之间，便能将它们尽数歼灭。”

觉一个字一个字地解释，语气十分慎重。

“我们对化鼠的基本方针是保护为主、听其自然，不能按照自己的喜恶随意杀戮。在需要进行处决的时候，首先需要向町政府和保健所发出驱除有害动物的申请，不然的话……”

“天神圣主所言，卑职十分理解。”斯奎拉依然不肯放弃，“只是，照这样下去，我等早晚会被彻底消灭。无论如何，请天神圣主怜悯我等。天神不必将土蜘蛛尽数歼灭，只要能对它们的前线给予一点小小的打击，帮助我等突破它们的包围圈，接下来交给我等自己处理就行了，无论如何……”

斯奎拉还要继续恳求的时候，有一只传令兵模样的化鼠走过来，凑在斯奎拉耳边不知道说了些什么。斯奎拉以一种与对我们的时候截然不同的傲慢态度侧头听了一会儿，终于重新向我们转过来。脸上的表情看起来有些困惑。

“卑职明白了。时间已经不早，明日再容卑职乞求天神的怜悯。卑职猜想两位天神一定很想休息，不过在那之前，请允许卑职领两位天神拜会卑职的女王。”

“女王?”

我犹豫了一下。说实话，我心里确实也有点想要见见化鼠的女王，但是已经快要天亮了，昨天一天发生了太多的事情，身体早就累垮了。

“女王很快会到附近的据点来。刚刚听说天神圣主大驾光临，女王希望能有幸目睹天神圣主的真容。”

“知道了，好吧，见见倒没关系。不过之后的事情都放到明天吧。”觉强忍住打哈欠的冲动说。

“遵命。那么，请往这边走。”

我们由斯奎拉带领走向草原，在一个格外大的蚁冢一样的尖塔前面停了下来。从外表上看，完全看不出该从哪里进去。

“请，入口在这里。地方既脏且乱，请天神圣主海涵。”

斯奎拉拨开枯草，露出下面一个直径大约一米的坑洞。

“啊，从这里进去?”

我吓得打了个寒战。

“可以的话，能不能让女王出来啊?”

觉好像也不太敢进去。

“十分抱歉，女王身躯庞大，无法从这里来到地上，此刻正在地下大厅等待。”

没办法了。事到如今才拒绝谒见也不是很妥。现在我们也失去了咒力，无论如何，我们不想与化鼠产生纠纷。

我跟在觉后面进了洞穴。里面比外面温度低很多，简直让人瑟瑟发抖。似乎是为了出入方便，入口周围涂上了黏土；而隧道内部则用混了干草的泥土巩固，大约是防止打滑用的。虽然我很担心自己会从垂直的纵穴掉落下去，不过幸亏下面有两只化鼠，下降比想象的轻快很多。化鼠们将手脚撑在隧道内壁，像是皮垫子一样，减缓我们下降的速度。而我们也意识到就算自己努力想要刹住速度也是没用的，只好一直坐在化鼠身上。

纵穴大约持续了二三十米的样子，突然间我们来到了一个广阔的空间，高度足够我们站直身子。不过因为周围一片漆黑，不知道到底有多广阔。微微的臭气和野兽的气息让我们的鼻子有些发痒，心中不禁感到有些毛骨悚然。

“请稍等一下。”

在我们的后面降落下来的斯奎拉紧挨着我们身后说，回过头去看，一片黑暗之中只有一双眼睛在发光。虽然知道野生动物的眼睛具有夜光，但还是感觉很可怕。

斯奎拉打起燧石，点起一只小小的火把。那一刹那，我感到一阵强烈的眩晕，不过马上眼睛就习惯了。光线能给自己带来如此之大的鼓舞，我不禁也有了更深一层的体会。

“这边请。”

本以为是一片空间广阔的地方，但借着火光一看，原来只不过是个六畳[①]左右的平台而已，三面都有水平的隧道连接。举着火把的斯奎拉走在前面给我们领路。啮齿类动物的直立身影，怪异地拉伸投射在洞窟的墙壁上，微微摇晃。

“小心撞头。”

隧道顶部逐渐变低。与之相反的则是宽度逐渐变宽。化鼠通过这里的时候，大概都是四肢着地快速奔跑的吧。

黑暗的地下，我们只能借着火把的光线前进。渐渐地，有一种非现实感涌上来。自己竟然会在这样的地方行走，连我自己都有些难以置信。

另一方面，某种恐怕只能被称为超现实的存在，开始向我们的感官诉说压倒性的存在感。

最先侵袭来的是臭气。隧道里本来便充满了不知从何而来的化鼠体臭，随着我们不断前进，那股气味愈发变得强烈。气味本身与斯奎拉和化鼠士兵的味道相差不大，但与其说是单纯的野兽臭气，不如说更近似干腐臭，而且浓度大得让人几乎要作呕。

其次，我们的耳朵还捕捉到复杂的重低音，不过只是很微弱的如同风箱一样的声音，时不时会混入如同远方雷声一般的

---

① 日本的面积计量单位，一畳就是一块榻榻米的大小。——译者

低吟声。另外，隧道的墙壁上还传来不规则的震动，就好像是无比巨大、无比沉重的物体正在爬行一样……

震动逐渐由墙壁延伸到脚下。我心里生出毛骨悚然的恐惧，但却无法向觉说出回去的话。如果在这里向斯奎拉示弱，难以想象接下来局势会发展成什么样子。

“还有多远?”觉装着平静的样子问，然而声音却在颤抖。

“马上就到了。”

斯奎拉没有撒谎。再往前走了大约二十米，隧道向右边转了一个大弯。一过弯道，斯奎拉便伏身在地，发出了老鼠一般的高亢鸣声。

回答它的是极强的低吼声。强风一般的音频，让我们的身体感到一阵麻酥酥的震颤。

“女王说，能拜会天神圣主，深感荣幸。”

斯奎拉向我们转述。觉似乎想说什么，但好像舌头发硬，说不出话。

“……请为我们转述：能觐见女王，我们才是无比荣幸。”

我代替觉回答。斯奎拉点点头，再度以吱吱的鸣叫声上奏。

斯奎拉刚一说完，突然间，女王开始以人类的语言回答。让我们惊愕不已。

“Grrrr ……天、神、圣、主……★Θ。请……∫ ∧Θ ……这、里。”

大地轰鸣一般的低音，混合了牙齿摩擦的声音，几乎连鼓膜都要被震破了。不过总算能勉强听明白是让我们进去的意思。

我们对望一眼之后，穿过了舒缓的弯角。恶臭愈发强烈，几乎无法忍受。

举着火把的斯奎拉，站在弯角后面没有跟进来。亮光从身后反射过来，不过因为是逆光，看不清女王的模样。但即使如此，从扑面而来的压倒性热量和漆黑的影子中，还是可以感觉到盘踞在眼前的生物有着非同寻常的尺寸。

“☆★……ガガガ！□■！……◇◆！”

迎面扑来的吐气如同热风一般席裹全身。我情不自禁地背过头去，但接着飞进耳中的声音再度让我惊诧。

“天……神圣主。天神、圣主。欢迎。无、比、荣幸。”

化鼠女王大约是把长长的声带分割振动，使用假声说话的吧。只有这样，音程才能进入与人类相仿的范围，让人更容易听懂。不过更让我们吃惊的是，那声音听上去简直和人类女性别无二致。

接下来我们和化鼠女王交谈了差不多五分钟。不过遗憾的是，那时候到底说了些什么，今天的我已经完全回想不起来了。也许是因为极度的疲劳和异常的紧张吧，也可能是因为随后发生的事情太过戏剧化的缘故。

我想，导火索应该是一些非常琐碎的事。女王道歉说，让我们一直站着十分失礼，而我们则一个劲地推辞，但女王最终还是喊了两只化鼠来做椅子。在这时候，举着火把的斯奎拉也一起进来了。

由于光线过于强烈，我们都情不自禁转开视线。洞穴内部骤然照亮，女王的身影映入我们的眼帘。

因为在之前的交谈中，女王的声音听上去温柔得出乎意料，我们一开始感觉到的恐怖已经渐渐散去了。但正因为如此，当我们真正看到女王模样的时候，感受到的冲击也就更加强烈。

女王给我的印象，一言以蔽之，就像无比巨大的、有着短短四肢和尾巴的毛毛虫。

不知道是不是因为缺少日晒的缘故，女王的体色呈现出病态的苍白。它的身体蜷成环状，挤出无数褶皱，愈发给人留下毛毛虫的印象。不过，与毛毛虫决定性的差异在于那张脸。褐色的斑纹将巨大的头部覆盖了一半。如果在自然光下看，那斑纹可能是殷红色的吧。玻璃珠一样的眼球，一大半都埋在褶皱里，闪烁着残忍的光芒。还有强大的颚，犹如凿子一样锐利的牙齿在其间忽隐忽现。狗项圈一般的项链上，点缀着红色的铁钒石、石榴石，还有隐约放射光芒的萤石、绿柱石、堇青石等等，在火光下闪闪发光。

仿佛是因为身形暴露在光线中而激怒，女王发出一声咆哮，直让人错以为是猛虎发出的声音。它从缩成一团的我们身边硬挤过去，猛冲向前，叼起斯奎拉，左右剧烈摇晃。斯奎拉发出吱吱的哀嚎，手里的火把掉在地上，洞穴再度笼罩在一片漆黑中。只能听到女王激烈喘息的呜呜声、斯奎拉时断时续的尖叫，以及在角落里瑟瑟发抖的两只化鼠用爪子挠土的声音。

“女王大人，请停手。”我鼓足全部的勇气，开口说，“不要杀斯奎拉！它不是故意的。”

觉紧紧抓住我的手腕。安慰暴怒的女王也许是一个极其危险的赌博。但在这样的场合下，作为“天神”的人类若是完全不介入的话，反而有可能招致怀疑。

女王半晌没有反应，最后终于还是把斯奎拉扔了下来，然后将长长的身体灵巧地转了一个方向(其实只是感觉到它转了方向，因为周围还是一片漆黑)，再度穿过我们身边，消失在洞穴的深处。

斯奎拉颤抖了很久，终于恢复过来，转向我们所在的方位。

“有劳天神圣主美言，卑职感激不尽。多亏天神圣主，卑职才算捡回了一条性命。”

“吓了我们一跳。”觉嘶哑着嗓子说，似乎刚刚能够重新发出声音。

“不过，女王大人本来也没打算杀你吧？”

对于我的问题，斯奎拉没有回答。

“……天神圣主也很疲惫了吧。卑职已经预备下了寝室，今晚还请好好休息。”

斯奎拉捡起火把，再度敲击燧石一样的东西，点着了火。

我看到斯奎拉穿的锁甲，不禁打了个寒战。鳞状的金属片被锐利的牙齿咬穿，下面的革质戎衣也被咬开了大洞，洞里正有鲜血渗出。斯奎拉显然受了伤，但在拼命忍耐疼痛，不想在我们的前面显露出半点痛楚的神色。

“太奇怪了，那个女王好诡异。”

在跟随斯奎拉去寝室的途中，觉在我耳边低语。

“小心点。要是惹恼了她，不知道会干出什么事。”

本以为终于逃出了凶恶外来部族的魔掌，然而却又投身在疯狂女王治理的巢穴。

不过，女王为什么突然暴怒？虽然形态可怕，但在交谈的时候，她给我的感觉就像一位正常的女性。难道说她极其不愿让我们看到她的容貌吗？

我没能继续思考下去。睡意太强，不管什么事情，都随它去吧。

我们被领到一间土质的地下室。房间里虽然有点冷，但地上铺着干燥的蒿草，倒也出乎意料的舒适。我们一头倒在里面，差不多一转眼就沉沉睡着了。

突然间我醒了过来。

周围一片漆黑，弄不清此刻的时间。不过可能只睡了一个小时吧。

疲劳依然如同沉渣一样滞留在全身，然而却有一种必须起身的急迫思绪。不知道有什么东西在心中频频敲响警钟。

“觉……觉!”

摇了半晌，觉怎么也不醒。虽说这也是正常的。摸摸觉的脸，几道干了的血迹还粘在脸上。连好好清洗一下的时间都没有，立刻就睡着了。

“觉！起来!”

虽然觉得他很可怜，但实在没时间等他睁开眼睛。我用手按在觉的鼻子和嘴上。

觉挣扎了一会儿，眼看就要窒息了，终于醒过来猛力将我的手拨开。

“什么啊……再让我睡一会儿……”

“不行，现在再不赶紧起来就晚了。你明白吧？咱们的处境很危险。”

觉无奈地睁开眼睛，但好像还沉浸在梦中世界里，没有起身的打算。

“什么危险……”

“我感到危险正在逼近。”

“所以问你是什么危险嘛。”

我无法回答。觉很惊讶，沉默了一会儿，说了一声“晚安”，转了个身倒头又要去睡。

“觉，我知道你很想睡觉，但是现在再不起来，恐怕就再也没机会睁开眼睛了。”

觉使劲挠了挠头。

“你在说什么啊？做噩梦了吗？”

“不是梦，也不是预知能力。是睡觉的时候大脑自己在整理过去我们经历的事情，然后意识到危险迫在眉睫。”

“那你倒是说说看呢，到底是什么样的危险？还在整理吗？”

我在黑暗里抱着胳膊沉思了一会儿。仿佛再有一点儿就全能想明白似的。有什么地方很奇怪，某种显而易见的、却被我们所有人都忽视了的危险。

“……我们……也许太相信斯奎拉所说的话了。”

“你是说，那家伙对我们撒谎了？”

觉好像终于清醒一点了。

“不是那个意思。当然，我也不是说斯奎拉对我们说的全都是真话，不过大体上应该都没错。但有什么事情连斯奎拉自己都没有注意到。它自己都确信不疑的某件事。恐怕那才是最危险的。”

说着说着，危险的实体逐渐在我头脑里慢慢成形。

“对了，是袭击，一定是。就在今夜。而且，就在警戒最薄弱的黎明前，土蜘蛛一定会来攻击。”

“这不可能吧？斯奎拉不是说过吗，化鼠部族之间交战的时候，总是会像围棋一样布阵打对垒战。”

“它就是太相信这一点了。你想想看，土蜘蛛是野生的外来种，凭什么说它们一定会沿袭姚齐的战略？”

“但既然都是攻击潜伏在地洞里的对手，也只有那种战术可行吧。”

“也许那的确是整个世界上所有化鼠共通的战争形态，但是土蜘蛛也可能创造出其他战术。”

“你说的这种可能性也不是完全没有……”觉叹了一口气。

他真正想说的大概是我这些都是杞人忧天的推测，没有任何可信的依据吧。

“对了，我终于明白什么地方奇怪了！”我情不自禁叫了起来，“在那之前！离尘师清除土蜘蛛的时候，土蜘蛛并没有藏进洞里，不是吗？它们是在地面作战的吧？”

觉半晌无言，睡意似乎终于被驱散了。

“和尚不是把它们中的好些都活埋了吗，所以它们知道躲进巢穴也没用的呀。”

“今天是它们第一次见识到咒力，你觉得，第一次见到咒力，就能立刻随机应变，改变整个战略吗？”

“它们当时知道局势对自己不利，想把大队人马拉出来让我们看看阵势，好把我们吓跑吧。”

“这点可能性我也同意，但是战斗一旦开始，它们就应该躲进洞里才对。可它们偏偏和我们正面冲突，所以只能认为这就是它们的作战方式吧？”

“可是，要攻击地下的部族，从地上进攻也太离谱了吧……”

“一定有什么别的办法。比建立据点封锁对手更加有效、更加快速的办法。”

觉沉默了。

“……如果被你说中了的话……土蜘蛛现在已经知道了咒力的存在，应该意识到除非奇袭，否则再无生存之道。”

即使是在黑暗之中，我也知道觉在摇头。他的语气中带着深深的绝望。

“而且从离尘师的一战中它们应该还学到了一点：即使有具有咒力的人来到了食虫虻族这里，人也毕竟是人，只要出其不意地攻击，还是有可能杀死的。”

由后心蹿起的不祥预感，愈发强烈。

剩下的时间恐怕已经不多了。

4

“逃吧。”觉说。

“往哪儿逃?”

“往哪儿都行。总之先离开这儿再说。”

觉站起身子，探看寝室外面的情况。

“早季还记得路吗?到这里的路好像还挺复杂的。”

“唔，怎么说呢，脑子晕乎乎的，恐怕记得不是很清楚……”

我试着回想了一下从谒见女王的场所到这儿的路。

“不行。我只记得一开始是往左边转的，之后就全乱了。”

我原本就不是很认路的人。况且还不是同一条路再走一遍，而是要折返回去，这就要求在头脑中把地图完全反过来，我肯定会搞乱。

觉抱起胳膊，好像也在努力搜寻自己的记忆。

“道路的分叉其实也没有多少……最多也就是三岔路，差不多吧……一开始的岔路是走左边，然后是右边，再然后……是哪边来着……”

“我虽然记不得路线，不过有一点记得很清楚。咱们一直到这儿为止，走的全都是平坦的下坡。”

因为那时候我的感觉就像是被领去黄泉一般，所以记得异常清晰。

“是吗？对了……一次都没有往上走？”

觉来到我身边，握住我的手。

“这样的话，这一回只要一直往上走就行了。如果走到一半又变成朝下走，那就是走错了，咱们返回到之前的岔路口，换条路走就行了。”

“但是，就算一直往上走，也未必一定是正确的道路吧？”

我抛出理所当然的疑问。

“话是不错，不过假如真有别的路一直向上的话，迟早总能上到地面的吧？”

这种事情真可以这么马马虎虎的吗？我不禁对觉的判断产生了一点不安。我们到底是怎样在一片漆黑之中来到这儿的，真有人能记得住吗？要是有根绳子什么的就好了，我想。忒修斯不就是靠了阿里阿德涅的丝线引导，才从弥诺陶洛斯的迷宫里闯出来的吗？

“我看，还是喊化鼠过来，跟它们说我们想去外面，让它们带路，这样比较好吧？不然的话，要是迷了路……”

“不行。它们要是报告给斯奎拉或者女王，绝对会引起疑心的。”

觉凑到我的脸前。

“为什么我们要在这种时间里偷偷逃跑，没办法解释，对吧？要是被它们知道我们没有咒力，天晓得它们会干出什么事。”

侧耳静听，附近没有化鼠的动静。黎明之前的时分似乎是化鼠活动最少的时间带。但是，外面的隧道比房间里还要黑暗，笼罩着犹如墨汁一般浓密的漆黑。我实在鼓不起勇气向外面哪怕踏出一步。

“对了，你有没有觉得有点奇怪？”

我这么一说，觉哼了一声，仿佛很不耐烦。

“这里到处都是奇怪的地方，哪儿有不奇怪的东西啦？”

“为什么房间里面会比外面亮呢？”

觉啊的一声，停下了动作。对啊，虽然看得不是很清楚，但在房间里，动作还是能够辨认出来的，而在外面的隧道之中，恐怕什么都看不到吧。

“真的……对了，一定是什么地方有光源才对！”

我们把房间前后左右打量了一圈，可奇怪的是，在哪儿也没看到可以说是光源的地方。

觉的手里依旧紧抓着从土蜘蛛那里抢来的枪。他一边伸出左手确认我的位置，一边把右手的枪刺出去，大概是不断刺探房间深处。刺了几次之后，枪尖上黑曜石一样的玻璃质石头上，沾上了只有针尖大小的小小光珠。

“这是什么?”

我们慢慢朝房间的深处走去，随后感觉到上方隐约有光线落下。我们抬起头，随即情不自禁地屏住了呼吸。

天花板上有一个大大的圆形刻痕。在那个刻痕的遥远上方，可以看到犹如满天星斗一般的光辉。

“那是外面？这里直通地面的?”

“不对，不是的……不是星星。”

觉喃喃自语，仿佛不能相信自己的眼睛。

“看起来像星星，但是一点都不眨。那东西到底是什么?”

觉把枪尽力举高，朝成百上千祖母绿般的绿色光点伸去。我看着觉的动作，心里想他应该够不到，但出乎我意料的是，枪尖轻触到了光点。光点微微摇晃，聚成几束。

觉慢慢收回枪。他明明应该捉到了几粒光点，然而枪尖上却只有几根丝线拖着黏液珠一样的东西缠在上面。

觉用手指轻轻摸了摸。

“黏糊糊的，早季也摸摸看?”

我摇摇头。

今天我已经知道，那时候在天花板上发光的是化鼠将萤火虫家畜化之后的变种①。

发光虫英文为Glow Worm，是太古时代便在新西兰等大洋洲洞窟中栖息的昆虫。它虽然有着“发光”这样一个富有浪漫气息的名字，其实乃是近似于苍蝇、蚊子、牛虻之类的品种。幼虫在洞窟顶上筑巢，垂下若干拖着黏液珠的丝线，捕食撞上来的小虫。它们就是靠萤火般的光芒吸引猎物过来，那光芒经由黏液珠反射，呈现出犹如绿色银河一般不可思议的景致。

发光虫原本在日本列岛没有分布，不过据说在古代文明崩溃之前不久，人类将之作为鱼饵引入了日本。大概其中一部分存活下来，化鼠对其进行品种改良，用作贵宾室的吊灯吧。

觉又一次探出枪采了一些黏液，终于弄明白发光的是某种东西的幼虫。他和我简单商量了一下，由我扛着觉，去采些发光虫下来。之所以不是体重轻的我到上面去，是因为对于发光的绿色蛆虫，我总有些不寒而栗，不敢去摸。

觉抓了好些发光虫之后，把它们(用它们自己分泌的黏液)缠在枪尖上。不知道是不是化鼠改良了品种的缘故，就算受到这么粗暴的对待，发光虫依然没有停止发光。

“好，走吧。”

---

① 即发光蕈蚊，又称洞穴发光虫，主要分布于新西兰等地，有异于中国的会飞的萤火虫。——译者

觉站在房间出口处，毅然说道。我们背起背包，紧紧握了握手，借着枪尖上蛆虫放出的那一点微弱的光线，向着更加黑暗的地方踏出了脚步。

直到今天回想起来，我还是感觉那是多么奇怪的启程方式啊。

要说光线的话，只有觉所持的断枪枪尖上恍若鬼火一般朦胧闪烁的虫光。除此之外的地方，当然也包括我们的脚下，什么都看不到。我试着侧过头，在眼前晃动手掌，却发现连影子都无法辨认。之所以能在这样的状态下不断行走，说起来反而是因为洞穴很狭窄，仅勉强够我们两个人肩并肩行走，身体因而常常接触到墙壁的缘故吧。

“现在是在向上吗?”

时不时地，觉会像失去自信一样这么问我。每当这时候，我要么回答说“在向上”，要么说“不知道”，要么说“唔，是上还是下呢”? 不过不管怎么回应，状况并不会因之发生什么变化。

枪尖上的亮光偶尔会照出两条或者三条的岔路。之所以借着微弱的光线也能迅速分辨出是岔路，是多亏了每个岔路上都种着某种标记的光藓。光藓和它的名字所显示的一样，是一种散发淡绿色光芒的苔藓。不过和发光虫不同的是，它不是靠自己的力量发光，而是通过具有透镜功能的细胞将四周的微弱光线集中起来，支持自身的光合作用。它的反射光看上去很明亮。

化鼠如果只是在狭窄的洞穴里乱窜的话，单靠嗅觉和触觉应该就足够了。但是自从发展出文明之后，肯定需要更有效率的移动方式，因此才开始利用光藓这样的生物吧。

我们默默地继续向前。走了这么久，连一只化鼠都没有遇到。起初我们还相信自己很走运，选了整个巢穴的化鼠都在睡觉的时间，但慢慢地开始心生疑惑。

“我说，已经走了很远了吧？”我问觉。

“嗯。”

“这条路真没错吗？”

我们停下脚步。要是走错了的话，现在是在哪儿呢？我在记忆中回顾刚才走过的路线。

“奇怪啊……刚才走在路上的时候我已经全想起来了，来的时候转了几个弯什么的，按理说应该没有走错路才对……”

“可我还是觉得有哪儿走错了，应该花不了这么长时间的。”

“是啊，往回走吗？”

我们在黑暗的隧道里换了个方向，朝来时的路返回。通向洞穴底部的路程更加让人沮丧，但也没有别的路可走。然而走了一阵，我们却撞上了令人惊愕的情况。

“岔路！”

我倒吸一口冷气。

“太莫名其妙了。刚才这个地方没有岔路的吧？”

因为我刚才走的时候一直在默记道路，在这一点上还是很有自信的。

“……好像是没有啊。”

觉拿了一撮道路分岔地方的土，研究起来。

“唔……啊！混蛋！”

觉突然咬牙切齿地说。我吓了一跳。

“怎么了？”

“原来如此……竟然还有这种事。可是，这么短的时间，难道……”

觉深深叹了一口气。

“你在说什么呀？喂，到底怎么回事？”

“这儿的土是新的……”

听了觉的解释，我感到自己脸都白了。

化鼠巢穴里不断会有新的隧道被挖出来，形状在不断改变。所以从去那个房间的时候开始到现在，中途岔路的数量很可能已经完全不同了。

“我以为巢穴的活动停止了就不会有问题，没想到别的活动虽然停了，可隧道还在不断挖掘。也许是因为巢穴正处在临战状态吧。弄不好就在我们刚走过之后不久，就有隧道从别处挖过来，形成了这个岔道。”

觉把手里握的土恨恨地扔到地上。

“那，我们……”

“嗯，迷路了。”

如果这时候能看到觉的表情，他一定是快要哭出来的样子吧。

在那之后，我们只有在地下的黑暗隧道中漫无目的地彷徨。从时间上说，最多也就是三十分钟左右，但在基本上什么都看不见的漆黑之中，身处连行动都不自由的狭窄洞穴，不知道如何从地底出去，那一种精神上的压力超越了想象。穿得又少，冷得直起鸡皮疙瘩，但还是渗出湿淋淋、黏糊糊的汗。

我们用平日很少出口的脏话对骂，诅咒自身的不幸，向神哀诉，低声抽泣；但无论如何，我们还是牢牢牵着手，不停地走。

然后，我们终于陷入了暂时性的精神错乱之中。

就我而言，最初的征兆是幻听。

不知从哪儿传来“早季、早季”的呼唤我的声音。

“你说什么?”

问觉，觉也是心不在焉，偶尔则是丢给我一声“什么”，声音里满是不耐烦。

“早季、早季。”

这一次听得清清楚楚。

“早季，你在哪儿？赶快回来。”

父亲的声音。

“爸爸，爸爸！”我叫了起来，“救救我，我迷路了。”

“早季，这下好了吧。绝对不能到八丁标之外去。八丁标的里面有强力的结界，非常安全，但如果往外面走上哪怕一步，就没有咒力守护了。”

“我知道，我知道。可是，我回不去了。不知道怎么回去。”

“早季，早季，小心化鼠。化鼠把具备咒力的人类当作神来崇拜，所以会对大人绝对服从。但是，对于还没有咒力的孩子，很难说它们会有什么态度。所以，我们必须尽可能避免让孩子与化鼠接触。”

“……爸爸。”

“喂，在说什么呢？振作点。”

相比幻听的声音，觉的声音仿佛更像是从远方传来的一样，没有什么现实感。

“第五代皇帝大欢喜帝即位时，有民众的欢呼与喝彩三日三夜不绝的记载。起先人们一般认为这是单纯的夸张说法，但后来的调查发现这一记载乃是事实。因为最先停止拍手的一百人，都被大欢喜帝当作庆典的活供品用超能力点燃，并把烧成黑炭的躯体作为王宫的装饰。民众们从这时候起便给大欢喜帝奉上了阿鼻叫唤王的恶谥。”

“爸爸，救救我。”

“第十三代爱怜帝，以酸鼻女王的恶谥为人所知……对于稍有不合己意的人，每天早上都会用无比残酷的方法……无比欢喜……整日绝食不吃东西……为了不让自己呕吐……第三十三代皇帝宽恕帝，在生前就被奉上豺狼王的异名……惨不忍睹的尸体……儿子，第三十四代皇帝醇德帝，死后被称为外道王。在他十二岁的时候，把躺在长椅上假寐的父亲宽恕帝的首级活生生扯下来……害怕自己也会被杀的恐惧……幼弟、堂兄弟，包括自己的孩子……尸体喂给沙蚕或者海蛆……第六十四代皇帝圣施帝……鸱鸺女王的恶名……在满月的夜晚，攫取妊娠的女性，割开肚皮，鲸吞胎儿，将骨头吐到周围……①”

当我感觉父亲的声音极度扭曲的时候，那声音又变成了异样的单调。

“明白吗？史前文明的动物行为学家康拉德·洛伦兹指出，在狼和渡鸦一类具有强大杀伤能力、并且进行社会生活的动物中，具有一种与生俱来的生理机制，可以抑制同种间的攻击。这就是所谓的攻击抑制。另一方面，在老鼠和人类这种不具有强大攻击力的动物中，因为攻击抑制不充分，所以常常会在同类间发生过激的攻击与杀戮行为。”

---

① 最后这句与拟蓑白当初的讲述不完全一致，原文如此，下两段中亦有此类情况。——译者

“爸爸，别说了。”

“姚齐注意到，只要以放弃一个据点为代价，便可以保证自己军队的联络、切断对手的路线。但是，这里的唯一一个问题是，不得不作为弃子的那个据点，恰好是他自身所在的据点……正如他所预料的，他的据点被敌人包围，连同他在内的六只防守要员一直战斗到最后，可惜最终全都被砍成了肉泥，活生生变成了冒着热气的汉堡肉饼。”

“笨蛋，振作起来！”

觉抓住我的肩膀。

“我没事……”嘴上虽然这么回答，幻听还是没有消失。不单如此，连幻视都开始隐约闪现。

“学校允许你们到这种地方来了吗？”

化作僧人形状的幻觉嘲讽般地说。

“你们违背了作为伦理规定基干的十重禁戒之中的第十条，不谤三宝戒。听从恶魔的声音，对佛法的教诲提出异议。因此，我必须马上冻结你们的咒力，永远封入人偶之中。你们的一生就作为人偶去过吧……”

“早季！早季！”

一阵几乎要引发脑震荡的强烈摇晃终于让我恢复了神志。

“觉……”

“你刚才一直一个人嘀嘀咕咕地说什么呢？我还以为你脑子坏了。”

“差点疯了。”我低声喃喃道。

刚才恐怕确实很危险。如果不是因为有觉在，说不定真会产生精神上的异常。

再接下来，我们又在地下的隧道里徘徊了很久。同样，一只化鼠都没有遇到。不过现在想来，它们应该在很远的地方就探知到我们的动向，主动避开了道路吧。

首先注意到异常的，是我。

“听到什么声音吗？”

没有回答。我用力握觉的手，但他还是没有反应。

“觉？”

我拍了两三次觉的脸颊，觉终于发出低低的呻吟一般的声音。

“振作点！你听到奇怪的声音了吗？”

“声音？一直都有啊。”觉用微弱的声音回答，“在地底呼唤我们。那是死人的声音哦。”

我打了个寒战。就像是接我的班一样，显然这一次是觉失常了。不过我对听到的声音更加担心。在漆黑的隧道中行走，直觉会变得敏锐吧。我的第六感告诉我危险正在迫近，但现在没有担心觉的余暇。

侧耳细听，那声音还在。因为在隧道内部回响，判断不出声音的来源。但声音正在慢慢变大，已经可以清楚听到了。无数化鼠发出的尖叫声、呐喊声、悲嚎声，像是敲打铜锣发出的金属声，还有听上去仿佛波涛一般的声音，似乎像是拍手，但又分辨不出到底是什么。

所有这些都像是让人不寒而栗的不和协音，都是混战的声音。我顿时醒悟，最坏的预感变成现实了。

"快逃！土蜘蛛偷袭了！"

我用力握觉的手，但他还是没什么反应。

眼前又出现了岔道。该往哪里逃才好呢？往左、往右，还是回头？

我摸到觉的右臂，把枪伸向前方。但是，黑暗之中却看不见本该隐约浮现的绿色光芒。我慌慌张张地调转枪头一看，发光虫已经死了。

不过，我同时又意识到周围并非一片漆黑。放在岔路口的光藓正发出微弱的光线。不知是从哪里射过来的微量的光。考虑到我们在隧道里徘徊的时间，就算这时候天亮了也不奇怪。这样的话，前方应该就是出口了。

透过黑暗，我发现左边似乎稍稍明亮一点。我拉着觉的手，小心往前走。越往前，隧道变得越明亮。但是，与之成正比的，化鼠战斗的声音也变得越来越大。

照这样下去，就算找到了出口，恐怕也会一头闯进化鼠的混战中吧。没有咒力的我们无法自保。

周围已经明亮得犹如新月之夜一般。放眼望向平缓隧道的尽头，只见那里有一个大大的右转弯道。光就是从那里照进来的。

犹豫了片刻，我向前踏出一步。总不能一直停在这里。不管怎样，暂且先确认一下出口的情况。

于是，从结果上说，这短短的踌躇救了我们的性命。

突然间化鼠的哀嚎近在耳边。紧接着一只化鼠从转弯的地方滚了出来。它的身子在不断抽搐。虽然想努力向这边爬，但很显然已经受到了致命的打击。

差不多在同一时刻感觉到异常的，是我的嗅觉。那是腐坏的鸡蛋一样的臭味。我向濒死的化鼠背后望去，只见出口处照进来的光线中，一股烟正在渗入隧道的内部。

不能吸那股烟。这是近乎本能的警告。

“走这边!”

我飞快转身，拉着觉的手，拼命向刚刚走过的隧道跑回去。

虽然是下坡，跑下去的速度很快，但异臭一直没有消失。非但没有消失，而且似乎越来越强了。

就在我将要陷入歇斯底里状态的时候，一直毫无反应的觉突然嘲讽一般说起话来。

“不管逃到哪儿都没用哦，因为我们是风箱里的老鼠。”

我腾地一下火了起来，反驳觉说：“我们可不是老鼠!”

“一样的。”觉以极其悠闲的语调低声呢喃，“烟熏老鼠，逼到洞的最里面。”

“烟?”

我终于意识到刚刚感觉不对头的地方到底在哪儿了。

“奇怪啊。一般的烟应该往天上飘才对，怎么会往下追过来呢?”

“那不是当然的嘛。”

觉说话的语气好像是个优等生正在教训一个连最简单的问题都不能理解的学生一样，鼻子都要翘到天上去了。

“这是为了攻击隐蔽在洞里的对手嘛，当然要用比空气重的毒气了。”

我倒吸了一口冷气。

“你既然知道，为什么不早点……”

我强压下对觉的怒火，一边继续向地底折回去，一边回忆之前走过的道路。有个地方有一条很长的向上去的路，当时走的时候我们抱着很大的期待，都以为有可能通向地面，可惜那条路虽然很可能已经升到了非常接近地表的地方，但还是再度折向下方，简直就像是专门为了打击我们而挖出来的一样。如果躲到那里去，也许可以避开不断下沉的毒气。

在连发光虫的微光都没有的状况下，我们一边与恐慌的感觉斗争，一边在错综复杂的隧道迷宫里狂奔。在这种情况下居然能选择到正确的道路，大约也算是一种奇迹吧。

“向上了!”

脚下的感觉告诉我，我们来到了一段通向上方的隧道。因为疯狂奔跑了很久，腿肚子上的肌肉已经在颤抖不已了，但我们还是咬牙继续挪动步子。痛苦本身也证明了我们还活着。

终于道路开始变得平坦起来，再往前又慢慢向下了。

“在这儿等一会儿吧。”

只能祈祷毒气不会溢到这里来了。如果只有一条路的话，倒是应该继续往前逃，但化鼠的巢穴里满是犹如蜘蛛网一样的隧道，毒气有可能顺着别的路径绕到我们前面去，所以还是停在最高的地方为好。

黑暗之中，我们坐了下来。

“没事吧？”我问。觉只是低低应了一声“嗯”。

“毒气这东西，多久能散掉啊？”

虽然还是看不见觉的身影，但感觉他好像摇了摇头。

“不会散的。”

“没这个道理吧？难道永远留在洞里了吗？”

“虽然不是永远，但恐怕几天之内都不会散的吧。”觉深深叹了一口气，“在那之前，肯定是这儿的空气先耗完，要不然就是毒气慢慢扩散，一直升到这儿来。”

我的嘴里泛起苦涩的味道。那样的话，我们岂不是只能坐着等死吗？

“……那，怎么办才好？”

“不知道。”

觉的回答十分干脆。

“万一食虫虻族打赢了，也许会把我们挖出去。但就算那样，一般来说也是要等到毒气散尽之后才行。”

绝望夺走了全身的力气。带着拼死的决心好不容易赶到一个安全地带，然而仔细一看原来是要被活埋，这算什么啊。

束手无策、坐等死亡，这等于精神上的酷刑。早知如此，说不定还是被毒气追着在隧道里乱窜更容易忍受。

“喂，虽说落到现在这样的地步……”我非常自然地开口说。

“唔？”

“不是一个人，真好。”

“总算能拖着我一块儿死，心情还不错？”

我轻轻笑了。

“我想，要是我一个人，肯定受不了，真的。一定连这儿都到不了。”

到最后也不放弃，尽自己的全力。即使最终抵达的是这样一条死路。

“我也一样。”

觉的语气也恢复到平时的语调。我放心了。虽说如果精神错乱的话，也许就品味不到痛苦了。

“真理亚他们安全逃走了吧？”

“嗯，应该吧。”

“那就好。”

对话在这里告一段落。

黑暗之中，我们坐等时间流逝。

一分钟，五分钟，或是三十分钟？我忽然从半昏睡的状态中清醒过来。

“觉！觉！”

“……什么？”

觉的回应让人很不放心。

“臭味。没闻到吗？毒气来了！”

没错，那种坏鸡蛋一样的臭味，就是在出口附近闻到的味道。

“啊，这里也不行了，往前逃吗？”

“哎呀，我想没地方比这里更高了。往低处逃等于自杀。”

觉似乎在拼命思考对策。

“你的嗅觉比我好。毒气是从哪儿来的？出口那边吗？还是两边都有？”

“这个我也不知道啊。”

如果是声音，根据条件也许可以判断出大致的方向。但是气味从哪儿来的，我觉得这个不是能判断出来的。

“唔，稍等一下。”

我闻了闻靠近出口方向的异臭，然后在洞穴里小跑几步，又到反方向的下坡处闻了闻气味。幸好觉看不见我这副样子。想必我一定和伸着鼻子到处乱嗅的化鼠一个样。

“……好像是从一个方向来的，从刚才出口那边。”

“这样的话可能还来得及。把隧道堵上。”

“堵上？怎么堵？”

“埋啊。”

觉开始拿枪去捅毒气过来那一侧的顶部。虽然看不到他的身影，但从空气的舞动和时不时飞溅到脸上的土块中，不难想象他奋斗的模样。

“早季！危险！”

突然间觉扑了过来。我被推到几米之外，觉压在我身上。

我正在想发生了什么，头顶上大块的土砂倾盆而下。我闭上眼睛，双手捂住脸，等待崩塌停止。因为不能开口，连尖叫的声音都发不出。等这一切终于停止的时候，我全身都被土砂盖住，似乎膝盖往下全都被埋住了。

“没事吧？”

觉的声音里透着担心。

“嗯，没事。”

“刚才真是危险，差一点儿两个人就要被活埋了。”

冷静下来想想，在洞穴里挖头顶的土的确是一种疯狂的行为。但是生存的本能让我们无暇思前想后，只有凭本能行动。不过这一举动从结果上来说是万幸的。

我们小心翼翼地从砂土下拽出身体，仔细检查通道是否完全被阻断了。然后为了慎重起见，又用手掌在土山表面反复拍打夯实，不让毒气渗透过来。

“哎，你看上面，要是再掉一点儿的话，是不是就能出去了？”

我抬头望着头顶问，那边应该掉了很大一块(当然什么都看不到)。

“外面的声音一点儿都听不到，对吧？恐怕还有三米以上的距离呢。而且不管怎么说，从下往上挖都太危险了。咱们只能继续在黑暗里等待。”

堵塞通道的骚动，让我刹那间产生了状况好转的错觉，然而仔细想来，状况其实完全没有改善。我们所在的地方，比刚才更狭窄，如果这次从反面来了毒气，我们将会彻底束手无策。就算把另一边的通道也堵上，在狭窄空间里残留的空气转眼就会耗尽，我们只会落得窒息而死的下场。

这次才是真完了，我想。

我不想死在这种地方。但是，已经无计可施了。我一边等待人生终点的来临，一边为自己如此无动于衷而诧异。是因为身心疲惫不堪，已经没有能量让感情爆发了吗？

我离开觉，在黑暗中抱膝而坐。如此一来，一个接一个的幻觉又出现了。在外面的世界，除非疲劳到极点，否则不会看到现实中不存在的东西。但在这里，就像打开开关一样，各种怪异的景象层出不穷。大约是在黑暗中徘徊太久，意志的控制力变得十分薄弱，潜伏在潜意识深处的魑魅魍魉都开始恣意驰骋、飞扬跋扈了吧。

最初出现的是蓑白。半透明的身影从右往左慢慢穿过视野。那是栩栩如生的影像，一点也不像幻影。Y 字形的头部触手和生在背上的无数触手的顶端，闪烁着红、白、橙、蓝等等鲜艳的色彩。

接着是从天花板上垂下无数闪烁着绿色光芒的黏液丝。那是发光虫构成的银河。短短的一转眼间，便布满了整个视野。

尽管似乎要被黏液丝攫住，蓑白依旧扭动身子继续前进，但终于还是被抓住了。黏液丝像是吊灯一样摇摆着，把蓑白五花大绑起来。

如此一来，蓑白把被黏液丝缠在一起的触手一条条自己切断。

没了触手的蓑白，背上开始散发出强烈的七色光芒。千变万化的光线重合辉映，在空中绘出漩涡一般带有条纹的图案，那份美丽让我心醉神迷。

不知不觉间，变化作拟蓑白的蓑白在背后拖出一道五色的残影，慢慢消失在视野中。

光的盛宴徐徐没入黑暗之中。

所有一切都将像这样封闭在黑暗中了吗？就在我这样想的时候，红彤彤的火焰腾地烧了起来。

就在正对面，突然间出现了橙色的光芒。护摩坛上，火焰熊熊燃烧。

耳边响起仿佛是地底传来般的真言唱颂。橙色的火粉像是伴奏似的腾空而起。

这，是那一天的景象。

祈祷的僧侣向护摩坛中注入香油，又投入药丸一样的东西，燃烧的火焰骤然激扬。

身后大群僧侣的诵经之声犹如聒耳的知了，在耳道的深处回响。

是那一天我被授予咒力的。成长仪式。

为什么临死之时，我看到的不是父母和自己的家，也不是幼时游玩的田园，而是这份景象？

忽然间，一份全然无关的记忆苏醒了。

“不行的吧，真言谁都不能告诉。”

觉臭着一副脸说。他平日里从来没做过什么正经事，偏偏这种时候像个优等生一样，让人讨厌。

“没关系的啦，咱们是朋友对吧？绝对不会说出去的。”我求他说。

“你为什么要听别人的真言啊？”

“我就是想知道嘛。唔……和我自己的有什么差别，什么什么的。”

“……那样的话，说说你的听听。”

觉的表情很狡猾，更让我心痒难耐。好吧，既然你这么说，那我也有办法。

“那好吧，这样你看行不行？我们各自把自己的真言写在纸上，数一二三，一齐拿给对方看。”

“……唔，还是不行。真言要是告诉了别人，就没有效力了。”

不可能有那种事——我心中忽然生出这个念头。

“所以说嘛，又不是让你一直举着等我背下来，只是唰的一声在眼前晃一下啦。”

“那样子不就没意义了吗？”觉疑惑地说。

“这样就够了呀，至少是朋友之间互相看过了嘛。而且就算扫一眼也能看到一个大概，长度什么的都能分得出来，对吧？”

我终于说服了犹豫不决的觉，我们一齐把各自的真言用铅笔写在藁半纸[1]上。

“好了吗？一、二、三。”

我们把藁半纸在对方面前一晃，以电光石火的动作展示自己的真言，然后差不多只用了 0.1 秒便翻到了反面。

“看到了？”觉担心地问。

“完全没看到。不过长度算是知道了，大概和我的差

① 一种用秸秆为原料制成的纸，因为吸水性很好，常作为书法用纸。——译者

不多。”

觉恢复了安心的表情，把手中的藁半纸揉成团，扔到空中点着了。藁半纸刹那间烧成了灰烬。

“……不过，你到底还是看见一两个字了吧？”

想不到觉这么胆小，还在继续纠缠。

“一个字都没看到。你的字本来就写得乱，就算盯着看也看不明白。”

觉放心地离开了。我拿起觉写真言的时候垫在下面的纸，迎着光线去看。觉的笔迹很重，纸上清清楚楚地留着痕迹。用柔软的铅笔擦上一遍，字迹明显地浮现出来。

后来我在图书馆查过，得知那是虚空藏菩萨的真言。

也许可以成功。我屏住呼吸，偷窥觉的模样。

觉像是睡着了一样，呼吸很安静。但在安静的呼吸中，时不时混有几声意义不明的低声呢喃。

此刻的觉意识水平极端低下，状态应该和被施加催眠术的时候没有什么太大的差别。如果此时潜意识的盖子已经打开，平日里被压抑的种种想法正在涌出的话，那么说他和我刚刚一样正被各种幻觉支配，也没有什么可奇怪的。

催眠术中最困难的应该就是将意识水平降到如此低的水平吧。在目前这种状态下，应该能行。毕竟我知道深深铭刻在觉的意识阈下的魔法咒文：真言。

不过话虽如此，这也是只可成功，不能失败的局面。一旦失败，两个人都要葬身于此。我将该说的台词在头脑中反刍整理。然后深深吸一口气，以严厉的声音喝道：

“朝比奈觉。”

我看不到觉脸上的表情，不知道他的反应。

“你破坏了规则，来到了不能来的地方。而且，还触犯了禁令，听了恶魔的言语。但真正的问题还在这之前。”

我感到觉的身子似乎微微动了动。

“你违背了作为伦理规定基干的十重禁戒之中的第十条，不谤三宝戒。听从恶魔的声音，对佛法的教诲提出异议。因此，我必须马上冻结你们的咒力。”

觉喘息着，发出抽泣一般的声音。我的胸口一阵剧痛，但还是硬着心肠继续。

“注视火焰。”

我不知道觉的反应。

“注视火焰。”

还是没有反应。

“你的咒力，封入此人偶中。能看到人偶吗？”

深深的叹息。然后我听到“是”的一声，那是觉的回答。

“由此刻起，人偶投入火中。尽却烧施，燃尽一切烦恼，灰烬洒向无边荒土。”

我提高了声音。

“看！人偶烧尽。你的咒力，于此冻结！”

觉发出悲痛的呻吟声。

“舍却烦恼吧。为了解脱，必须将一切都在清净之火中烧尽。”

好了，从这里开始，终于要进入关键时刻了。我走到觉的身边。

“朝比奈觉。你皈依神佛，放掷了自己的咒力。”

我努力在声音中加入和蔼的气氛。接下来，必须要解开犹如铁锁一般紧紧纠缠在觉的潜意识最深处的暗示。

我只有一个纯粹的想法，就是要拯救觉。是对自己刚刚的那些所作所为——虽然是权宜之计，但终究也是不得不让他痛苦的所作所为——的谢罪。是对他奋力帮助自己的感谢。千般思绪刹那间犹如奔流一般涌上心头，热泪让我的声音颤抖。

“因此，以大日如来的慈悲，于此传授汝周正的真言，召来新的精灵，再度赋予你咒力！”

我握拳重重敲击他的双肩，将口凑到他的耳边低声念诵。

“南牟，阿迦捨，揭婆耶，唵，阿唎，迦么唎，慕唎，莎诃。”

半晌之间，什么也没有发生。

但是，渐渐地，周围慢慢变得明亮起来。

"觉!"

我哭着叫道。发出光芒的是枪。黑曜石一般的枪尖部分变得通红，发出炫目的光芒。

"觉。这是觉做的吧？你明白了？咒力回来了!"

"唔……好像是这样。"

觉用大梦初醒般的声音说。

"赶快在头上开一个风道！把碍事的土全部运到别处去!"

"我知道。"

"啊，等一下，外面说不定充满了毒气……"

"嗯，放心吧。全部把它们吹走。"

觉露出让人安心的笑容。

"也许会有短时间的空气稀薄，捂住耳朵和鼻子。"

我慌忙用上双手的中指和拇指，总算把耳朵和鼻子都堵住了。头顶上巨大的土块犹如地震一般颤动起来。

接下来的一瞬间，伴随着犹如龙卷风的声音，覆盖在头上的砂土天顶，刹那间消失了。

5

土蜘蛛为了在短时间内压制敌对部族而开发的战术，是用致死性气体熏蒸巢穴这样一种惨无人道的手段。

在日本岛内，各部族之间战斗的时候，据说也有引附近的水源进行水攻的例子。但是，战争的主要目的是为了夺取对方部族的成员，作为己方的劳动力使用，因此像这种屠尽敌兵的做法，首先就与战争的目的不符。与之相反，在大陆，很多情况是围绕有限的资源发生争战，也许正因为如此，迅速歼灭敌兵的手段才会如此发达。

土蜘蛛使用的毒气成分至今依然不明。根据现场残留的毒气制造装置的残骸，只能推知土蜘蛛使用石头和黏土在食虫虻族的上风口做出形状古怪的临时炉子，烧了某种东西。

从那种如同腐烂鸡蛋一样的恶臭中可以想象它们是从某处

火山采掘了硫磺。硫磺燃烧产生的硫化氢和二氧化硫是剧毒气体，而且比空气重，正好可以渗透到化鼠巢穴的深处。但是，很难想象单靠这个就会有那么大的威力，竟足以将一个化鼠部族迫入毁灭的境地。

觉认为，土蜘蛛可能盗挖了人类古代都市，从废弃物中挖出了含有氯的塑料。比如说，聚氯乙烯燃烧时产生的氯化氢也有很强的毒性，同样也比空气重，能够渗入地下。多种气体的混合效果会提高致死率，配合使用多种材料燃烧，就有可能产生更加可怕的未知气体。

清除滞留在食虫虻族的有毒气体需要十几秒的时间。

即使使用咒力，替换大量空气也不是容易的工作。不管从哪个方向推动空气，反作用力都会产生干扰。觉决定做一个强力的龙卷风，将低处被污染的空气卷上半空运去远处，周围清洁的空气自然就会流入了。当场创造这样一个意象，我想也是很有难度的任务。

暴风之后，由头顶上挖空了的通风孔处可以窥见晴朗的蓝天。早晨的光芒十分炫目。我们像是不小心挖出地面的鼹鼠一样眯起眼睛，深深吸入新鲜的空气。久违了的外界空气有些寒冷，仿佛要让人全身的毛孔都竖起来一样。

眼睛习惯了光亮之后，觉向周围望去。通风口的边缘眼见着不断后退，洞口逐渐变大。我们的对面出现了一个可以攀爬上去的斜坡，斜坡表面更出现了仿佛被看不见的压模机压出来的台阶。踏上一级台阶，脚下感觉到红砖般的坚固触感。

“我先上去。”

“等等。”我双手拦住觉，“让我先走。”

“不行。土蜘蛛的弓箭手可能正在远处瞄着。”

“所以才要让我先走。你要是有个万一，用不了咒力的话，我们两个就一起完了。”

我没有再往下说，径直踏上台阶。在上到地面之前，我侧耳细听了一阵。周围全然寂静无声，连鸟鸣声都听不到。

我俯下身子，悄悄探出头。

周围的草丛被龙卷风吹得呈放射状倒伏在地上，不过单单探头出去，什么都看不到。我悄悄从洞穴里钻出来，四肢着地，先观察了一阵周围的动静，然后慢慢站起身来。

周围本该有的东西全都被吹走了。尸体、残骸，什么都没有。

身后觉也上来了。

“怎么样?”

“附近什么都没有。”

放眼远望，距离百米以上的树枝上挂着仿佛是化鼠尸体一样的东西。大概是刚才的龙卷风刮上去的吧。隔这么远望去，几乎和人没什么差别，我的心中不禁一阵战栗。

“那些家伙肯定躲在什么地方。刚才那阵风不可能把它们全干掉。”

我们没有立刻行动，而是仔细观察周围。如果是镝木肆星那样的大师，能在空中做出真空透镜代替望远镜（和普通的透镜相反，是凹透镜，可以扩大图像），而觉的技术当然还没有到达那种境界。

“喂，看那边！”

我指向北面一个山丘顶上。刚刚似乎看到有什么动了一下。

两个人盯着那边看了好一阵，但那之后并没有看到任何不正常的地方。

“抱歉，我大概看错了。”

“未必……不见得看错了。”

觉抱起胳膊，沉着脸注视那个方向。

“要在这个地形上散布毒气，那边是最佳地点。在山丘顶上，既不用担心比空气重的气体倒灌，而且从那边到这里，半路上基本没有什么障碍物。”

觉扯了一把草撒向空中确认风向。

“虽然是微风，但还是从北边吹来的啊。恐怕不会错了。那些家伙应该就在那边。”

“那往南逃吧！”

觉一把抓住要开跑的我的手臂。

“你在说什么呢？我们一旦逃跑，那些家伙肯定会追上来。

什么时候会从背后攻击都不知道吧？”

“可是……”

我猜不出觉的真意。

“这不是很明显的吗？咱们去攻击啊。不把它们全部歼灭，我们就谈不上安全。”

“这……”

我张口结舌。

“不行不行，能战斗的只有觉你一个啊。”

“不行也只有硬上了。”

觉摆出不达目的誓不罢休的架势。

“那和尚的下场你也看到的吧？咒力不是用来防守的。只有用来攻击，才有生还的机会……当然啦，你要是害怕的话，自己逃走也没关系。就像你说的，战斗交给我就行了。”

被他这样一说，我当然也没有临阵脱逃的道理。争辩了片刻，结果还是我们一起向北走去。就算有再厉害的咒力，若是被化鼠从看不见的地方攻击，那就完了。我决定帮觉侦察敌情，为他及时发送警告。

“咱们应该已经进入弓箭的射程了。不能疏忽大意。攻击一下试试看。”

我们躲在山丘脚下一块大石头的背后，窥探山上的动静。

“石弹！”

觉用带着快意的古怪声音命令。岩石上部出现几道裂纹，接着变成了细小的碎石块。觉越过石头瞄准山丘。

“飞!”

无数碎石顿时带着呜呜声腾空而起，向敌方飞去。

紧跟着的一刹那，山丘上一片慌乱。无数化鼠的哀嚎和怒吼声响起。它们是在慌乱地准备战斗吧。我能听到甲胄刀枪碰撞的金属声，还有弓箭齐射时的弓弦响声。

“蠢货。”

觉用鼻子嗤笑了一声。

描绘出浅浅抛物线、如雨点般落下的弓箭，差不多都在半空转了方向，像是跑去主人身边的忠实小狗一样，朝射箭的士兵方向飞了回去。

紧接着痛苦的惨叫声此起彼伏。

“本来是想做镰鼬的，真没办法。”

觉低声自语的语气就像是在探讨有趣的游戏计划一样。他扭头望向身后。距离四五十米的地方生着几棵大树，此刻都被连根拔起，飘浮在半空中。

“去吧。”

六棵大树飞向山丘顶上。我以为立刻就要撞入敌群，然而却并没有。大树像要恐吓化鼠一样，在上空慢悠悠盘旋。

“呵呵，好像害怕了。”

觉的态度和运球比赛时专心致志操作推球手的样子没有什么不同。

“不过，单单这样子好像不是很有意思……好，烧起来！”

大树一齐冒出火焰，变成巨大的火炬，然后一面从树冠上撒下火粉，一面向射箭的地方砸下去。

化鼠们完全疯了。火焰从一个地方烧到另一个地方，演变成熊熊的大火，好几道粗粗的黑烟冲天而起。

“好了，趁现在上去吧。”

作为掩体使用的大石块犹如开路先锋般飞上斜坡，我们紧跟上去。到达山丘顶上之前，有一只眼尖的化鼠看到了我们，发出警示同伴的叫喊声，紧接着的刹那它便被白色的高温火焰包围，突然倒下。

“那个，是制造毒气的装置吗？”

我指着陶猪蚊香器一样的奇怪物体问。那好像是用石头和黏土做成的，大概五六个，大象鼻子一样伸出来的开口正对着山丘下方。

刹那间，最近的毒气制造器碎成了粉末。接着从前往后一个个依次爆炸。匆忙冲上来的一队化鼠刚好被碎片迎面击中，当场被击倒了。

“玩点游戏吧。”

看到同伙倒毙，后面的似乎在犹豫是不是要继续往前冲。突然，倒下去的化鼠尸体站了起来，像是提线木偶一样向它们冲去。化鼠军队立刻崩溃了。

能够摧毁那般好战的化鼠士气的，显然是对超自然力量的恐惧。

“原来如此……费半天力气杀来杀去，不如直接吓唬它们效果更好啊。”

觉立刻开始使用刚刚悟到的战术。化鼠们的眼前、背后，乃至队伍中间，不断有尸体站起来。通常认为化鼠不具备类似人类的情感，这时候它们却也露出无法想象的恐惧模样，被疯狂驱使着开始了悲惨的自相残杀。

丧失战意想要逃跑的化鼠被看不见的手一只只提到半空、掐断了脖子。最终，在山丘上布阵的一队化鼠全军覆没，总共只花了五六分钟的时间。

“从这片草原上直接穿过去恐怕非常危险。从对面森林能把这里看得一清二楚，弄不好哪儿就会有土蜘蛛的弓箭手潜伏。”

斯奎拉匍匐在地，向觉禀报。原本一开始就是非常殷勤的态度，现在则更是满怀恐惧。它一定是亲眼目睹了咒力真正的可怕之处。

“但是，土蜘蛛族是在那片森林里吧？”觉不满地噘起嘴，“要是从这儿攻击的话，敌军在暗处，只会白白让它们逃走。这么点儿大的草地，烧了不就行了。”

“确实如天神所说。不过，哪怕只有一只土蜘蛛苟延残喘，潜伏在土里，恕卑职斗胆说一句不敬的话，难保不会用毒箭狙击天神圣主。”

斯奎拉战战兢兢地抬头望向觉。它的鼻子上有一道大大的伤口，浑身都是血和泥土。

“我等在箭头上最多只会涂些麻药，但土蜘蛛用来暗杀的是从异国毒蛙身上取得的致命毒素。万一天神圣主的尊体哪怕是被擦伤一个小口，就算将我等千刀万剐也不足谢罪。我等的侦察兵已然找到了一条安全的迂回路线，无论如何，还是斗胆请天神圣主从那里走为好。”

斯奎拉再度出现在我们面前的时机恰到好处。荡平了山丘上制造毒气的部队之后，我和觉陷入了争论。我主张说，敌军追击的危险性基本上已经没有了，我们应该趁这个时候赶紧逃走，但是觉坚持要把土蜘蛛全部消灭。

他到底是怎么了，我望着觉的脸发呆。现在的觉，和我所熟知的那个喜欢讽刺人、喜欢说大话，但骨子里还是很和善、很沉稳的那个少年，简直像是截然不同的两个人。

觉坚持说，这里距离隐藏皮划艇的霞之浦岸边还有不少距离，不趁现在斩草除根，必将成为后患。我则列举现实的问题，等待觉的头脑冷静下来。比如说，龙穴（女王居住的洞穴）在哪里我们就不知道。在这样的情况下闭着眼睛乱打，要想把土蜘蛛全部歼灭，无论如何也不可能；而且在那之前，要是觉的肉体遭遇到土蜘蛛的反击，那可就万事皆休了。

我不屈不挠的劝说总算奏效了，然而当觉的态度终于开始软化的时候，山丘下面传来呼唤我们的喊声。我们一边猜测是不是土蜘蛛的陷阱，一边小心翼翼向下面偷眼望去，只见是以斯奎拉为首的食虫虻族的残存部队，它们都匍匐在地，向我们遥拜。总数加在一起只有五六十只，由此也可窥见毒气的威力。

根据斯奎拉的说法，食虫虻族的成员感觉到毒气的异臭之后，只顾着一个劲往巢穴深处跑，结果全都死了(土蜘蛛在毒气中添加硫磺的气味，也许正是针对化鼠的习性，就是要把对手赶到巢穴深处去)。另一方面，斯奎拉率领的近卫军，为了运送躯体巨大的女王，挑选了位置较浅的洞穴逃跑，因而捡回了一条命。

虽然刚刚遭到毁灭性的打击，但它们的士气却很高。一方面是女王被送到了安全的地方，安然无恙(巢穴中唯一具有生殖能力的女王若是死了，作为生物的部族也就终结了)；另一方面大约是因为看到觉的咒力把可恨的土蜘蛛士兵轻松扫灭的缘故吧。

食虫虻族的残余成员被凶暴的复仇欲望驱使，就连冷静沉着的斯奎拉也不例外。它向觉禀报说，事先的调查已经准确把握了敌方女王的所在位置，这让觉顿时兴奋起来，决定乘胜追击讨伐土蜘蛛。

还是沿着刚才的讲述继续往下说。我们按照斯奎拉的说明，绕着草原的左边做了一个很大的迂回，向位于森林中的土蜘蛛巢穴走去。

“这条路真的安全吗？”

我一边走，一边问斯奎拉。虽然绕了很远的路，但穿过茂密草丛的这一条道路明显被走过许多次。如此重要的路径，身经百战的土蜘蛛竟然会不设防备，这一点让人难以想象。

“请勿担心。方才已经派出了侦察兵，并未发现敌兵的踪迹。土蜘蛛们恐怕认定我等都被毒气熏死了，根本想不到自己的老巢危在旦夕。”

土蜘蛛是那么容易对付的对手吗？若是放在两天前，也许我会相信斯奎拉的说法吧。但是，自昨天以来连续经历了这么多异常事件，让我对它的乐观产生了深深的怀疑。

我命令斯奎拉帮我找来替身，然后和它简单换了一下衣服。虽然只是聊胜于无的预防措施，不过既然这样能让我稍微放点心，觉也帮我说话。而这一举措的正确性，仅仅十分钟之后便得到了证明。

走在前面的士兵发出尖锐的警告叫声。我不知道发生了什么，正在疑惑的时候，只见它们纷纷弯弓搭箭朝头上射。这时我才明白遭遇敌袭了。

“天神圣主请从速躲避！是土蜘蛛！”

斯奎拉尖声叫喊。

“在哪儿？”

“在树上……替身死了！”

放眼望去，倒在地上的正是应我要求充当觉替身的化鼠。它是队伍里体格最大的一个，远远望去就像是人类的小孩一样，我刚才让它戴上两个头盔，再在身上披上斗篷。现在那具躯体上插着三支箭一样的东西，奇怪的是，那箭没有箭羽，取而代之的是线轴状卷着的细绳。

“吹箭[①]！这是毒箭……小心！”

斯奎拉像是看透了我的疑问，向我们发出警告。敌人到底在哪里？我抬头仰望树梢，然而看不到半点化鼠的影子。我以为身边放箭的士兵看见了，可它们的举动似乎只是在乱射一气。

就在这时，一棵巨大的乌冈栎树冠上响起咔嚓一声。凝目细望，虽然看不见什么，但那边肯定有东西。

“觉！晃晃这棵树！”

觉身上叠了好几只化鼠士兵作肉盾。觉不顾斯奎拉的阻拦，从下面爬出来，紧接着大树便发生剧烈的弯曲，像是遭遇台风袭击一样，树梢猛烈摇晃，锯齿形叶缘的树叶纷纷落下，树枝折断的声音此起彼伏。

有什么沉重的东西混着树叶一起落下。化鼠士兵立刻围了过去。

---

① 美洲热带雨林原住民使用的一种狩猎工具，靠口腔吹气来推进箭矢射出，通常带毒。——译者

“那是什么?”

我看到掉下来的东西，倒吸一口冷气。

那东西到底该怎么形容才好？若是举形态最为接近的生物为例，有点像是名叫叶虫[1]的南方热带昆虫，或者是被称为叶海龙[2]的海马近亲。身体大小在一米出头，和一般化鼠差不多。仔细看，头和手脚的形状都显示出它是化鼠，不同之处在于身体瘦得异常，体表颜色和乌冈栎的枝干很相似，而且全身都生有附着绿色树叶的枝条状突起。这只土蜘蛛的丛林兵向上空发出怪鸟一样的叫声。食虫虻族的士兵一齐举枪，刺入它的身躯。

从眼下的情况来看，近处应该还潜伏着土蜘蛛的士兵。我再一次抬头打量周围的树木。一旦知道了情况，拟态的效果也就大打折扣。这一次没花多少时间便发现了潜伏在两棵树上的三只丛林兵。

我刚一伸手去指，觉的咒力和一齐发射的弓箭便命中了屏息静气的三只化鼠，把它们击落在地。

“这到底是什么?”

对于我的问题，觉沉着脸翻检尸体。我实在没有触摸的勇气。丛林兵身体上生长的突起，以及突起尖端的树叶一样的器官，明显是天生的。

---

① 以拟态成树叶的能力著称的昆虫，可以假乱真。——译者

② 外观既像海藻又像龙，主要分布于澳洲南部及西部海域，身上有树叶形态的部分，泳姿美丽。——译者

“现在还这么惊讶吗？昨天晚上就见过了吧，土蜘蛛的军队，根本就是怪物大军啊。”

我想起了松球队长的皮肤上覆盖的鳞片。

“可是……那么，这些家伙什么形状都有吗？怎么做到的？”

“这一点还不知道。唔……倒也有几种假说。”觉再度披上斗篷，“总而言之，接下来还是小心为妙。这些家伙会以什么样的拟态埋伏，咱们一点也不知道。”

“既然如此，还是回去吧。这样太危险了。”

“都到这儿了，已经没有退路了。要是逃跑，它们肯定会追上来。”

觉完全不理睬我的提议。没办法，我们只得继续前进。

走了一阵，森林中的道路出现了一个大大的右转。虽然缓慢，不过我们一直都在向土蜘蛛的巢穴靠近。

自从丛林兵出其不意的袭击以来，觉一路走，一路用咒力折断沿路上的大树枝，或者把前方道路上的草丛树梢拨动一番才前进。

再往前走，我们来到一处丛林稍微稀疏一些的地方。左手边是一个小小的沼泽，水面上覆盖着浮萍，犹如绿色的纸屑一般。

“等等。”

我用胳膊肘拦住正要前进的觉。

“这儿有一种让我很不喜欢的感觉。”

我本以为自己会被一笑置之，觉却显出严肃的表情，站住了脚。

“有陷阱？”

“不知道……”

我凝视沼泽的表面。时不时冒上水面的气泡，到底是从哪里来的呢？觉好像和我想的一样，他用咒力举起一块巨大的岩石，向冒出气泡的地方猛然砸去。

巨大的水花四散飞溅，沼泽的水向四面八方散开。

我仔细观察了半晌，什么动静也没有。

“没事，走吧。”觉等不及地说。

“……可是……”

“不管怎么说，哺乳类总不可能潜在水下那么长时间。”

此刻的最终决定权在觉的手上。大家又开始慢慢前进了。

就在这个时候，从沼泽处传来“嘎”的异响。

回过头，沼泽表面浮起三个水獭一样扁平的头，直勾勾盯着这边。

刹那之间谁也没有反应过来。三个头从水里拿出长筒，摆开架势，迅速吹出吹箭，然后又伴随着“哚”的一声缩了回去。剩下的只有同心圆状的波纹，将浮萍摇荡不已。

“畜生，敢耍我！”

觉的怒火刹那间燃烧起来。吹筒中的毒箭似乎有防水的机制，被射中的两个食虫虻族的士兵悄无声息地死了。

“好，你们有种就躲着，看我把你们煮了。”

沼泽的水眼看着像温泉一样开始冒出热气。

在这个时候，为什么我会把视线投向沼泽相反的方向，我自己也不知道。总而言之，我转过了身子。然后，我的眼睛看到了让我难以置信的东西。

沼泽的反面，是一片生着稀疏杂草的潮湿沙地。那里有个二十厘米左右高的小小土堆。奇怪的是，简直像是鼹鼠钻过的旱田垄地一样，那个小土堆正在慢慢移动。

我吓了一跳，打量四周，发现土堆不只一处。一共四个土堆，虽然缓慢，但却是真真切切在移动，就像是闻到血腥味的鲨鱼一样，正在朝我们这里集中。

我惊惧不已，几乎连声音都发不出来，好容易嘶哑着喊了一声“觉”，但似乎并没有传到他的耳朵里。觉只顾伸着脖子盯着热气腾腾的沼泽。这时候眼看就要捉到猎物，紧盯着沼泽的化鼠们发出欢呼的声音。

沼泽底部浮上来三具被烫死的尸体。我扫了一眼，视野里的那三具躯体，比起水獭，更像青蛙，四肢尖端长着非常发达的蹼。

“觉，在后面……沙地下面。”我向觉耳语道。觉的动作立刻停住了。

“哪边？”

“正背后有一个，六七米距离。那个左边有两个，右后方还有一个。”

觉的转身，和四只矮胖的水滴形遁地兵从沙地下面出现，差不多是同一时刻。

间不容发之际，咕噜噜沸腾的沼泽水化作巨蟒一般的水柱，向遁地兵猛冲过去。正要拉开小型弩箭的遁地兵们，被滚热的水当头一浇，纷纷倒了下去。

“呼呼，青蛙是诱饵么。”觉擦了一把头上的汗说。

“不可大意，这些家伙最擅长声东击西。”

“觉，你累了吗？”

“啊？这么点事儿，怎么可能累。”

“不过还是休息一下比较好吧……”

对我的询问，觉笑而不答。

我之所以担心觉，原本只是因为看到他在擦汗，而这时候却又想到一个非常简单的问题。

咒力可以驱使无限的能量是不假，但为了驱使咒力，需要极度的精神集中。而人类的注意力和体力当然是有界限的。

“危险！”

在竹林前面，我大叫起来。

远处的天空，有几个不知道什么的东西正朝我们飞来。

“没关系。大家别动！”

觉抬头望天，两脚像是在地上扎根了一样，纹丝不动。

看上去像是小点一样的东西，眼见着逐渐变大。就在我刚看明白那是巨石的刹那，那些巨石就像撞到了弹簧一样，一个个弹了回去。

“又来了！”

第二拨比刚才的数量更多。不过依旧全被觉的咒力抓住，向来时的方向弹了回去。

“闭着眼睛往回扔，好像没砸到它们啊。”

觉喃喃自语间，其中三块巨石变得粉碎，无数碎片朝着像是敌军阵地的方向发射过去。

在那之后，什么声音都听不到了。

“干掉了？”

“不知道。”

敌军的攻击停止了。这一次的反击，效果超出预计啊——我刚这么一想，突然间第三拨攻击来了。

这一次是擦着竹林上方的低低轨道飞来的。一个、两个……觉把它们向自己身体后面弹去。看到的时候，巨石就已经快飞到头上了，没时间一个个扔回去。

那些石头当中，终于有一块觉没能拦住，向我们的队伍正中飞来。

在我吓得手脚冰凉的一刹那，巨石猛然撞上地面，扬起激烈的尘土。两三秒之后，头上落下无数砂土枯叶。活下来的化鼠们就像是蜘蛛的幼仔一样四散奔逃。

“混蛋……”

没时间去看对方有没有受伤。紧接着飞来的两块巨石又瞄准了觉。

“退后！”

为了躲避飞岩，我们飞快后退三四十米的距离。然而接下来飞过来的巨石简直就像看透了我们的动作似的，也跟着修正了位置。看起来我们是被牢牢锁定了。

“在哪儿?!”觉怒吼。

“土蜘蛛肯定正躲在什么地方观察我们。早季！快找找！”

间谍一定就在附近，但到底怎么才找得到？如果是像丛林兵一样有拟态，找起来可没那么容易。我束手无策。攻击再度暂停，第四拨还没来。可能土蜘蛛准备石头也需要时间。

就在这时，我忽然意识到一点：间谍单纯追踪我们的动向并没有意义，更重要的是把我们的位置不断传送给对手才行。

“觉，退后！”

我们又后退了三十米。依旧没有发现暗中监视一切的间谍身影。不过，我更关心的是接下来它如何送出信号。

“是那个！”

我指向竹林上方。竹梢虽然像是被风吹着似的，但明显动得很不自然。

“我们的位置就是从那儿传出去的！”

不用再多说了。我以为竹林里刹那间便会喷出冲天火焰，但那里只是冒出滚滚黑烟。随即某处传来临死前的悲惨嚎叫，那声音让人想起某种竹管乐器。

“趁现在转移吧。先往后撤?”

“不，前进。”

觉一抬腿向前，本来四散逃开的食虫虻化鼠们又不知道从哪里纷纷聚集过来组成了队列。

“天神圣主，天神圣主。”追上来的斯奎拉一边喘气一边说，“您安然无恙实在太好了。如此一来我方必胜。请向邪恶的土蜘蛛降下正义的铁锤吧!”

“别尽捡好听的说!”我瞪了斯奎拉一眼，“你说这条路是安全的，到底哪里安全了？这不全是伏兵吗?”

“卑职罪该万死。”

我的训斥让斯奎拉浑身哆嗦。

“卑职事先派遣侦察兵确认过安全状况。那时候完全没有受到攻击。”

“这不是废话吗？它们又不是要对付你们的侦察兵，是要对付我们啊。”

“好了，总之已经到这儿了。”

觉用力抓住我的两只手，想要让我冷静下来。

哎呀，我忽然感到觉的样子好像有哪里怪怪的。那不是单纯的疲惫，而是似乎视线的焦点怎么也合不到一起的样子。这样说来，平时的觉就连拿石头击中一个不甚困难的目标也是笨拙得难以想象。

“可是，前面走不过去了。不知道会从哪儿飞来巨石。”我心怀恐惧地说，“还是回去吧。”

“不行的。”觉摇头说，“既然已经开打了，在敌人面前转身逃跑，这是自杀行为。”

“可要是出了竹林，巨石还会飞来的吧？而且说不定连竹林都走不过去。里面会有什么陷阱，谁都不知道啊。”

“我们去侦察。”

为了洗刷污名，斯奎拉自告奋勇。

“我们去找敌人投掷巨石的地方，请天神圣主一个个把它们击溃……”

“你说的倒是简单，觉已经很累了。”

斯奎拉向我投来充满疑惑的眼神。我意识到自己说错话了。也许它之前就已经模模糊糊意识到了，而这时候我不能使用咒力的事实更是完全败露了。

不知道是不是把我的沉默当作了默认，斯奎拉以刺耳的化鼠语向部下下达指示。食虫虻族的士兵们没有半点犹豫，向竹林中散去。它们虽然已经损失了不少士兵，但士气依然很高昂。

然而还没过两分钟，几只化鼠便赶了回来，神情紧张地向斯奎拉报告。斯奎拉向我们的方向转过身来。虽然读不懂化鼠的表情，但也可以想象是某种非常严重的情况。

“竹林对面没有树木遮挡，是一片相当开阔的场地。敌方主力似乎正在那边布开阵势。”

“视野开阔的话，不是对我们有利吗？”

“这个……该怎么说呢。总之请天神圣主亲眼看看就知道了。这一次真的确认过竹林里没有敌兵了。”

我们半信半疑地跟着斯奎拉进入竹林。走了大约四五十米，隐约可以望见对面。我们俯下身，采取对方看不见的姿势，尽可能凑向前方探看。

外面是一片近百米的四方空地。土蜘蛛好像把部族周围的树木都砍掉了，似乎要将之作为最后的决战地。

“太可怕了……”

我张口结舌。把这片空地挤得满满的土蜘蛛的军队，只能用壮观二字形容。天空中高悬的太阳发出的光芒，在无数的铠甲刀剑上反射出来，闪烁不停。

“有三千只？好像分了五队。”觉也有些无语。

“不过，既然能把它们尽收眼底，收拾起来很简单吧？”

我本以为立刻就会得到肯定的答复，但觉停了一会儿才回答：“那也未必。”

“为什么？”

“你看看它们的布阵。前面是重武装的步兵，后面是弓箭手。”

那是自远古时代的希腊便成为主流战术的所谓密集步兵阵

型。最前方的士兵手持长枪和大盾，不给敌人插入的空间，不断向前逼近。如果前面的士兵战死，下一列的士兵就会上前补充，就像鲨鱼牙齿一样依次替换。

“不单如此，你看到最后面还堆着巨大的石块吧？旁边的家伙们大概就是投石机兵。”

“投石机兵？在哪里？”

我刚说出口，忽然注意到觉的话有点奇怪。

“你是说，**那些家伙是投石机兵**？”

虽然看不清楚细节，不过远远望去，也可以发现，与至今为止看到的比较起来，石块旁边的化鼠身体变形最为极端。那种变形的程度是丛林兵和遁地兵之类完全不能与之相提并论的。那是体长三米的巨大化鼠，躯体长得难以置信，而且可以像手风琴一般伸缩，还有远比躯体肥大强壮的双臂……

几十只投石机兵犹如集体体操般组合在一起，也就成了活生生的投石机，看起来可以把数百公斤重的岩石扔出一百五十米以上。当然，它们的能力以及投石机兵这个名字，和丛林兵、遁地兵之类一样，都是我们很久以后才知道的。

“即使是用咒力攻击，要消灭一支这样的重装备部队，也要花费很多时间。而在这段时间里，土蜘蛛们肯定会万箭齐发，投石机也会扔巨石过来。遇到将要击中我们的弓箭和巨石，只能使用咒力防御，如此一来我们的藏身之处就会完全暴露，这样就会有更多的炮火攻击过来。结果就是没有余暇使用咒力攻击敌人，完全陷入被动挨打的地步。”

觉失望地叹了一口气。

“而且问题还不单如此……从刚才开始，我的感觉就有点奇怪。”

“奇怪？”

觉在离斯奎拉稍远一点的地方，用它听不到的声音说：“我想可能是太累了，注意力不够了，没办法很好地做出意象。”

完了。我真想仰天长叹。

“那，没办法用咒力了？”

“哎呀，用还是能用，但要同时对付这么多敌人，完全没有取胜的希望。”

果然当初还是应该在消灭了山丘上的放毒部队之后就逃走的。如果是在那个时候，觉应该还有余力阻挡追兵，足以成功脱身。可惜当时觉被斯奎拉的阿谀奉承所迷惑，醉心于杀戮之中，而我也没有坚决制止他。

然而不管怎么后悔，过去的终究已经过去。现在只有绞尽脑汁，想办法活下去。

“天神圣主。”

不知什么时候来到身边的斯奎拉，小心翼翼地呼唤我们。

“我们正在考虑怎么歼灭土蜘蛛，别碍事。”

我瞪了这只诡计多端的化鼠一眼，但它没有动。

“卑职惶恐，不过，对面好像有动静了。”

我们慌忙重新向土蜘蛛的军队望去。确实，敌方的五支部队似乎在慢慢改变位置。中央的部队虽然大致未动，但旁边的两支部队明显在向前移动。更外面的两支部队已经把各自的间隔距离缩短了一半。也就是说，土蜘蛛的军队为了迎击我们，正在摆出巨大的 V 字形阵势。

鹤翼阵。据说是因为与仙鹤展翅的形态相似，所以起了这么一个名字。这本是为了迎接突击而来的敌军而摆出的应战的阵势，但土蜘蛛也许另有打算。换句话说，就是要将前线充分展开，分散咒力攻击的目标，而且将反击的角度丰富化，使我们难以防御……

看到这里的读者，也许会对我和觉为什么如此熟悉战争和军事用语感到奇怪。当然，在当初那个时候，我们的知识完全都是一片空白。记述战争相关的书籍全都属于禁止阅读的第三分类，要么就是应该永远埋葬的第四分类。我获得记载于这里的相关知识，乃是很久以后的事。那是我从化作瓦砾的图书馆地下室中发现的一本名叫《国盗无双·完全攻略手册》的书里学到的。

言归正传。在敌军摆出的堂堂阵势之前，我们彻底陷入束手无策的境地。

"怎么办?"

只能如此询问的我真是可耻，但我既没有咒力，也没有能够打开局面的智慧。

"暂且只有先观望一阵。"

觉一直闭着眼睛，似乎是在等待精神上的疲劳稍稍恢复一点。

"逃走行不行？与其这样正面冲突，逃去树林……"

"不行。对方之所以没有立刻攻击，是害怕我们的力量。它们还以为自己是背水一战。但是一旦我们逃跑，敌方便会看透我们的虚弱，立刻就会蜂拥而上。"

话虽如此，可我们既然迟迟不发动攻击，敌方迟早会感到奇怪，然后一气攻上来吧。

不祥的预感比预想的更早变成现实。

左右两只手臂不对称的弓箭手来到前面，箭支发出巨大的犹如胡蜂一样的呼啸声，向我们这边飞来。箭支擦着我们头顶飞了过来。

紧接着是普通箭支的齐射。我们虽然伏着身子，但背后响起了食虫虻化鼠的哀号。

"混蛋，反击吧。"

觉睁开眼睛。

"还不行!"

我拼命按住他。

“它们是在看我们的反应。”

“所以一旦反击就必须压倒它们才行，否则它们就要趁势追击了。不上不下的反击只会让它们看穿我们的能力。反而是什么反应都没有的情况，才更会让它们毛骨悚然吧。要让它们以为我们是在坐等它们突击。”

“可是这样下去……”

鹤翼阵以密集步兵为先导，逐步前进。怎么办才好？

“斯奎拉！”

我喊守在背后的化鼠。

“在。有何吩咐？”

“敌方的大本营……龙穴是在哪儿？”

“虽然未经确证，不过卑职以为很可能就在对面树丛的深处。无论哪个部族，最后的防线都会放在龙穴前面，这是常理。”

“觉！点火烧那边的树！”

觉理解了我的意图，目不转睛地看着前方。

放在平时，应该一转眼就烧起来，然而这一回却花了好几秒的时间。不过当野茉莉的叶子呼啦呼啦烧起来的时候，敌军的前进还是停住了。担任后卫的士兵向巢穴方向跑去，纷纷举起斧子砍断烧起来的树枝。虽然是很原始的破坏性消防，不过只用了几分钟时间，火就被灭了。

“再烧吗？”

“等等。看看它们的招数再说。”

我们必须尽力避免白白消耗咒力，浪费觉的体力。

点燃龙穴前面的树，是在威胁对方：若是再往前走，咱们可就要突袭大本营了，虽然这种威胁能起多大效果还是未知数。

很长时间里，土蜘蛛军一动不动，鸦雀无声。但是，随着巢穴里有只传令兵模样的化鼠紧跑过去，土蜘蛛全军再度开始前进。

“女王通过地下隧道避难去了吧。”觉低声自语，“它们没有了后顾之忧，这一次是要来真的了。”

哇的一声哀嚎，斯奎拉逃了出去。它部下的化鼠们顿时也纷纷作鸟兽散。

“要完了吗?”

觉仿佛无能为力一般，吐出长长一口叹息的时候，弓箭的齐射再度开始了。这一回的数量是前一次完全无法相比的。无尽的箭矢遮天蔽日，如雨点一般落了下来。

接着，差不多同一时刻，五支部队的投石机兵们也扔出了巨石。

6

几乎所有的巨石都从我们的头上飞过，落在遥远的后方。单看距离的话，倒也有两三个落在近处，不过幸运的是，方向完全不对。

“它们还没发现我们在哪儿。”我压低声音说，“逃吧！”

让我惊讶的是，到了这个时候，觉还是不动。

“不行。”

“可是……”

“如果往后逃，刚好落到它们全力攻击的地方。眼下这个状态，我们哪儿也不能去。”

“那要是这样一直呆着不动，只有坐以待毙啊。”

我透过竹阴观察土蜘蛛军队的动静。军队保持着鹤翼的阵型，一点一点向我们这里逼近。虽然它们一直保持警戒，小心前进，但接下来最多只要两三分钟就能抵达这里了吧。

“要是能让它们误认我们的所在地就好了……”觉苦着脸低声说。

我的头脑中刹那间闪过一个念头。

“觉。你还能用多少咒力？”

“具体搞不清楚，大概还有个两三回吧。也要看意象的难度。”觉揉着太阳穴说，似乎头痛难忍。

“你在飞来的岩石当中挑一个最远的弹走。”

“这种事情有什么……”

觉似乎立刻理解了我的战术。

“明白了。”

为了使用咒力，必须保证视野无虞，但如果再靠近竹林的边缘，就有可能会被土蜘蛛们发现。我们向竹林深处后退，尽可能寻找一块上空开阔的地方，最后找到一处地上有岩盘裸露、没有生长竹子的地方。觉深深吸一口气，像是第一次能用咒力的时候一样，口中专心念诵真言，集中精神。

土蜘蛛投来的一块巨大的岩石从西面的天空横穿而过。虽然不知道它要落到什么地方，也估计不出具体的方向，不过看那个高度，应该会落在很远处吧。

突然间，岩石像贴在看不见的墙壁上一样，停在了半空。敌军中传来惊愕的叫喊声。

“你们也尝尝这个吧！”

觉咬牙切齿，做了个把东西砸向地面的动作。

停止在半空的岩石，像是陨石一样近乎垂直地砸落下去。

因为看不见需要打击的土蜘蛛军队，无法进行瞄准，只能寄托于觉的直觉和运气了。我双手合十，向神明祈祷能够命中。

畏惧的哀嚎声纷纷响起，似乎是预感到惨剧将要发生似的；接着是激动的喊叫声，然后又传来士兵们奔跑时候的甲胄声音。

我匍匐向前窥探敌军。从茂密的青竹间映入眼帘的，是三千头重武装化鼠好似发狂一般在空地上往来奔跑的模样。整然有序的队列全然不见踪迹。似乎土蜘蛛尽量分散了队列，以防备咒力的攻击。

我立刻就看见了岩石掉落的地方。那边地上出现了一个巨大的陨石坑，周围散乱着几十只化鼠的尸体。看起来像是直接命中了一组投石机兵。从角度上看，大概不是扔出那块岩石的投石机兵，不过这样的报复已经远远超出了我的预期。敌军应该有一种和神战斗的心情吧。

最希望的结果是敌军就此丧失斗志，不过我也知道这是太过奢侈的希望。果然，混乱刚一平息，土蜘蛛便立刻开始了反击。

绝不少于前一次的巨石向天上飞去，无数箭矢乘风而来。不同的是，这一回所有攻击都集中到比较狭小的范围里了。

“都在攻击没有人的地方了。”

它们中计了，我放下了心。

“现在可以逃了吧。”

“等等，小心起见再来一发。”

觉重重吐一口气，握紧双拳。

“不要勉强。”

觉的双腿明显已经站不稳了，额头上也出现了汗珠。

“没关系，只来一发。”

我们又向竹林深处后退，观察西侧的天空。来了。巨大的岩石划出一道抛物线从天空中穿过。

这一次觉的反击不是让岩石完全静止，而是旋转着在空中迅速改变了方向。尖锐的呼叫声四下回荡。岩石从视野里消失，落到地面的瞬间发出巨大的声响。好像是爆炸了。细小碎片撞击在竹子上的声音连绵不断。会不会有碎片擦过竹竿飞到这里啊，我的内心捏了一把冷汗。

“那些家伙受的打击肯定比刚才还大吧。”

觉的语气虽然得意，但声音里没有什么力气。恐怕已经快要到达身心俱疲的极限了吧。

“好了，快逃吧！”

北边是战场。如果从南边出竹林，有可能会被向西的土蜘蛛军发现。我们朝东边走去。虽然是白天，东边郁郁苍苍的竹林深处依然昏暗。快。不要发出任何声音。小心提防土蜘蛛的探子。

在茂密的野竹林中穿行了半晌，我们来到了一处地面凹凸不平的地方，倒伏的竹枝蔓草堵塞了道路，枝干总是擦到脸颊、绊住小腿，走上一小段都很艰难。刚才我们跟在斯奎拉后面进入竹林的时候，它们大概是在前面开道的吧。

“没关系，放心吧，咱们肯定能回家。”

“嗯。”

觉踉踉跄跄地走着，跟在我后面，看上去很勉强。他的眼神发虚，话也极少。

再坚持一会儿。再坚持一会儿，就能出去了。只要穿过这座迷宫一样的竹林，接下来只要顺着原来的道路回去就行了。

瞬他们怎么样了——我想到这一点的时候，忽然停下了脚步，向觉做了个噤声的手势。

不用侧耳细听，也能清楚听见。是说话声。而且是化鼠特有的高亢刺耳的声音。

我们匍匐在地上，四脚着地爬进地上的一个坑里。眼前是倒伏的竹枝，还有好几层枯萎的爬山虎，应该可以完全隐蔽我们的身影。不过一想到化鼠的嗅觉，我还是有些不安，虽说我们很幸运地处在下风处。

看见了。全副武装的土蜘蛛士兵。一只……两只，好像押着一只化鼠俘虏，不过那只化鼠被士兵挡住了看不见。

是在附近侦察和巡防的土蜘蛛游击队吧。只有两只，不过看样子并不紧张，大概是以为我们在别的地方吧。

我们屏息静气等它们过去。

从狭窄的缝隙间可以看见士兵的模样。它们左右挥舞着柴刀一样的东西，在荒废的竹林中奋力前进。

双手反绑、腰上拴着绳子的俘虏身影也进入了视野。

斯奎拉。

它好像被狠揍过一顿，一只眼睛完全肿了，鼻子和耳朵周围都是干了的血迹。即使如此，它依然怯生生地四下张望，不停嗅着空气里的气味。

昨天晚上的一连串事件，让我对它算是多少有一点感情，但也谈不上想要冒着生命危险去救它。煽动觉来到这里的是它，在敌人的大举进攻面前丢下我们带头逃跑的也是它。最后落得被抓的下场，正所谓自作自受吧。

永别了，斯奎拉，你会永远活在我的心里。

我在心中默默挥手道别。然而斯奎拉并没有要离开的样子。土蜘蛛的士兵似乎有些不耐烦，粗鲁地拽了拽它腰上的绳子，它用一种仿佛鸟叫一样的声音，一边抗议，一边仔细嗅空气中的气味。

我吓了一跳。斯奎拉在朝我们这边看。我以为我们这里有树枝遮挡，从它那边应该看不到我们，然而斯奎拉那只完好的眼睛，切切实实透过了倒伏的竹枝和爬山虎的缝隙，与我的视线对在一起。

斯奎拉突然大声叫了起来，指向我们这里。

这个叛徒。愤怒与恐惧让我身体里的血液都要沸腾了。

两只士兵顿时紧张起来，一只拔刀，另一只摘下背上的弓箭，想要搭弓射箭。

“……住手。”

背后响起觉的声音。手持弓箭的化鼠像是被剪断了绳子的木偶一样瘫了下去。另一只手举宽背蛮刀，呆呆顿住，不知该如何是好。

这时候，斯奎拉从口中吐出一把小刀。不知道它是怎么藏起来的。它用被捆住的双手牢牢抓住刀子，从背后一刀切断了士兵的颈动脉。

土蜘蛛的士兵喷出大量鲜血，犹如破开了口子的水筒一样，跌跌撞撞走了几步，一头栽倒下去。

斯奎拉灵巧地重新叼住刀子，自己割开了绳子。

“多谢天神圣主相助，卑职总算捡回了一条命。”

斯奎拉小跑赶上前来。我瞪住它喝道：“你还好意思说！刚刚明明要出卖我们！”

“这怎么可能？这是误会。”斯奎拉孱弱地说，“只要有适当的机会，卑职自信可以收拾掉一只。而且只要借助天神圣主的力量，这点敌人能算什么？”

我因为不想提及觉的状态，被它这么一说，反而不知该如何回答了。

“可是您说卑职想要出卖天神圣主，这实在是让卑职深感委屈。退一万步说，卑职就算背叛天神圣主，土蜘蛛也不可能因此而赦免卑职。作为食虫虻族的最高干部，卑职一旦被捕，等待卑职的只有被处斩的命运。”

“但是，你把我们的事情告诉敌人，这是事实吧?”

“此事十分惭愧。不过卑职若是没有那番举动，天神圣主是否会弃卑职于不顾？——当然，卑职深知，天神圣主不会罔顾卑职的性命，但刚刚的确是卑职的私心占了上风。”

被说中了要害，我也没办法再追究它了。

“明明自己先跑了……”

气愤之余，我还是嘟囔了一句。

“是，这一点卑职无话可说，卑职罪该万死。那时候卑职被恐惧冲昏了头脑。卑职胆小如鼠。在天神圣主看来，卑职乃是蝼蚁一般的生物，是屎壳郎一样受唾弃的存在，比粪坑里的蛆虫还低劣、下贱、丑陋、惹人厌恶……”

“好了，别说了。”

觉似乎不想再听，拦住了斯奎拉无休无止的自辱。

“你还是说说，要从这边出去，该怎么走才好?”

觉靠在竹子上闭着眼睛。我很担心他的情况。应该已经超出极限了，而这一次又被逼得不得不用咒力。接下来的首要任务该是保存体力吧。

“如此说来，不知为何，土蜘蛛们似乎以为天神圣主是在西侧一带，倾注全力包围那里去了。因此，卑职以为继续向东最为安全。”

斯奎拉恢复了平素的语调，就像什么都没有发生过一样。

“那，东面没有敌人了吧?”

我虽然放了心，但总之还是确认一下为好。

“是的。精锐部队全部都将重点投向了西侧。在东面巡逻的都是刚才那样不足挂齿的家伙。”

眼前一黑。

“这不是还有吗……? 数量有多少?”

“即使全部加起来，最多也不过一百、一百五的样子吧。武器简陋，训练程度也很低。对于天神圣主而言，根本就是不足挂齿的存在。通过这里就像在无人的原野行走一般。”

我叹了一口气。好不容易来到这里，却又要山穷水尽了。

“天神圣主意下如何? 如果要走，还是尽早动身为好。若是土蜘蛛们发现西面没有天神圣主，从那边调回精锐部队，那可就麻烦了。”

斯奎拉催促我们。但是，我们的战斗能力已经无限接近于零了。

“天神圣主。”

该向这只愚蠢的化鼠揭晓事实吗? 但是，这样做显然太过危险了。一旦知道我们没有了利用价值，这家伙会采取什么态度，谁也无法预料。

“天神圣主。”

“吵死了。你就不能闭一会儿嘴吗?”

“是。但是,天神圣主,最坏的事态好像正在逼近。”斯奎拉咳嗽着说,“从西面正有数量颇大的士兵过来。它们可能认为天神圣主突破了包围圈逃走了。”

我向西面望去,但被竹子挡住了视线,什么也看不见,也听不到军队的脚步声。不过斯奎拉看上去也不像是在撒谎。如果说化鼠的听觉比人类灵敏许多,也不是什么奇怪的事。

“怎么办……”

“现在应该立刻向东去。同样是战斗,东边的敌军收拾起来要容易许多,再者说……”

“嘘!安静!”

我让斯奎拉住口。听到了。斯奎拉不是撒谎。砍断竹枝、踩踏枯枝的声音,虽然微弱,但也在时不时传来。小心翼翼的静默行军,更让人感觉到隐藏在其中的强烈杀机。

“天神圣主,不能再犹豫了。走吧!”

我们依照斯奎拉的指点向东移动,不敢发出声音。再走一点儿就是竹林中断的地方,但就在那里,我们终于撞上了最担心的局面。

土蜘蛛的游击队。七八只土蜘蛛似乎正无所事事地聚在一起。它们还没注意到我们,但要是再往前走,显然就要迎头撞上了。

“天神圣主，请把那些家伙迅速收拾掉吧。若是能够不发出声音，那就太值得祝贺了。”

我看看觉的脸。觉微微摇头。连打倒那点敌人的力量都没有了。

“天神圣主，怎么了？天神圣主？”

斯奎拉似乎焦急起来。

“没时间犹豫了！若是不赶紧从这里过去，后面的追兵就要赶上来了。”

斯奎拉的语气渐渐变得不祥起来。

“天神圣主，怎么了？为什么不收拾那些家伙？难道说，天神圣主……”

我心里咯噔一下。斯奎拉的眼睛里闪烁着至今为止从未见过的怪异光芒。

“……已经不是天神圣主了吗？”

这是让人浑身冰冷的一瞬。我瞪回斯奎拉的眼睛。

打破冰冷静寂的，是笛子一般粗亮的声响。

像是解开了咒缚似的，我们打量四周.

“那是什么声音？”

声音再度响起。不是一个地方。从各个方向传来的声音，仿佛相互呼应一般，在山野中回荡。

“天神圣主！天神圣主！”

我回头一看，斯奎拉正在狂喜雀跃。

“大喜事！脚步声走远了。从西面进逼的部队好像撤退了！”

“为什么？”

我与其说是放心，不如说是狐疑。

“是援军！那个海螺音很可能是大黄蜂族！不用担心了。大黄蜂是关东最大的部族，总兵力超过两万。对付像土蜘蛛这样的家伙，不费吹灰之力，一转眼就能荡平了吧！”

我回过神来才发现，刚才堵着道路的土蜘蛛游击队也不见了。

这次真的得救了吗？我悄悄看看觉的脸色。在那张脸上，看不到半点喜悦和安心的神情。

大黄蜂军不单数量占据优势，彪悍程度也远远超过土蜘蛛。

战斗从相互自远处对射弓箭开始，箭射光了就开始肉搏战。大黄蜂军中有一群轻装的士兵，从土蜘蛛的密集步兵侧翼穿过，投出网一样的东西。被网裹住动弹不得的密集步兵，只能眼睁睁被四面八方飞来的投枪一个个刺穿，变成海胆一样惨不忍睹的尸体。

即使是对付体长超过三米的土蜘蛛变异个体，普通体型的大黄蜂士兵也是毫不畏惧地猛冲上去，一边咬噬大于自己三倍的躯体，一边用大刀猛刺对手。那些怪物尽管长得巨大，但看来也吃不消这样的攻击。

“敌军主力已经歼灭，接下来只要捉住女王就行了。”大黄蜂军的总司令官奇狼丸观察了一阵战况，回过头来轻描淡写地说，“虽然有不少奇形怪状的家伙，简直分不出是不是我们的同种，但归根到底也就是虚张声势而已，怎么也不是我方的敌手。”

“这话说得有点不敬吧？”斯奎拉插嘴道。

“嚯嚯，什么叫不敬？”

奇狼丸低头俯视比自己小两个头的斯奎拉。

仅有因其杰出能力得到认可的化鼠，才能由人类赐予汉字姓名。据说所有部族加在一起也不超过二十只。当然，这一点也是我在很久以后才知道的。不过奇狼丸确实一眼看上去就有着非凡的气质，它的身高比我们还高，除去女王和土蜘蛛的变异个体，我们很少看到这么大的化鼠。它长长的脸颊和吊起的眼角让人联想起它名字中的狼字，乍一看像是在眯眼微笑，但也让人感觉到一种愉悦地咬断对手喉咙的狰狞。另外，大黄蜂的士兵全都是黥面文身。所谓黥面，是在脸上刺青，文身则是在身上刺青。但几乎所有士兵都只是在脸上刺一圈黑色的条纹，像是镶边一样，奇狼丸却是沿着眼角到鼻梁一线，描出一片复杂的藤蔓花纹般的图案，更增添了一种奇怪的压迫感。

“大黄蜂的士兵确实勇猛，但你们能如此轻易击破土蜘蛛的军队，难道不是因为天神圣主预先给予它们充分打击、消耗了它们的战斗力吗？若是像投石机兵之类的部队毫发无伤，只怕会对你们形成很大的威胁……”

“投石机兵之类的跳梁小丑何足挂齿。”

奇狼丸似乎根本没把斯奎拉放在眼里。

“虽然我是头一回看到那样的变异个体，但说到实际用途，投石机兵最多也就是攻城用用而已。在平地的弓箭战中好歹还能有点用处，但到了白刃战的时候，只有乖乖被我们剐的分儿。”

“但是，话虽如此……”

“你是文官，不知道用兵之常道。所以这一次的乱讲我就不追究了。”

奇狼丸一副飞扬跋扈的态度，转回到我们的方向。

“话虽如此，土蜘蛛会采取如此愚蠢的攻击阵势，可能正是因为天神圣主的存在。它们将全军投入部族正面而不顾背后的防守，出现这种疏忽也是一样的原因吧。如此说来，在下奇狼丸确实要感谢天神圣主。”

“哪里哪里。”

我冷冷地回答。本来还想是不是要说一句“我们才是该多谢你们的帮助”，但内心深处不知怎么总有一点抵触的感觉。

就在这时，大黄蜂的传令兵飞奔而来，以化鼠的语言向奇狼丸报告。

奇狼丸颇为满意地点点头，向我们望过来。

“龙穴找到了。”

“哦，这、这太好了……”

奇狼丸无视嘟嘟囔囔的斯奎拉，对我们说：

“我有任务在身必须前往龙穴，两位打算如何？”

我正想拒绝，一直闭着眼睛、抱着胳膊的觉抢先回答：“我们也去。”

“是吗？那么请允许我给二位引路。”

奇狼丸在前面领路，带我们出了中军帐。在警卫兵的最高礼敬中，奇狼丸悠然走在前面，宛如在自家后院闲庭信步一般。我悄悄问觉。

“为什么我们也去？”

“不能在这儿向那家伙示弱。”

觉的眼睛都快要睁不开了。看他的样子，连保持意识清醒恐怕都要花费相当的努力。

“但是，大黄蜂不是对人类最忠实的部族吗？为什么还要这么提防？”

我自己虽然对奇狼丸有着一种说不出的不安感，但还是故意以一种乐观的语气问。

“正因为对人类最忠实，所以才要最小心。”

“什么意思？”

“我在想的事情，很难在这里解释……”

觉皱起眉，似乎连说话都很吃力。

“你看，从昨天开始，我们一直都在生死线上挣扎，对吧？”

“嗯。”

“咱们可以打个赌。现在这时候，恐怕才是至今为止最危险的状态。”

觉到底什么意思，我完全不明白。正想再问的时候，奇狼丸向我们回过头来。

“看到了吗？前面就是龙穴入口了。”

不可能看不到。小土丘的斜坡上开着一个连大象都能够通过的洞口。从周围残留的痕迹上看，应该刚把掩蔽用的大树挖走。

“不过里面还有无数的逃生地道吧？女王没有通过逃生地道逃走吗？”

奇狼丸微微一笑：“不必担心。我们首先封锁了别处的出口，然后才将女王追堵到这里。女王似乎畏惧天神圣主的力量，妄图逃走。而且所谓龙穴原本就是神圣的场所，所以和其他的地穴不同，不会挖太多的隧道。”

“那女王现在在哪儿？”

“应该是潜伏在这个洞穴最深处的小房间里。”

就在这时，从龙穴里拥出大批大黄蜂的士兵，各自手中都小心翼翼地抱着什么东西。

“那是……”

问到一半，我反应过来了。那是幼年化鼠。

“龙穴中有许多产室。全是土蜘蛛女王产下的幼兽。”

“但是，为什么……”

奇狼丸显出一种满足的表情，那表情简直让人厌恶。

“那才是真正贵重的战利品，是支撑我们部族未来的劳动力。”

抱着幼年化鼠的士兵来到奇狼丸身边。幼年化鼠还没有睁眼，不断探出上肢，想要触摸什么。它的肌肤是很干净的粉红色，和成年化鼠比较起来，脸长得更像老鼠。

我想起了斯奎拉说过的话。

“女王会被处死，其余所有成员会被当作奴隶役使。只要活着一天，就会受到比家畜还不如的残酷待遇，死后尸体也会被丢弃在山里，或被当作田间的肥料。”

想到等待幼年化鼠的命运，我只有黯然无语。虽然具有近乎于人类的智能，但化鼠的习性终究还是和蚂蚁相似。世上究竟为何会出现如此残忍的动物，从昨晚开始，这一疑问便在我头脑中反复出现。

这时候，跟随在我们后面的斯奎拉开始向奇狼丸飞快地诉说起什么。因为是用化鼠的语言说的，不知道到底在说什么内容。

“在天神圣主面前，还是用日语说更好吧。”奇狼丸似乎很不屑地说。

“啊，天神圣主。卑职失礼了。卑职此刻正代表食虫虻族申诉权利。”

这一回斯奎拉改向我们三拜九叩。

“权利？”奇狼丸冷笑着说，“你凭什么说你们有权利？”

“这不是理所当然的吗？食虫虻族与危险的侵略者土蜘蛛在最前线对峙，终于坚持到援军到来。但因为敌人的残酷以及卑鄙的攻击，失去了大部分士兵。如果是其他部族处在我们的位置上，恐怕也会遭受同样程度的毁灭性打击。可以说，食虫虻族是充当了所有部族防波堤一样的角色。现在要求与之相应的补偿，这一点难道有什么不妥吗！”

斯奎拉手脚并用、涕泪交流地申述，然而对我来说，完全不知道该如何答复。

“呵呵，这话说得还真简单哪。”

奇狼丸似乎看穿了我的犹豫。

“好吧。就算是小部族，这么灭亡也太可怜了。这一回的战利品大约有成兽两千头，幼兽三千头，各给你们一成吧。”

斯奎拉犹如捣米一般磕起头来。

“太感谢了！这样一来，卑职也可以挺直胸膛向女王报告了。有了两百头奴隶和三百头幼兽，部族的重建总算也可以有目标了。真的不知该如何感谢才好……”

“唔，有需要的时候你们来帮忙就行了。”

奇狼丸的眼睛里有一种让人毛骨悚然的光芒。

忽然间，龙穴周遭喧闹起来。从里面飞奔而出的大黄蜂士兵，加上周围聚拢来的支援部队，组成枪阵，围住了入口。

“哦哟，洞里好像还有余孽躲着嘛。”

奇狼丸的语气显得很愉快。

从洞穴里慢慢出现的化鼠，躯体相当巨大，即使和奇狼丸比较起来也不见得逊色。脑袋前后凸出，正是所谓的南北头。革质铠甲上面罩着披风。我记得它。它正是昨天晚上我们被带去土蜘蛛族的时候，松球队长报告的对象。从松球队长谦逊的态度判断，它也许就是土蜘蛛的最高司令官。

南北头从洞里钻出来，站直了冷静地打量四周，然后目光落在我们这里。它向奇狼丸张开双臂，显示自己没拿武器。然后以出人意料的纤细声音说起了什么。

“噗。”

奇狼丸用鼻子嗤笑了一声。

“它在说什么？”我问。

奇狼丸的大口像是在笑一样，一直咧到了耳根。

“它说的是方言，不能完全理解。我们的语言也会因为国家或者地区不同而不同。不过好像是说它们投降，希望留下女王的性命什么的。”

“那，你要留下女王吗？”

“怎么可能。”

奇狼丸眯起眼睛。

“现在再来说什么投降，真是滑天下之大稽。部族之间的战争，根本不可能放过女王，那个凸脑袋应该也知道得很清楚。”

南北头又说了一阵什么。

“哎呀，好像是要和我单独说话。为了交换女王的性命，要把什么很重要的东西交给我们什么的。不知道要说什么，总之先去听听吧。”

奇狼丸笑着走出去。

如果是土蜘蛛的主帅，可能会知道瞬他们的下落。我正在这么想的时候，从龙穴里爬出了两个东西，躲在南北头的披风后面，看不清楚模样。刹那间，奇狼丸满怀戒心地站住了。不过等它看清从披风后面慢吞吞爬出来的东西，又放松下来，再度向前走去。

的确，在第一次看到它们的人眼里，那只是两头大型犬一样的动物而已。它们矮墩墩的身体上覆满了黑漆漆的乱毛，头部小得有点不正常，差不多快要垂到地上了。

“气球狗!”

我想叫喊，但从嘴边漏出来的只有微弱的喘息。奇狼丸距离南北头只剩六七米了。

骤然间，离尘师被炸死时候的图景，恰如刚刚经历过的一般，异常鲜明地复苏了。

气球狗逐渐膨胀。密布的黑色刚毛变得异常稀疏，显出白色闪电一般的放射状线条。看到我们无视警告、不往后退，终于开始了最后的膨胀。濒临死亡的气球狗，眼球上翻露出白眼珠，嘴角流下口涎，看上去像是被难以言喻的快感包裹着而发笑一般。膨胀到极限的皮肤变得很薄，看起来几乎透明。在皮肤的里面，有小小的白色火花闪烁。（我意识到，这还是我第一次如此清楚地目击到气球狗体内的炸药点火的瞬间。）

然后，气球狗爆炸了。

背部的皮肤被割成无数碎片，带着犹如柴郡猫一般笑容的头部也化作薄薄的碎片，在爆炸气浪中烟消云散。但释放出来的球面波猛然加速，如同沙暴一般卷起沙尘，仿佛气球狗的鬼魂寄宿在上面一样无休止地膨胀起来。带着尖锐棘刺和刃口的骨头碎片穿透了站在正对面的离尘师肉体，将之切成碎块，更像是被粗刨子刨下来一样……

我猛然间恢复了神志。幻视在感觉上好像持续了两三分钟，实际上似乎最多只有一两秒钟。

两只气球狗正在绕到南北头的前面。奇狼丸再次停下脚步。看到气球狗开始膨胀，它似乎本能地察觉到危险，飞快转身。但是，作为指挥官的面子，让它在本可以勉强逃脱的机会面前迟疑了一刹那。

气球狗把前次摆过的威吓造型全部省略，一口气膨胀到临界点。

“觉!”

我用力握住觉的手臂。觉睁开眼睛。

所有的声音刹那间全部消失，周遭的一切动作都变得异常缓慢。时间的感觉被拉伸到数十倍，所有的一切都像是梦中见到的一般。

两头气球狗变成了两只巨大的足球。倒竖的黑色刚毛之间，露出白色闪电一般的警告图案。

然后就这样爆炸了……吗?

但是，就在爆炸之前的刹那，觉的咒力阻止了它们。第一只黑色的足球，像被吸入龙穴一般消失了。第二只来不及这样处理，觉强行压住了气球狗的身体。想要向外爆炸的力量，和想要阻止它的咒力，在一秒钟的几百分之一的短暂时间里撞在一起。

气球狗的身体被看不见的手包住，奇怪地颤动了几下，然后，**向内聚爆了**。

要向外发散的爆炸力被咒力挡回来，向中心内攻，但立刻又变成更加巨大的力量返回。

如果继续用更强的力量压住，最终会发展成什么情况呢?火药在密封破裂的时候，密封越强，爆炸力也就愈发可怕。万一咒力的屏障破裂的话，弄不好在场的所有生物都会就此殒命吧。

在这时候，觉做出的意象是一只巨大的人手，总算是一件幸事。在牢牢握住的拳头的上方，由折叠起来的食指和拇指之间，一道气流冲天而起。那是爆炸的能量逃窜出来了。

差不多与此同时，被塞进龙穴的黑色足球破了，隧道内部的空气激荡起来，将无数砂土吹上云霄。

我抢先一步冲向觉，把他扑倒在地上。他已经彻底耗尽了所有的力量，就像空谷穗一样。

等待爆炸的气浪席卷而过，如雨的砂土平静下来的期间，我的思绪却在想着怪异的问题。比如说：气球狗不会是对自爆抱有一种性快感吧？若是这样的话，它肯定是雄性的吧——诸如此类。

龙穴变作了巨大的墓穴。

大黄蜂士兵挖出的尸体，每一具都受了很重的损伤。当然，所有都是当场死亡。类似飞镖的气球狗骨头碎片不可能到达曲曲折折的隧道的每个角落，所以它们应该都是被爆震(传播速度超过音速的爆炸)产生的冲击波杀死的。

进行挖掘作业的士兵中间传来欢呼声，一只化鼠非常兴奋地飞奔过来。

“发现了土蜘蛛女王的尸体!”

侧耳听完士兵报告的奇狼丸，低声向我们说。刚才的爆炸让它的背后和肩膀开了很大的裂口，扎上的绷带都被鲜血染红了。大黄蜂的士兵并没有刻意挖掘土蜘蛛的尸体，但地上的尸体也已经堆积如山了。无数苍蝇在周围飞舞，奇狼丸身边也纠缠过来许多。

“我去现场看看。”

奇狼丸低头看了看脚下如同破布一样的尸体。若不是上面还残留有斗篷的碎片，恐怕谁也分不出那就是南北头的悲惨下场。它一定是想用自己的死为代价，把奇狼丸一起拖上黄泉路。奇狼丸恨恨地踩着尸体走过去。看它的模样，似乎连走路都很痛苦。而更让它痛苦的，恐怕是对自己在即将大获全胜的时候，由于自身的骄傲和疏忽导致己方遭受如此大的牺牲而产生的深深后悔和愤怒吧。

我望向陷入昏睡状态的觉。他虽然没有意识，但是并没有受什么伤，呼吸也很规律。离开两三分钟应该也没什么关系吧。

“能让我也看看吗?”

奇狼丸转过身，自爆炸以来，第一次显出它那毛骨悚然的笑容。

“……我可不推荐您去看啊。”

“那也请让卑职同去吧。”

斯奎拉一边向奇狼丸表示恭顺，一边跟在我们后面。它似乎躲得很快，在爆炸中基本没有受伤。

龙穴周围的一大片区域都陷了下去，不知道是不是因为隧道里面冲击波激荡的关系。站在其中最深的一处裂缝往下窥探，我大吃一惊，情不自禁地倒吸了一口冷气。

“那真是女王?”

对于我的问题，奇狼丸点头应道，“为了生育大量幼仔，女王的身体必然变大。不过话虽如此，能巨大到如此程度，我认为国内恐怕没有同例。”

虽然在龙穴最深处挖出了女王的尸体，但似乎因为太过沉重，无法拖上地面。

那体长不管怎么看都相当于中型的鲸鱼。看起来其中大部分都被子宫占据。和异常巨大的躯体比较起来，女王的头部显得小的可怜，十分不相称。

“翻过来看看吧。”

奇狼丸说了这一句，随即向在洞穴底部工作的士兵快速下达命令。士兵们立刻聚集到长长的身体周围，喊着口号一起用力把女王的尸体翻转过来，将腹部向上，露出僵直的死亡面孔。那和昨天晚上见到的食虫虻族女王比较相似，不过要丑陋且可怕得多。似乎是燃烧着无比强烈的憎恨而断气的。嘴里龇出长度近乎十厘米的白牙。

但是，给我更大冲击的，却是那长得异常的腹部。腹部上能看到难以计数的乳头，从一次性要给许多孩子喂奶上考虑，也许是理所当然的。但除此之外，还能看到无数让人想起毛毛虫或者蓑白的步行肢，那是我眼睛的错觉吗？

“为什么会有那么多腿……？”

对我的问题作出反应的是斯奎拉。“骇人听闻……太可怕了，这绝对不能被容许！”

奇狼丸用讽刺的语气说：“土蜘蛛的士兵当中，变异个体多得要命。不过连女王自己也变异，有点难以置信。”

“变异个体？可是，怎么弄的呢？”

“是女王的错！创造变异个体的，通常都是女王。所以，令这个女王的身体发生变异的，也就是生产她的前任女王！”斯奎拉叫道。

“咦？这是什么意思……”

奇狼丸带着怒气哼了一声，瞪着斯奎拉。斯奎拉打了个寒战，闭上了嘴。

“十分抱歉，我们不能再作更多的解释了。”

奇狼丸向我施了一礼。

“为什么？我可是神！”

“这一点我非常清楚。而且刚才您救了我的性命，这份恩情我至死不忘。但是，对于年幼的天神圣主，您询问的乃是有害的知识，伦理委员会下达过指示，不得谈及此种话题。”

看来不管再怎么努力，都没办法探听出更多的信息了。我只得放弃，回到觉的身边。回头一望，只见奇狼丸正在指挥士兵分解女王的尸体。我不禁奇怪他为什么要这么做，但又对这个问题的答案怀有莫名的恐惧，不敢开口去问。而且疲劳感忽然间笼罩上来，简直马上就要倒下去睡着了似的。化鼠的事情随便怎么都行吧。爱怎么自相残杀就去杀好了。

不久之后，我们被领去了大黄蜂族的野营地。被两只化鼠抬过来的一路上，觉完全没有睁开过眼睛。

瘫倒在松软的蒿草上，我长长地舒了一口气。

回想起来，从昨天开始，各种几乎让人难以置信的危险接连不断纷至沓来。不过此时终于有了一种已经安全了的思绪。我们可以回家了。只要让奇狼丸护卫我们回到隐藏小舟的地点，接下来就可以靠自己的力量顺流而下了。

我望向在身边发出轻微呼吸的觉。好了，不用再担心了。你就算一直睡着，我也会把你带回家的。

瞬、真理亚和守的安危，一直沉甸甸地压在心上。我很想相信他们安然无恙，但是一想到曾经降临在我们身上的一连串灾难，就实在乐观不起来。如果他们的小舟还留在原地的话，只能请求奇狼丸帮助搜索他们的踪迹了。

不过不管怎么说，睡一觉就会好了。土蜘蛛的威胁已经消除了。只要三个人没出事，接下来应该不会再遇到什么危险了。

想到这里，一直紧绷着的神经，终于有了舒展开的感觉。

撑不住了。让我睡一会儿吧，就一小会儿。

我的意识慢慢沉入黑暗中。

就在落入沉睡之前，忽然间，觉说过的话复苏了。

“你看，从昨天开始，我们一直都在生死线上挣扎，对吧？”

“嗯。”

“咱们可以打个赌。现在这时候，恐怕才是至今为止最危险的状态。”

觉说的危险，到底是指什么呢？是杞人忧天吧？

虽然有点担心，但我已经再没有力量抵抗睡魔了。

我陷入半失神的状态，被拖进深深的睡眠之中。

7

醒来的时候，房间里已经一片漆黑了。

刚刚一直都在做梦。大家都在一起。父亲、母亲、觉、瞬、真理亚、守。虽然记不太清，但似乎还有别人。

我们围坐在桌前，桌上有着丰盛的晚餐。然而不知什么时候，餐桌变成了运球比赛的运动场。我和觉是搬球的一方，使用咒力驱动推球手搬运球体。防守一方的人物形象融在淡淡的昏暗中，辨不清是谁。无数的敌方棋子仿佛从地下涌出来的一般，向我们蜂拥而来。我们连终点在哪儿都不知道，只能狼狈逃窜。

敌方棋子并没有乱追一气，而是以一种令人联想到围棋战术的狡猾，一路构筑坚实的基盘，步步推进。我们的

退路愈来愈窄，逐渐被逼入角落，最后被敌方棋子彻底包围。

终于将要走投无路的时候，离得最近的敌方棋子突然发出干巴巴的“砰”的一声弹了开来，接着又是一个，然后好几个都像是连锁反应一般碎了。

没错。是觉干的。明显是在违反规则。哎呀，不单是规则……

黏土做成的敌方棋子，忽然变成了化鼠的模样。一个个惊慌失措扭头要跑，但还是逃不出杀戮的魔爪。

我呆呆地看着觉。

他脸庞的上半部分刚好隐在阴影里，看不到眼中的神情。但在他的嘴角上，仿佛正挂着淡淡的微笑。

虽然醒了，但心脏还是扑通扑通跳了好一阵。

接着，我终于想起自己是在哪儿了。现实世界的紧张立刻扑面而来，将诡异之梦的残渣一扫而空。我到底睡了多久？如果觉的猜测正确的话，我们还处在危险之中。

侧耳细听，除了觉沉睡中的呼吸之外，什么声音也听不到。

接着，我感觉到枕边有个什么东西。好像是木托盘上放了两个碗。拿起来看看里面，可还是不知道那是什么。闻闻气味，隐约有股味噌的味道。就在这时，我忽然感到强烈的饥饿感，肚子也咕咕叫了起来。仔细想想，从昨天中午开始，我还没吃过任何东西。

没有筷子，碗里只有个竹子削成的简陋调羹。我犹豫了一下，还是拿过调羹，把碗里的东西送进嘴里。不知道那东西到底是什么，最初的一口仔细品尝了一下，味道非常淡，似乎是基本没放什么调料的杂烩，不过我还是以迅雷不及掩耳之势划拉起碗里的东西来。

转眼之间碗就空了。

我还是饿得要死，不禁生出卑鄙的念头，去看另一个碗。这是觉的那一份，不过他要是继续这么睡的话，说不定晚上这一顿也可以省了。

当然，就这么一言不发偷吃他的那一份，这种事情我是不会做的，不过肚子刚填了一半就这么停掉的感觉，反而比空腹的时候更加让人难以忍耐。

我决定喊醒觉。我也知道，难得他能休息一下，还是不要惊动他的好。说实话，我是期待自己摇醒他、告诉他有东西吃的时候，他能回答我说："我不吃了，你吃吧。"

把觉摇晃了半天他也没醒。这也没什么奇怪的吧。原本他的大脑就已经到了疲劳的顶峰，按理说不能再用咒力了，但还是强撑着阻止了一只气球狗的爆炸，又把另外一只塞进洞里。如果不是觉拼尽了最后一分气力，在场的所有生命必然会被全部炸死。

一股羞耻感猛然袭来，让我停下了摇晃觉的手。

然后，我突然担心起来。超越肉体和精神的界限使用咒力，不会对觉的大脑造成损伤吧？而且还是在被离尘师冻结了咒力的情况下，通过我那种山寨的催眠术强行唤回的咒力，这对他恐怕也有影响。

觉发出低低的呻吟声。虽然看不清楚他的表情，但能感觉到他正痛苦地皱着眉头。

我凑近他的脸，轻轻亲了一下。然后，他的脸似乎露出微笑。虽然是黑色的眼睛，却放着隐约的光芒。看来我这虽然不是王子之吻，却也有唤醒的效果。

“早季……过了多久了？”

觉的声音有点嘶哑，不过听起来还算精神。

“不知道。外面好像已经全黑了。”

觉慢慢起身。

“有什么吃的吗？”

我把剩下的碗递给觉。

“你怎么知道？”

觉默默地用食指触了触我的唇。看起来唤醒王子的不是公主的爱，而是简陋杂烩的残香。觉好像也很饿，用比我还惊人的速度荡平了碗里的食物。要不是好歹想在我面前保存一点风度，恐怕会把碗都舔得干干净净。

“对了，你说我们还在危险之中？”

我把最想问的问题扔过去，觉只是淡淡地“唔”了一声。

“可是，是什么危险呢？你看，土蜘蛛已经被消灭了……”

觉又伸出食指触在我的唇上。当然，和刚才的意思完全不同。

“房间外面有看守吗？”

说实话，我完全没想过这种可能性。我们睡死过去的地方，是大黄蜂族临时搭的小屋，本来是为夜里宿营用的。它们是在地上挖洞，竖起竹子作支架，再架上矮竹屋顶做成的简易房屋。出入口只有一个，上面垂着竹席一样的东西。

我屏住呼吸在蒿草上爬过去，透过竹席的缝隙窥探外面的动静。有的。两只身披铠甲的化鼠正在放哨。我轻手轻脚回到原来的地方。

“有。”

我这么一报告，觉抱住我的肩膀，将嘴凑到我的耳边。

“尽管下级士兵应该听不懂很难懂的日语，不过为防万一还是这么说话吧。”

觉的气息弄得我的耳朵痒痒的。我回答的时候，也把嘴凑到觉的耳朵上低语。

“可是，为什么要这么小心？大黄蜂……”

我想起沉睡之前曾经问过他同样的问题。

“确实对人类很忠实，”觉悄声说，“但是，那不等于对我们忠实。奇狼丸它们无条件服从的是大人，对吧？”

“所以？”

“所以，最优先的是伦理委员会的意思。”

觉只说到这里。

“难道你是说，伦理委员会会对我们做什么吗？”

揽着我肩膀的手，加上了力气。

“我们遇到了拟蓑白，知道了不能知道的事。”

“这……这又怎么样啦！”

“嘘，声音太大了。”

觉望向入口处，沉默了半晌。

“不妨假定拟蓑白说的事是真的。虽然只是想想都让人不快，但如果人真可以用咒力攻击他人，我们的社会刹那间就会崩溃。你说，大人们会不会不惜一切代价阻止这种事情发生呢？”

“但是，就算这么说，又会把我们怎么样呢？”

“对于有可能引发问题的儿童，不是说为了以防万一要事先弄到外面来什么的吗？换句话说就是……处死。”

“处死……怎么可能？别发傻了。怎么会有那种事！”

“你好好想想。不管是和贵园也好、完人学校也好，每年不是必定都会有好些学生消失吗？不管怎么想都很奇怪。如果不是被处死的话，他们到底去哪儿了呢？”

我不禁感到毛骨悚然。听拟蓑白描述的时候固然很害怕，但还只是半信半疑，更没有联想到自己身上过。虽然自从昨晚以来，已经在生死线上挣扎了好几回，但要说心中的恐惧，却从没有此刻这么强烈。

“可是……可是，我们和拟蓑白交谈的事情，应该谁也不知道呀。”

因为唯一的目击证人离尘师已经在气球狗的爆炸中身亡了。

“现在的状况就是证据。”觉用冷得彻骨的声音说，“我们不是被那个和尚冻结了咒力吗？如果不是违反了十分重大的规则，怎么会受到这种处罚？”

“……那，我们已经没救了吗？”

如果小町决定驱逐我们，就意味着我们无家可归了。我感到自己快要哭出来了。

“也不是。还有希望。只要能回到小町，多少还能申辩几句，而且我们的父母也可以想办法帮助我们的吧。特别是早季的母亲，不是图书馆的司书吗？”

“唔，是归是……”

我的大脑一片混乱。

“那，觉到底在担心什么？”

觉叹了一口气，那个意思似乎是说我怎么现在还不明白。

“奇狼丸应该把歼灭土蜘蛛和发现我们的事情一起汇报给小町了。如果伦理委员会得知了早季不能使用咒力，应该会推断出发生了什么吧。这样的话，他们也许会给奇狼丸下令，让它就在这儿收拾掉我们。”

我将信将疑。不管怎么说，觉的担心也太过火了吧。

“什么叫收拾掉我们……明明还没有任何明确的证据说明发生过什么嘛。”

“等我们回到小町，再下手就晚了。”觉的声音在颤抖，“邪恶的知识，只要我们当中某个人一句话，转眼之间就会散布开来。”

“……可是！”

“而且，如果和拟蓑白说的一样，所有人类都具备所谓‘愧死结构’的话，町里的人应该没有一个可以杀我们，对吧？想杀别人，自己的心脏就会停止跳动。既然如此，要处决危险的孩子，通常就要在八丁标外面进行……在我的设想当中，用的是化鼠。”

我哑口无言。如果真的进行那种可怕事情的话……

背心上渗出一层冷汗。祝灵拜访之后的成长仪式，也是在八丁标以外的某座寺院里进行的。难道说，也是为了这个目的吗？

“我想，奇狼丸的报告应该用了飞鸽传书。因为那是最快的。信鸽快的话有可能会在日落之前到达小町。然后，伦理委员会如果讨论过其中的内容，那么他们给这里的指令应该是明天一早到达。”

“那必须快逃了！”

“嗯。就算有追兵，也要等天亮来追了。在那之前，只要我们能到达隐藏皮划艇的地方，大概就可以逃出去吧。”

然而很快我们就会明白，局势非但极度恶化，而且比我们所能想象的还要糟糕。

觉睡了一小觉，恢复了思考能力，但还远不能像之前一样娴熟地使用咒力。仅仅将意识集中到对象上都会引起剧烈的头痛。可以说事实上又回到了咒力被冻结的状态。

这种情况下，该如何对付小屋外的两个士兵呢？这个问题乍一看很棘手，不过冷静想来，眼下的情况和我们被土蜘蛛监禁的时候完全不同。

我们若无其事地出了小屋。为了“护卫”我们而配备的两个士兵恭敬地向我们行礼，目送我们离开。

“慢慢走，不要慌。”觉压低声音说，“装成随意打量四周的样子，就像是饭后散步那样。”

“晚餐可没丰盛到需要散步消化的地步呀。”

大致扫一眼，只见远征军的宿营地里大约有二二十间小屋。当然，不可能把所有士兵收纳在里面，大部分士兵是在地下挖洞过夜的吧。小屋之间的道路旁点着篝火，好些大蛾子围着火光飞舞。

与土蜘蛛之战刚刚结束，放哨的士兵们中间也弥漫着一股松弛的气氛。即使看到我们，也只是默默行礼让出道路，并没有特别的动向。

照这样子看来，我们趁士兵们不注意，消失在夜晚的黑暗中也不是什么难事吧。就在这么想的时候，背后突然响起疯疯癫癫的声音，把我们两个吓得目瞪口呆。

“天神圣主！这是要去哪儿?”

是斯奎拉的声音。我们慢慢转回身。

“天神圣主睡醒了呀。用过晚餐了吗?”

“嗯，吃了。”觉带着僵硬的笑容说。

“挺好吃的。”

“是吗？和卑职吃的完全不同吧。卑职吃的东西，只是一碗杂烩，味道很淡。大黄蜂族的小子们真没什么待客的经验。卑职想请教一下，天神圣主吃的什么晚餐呢？日后好给我们食虫虻作个参考。”

这种事情有什么好关心的啊？为什么要问这么多余的事？我对斯奎拉很生气。

“问这个干什么……倒是你在干什么呢?”

“啊，其实卑职刚才一直在工作。不过卑职可不是抱怨，绝对不是。大黄蜂军救了我们食虫虻族，奇狼丸将军在那场爆炸中受伤，写报告书很辛苦，卑职就去帮忙了。话虽如此，如此壮观的大军之中，能好好写几句日语的，竟然只有奇狼丸将军一人，也实在是失策。”

“报告书?”

觉的声音尖锐起来。

“是的。简单整理一下讨伐土蜘蛛之战的经过，向神栖六十六町提交。”

听到这里，我们同时开口提问，结果声音混在一起，听不出内容。斯奎拉怔了一下。

“早季，你先说。”

“啊，哦。你这报告书里，都写了什么东西？”

“当然是写这一战的前前后后。我食虫虻族的精锐，在敌军惨无人道的毒气攻击之下如何战斗，坚持到援军赶来……”

“我们的事情写了吗？”

“啊？”

斯奎拉的脸上显出疑惑的神色。

“不是的。你看，要是写了奇怪的事情，我们回到小町，说不定会被老师训斥。”

“这一点请圣主放心。两位对卑职有救命之恩，卑职绝对不会写任何有损两位名誉的事。”

“那你写了什么？”

“唔，天神圣主迷路，偶然来到了我们食虫虻族，还有之后土蜘蛛奇袭的时候，幸而得到天神圣主的出手相助，得以将之击退等等。”

“除此之外，别的都没写吧？”我松了一口气，问。

“当然。只是……”

“只是什么？”

“卑职看两位大人的身体似乎有些不适，于是恳请町上考虑是否需要派人来迎接。”

“身体不适是什么意思？”

“啊，这一次的大战中，能使用咒力的，在卑职看来，似乎只有男神大人一位。卑职推想男神大人想必非常疲惫，而且也担心女神大人是否偶染风寒了。”

这个多嘴的化鼠。绝望和愤怒让我的眼前一片黑暗。我向觉身上靠去，下意识地寻求他的帮助。

“……斯奎拉，你说你一直在工作是吧？”

觉不知为什么问起毫无关系的事。

“是的。就在刚才刚刚结束。”

“嗯，报告书是怎么送出去的？天已经全黑了，信鸽飞不出去了吧。”

“是的。大黄蜂族为了紧急联络，白天会用信鸽，夜间则用蝙蝠。”

我们面面相觑。如果用蝙蝠通讯，来自小町的指示岂不是也有可能在天亮之前就发来吗？

“……说起来，最近出现了违反协定的部族，用老鹰袭击信鸽的情况时有发生。因此，可以说用蝙蝠更加安全。但就我所知的情况，某些部族已经在训练可以捕捉蝙蝠的猫头鹰了。”

这个饶舌的斯奎拉，要是不拦住话头，这家伙恐怕能说上一整夜。

“我说斯奎拉，”我尽可能装作若无其事地说，“我们想四处走走，在这儿附近转一转。”

“两位天神想去哪里?”斯奎拉似乎很惊讶的样子，“太阳落山已经有三个多小时了，走得太远会有危险。”

日落三小时，也就是说，现在的时间是晚上十点吗?

“没关系。土蜘蛛的残党已经全灭了，对吧?”

觉也是悠然自得的说话方式，但却比我要自然许多。

“可万一有个什么，卑职可就罪该万死了。请天神圣主稍候，卑职这就去找护卫来……”

“不用。我们想散散心，想两个人单独走走。知道吗?我们很快就回来。另外你也不用对任何人说。”

觉丢下这一句，飞快地牵着我的手走了出去。走了一阵，转头去看，斯奎拉还伫立在刚才的地方，目送我们离开。

“斯奎拉不会觉得奇怪吗?”我凑到觉的耳边说。

“多少会有一点吧，那也没办法。总之现在只有逃跑。”

我们保持着一定的步调，慢慢离开宿营地，时不时装成抬头眺望天空的模样偷窥背后的动静。在确信没有任何人看我们的时候，便飞快地躲到树影里，然后俯下身子，钻进原野中独立的树丛。

“你知道该走哪个方向吗?”

背包里本来有指南针，但是连续逃命之下，早就不知道丢哪儿去了。

“唔，大概吧。”

觉抬头望向挂在树梢上的橙色月亮。

“快满月的时候，月亮应该从东边天空出现，在半夜经过南天，快天亮的时候沉到西边。现在如果是晚上十点的话……”

觉像是在慢慢复述模糊的记忆，那副样子实在不能让人放心，但是对于缺乏天文学素养、又是个方向白痴的我来说，只有相信他的判断了。

我们翻过山，径直向东。自从昨晚以来，我们走过了相当复杂的路线，所以完全不清楚到霞之浦岸边的直线距离有多远。不过回想起来，离尘师带领我们朝清净寺走的时候，脚步应该非常缓慢，那之后也总觉得走得弯弯曲曲的。说不上来自何方的模糊预感告诉我，只要一直向东，天亮之前应该可以到达隐藏皮划艇的地方。

在谈不上道路的道路上快速走了三小时左右，脚底越来越痛，体力也开始不支，头有点晕乎乎的，肚子越来越饿，但更难耐的还是口渴。可是我们谁也没带水壶，只能忍着，姑且找了个没被夜露打湿的草地坐下，权作休息。

“已经走了不少了吧？”

“唔，差不多一半以上了吧。”

觉用强调的语气说。虽然我想不出他有什么把握能这么断定，不过要是被追上了恐怕不会有什么好事，暂且就相信他吧。

瞬、真理亚和守现在怎么样了呢？想到他们，我无意间朝觉的背后望了一眼，突然吃了一惊。

“怎么了？”

“唔，没什么……看上去有点儿像气球狗。”

看到我指的一截枯朽的树木残骸，觉微笑着说：“确实有点儿像啊。”

“你不害怕吗？”

“不害怕啊。这种地方不会有气球狗的。”

“为什么？”

“早季，你知道气球狗到底是什么东西吗？”

被觉这么一说，我倒不好意思坦白说自己还不知道了。

“唔，大概……”

“大概？”

觉笑了起来。

“会自爆的生物，自然界里只有一种。至于其余的只能考虑是被化鼠当作家畜进行改良的品种了。”

“那不会吧？”

“嗯，品种改良应该不会。据说人类在获得咒力以前，倒是会通过长年累月的时间积累改良家畜，不过那种改良仅仅是挑选出性质合乎要求的个体而已。比方说脾气温顺啊，产奶量多啊，肉质鲜美什么的，这类改良可以做到，但要创造出会爆炸的家畜，那可是无法想象的哦。”

放在平时，觉的自夸态度会让我心中生气，怎么都要想办法反驳几句，但现在不知道是不是空腹导致血糖低下的缘故，大脑一片空白。我只好升起白旗。

“那，气球狗到底是什么呢?”

“以前生物学的书上，刚好写到过和气球狗类似的自爆生物。你还记得是什么吗?”

“唔……”

我对这个话题的兴趣急剧丧失。什么都行吧。红鳍东方鲀也好、黑斑蛙也好。比起眼下这个话题，我更担心分别的另外三个人。

“是蚂蚁哦。”觉洋洋得意地开始解释，“生活在马来西亚的一种蚂蚁，敌人接近的时候就会自爆，向空气中散布挥发性的成分，通过这种方式向巢穴传递敌人接近的消息。”

肚子饿过了极限，我开始感到头晕目眩。继续坐下去的话，也许再也站不起来了。

“换句话说就是这么一回事：一般的动物，如果为了击退敌人而自爆，就无法留下后代，最终会走向灭绝，对吧？但对于像蚂蚁一样的社会性动物，情况却不同。它们原本就没有生殖能力，假如是为了保护女王和巢穴，牺牲自身也是合算的。这样想来，气球狗只能是土蜘蛛的变异个体……”

觉喋喋不休地说着，仿佛完全感觉不到疲劳和饥饿。我连拦住他的话头都感到很吃力，索性闭上眼睛。在我的耳边，隐约传来微弱的声音。

“……这个假设如果成立，那么只能认为土蜘蛛的女王具有特殊的能力，可以在怀胎的时候自由制造出许多变异个体，就像丛林兵和蛙兵那样。其中，气球狗粗看起来好像是完全不同的动物，这大概是因为头盖骨的容积减少，智能被降低到犬类动物水平的缘故。也就是说，为了完成自爆这一使命，需要无条件的忠诚，而且大脑还不能太好用……”

声音还在。那是从我背后传来的踩踏枯枝和草丛的声音。是谁……是什么东西？

我做了个噤声的手势，觉像是吓了一跳，闭上了嘴。

后面。有声音。我不出声地做出唇形。

觉犹豫了一下，随后像是下定了决心，猛然起身，大声怒喝。

“谁在那儿？！”

这么做虽然有点自暴自弃，不过也没有别的办法。现在我们已经没有任何武器了。就算要逃，大概也是转眼就被追上。不管对方是谁，唯一能做的只有摆出还能使用咒力的样子虚张声势罢了。

“天神圣主到底是要去哪里？”

由草丛深处出现的是斯奎拉。我们哑然无语。没想到自己会留下一直通到这里的痕迹。

“即使没有土蜘蛛的余孽，半夜里在深山走动也是相当危险的。”

“你是怎么跟踪我们一直到这儿的？”

对于我的问题，斯奎拉歪了歪头。这也许相当于人类的耸肩吧。

“天神圣主若是有个万一，卑职可就百口莫辩了。”

“就说我们自己走丢了不是很好吗？”

“不很好。那样的话，我们部族肯定会被荡平。就连大黄蜂族那种规模，天神圣主扫荡起来也是易如反掌。从过去的事例来看，奇狼丸将军恐怕也只有剖腹了。”

“剖腹是什么意思？”

“用长刀切开自己的肚子自杀。通常来说，这种仪式是最郑重的谢罪。”

斯奎拉的说明让我们哑口无言。我们的词典里没有记载那种怪异的词语，当然更是做梦也想不到，在遥远的过去，还有人会做这样的事。

“是吗？我们倒没想到会给你们带来这么多麻烦。”觉颇有感触地说，“不过，真有个万一的时候呢？比方说，我们真的遇到什么事故而死了的话？”

“确实如此。所以正为了以防万一，无论如何，请允许卑职护卫两位天神圣主。”

真的吗？我上下打量斯奎拉那犹如拔了毛的老鼠一般丑陋的长相，心下怀疑。

“其他还有谁跟来吗？”

“没有了，只有卑职一个。”

“这可有点奇怪啊……既然是要护卫我们，应该是带些士兵来才对吧？”

“这……事发突然，来不及召唤士兵。”

听到觉的质问，我知道我们两个都抱有同样的疑问。斯奎拉会不会是接受了奇狼丸的命令，前来监视我们的？它之所以单独行动，如果理解成为想独占功劳，也能解释得通。当然，如果放在两天前，我们还不至于疑神疑鬼到这种地步。

“不说这个了，两位天神口渴了吧？”

斯奎拉把挂在腰上的葫芦递给我们。里面哗啦哗啦的好像是水。我们对望了一眼，忍不住想要润润喉咙的诱惑，接过来拔开塞子。一口、两口，微温的水流进喉咙。几口水喝下去，全身的血液仿佛立刻活动起来，获得重生一般的感觉。我把葫芦递给觉，他也拼命喝起来。

“你还有时间准备这种东西哪。”

我心里虽然想向斯奎拉表示感谢，但嘴上说的话却不禁带着讽刺的味道。

“卑职一边急追，一边从附近士兵那边征用过来的。一个葫芦没什么问题，但若是调遣其他部族的士兵，即便说是要护卫天神圣主，还是会生出许多麻烦事。”

我忽然想到葫芦递过来的时候基本上还是满的。跑了这么远的路，斯奎拉想必也很口渴吧。

“谢谢，你也喝吧。”

觉还回来的葫芦，我递给斯奎拉。

“多谢天神圣主赐水。”

斯奎拉把自己带来的葫芦恭恭敬敬接过来，小心地喝了一口。在那短短的一刹那，我们相互飞快交换了一个眼神，以一种近乎心灵感应的方式交换了意见。

“斯奎拉，我们需要你的帮忙。”

我这么一说，化鼠直直抬起头来。

“无论什么事，卑职都万死不辞。请天神圣主吩咐。”

“我们要去霞之浦的西岸。请带我们走一条最近的路。”

“……天神圣主为何如此急迫？若是等到明天早上，由大黄蜂族的士兵护卫，自然可以安全抵达那里。”

“原因是，如果等到明天，我们的性命就危险了。”

觉干脆地挑明了话。奇狼丸也许口头许诺斯奎拉，协助它复兴食虫虻族，以此拉拢它。但事到如今，即使把我们的底泄露给他，也要全力把它拉到我们这边，否则我们没有活路。

“这又是为何?”

“奇狼丸有可能杀我们。”

“绝对不可能！我们 β★ε◎Δ ……化鼠，而且还是最大部族的将军，怎么可能会杀害天神圣主?!”

“理由不方便说，但是你要相信我们。”

我抓住化鼠的手，斯奎拉吓了一跳，不过并没有要抽回手的意思。

“如果不是那样的话，我们也不会在半夜逃出来了。”

斯奎拉沉思半晌，重重点了点头。

“知道了，卑职来领路。不过若是真有追兵，很可能也会走同一条路，所以我们越快越好。”

沿着谷底的河道行走，要比走险峻的山路脚下更轻快。也是多亏如此，行程相当顺利。但与之相反的是，精神上的重压完全不是路程的轻快可以缓解的。

在不知前方将会遇到什么的状态下，在视野不明朗的山路上，每走一步都要提起无比的勇气。然而我们事先怎么也没有想到，作为被追赶的人，背后洞开、左右都无处可逃的河谷地形，会让人感觉如此恐怖。

谷底几乎连月光都照不进来。河水犹如流动的墨汁一般漆黑，只有轰鸣声自四面八方压来。水声不知不觉占满了意识，简直无从分辨声音究竟是从耳廓外面传来的，还是自心底深处涌上来的。那声音每每被扭曲，听上去仿佛满载在无数大船上的化鼠的哄闹之声，又好像异常可怕的怪物发出的低鸣。

觉和我差不多每隔一分钟就要向后张望一次，总是忍不住要看看后面有没有异状。在黑暗的远方连绵不绝流淌而下的河水，不但没有把我们的意识带回现实，反而像是要将我们诱去冥界一般。

“这条河叫什么名字？”

觉的声音听起来很遥远。

“卑职不知道天神圣主起的名字。我等称它作∨（1）☆δε……用日语说的话，唔……叫作‘忘川’。”

“为什么叫这个名字？”我问。

明明是自己的声音，却嘶哑得厉害，听起来好像旁人在说话。

“这就不是很清楚了。”

斯奎拉的声音也仿佛是从地下某处发出来的一样。

“卑职只知道，若是要去霞之浦，会有樱川之类更大、更安全的河流。可能意思是说既然有那些河，这条河就会被忘记的意思吧。”

“奇狼丸要是也忘记就好了。”我故作轻松地说。

“卑职虽然也很希望如此，但像奇狼丸那样的名将，卑职以为他绝不会忘记这条河。”

斯奎拉的回答，比预想的更加让人郁闷。

“忘川的浅滩和石头很多，一般来说，半夜里不会乘船而下。这也是卑职挑选这条路的原因之一。但是，奇狼丸将军曾经多次穿越通常无法通过的道路而大破敌军。譬如说和军队蚁族的有名会战‘绿壁逆坠’，就是代表性的战役。”

“军队蚁？还有部族叫这种名字？”觉疑惑地问。

“如今已经不存在了。五年前，他们在和大黄蜂族的全面战争中落败，被消灭了。”

这个话题对于改善我们此刻的状况毫无帮助，不过这样的交谈好歹也有让我们保持清醒的功效。

“当时，军队蚁族的总兵力超过一万八千，是我同族中势力最大的部族。他们拿手的战术是以数量优势包围对手部族而进行持久战，会战之前，他们也已经在大黄蜂族的周围修筑了许多坚固的据点。封锁到达最后阶段的时候，军队蚁族的将军奎库鲁下令全军出动，只在龙穴留了一支女王的近卫队。”

斯奎拉一定非常喜欢战争的历史，晚上恐怕也沉湎在史书里。它讲述起历史来滔滔不绝。

“从军队蚁族所在地到大黄蜂族的包围圈，有数公里的距离，而且那段路程只能在地上走。由于兵员太多，出发的准备久拖不决，先头部队走到半路的时候，最后尾的还刚刚从部族地出发。因此，在部队前方指挥的奎库鲁下令在山脚下休整军队，等待后续部队追上来。他判断数量上位居劣势的大黄蜂族只能在巢穴周围被动防守，而且自己军队的背后是俗称绿壁的断崖，敌军不可能从那里偷袭。然而奇狼丸将军正是看准了这一点，率领精锐部队悄悄上山，准备奇袭。他所指向的目标地点，乃是在一般情况下绝对不会考虑的断崖之下。但奇狼丸将军看着在岩壁上爬的壁虎，留下一句传诵后世的名言：‘壁虎也是四条腿，我们也是四条腿。壁虎能爬过去的山，我们没有爬不过去的道理。’”

哪有这种胡说八道的事，肯定是斯奎拉在编故事，我想。然而当后来看到记录了化鼠战争史的书籍，发现那是事实的时候，我不禁哑然无语。

“经此一战，奇狼丸将军以其神出鬼没之名而为天下所知。甚至有传言说，最初天神圣主赐下的名字，不是奇狼丸，而是诡道丸。”

斯奎拉详细解释了汉字的写法。

“我明白了。也就是说，一旦被奇狼丸追赶，不管逃到怎样要害险阻的地方，都不算安全是吧？”我尽力用玩笑的语气问。

“是的。奇狼丸将军如果真的下决心要追，恐怕是逃不掉的。”

一片沉默。

单单看奇狼丸指挥士卒击破土蜘蛛的场面，便足以知道它是怎样一位可怕的战术家了。如果它决定要追的话，恐怕我们没有任何机会吧。

关键在于奇狼丸何时开始追赶我们。如果伦理委员会的回信通过夜晚的蝙蝠寄回，即使信上写了“处决”我们的命令，距离真正派出追兵，应该还有一定的时间差。运气好的话，在那之前我们就应该乘上皮划艇了。可问题在于，如果在回信送到之前奇狼丸就已经得知我们逃走，以它自身的判断来追我们的话，那就糟了。

如果真是那样，甚至有可能马上一回头就看见追兵。

我们的脚步自然而然地加快。话虽如此，由于我们是在差不多伸手不见五指的黑暗中踩着容易滑倒的河岸石头前进，速度到底有限。

挥汗如雨地走了三十多分钟，突然间，斯奎拉站住了。

“怎么了？”

斯奎拉把手指放在唇上，发出“嘘”一般的声音。后来我读过史前文明的文献，得知这是超越时代和地域的手势。但它竟然能够超越种族的界限，还是让我惊讶不已。

“能听到吗？”斯奎拉压低声音问。

我们默默竖起耳朵听。

听到了。有鸟在叫。明明是在这样的深夜，却有鸟在一边鸣叫一边乱飞。

咕嘤咕嘤咕嘤咕嘤……

那声音让人毛骨悚然，仿佛不是鸟，而是巨大的虫子在叫一样。我们学着斯奎拉的样子，像是化石一样一动不动。怪鸟沿着河谷飞了几圈，在我们头上经过了好几次，飞往别处去了。

第一个发出声音的是觉。

“哎呀，不就是只鸟吗？”

“在这种深夜里？”

“大概是夜鹰吧。和猫头鹰差不多，到了晚上就会飞出来。”

真的只是这样吗？

“可是，它为什么专门飞到这样的谷底来呢？”

觉很难得地沉思了一会儿，看来总算有他不熟悉的东西了——夜鹰的生活习性。

“那家伙虽然名字叫夜鹰，但并不是老鹰那样的猛禽，吃的好像虫子之类的东西……大概是来捉在河岸脱壳的虫子什么的吧。”

一直沉默无语的斯奎拉，咳嗽了一声。

“……刚才也许只是野生夜鹰。但卑职认为，不是野生的可能性更高。”

“什么意思？”

“奇狼丸将军经常会用鸟做侦察。卑职曾经听说，夜晚的时候，他会用夜间视力很好的夜鹰。”

我心里咯噔一下。如此说来，刚才它飞的模样确实像是在侦察我们。

“真的吗？有点难以置信啊。”

觉的声音里满是疑问。

“如果发现了某种情况，鸟儿怎么报告呢？”

“卑职也不是很清楚。不过既然连蜜蜂那样的昆虫也可以回到蜂巢告知同伴蜜源地的所在，那么对鸟类加以训练的话，应该可以传回信息，告知指定地点有没有发现目标吧。”

如果斯奎拉的推测正确，奇狼丸也许已经距离这里不远了。

在无比沉重的沉默中，我们加快了脚步。

奇狼丸也许已经发现了我们，也许已经无声地追在后面了。它之所以没有立即进攻，也许是因为还没有接到伦理委员会的命令，或者还不知道觉无法使用咒力，不敢贸然攻击的缘故。

再或者，它只是在等我们到一个最适宜进攻的地方……

想得越多，看不见的敌人带来的压迫便越发沉重。

不过，就像再黑的夜晚终究还会天明一样，再怎么沉重的苦难，也终有结束的时候。在不停前进的过程中，我们所指向的东面天空中朦朦胧胧透出了一丝霞光。

“天亮了……”觉低声叫道。

“再走一会儿，大概过了那儿就可以看见霞之浦了。”

斯奎拉指向差不多两百米开外。河水在那里拐了一个大弯。

这样的话，那只夜鹰果然还是野生的吧。奇狼丸正在从背后袭来的幻影，也许只是我们自己的杞人忧天。

这样一想，我悬着的一颗心不禁放了下来。

然而就在这时候……

“哎呀……那是?”

觉看到了什么东西。

顺着他的视线望去，我愕然停下脚步。

在那里，有几条身影站在河岸的砂石上，仿佛正在等待我们的到来。

8

我们顿时停下脚步。疑惑与恐惧骤然沸腾。

对面有三个身影。正看着我们这里。

心中升起隐隐的期待。从概率上说，我们是在期盼万分之一的幻梦吧。但是，灼烧心房的愿望仿佛祈祷一般，比恐惧更为强烈地催促着我们。

我和觉差不多同时放眼远望，同时点头。

我们又慢慢走起来。无论如何，这个距离太近了，想逃也逃不了。如果在这里掉头逃跑，等于暴露自己无法使用咒力的事实。此时此刻，不管遇到怎样的情况，都决不能让对方看透我们的弱点。我反复告诫自己。

一步、又是一步，我们越走越近。

望着对面黑暗而朦胧的影子，想要逃走的冲动再一次燃烧起来，让我的双膝颤抖不已。我现在是不是在把自己送进毁灭者的利齿之下？

不、不会的，我告诉自己。那些……那些影子，一定是我熟知的身影。一定是的。我拼命对自己说。然而对面的身影丝毫不动，和我们形成鲜明的对比。尽管已经走得很近，依然没有向我们显现出真实的模样。

再走一点就能看见了吧，我在这样想的时候，前进方向上的山陵上显出金色的光辉，炫目的光芒直射过来。

那简直不能说是逆光，那是仿佛要把眼睛烧穿一般的光芒。三条身影被光波吞没，完全看不到了。

我停住了脚步。但就在这时……

“早季！觉！”

对面传来了叫喊声。那是熟悉而难忘的声音。是瞬的声音。觉抢先我一步，飞奔出去。

“瞬！真理亚！守！”

我也向着光芒飞奔出去，跌跌撞撞，几次都差点摔倒。

我们五个人紧紧抱在一起，像傻瓜一样流着泪水，放声大笑。在这一刹那，至今为止经历过的那些苦难、盘踞在前路上的种种恐怖，全都被抛到九霄云外去了。我们只顾沉醉于五个人终于可以再会的喜悦，还有全员都安然无恙的奇迹之中。

如果时间能在那一刹那凝固该有多好啊！那样的话，我们五个人便不会像梳齿一般一根根断落……

“那咱们还是赶紧去皮划艇那儿吧？”

最先回过神来的是瞬，“话可以等上了船慢慢说。”

我们正要向彼此投出连珠炮般的疑问，瞬的话让我们把话全都堵在了胸口。

真理亚的视线移到我的身后，像是吃了一惊。

“那是什么？”

我轻轻戳了戳真理亚的胸口。她紧张得都起了鸡皮疙瘩。

“啊，斯奎拉。帮我们领路的。”

“初次见面，卑职名叫斯奎拉，乃是食虫虻族的禀奏大臣。”

斯奎拉流畅的日语让三个人很吃惊。

“食虫虻族在击败土蜘蛛的激战中，损失惨重，大部分士卒战死。这个就是食虫虻族的高官，在危急时刻帮助了我们。”

觉的补充让大家更为惊讶。

“击破土蜘蛛？真的？”

守的眼睛瞪得滚圆。

“嗯。大黄蜂族的援军来了，全歼了土蜘蛛。不过这话等会儿再说吧。没时间了。现在要赶紧去皮划艇那边，越快越好。”

“等……等等。”

连头脑明晰的瞬，似乎也难以理解整个事情的来龙去脉，显得有些不知所措。

“既然歼灭了土蜘蛛，我们为什么还要这么慌慌张张地逃跑?”

“没那么简单啦，等会儿会解释的。”

我催促大家赶紧上路。

“可是，那……我们到底在躲什么?”

真理亚一边打量走在前面的斯奎拉，一边问。

“大黄蜂族。在躲一个叫奇狼丸的将军。”觉回答说。

“啊？可……可是，大黄蜂不是忠诚于人类的部族吗?”守奇怪地问。

“正因为如此，所以才危险……”

刚说了一句，觉突然停住了。有斯奎拉在听，不能直截了当地解释为什么我们会有可能被处决。

“待会儿会详细解释，总之相信我们吧。”

三个人虽然都是一脸疑惑，不过都默默点头，没再追问。我们是有着牢固信赖的朋友。对于这一点，今天还是第一次产生如此强烈的感受。

没过多久，我们便越过了河流向右拐弯的地方。和斯奎拉预告的一样，视野骤然开阔。再走一点，就能离开山谷，来到平地。然后再走上一公里左右，大概就能沐浴朝阳的闪亮光芒，欣赏霞之浦湖面的风景了吧？

我们欢欣鼓舞。但就在这时，走在前面的斯奎拉猛然停下脚步，像在侧耳倾听什么东西。我立刻明白了它那么做的原因。

背后的山谷里，传来奇怪的鸟鸣声。

咕嘤咕嘤咕嘤咕嘤咕嘤……

夜鹰。

到这时候，我终于确信那不是野鸟，而是放出来监视我们的。那是奇狼丸的眼睛。

“快跑！”觉大声叫道。

我并不想做事后诸葛亮，不过这时候觉的判断是否正确，我是有疑问的。从这里到霞之浦还有一段路程，绝非可以轻易逃走的距离，而且要找到藏在芦苇丛中的皮划艇再乘上去更需要时间。另外，逃跑这件事本身，等同于向追兵宣布我们有罪（也就是说给了它们追赶的理由），以及我们无法自如使用咒力的事实。

可是，一旦跑了起来，也就没有冷静议论的空闲了。我们跑出山谷，冲进草原，一口气跑了出去。

丢人的是，最先撑不住的是我。我原本就不擅长长距离奔跑，从昨天晚上到现在的一连串经历也极大地消耗了体力。五个人和一只化鼠，喘着粗气停了下来。

“再有一点儿就到了，这一带我有印象。过了那边的树丛，应该就是霞之浦的岸边。”

瞬指向两三百米开外的杂木林。

“快点。不跑也可以，继续走。”

觉把手放在我的背包上说。他那眼神简直像说我是个累赘一样，让我心头起火，领先走了出去。

“刚才是什么？好像是鸟叫似的。”

真理亚回头望望后面问。

“是夜鹰。大黄蜂族喂养的。”

我的解释让真理亚露出半信半疑的表情。

“真的。夜鹰晚上看得清楚，被用来做夜间侦察。”

斯奎拉的解释似乎让真理亚信服了。宁愿相信这种丑陋的动物也不相信我这个挚友，真是过分。

“说是夜间，其实已经很亮了呀。”守望着天空说。

脚边被朝露打湿的蓝色牵牛花正在绽放。

“白天会用夜鹰之外的鸟做侦察吧？”觉问斯奎拉。

这时候，杂木林的方向传来了无数的鸟鸣。

“是的。卑职听说白天的时候会用比夜鹰的智能高出许多的乌鸦。”

它的话音未落，就传来清晰的乌鸦叫声。

“在哪儿？”

觉吓了一跳，打量四周。

“在那儿！停在那棵树上！”

我们当中视力最好的真理亚直直伸出右手。百米开外有一棵枯树，树梢附近有一个仿佛乌鸦般的不祥黑影。

“真的？那只乌鸦真是在监视我们？”

瞬的低声自语中充满了怀疑。虽说带着那种想法去看的时候，它的样子确实像在监视我们。

“总而言之，赶快走吧。就算被乌鸦看到，只要咱们能在奇狼丸亲自到来之前乘上皮划艇，也就没事了。”

觉加快脚步，和我齐头并进。

沿着河道穿过柞树和栗树混生的杂木林，就听见远处传来微微的潺潺水声。不知道是不是陆地温度高的缘故，风向发生了改变，从东方吹来的微风中混着湖水特有的气息。我们不顾一切飞奔起来。

终于，我们抵达了霞之浦的湖岸。穿过广袤的淡水之海吹来的风，拂动着岸边的芦苇群。

“是那边！”

瞬指着藏皮划艇的方向，再度跑出去。我们也紧跟在后面。但就在这时，头顶上一个巨大的黑影掠过。

抬头去看，那是一只乌鸦。是刚才看到的那只吗？它在四五米之上的低空悠然盘旋了一圈，落在松枝上。乌鸦一边盯着我们，一边鸣叫不已，简直像是在向我们挑战一样。而且看起来好像完全不害怕人。

不能使用咒力真是很遗憾。我很想拿块石头扔过去，不过现在没时间干那个。我们在深埋脚踝的烂泥里深一脚浅一脚地走着，钻进芦苇丛，寻找皮划艇。

没有。

明明记得就在这里的。

白白浪费了五分钟，什么也没找到。我不禁有些急躁。乌鸦还没飞走，一边俯视我们，一边不停用刺耳的声音鸣叫。

“奇怪呀，不会被水冲走了吧……”

就连值得信赖的瞬，脸上的自信也在逐渐消失。在这样的时刻，拯救我们大家的，却是一个在完全不对头的方向上寻找的、谁也没有想到的人。

“找到了!”

从来没有感到守的声音竟会如此让人安心。我们一边在烂泥里跋涉，一边发出欢喜的声音跑过去。

由拖网拴着的三艘皮划艇，在芦苇丛中漂移了不小的距离，好像是被风吹的。如果没有深深嵌在泥里的四爪锚，天晓得它们会跑到什么地方去。

我们赶紧起锚上船。和来的时候一样，我和觉上了樱鳟Ⅱ号，真理亚和守是白莲Ⅳ号，瞬是黑鱼Ⅶ号。

“那么，卑职就在这里恭送各位天神圣主。”

斯奎拉站在岸边，目送我们离去。

“谢谢。能来到这里，多亏了你的帮助。”

我从心底感谢斯奎拉。至少在此时此刻，我的感情是真实的。

“那么，祝天神圣主一路平安。”

斯奎拉恭恭敬敬地向我们行礼。皮划艇徐徐离开了岸边。

“好，走吧。”

觉的声音让我重新回过身，把船桨放进水里。

和来的时候最大的不同在于，现在我们谁也无法使用咒力，不得不依靠划桨来纵越霞之浦。

我们紧紧握着船桨，驶出巨大的湖泊。只要进了利根川，接下来便可以顺流而下。在那之前，只有依靠最为原始的方法，也就是自身的肌肉力量。

但一开始的时候太过努力，效果也许并不会很好。我们只走了短短几公里就感到精疲力竭，两只胳膊的肌肉酸痛无比，破了皮的手掌一阵阵刺痛。时间明明还是在上午，无情倾斜下来的阳光就已经火辣辣地灼烧着肌肤。哪怕每隔五分钟就向头上洒一次水，也是一转眼工夫就蒸发了。

“喂——稍微休息下。”

瞬向我们叫道。他正担心地回头看着我们。尽管只是一个人划，他的皮划艇却比其他两艘快很多。

“我们没事！”觉怒吼道。

“路还长着呢。趁现在还有余暇，先休息一下吧。”

虽然想要强打精神，但由昨天开始积蓄的疲惫也是无法否认的。我们接受了瞬的意见，决定小憩片刻。

幸运的是，这时候太阳刚好被云朵遮住，我们得以在皮划艇上躺下，悠然仰头眺望蓝天。

湖面的水波轻轻摇晃，让我不禁生出睡意。不过，尽管有一种虎口脱险的安心感，但在心底深处，还残留着无法挥去的忧虑，让我怎么也睡不着。

接下来究竟会怎样呢？

我们知道了不能知晓的事实。如果觉的推测正确，我们也许已经被列入了需要从小町“驱逐”的对象名单里。该怎么做才能免遭这一命运呢？

忽然间，我感到 T 恤下面好像有个东西正从胸口滑落，我条件反射性地用右手按住了它。

我下意识地从下摆拽出那个东西。原来是守护锦囊，用紫色绳子挂在脖子上的。表面上除了复杂花纹之外，还绣着“除业魔符”几个字。那是今年春天从完人学校去神社参拜之后，每个人都被分到的祛除业魔的护身符。

老师说过，绝对不能打开这个袋子。不过一件事情强调得太多，难免会让人产生逆反心理，这也是人之常情。我在老师给大家发袋子的时候就有点按捺不住好奇心，好不容易等到一个人的时候，立刻偷看了里面的东西。

袋子的口没有缝上，只要解开扣子就能把里面的东西拿出来。放在里面的是一张折好的白纸，还有一个玻璃圆盘。纸上用黑墨写着图案化的奇异文字，不知怎的让我有种不祥的感觉。我赶紧把纸按原样折好放回去，但圆盘却牢牢吸引了我的视线。

直径大约五厘米的透明玻璃圆盘，宛如一个小宇宙。背景是以若隐若现的细细金线织出的复杂几何图案，上面浮着各种各样的东西。凝目细看，小小的南天木①上，甚至还有尺寸细小的叶子和红色果实，相当精巧。那旁边还漂浮着铅笔、杯子、花卉之类身边常见的东西。而在最深处俯视所有这一切的，则是“无垢之面”。

“无垢之面”是追傩仪式上扮演“侲子”的孩子们所戴的面具，制作很简单，就是在半干的黏土上涂满胡粉，做出类似人脸的样子，没有表情，也没有个性。但这个“无垢之面”却不一样。盯着它看久了，不知怎地，仿佛能从中看到我自己的脸。

此刻在皮划艇上，我闭着眼睛，手放在守护袋上，感受玻璃圆盘的触感。

我悄悄抬起头，看看紧挨在后面随便躺着的觉。他枕在背包上，一副完全放松的模样，任由波浪的起伏摇摆身体。听他规则的呼吸声，大概是在打盹吧。

明知不能看又偏要去看，这样的坏习惯有时候也有安神静气的效用。我悄悄打开守护锦囊的袋口，从里面拽出玻璃圆盘。

玻璃将太阳光反射出去，也许会引起别的皮划艇的注意。

---

① 南天木，即南天竹，日本人认为其具有驱魔的功效。——译者

所以我用双手盖住它，从指缝中窥探圆盘。

此刻我所感到的异样感，该如何形容才好呢？

那恐怕在通常的一瞥之下不会注意到的吧。但巧合的是，我因为以前曾经仔细看过这个圆盘，里面的构图已经深深印在了我的脑海里。而在这个时刻，因为我需要让自己心灵平静，也在目不转睛地凝视它。

不对。什么地方有种微妙的差异。本该完美保持平衡的南天木，此刻看上去却有些歪斜。是我看错了吗？不对，不是。这恐怕是因为背景里精细的几何学图案中出现了些许混乱的缘故吧。

然后，当我的视线聚焦在“无垢之面”上的时候，一股不寒而栗的感觉一下子攫住了我。

它在融化……虽然仅仅是非常微小的变化，但我还是一眼就分辨了出来。因为原来的形状和我的脸庞一模一样。而此时的“无垢之面”却像是不断变形的“业魔之面”一样，开始慢慢崩溃。

我吓得立刻把玻璃圆盘扔进了湖里。

似乎是因为听到了水声，我感到背后的觉抬起了头。

“怎么了？”

“唔，没事。”

我努力挤出笑脸，回过头。

“差不多也该出发了吧。”

“是啊。”

觉大声向另外两只皮划艇发出信号，我们再度开始划船。

“无垢之面”到底怎么了？

这件事沉甸甸地悬在心里。它为什么在融化？

不对，它真是在融化吗？忽然间，我的心头涌起疑问。会不会是自己疑神疑鬼了？会不会仅仅是因为精神过于疲劳，看到了莫须有的幻影呢？

思前想后，我突然后悔起来。不该把玻璃圆盘扔进水里的。明明应该再仔细看看的。

哎呀，但也不对。刚才感到的战栗，肯定不是我的疑神疑鬼。埋在玻璃圆盘中的脸，确实在逐渐崩溃。

那么，为什么那张脸——我的脸，在变形呢？不对，等一下。那怎么会是我的脸呢？没道理的。就算很相似，也应该只是单纯的巧合。因为守护锦囊是随机配发的。

……可是，果真如此吗？划桨的手不禁停了下来。我陷入沉思。

看上去像是随机分配，实际上交给每个孩子的守护锦囊会不会都是确定的？否则，何必让全员按照出席顺序排好，一个个交到手里？让大家自己去放守护锦囊的箱子里一个个拿不就可以了吗？

“喂，早季！好好划呀。”

……这一推测如果是对的，那么每个守护锦囊的内容恐怕都不一样。守护锦囊里的“无垢之面”，会不会有意识地做成和持有学生的脸庞同样的模样呢？

“早季！”

“哦哦，知道了。”

我一边装出坐着划水的样子，一边依旧陷于思考中。

即使如此，那又是为什么呢？每个面具都刻画上学生的容貌，这样做究竟有什么意义呢？

不管怎么想，我都找不到答案。只有一点可以肯定，大人们费了这么大的工夫，除了单纯为了守护我们之外，也许还有别的意义。

自从听到拟蓑白的话以来，对于大人们，我的认识发生了天翻地覆的变化，我常常疑神疑鬼，怀疑我们是不是一直都处在大人的管理监督之下，随时都有可能被筛选淘汰。

……那个守护锦囊，会不会是为了管理我们而设的工具？这样的话，所谓祛除业魔的说法，恐怕只是个借口而已。

我把手帕浸过湖水，敷在头上。冷冷的水滴从太阳穴流过脸颊，但没等滴落就在半路蒸发了。即便如此，我依然像被什么附身了一样，继续埋头思考。

遗憾的是，我们没能从拟蓑白那里听到业魔的真实含义。不过，听起来它和恶鬼一样，都是实际存在的威胁。

倘若真是如此的话，这个守护锦囊，果真具有祛除业魔的效用吗？

不对，等等。这时候，我的头脑里突然闪过一道电光。

仿佛明白了什么。直觉似乎已经告诉我业魔的真实身份了，但却无法诉诸语言。我心焦不已。

是了。这个守护锦囊，会不会是用来“探知”业魔的？它一定是向我们告知危险的。

告知业魔正在接近的危险。

或者……

“早季!”

我的思考被觉紧迫的叫声打断了。刹那间，我还以为他发现了我在假装划船，勃然大怒了，但立刻就发现不是那么一回事。

头上有个影子飞过。我吓了一跳，抬头去看，原来是刚才的乌鸦。乌鸦长啸一声，大大地飞了一个回旋，向后方飞去。

回过头，远处有几艘船。风将船帆吹得鼓起，眼见着不断逼近。从正面看不出大小，但恐怕在我们皮划艇的三倍以上。船上满是化鼠的士兵，连船舷上都站满了。

“早季……”

觉长叹一声，话语里充满了听天由命的味道。

“逃不掉了。你看，那边是奇狼丸。”

我们紧紧握着彼此的手，等待化鼠的船靠近。觉的手上满是汗水。恐怕我的手也是一样。

我们沉默地望着霞之浦的景色。皮划艇在湖面上疾驰，我们刚才的速度根本无法与之比拟。

我们的三艘皮划艇各自被用粗绳拴在化鼠的军舰上。军舰上升起形状独特的船帆，那是用若干三角形组合而成的，巧妙地捕捉着湖上的风，军舰正在疾驰。

“我还不知道化鼠的船能跑这么快。”觉嘟囔着说，“难道说，在这方面的技术上，它们比人类还拿手？”

“因为我们不是有咒力嘛。哪儿还有必要扬帆呢？”

不管多大的船帆，行驶速度还是有上限的吧。但对于咒力而言，是基本上没有物理限制的。

“话是这么说……”

觉抱起胳膊，眺望远处青葱的山峦。

“化鼠的事情就随它去吧。更重要的还是你刚才说的。”

“嗯。”

觉从衣襟里拽出祛除业魔的守护锦囊。

“觉也看看。”

觉没有半分犹豫，直接打开了守护锦囊的袋口。

“你也偷偷看过？”

“这不是当然的吗？没人会忍住不看吧？”

觉把圆盘举到眼前。

“怎么样？”

觉的脸色变了。

“给我看看。”

“不行。”

觉紧紧握着圆盘，手指都发白了。

“有什么奇怪的地方吗？”

“唔……”

觉似乎不想说，不过我还是稍微放了点心。如果只有我的守护锦囊发生异变，我会很担心的。

“会不会是因为太热融化了？”

连我自己都觉得不大可能，不过还是问了一声。觉立刻否定了我的猜测。

“再怎么不耐热的材料，应该都不可能。它是放在袋子里的，而且我们又一直贴身戴着，不会那么热的。”

“那是为什么？”

“不知道。”觉的表情有些阴郁，“不管怎么说，应该都不是好事吧……”

觉望着湖岸沉思了半晌。

“这东西还是扔了好。”

“啊？”

觉毫不犹豫地从脖子上摘下守护锦囊，扔进湖里。护身符连同锦囊一起，“噗通”一声掉进水里，由于玻璃圆盘的重量，慢慢沉下去。

“你在干什么呀？”

“好了，早季也趁早扔了吧。”

“为什么？”

“回去之后，万一被大人看到这个的话，也许结果会不太妙。‘无垢之面’的融化，肯定意味着某种不好的情况。瞬他们也要看看自己的，如果有一点点变形的话，都要扔掉。”

“可是，如果这是警告业魔正在接近呢？”

“就算是这样，最终还是没有应对的办法。我们连业魔是什么都不知道。”

觉抱起胳膊说。微风吹拂着他长长的刘海。

“可是，找什么借口呢？一个人的话还好说，好几个人同时丢了守护锦囊，太不自然了吧？”

“唔——是啊……哎呀，没关系！被土蜘蛛抓到的时候，被它们搜走了。这么说就行了。这样的话，瞬他们也说自己被土蜘蛛捉过就行了。”

不愧是天天都有坏主意的人。我被说服了，和觉一样扔掉了守护锦囊。仔细想来，因为先扔了玻璃圆盘，如果不全都扔掉的话，好像也找不到合乎情理的借口。和刚才觉扔的时候不同，轻飘飘的袋子一直漂浮在水面上，随着波浪消失在后方。

在这期间，被化鼠帆船拖曳的皮划艇，逐渐接近目的地。

大黄蜂族的士兵在船尾探出身子，解开系船索。绳子是从皮划艇头部的圈里穿过的，直接在对面就能抽走。

帆船船尾出现了一只比其他士兵高出一头的化鼠身影。是奇狼丸。昨天的爆炸恐怕让它的肩膀和后背都受了重伤，从脖子到头部的绷带让人看着都痛，但从那麻利的动作中感觉不到伤势的影响。

“天神圣主的心情如何?”

“谢谢。多亏有你们的协助，我们很开心。”我回答说。

奇狼丸把狼一般的嘴咧到耳根，露出笑容。

“请看对面太阳光照射的那一带、水面上正在发光的地方，那就是进入北利根川的湖口……遗憾的是，我们不能再往前了。”

“没关系。从这里往前，我们自己也能划了。”

仅仅用了三个小时，就纵穿了霞之浦这样巨大的湖泊，这多亏了化鼠帆船的牵引。我们再怎么努力划船，要想在日落之前抵达这里，大概都是不可能的吧。

但是，为什么不能再往前呢？觉也是一副奇怪的表情，不过什么都没有说。

“天神圣主，天神圣主。”

奇狼丸身后探出斯奎拉的脸。

“这一次是真的要在这里告别了，祝天神圣主一路顺风。”

对于这家伙，不得不说有种复杂的情感。眼下看起来好像确实对我们的事情非常挂心，但它既然也在船上，只能说明它从给我们带路的时候开始，就接受了奇狼丸的指示，一路上都在泄露我们的行迹吧。

“……你也多保重，加油重建部族吧。”我按捺住复杂的感情，尽力像个大人一样应对说。

皮划艇刚划出去，后面又传来奇狼丸的声音。

“我有一个不情之请。”

“什么?”觉回过头问。

“回去之后，请不要提及我们拖曳皮划艇的事。”

“为什么?”觉下意识地脱口而出。

“原因请恕我不能多说。总之这件事情若是泄露了，我只有死路一条。”

我终于明白了。奇狼丸的眼睛里闪烁着战斗之时都未曾见过的凝重光芒。

“明白了，绝对不会说的。”觉代替我以怪异的声音回答。

不知是不是充分的休息养足了精气，还是水流本身就在朝向北利根川的缘故，皮划艇前进得很迅速。划了一阵，回头去看，只见折回去的化鼠船影已经很小很小了。

“奇狼丸冒着生命危险帮助了我们呀。”

我与其说是向觉说，不如说是向自己低语。

“是啊。那家伙，到底还是从伦理委员会那里接到命令了吧。要么是让它杀了我们，要么是让它囚禁我们吧。”

听上去觉与其说是在感叹自己猜中了，不如说是在自我夸耀。

“到那儿就要引帆回航，肯定也是这个原因。船帆在很远处就能看到，万一被什么人看见，它无视命令护送我们的事情就败露了。”

“可是，为什么……”

“这不是很明显的吗?”觉笑了，仿佛嘲笑我怎么连这么简单的事情都想不明白，“我们昨天不是救了它的命吗？要不是我把气球狗塞进洞里，奇狼丸肯定和离尘师一样下场了。”

“喂!”

前方传来呼唤我们的瞬的声音。

“喂！马上就来!”

觉大声回应。听到那个声音的刹那，我的心中忽然间像有什么东西崩溃了。那声音是如此的悠然，不禁让我生出一股错觉，似乎这三天里经历的种种事件全都不过是白日梦，我们依然只是在夏季野营中划着皮划艇一样。

“喂，早季！怎么了？喂……”

觉慌张的语气让我忍俊不禁。我一边哭，一边又开始噗嗤噗嗤笑起来。感情失控足足持续了十多分钟，又传染了另一艘正在接近的皮划艇上的真理亚，发展成难以收拾的骚乱。

这一场痛哭终于让我的心情变得轻松畅快(不过倒是把两边的男孩子搞得狼狈不堪)。我们进入北利根川，沿河而下。那之后没有什么值得一提的事情，顺利地抵达了小镇……虽然我很想这么写，但实际上波澜还在继续。首先，我们从未有过不借助咒力沿河而下的经验；此外，肉体和精神上的疲劳早已经到达了顶峰；而且，途中太阳落山，能见度变得很低，我们的皮划艇好几次都差点撞上石头，或者互相撞在一起，几近沉没。在这种情况下，竟然还能平安无事地返回，我觉得简直就是奇迹。

夜幕降临，河流再度为之一变。黑曜石一般的水面映出点点星光，望上去几乎让人产生出静止不动的错觉，不过轰鸣的水声却又让我们感到原本舒缓的水流仿佛正在逐渐加快。

我心中生出一股莫名的不安。那或许是来自降生前的神秘体验，似乎是我们的遥远祖先在过穴居生活时的记忆，正在慢慢苏醒一样。

大家应该都感到不安，都在期盼早点回家吧。即使对于我和觉，不知道回去之后会有什么命运等待着我们，也是一样的心情。不过再怎么焦急，考虑到身心的疲劳度，如果这样彻夜不眠地沿河而下，根本就是自杀的行为。没办法，只有寻找适合野营的河岸暂住一晚。可是，我们一直都没找到合适的地方。回想日落之前经过的广阔河岸，真让人后悔不已。不过那时候大家都心情焦躁，恨不得多走一步也好，所以错过了好地段。到现在总算知道我们不可能中途不休不眠地一口气赶回小町，也该是放弃幻想、找个地方上岸的时候了。

等到终于找到适合搭帐篷的地方，我们已经累得不行了。

河岸很窄，稍有点涨水就会被淹到，而且到处都是石头，看起来一点也不是舒适的露营地，但这时候也不能太挑剔了。

我们奋起最后的气力，支起了三个帐篷。按照之前学过的手法，在地上挖洞、竖起竹竿、在上面盖帆布、用皮绳拴好。野营第一天的时候明明成功的，可这一回怎么也弄不顺利。

“奇怪呀，为什么不行呢?”觉的牢骚声里也没有力气。

“因为那时候我们全都能用咒力。”在旁边埋头苦战的瞬回答。

说来确实如此，我想起来了。仅仅才过去两天，那时候的事情就已经像是遥远的往事了。

“觉，还不能用咒力?”

我带着最后一丝希望问。觉摇摇头。

“唔——太累了，不太能集中，不过很简单的话，大概还能做点儿什么。”

“哦? 什么意思?”

真理亚插进来问，似乎对我们的交谈感到很奇怪。我把自己偶然记下觉的真言，利用催眠状态使他的咒力恢复的事情告诉了她。

“是吗?! 那，只要记得真言，大家全都可以恢复咒力了。”

瞬说话的样子很兴奋。

“被离尘那个和尚装腔作势的样子彻底骗了。那种暗示其实根本没什么了不起的嘛! 连早季都能解开的。”

什么叫“连早季都能”……

“可大家都不知道自己的真言呀，我只是机缘巧合记得了觉的。”

我一个个顺着大家的脸望过去。虽然四周差不多一片漆黑，但也许是眼睛适应了黑暗的缘故，隐约可以判断出大家的表情。

“我知道。”瞬说。

“啊？为什么？”

“想起来了呗。想了很久。不过想起来也没用。在心里念过好多遍真言了，咒力还是没有恢复。要解除催眠暗示，还是需要一定手续的。”

从我们心中夺走真言，也就是不让我们回想起真言这件事本身，就是基于催眠术的暗示，因此，瞬依靠自己的力量回想起真言，这已经很让人吃惊了。按照瞬的解释，他以前曾经为了预防自己因为某种缘故遗忘真言，事先编了各种顺口溜，以便帮助自己回忆。

“可惜我想不起真言。”真理亚伤心地说。

“回家以后没有写在哪儿吗？”

我、真理亚，还有守，三个人对望了一眼。

“写了。”

我想起自己曾在护身符上雕刻真言，偷偷埋在屋檐下面。

“我也写了。”

“我也是……在日记本里。”

真言是每个音节都附有言灵的神圣语言，绝对不能告知他人。严格说来，这种性质的言语，应该连写成文字都不能被允许。不过，三个人大概都觉得单单将之收藏在记忆之中，委实有些不安，因此各自都留了记录吧。我和觉还曾写在藁半纸上，相互对照过彼此的真言。像这种违反规则恣意妄为的行径，在别的班上根本无法想象。就像下文将会提到的，说不定这也是传言我们班级集中了特别学生的证据。

“既然如此就没关系了。一回小町，我和觉就可以展示咒力给大家看看，这么一来，没人会怀疑我们的咒力被冻结吧？接下来大家就借口说太累了呀什么的，埋头睡觉就是了。然后，只要知道了真言，找机会让早季帮忙恢复咒力就行了。”

瞬的话似乎将飘浮在前路上的乌云刹那间尽数吹到了九霄云外。虽然不该为离尘师被化鼠杀死而欢喜，不过从结果上来说，不可否认，死人是不会说话的。

这么一想，大好前景立刻让大家恢复了精神。觉用咒力浮起帆布，我们支起二个帐篷。接下来，采集枯枝、点起篝火，用铁锅做了杂烩填饱肚子。味道比第一天做的还古怪，但我哪怕是到今天也没有再吃到比那一次更美味的东西了。

吃过饭，望着篝火的火焰，我们依次讲述了分别以来的经历。瞬、真理亚、守三个人的讲述中，没有十分激烈的内容。在我和觉被土蜘蛛捉住以后，他们也曾潜到部族附近，试图营救我们。但是因为警备森严，他们无法靠近，便决定返回小町呼救。因为白天被发现的可能性很高，他们只能谨慎前进。实际上，在半路上的时候，他们听到战斗和哄闹的声音，吓得魂飞魄散，一直躲在草丛里不敢动弹。到了晚上，周围终于安静下来，他们便趁着夜色横穿山野，朝向霞之浦进发，在那里被我们追赶上来的时候，真是又惊又喜。按照真理亚的说法，甚至都以为是“筑波山的狐狸变化成的人形”。

相比之下，我们的经历足以让他们目瞪口呆。自从被投入土蜘蛛的牢房以来，单是杀死哨兵逃出生天的部分，就让他们兴奋无比、不停追问；而等讲到我们去了食虫虻族，受到土蜘蛛的攻击，在地下隧道中彷徨的时候，三个人就已经鸦雀无声，咽着唾沫听得入神了；再到后来，在走投无路的局面下，奇迹般地唤醒了觉的咒力，顿时将局面转为反攻的时候，三个人欢声雷动，然而到了之后连续不断的可怕战斗之时，对于那些根本无法设想的局势发展，一个个又只有哑口无言的分了。

讲述这一切的是觉，我主要是负责对一些关键地方进行修正和补充。要说能把故事讲得精彩纷呈，觉的才能当然要比我胜出一筹。讲到一半的时候，我想起觉向来都喜欢编故事骗人，还有点担心瞬他们是不是会怀疑他的话里有没有一半是真的，不过事实证明我是杞人忧天了。三个人听得眼光发亮、嘴巴半张，一个个都跟听故事入神的小孩子一样。

觉讲完之后，半晌时间，大家都沉默无语，只有篝火噼里啪啦的声音回荡在黑夜里。终于有人起头开口，顿时问题就像决堤的洪水一般涌来。其中大家特别想问的一点是，为什么我们必须要从明明应该很安全的奇狼丸庇护下逃走。

觉又解释了一次。伦理委员会也许对我们下达了“处决”的通知——我本以为这一说法会受到大家的反对，然而出乎我意料的是，大家轻易就接受了这个说法。我本以为觉的推测过于悲观，但瞬却充分给予了肯定——这可能也是大家普遍接受这一推测的原因之一。再加上这时候支配整个局面的乐观气氛，对冲击起到了缓冲的作用。如果瞬的计划行得通，我们应该可以隐瞒被离尘师冻结咒力的遭遇吧。那样的话，最多就是被老师训斥一顿也就完了。大家都是这么想的。

“那，早季，拜托了。”

交谈告一段落的时候，瞬把一张折好的纸递给我。

“帮我恢复咒力吧。”

我深深吸了一口气，点了点头。

展开从瞬那里接过来的纸，我借着篝火的光亮阅读。那是颇长的真言，有八语、三十六字。我本打算背下来之后立刻烧掉的，但这么长的真言，没有小抄总觉得不太放心。我紧紧把纸握在手心里。

没问题。应该能行。和觉的时候一样做就行了。为了平静心神，我这样对自己说。实际上，和觉那时候的根本性差异有三点：瞬和那时的觉不同，意识层次完全没有降低；而且，他不但明确知道接下来会被施加催眠，还有回忆起真言的经历。不过这些事情当时完全都没有出现在我心头。

“请看火焰。”

我一边回忆成长仪式上的场景，一边将瞬的注意力引向篝火。无瞋上人命令我尝试摇动火焰，而对咒力被冻结的瞬吩咐同样的命令，也许会起到相反的效果。

“凝视火焰的摇晃。向右、向左、晃动、摇曳……晃动、摇曳。”

我低声慢语。瞬始终无言。其他三个人屏息静气，凝视着我们。

我将一根长长的树枝插进篝火，拨起火粉。大概不能指望这会和护摩坛的火炉具备同样的效果，不过在黑暗中留下鲜明轨迹的飞散火粉，应该可以将凝望者引入半梦半醒的境地。

“青沼瞬。”

瞬的身体纹丝不动，完全看不出他是否进入了催眠状态。

“青沼瞬。你破坏了规则，来到了不能来的地方。而且，还触犯了禁令，听了恶魔的言语。但真正的问题还在这之前。”

瞬毫无反应。

“你违背了作为伦理规定基干的十重禁戒之中的第十条，不谤三宝戒。听从恶魔的声音，对佛法的教诲提出异议。因此，我必须马上冻结你的咒力。”

瞬似乎发出了深深的叹息。他真的被催眠了吗？我心中全无把握，但也只有继续下去。

“注视火焰。”

没有回答。

“注视火焰。”

依然没有回答。不过我看见瞬的眼眸中映着火焰。

“你的咒力，封禁于这个人偶之中。能看到人偶吗？”

这一次传来了清晰的深沉叹息。然后，是一声明了的回答：“是。”

“由此刻起，人偶投入火中。尽却烧施，燃尽一切烦恼，灰烬洒向无边荒土。”

我深深吸了一口气，放声高喝：

“人偶烧尽。你的咒力，由此冻结！”

瞬的咽喉深处发出沉闷的声音。呼吸也变得急促起来。

“舍却烦恼吧。为了解脱，必须将一切都在清净之火中烧尽。”

好，就是这里。我站起身，来到瞬的身旁。

“青沼瞬。你皈依神佛，放掷了自己的咒力。因此，以大日如来的慈悲，于此传授汝周正的真言，召来新的精灵，再度赋予你咒力！！”

我用拳重重敲击瞬的双肩，将口凑到他的耳边，将纸片上所写的真言低声念诵出来。

唵，阿谟伽 尾卢左曩 摩贺母捺罗 摩尼钵纳摩 入缚罗 钵罗嚩多野 吽[①]

后来我才知道，这是属于最高级佛祖大日如来的“光明真言”。这一点本身，我想就表示了众人对瞬的评价之高了。他自从出生以来，就被寄予了厚望，被视作未来的领导者。

突然间，篝火的火焰猛然膨胀了三倍有余，接着又仿佛大蛇一般，向四面八方伸出火舌，那奇怪的动作犹如扭曲的舞蹈。

抬起头来的瞬，面带微笑。包括我在内的剩余的所有人，全都喝起彩来。拍手、踏脚、吹着口哨。欢声迟迟不散。瞬成功地取回了咒力。

---

① “光明真言”悉昙梵文为23字，在日语中音译为36字，在中文里音译为27字。——译者

Ⅲ. 深　秋

1

我们在乱石嶙峋的河岸上度过了一个不眠之夜。虽然身心早已疲惫不堪，但在意识深处，依然还残留着隐约的不安。每当要陷入沉睡的时候，就会被不安的荆棘扎到，无法入眠。不过即便如此，反反复复多少次的短短微眠，多少还是让我们恢复了一点精力。

第二天早上，太阳刚刚升起，我们就立刻乘上了皮划艇，再度沿河而下。很快我们就发现，宿营的河岸已经与神栖六十六町近在咫尺了。早知道这么近，昨天晚上其实也能连夜赶回去——虽然也有这样的想法，不过冷静考虑昨晚的状态，恐怕还是休息一晚才是正确的。

我们不再划桨，任小舟随着河水顺流而下。

周围的景色逐渐变得熟悉起来。但是，尽管对于回家怀有无比的期待，但越靠近小町，心中的担忧也在逐渐增加。

我们以为一定会有许多船只出来引导我们，但一直到小船经过息栖神社的时候，也没见到像是来找我们的船。

稍稍感觉有点扫兴，不过我们的紧张也得以明显缓解。

现在似乎也不是担心这种事的时候。虽说天色尚早，但一路上连一条船的影子都没看到。这一点才更不正常吧。

抵达四天之前我们出发时的茅轮乡的船坞，总算出现了前来迎接我们的身影。

“你们可真早啊。”

“太阳王”远藤老师。头发和胡须连在一起把脸围成一个圆圈的脸庞上，为我们平安归来而露出的笑容和责备我们违反规则的紧锁双眉，奇妙地共存着。为期七天的夏季野营，中途放弃的情况并不少见，但发展到这种程度就是问题了。

“对不起，因为遇到了很多匪夷所思的事……”

瞬想要解释，但声音哽咽住了。听到那声音，我们不禁全都想哭。

“嗯，详细情况回头再说，好吧？总之现在先上岸。”

大家忍住眼泪，拴好皮划艇，上了船坞。皮划艇上堆积的行李，刚一解开拴着的绳子，便一个接一个地飞上半空，整齐地排在地上。

“啊，我们来吧。”觉开口说。

“太阳王”和蔼地摇摇头。

“没事。你们很累了吧？不用在这儿收拾了，快去那边的儿童馆吧。早饭已经准备好了。”

为什么要我们去儿童馆呢？我的心中模模糊糊地感到疑惑。儿童馆差不多就在船坞正对面，里面也有休息和住宿的地方，但自从和贵园毕业以来，还一次都没进去过。

“老师，我们想先回家……”瞬代表全体申诉。

“啊，是啊。不过，回家之前，还有很多事情必须要问。”

“先让我们回家睡一觉之后再问不行吗？”真理亚恳求说。

我也非常想洗个澡什么的，但是“太阳王”毫不让步。

“别说了行吗？你们可不要忘记自己违反了重大的规则哦。虽然知道你们很累，但该做的事情还是要做。”

虽然还是一如既往带着文雅的微笑，但不知为什么，“太阳王”的鼻尖上有细小的汗珠微微闪光。

“知道了。”

我们一个接一个向儿童馆走去。

“喂，早季，你怎么认为？”觉走在身边，向我耳语。

“什么意思？”

“‘太阳王’的脸，有没有觉得有点儿抽筋？而且特意让我们去儿童馆，你不觉得很奇怪吗？”

“奇怪是奇怪，但是现在的情况本身就很奇怪……”

积蓄的疲劳一齐涌来，连走路的腿都感觉像是没长在自己身上一样。在这种时候，觉还非要问这种显而易见的问题，我不禁有点生气。就算再怎么奇怪，又能怎么办呢？

瞬用咒力推开儿童馆的玻璃门。我对于瞬的机敏钦佩不已。按理说眼下我们都已经很疲惫了，与其特意集中精神使用咒力，还是直接用手推门更轻松。但是，“太阳王”——或者别的什么人，恐怕正在观察我们。而这样的举动至少能让他们知道我们的咒力是否被冻结了。

一进儿童馆，果然和“太阳王”说的一样，食堂里准备好了早饭。锅里的饭还暖着，有盐鲑、虎蛱味噌汁、生鸡蛋、海苔、蔬菜色拉、煮海带等等，甚至还准备了加黑蜜的甜点。

猛然间饥饿感袭来，我们争先恐后地冲过去拿碗，大吃起来。

“我们平安归来了……”守感慨地说。

“平安？接下来会有什么，还不知道呢。”觉生硬地回答。

“不过，总之还是回来了嘛。”真理亚帮守说话。

我也觉得，比起觉来，我更愿意站在他们两个这边。

“唔，说不定有点想多了吧。”

“什么意思？”真理亚问。

“你看，不管从拟蓑白那里听到多少坏知识，要说处决我们什么的……”

“嘘！”瞬制止了我的话，“隔墙有耳。”

“啊，抱歉。”

我一惊，闭上了嘴。奇怪，这到底是怎么回事？我的大脑似乎有点不听使唤，好像不管什么都很想倾吐出来一样。

“等等，搞不好……这里面……”

瞬忽然用很厌恶的眼神望向已经吃了大半的早饭。仿佛心电感应一般，我们立刻都理解了他的担心。

早饭里是不是放了什么东西？让我们放松心情、把心中隐藏的秘密全都吐露出来的某种东西。

肯定是这个，觉指着装凉粉的碗示意。大家全都默默吃饭吃菜的时候，只有我等不及先去拿了凉粉吃。确实，那里面有微弱的香气，仿佛放了酒精一类的东西。说不定里面掺了奇怪的药物。

“哎呀！”

当全员的注意力都集中在凉粉上的时候，守看着窗外，怪叫了一声。

“怎么了？”

守没有回答真理亚的问题，径直向窗户跑去。就在那一刹那，我也看到了某个巨大的影子从窗口一晃而过。

守的脸贴在窗户上，往外面看了好一阵，然后回过头望向我们。那张脸上满满的全是恐惧。就连奇狼丸的身影出现时拼死逃跑的时候，都没有见他那么恐惧过。

挂钟叮咚地宣告时间。我默默地数它敲了八次，忽然注意到一个奇怪的地方。如果是上午八点，差不多也该听见孩子们的欢声笑语了，可不管怎么竖起耳朵听，还是什么都听不到。儿童馆好像是被我们包场了似的。

沉重的沉默继续着。不知为什么，守坚决不肯说他在窗外看到了什么。

“让你们久等了。”

大门打开，“太阳王”走了进来。后面还有两个曾经见过、但没有说过话的中年男女。两个好像都是教育委员会的人。

“早饭已经吃完了吗？想睡觉的话，睡一会儿也没关系。”

那个女性微笑着说。故意挤出来的笑脸，更加突出了马脸上的大嘴。

“接下来需要和你们一个个面谈。好了，从谁开始谈呢？”

谁也没有回答。

“哎呀，怎么了？不是积极派和个性派济济一堂的班级吗，平时不管什么事不都是争先恐后的吗？”

“太阳王”的声音里满是愉悦，但是眼睛里却没有一丝笑意。

最终是以出席顺序进行面谈：青沼瞬、秋月真理亚、朝比奈觉、伊东守，最后是我，渡边早季。

在儿童馆里面，有许多只有二叠大小的房间。不过以前我们并没看见过。这时候我们被分别领到各个房间里，依次接受两个面试官的询问。

……再往下发生了什么，尽管我一直努力回想，但怪异的是，什么都想不起来了。从进入房间到出来为止的记忆，像被完全抹去了一样。在史前时代的精神医学书籍中，这样的现象似乎被称为“岛叶记忆丧失”。觉也想不起来面谈室里发生的事情。唯一的记忆是被劝喝下一杯带有奇怪苦味的茶水。这样看来，那时候的所谓“面谈”，恐怕不过是凉粉中下药手法的延长，是过去被称为“药物面谈”的东西吧。

无论如何，至少在表面上我们平平安安结束了面试，各自被准许回家。按照瞬的计划，还没有恢复咒力的真理亚、守和我三个人，本来是要托病假装睡觉的，结果却没有装病的必要。三个人都是从那一天开始就发了高烧，卧床不起。

我过了一两天就退了烧，但父母还是下了严令，让我不要勉强，继续躺在床上，于是差不多整整一周的时间，我都是整天穿着睡衣懒散度日。然后某天趁着白天父母都不在的时候，我去屋檐底下挖出埋在那儿的护身符。终于可以和自己的真言面对面了。

通过自己唱颂真言来取回咒力，有一种花招得逞的愉悦心情。虽然触犯了禁忌，但毕竟也是瞒过了大人们，再度获得了神之力。

那时候的我完全无法设想，这是多么愚蠢的错觉。

在四十岁的成年人看来，两年时间，也许只是没有什么特别意义的岁月而已。最多也就是鬓角的白发多了几根，身体有点不行了，体重增加了少许，容易气喘疲惫什么的。那是两年岁月的平均效果吧。

但是，无论在哪个时代，对于十二岁的少男少女而言，两年的时间都足够带来戏剧性的变化了。

对于成长到十四岁的我来说，变化不仅仅是身高增加了五厘米、体重增加了六公斤之类的事情而已。而男孩子的成长远比女孩子迅速，除了身高增加十三厘米、体重增加十一公斤的变化之外，外表和内心也有着显著的质的变化。

我慢慢习惯了抬头看瞬和觉。让我自己也感到意外的是，我并没有对此感到不快。从懵懂时期就一直青梅竹马的他们对我而言，不知从什么时候开始，渐渐变化作别的事物。然后，那种变化也被我当作自然的变化，自然而然地接受了。

每当我意识到的时候，我的眼睛已经在追寻他们两个人的身影了。并且，不知不觉间，追寻他们的视线里似乎掺入了某种难以言喻的感情……哎呀，还是明说了吧，那是嫉妒。

对我而言，从一开始，瞬就是特别的存在。夕阳笼罩的原野上，微风吹拂他刘海的样子，总是让我痴痴地望得出神。明朗的声音和闪烁的双眸，总会让我深深迷醉。我梦想能与瞬一生一世，并且深信那样的日子终将到来。

而在另一方面，觉不过是个普通的男孩子。虽然我也承认他的脑筋不错，不过与才华横溢、甚至能把周围的空气都改变的瞬相比，完全不值一提。但是，自从两个人从土蜘蛛的袭击中侥幸生还以来，我感觉自己看他的眼神也发生了很大的变化。现在他对我而言，是最不必介意矫情的朋友，和他在一起我会有最好的心情。

所以，我所抱的嫉妒，是一种颇为复杂的东西。恐怕是因为每次看到两个人非常要好的样子，就感觉到自己被一个人丢下了吧。

这两年间最大的变化，也许就是瞬和觉的关系了。以前的时候他们虽然也不是关系恶劣，但觉总是摆出一副敌视瞬的样子，也有对他说话生硬的时候。

但在这两年时间里，觉对瞬的感情仿佛彻底变了。若是在以前，就算瞬展现光芒四射的笑容，觉因为天生的怪癖，有时候也会扭过脸去不加理睬，但如今的觉却也经常满面带笑，深深凝望瞬的脸庞。

我自己因为一直都深爱着瞬，所以非常清楚，觉对瞬所抱的感情，显然是爱。

不过，如果要问瞬对觉有什么想法，却不是很明了。他生来就有过人的美貌与智慧，从小就习惯受到周围人的赞叹。所以，对于自己的赞美者，总带有一种高傲——这么说也许有点不妥，大概可说是某种宽厚的态度吧。但是，看他们两个人的行动，却也不像是觉单方面爱恋瞬的样子。可能积极的一方是觉，而瞬最终也接受了这份感情吧。

我所得知的决定性事实，是某一天偶然看到两个人在原野上散步。两个少年犹如恋人一般手牵着手，走向没有人迹的地方。

两个人来到从小町里无法望见的地方，像两只幼犬一样开始嬉戏欢闹。特别是觉，时不时在瞬周围跳来跳去，还会从后面抱他。我的心中不禁涌起一股几乎可以说是痛楚的感觉，恨不得生而为男才好。那样的话，瞬肯定不会选觉，而是会选择我的。

伦理委员会也好、教育委员会也好，对于男女的交际限制非常严格。因此，在我们这个年纪，对异性的思慕受到压抑，只能限定在柏拉图式的恋爱上。

而在另一方面，男孩的同性之间、女孩的同性之间，即便是超出限度的亲密，也有一种网开一面的氛围。因此，除了少数的例外，基本上全员都以同性作为恋爱和性的对象。

两个人来到山丘的背阴处，躺在三叶草上开始聊天。我在距离二三十米远的草丛里屏息静气地观察他们。

觉好像说了什么笑话，瞬露出洁白的牙齿，笑得前仰后合。

一直盯着他的觉，突然像是匍匐前进似的，压在他的身上。两个人的动作静止了半晌。

从我的位置看不太清楚，但毫无疑问两个人是在接吻。觉从上面抱住瞬，瞬就那么让他抱着。终于，瞬也抱住了觉，扭动身体，像是自己要翻上去，但觉故意恶作剧般地不让。好一阵子两个人都想占据上面的位置，简直就像比力气一样，不过一开始就在上面的当然是更有利。挣扎了一阵，瞬像是彻底认输了一般，忽然间放松了全身的力气。不知怎么，好像是放弃了，甘心充当女孩的角色。

看到瞬的反应，觉完全是一副欲火攻心的样子，骑在瞬身上，俯身下去，劈头盖脸强吻不已，从咽喉到颈项都吻遍了。

单单看到这一幕，我的身体都像火烧起来一样。下意识之中，我不禁也开始抚摸自己的身体。到底是想像觉那样疼爱瞬，还是希望被觉那样对待，我自己也不知道。不管是哪种，自己一个人被排除在外竟会让我心中如此焦躁，这到底是什么原因呢？

觉开始用手指沿着瞬的上下嘴唇描画一般地抚摸起来，看到瞬没有抵抗的意思，便趁机连大拇指都塞进嘴里，想强行让瞬吸吮。就连这么粗鲁的行为，瞬也带着宽大的微笑允许了，不过还是会时不时做出咬那根手指的样子。

我偷窥得浑身发热，身子可能太往外靠了。就在瞬要去咬觉的手指而抬起头的时候，刹那间似乎和我视线相交。

我吃了一惊，赶紧把身子藏回草丛里，但还是觉得恐怕被瞬看见了。羞耻感几乎要把我的心口撑破。半晌时间里，我一直伏着身子，但终于还是下定决心，又一次从草丛间探出头，偷窥他们的模样。

那正是觉压在瞬的身上，拼命在脱他裤子的时候。如同大理石雕刻出的天使雕像一般的雪白大腿露了出来。觉带着一副近乎痴呆的表情磨蹭瞬的脸颊，然后，以一种像是怜爱小动物一般的温柔动作，开始抚摸瞬的身体。

瞬虽然像是因为痒痒扭动身子，不过并没有真要抵抗的样子。

看起来，刚才我以为自己和他四目相对，似乎只是我的错觉。

我保持着原来的姿势，悄悄向后退去。再偷窥下去，自己都要变得怪异了。

接下去两个人会发展到怎样的行为，大体能够推测出来。就在不久之前，因为一个纯属偶然的机会，我刚刚亲眼目睹过三班的两个男孩子爱合的场景。

那时候完全是出于好奇而进行的观察。反正大家都知道，男孩子一旦头脑被性欲充满，就完全顾忌不到其他事情了。两个人都是一副浑然忘我的模样，那副难堪的光景，连我都受到影响，禁不住有种想要呕吐的感觉。本来，男孩子的身体构造并不能在同性之间进行性行为，但尽管如此，他们好像还是无论如何都想模拟那种行为。

瞬和觉沉溺于那般愚蠢行为的样子，我是绝对不想看到的。

我心情低落地离开了，极度想找人来安慰。能安慰我的当然只有一个。我回到小町搜寻真理亚，她在自家的后廊里。幸运的是，她家里人好像都不在，但和平时一样，还是有一个碍事的家伙。就是守。

“早季，怎么了?”

真理亚的声音明亮欢快。这两年里，她完全成长为大人般的女性。眉毛描出美丽的弧弯，双眸中满是伶俐的光芒，还有笔挺的鼻梁、紧闭的双唇，都透出不被他人左右的坚强意志。和往日没有一点改变的，大约只有像火一样的红色头发吧。

“唔。就是突然想见你了。”

我笑着这么对真理亚说，丢给守一个白眼。守垂下眼睛，似乎是在躲避我的眼神。

真理亚坐在后廊上，穿着皮靴的脚晃来晃去。守在稍微远一点的地方坐着，和平时一样，挠着爆炸一样乱哄哄的头发，全神贯注地给真理亚画像。其实说是画像，并不是像在和贵园的时候那样用画笔、画板画像，而是在木板上敷一层薄薄的白色黏土，再用石榴石、萤石、绿柱石、天青石、褐帘石等等各种宝石的粉末，以咒力构成意象。

守所画的真理亚的肖像画，不但形似，而且连她的神情都表现得栩栩如生，连我也不得不承认他在这方面具有出色的才能。

守小时候，母亲在流行伤寒中去世，他似乎把母亲的形象重合到了真理亚身上。因为他的母亲和真理亚一样，都有着一头红色的头发，在我们的小町上很罕见。按照觉的说法，红发的遗传基因，原本在亚洲人中并不存在。如果追溯到若干代之前，两个人恐怕都是从遥远国度来到这里的同一个先祖的后裔吧。

守被真理亚吸引，我想大约是升入完人学校之后不久的事。但即使到了青春期，守也整天只想着真理亚，不管怎样可爱的男孩子引诱他，他都没有半点感兴趣的模样。守的住处是在小町最西边的栎林乡，而真理亚的家则在东海岸的白砂乡。虽然相隔遥远，守还是每天早上乘船去接真理亚。尽管这样的忠诚让人感动，但在我们的年纪上，男女之间的恋爱还很稀少，特别是性行为更是绝对的禁忌。所以其结果就是，守的爱意，只能化作为她作画的形式，迂回地加以表现。

守常常在真理亚身边，只看她一个。真理亚也似乎逐渐被守的纯情所感动。因此，两个人之间的亲密度慢慢增加。在旁人看来，那简直就像是女主人和忠犬一般的关系。

但是，我既然是所有人都公认的真理亚的恋人，对于这个守的存在，只能说时时感到郁闷而已。

“喂，我说，去散个步怎么样?”

我诱惑真理亚说。散步这个词，是我们两个独有的暗语。

“唔，好呀……”

真理亚看着我，含笑回答。仿佛一切都心知肚明。

“那我们两个去散步了……守也休息会儿吧。”

我这么一说，守似乎知道我们要去做什么，露出了非常悲伤的表情。

“谢谢啦，你把我画得很好，我很开心。”真理亚看着画这么说。

守的表情顿时一转，变得喜悦非常。我在的时候他极端少言寡语。大概是对真理亚的态度过于具有牺牲性了，被身为女孩子的我看到，会感觉十分害臊的缘故吧。不过，也因为一次都没和他说过话，我也落下了一个坏习惯，即使守在场，也对他熟视无睹，像没有旁人一样自顾自地和真理亚说话。

我们靠在一起，向停在运河边上的一条小船走去。船上画着蓝色的海豚，是小町的公用船，任何时候任何人都可以使用，用完之后随便停到数十个定点船坞当中的任何一个都可以。

我用咒力操纵小船，开始在水面上滑行，真理亚去掉发夹，摇晃脑袋，让红发随风飘动，一副心旷神怡的样子。然后，她双手搂住我的脖子，嘴唇贴在我的耳朵上。

“唔，说真的，怎么了？”

真理亚的温柔言语，让我禁不住热泪盈眶。

“真的没什么，只是想见你了。”

明知道我在撒谎，不过真理亚并没有继续追问，这正是挚友的体贴。真理亚用手抚摸我的头，用手指梳理我的头发。单单这样一种行为，就让我感觉心中的芥蒂一点点消解。

我们去往的目标，是俯瞰波崎海岸的沙滩。沙滩上有个小小的山丘，那是周围环绕着茂密丛林的秘密场所。从和贵园的时候开始，晴好的天气里，放学以后我们经常在那里单独度过美好的时光。最初提议赤裸相对的虽然是我，但一马当先一丝不挂抱在一起吻上来的，则是大胆的真理亚。

把小船拴在木桩上，我们争先恐后地跑上沙滩。好久没来了，我还有点担心是不是有人发现了那个秘密地点，不过幸运的是，似乎并没有被人发现。

虽然知道周围有丛林，哪儿都看不到这里，不过我们还是先确认周围没人，然后才开始脱衣服。最初还有点不好意思，不过当两个人一边娇喘，一边一件件脱下衣服以后，我们便仿佛又回到了天真无邪的孩提时代。

因为已经过了夏天，空气稍微有点冷。我们将起了鸡皮疙瘩的手臂、后背，相互摩擦取暖。

“早季，你的乳房变大了呀。”

真理亚突然从后面搂住了我的胸。

“……好痒。”

我想要扭开身子，真理亚却又追上来，更在我身上四处乱摸。不知什么时候，抹胸也被她扯掉了。

“唔，不要……”

十分微妙的触感，让我无法忍耐，蹲到地上。

“说什么哪……你不就是想要这样吗？所以才来找我的，

对吧？”

被真理亚毫不留情地攻击，我笑着、颤抖着、扭动着。快乐与痛苦、爱抚与拷问，只在一线之间。

“哎呀，有一阵子没见了，让我好好研究研究早季的身体。现在变成什么样了呢，有没有好好发育呀……”

“行了，那种事情不看也……”

说话的时候，真理亚的灵巧手指依然在我的身体上来回抚弄，不停给我刺激。那动作十分迅速而流畅，简直像是被千手观音抚摸一样。

“唔……真是很美的身体呀。没有一丝赘肉，到处都很光滑。”

“唔……唔，够了吧？接下来该轮到真理亚了……”

“唔。等一下让你好好给我服务。不过现在还不急。早季的身体，外表上看起来合格，不过还是要检查一下敏感度才行。”

真理亚的抚弄足足持续了三十分钟。我一边发笑、一边哀求，最后气都喘不上来，不知道该如何反应才好了。

“真——厉害。早季你真是喜欢被人这么欺负调戏呀。全身上下都很有反应，很开心啊。”

被真理亚这么一说，我一下子无法反驳，只能抬起湿润的双眼，如泣如诉地望着真理亚。

“唔，真可爱。”

真理亚微笑着将脸凑得很近，几乎都能感觉到她的呼吸。随后她慢慢把嘴唇贴上我的唇。啊，那种柔软，究竟该怎么形容才好呢？至今为止，我虽然有过许多和男孩子、女孩子接吻的经历，但和真理亚接吻时的感触，从未曾在别人身上体会过。嘴唇这个地方，越是紧张越会坚硬，而且越想放松越无法放松。唯有真理亚的唇，柔软得如同啫喱，像是吸在我的嘴唇上一样。仅仅这一点，便让我心生陶醉，身体更是仿佛融化。接下来她的舌又挑开我的嘴唇，侵入口腔，最终抵达我的舌。触觉与触觉，味觉与味觉，让我们相互感知彼此的存在。

虽然被真理亚不断颠覆自己的身心，我还是想要记下真理亚舌头的动作。真理亚所做的这一切，简直像是她自己想要的，而且很快我就需要也对她照样重来一次了。

在那之后，我们的身体紧紧交缠在一起。膝盖相互交错，坚挺的乳房彼此相对，在挤压下软软变形。

真理亚的手指从侧面悄悄探向我的小腹，轻轻抚弄了一会儿，又向更深的下方探去。

“哎呀?! 怎么这么兴奋呀?”

明明就是自己干的好事，真理亚还是装模作样地问。

“唔……唔……”

我发出抗议的呻吟，但完全不成词句。

狎弄的时间一分一秒地过去。真理亚和我深深陷入彼此的爱抚之中，混然忘却所有的一切。到后半场，我转入进攻一方，真理亚则显出与前半场判若两人的可怜神态，含泪忍受绝顶的欢喜。

我们做的事情基本上没有任何禁忌，只有一条，伴随破瓜的性行为属于被严禁的行列。学期结束时候的身体检查中，担任保健的女性教师会对我们进行彻底检查，看我们还是不是处女。如果处女膜之类特定的部位发生损伤，就会追究其原因，万一被发现是因为与异性有过不纯交游，就会对该生做出退学的处分。

在那时候，我们身边还没有真正因为这个原因而被完人学校退学的学生。唯一听说过的一个传闻，是在比我们大七岁的年级好像有个遭遇退学处分的女学生。在那之后，再没有人见过那个女学生。但要说明的是，这个传闻根本也是觉一贯的恐怖故事——这么说也许不太好，总之就是不知他从哪里听来的校园传说。是不是有足够的可信度，我深表怀疑。

爱抚告一段落，我和真理亚两个人浑身大汗淋漓，横躺在沙地上的时候，我忽然想起了拟蓑白的话：为了排除争斗，我们的社会从黑猩猩这样的争斗性社会，被转变为体格小一号的表兄弟倭猩猩那样以性爱为基调的社会……

那一年的夏日前后，驱动我们的各种齿轮，开始有了微妙的错位，发出不和谐音。然而我们正处在青春期的当中，为自身的急剧变化困惑不已，完全没有余暇细听那些警告的声音。

最初的征兆是什么呢？虽然无法很明确地回想起来，不过我们开始经常产生不明所以的紧张焦躁，乃至会有不安全感。真理亚被频繁的头痛困扰，我也很容易疲惫，经常想要呕吐。其他人也多多少少抱有或大或小的身心不适。然而我们只把那些都当成了一般的所谓成长痛的东西。

在那之中，我们首先迎来了一段亲密关系的终结。

我注意到这一点，是在小町上看到两个身影的时候。

瞬沿着运河的道路飞快地往前走，觉在后面追赶。我之所以感到那一幕很奇怪，是因为和以前看到的时候比起来，瞬的态度明显很冷淡。

“喂，别生气了呀。”

觉一追上瞬，就从后面伸手搭上瞬的肩膀。但是瞬却无情地挥落了觉的手。

“怎么了，瞬？”

觉的声音乘上河面吹拂的风，远远传来。那声音中充满了惊慌，简直不成体统。

“没什么。让我一个人呆着就好了。”瞬毫不理睬。

“我错了，求你了……”觉抓住瞬的双肩说。

“错了？什么错了？”瞬冷笑着丢下一句。

“这个……”

觉很可怜的样子，好像无计可施了。我生平第一次对觉产生同情，对瞬生出反感。

“觉，恋爱这种事情，差不多够了吧？我已经受够做你的玩具娃娃了。”

觉的脸上显出难以置信的神情，哑口无言。

“唔，唔，明白了。那么……”

“还是不明白啊。像那样子一天二十四小时一直黏在一起，只会让我闷得难受。总之我就想一个人呆着。从今天开始，咱们分头行动吧，再见。”

瞬飞快地说完，推开觉，朝我这边大步走来。看到他的脸，我吓了一跳。刚才的冷笑已经被悲痛扭曲了。下一刹那，他好像也发现了我，顿时隐去表情，无视我的存在，从我身边走了过去。

觉木然伫立在刚才的地方。我犹豫了一下是不是要出声招呼他，但顾及他心中的感受，还是放弃了。

为什么呢？我的头脑中，疑问风起云涌。为什么瞬非要采取那么冷酷的态度？即使是在我们的团体中，瞬也明明比任何一个人都善良，明明最能为他人着想。在分别的时候，我所瞥见的他的表情，显然也背叛了他的举动。那不是很明显的痛苦表情吗？

但第二天在学校见面的时候，瞬依然没有半分动摇的模样。与之成为鲜明对照的是，觉的表情已经超越了苦闷的程度。不管谁看，那明显都是一副被甩了的表情。而且他还时不时偷眼去看瞬的一举一动，那模样十分让人心痛。

在那之后大约过了几天，又出现了一个不祥的预兆。

在完人学校的实习课程里，会根据各人的特性和熟练度，赋予学生不同的课题。即便是同样的咒力之技，从单纯的冲力交换到常温核聚变，也存在数以百计的难度等级，我们的位置基本上处在中间一带，但其中也有挑战极高难度的人。

瞬的进度在这里也是出类拔萃的。他被赋予的课题是个非常困难的项目，要在两小时左右的时间里孵化鸡蛋。通常情况下，鸡蛋从产下来到孵化为止，需要二十一天的时间。这就是说，必须用咒力处理从外部无法看到的鸡蛋内部胚胎，使其发生的过程以两百五十倍的速度加速。

直接使用咒力干涉生物的生长发育，通常只有被认为既有技术能力、又有优雅人格的人，才能获得使用的许可。在这一层意义上，也可看出众人对瞬的期许之高。

意外的是，觉也占据了上层团体的一角。他的拿手好戏大抵与光的反射有关。其中，在空中制作镜面的技术，除了瞬的课题之外，在整个班上也算是难度最高的一种了。以前应该也提到过，制作中间真空的空气透镜，将远处的图像扩大显示，是镝木肆星这般高人才能施展的技艺。不过，以微小的水滴作材料，在空气中制作出想象的壁障，将光线进行全反射，使之看上去像是镜子一样，这一课题据说比那个多少要容易一些。

此外，我被分配的课题则是一个没什么难度、也没什么趣味的项目，就是把打碎的玻璃瓶以热量融化，将其重新恢复到初始状态。真理亚那边则和我相反，是在努力钻研使身体飘浮、吸引大家注意的技艺。守……很遗憾，我记不得他是在做什么了。

“早季，看哦。”

觉的声音让我抬起头，只见在我前方大约一米左右的地方，空间像是被切下来一块似的，飘浮着一块银色的不定形的镜面，将正在严肃地与课题搏斗的我的脸，从正面完整映照出来。

“这个是不是有点儿歪？”

我冷淡地应了这一句。满心期待赞美的觉，顿时鼓起了腮帮子。

“没有的事！我做的是个完美的平面。”

“我的脸可没有这么凹。”

“什么呀，歪的是早季你的心吧？”

丢下这一句老套的台词，觉撤了。银色的镜面仿佛融入空气中一般消失。我瞥了一眼觉的身影，立刻发现他悄悄凑到了瞬那边。他在瞬的背后悄悄站着，像是不想让瞬发现的样子。

觉的呆样让人感到他还对瞬有着深深的依恋，不过似乎也终于意识到彼此的关系不可能恢复到从前，轻轻摇了摇头，向五班一个名叫怜的少年走去。怜以一种近乎谄媚的笑脸迎接觉。据说之前他就喜欢觉，但因为瞬的存在而放弃了。觉在怜的面前做出镜面，伶摆出整个班上首屈一指的自恋造型，像个女孩子一样，陶醉在自己的容颜里。

在这期间，瞬以一副嘈杂的班级与己无关的模样，保持着注意力。在瞬的面前，孤零零地放着一个素色陶碗，里面装着一个鸡蛋。没有一个学生试图靠近他，大家都知道他被赋予的课题有多困难。

就在这时，从实习教室后面的入口，有个人走了进来。我下意识地朝那里扫了一眼(请不要误解，我并非注意力涣散)，不由得吃了一惊。进来的不是旁人，正是镝木肆星。他戴着一副墨镜，将整个眼睛遮得严严实实。细细的鼻梁与下颌，还有紧绷的皮肤，都给人一种颇为年轻的感觉。

监管实习的“太阳王”慌慌张张地向镝木肆星赶去。他们说话的声音很低，听不清楚，不过看上去镝木肆星是来参观的。

镝木肆星在“太阳王”的陪同下，开始巡视我们的课题。顿时，班级里的气氛和刚才大相径庭，变得充满了紧张感。我不禁想，如果从一开始就这么认真的话，恐怕大家早都完成课题了吧。

镝木肆星朝我这里走来。难道是对我的课题有兴趣？我心中惴惴，变得前所未有地认真，将瓶子合在一起。完美结合的断面上，犹如冰的再冻结一样，龟裂逐渐消失。

我抬起头，想要窥探镝木肆星的反应，但他却已经从我面前走过去了。

我不禁心灰意懒。果然这个课题太无聊了，根本让人生不出兴趣。

镝木肆星走了几步，停了下来。视线在飘浮于空中的真理亚身上停顿了几秒钟。他应该不是对技术感兴趣，而是在鉴赏真理亚美丽又年轻的肢体吧。外表上看他虽然还年轻，但从年纪上说，应该和我们的父母差不多。这么一把年纪了，还用那样的视线打量少女，不管他的能力如何超群，我还是禁不住感到一种本能的厌恶。

镝木肆星在觉面前停了颇长的时间，评价镜面，给予指导。觉好像受到了无比的鼓舞，脸带潮红地与他对答。

最后，镝木肆星慢慢走近了正在与白鸡蛋对峙的瞬。

每个人都在期待这一历史性的相会。每个人都把瞬视为迟早会继承镝木肆星衣钵的学生。既然如此，他会不会在这里第一次接受镝木肆星的直接指导呢?

但是，走到一半，镝木肆星的脚步突然停住了。

怎么了？我正感觉奇怪的时候，镝木肆星倒退了一步、两步，然后迅速转身，在大家一片茫然中，飞也似的从实习室出去了。

瞬抬起头，望着镝木肆星离去的背影。看到他的表情，我不禁毛骨悚然。

我至今都无法确定他展现出的到底是什么表情。虽然与冷笑相仿，却又有一种极为恐惧、无处可逃的情感。如果一定要表述的话，那仿佛是一种穿过了深不见底的绝望之后的疯狂的笑。

慌慌张张追着镝木肆星出去的“太阳王”回来了。

“那个……因为某些原因，今天的实习时间到此为止。大家请整理好课题中使用的东西，回到自己的教室。”

“太阳王”的脸上虽然挂着和平时一样的爽朗笑容，但声音中却带有一种奇怪的嘶哑。鼻尖上满满的都是汗珠。

“早季。”

觉来到我身边。

“我说，到底出了什么事?”

没有回答我的问题，觉只是向瞬那边努了努嘴。瞬一动不动，依然坐在鸡蛋前面。

“觉，走吧。”怜抓住觉的胳膊，要拉他走。

“你先走吧，我随后过来。”觉温柔地说着，推了一把怜的屁股，让他先出实习室。

“你们也快点收拾吧。”“太阳王”拍着双手催促说。

我把瓶子的碎片放进箱子，站起来。

“瞬，不走吗?”

真理亚招呼说，她的身后跟着守。其他学生一个个出了实习室，里面只剩下“太阳王”和一班的五个人。

“啊。”

瞬站了起来。他的脸色虽然有稍许苍白，但刚才看到的扭曲笑容，已经不见半点痕迹了。

“那个。”

真理亚指向陶碗。瞬伸出手去，忽然间像是起身太快引起了眩晕，他身子晃了一晃，手指一滑，鸡蛋从陶碗里掉了下去。

大家都以为瞬会在半空接住鸡蛋。也许是受惠于训练的结果，这时候的我们，不管怎样长的真言，都能以压缩的形式在心中唱颂出来。更何况瞬这样优秀的学生，没有来不及的道理。

但是，鸡蛋没被接住，掉在地上摔碎了。

这是怎么回事？身体不舒服吗？大家全都哑然望着瞬的脸。所以，注意到**摔碎的蛋本身**的，我想只有我一个。

不对，也许还有一个。

“好了好了，你们快点出去！剩下的老师来收拾。”

“太阳王”飞快插进来，速度快得几乎让人吃惊。他推着瞬和真理亚的后背，一转眼间我们就被赶出了实习室。

“瞬，你没事吧？”觉担心地问，似乎完全忘记自己被甩的事了。

“啊，没事……只是有点累了。”瞬避开觉的视线回答。

“今天早点回去吧？”真理亚也不安地皱起眉。

我虽然比谁都担心瞬的状况，却无法和大家一样向他打招呼。不但如此，我连声音都发不出来。

刚才看到的鸡蛋内部的模样，烙印在我的视网膜上。

粘满黏液的胚胎，不管怎么看，都与鸡雏相去甚远。那是一个形状诡异的怪物。

2

瞬养过一只小狗，名字叫昴，也就是清少纳言的《枕草子》里被讴歌为“星是昴星”的昴星团。继续追溯这个名称的由来，据说是因为许多星星聚集在一起，看起来就像一颗星星，所以被叫作“昴”①。

在《枕草子》问世两千多年之后，某个寒冬的夜晚，一只小狗降临世间。母狗因为难产而死，一母同胞也全都是死胎。唯一活下来的小狗，在漫天星光之下，被命名为昴。

不过，昴绝不是如夜空中璀璨闪烁的星星那般美丽的狗。神栖六十六町里的狗，大部分都是竖耳、卷尾的纯日本犬，像昴这样的虎头犬，我只见过这一头（不过如果真是仅此一只的话，血统应该早就断绝了，所以也许只是我没见过而已）。

和其他的狗相比，昴确实很难看。这种狗到底是为了什么目的被创造出来的，至今依然是个谜。它的腿又短又粗，脸上满是皱褶，嘴唇的斜上方像是被挤坏了一样，正中间的鼻子朝向天上。我曾经在图书馆遗迹中发掘出来的书里查过虎头犬的来历，奇怪的是，所有资料都被归在第三分类。第三分类是“带有危害的可能性，需要慎重管理”的书籍，通常属于禁止阅览的范畴。仅仅是关于一个犬种由来的知识，到底为什么需要如此神经质地对待呢？

根据觉的说法，在他以前偷偷读过的书里有记载，说虎头犬是古代英国为了与牛战斗而创造出来的犬种。如果是这样的话，虎头犬的出现，也就与我们所持的本能和攻击性有着密切的关系，大概可以理解为何被归于禁书一类了。

不过，虽然我的意思并不是说觉的话都是编出来的吓人故事，但有几个理由让我无法相信觉的说法。第一，为什么要让狗和牛战斗，这一点我怎么也不能理解。觉说他在书上看到说是为了娱乐，但我并不想把人类想象得这么残忍；第二，虽然我并不知道古代的牛体型有多大，但是肯定要比狗大很多。不管再怎么考虑，这两种动物也不是同一量级的对手；第三，我知道的唯一一只虎头犬，昴，性格非常温顺。如果说它是为了战斗而创造出来的犬种末裔，为什么会比其他任何一种狗的性格都温和，这不是也很奇怪吗？直到今天，我只知道昴在一生

① 日语里“昴”的发音，也有“集中”的意思。——译者

中仅有一次展现过战斗的姿态，详细经过后面会加以说明。

独生子瞬，在昴还是小狗崽的时候就代替它过世的母亲照顾它、疼爱它。昴因为步幅小，走路的速度慢，而且一走就会累，所以不能一直带着到处走，不过我还是时常会遇上一起散步的他们。瞬修长双腿的后面，矮矮胖胖的小狗乱捣腾着小腿紧跟着的样子，实在很滑稽。

所以，当某天在俯瞰小町的山丘上看到瞬一个人走路、昴没有跟在身边的时候，我感到非常诧异。那是秋日的夕阳将要落山、天空晴朗得近乎悲怆的时候。距离之前完人学校实习时发生的事件差不多过了两周。

“瞬。”

我向低着头陷入沉思中的他招呼了一声。瞬吃了一惊，抬起头站住了。

“早季。”

瞬用大梦初醒的声音回答。那正是古槐烟薄晚鸦愁的时节，因为黄昏时候特有的朦胧光线，我看不到他脸上的表情。

“怎么了？”

我看他没有继续向前的意思，便想向他凑近一步。没想到他厉声喝止。

“别过来！”

我困惑地站住了。两个人的间隔在二十米左右。

“怎么了？”我伤心地问。

“……对不起，不过我想一个人呆着。”

“一个人？”

“嗯。”

瞬朝我这边直直望了一眼，随后将目光移开了。

“所以你和觉也分手了？”

“啊，是吧。”

“可是，为什么？为什么抛弃所有的朋友，想要一个人？”

“这……就算解释给你听，你也不明白。”

瞬从口袋里拿出了什么东西。借着夕阳的光线，我认出那是一个金属质地的球，蜂球。用咒力把它浮在空中，让它高速旋转，就会发出“嗡嗡”的像是蜜蜂飞舞一样的声音。这是我们一开始到完人学校学习的时候，就被分发的能力开发玩具。不过按照我们当下的水平，谁都懒得正眼去瞧这个小玩意儿，更不用说瞬这样的优等生。他居然会摆弄这东西，实在很不协调。

“我们有一阵子不能见面了吧，我想。”

大小三个蜂球，在瞬的面前映着夕阳旋转。微微颤抖的三个音节，开始演奏不稳定的和音。

“不能见面是什么意思？”

“我暂时不能去学校了，我必须疗养。”

“瞬，你病了？”

我非常担心。难道说，他不让我靠近，是因为得了什么传染性疾病吗？

“唔，生病……说是这么说，不过不是感冒肠炎之类的病。该怎么说才好呢……不是身体的疾病……换句话说，是心的疾病。”

在那时候，我还不理解心的疾病是什么意思。是说感染心脏的细菌病毒什么的吗？

“好了，我要走了。”

“等等。”

我喊住了转过身去的瞬。

“就算在学校见不到，总可以偶尔去探病吧？”

“这个啊，该怎么说呢……”

瞬像是欲言又止的模样，

“我已经不能住在家里了。”

我惊得倒吸一口冷气。

“你要去哪儿？”

“为了疗养，要去一个林中小屋……唔，或者应该说就是个小房子吧。再过两三天，我就要搬去那边，开始自给自足的生活了。”

“那是在哪儿？”

“地点不能说。”

我张口结舌。就算有人禁止瞬把地点告诉任何人，他也不可能向我隐瞒。这也许意味着确实什么都不能说，这样的话，事态也许已经恶化到超越想象的地步了。

“瞬。”

我不知道该问什么才好，头脑一片空白。

“你真的……你真的要一个人孤苦伶仃地过日子了吗？昴去哪里了？”

我暗自作好了迎接最坏回答的准备。

“在家里啊。”瞬若无其事地回答，“我想一个人散散步，所以悄悄溜出来了。”

知道昴没事，我稍微有点安心。但是不安依然高涨。瞬到底怎么了？

“我想帮你。”

没有回答。一直只有三个蜂球的嗡嗡声在回响。

“瞬，我，一直都……”

我想要不顾一切告白的时候，瞬在半路拦住了我的话。

“早季，我一直在犹豫要不要说……不过这件事情我想还是说出来的好。”

“哦？”

“两年前夏季野营的事你还记得吧？我们被离尘师冻结咒力的事情。你们都以为我们瞒住了大人吧，可惜不是的。”

“什么叫不是的？”

我一下子没反应过来瞬在说什么，不禁怔住了。

“很可能都败露了。不过，不知道出于什么原因，我们没有受到处分。”

“我不知道你在说什么。”

“我们一直受到监视，我也是最近才发现这一点的。”

我感到自己好像吞了铅块一样，身体异常沉重，浑身渗出冷汗。

“事到如今，这样的警告可能已经没什么意义了。但是，早季，小心猫。”

“猫？什么意思？你是说猫怪？”

瞬暧昧地摇头，那意思既像肯定又像否定。

“对了……这个是给你的。”

瞬把颈子上戴的项圈一样的东西摘下来扔给我。

我双手接过，沉甸甸的。坚硬厚实的皮革项圈，上面镶嵌着若干道金属质地的圆轮，看上去像是打开的门合页，也许更应该称之为枷锁。

“这是什么？”

“驱猫护符，我做的。”

“不会是和昴的项圈一起做的吧？”

相比之下，昴的项圈看着都没这个结实。对于我的玩笑话，瞬咧开嘴笑了笑，但却没有发出笑声。

“总之，请把我讲的事情告诉大家。”

说完这一句，瞬背转过去，正要往回走，忽然又站住了。

在瞬走过来的方向上，我看见有一个小小的白色生物正在靠近。是昴。它拼命摆动短短的腿，好像是在追瞬。

“昴，你个笨蛋……我不是明明白白告诉你不要跟过来了。”

瞬小声地自言自语，然后一个人跑下山丘。像是要从我这里、也像是从昴这里逃走一般。

小小的虎头犬在后面摇着尾巴追赶。原本就不擅长奔跑的小短腿拼命倒腾着，姿势显得很古怪。

然后我意识到了。昴的后腿好像不太对劲。不，不仅是后腿，好像还有更多的地方不对劲。

但就在我想找出怪异感从何而来之前，虎头犬的背影已经融入在黄昏时分的昏暗中了。

“可以肯定的一点就是，我们必须寻找瞬的下落。”觉冷静地宣布。

“可是，怎么找?”

觉的话虽然给我鼓舞，但我还是禁不住反问了一句。

“怎么找? 只要想得到的办法，全都用上。”

觉的决心没有半点动摇。

“觉，你是不是还在想着要和瞬破镜重圆哪?”

真理亚的眼神里带着稍许讽刺。

“瞬虽然走了，但至少你也知道了他不是因为讨厌你才走的。”

“我没那个想法。”觉毫不客气地回答说，“比起这个，要找到瞬当面询问的事情不是很多吗？我们在受监视，这是真的吗？小心猫又是什么意思？还有……”

觉紧紧握住拳头。

“瞬到底有什么问题？”

我感到一阵心痛。在实习室里看到的鸡蛋里的怪物，我还没有对任何人说过。直觉告诉我，那肯定与瞬遭遇的问题有关。但我害怕一旦说出口，担心就会变成现实，所以怎么也无法说出来。

瞬已经有四天没在学校出现了。放学以后，我们聚集在校舍的后院秘密会谈。

“……可是，如果我们正在受到监视，不是更应该避免采取过于惹人注目的行动吗？”守担心地问。

“嗯，是啊，我也觉得太危险了。”真理亚和守站在一边。

“那就是说，你们要抛弃瞬？”觉面显怒色。

“我没那么说，可是……”

真理亚神经质地朝周围看看。

“我总觉得眼下好像也被什么人看着似的。”

“明明什么人都没有，你个白痴。”

觉的嘴唇扭了扭。我忽然想起一件事。

“我说，你们还记得吗？从奇狼丸那边逃出来的那天晚上，不是有些讨厌的鸟一直跟着我们吗？”

“怎么连早季也开始说些莫名其妙的话了？那些鸟应该是

化鼠训练用来侦察的夜鹰和乌鸦什么的。”

“既然连化鼠都能做到这种事情，换成伦理委员会的话，会不会有更巧妙的方法?”

“是啊！我听说过的。镝木肆星和日野光风这一类的高人，或者建部优那样的技术专家，可以控制遗传基因的复制过程，按照自己的设想创造出生物。你们看那边飞的蜜蜂，要说是在监视我们，也未必不可能。”

大家都沉默了。苦闷的空气压将下来。确实，如果被昆虫监视的话，我们完全不会注意到，更没有对应的办法。至于说昆虫回到秘密指挥部之后，会把自己看到的东西表达到什么程度，那是另外的问题了。

“……好吧，总之我还是要去找瞬。你们不想找的话，不找也没关系，我也不想强迫你们。”

“我也找。”

我间不容发地表明支持的态度。

“等一下哦，你这么说就好像我们一点都不担心瞬的事情一样。别这样子。”真理亚抗议道，“我只是说，我们要是四个人聚在一起行动，实在太显眼了，这样子不好。对吧，守?”

守呆呆地张着嘴。他想说的好像和真理亚的表述相去甚远。不过他最终还是什么都没说，点了点头。

“说的也是。那咱们分头调查吧。”

依照觉的安排，我们分成两队。真理亚和守去找其他班上和瞬交好的学生，打听看看他们有什么消息。我和觉直接去拜访瞬的家。

我们来到附近的船坞。刚好船坞里拴着一艘画有蓝色海豚的小船。我和觉乘上小船，沿着渔网一般散布在小町中的水路前进。

构成神栖六十六町的七个乡之一的松风乡，位于小町最北面的位置，而瞬的家还在松风乡的北边。歇山顶①的高墙大院气势威严，黑光凛凛的大黑柱直径足有一米，上面支撑大屋顶的大梁长度照我看至少在三十米以上。小的时候我们经常来这里玩，对这幢宏伟的木质建筑总是心怀畏惧，简直不能相信它是木头的。不过到了和贵园的高年级，游乐场转移到了野外，我们便很少再相互拜访各自的家了。

我们的小船在水路中轻快地穿行飞驰，不过到了去松风乡的岔路口，觉突然放慢了速度。

“怎么了？”

“那边，你看。”

觉用眼神向我示意。那是停在岔路口周围的几条船。每一条都比我们乘坐的小船大很多。船的侧面有着模仿“神之眼”的町章和红色号码。那是小町公用船的印记。根据上面标示的

---

① 歇山顶为中国古建筑屋顶式样之一。由一条正脊、四条垂脊、四条戗脊组成。亦有传入日本朝鲜等地。——译者

守护本尊的梵字，基本上可以判断出它是属于哪一部署的船只。我扫了一眼，看到上面是阿弥陀如来、千手观音的梵字𑖮𑖿𑖨𑖱𑖾，大概是环境卫生科或者保健所的船。

“先躲开再说。”

我们的小船沿着水路笔直穿行。我偷眼去看岔路口，只见距离水面大约两米高的地方，拦着带有黄色与黑色纹路的绳索。那是表示禁止通行的标志。

“怎么回事？不能进松风乡？”

“恐怕是的。”觉一脸沉重地说。

“可是……怎么会！”

和瞬有什么关系吗？我很想这么问，但害怕得无法说出口。

“只有步行进入松风乡了。”

“可是，路上不是有看守吗？”

“在前面转个大弯，从森林中穿过去。”

我们又走了大约一公里，在船坞上岸，拴好小船，然后从那里先朝反方向走了一阵。左面是草地，右面是白背栎和山茶一类的阔叶树林。我们确认周围没人，一头钻进树林。

“总有一种不祥的预感。”

“嗯，我也是。”

每前进一步，心中怪异的不安感就会强上一分。就像后面的头发被拽住一样，又像是在前方有某种排斥磁场存在一样，身体也有一种物理上被向后拉着的感觉。

不知道走了多远，忽然间又有黄色与黑色的条纹模样跳进视野。树林里也被张设了禁止通行的绳索。

“开玩笑的吧？这种地方会有谁走？”

“恐怕是把整个松风乡都围起来了。”

觉抱起胳膊，端详绳索的走向。绳索绕过好几棵大树，走了一个之字形，不过依然能看出它有一个大大的弧度。

“既然这样，只能先钻过去。”

觉钻过张设在一人高处的绳索。我也紧跟在后面。违反重大规则的罪恶意识让我的心跳加快了少许，不过事到如今也没有选择的余地了。

“嘘。”

觉突然站住，做了个安静的手势。我立刻僵住。

在三十米左右的前方，树林中隐约有什么东西在动。

觉回过头，用口形向我传达他看到了什么。H、ua、Sh、u……好像前面有充当哨兵的化鼠。

我们在树影里屏息静气躲了半晌。不断用咒力吹起微风，防止我们的气味传到对面去。

近乎永恒的漫长时间大约持续了十分钟。不知从哪里响起尖锐的鸣声，似乎是在树林中偷懒的化鼠猛然跳起来，飞奔而去。

“好，走。”

我们再度前进。不久，出了阔叶树林，来到红土道路上。对面是一大片松风乡因之得名的广阔赤松林。

我们小心翼翼，仔细确认过周围没有人也没有化鼠，然后飞快地穿过道路，冲进赤松林里。

刚一进树林，就有一股毛骨悚然的感觉袭来。

我带着莫名的恐慌，惊惧地打量周围。赤松、山栎、阔竹之类的植物群落，看不到有什么怪异的东西。可是，这种怪异的感觉到底从何而来？

“果然很奇怪啊……这里的氛围不太对头，不能久留。”觉似乎也和我一样，有种不舒服的感觉，“怎么办？”

“都到这儿了，没有掉头回去的道理吧？”

觉虽然点头，但表情中明显带有不安的影子。

我们在赤松林里又前进了四五十米。然而迎面等待我们的却是让我们无法置信的东西。那是刚好张设在齐人高处的第二条绳索。但这一次不是单纯表示禁止进入的黄色与黑色的绳索。

“八丁标！为什么……”

那是垂着无数纸条的雪白的注连绳。本应该是分隔神栖六十六町与外界的八丁标，为什么会被张设在小町内部的松风乡？

“难道说町的面积缩小到这儿了？”

“咦，不对。”查看注连绳的觉说，“这绳子是新的。不管怎么看，都是新做出来的。我猜，旧的八丁标，大概还在之前的位置没动。”

“那，这是什么?”

“是在町里设立了另一个结界。把整个松风乡完全包进去了。”

不管怎么想都很奇怪。本是为了不让外界邪恶之物进来而设立的阻断道路的八丁标，却被用来封禁町中的某个地域。

觉长长叹了一口气。

“总而言之，要想再往前去的话，只有越过八丁标了。”

我点点头。越过八丁标，与越过单纯无视禁止通行的绳索，意义截然不同。前者的行径一旦被发现，绝非可以轻易开脱的。

但是，我已经下定了决心。为了与瞬相会，哪怕八丁标也拦不住我。

我们小心翼翼地避开纸垂，钻过注连绳。

最初，似乎看不出有什么明显的变化。但是，走着走着，逐渐地，周围开始呈现出异状。

赤松与山栎的树林中，山柳、山漆、瑞香、石楠之类的杂树很是茂盛，然而以某处为界限，那些杂树便如被龙卷风横扫过一般，卷成旋涡状，纷纷枯死。

觉的表情相当可怕。我们沉默无语，向前急赶。

天空微微有些阴郁，不过太阳还没有西斜。抬头仰望，郁郁苍苍的茂密树枝相互融合，变得如同房顶一样。和杂树相反，赤松的生长与繁殖近乎异常。

觉用咒力折断粗大的树枝，将松枝的前端点燃。虽说是白天，但若没有火把的话，脚下总不太安稳。

半路上，我们在树木之间看到一处小小空地，上面有阳光照射下来。然而到了那里才发现，地面早被赤松的根覆满。大蛇一般的粗大根系在地面上蜿蜒纠缠、盘旋环绕的模样，仿佛不像是这个世界上该有的东西，更不可能从中穿过去。虽然很想用咒力切开，但仔细一想，在这里留下通行的痕迹，恐怕不是上策。没有办法，我们只得避开空地，在丛生的树林之间艰难跋涉。

“早季，”高举火把的觉回过头说，“你看。”

觉所指的是树木的表皮。普通的赤松树皮应该有着龟状的裂纹，但这里的却长满了圆圆的节瘤，无数个重叠在一起，像是癌细胞一样无秩序地生长着。其中若干个节瘤上甚至浮现出仿佛人类的面孔。那是被无法想象的痛苦扭曲的容颜，是无数亡者嘶声嚎叫的模样。

我毛骨悚然，移开视线。

“快走吧。”

我的心中已然有了觉悟。前面恐怕还有更加可怕的景象在等待着我们吧。所以，接下来跳入眼帘的光景并没有让我如何惊讶。

那是一处堆积着巨大的岩石和乱石的斜坡。赤松稀疏，取而代之的是丛生的山杜鹃。奇怪的是，明明是秋天，山杜鹃却在盛开。本应该在春天开花的粉红山杜鹃疯狂绽放，更散发出未曾闻过的几乎令人窒息的芳香。

“太美了……”

我向花丛走去，仿佛被花吸引了一般。

“别过去，不要碰。”

觉抓住我的手臂。

“那些花很怪异，看这个。”

觉指向脚下。那里散乱着无数蚂蚁、蜜蜂、甲虫、蜘蛛的尸体。

“你不觉得这花香也太强烈了吗？说不定含有什么有毒的成分。”

“山杜鹃里？”

“不管怎么看，也不像是普通的山杜鹃吧。”

这句话像是解开了我的缚咒一样。我看着刚才还觉得美丽的花，想到它的毒性，不禁打了一个冷战。

不对，身体颤抖的原因，不单单是因为山杜鹃。

“这是什么？这股寒流？”

树林深处，乘风而来一股冷气。

“……去看看吗？”

觉好像豁出去了。我们像是被什么东西附体了一样，向冷气的来源突进。

“雪！”

一眼望去，觉叫了起来。

“这……怎么可能？明明还是秋天。怎么会下雪呀？”

我也不敢相信自己的眼睛。

觉将手伸向覆盖在树木根部的雪一样的白色东西。

“哎呀……不对，这不是雪。”

“那是什么？”

我没有伸手触摸的勇气。

“是霜。因为太多，看上去就像雪一样。虽然搞不清怎么回事，不过这边只有地面附近的温度很低，大概是空气中的水分凝结而来的吧。”

霜之所以一直没有融化，肯定是因为这一带的土地直到地下深处都被冻成了永久冻土的缘故。

全都莫名其妙，我喃喃自语。这里的一切仿佛都脱离了原本应该遵守的秩序。

绕过因结霜而很容易滑倒的地面，再往前走上大约一百米，赤松林唐突地宣告终结。

“小心。”

觉低声提醒我注意。我们趴在地上，匍匐着靠近树林的边界。

眼前展开的景色，让我头晕目眩。一个巨大的蒜臼一般的深坑，直径恐怕足有两百米。在我的眼前，一个让人想起巨大的蚁狮穴的陡峭斜面，一直延伸到一百五十米以下的深度。

“难以置信。难道是有陨石什么的掉下来了吗?”

“嘘。”觉做了个噤声的手势，“那边有人。”

在觉的低声提醒下，我也终于注意到了——蒜臼底部有个人影。

“……不会是陨石。如果掉下来的陨石能够形成这种规模的火山口，那会引发大爆炸的。我们之前可没听到任何声音，对吧?”

对于刚才我的疑问，觉以近乎耳语的低低声音回答。

“那这个洞是什么呢?”我也模仿觉，耳语反问。

“不要什么东西都问我。”

“什么啊，你不知道?”

这么一说，觉似乎生气了。

“倒也可以作个大致的推测。我觉得这个洞穴恐怕是那边的人用咒力挖出来的。”

“挖了干什么?”

“嘘。”

觉又一次制止我。

洞穴底下的两个人慢慢飘浮了上来。不会是朝这里来的吧？我想到这一点，心里不禁有点发慌，不过他们在对面的火山口边缘落地，然后就离开了。等两个人的身影消失之后，觉恢复了正常说话的方式。

“……一定是想挖什么。”

我向蒜臼的底部望去。那里有个黑色的东西，但正好隐在砂土隆起的阴影里，看不清到底是什么。大概对面应该能看清楚吧。这么一想，忽然间我的脑海中灵光一闪。

“觉，在那边做一面镜子。”

我用手指示意。他立刻理解了我的主意。

在我们和对面斜坡的中间，空气犹如阳炎一般波动。漫反射的光线灿然闪烁。光团一边摇晃，一边慢慢地聚拢，并化作银色的镜面。

“再往下一点儿。”

“知道，别吵。”

镜子里映出具有完美现实感的景致。觉小心地一点点调整它的位置。很快，我们就看到了蒜臼状洞穴底部冒出头来的东西。

我们两个都愣然了。这里原来我们早就来过很多次了，为什么到现在才注意到这是什么地方呢？

镜子里照出来的是一根巨大的木头，大半都埋在土里。我一眼就认出，那是支撑瞬的家的大黑柱。

我们沉默地踏上归途。

我们心里想的当然也有赤松林中看到的各种奇怪现象，不过占据大半心思的还是瞬的下落。

虽然不知道到底发生了什么，但是瞬的家似乎全被大地吞没了。如果瞬还在家里的话，恐怕不可能生还吧。不过不知为什么，我总相信瞬还活着。

此时此刻，他到底在哪里？身处在什么状况中？他平安无事吗？是不是需要帮助？我的脑海中，盘旋着无数无法得到回答的疑问。

“瞬说过他要离开家的吧？肯定没事的。”

觉与其说是说给我听，不如说是说给自己听的。

“明天早上去找他吧，肯定会找到的。”

“现在立刻去找不是更好？”

“太阳眼看就要落山了。瞬到底在哪里，眼下没有半点头绪。虽然大家都很心急，但今天还是先回去的好。”

觉是怎么回事？他怎么能这么冷静地陈述自己的意见？他不是在担心瞬吗？我对觉产生了些许不信任感。

来到与真理亚他们约好碰头的公园，却没有看到他们的身影。等了好一阵，我们还是决定先回家。

“明天见。”

简直像是去完郊游回来分别时的招呼一样，我们互相道别，在十字路口分手。觉的家在茅轮乡，我去船坞乘上拴在那里的自己的船，返回水车乡。

夕阳落到筑波山的背后，小町笼罩在昏暗的纱帐中，星星点点的篝火逐一燃起，给昏暗的水面嵌上橘色的斑纹。那是如同梦境一般甜美的风景。若是放在平时，这是我最喜欢的时间段，能让我心情平静地回首一天的往事，也让思绪驰骋去明天。

在家里后院的舫柱上拴好小船，从后门进去，看见父母都在，不禁小小地吃了一惊。很少见的，两个人的工作好像都早早结束了。

“回来了呀，早季。”母亲露出温柔的微笑向我招呼，“饭就快好了哦。很久没有三个人一起吃饭了。”

坐到桌前，父亲盯着我的脸，笑着说：“什么啊，满身是泥，去把脸和手好好洗洗。”

我遵照父亲的话去洗了手和脸，重新坐到桌前。本以为父亲会问我去了哪儿，但和预想的相反，父亲什么都没有问。他对我说了如今正在讨论中的、要在小町中心部设置路灯的计划。据说是因为单靠篝火的照明，总有许多不便之处。但是父亲又说，因为路灯使用的白炽灯所需要的电力，被规定只能用于公民馆的扬声器播放节目，因此需要讨论修改一般伦理规定。

“不管怎么陈情，伦理委员会的显贵们，总是不太会点头啊。”身为町长的父亲，用筷子擢着煮鱼，抱怨说。

“不过，要是那样的话，还是希望先考虑图书馆的照明问题。”

母亲作为比町长地位更高的图书馆司书，也提出了自己的要求。

“图书馆今年花了整个小町预算的五分之一啊。”

“我知道。可是，最近晚上的工作越来越多，单靠这种磷光灯，很不方便。”母亲指着餐桌上的灯说。

在当时，磷光灯是被广泛使用的照明器具。在被称作柚子球的大圆形管球的内侧，涂上厚厚的特殊涂料——其中不知道含有白金还是铱金——使用咒力注入能量，便能在一定时间内发光，不过充其量也只能持续三十分钟。每次光线衰减的时候，就必须再用咒力给它加上一鞭，很麻烦。

“眼下这时候，还有余力发电的只有水车乡的七号水车。就算为了图书馆的使用，要把电线一直拉到茅轮乡，也不可能啊。”

“在图书馆前面的水路上新建一座水车不就行了？”

“这也很困难。水车本身会对交通造成阻碍，而且那一带的水路，要想用于发电，流速还是有点太慢了。”

两个人虽然在进行认真的讨论，但我还是能感到某种不自然。父母给我的印象就像是为了避免谈话转移到更加不妥的话题上，而故意在表演讨论一样。

“……我说，你们知道瞬的事吗？”

我这么一说，两个人突然停止了对话。

我感觉自己的心跳加快了。明明清楚知道这是危险的问题，却还是忍不住脱口而出了。这大约是因为我在生气吧。自己明明这么担心瞬的事情，可是父母偏偏还要装模作样地进行毫无意义的讨论。当然，在我莽撞的问题背后，或许也有不管三七二十一问问看，说不定能够得到什么线索的小小计算。

“你说的瞬，是青沼瞬吗？”父亲静静地问。

“是呀，因为他突然就不来完人学校了。”

我感觉自己的声音略微有点嘶哑。

“这种事情可是禁止谈论的哦，早季也知道的吧？”母亲带着责备的笑容说。

“唔……可是……”我垂首不语，眼中盈满泪水。

“小季……”

父亲看不得我流泪。小季这个小名，自从我五岁之后就不用了。

“老公。”母亲担心地看了父亲一眼。

“唔，没关系……小季，你知道吗，所谓人生，总会面临各种考验。与朋友的艰难分别，也是其中之一啊。”

“瞬怎么了？”

我拦住父亲的话，叫了起来。父亲皱起眉头，仿佛很难回答的模样。

“失踪了。”

“什么意思？”

“几天前，在松风乡发生了大事故。从那以后，青沼瞬和他的父母就都失踪了。”

“事故是什么意思？我完全没听到消息。为什么，到现在……”

“早季！够了！”母亲用严厉的语气说。

“可是——”

“我们很担心你，知道吗？不要顶嘴，听你父亲和母亲的话。不准再问了！问那么多对你没好处！”

我勉强点头，站起身来。

“早季，求你了。”在我就要走出餐厅的时候，母亲又含泪补充道，“我不要再……不，我不要失去你！听我的话，好吗？”

“知道了。我今天很累，去睡了。”

“晚安，小季。”

父亲一边说，一边抱住了在揉眼角的母亲的肩膀。

“晚安。”

在登上二楼的楼梯途中，我的耳朵里一直都回荡着母亲的话。

“我不要再……不，我不要失去你！”

那声音和很久以前听到的另一个悲痛的叫声仿佛重合在一起。

“我不想再失去孩子了！”

即使到了床上，各种思绪还是纷至沓来，在我脑中盘桓不去，让我怎么也睡不着。

自己是不是还有一个姐姐的想法，很久以前就有。这一疑问最初萌芽的时刻，我想大约是在我十岁前后。契机是看到母亲偶然间丢在书斋里的古老的汉和辞典(第三分类)。在和贵园的课上，我学到孩子的名字当中投射了双亲的期待和愿望，于是我希望了解自己的名字“早季”当中，被赋予了怎样的意义。

“早”字当中，虽然有“早晨”、“快速”、“年幼”这三种意思①，但哪个都不太像。本来就是孩子，年幼也是理所当然的。那么再来看看“季”这个字：“年轻”、“季节”、“小”……正觉得毫无头绪的时候，最后的释义映入我的眼帘。

幼子。

当然，单凭这一条，我还不能断定自己就是现实中的幼子。但是，对于汉字所持的意义母亲比任何人都敏感。我有一种感觉，如果自己是长女的话，母亲恐怕不会使用“季”这个字。

想到这里，幼年时候的朦胧记忆慢慢开始苏醒。我想那还是我两三岁时候的事。有个一直都在我身边、随时疼爱呵护我

① 指日语中的释义。——译者

的人。那个人比我年长，但和母亲相比要小很多。另外，父母喊我“小季”，喊那个人“小美”。

是了。姐姐的名字叫吉美。

没有任何证据显示这不是因为我的自我暗示而伪造出来的记忆。但是，与母亲那个悲痛的叫喊——“我不想再失去孩子了”——合起来考虑的话，我有过一个姐姐的假定，立刻有了真实感。

如果这是事实，姐姐为什么会不在了呢？当真是因为不合格而被处决了吗？还是和瞬身上发生的事情有什么关系呢？

思来想去也得不出结论，在半路上陷入了死胡同。

就在这时，传来敲击窗户玻璃的声音。

我吓了一跳，抬起头。窗帘没有拉上。月光映照的二楼窗户外面浮着一个人影。

刹那间，带有迷信色彩的对于超自然存在的恐惧将我攫住，差点让我跳起来，幸亏借着月光看到了红色的毛发，我这才意识到原来是真理亚。

“怎么了，这么晚？”

我立刻打开窗问。

“抱歉，我们刚去过公园，但那儿一个人都没有。赶回家之后，又挨了一顿狠训。”

“快进来。”

被父母发现的话就糟了，我让真理亚从窗户进来。

“为什么那么晚呀？不是只去听听大家的说法吗？”

真理亚紧紧搂住我的脖子。

“真理亚？”

“吓死我了！再有一会儿说不定我们也会被杀的！”

“什么意思？你说的我一点也听不懂。”

真理亚颤抖了好一阵，等稍微平静一点儿之后，才和我一起坐到床上，开始告诉我她的经历。

真理亚说，他们一开始只是在漫无目标地找那些和瞬关系亲密的孩子。守不知怎么，似乎具有寻找东西的能力，即使是漫无目的地乱找，也找到了两三个可以问的人。但是，大家全都没有线索。

在这期间，真理亚他们注意到一件奇怪的事。能算是瞬的朋友的人，除了我们一班的以外，多数都是住在松风乡的，但其中大半都不再来完人学校上课了，好不容易才找到的一个，也是闭紧了嘴什么都不肯说。

真理亚他们也想过是不是要去松风乡，不过因为我和觉已经去了，于是他们决定回完人学校去看看。

这时候已经放学好几个小时了，学校里当然没什么学生。真理亚他们正要放弃，打算回家的时候，忽然想起以前瞬和觉说的事。也就是很久之前他们悄悄潜入完人学校中庭的那件事。当时他们说过，看见里面排列着一排奇怪的小房子，像是仓库一样，有类似氨水的气味，还有野兽的低吼声。

“……所以我们就想去中庭看一下。当然，我们也不敢保证那样就能知道瞬的下落，不过总觉得说不定能找到什么线索。”

看起来，真理亚和守的配对，好像是凭侥幸一个劲埋头猛冲的类型。

“但是，怎么进中庭的呢？瞬他们当时好像说他们是因为记得钥匙的配置。”

“你忘了吗？我能在空中飘浮呀。我小心飞过校舍，没让人看见。守因为不能飞，我就先进去开了锁。果然和瞬说的一样，大约一打小小的门闩，放射状排列……”

门闩的事情随它去吧。我催促真理亚往下说：“别说门闩了，里面有什么？”

“和瞬他们进去的时候一样，什么也没有，除了五个砖头小屋排成一排。”

我想起瞬说过跟和贵园也一样。

“小屋上有木门，木门好像非常非常结实。我觉得可能是栎木板，足有四五厘米厚，用黑色的铸铁带子捆在一起，而且铰链……”

“你就别忙着说门了。到底看到了什么，快说要点！”

我急得叫了起来。真理亚向来有着良好的注意力和观察力，但却很不擅长概括性的介绍。

“对不起。也就是说，我们想看里面有什么，但是不弄坏门就没法看到。”

“我这边才该说对不起，我只是想早点知道你们看到了什么。”

“嗯。然后我们把耳朵贴在门上，能听到里面有声音。”

“什么声音?”

“像是低低的吼声。然后有一种很大的动物悄无声息来回走动的感觉。而且我们知道里面的动物也发现我们了。”

“等等。那个小仓库一样的房子，里面有那么大吗?”

“唔，恐怕那只是个入口，地下还有地下室，或者说地牢一样的空间吧，我想。那种感觉也像是从地下传来的。”

“唔……那么你们最后还是没有看到声音是什么东西发出来的?”

“倒也不是，只是不敢确定。其实后来看到过，不过说是看到，也并没有看清楚。”

我意识到还是让她按照自己的节奏讲更快，于是尽可能不去打断她，闭上嘴巴听着。

“我和守正在探听小屋里面的情况，突然响起了门闩打开的声音，好像有什么人要进中庭来。因为没有别的地方可躲，我们赶紧藏到了小屋的后面。真是千钧一发！一转眼中庭的门就开了，有人进来了。”

“谁?”

“没看到脸。不过从说话的声音听来，一共有三个人。其中一个大概是‘太阳王’，后面两个一男一女。女人的声音，和我们当初夏季野营回来的时候，面试我们的教育委员会的人的声音很像。”

我不禁咽了一口唾沫。

“他们在说什么？”

“只能断断续续听到一些，那个男的说什么必须要赶快，要在 YeMoHua 之前解决。万一失败，事态将会无法收拾。YeMoHua 是什么我就不知道了。”

我想，在心底的某个角落，我已经有所预感了吧。即使如此，听到这个词，我依然像是被铁棒当头一击。所谓 YeMoHua，不就是**业魔化**的意思吗？

“……后面又说了什么？”我从喉咙里挤出声音。

“女人的声音说，只能赶快派出不净猫了。这时候‘太阳王’回答说，现在马上能用的只有大黑和虎斑什么的。”

真理亚的声音因为战栗而尖细。

“然后，他们打开了门。第二个和第四个小屋的门。门一开，就从里面迅速跳出了巨大的动物。我在小屋的阴影里偷偷瞥了一眼，好像和从前动物园里的狮子一般大小，不过比狮子更细长的样子。”

“那个动物……不净猫，不是已经发现你们了吗？”

“嗯，不过它们一出来就被咒力封住了动作，被运走了，而那三个人并没有发现我们……但是，要紧的是之后！‘太阳王’说漏了嘴，就是说要把不净猫送到什么地方去的时候，他说，‘明明是那么优秀的孩子，太可惜了。’”

“太阳王”说的是谁，在真理亚报出那个名字之前，我已经明白了。

“我听得清清楚楚！是青沼瞬!!”

3

在那之后，我是如何安慰真理亚的，我已经记不清了。大概就是耐心解释说瞬没有迫在眉睫的危险，让她放心吧。我虽然没有得到上天赋予觉的那种胡编乱造的才能，不过还是搜刮肚肠编造了各种说法，又和她约好第二天一早大家一起去寻找瞬的下落，才终于把真理亚打发回去。

我知道比起孤零零一个人，还是两个人在一起的时候更加坚强。但是，既然没有生还的希望，当然也不能连挚友的性命一起搭上。

送走她之后，我飞快地收拾行装。在毛衣外面套上不透风的夹克，拿发卡把头发束在脑后。因为平时就有很多户外活动，常用药、绷带之类的急救用品以及指南针等本就是常备品。我把这些东西统统塞进背包，背在身上。然后忽然想起一件事，又把瞬给我的项圈戴在颈上。

悄悄从窗户来到屋顶。我还不能像真理亚一样在空中飘浮，只好一边在口中唱颂真言，一边毅然跳下去。咒力发动的瞬间，从空气受到的阻力变得像水一样沉重，刹住我的身体，就像是梦中落下一样的感觉。着地的时候没有保持住平衡，一脚蹬空，让我不禁打了个冷战，不过幸运的是脚没有扭伤。

没时间磨蹭。我立刻起身，蹑手蹑脚绕到我家的后院，迅速解开拴在舫柱上的船，沿着漆黑的水路前进。一开始的时候，极力避免发出声音，等到感觉离家足够远了之后，便开始以全速全力航行。

我不知道自己是不是一定能赶上。不但如此，在视野并不清晰的黑暗中，以如此疯狂的速度前进也是很危险的。万一用咒力操纵的小船稍有失误，弄不好会一头撞上什么东西。

即使如此，我依然不放弃。不管做什么，我都要救瞬。我会赶上的，肯定能赶上。在我的头脑中，只有“赶上”这一个念头。

在黑暗的水路上疾驰之间，忽然，一种奇异的既视感攫住了我。

那是夏季野营的第一天，我和瞬两个人乘皮划艇时候的事。瞬消去了所有的波纹，河面犹如漆黑的镜面一般，映出满天的繁星。

瞬一给白莲Ⅳ号加速，星光便碎作无数的碎片，消融在波纹之间。

水流也好、两岸的景色也好，全都朦胧地隐入黑暗之中，看不真切。如此一来，速度的感觉本身也逐渐消失。刚好就像我的小船现在这样。

我给自己的小船起的名字，和那时候的皮划艇一样，都是白莲Ⅳ号。因为小船不能以同一个名字登记，所以不能写在船身上，但是对我而言，除了白莲Ⅳ号之外，其他的名字都完全不可接受。

以超出常规的速度飞驰，转眼之间便到了去往松风乡的岔路口。我在这里停了一下船。白天这里是数艘船只设岗的场所，不过此刻因为已经接近深夜，停在这里的只剩下一艘船。船上虽然焚着篝火，不过却不见一个人影。

没时间像白天一样迂回到陆路了，只有硬闯过去。我再度慢慢开始前进，集中了所有的咒力，专心于消除水声。白莲Ⅳ号有如滑行一般在火光中前进，钻过了禁止进入的绳索之下。

这时候如果有谁从船里探出头来，那就万事皆休了。直到自认为白莲Ⅳ号的身影彻底脱离了那艘船上能及的视野范围为止，我一直都屏息静气，不敢出声。

设卡的船只恐怕也没想到真会有人敢于犯禁闯入松风乡吧。不然的话，我肯定不可能如此轻而易举地突破岗哨。

白莲Ⅳ号继续静静地航行。不大工夫便穿过了第二道界限，八丁标的注连绳。这里已经没有监视的船只了。

月光如水，迎面可以看见两棵大大的松树。应该已经来到了接近中心的区域。透过黑暗，隐约可见沿岸一家家屋舍的影子，然而松风乡的一切照明似乎都已经死绝，成为了无人地带。

我转入向北的狭窄水路。

当然，我并不知道瞬明确的所在。不过，大致去了哪个方向，我还算有点头绪。瞬的家是在松风乡的北面。如果要在周围没有人的地方建造小屋并搬过去住，很可能会避开乡里人口众多的中心地带，或者与其他乡相通的地方。说不定是要向北直走，弄不好还会越过八丁标吧。只要有磁石，方向不成问题；问题在于，过了八丁标之后，还会有多远。

细细的水路，在大约五百米的地方走不下去了。狭小的船坞停了几艘船，已经满了，我只得将白莲Ⅳ号拴在航路的木桩标志上，顺着几艘船上了岸。半路，一艘船上插着的大火把吸引了我的注意。那不是我们平时经常使用的松木火把，而是用竹片捆在一起做成的圆筒，里面塞了破布、麦秆、镁丝之类的燃料。我以咒力点火，火把立刻燃起炫目的火焰，视野豁然开朗。

我对松风乡的地理不熟，不知道现在的正确位置。总之目标还是向北。

顺着道路向前，火把照出来的完全是一片废墟。松风乡的居民被疏散应该还没过太长时间，然而路上凌乱不堪，全是垃圾、木头，建筑物一个个看上去也像是腐烂了一般。

不过，即便这街道如此令人毛骨悚然，但一旦中断，也会有突然的不安袭来。

因为火把的光线太强，视野被限制在半径数米的球形范围内。对于这条在原野中延伸的道路，我完全看不到前方的模样。然而，我这个举着炫目火把行走的身影，大约在数里之外就能被看见吧。

理性警告我这很危险，然而本能的欲望又不想让我放弃好不容易得到的火把，两股力量上演激烈的角逐。我想过要用咒力减弱火把的光线强度，但要说让火焰忽而熊熊燃烧、忽然消失不见，倒是不算困难，然而要想保持适当的大小，却是极难的任务。

我捡起刚好掉在脚下的枯松树枝。这东西应该可以当作更小也更适用的光源吧。一开始就应该这么选择的，我暗自后悔，灭掉了火把。

眼前顿时一黑。在黑暗中，红绿色的涂鸦般图案如群魔乱舞。

然后，我将松枝的前端点上火。

眼前出现一只大黑猫。

那恐怕不该用“大”来形容。和真理亚说的一样，它的体长足可以同狮子相比，四肢和脖子很长，头相对较小，像是豹子一样，双眸闪烁着磷光，和我的眼睛差不多处在同样的高度。

黑猫在喉咙里咕噜咕噜叫着，像是撒娇一般，踮起脚，前肢搭在我的肩膀上。

我吓了一跳，还没来得及反应，一张血盆大口便咬住了我的脖子。

咯吱咯吱的，猫牙发出咬合的声音。我像是被催眠了一般，头脑一片空白，连唱颂真言都做不到。

这是……不净猫吗？被恐惧麻痹的大脑中，只有这样的思维碎片闪过。

灼热的呼吸拨弄着我的头发，滴滴答答的口水从我的脖子上滑落。猫类特有的氨水般恶臭，让我的鼻子都皱了起来。

然后，我意识到自己还保有意识。

不净猫的牙以无比可怕的力量扼住我的脖子，但我的颈动脉并没有被咬断。那是瞬给我的祛猫护身符。厚厚的皮革上镶嵌金属轮的结实项圈，保护了通往大脑的血流，防止了意识的消失。

恢复自我的刹那，我下意识地低颂起真言。

牢牢咬住脖子的不净猫的双颚，慢慢被撬开。看它的构造，似乎一旦咬合，上下的牙齿或者颚关节就自动锁定，很难打开。不过随着咒力的能量无限增大，它的骨头发出可怕的声音，不净猫的下颚断开、垂下，我的脖子恢复了自由。

我倒退好几步，高高举起还点着火的松枝。小小的火焰映照下，不净猫的可怕容貌显露出来。大大的眼球瞪着我，喉咙深处发出让人想起毒蛇的威吓声音。夹过我脖子的仿佛太古剑齿虎一般的上颚上血滴如注。

我在空中想象出两只如同门神一般健硕的手臂，一只掐住不净猫的脖子，另一只抓住它的身体，像拧毛巾一样扭动，顿时响起颈椎碎裂的干脆声音。不净猫的全身激烈抽搐了一阵，然后再也不动了。

我在地上坐了好久，大口喘着粗气，泪水怎么也止不住。脖子很难受，伸手去摸，才发现连那么坚固的项圈也被压扁了。金属变形，摘不下来，我只得用咒力强行左右扯开取下。然后，我终于振作一点，站起身来，检查不净猫的尸体。那正是校园传说中不断口口相传的猫怪模样。体长足有三米。和老虎或者狮子相比，躯体细长，脖子和四肢更是长得诡异。脸庞一眼看上去和普通的家猫非常相似，只是嘴能够张开很大，足可以咧到耳朵。

我伸手去摸它嘴里伸出来的牙。那牙的边缘划出一道大大的弧线，恐怕在十五厘米以上，牙齿有着鲨鱼皮一样咯吱咯吱的触感，断面是椭圆形。似乎平时可以倒收在上颚内侧隐藏起来。和剑齿虎不同的地方在于下颚也有同样的长牙，上下牙齿的顶端都不是尖的，所以扼杀方式应该不是刺杀猎物，而是夹住脖子，压迫颈动脉，使猎物刹那间失去知觉吧。

采取这种捕猎方式的理由，我只能想到唯一一条。就像传说中猫怪攫住孩子一样，在现场不会流血，悄无声息拖走牺牲者的尸体，消除杀害的证据。不管怎么看，只能认为不净猫是为了杀人的目的被创造出来的。

我在路边呕吐起来。体型这么大，而且还是温血动物，杀死它当然会有一种生理上的厌恶感。但更重要的是，得知真的存在这样一种被施了妖术的生物，心理上受到了极大的冲击。

走了大约一个小时，终于来到了瞬的家被掩埋的蒜臼状大坑的边缘。必须赶快。我全身都湿透了，从胸口到下半身，连袜子都是湿的。这不单是因为出汗，还因为不净猫黏糊糊的唾液一直流到毛衣下面。湿漉漉的让我感到很冷，而且非常难受，不过我还是不想浪费时间停下来擦一擦。

刚才差一点被杀的教训，让我不敢再举火把。在眼睛已经适应光亮的状态下，一旦光线消失，视力就会完全被剥夺。与其如此，还不如让眼睛适应黑暗的好，哪怕会因此视物模糊。

虽然一边看着指南针一边向北走，不过真正能确定自己走对了方向的，还是在我借着朦胧的月光，看到显眼的蜘蛛巢的时候。蛛网网眼的形状异常扭曲，到处都有极具特征的图案，有的像是人脸，有的像是文字。那时候我还不知道的是，据说在这种场合，自然界最为敏感、最先表现出变异的，正是蜘蛛网。

然后，从越过八丁标开始，周围树木的变形也开始变得醒目，就像是生长在长年遭受狂风肆虐的地区一样，差不多所有树木都朝着同一个方向扭曲。

从刚才开始，就有一股隐约的不安和不快笼罩了我。

想要回去。想要立刻、现在、马上，从这里逃出去。这是本能的声音。一秒钟也不想在这里停留。

但是，一想到瞬，我还是拼命给自己鼓劲。现在不能回头。能救他的，只有我了。

总之先往前走。扭曲成奇形怪状的植物，仔细看去也有路标的作用。俯瞰全体，我发现整个森林似乎呈现出漩涡状的变形。如此说来，瞬会不会就在漩涡的中心部位呢？

树木像是生有无数触手的怪物。我仿佛被那些不绝蠕动的触手召唤一般，向前走去。

不知不觉，周围升起犹如牛奶一般浓密的雾气。很快，不管再怎么凝神细看，也看不到十厘米之外的景象了。耳中不停传来低声呢喃一般的声音，像是风声、笑声一样，有时也像是说话的声音，但听不出是什么意思。仿佛我的五官接受的信息全部扭曲变形、变得暧昧不清，就连鞋底传来的大地的感触，也显得柔软飘忽、不可信赖。指南针的指向，也不知从什么时候开始滴溜溜地乱转，指不到一个固定的方向。

终于，眼前什么也看不到了。就连是明是暗都无法判断。我彻底失去了感官知觉。

这里到底是什么地方?

头痛欲裂，仿佛有股巨力绞住我的头颅一样。渐渐地，就连思考本身也变得困难起来。我在原地浑身颤抖。到了现在这个时候，我连身体的触感都消失了，甚至无法判断自己是站是坐。

这到底是哪儿?

“瞬！你在哪里?”我大声叫喊起来。

只有自己的声音传到自己耳中的一刹那，我的意识才清醒了一下，但立刻又变得模糊起来。照这样下去，我觉得自己恐怕要彻底失去意识了。就在这样想的时候，传来了一个声音。

“早季！你在这种地方做什么?”

“不知道，现在在哪儿我都……”

紧接着，眼前覆盖的浓雾像是被什么东西吸收了一样消失了。脚下的坚实大地也复原了。

“瞬!”

大约二十米开外，有一个少年的身影。不知为什么，他的脸上戴着追傩仪式上用的倀子。尽管脸上戴着“无垢之面”，但那声音非常熟悉。没有错，正是我日思夜想的瞬的声音。

“来这种地方可不行，快点回家去。”

“不要。”我摇摇头。

“你看这个。”

瞬指指地面。起初因为周围一片黑暗，看不清楚，但当周围开始朦胧发光的时候，我清楚地看见，地上有无数的虫子正在蠢动。每只虫子都是明显地畸形化了。大小各异的飞蛾，翅膀萎缩成网状，躯体则异常地膨胀丰满，显然已经不能飞了。步足肢体长得异常的步行虫，看上去像是骑着竹马一样，因为身体左侧的腿太长，无法笔直前进，只能滴溜溜地转出大大的圆弧。更加异常的是蜈蚣。头和尾相互融合，变成了一个圆环。无数步足拼命蠕动，然而只能无意义地在原地旋转。

“不想变成这样，就赶紧回去。”

“不要。”我断然拒绝，“请给我一个解释。到底发生了什么？不然的话，我就呆在这里不走了。”

“别说傻话！”瞬的声音尖厉高昂。

“傻就傻了。我是为了帮你才来这儿的。半路上还被不净猫袭击，差点被杀。”

我说不下去了。

“遇到猫了？”

“嗯。多亏了你给我的护身符才得救。但是，恐怕还有一只。”

“是吗……”瞬长长叹了一口气，“好吧，我知道了。十分钟。你只能在这儿停十分钟。在这段时间里，我会尽力解释。但是，一旦过了十分钟，你就要回家去。”

在这儿和他争吵也没有用。我点点头。

突然间，周围亮了起来，宛如探照灯照在舞台上一样。抬头仰望，只见天空中出现了极光。浅绿色的光芒，构成让人联想起巨大幕布的波纹，在那之上，更有红色、粉红、紫色的光线渗透出来。

“为什么……这是瞬做的？”

极光只会在两极周边地带出现，这个连我都知道。虽然无法理解太阳风、等离子体之类的词汇，但要在日本、并且是关东地方展现出极光，这等绝技恐怕连镝木肆星也做不到。

“……说话的时候最好还是别让不净猫打扰。要进小屋吗？”

瞬朝竖在背后的建筑用下颚示意。这时候我才第一次注意到还有那样的东西。在极光的朦胧光线映照下，小屋整体看上去像是透过劣质透镜观看一般怪异地扭曲着。即使只看外表，也能看出柱子弯曲、大梁扭转的程度。而且，茅草屋顶上一根根的茅草都倒竖着，仿佛具有逆重力而动的思想一般，简直像一只暴怒的豪猪。

“为什么房子变成那副怪样？”

“这还是我一直不断修正的结果。”

瞬从椭圆形的门进到里面，我也跟在后面。

“十分钟……这点时间应该还能想办法抑制住吧。”

落在地上的无数蜂球浮上半空。顿时，骚乱的嗡嗡声填满了周围的空间，让我恍然以为自己误入了蜂巢。

“什么呀这是，好吵。”

"没办法，稍微忍一会儿吧。"

瞬穿过粗陋的房间，在巨大的木头桌子前面坐下。四角弯曲、凹凸不平的桌面上，摆着十几本书和大堆的纸笺。

"你坐那儿吧。"

瞬让我坐到房间另一侧的椅子上。我摇摇头，打量房间的四周。本应该很坚固的木材和石料，在所有的地方都软绵绵地变了形。看多了不但会对神经产生影响，甚至连现实感都会变得稀薄。

"从哪儿说起好呢……一切的问题，都是从人的心来的。"

我不明白瞬在说什么，皱起眉头。

"在人类的心里，所谓的意识只不过是冰山一角。在水面之下的潜意识，远比意识更加广大。所以，自身的心灵动向，常常连自己也无法理解。"

"我不是来上心理课的。我想知道的是，你身上发生了什么。"

"我现在就是在解释这件事。"瞬用含混的声音说。

"那，你为什么戴着那个面具？拿掉吧。我看着总觉得心神不宁。"

"不行。"瞬粗暴地说，"而且也没时间……好了，不说这个。人类不管怎么做，都无法完全控制自己的心。即使在意识中可以完美控制，然而在潜意识中，依然会发生连想都想不到的事。这一点在咒力中有着最为显著的表现。"

“什么意思？”

“要引发物理上的行动，首先必须在心中构思。而从构思到行为实际发生为止，又会有若干阶段。哪怕是潜意识中产生的动机，在转入行动之前也必须通过意识的领域，所以人们可以根据理性加以阻止，或者进行修正。但是，在使用咒力的情况下，所想的事情与它的实现基本上可以说是同时的。所以就算想错了，也没有时间修正。”

“但是，我们不是依照决定好的顺序，先在头脑中画出明确的意象之后，才发动咒力的吗？”

“在那意象里，也有明确意识到的东西，和隐藏在潜意识黑暗中的东西。”

我觉得飘浮在房间里的无数蜂球发出的嗡嗡的八度音，稍微上升了一点。

“你说的我听不懂。即使在心灵深处会产生自己没注意到的意象，但直到它清晰浮现为止，一直都有强力的刹车拦着。因为如果不唱颂真言，咒力就无法发动。”

“你不明白。暗示也好，真言也好，不管管理有多严格，在潜意识阈下的出口处，必然还是会发生泄漏。”

“泄漏？”

“嗯。咒力一直都在泄漏。在某种意义上，我们是在按照潜意识的命令，不停改变着周围的世界。”

“怎么可能……”

我张口结舌。虽然觉得瞬的说法很荒谬，但一时之间却也找不出什么话来反驳。

“早季，你以为八丁标是为了什么目的而存在的？那条注连绳到底能挡住外面的什么东西？”

“不知道啊，你在说什么？”

我的头脑一片混乱。

“八丁标不是为了抵御外敌，而是为了抵御内部的敌人才设立的。这个敌人，就是我们不断泄漏的咒力。恶鬼也好，业魔也好，对于我们来说，所谓恐怖，都是从内部而来的东西。”

瞬的声音虽然很平静，但在半空静静旋转的蜂球却开始慢慢摇晃起来。

“当然，因为泄漏的咒力非常微弱，一朝一夕之间不会引起什么变化。但是，如果人们长期暴露在相互的思维影响下，后果将无法预测。所以，无论如何，都需要把泄漏的咒力指向外部。”

“怎么指？”

“我们从小就接受反复的教育，对于外部世界的恐惧早已被深深烙入我们的潜意识中。这是为了将巨大的黑暗世界的图景，与我们内心深处的另一个黑暗的宇宙——潜意识同一化。在我们的内心，潜意识与外部世界直接连接在一起，由此可以将泄漏的咒力导向八丁标之外。八丁标是为了将‘秽物’，也就是泄漏的咒力向外释放的心灵装置。”

瞬所说的话太晦涩了，我无法充分理解。

“……那，被导出到外部的咒力，又产生了什么影响？”

“恐怕造成了各种各样的影响吧。不过因为没人调查过，我只能说不知道。”

瞬张开双臂。大群的蜂球开始在房间里慢慢游弋。

“但是，由此也能解开一些谜团。比如说蓑白。千年之前还没有那样的生物。从进化的尺度上说，千年的时间就像昨天一样短暂。蓑白的祖先恐怕是生活在海里的蓑海牛，但在那么短的时间里，怎么会进化成那么大的生物呢？”

“你是说，是我们泄漏出去的咒力，创造出了蓑白？”

“不单单是蓑白。虎蛱，恐怕还有伪巢蛇，都是这样。我大略翻看过近千年来的生物图鉴，这种超出常识的进化加速似乎只在极其有限的场所，也就是八丁标的周边地带出现。”

瞬所说的话太过跳跃，我完全无法相信。

“……可是，泄漏的咒力应该只是各种思绪的集合而已吧？这样的东西怎么会创造出诸如蓑白之类数量众多的形态呢？”

“人类集合而成的潜意识中，存在着许多由共通铸型生出的东西，就像共通的类型一样。在荣格的心理学中，那被称为原型。阴影、母亲、老智者、骗子等等。在世界各地的神话中，之所以能看到许多共通的角色，据说就是投射了这些原型的结果。蓑白、伪巢蛇之类的动物是在怎样的原型影响下产生的，调查起来应该还是很有趣的吧。”

我虽然试图反刍此刻听到的话，但并没有把握是不是真的充分理解了。

“我不知道那种学说是否正确。但是说实话，正确与否都无所谓，我想知道的是你身上发生了什么。”

瞬沉默了。

“瞬，你……”

就在这时，从房间的角落里，有什么东西步履蹒跚地靠近过来。虽然眼中看到了那东西，但一时间我并没有分辨出那是什么。然后过了一会儿，我尖叫起来。

“不用怕，是昴。”

瞬走到昴的身边，抚摸它的下颌。

“怎么会……你对昴做了什么？”

“什么都……我真的什么都没想做。”

蜂球开始在房间里犹如疯了一般飞舞，瞬一抬头，它们便又恢复了静止。

“你明白了吧，这就是我身上发生的事情所引起的结果啊。”

昴的背上覆盖满了坚硬的甲壳和棘状突起，呈现出犰狳一般的怪异外观。

“我无法阻止咒力的泄漏，而且还越来越严重，正在变得无法控制。由于潜意识的失控，咒力出现异常的泄漏，周围所有的一切都受到破坏性的影响，彻底异形化。这就是桥本－阿培巴姆症候群。我，变成业魔了。”

“这……骗人!”我叫了起来。

“很遗憾，这是真的。”

瞬小心避开棘刺，抱起昴。

“这里的书全都属于第四分类，全都是应当永远埋葬起来的知识。通常情况下，都被保存在图书馆的秘密地下室里。是你母亲特别借给我的。”

“我母亲?”

“为了获得有关业魔化这一现象的知识，除了阅读这些书之外，再没有别的办法。这里就是我们所知的一切知识。”

黑褐色的书籍表面上，有着标识第四分类的烙印。第一种“訞”，意指“妖异之言”；第二种“烖”，意指“灾祸”；还有被认为是最危险的第三种“殃”，意味着“神灾、天谴、当死”。

“借给我这些书的交换条件，是要我把自身的记录写在后面。作为终于出现的最新病例，我的名字也会被添加在上面吧。”

“不要说这种话！写什么都没关系，治疗方法呢？怎么样能治好你?”

“治疗方法，目前是没有的。”

瞬放下了昴。昴摇摇摆摆地向我走来。

“桥本－阿培巴姆症候群，当年曾被怀疑与统合失调症有关，不过如今这一怀疑已经被否定了。大脑中发生的情况，好像近似于恐慌症的症状。”

瞬的语气淡淡的，像是在说他人的事情一样。

“如果现实是确定不变的，妄想与恐慌症倒也不是不能治愈。但是，如果现实也会跟随不安定的内心不断发生变化，那就无能为力了，不是吗？妄想与现实之间，永远只会有负反馈，只能形成恶性循环。而且那全都是在潜意识层面发生的事，没有对应的方法。”

“不能封印你的咒力吗？”

“所谓封印，仅仅能够妨碍咒力的有意识运用，恐怕没有填塞潜意识阈下缺损的效力。不过话虽如此，如果能给内心加上枷锁，也许可以减少咒力的泄漏——带着这样的想法，无瞋上人为我施法，可惜没有效果。我的咒力……该怎么说呢，已经是盖子损坏的状态，据说无法封印了。”

我愕然了。

“那……难道是因为我用错误的做法让你的咒力复活，所以无法再一次封印了？”

当年的瞬和觉不一样，他的意识水平并没有降低，他充分意识到自己正在受催眠，而且他连真言也已经想起来了。在那样的状态下，强行解除封印的行为，也许消灭了埋藏在他心里的暗示之锚。

“不，刚才我也说过，本来封印就没什么值得期待的效力。

早季，不是你的错。”

泪水夺眶而出。我能做的只有抚摸来到脚边的昴的下颌。

“眼看就要十分钟了，回去吧。”

我哭着摇头。

“过不了多久我就控制不住咒力的异常泄漏了。要控制泄漏，需要将全部咒力投入某些非常简单但又需要集中注意力的工作上。在这期间，基本不会发生异状。我现在正在操纵七百个蜂球，以免咒力影响到你。但是，这一措施只能持续十分钟，最多最多十五分钟。一旦我的精神疲惫到没有足够注意力的时候，就很难说什么时候会失控了……”

“不要！我不回去！我要和你在一起。”

“早季。因为这个病，我把父母都害死了！”

瞬的话，击穿了我的胸膛。

“我的父母一直想帮我，可是不管做什么都没用。我想用自己的意志努力控制咒力的失控，但那是最坏的办法。结果就是，反弹的力量变得更强了。”

“瞬……”

“那天我听到房子发出响声，还没反应过来的时候，大地突然液化，把整个房屋都吞了下去。我之所以获救，是我的父母在刹那间使用咒力将我从家里抛出来的缘故。”

瞬在假面的背后呜咽起来。

“所以，回去吧，求你了。我不想再看到更多我爱的人因我而死了。”

我慢慢站起身。绝望与无力感把我压得濒临崩溃。

我，救不了瞬。

我，什么也做不了。

我……

我打开门，向瞬转回头去。

“瞬，你还有什么想要我做的吗？”

瞬摇摇头。

就在此刻，突然有一只巨大的生物从我身边擦过，跳进小屋。

那是带有放射状虎斑模样的不净猫，比我遇到的那只黑猫体型更要大上一圈。它对我瞥都不瞥一眼，喉咙里发出低低的咕噜声，径直朝瞬走去。锐利的目光足以将对手震慑得无法动弹，然而在另一方面，却又在咽喉里发出低低的呼噜声，以惬意的步调靠近，好像是显示自己完全没有敌意。一下子收到两条相反信息的人，一时间不知道该做什么才好。这是不净猫在猎取人类的时候所采取的所谓双重束缚①的技巧。

虽然事发突然，但已经有过一次经验的我，提早一步回过神来，立刻飞快唱颂真言。

① double bind，心理学名词，指语言信息和非语言信息表现出相互矛盾的含义。——译者

“早季，不要！”

瞬的声音回荡在房间里。

“就这样吧……”

瞬的话让我悚然而立。怎么办？什么都不做，眼睁睁看着瞬被杀吗？我做不到。可是……

体长足有三米五的不净猫直立起来，仿佛像要亲吻瞬一样，张开大大的嘴。

我想发动咒力。

就在这一刹那，突如其来的，昴发出可怕的咆哮声，猛扑过来。

不净猫瞥了昴一眼，用右前掌飞速挥出一击。剃刀一般尖锐的爪子划开昴的背部，血沫飞溅，不过似乎并未构成致命伤，不知是不是覆盖了坚固甲壳和棘刺的缘故。昴的势头丝毫不受影响，依旧朝着不净猫的咽喉笔直扑去。不净猫以一种与其巨大的身躯不相称的敏捷躲开，但昴还是一口咬在了比自己大上十倍的猫的前肢上。

我至今也没有弄明白的是，虎头犬在长时间内不断积累的品种改良，不是应该把凶暴的性格一扫而空了吗？在那一天之前，我从没有见过昴发怒，哪怕是其他的狗冲它狂吠，不，甚至是咬它的时候，它也是一副仿佛漠不关心的态度。说它没有半点生气也不算言过其实。

可是，在那一天，昴的身体中到底发生了什么变化？为什么突然间变得如此凶猛？是从远祖继承下来的血腥的争斗本性骤然复活了吗？

面对远比自己强大的野牛或野熊，明知道一旦交手只有死路一条，但还是毫不畏惧地勇猛扑上去的身姿，正是传说中最强的斗牛犬。

昴咬紧强韧的下颚，左右摇晃。朝天鼻的好处在这时候显现出来：不管牙齿如何深入对手的身体，也不会呼吸困难。

不净猫痛苦地嚎叫起来。然而以捕猎人为目的被创造出来的猫，其狡猾程度也超乎想象。它将昴咬住的前肢配合另一只前肢，抡起昴的身子，巧妙地把它翻转过来。

“不要！”

我叫起来的时候，不净猫如同刀刃一般的爪子已然将昴柔软的腹部划开了一道大大的口子。

接下来的一连串变化，简直不像是现实中发生的事情。

不净猫浮到了半空，四肢大大张开，像是鼯鼠一样。十八只指甲全都剥露出来，上下四颗足有二十厘米的牙齿一边蠢动，一边发出激烈的恐吓声，可是它的身子却像被架在十字架上一般僵硬。

在不净猫身体的周围，出现了无数闪烁的结晶。结晶附着在不净猫身上，眼看着覆满了它的全身。接着，结晶之间相互融合，不净猫的整个身子变作宝石一般的半透明状态，连眼睛都开始发射出波纹状的光芒。

然后，忽然间，不净猫的身影从空中消失了。

周围的空气挤向突然生出的真空，形成小小的漩涡。

瞬到底做了什么？简直像是把不净猫扔去了异度空间一样。

不触摸物体而将之移动的咒力，在某种意义上也许超越了物理法则。然而通常来说，无法在头脑中意象化的现象，是无法使之显现的。

化为业魔的瞬，由于打开了潜意识的大门，虽然时间还不长，但恐怕也因此具备了远远凌驾于一切高手的能力。

当我回过神来的时候，瞬正跪在爱犬的遗骸前。

“太可怜了……”

昴已经没有呼吸了。地上流满了温热的血液。不净猫的爪子将虎头犬的腹部直到心脏一气挖开。

“瞬。”

我蹲到瞬的旁边。

“昴想救我。它不知道救了我也没用。”瞬小声说。

“我有好几次都想丢下它。可是不管怎么赶它，它都跟着……不，也许实际上还是我太寂寞了吧。昴如果不在，我就变成孤身一人了。”

瞬抚摸昴的下颌。

“我应该更早下决心的。就因为我一直犹豫不决，才让昴遭遇这种下场。”

“……不是你的错。”我竭尽全力才挤出这句话。

“那只猫本身也并不邪恶。只是遵照命令，要来为我料理后事而已……我知道自己该做什么，可是下决心的时机总是迟了一点。”

瞬指向墙边的一个橱。

“那里面有个瓶子，瓶子里放了很多药片。是我来这儿之前他们给我的。药片里掺入了各种毒剂。这种饯行方式很残酷吧？”

这意思是说，大人们是要瞬自己了结自己的生命吗？然而事到如今，就连这样的想法也无法引起我的任何感情了，也许是因为接连不断受到各种太过猛烈的冲击，感觉已经麻木了吧。

“是吗？没吃也好呀。扔了最好。”

“吃了。”

“啊？”

“可是，没有效果。下决心太晚了，分子毒剂的毒性已经轻而易举地被改变了。不过居然连砒霜都无效，这让我自己也很吃惊。也许是我的影子，或者是不愿意死亡的潜意识，连原子都改变了吧。”

我沉默着抓起瞬的手。

“……好像要来了。”瞬低声自语。

“要来了？什么东西？”

“早季，快点，从这儿出去！”

瞬拉起我的手站起来。

整个房子发出轰隆隆的声音。不知什么时候，落在地上的蜂球一齐振动，飞上半空，随后又纷纷落地。

“和那时候一样，我家被大地吞没的时候……可笑吧？和祝灵太像了。只不过不是祝福者，而是死的使者。”

瞬推搡我的后背。

“好了，快！”

我想要抵抗，但瞬不容分说。

“这一次让我彻底了结吧，已经够多的了。”

就在我的眼前，原本很坚实的土墙软软地扭曲、震动，无数气泡一样的东西此起彼伏，这幅光景单单看一眼都会让人发疯。我的头再度剧烈地痛起来。

“早季。”瞬把我推出房门，静静地说。明明没有热量，他戴的无垢之面却开始一点点融化，“我一直喜欢你。”

“为什么现在说这种话？瞬！我……”

“永别了。”

接下去的一刹那，我的身体已经离开地面数百米了。在下方，可以看见月光映照的瞬的小屋。

视线所及之处，地面全都像蒜臼一样开始塌陷。

周围的砂土犹如泥石流一般，向着小屋所在的地方涌来。低频电波一样的大地轰鸣声中，混杂着树木连根拔起、纷纷折断的声音。

犹如世界终结一般的可怕光景逐渐远去。我发现自己的身体正划出一道大大的抛物线，朝后方疾飞。迎着激烈的风，身上的夹克被震得呼呼作响。发卡也被吹飞了，头发在夜空中猎猎飞舞。

如果就这样撞到什么地方死掉，未尝不是一件幸事吧。

被这样的想法驱使，我闭上了眼睛。

但是，随即我又睁开了眼睛。

瞬用了最后的力气救我。

我必须活下去。

我转向后方，迎向激烈的风。但不管风有多大，我也绝不会再闭上眼睛了。

泪水向身后飞去。

着陆点似乎是开阔的草原。瞬在投出我的时候，已经计算到这一点了吗？

慢慢地，地面迫向眼前。

仿佛还在做着漫长的梦似的，慢慢地。

Ⅳ. 冬之远雷

1

喧嚣包围着我。拉开椅子的钝钝响声、木头地板上走路的节奏、学生们跳跃奔跑的震动、放在教室中央炉子上冒着蒸汽的水壶发出的嘘嘘声、语调奇异的说话声、大声说笑。像是在水中听着的含混对话，分不清是谁的低低呢喃。

每个人的言语中，应该都含有想要传达给对方的意义。但是，许多声音合在一起，语言便浑然融为一体，变成了毫无意义的蜜蜂鸣叫般的嗡嗡声，填满整个空间。

如果在这里的所有人，把想法全部化为声音，大约也会是同样的情况吧。即使每个人的思想都有着明确的意义，但都合在一起的话，就会失去方向性，只能成为混沌的杂音，就像泄漏出的咒力一样。

浮现在头脑中的毫无逻辑的词句，让我困惑不已。泄漏的……到底是什么呀？

“早季，为何发呆？”

笔记本上浮现出粗大的文字。**“何”**字中的口变成漫画风格的眼睛，眨个不停。**“呆”**字在嘻嘻地笑。回过头，真理亚正看着我，眼神里透着担心。

“只是稍微出点儿神。”

“我猜猜啊，是在想良吧？”

“良？”

我皱起眉。根本没在想他。不过真理亚好像误解了我的表情。

“别瞒我了，是在担心能不能被选中吧？没问题的，良绝对喜欢你。”

稻叶良。青梅竹马。健康活泼的男孩。一直都是大家的中心。具备领导能力的优秀人才。但是……忽然间，一种怪异感涌上心头。为什么是他？

“良不是二班的吗？为什么选我？”

“说什么呀？都到现在了。”真理亚喷笑道，“那不是只在一开始的时候才在二班的吗？自从进了一班之后，不是一直都和我们一起行动吗？”

哦，对了。良是从半路上编入我们班的。说起来，这是因为二班有六个人，而我们一班，**从一开始就只有四个人**的缘故。

但是，为什么一开始人数会少呢……

“早季，怎么了？你的样子有点奇怪哦。”

真理亚把手放在我的额头上，要看我是不是发烧了。我沉默着随她去，可她却看准时机突然间吻上了我的唇。

“不要，停下。”

我慌忙扭开脸。虽然没有别的孩子注意我们，但还是有一种奇怪的羞耻感。

“看看，有精神了吧。”真理亚满不在乎地说。

“我只是不想做这种事而已。”

“你想和他做这种事的人，现在在别的地方吧。”

“我说了完全没有这种想法！”

“你们的感情一直都这么好呀。”

从真理亚后面探出头来的少年，正是刚刚在说的良。我不禁面红耳赤。一想到这样的状态弄不好又会被真理亚误解，血液更要往头上涌了。

“我们在相爱哦，嫉妒吗？”真理亚把坐着的我拉向她的胸口说。

“说实话，有点儿。”

“对谁？”

“两边都有。”

“骗人。”

良这个少年，简单来说，开朗、高个子，谁都喜欢，是个鹤立鸡群的存在。

但是相反的，他并不是一个深思熟虑的人。虽然并不是他的头脑不好，但他对任何事物都只能看到表面的一层，很少深入下去，对这一点多少总让人感觉有些欠缺。至于咒力，也不是特别出类拔萃……

又一股别扭感涌上心头，我到底在拿良和谁比较？

"早季，咱们说说话吧。下午上课时间还早呢。"良邀请我说。

"知道啦，碍事的人自动消失，让你们幸福去吧。"

真理亚浮上半空，在空中做一个原地旋转①，改换方向。红色的头发轻飘飘地摆动。

"守一直在盯着你看哦。"良对真理亚的背影说，"自从你在预演人气投票中遥遥领先地获得第一之后，守好像一直都很不放心的样子。"

"嘻嘻嘻，太受欢迎也是罪过呀。"

真理亚犹如神出鬼没的蜻蜓一般翩然飞走。良朝我的方向转过来。

"这里太吵了，去外面怎么样？"

"哦。"

我没有理由拒绝。良先站起身，我跟在后面出了教室。但

① Pirouette，芭蕾舞用语。——译者

是，当我们走到走廊尽头想要左转的时候，我忽然心里咯噔了一下。

“等等，我不想去那儿。”

“为什么？”

良回过头，脸上一副惊讶的表情。

“那是……去那边做什么？”

我自己也不明白为什么不想去那儿。

“因为我想这边没人会过来，咱们可以安安静静地说话。你瞧，这边往前就是中庭的入口。”

是了。中庭……我讨厌靠近中庭。为什么会那么忌惮中庭，连我自己也不是很明白。

“与其去那边，不如去外面吧？天气这么好，心情也会跟着好呀。”

“是吗？那好。”

我们从走廊拐向右边，出了校园。天气确实很不错，不过冬天的阳光不够火热，空气还是有点冷。良耸耸肩，抱起胳膊。他一定把我当作了喜欢异想天开的家伙，或者是火力旺的姑娘吧。

“值班委员的事，我指名了早季。”良单刀直入地说。

“谢谢。”不知道该怎么回答，我含糊地谢了一声。

“就这一句？”

良似乎有点失望。

"什么叫'就这一句'?"

"早季呢?我想知道你能不能指名我啊。"

良从来都是正面进攻。

"我……"

这年冬天，完人学校的学生们全都会被分为两人一组的值班委员。原则上男女配对，不过当学生全员的人数为奇数，或者男女数量不等的时候，也会通融地变成三人一组，或者让同性结成对子。

在原则上，值班委员的任务只不过是值日，或者进行各种活动的准备工作而已，不过因为需要在男女互相指名一致的前提下配对才能成立，因此在学生们的意识中，值班委员的配对被看作是爱的告白的公开仪式。

当时，学校连我们的恋爱都加以管理，这应该是不用多说的事实吧。这一点在"值班"这个词里似乎也有所体现。在通常的含义中，"值班"只是按顺序承担工作，不过查查词典就会发现，"班"这个字也有"班配"的意思。考虑到伦理委员会和教育委员会对于汉字的使用常常会严苛得近乎强迫症，这恐怕未必是我的牵强附会吧。

"对不起，还没决定。"

对手既然直截了当，我也只能诚实回答。

"还没决定?你还有别的意中人吗?"

良的声音显得很担心。

“唔，倒也不是……”

不知为什么，觉的脸浮现出来，很快又消失了。虽然我们是亲密无间的朋友，不过我从来没有当他是恋爱的对象。

“良为什么选我呢？”

“这不是当然的吗？”良自信十足地说，“我一直都想和早季在一起啊，早觉得非你不可了。”

“一直？从什么时候开始这么想的？”

“从什么时候开始的呢……非要这么问的话，倒也很难说出一个确切的日期……不过，一定要说的话……唔……”

良的表情忽然变得犹豫起来。

“虽然说不清楚，不过应该还是从一起去夏季野营的时候开始的吧。”

在我的头脑中，两年前的满天星空复苏了。

“夏季野营的时候，哪段经历最让你怀念？”

“那是……全部哦。一起划船什么的。唔，你不是看景色出了神，差点掉进水里的吗？是我飞快抓住你的手，把你拉住的，对吧？那会儿可真吓坏了呀。”

我皱起眉头。有那种事吗？而且，夏季野营的时候虽然有过涉及生命危险的经历，但在那期间，我们基本上都是分开行动的。要说两个人共有的回忆，只有最初的夜晚，要不就是再度相遇的时候。一般来说，他不是应该回想起这些才对吗？

“皮划艇呢？”

“皮划艇?”

好像怎么也说不到一起去的感觉。

“对了对了，很开心的。”

开心……那天晚上的重要回忆，我不想被这么轻描淡写的一句话打发掉。

我们回到教室的时候，刚好和觉擦肩而过。觉看着我们，眼神很复杂。他视线的指向不是我。这本来也没什么好奇怪的，有一段时间，觉和良有过恋爱关系。

但是，看到觉的眼中浮现出来的神情，我悚然而惊。在那眼中，并没有嫉妒或爱恋之类的感情。那恐怕应该被形容为纯粹的不理解……就好像看到了某种完全无法捉摸的东西一样。

那天晚上，我做的梦混沌无比，全无要点。其中大半在我醒来的时候已经回想不起来了，但唯有最后的场景强烈地烙印在我的心中。

我站在昏暗的、空空荡荡的地方，手上捧着花束。我发现那是学校的中庭。不知为什么，放眼望去，只见无数的墓碑。我努力凝聚目光，但被黑暗阻挡，无论如何都无法分辨出刻在上面的文字。

我把花束捧上最近的墓碑。墓明明还很新，但石头已经风化，仿佛将要融化在大地中一般。文字也已经崩坏，完全无法阅读。

看到那副模样，忽然间，我生出一股痛楚，就像胸口开了一个大洞似的。

“已经忘记我了吗？”

有人在向我说话。是个男孩子的声音。那声音非常熟悉，却想不起是谁的。

“对不起，怎么也想不起来了。”

“是吗……既然如此，那也没办法。”

我回头朝向声音的方向，但谁的身影都看不见。

“你在哪儿呢？让我看看你的脸。”

“我没有脸。”

声音静静地回答。我忽然感到无限的悲哀，是了……他已经没有脸了。

“不过，我的脸你应该非常熟悉的。”

“不知道，想不起来了。”

*“那不是你的错。”*声音温柔地说，*“有人在埋葬我之后，削掉了墓碑上的文字。”*

“是谁？为什么要做那种事？”

“你看那边，全都是。”

那里有着无数形状怪异的墓碑，仿佛无数的纸牌堆叠在一起。形状极不稳定，大部分都已经塌了，上面同样也看不到名字。

“那后面也是。”

更里面的地方，还有一块毫不起眼的墓石。它似乎从一开始就没有名字。取而代之的是，里面嵌着一个圆盘一样的东西。我走近了仔细看，只见那是一面镜子。那岂不是会映出自己的脸庞吗？我恐惧得双腿发软。

“*没关系的。*”在背后，没有脸的少年说，“*不用害怕，那不是你的墓。*”

“那是谁的？”

“*仔细看看，你就知道了。*”

我凑近了仔细看镜子。

光芒照进我的眼睛。

炫目的光芒让我不禁抬手挡住脸。然后，我慢慢睁开眼睛。

从窗帘的缝隙间，早晨的阳光照射进来。

伸一个小小的懒腰，我从床上爬起来，拉开窗帘眺望窗外。朝阳在东面的天空中低低挂着，把窗玻璃染成黄色。稍远点儿的地方，三只胖胖的小麻雀活跃地从一根树枝飞到另一根树枝上。

和平时一样的晨间景色。我揉揉眼睛，发现自己在梦里哭过。

为了不让父母发现，我去洗手间洗了脸。

看看挂钟，还没到七点。

我一直在想刚才做的梦。那声音的主人到底是谁呢？听到那声音，为什么会有那么怀念、那么悲伤的心情？

然后，忽然间我意识到一点：嵌在墓碑上的镜子。那镜子我肯定见过。它不是梦中的象征物，是真实存在的镜子。

我的心中突然开始焦急不安。看到那面镜子，还是在我很小很小的时候。地点是在哪儿呢？自己小时候，应该走不了太远。家的附近……不对，是在家里吗？家里有个大箱子，收了好多好多没用的东西。不过在我看来那些就像是宝贝一样，就算看上一整天也看不够。

对了，是在仓库里。

紧挨在我家旁边，有一个大大的仓库。仓库上半部分是白墙，下半部分是海参墙①，里面非常大。我小时候经常偷偷溜进去玩。

我在睡衣外面披上棉短褂，悄悄走下楼梯，来到玄关外面。冬天早晨干燥寒冷的空气刺激着刚刚洗过的脸，火辣辣的，不过把空气用力吸入肺泡里的时候，却有一种连心情都焕然一新的感觉。

我还记得仓库门闩的位置。我悄无声息地打开了大大

---

① 海参墙，日语为“海鼠壁”，墙面并排贴上四方的平瓦，接缝处用漆喰（日本独有的涂料，在消石灰中加入盐卤等材料而成）涂成纵切圆筒形，外观看上去犹如海参，因而得名。由于具备防水、防火等性能，常用作仓库外墙。——译者

的门。

关上门，借着纱窗透进来的光线，勉强还能看清东西。眼前是八畳半的空旷房间，里面的保管库摆满了架子，上面还有通往二楼的楼梯。

我借着模模糊糊的记忆上了二楼。靠着二楼的整个墙面的也都是架子，一个箱子压着一个箱子。

箱子估计都很重，怕有一百公斤以上。我用咒力把它们一个个卸下来，依次打开箱盖。

在第五个箱子里，我找到了那面镜子。

我伸手拿起直径大约三十厘米的圆镜。和玻璃背面涂了银的普通镜子不同，这面圆镜沉甸甸的。指尖的温度飞速流失。看起来像是青铜镜。梦里出现的镜子，显然就是这个。

不但如此。我的记忆慢慢苏醒。以前的确见过这面镜子，而且恐怕还不止一次。我仔细端详青铜镜的镜面。如果是长时间放置的青铜镜，表面应该会生出锈斑，严重的时候还会生出铜绿吧。但是，这面镜子只是有点模糊而已。

我最后一次见到这面镜子，最多应该还是五年内的事情吧。这面铜镜肯定在那时候磨过。

把箱子一个个按原样放回架子上，我拿着镜子出了仓库。

我小心提防着不让父母看到，绕到房子后面，乘上白莲Ⅳ号，沿水路前进。虽然天色尚早，也有好几艘船擦肩而过。水面上吹拂而来的风很冷。我尽可能不惹人注目地挑选船少的水路，来到一处无人的船坞。

我用和青铜镜放在一起的布擦拭镜面，努力想要拂去阴霾。不过擦了一下就发现，单靠手工，这任务要比预想的困难许多。于是我在手的动作之外试着加上咒力，构思出表面污垢散去的意象，眼看着青铜镜恢复了近乎粉红的金色光泽。

从发现它的时候开始，我就意识到它是一面魔镜。

所谓魔镜，是用某种太古时代就已有之的特殊技法制成的镜子。通常情况下，用肉眼观察镜面，什么都看不出来，但如果迎着阳光，在反射出来的光斑之中，便会看到图像和文字。那是借助镜面上以微米为单位的凹凸，利用了将平行的光线加以散射的原理。不过，蜡烛、篝火、磷光灯之类的光源都不行，必须要在太阳光下，才会在光圈中浮现图案，这是魔镜的神奇之处。

太古时代，据说人们是将青铜镜研磨打薄，在内侧压上凹凸不平的图形，再度研磨，以此来给镜面转印上图案。而在完人学校的初级课程中，为了让我们领会微妙的触感，魔镜被用作咒力的教材。我自己也曾经上过这门课。当时做的是阿拉伯风格花纹围绕的“早季”两个字，还觉得自己做得不错。

我用魔镜捕捉阳光，将反射像映在船坞里面某个建筑的墙壁上。

在圆形的光线中央浮现出来的图形歪歪扭扭的，作为文字未免太过拙劣。

但即便如此，还是可以清楚分辨出，那是“吉美”两个字。

进入教室，良和平时一样，被朋友围在中间，谈笑风生。那些基本都是二班的学生。

“呀，今天也请多多关照。”

看到我，良又浮现出满带自信的笑容。

“有点儿话想和你说。”

“好啊，去哪儿?”

“哪儿都行，就几句话。”

我领先出了教室。良意气风发地跟在后面，似乎充分意识到朋友们目送自己离开的视线。我在通向中庭的走廊半路上站住了。

“我有几件事情想要问你。”

“好啊，随便问。”

良一如既往，一副悠然自得的模样。

“是我们两个人乘皮划艇时候的事。”

“哦？怎么又说这个?”

良苦笑起来，移开视线。

“你曾经告诉我，划皮划艇有一个铁则。那是什么，你还记得吗?”

“暂时不要看篝火。”

无脸少年的话，在我的脑海中苏醒。

“为什么？”

“皮划艇的铁则：在乘上去之前，要让眼睛完全适应黑暗。不然的话，会有一阵子看不到任何东西。”

“那么久的事情，记不太清了呀……是什么来着？当心不要撞上石头什么的吧？”

“好吧，那么近一点的事。为什么和觉分手？”

良完全僵住了。

“那种事情……不是都已经过去了吗？”

“你们明明关系那么好，连我都忍不住嫉妒了。”

“是吧。”良的语气显得很不快。

“那么，最后的问题。还是回到夏季野营的时候。”

“好啊，随你问吧。”良有点愤愤地回答。

“离尘师的事。他为什么死，你还记得吗？”

“离尘师是什么？……死了？什么意思？”

“我知道了。”我拦住满脸困惑的良，“果然不是你。”

“你在说什么？”

“我不会在值班委员的申请上写你的名字。”

良目瞪口呆地盯着我，半晌都是一副难以置信的表情。

“这……为什么?”

“十分对不起。但是，事先拒绝你我觉得是一种礼貌。”

我丢下哑然的良，回到教室。教室门口站着觉。

“早季打算写那家伙的名字?”觉板着脸问。

“不可能写他。”

“咦? 那是为什么?”

我再一次仔细端详觉的脸。

“我说，觉，你为什么会喜欢良呢?”

“为什么……”觉露出大惑不解的表情，“为什么呢……你这么一问，我倒是不知道了。”

“是吧，果然是这样。良虽然不是坏孩子，但却是个不称职的演员哪。”

“什么?”

“绝对不是他。我们两个都喜欢的人。”

过了一段时间，这句话的意思才渗透到觉的意识当中。慢慢地，觉的脸颊变得微微有些潮红。虽然依旧沉默无语，但在瞳孔深处，不知什么时候，恢复了强烈的光芒。

值班委员第一次公布的时候，基本上大部分组合就已经决定了。也有想吃天鹅肉的学生写了高不可攀的名字，不过大部分情况下都是通过事先交流形成了统一的意见。

我和觉的配对成立的时候，良完全没有朝我们看一眼。紧接在后面，刚好是良和二班的一个女孩子配对成功，这也许该说一声不愧是良吧。

在班级中最受瞩目的是真理亚的选择，不过我知道她会毫不犹豫地选择守。对于至今为止一直为真理亚默默付出的守而言，这也许算是理所当然的褒奖吧。

“怎么回事？为什么不是良？”

放学之后，我们四个人在杳无人烟的水路弯道里聚在一起。真理亚说这次碰头的目的是为了四个人结成两对而庆祝，结果却成了我和觉向真理亚他们挑明真相的机会。真理亚看我的眼神，与其说是半信半疑，不如说是在怀疑我还正不正常。

“所以说不是他。虽然我们确实有五个人去了夏季野营，但最后那个人不是良。”

“不可能。我记得，第一个发现伪巢蛇巢穴的，不正是良吗？”

其实是我。不过眼下不是争论这些细枝末节的时候。

“那不是良。”

“不是良是谁？”

“不知道。怎么也想不起来名字了。”

“什么样的人？长什么样？”

“长相也想不起来。”

我没有脸——我想起梦里听到的这句话。

“我说呀，你这种蠢话，没人会信的吧？早季，你不会头脑出问题了吧？”

真理亚苦笑着摇头。她这种轻视挚友的态度让我心头火起。

“……不过，早季说的情况我有些地方能对得上。”觉在旁边帮我说话，“我……虽然记得和人交往过，但是如今回过头去想，总觉得不是良。因为他根本不是我喜欢的类型。”

“这么说来，觉喜欢的是可爱美少年的类型，这一点谁都知道……比方说，像怜那样的。”真理亚居高临下地抱起胳膊，“不过，唔……不是也有所谓‘鬼迷心窍’这样的说法吗？人家一直追你，搞得你不知不觉也喜欢上人家了。”

“也不是那样的。我记得一直是我粘着他求爱的。”说完这句话，觉的脸红了，“总之，我觉得我们的记忆被操纵了。越挖掘自己的记忆，越觉得有对不上的地方出现。”

“哦？这是什么意思？”

“良的……因为会混淆，我还是用别的名字说吧。姑且就叫他 X。我记得自己小时候去过好几次 X 的家。但是，那里和良的家不一样。你瞧，良的家是在见晴乡对吧？在山丘上，视野很开阔的地方。但是，X 的家……”

“在森林里！”我不禁叫了起来。

“对。在最北边，孤零零的一幢，非常巨大的房子。这一点我记得很清楚。”

“这么说来……我好像也记得。”

真理亚皱紧眉头。在我看来，正如“颦眉”一词形容的，美人不管做什么表情，都是美不胜收的画面。

“我没去过X的家，也没去过良的家。”一直沉默不语的守插嘴道，“不过，要说是在北方的森林里，那是什么乡呢？”

我也想过这个问题，但奇怪的是，找不到任何一个乡符合条件。

“唔……七个乡都叫什么名字？一个个说说看。”我对觉说。

“啊？什么，现在吗？”

“对了，说说看。”

我记得以前觉从来没有听过我的话。不过刚刚成为一对值班委员之后，觉老老实实地扳起了手指头。

“不就是这些嘛……栎林乡、朽木乡、白砂乡、黄金乡、水车乡、见晴乡，还有茅轮乡，对吧？”

这一次轮到我皱眉了。明明是从孩提时代就知道的名字，为什么会有如此强烈的怪异感呢？

“如果说是在森林里的话，那是栎林乡？不过又说是在北方……”真理亚的表情变得非常认真，和刚才截然不同，“是朽木乡吗？我对那边不熟，不过那里恐怕没有那么大的房子吧，我觉得。”

“确实没有印象。那个乡差不多都在八丁标外面了。”觉说着，眼皮不停跳动。

看到他的模样，我吃了一惊。这种感觉……最近这段时间，每当有什么将要回想起来的时候，总会有同样的感觉袭来。如果这时候有人在观察我的表情，一定也会注意到同样的痉挛吧。这也许是某种警告。被埋在心底的暗示，在阻止不合时宜的记忆苏醒吗？

“去看看吧。”

我这么一说，大家面面相觑。

“去哪儿？”

“朽木乡。这还用说吗？”

“在值班委员配对决定的今天？其他人都在庆祝，为什么我们这么可怜，非要去那种荒凉的地方不可？”真理亚发起牢骚。

朽木乡，确实是与“热闹”一词彻底无缘的地方。

船坞周围有许多房子，当然也有繁华的街道，但是，从那条路再往里走一段，气氛立刻就变得阴沉起来。全都是没有住户的废弃房屋，与其说是寥落，更不如说是一片荒芜的状态。

“以前住在这儿的人，去了哪里呢？”

觉疑惑地伸手触摸紧闭的窗棂。

“据说好像是有什么天灾，搬去了别的乡。”守说。

这份记忆和我一致。然而即便是在如此狭小的世界中发生的事故，也有着过于暧昧的地方。

“总之……X 的家应该在很北的地方。去看看吧。”

我催促大家出发。为了不引人注目，我们尽力挑选小路。不过半路上当真一个人也没遇到，要是换作别的乡，这是无法想象的。

大约走了一个小时，袭击朽木乡的“天灾”的爪痕，逐渐变得明显起来。连地面也有错位的地方，看起来只能认为是地震的痕迹。不过，如果真有那种规模的地震，神栖六十六町整体应该都会遭到很大的破坏。而且从远距离来看，地面满是皱褶，简直像是朝一个方向拽过的地毯一样。皱褶的高度大多类似于微型的褶皱山脉，不过有些地方也有高达三米的。

“到底发生了什么，地面会变成这样？”觉自言自语一般嗫嚅道。

“是不是有什么人——咒力非常厉害的人，把地层扭曲成这样了？”真理亚应道。

“为什么？”

“我怎么知道。”

再走一会儿，我们突然被阻住了去路。

“八丁标……”

赤松林犹如多米诺骨牌一样倒在一起。其中有些树木以一定的间隔站立着，上面拴着注连绳。只能认为有人特意把倒下去的树木重新竖起了一部分。

"朽木乡这么小吗？都撞上八丁标了。"

对于我的疑问，觉去查看注连绳。

"不对，不是。这绳子张设在这儿没有多久……"

觉突然停住了话头，朝我看过来。

仿佛心灵感应一般，他心中的感觉传到了我的心里。这恐怕就是所谓的既视感吧。**我们以前曾经说过几乎同样的话**。对这一点我有近乎十成的把握。

我们沿着八丁标迂回，来到一处山丘崩塌、树木倒伏的地方，突然间视野一片开阔。

"还有这样的地方……完全不知道啊。"

真理亚会这样茫然自语，这也没有什么奇怪的。展开在眼前的，是一片湛蓝的湖水，像是火口湖①一般，外形是一个完美的圆形。因为它位于八丁标外面，所以我们无法靠近湖边，不过目测直径大约有二百米。

再放眼向前眺望，前面还有一个更大的湖泊，其规模是眼前这个完全无法与之相较的，因为根本看不到那个湖的对岸。也许那里还连着北浦吧。和靠近我们这边的土壤剥露的湖岸不同，那片湖泊像是古代的水库，森林也完全被水淹没了。这就是朽木乡名字的由来吗？

"再往前也没有住家了吧。"守露骨地显示出想要早点回去

---

① 火口湖，火山锥顶上凹陷部分积水形成的湖泊。——译者

的态度，“果然是错觉吧。X什么的并不存在。”

“那，为什么……”真理亚的声音里充满了混乱，有气无力的，“早季和觉说的事情，我也有点感觉。我认识的说不定不是良，而是别的男孩子……”

“错觉啦。你瞧，我们这样的年纪，大家都在急速长大。不单是个子长高，长相啊、性格啊，不是都在飞速变化吗？”

我和觉对望了一眼。

守的描述，和我们的生活实感相差很远。对于那时候的我们来说，时间的流逝仿佛蜗牛一般迟缓，所有的一切都像是被囚禁在琥珀中的苍蝇一样，似乎身陷在永恒的胶着状态之中。

“对了，还有一个人，也不在了……”

真理亚突然抛出这一句的时候，我们吓了一跳。

“只有我们班上才是四个人，这一点我一直觉得很奇怪。所以，在良来之前，应该有个X。可是，就算算上X，我们还是少一个人，对吧？虽然想不清楚，但是不是还应该有一个人呢？”

我的脑海里闪出一个不起眼的少女的身影。然后，还有在梦中见到的，犹如纸牌一般数枚堆积起来的墓碑。

“有的，我记得。”觉揉着太阳穴说，好像头很痛似的，“至少不像是X这样记忆完全被抹除。不过，为什么呢？半路上从班级里消失的学生，谁都不会拿他作话题的吧？”

“喂，不要再说了！”守叫起来，“肯定不行的，太追究这些事情，如果总是不停说这些事的话……”

守的表情猛然变得畏惧起来，说不下去了。

“如果什么？然后呢？我们也会被处决吗？”

我这么一说，整个空气都冻结了。

“早季，这话好像在夏季野营的时候也说过吧？”真理亚的脸一片苍白。

“有过，我想有过。虽然具体说了什么，我也想不起来了。每次一想，头脑里就会有干扰。”

回答的是觉。

“不过我好像确实对早季说过，而且对大家也说过。在篝火旁边。那时候，赞成我意见的就是X。”

觉双手抱住头，仿佛正在忍耐剧烈的头痛。

“不要！我不要再听了！这些话是绝对不能说的！违反伦理规定了！”守大叫起来。

从来都是畏缩不前、文文静静的守会如此失去自制，我还是第一次见到。

“知道了，知道了。没事了，没事了。”

真理亚抱住守的头，像安抚小孩子一样，轻轻拍着。

“这种话不说了……好了，两个人都不说了。”

被真理亚狠狠瞪着，我们只有点头。

魔镜在黑黑的矮墙上映出鲜明的反射像。

觉和真理亚半晌无言。守的情绪很不好，先回去了。

“你们怎么想？”

我这样一催促，觉终于犹犹豫豫地开口了。

“唔……看起来不是很拿手，不过这个文字的感觉，应该是初学者用咒力做出来的。”

“是啊，差不多和我们在课上做的一样。”真理亚也赞同。

“这样的话，你们可以相信我不是在胡说了吧？”

“一开始就没说你在胡说啊。你觉得自己有姐姐，我也觉得你可能猜得没错。不过，你姐姐被学校……唔，处决了的想法，稍微跳跃得太大了点吧？”

“如果姐姐是因为事故或者生病死的，没有必要隐瞒吧？”

真理亚避开我的视线。

“我看未必。也许是那回忆太让人伤心了，没有对早季说吧。”

“可是，你们看这个字呀。你不觉得像觉说的那样，很笨拙吗？姐姐肯定不能把咒力运用自如，我想。”

“这种可能性虽然也不能否定，但是说到底还只是推测而已。”

觉从我这儿取过魔镜，仔细调整角度，观察矮墙上映出的反射像。

“仔细看来，这东西好像还不能说是‘笨拙’。一条一条的线都是完美凹下去的，只是有很多线划歪了，或者划重了的地方……”

在那时候，我还不是很理解觉想说什么。直到很久很久以后，我才知道那种现象起因于一种视觉障碍，不禁对觉的先知先觉感到惊讶。人们普遍怀疑，之所以许多孩子——包括我的姐姐在内——的咒力被认为有缺陷，正是由于这种视觉障碍的影响。不过，在所有记录基本上都已丧失的今天，真相已经无法厘清了。

在古代，这种视觉障碍似乎被称作近视或者散光。其治疗方法是在太阳镜一般的眼镜中嵌入具有度数的透镜，可以将症状缓和到不影响日常生活的程度。

“总之，我是有姐姐的。”我从觉那儿拿回魔镜，双手高高举起，“知道吗？这就是证据。”

“喂，快放下。被人看见了会起疑心的。”觉小声提醒我。

“早季，你的心情我很理解。”真理亚把手放在我的肩上，在我耳边低语，“但是，求你了，不要再引发更多的骚乱了。”

“引发骚乱？我只是想知道真相呀。”来自挚友的出乎意料的指责，让我不禁满腔愤慨，“不单是我的姐姐，曾经在我们班上的女孩子也是。然后，还有最……”

X。无脸少年。我比谁都爱他。然而在今天，在脑海深处，我连他的长相都无法回想起来。

“无可替代的、我们的朋友。”

“我知道。我也很难过。明明有许多回忆，最重要的部分却被挖走了。那种想要做些什么的心情，我和早季是一样的。可是，现在，我对活着的朋友更担心呀。”

“如果说的是我，你不用担心的。”

“我不是担心早季，你很坚强。”真理亚摇摇头。

“坚强？我？”

“嗯。你在X这件事上，比谁伤得都深。我看到你的样子就知道了。但是，你在忍耐。换了一般人，恐怕会伤心得无法承受吧……”

“太过分了。你到底把我想作什么了？”我甩开搭在肩上的真理亚的手。

“不要误解。我不是说你冷酷。不但不是，而且你还比一般人敏感许多。不过，你是那种可以背负伤痛的人。”

看到真理亚的眼中浮现出大滴的泪珠，我的怒火急速消退了。

“我们大家都没有你那么坚强。像我，从来都是大大咧咧的样子，可是一遇上事情，立刻就想转身逃走……不过，还有比我和觉更软弱的人呀。”

“该不会是说守吧？”觉问。

“嗯。守非常温柔，非常纤细。如果被一个从心底信赖的人背叛的话，就再也恢复不过来了。不单是人，就连信赖的世界也……”真理亚慢慢地抱住我，“在这世上，还有好多好多事情，恐怕还是不知道为好吧，我想。真相是最残酷的，不是吗？而且人都是承受不了真相的呀。如果再有更多可怕的真相摆在眼前的话，守一定会崩溃的。”

半晌时间，三个人默然无语。我终于叹了一口气。

“知道了。”

“真的?”

“我答应你。在守面前，不再说这样的话题了。”

我用力回抱真理亚。

“不过，除非了解了全部的真相，否则我绝对不会放弃。因为，不那样的话……太可悲了。”

无脸少年。我决不能容许他就这样被遗忘。因为那就等同于他没有存在过。无论做什么，都要再度取回有关他的记忆……

我们三个人抱在一起，吻在一起。

为了相互安慰，相互鼓劲。

为了再度确认我们绝不孤独。

然后，我们一个接一个回到船坞。那是我家所在的水车乡的外面。这里平时少有人来，而且沿着水路刚好有一排黑色矮墙，所以我选了这里给觉和真理亚看魔镜。

我们正要各自解开船绳的时候，身后传来招呼声。

“你们几个，稍等一下可以吗?”

回过头，只见后面站着一对中年男女。在神栖六十六町，很少有人我们从没见过，不过这两个人都不是很眼熟。招呼我们的女人，个子很小，颇为丰满，周身飘浮着一种无害的氛围。紧接着发问的男人，也是矮矮胖胖的，脸上浮现出善意的微笑。

“你是渡边早季吧？你们两个是秋月真理亚和朝比奈觉？”

我们虽然困惑，却也只有回答说是。

“哎呀，不用那么紧张。只是有几句话要和你们说说。”

我们是要被处决了吗？三个人相互对望了一眼，不知道该做什么才好。

“唔……是教育委员会的老师吗？”觉鼓足了勇气问。

“不是。我们是在你祖母下面工作的人。”

小个子女人向觉微笑道。

“哦？是吗？”

觉仿佛放松下来。这是怎么回事？我从没听说过觉的祖母。女人仿佛看穿了我和真理亚的疑惑，满面带笑地解释：“朝比奈觉的祖母，是朝比奈富子女士，是伦理委员会的议长哦。”

2

跟我们被带去清净寺的时候一样，我们被送上了没有窗户的篷船。不过他们似乎并不打算对目的地保密，因为没有重复进行有意的方向转换，只是顺着一般的水路前进，差不多可以推测出是在哪一带。

下船的时候，也是在通常所用的船坞。我们本以为弄不好会被带去八丁标之外，所以稍微松了口气。

眼角能瞥到父亲工作的町事务所和母亲工作的图书馆，我们穿过町中最宽的道路，进入一条细细的小路。

伦理委员会是在距离茅轮乡中心部稍偏的地方。从外表上看，就像一幢普通的房子，不过一穿过大门进到里面，就看见木板走廊犹如鳗鱼般延伸不已，直通向深处，顿时就明白这是个相当大的建筑物了。

我们被带去一处感觉像是内厅的安静房间，房间里焚着白檀一般的香，壁龛里挂着寒牡丹的挂轴。

大大的涂漆矮桌上映出透过障子窗[1]照射进来的光线。下手排了三个红褐色的坐垫。我们恭恭谨谨地在上面正坐。

“请在这里等一会儿。”

把我们指引(其实应该说是押送)到这儿来的女人说完这一句，便关上了隔门。

“我说，这是什么意思?”

只剩下三个人，我和真理亚一左一右逼问觉。

“我们从来没听你说过什么祖母是伦理委员会的议长啊。”

“你不会把我们的事情一件一件都汇报上去吧?”

“行行好，听我解释行不行?”觉招架不住了，“我也不知道啊。”

“什么叫不知道?”

“因为，我祖母……唔，就是朝比奈富子，我也不知道她是伦理委员会的议长啊。”

“你骗小孩子呢。”

“这怎么可能。不知道？你是她孙子哦。”

在左右两边的不断责问之下，觉畏缩地后退，从坐垫上掉了下来。

---

① 日式纸窗。——译者

“伦理委员会的议长是谁，你们两个应该也不知道吧？”

“那倒是。”

“和其他的职务不同，全体伦理委员的身份都是不公开的。委员本人也不会说自己是委员。”

“就算这样，怎么也该知道点儿吧？”真理亚还是一副将信将疑的表情。

“没什么怎么，就是完全不知道啊。”觉像是破罐子破摔一样，重新盘腿坐好。

“可她不是你的亲祖母吗？”真理亚还是不肯放过。

“哎呀，这个，我实在……”

“打扰了。”

突然间，隔门外面传来招呼声。觉慌忙回到坐垫上。我们也转向正面，重新坐好。

“不好意思，让你们久等了。”

隔门拉开，刚才的女人走了进来。她的手上捧着一个盘子，上面放着茶碗。在我们三个人面前放上热茶和点心。

“接下来要和你们逐一谈话，可以按顺序来吗？”

我很想说不可以，不过不知道会有什么后果。而且很明显，说了也不会有用的。

“那么，第一位从渡边早季开始。”

喉咙很干，我很想喝口茶，但是没办法，只得站起身，跟在女人后面，沿着长长的走廊向前走去。

“和你们谈心，本是新见先生的工作，就是刚才那位和我一起的男士。对了，还没有作自我介绍。我是木元，请多关照。”

“您好。”我用力点点头。

“……不过，向议长报告之后，议长想要和你直接交谈。所以接下来请去议长的办公室。”

“啊，是觉的……朝比奈富子女士吗?”

“嗯。她是非常直率、非常和善的人，不用紧张。”

虽然木元女士这么说，但肯定是很具挑战性的交谈，我的心脏从刚才就一直在怦怦乱跳，这时候跳得更快了。

“打扰了。”

木元在走廊里单膝着地，手搭在板门上。我也慌忙在她身后学着样子单膝跪下。

“请进。”回答的是一个清朗的女声。

板门打开，我们走进房间。这房间比我刚才所在的地方大上一圈，风格像是书房。左手边是气派的壁龛，旁边是付书院①，对面还有一个多宝橱。

“请。坐那儿就行了。”面朝书桌的灰发女性抬起头吩咐道。

---

① 付书院，又称出书院，是日式书房的壁龛旁边类似飘窗的部分，通常用作读书的场所。——译者

“是。”

房间中央放着一张和刚才那个房间里同样尺寸的矮桌。我在靠近自己的一侧，避开坐垫一点点坐下。

“那么我先出去了。”

木元转身便退出去了。被一个人丢下的我，就像是被扔进猛兽铁笼里的人类一样，手足冰冷，喉咙发干。

“你是渡边早季吧，瑞穗的女儿?”

灰发的女性抬起头问。除去由鼻翼延伸到嘴角的法令纹之外，基本上没有什么皱纹，年轻得让人意外。

“是。”

“不用那么害怕。我是朝比奈富子。我家的觉和你一直关系很好呀。”

富子女士干练地起身，来到我的左手边，以优雅的姿势背靠着壁龛坐下。与发色很般配的银鼠色鲛皮纹上衣[1]，穿在身上很是得体，愈看愈有些心醉神迷。

“我和觉……和朝比奈觉，从小就认识。”

“是啊。”

富子女士微笑起来。她有六十多岁吧。眼睛大大的，五官端正。年轻的时候一定是个美人。

---

① 鲛皮纹，如鲨鱼皮一样用细点描绘圆弧形图案的花纹，江户时代被用于武士公服或庶民礼服等正式服装上。——译者

“你和我想的一样。眼睛很美，也很有神。”

我经常被人夸赞眼睛漂亮，恐怕是因为没有别的什么地方可以夸赞吧。眼睛有神这一点，也是经常被人说。如果眼睛无神的话，那肯定是死人。

“谢谢。”

“我一直都想和你说说话。”

听起来不像是单纯的社交辞令，我不禁有些困惑。

“为什么？”

“这是因为啊，你迟早要继承我的工作。”

我目瞪口呆，一下子不知道该怎么回答才好。

“很吃惊吧？不过这可不是一时兴起哦，也不是在跟你开玩笑。”

“这……像我这样子的人，肯定胜任不了的。”

“呵呵呵呵，和瑞穗说的一样呀。到底是她的女儿。”

“您对我母亲很熟悉？”

我探出身子问。原本应该紧张之极才对，但是朝比奈富子似乎具有一种独特的气质，彻底去除了我心头的障碍。

“嗯，很熟悉。从瑞穗出生的时候开始。”

富子女士望着我的眼睛，用一种仿佛能渗入我心底的声音说。

“瑞穗有着超越他人的绝佳资质。如今也在担任图书馆司书，很努力地工作着。不过，我的职务要求的还要更高一些。

在这一点上，再没有比你更合适的人了。”

“我……为什么是我？在完人学校的学生当中，要说成绩，我也不是很好呀。”

“成绩？你是说咒力吗？呵呵，你并不想成为肆星那样的人吧？”

“那倒是……就算想成为那样的人，也成不了。”

“在学校里受检验的，不单是咒力的素质。还有一条，就是所谓的人格指数。虽说这一条绝对不会让学生本人知道。”

“人格指数？”

富子女士露出与年龄不相符的洁白牙齿，展现出美丽的微笑。

“不管什么时代，身为指导者的人，所要求的不是什么特别的能力，而是这种人格指数。”

忽然间有一种眼前豁然开朗的感觉。我仿佛一下子从长期以来包围我的各种自卑感中脱身而出。

“那个就像是……比方说，头脑聪明、敏感度高、统率力强之类的东西？”

我鼓起勇气这样一问，富子女士却优雅地摇摇头。

“不是。和头脑是否聪明完全无关。感受性当然也不对。而类似统率力这种人际关系的技巧，通过各种各样的经验积累，自然而然就会学到。”

“那……”

“所谓人格指数，是显示一个人的人格会有多稳定的一种指数。不管有怎样意想不到的事情发生，遇到怎样的心理危机，也不会迷失自己，不会心理崩溃，能够保持自己一贯的心态。对于指导者来说，这一点才是最重要的东西。”

不知怎么，我不是很开心。我想起就在自己来到这里之前，真理亚也曾经说过我是坚强的人。那意思其实就是说我是个迟钝的人吧？

“这种评分，我很高？”

“嗯，非常优异的数值。也许是完人学校设立以来最高的。”

突然间，富子女士的目光变得锐利起来。

“而且不但如此。你厉害的地方还在于，即使知道了所有的事情，指数上也几乎没有留下任何损伤。”

我的心里咯噔一下，感觉血往脸上直涌。

“所有的事情是指什么……”

“你从拟蓑白那里知道了人类涂满鲜血的历史，也知道了我们的社会是怎样如履薄冰才得到了如今的和平与安定。你们回来之后，接受过彻底的心理测试，也受到长时间的观察。你的人格指数，在经历短暂的波动之后，很快就恢复了，而其他四个人经过很长时间还处于不太稳定的状态。”

这样说来，果然我们是在一切都已暴露的状态下，像是小白鼠一样被观察着吗？虽然说对此已经隐约有所预感，但还是有种遭遇当头一棒的感觉。

“那……难道说，从一开始，全都是计划好的?”

“这怎么可能?”富子女士转眼间又恢复了柔和的表情，“不管怎么说，也不会拿你们做那么危险的赌博。虽然一开始就知道你们肯定多少会违反一些规则，但是，谁也没想到，你们竟然会抓到拟蓑白……史前时代的图书馆终端。”

真的吗？我感觉富子女士的话似乎不能百分之百相信。

“可是，单看测试结果……”

“不。对于肩负小町全员命运的最高责任者，需要清浊并吞的度量，以及即使知晓真相也不为所动的胆力。你正有这样的素质。”

清浊并吞这个词，说起来很是轻松。清爽的东西谁都吞得下去，所以重要的是，不管怎么污浊的东西，也要能够若无其事地吞咽下去这一点吧。

“我们破坏了规则，知道了不该知道的知识。既然如此，为什么还不处决我们?”

我终于赌气般说出这番话，富子女士却没有半分不快的模样。

“你想说的我知道，我不想辩解，不过能决定处决你们的不是我们，而是教育委员会。”富子解释般地说，“教育委员会的议长是宏美。你也认识她吧？她从小就是非常容易担心这担心那的孩子，不过最近做得稍微有点过了。”

宏美……我知道鸟饲宏美是教育委员，不过不知道她是议长。她是母亲的朋友，也常来我家玩，我还记得她曾经和我们一起吃过晚饭。个子又小又瘦，声音轻得几乎听不见，让人感觉很内向。她就是握有全体学生的生杀大权、每每下达冷酷无情的决定的人吗？对我而言，这实在难以置信。

“伦理委员会虽然是这个小町的最高决策机构，但对于教育委员会独自决定的事项，基本上不太能够置喙。不过，你们的事情是个例外。我请求他们不要处决你们。”

“那是因为有觉在吗？”

“不是。这么重要的决定，我也不会徇私情。所有都是因为有你在的缘故。因为对于这个小町的未来而言，你是必不可少的人。”

果然我们差一点就要被铲除了。单单这么一想，都有一种不寒而栗的感觉。

但是，说真的，我们究竟为什么免遭处决呢？在我内心深处，也有些想要相信的愿望，不过事情真的像富子女士所说，仅仅因为我是珍贵的人才吗？长这么大以来，我还从没有被人如此奉承过，不禁有些不知所措。会不会是因为我是图书馆司书的女儿，不能那么简单地被处死呢？我心中有着这样的疑问……但是，如果是这样的话，我的姐姐应该也是一样的。

“不过，请不要认为宏美他们是坏人。这些人啊，只是被某种恐惧症刺激得变成这样了而已。”

“恐惧症？”

难道说，能够支配他人的掌权者们，精神上产生了什么异常吗？

“唔……有点用词不当吧。我自己也抱有完全相同的恐惧。”

“那是什么恐惧？”

富子女士颇显意外地看着我。“这不是很明显的吗？对我们来说，这世上真正可怕的东西只有两个，不是吗？恶鬼和业魔啊。”

我哑口无言，想起从小就被反复灌输的那两个神话故事。

“不过宏美他们没有见过真正的恶鬼和业魔。这一点和我不同。所以我总是说，他们只是一种单纯的恐惧症。”

“那就是说……”

“嗯，我亲眼见过，而且还是近在咫尺。想听我讲讲那段故事吗？”

“想。”

富子女士闭了一会儿眼睛，然后用静静的声音开始讲述。

到今天为止，全世界大约记载了近三十例恶鬼的病例。其中，除去两例之外，全都是男性。我想这大概刚好体现了男性特征的麻烦之处吧，不管怎么挣扎，都无法彻底摆脱攻击性的命运束缚。

那个学生也是男孩。遗憾的是，本名想不起来了。故事已经很遥远了，不过事件本身的细节我还记得清清楚楚，偏偏就是名字怎么也想不起来，说来真是不可思议。说不定我自己的内心也有想要忘记的渴望吧。

记录事件详细经过的文件，图书馆里只有一份，不过那份文件里也只写着 YK 这个代号。哪个是姓哪个是名都不知道。为什么这么记载，原因不太清楚，不过有种说法认为，当时作为伦理规定实施之前的临时措施，暂时启用了古代的日本法律，因而适用了少年法第六十一条的规定……

总之，那个孩子，暂且就用 K 来称呼吧。

K 当时是指导学校的一年级学生。所谓指导学校，是今天完人学校的前身。K 的年纪，我想应该刚刚十三岁……对了，那孩子，比起今天的你还要小一岁。

当初，K 还是个毫不起眼的普通学生。一开始发现异常，是在对新生进行罗夏测试的时候。这个测试今天早已不做了，那是在折起来的纸中间滴落墨水，给受试者看染痕，从他联想到的内容判断其性格特征的一种心理测试。

根据 K 对于浓淡之类的反应，可以看出 K 平时有着非常大的压力。但是，压力产生的来源却不是很清楚。另一方面，从墨水的染痕联想到的内容上看，许多地方都有残虐的痕迹。恐怕在 K 的潜意识中，对于破坏和杀戮的欲望如同漩涡一般翻涌不息吧。然而可惜的是，当时人们并没有对他的异常予以足够的重视，测试结果也只是在事件发生后的再调查中才受到关注。

K在指导学校学习咒力的使用方法，随着熟练程度的提高，K的异常性也逐渐显露出来。在咒力的才能和成绩方面，他基本上都是勉强维持平均水平，要不就是在平均线以下。但是，遇到一般学生不知所措的状况，K似乎反而会迸发出活力。虽然没有留下具体的事例，不过据说在各种竞技项目中，即使是在有可能危害到周围人的情况下，K依然会毫不犹豫地使用咒力。

班主任老师很早就注意到他的异常，不断向当时的教育委员会提出请求，要求讨论是否应当采取某些预防措施。但是，最终还是没有采取任何一种有效的方法。关于这一点，可以举出若干理由，但同时也有值得反省的地方。

第一，距离前一次恶鬼出现已经经过了八十年以上，记忆徐徐风化，危机感逐渐消失；第二，K的母亲是以牙尖嘴利闻名的町议会议员。当时所有的决定都由町议会下达，所以学校方面也很难采取雷厉风行的对策；第三，包含学校在内的官僚机构中，避事主义盛行，虽说历史上很难说有哪个时期不是这样。

然后是第四点，在那个时候，基本上没有可以应对的有效方法。

结果，K除了接受定期辅导之外，什么处分也没有，依旧受到温暖的呵护。就这样，在他入学大约七个月之后的某一天，事情终于发生了。

富子抬头仰望天花板，深深叹了一口气，然后站起身，从书桌侧面的小小的水屋箪笥[①]取出小茶壶和两人份的茶碗。从矮桌上的热水壶里倒了热水，沏上茶。

香气沁脾的煎茶润泽了我的喉咙，我等待着富子继续讲述。

说实话，事件残留的记录非常匮乏，特别是最初的部分，起因是什么，受害范围是如何扩大的，全都不清楚。所有一切都只是臆测。不过，事件的发生本身乃是确定无疑的。而且超过一千人的殒命，也是俨然的事实。

最初的牺牲者是班主任老师，这一点肯定不会错。发现遗体的时候，因为受到了非常严重的破坏，就连是不是本人都难以确认。然后是同一年级的二十二名学生，然后是二年级学生、三年级学生，总计五十余人，被发现时也是惨不忍睹……

K是确确实实的恶鬼，也是确定无疑的。他发生了完全返祖的现象，是不曾带有对人类的攻击抑制基因的怪物。而且，似乎从生下来开始，他的愧死结构就有缺陷，完全不能发挥作

① 日式橱柜，放碗碟一类的器具。——译者

用。这两条可怕的变异同时发生在一个孩子身上，从概率上说，一般认为三百万人当中才会出现一例，单看计算的结果，出现在神栖六十六町的可能性首先就近乎于零。但是，概率到底只是概率而已。

关于K的异常，至少家里人应该很清楚。特别是K的母亲，在K还是婴儿的时候似乎就注意到了。所以在很小的时候就让他接受了各种各样的心理治疗和矫正措施，其中也有近乎洗脑一样的处理。也许就是因为这些措施的效果，在漫长的孩提时代，K的攻击性一直受到抑制。

但是，这到底是不是好事，也存有异议。K在罗夏测试中表现出来的强烈压力，是否就是因为外界不断强行压制其攻击性而引发的，这一点也有疑问。

然后，有一天，由于某个契机，他伪装的攻击抑制被彻底抛弃了。

不过与其这么说，恐怕还不如说是人类的假面彻底碎裂，恶鬼从里面现身而出了吧。这种说法也许更接近实情。

以其他恶鬼的例子类推，最初的一个人似乎是分水岭。实际上，某些案例中也有人在这里放弃杀人念头的。即使没有攻击抑制，没有愧死结构，人类还是有可能通过理性避免杀人。

但是，一旦杀死了最初的一个人，阀门便会彻底开启，杀戮便会无休无止地持续下去，直到恶鬼死亡之时才会结束。K的情况正是如此。

K一开始似乎是用咒力抓住班主任的双手双脚，向四个方向扭断，又把头像熟透的果子一样捏得粉碎。然后把恐惧不已的学生们一个个抓起来，逐一扔向教室的墙壁。用的都是极强的力量，足以将身子彻底撞扁，简直都可以贴在墙上。那场面就像地狱的经变图一般。后来负责调查经过和收拾现场的人里，九成都被诊断为“创伤后应激障碍”，有些甚至最终不得不辞去工作……

而已经完全变身恶鬼的K，出了教室后便在学校中徘徊，继续寻找猎物，然后就像是玩游戏一样，不断杀戮哀号着四散奔逃的孩子。从现场残留的遗体位置判断，有迹象显示，K似乎是以恐惧操纵孩子们，让他们在恐慌中相互踩踏或者摔死，要么就是打算把孩子们像大群家畜一样集中到一个地方，再一气杀尽。

那时候，没有一个人能够对恶鬼作出有效的反击。虽然有很多学生的咒力比K优秀，但大家都有坚固的攻击抑制和愧死结构，手脚都被束缚住了。也就是说，对人攻击是不可能的。

不过从K的角度看，由于在他心中不存在攻击抑制，所以恐怕也有一种不知何时会遭受反击的恐惧，也许正因为如此，他才会不断对周围的一切人采取先发制人的屠杀式袭击吧。

另有一种假说认为，K的大脑中也许分泌出一种快乐物质，让他进入嗜血的状态，连他自身也无法阻止自己连锁性的大量杀戮。恶鬼的正式名称——拉曼-库洛基斯症候群的别名——“鸡舍狐狸症候群”也是由此得名的。

顺带一提，拉曼和库洛基斯并不是研究者的名字。拉曼是一个印度孟买的少年的名字，库洛基斯是在芬兰赫尔辛基，他们各自虐杀了数万人。这个疾病被冠以史上最凶恶的两个恶鬼之名，是世界上最可怕的疾病。

相比于保持世界纪录的拉曼和库洛基斯，K 所造成的牺牲者数量只有他们的数十分之一而已。但是，我认为，在凶残性这一点上，他们没有任何区别。与古代文明末期的大都市相比，神栖六十六町的人口密度要低得多，这反而成了一种幸事……如果死了千人也可以称为幸事的话。

然后，还有一个原因。有一个人挺身而出阻止了 K，或者更应该说是牺牲了自己。多亏了那个人崇高行为的庇护。

富子叹了一口气，慢慢啜饮已然冷却的茶水。我被刚刚听到的故事彻底征服，正襟危坐，全身僵直，几乎连呼吸都忘了。

再往下听更加悲惨和可怕的描述，实在是莫大的痛苦。但是，想要知道整个事件经过的心情，也同样强烈。

忽然，我的心中涌出疑问：为什么要对我说这样的故事？富子说希望我做她的继任者，也许是真的？或者，这也是为了实现这一目的的一项测试吗？

K从一切活物都死绝的、被静寂包裹的学校出来，然后，极其自然地走在路上。这时候看到K的人，有一个人奇迹般地活了下来，按照他的描述，他并没有感觉到任何异常。只是个小小的男孩子毫不起眼地在路上走而已，看起来只是再平凡不过的日常风景。

但是，紧接其后发生的事情，简直让人无法相信自己的眼睛。

K所走的道路对面，偶然走来几个人。那是在妙法农场工作的农业技术员。当他们和K之间还有四五十米距离的时候，走在前面的男性上半身突然腾起血雾，被炸得粉碎。

温湿的血雾将周围变得一片昏暗，一行人不知道发生了什么，站在原地不知所措。只有K一个人，步调一如既往，朝他们走去。剩下的人，一个接一个变成凄惨的肉块。

终于，K的身影转过街角，消失了。当异变刚刚发生的时候，有两个人迅速反应过来，躲到了暗处。看到K的身影消失，其中一个人跑出去求助，另外一个则瘫倒在地动弹不得。

前一个人刚跳出去，本以为走远了的K，突然又冒了出来。恐怕是K知道有人躲了起来，故意走开诱人现身的吧。然后，K把跳出来的那个人的头，像摘果子一样干脆利落地扭了下来。

剩下的一个目击者大约因为精神上大受打击，连身子都动不了，直到第二天才终于被发现。虽然获救，但在花了很长时间讲述自己目击的内容之后，终生都成了废人。

这一事件我在头脑中做过无数次的反刍、思考。我想我可以确定无疑地说，K 确实是恶鬼，是恶魔。

刚才也说过，K 的咒力水平比平均水准还稍低。查看他留下的成绩单，上面也都是“想象力和创造性有所欠缺”、“稚拙”之类的评语。但在使用咒力进行前所未有的大屠杀的手法上，我想简直可以称之为天才。

这样说话是不是有点不妥？但是 K 所设想的奸计，的确连恶魔都要自叹不如。很明显的是，从一开始，K 就企图毁灭整个小町。

K 首先破坏建筑，堵塞所有的水路，又四处点火，只留下一条道路供人避难，然后便彻底释放出邪恶的欲望，开始近乎疯狂的杀戮。

被无边的恐惧所驱使，像没头苍蝇一样逃窜的人们，可以说已经被 K 玩弄于股掌之中了。如果向不同的方向逃跑，也不至于死那么多人。可惜谁也没有那么做。在恐惧的驱使下，所有人都沿着唯一一条畅通的大道，朝一个方向逃去。

道路前方是茂密的树林。大家都有一种错觉，以为逃进树林就会安全。然而背后追赶的是身怀咒力的恶鬼，这个选择只能说是大错特错。

K 等到所有人全都逃进森林之后，开始放火焚烧森林。他从最远处——逃命的人中还没人能跑到那么远——开始点起火焰之墙，把所有人全部封闭在里面，然后慢慢缩小火圈。我之所以肯定 K 是恶鬼，是因为他并没有直接将大家烧死，而是在自己面前给火圈开了一个开口。被烟与火追迫着退回来的人们，虽然明知恶鬼就在前面，但也只有眼睁睁向虎口里跳。

“怎么样，还想听吗？”

我犹豫了片刻，还是点了点头。

“坚持听到这里，你已经很辛苦了吧？看看你的样子就知道了。那你为什么还想听呢？”

“……我想知道，K 到底是怎么被阻止的。”

“好的。”富子微笑着说。

K 把逃进森林里的人尽数杀光之后，再度回到町上，然后花了整整一大时间在町里来回转圈，把幸存者一个个像捏虱子一样捏碎，沉湎于邪恶的杀戮游戏。当时刚好是由秋入冬的时节，醉心于杀戮的 K 似乎忘记多穿点衣服，到了半夜才发现自己染上了重感冒。

K 去的地方，是陷于半瘫痪状态的町医院。他应该没想到那边还会有医生吧，大概是想去找点药吃。但是，那边还有一个医生，他抱着死的决心守在医院里，打算尽一切可能救助一息尚存的伤者。这位名叫土田的医生拯救了小町。而我则在他旁边，目睹了整个经过。

惊讶吗？我当时是那里的护士。那时候还留在医院里的，除去意识不明的伤者和重病患，只有我和土田医生。来到医院的就是K。

一眼望去，我就知道他是恶鬼。他的眼睛与常人完全不同。瞳仁位于眼睛上方，但不是通常所说的三白眼[①]，而是近于眼球上翻的状态，就像是翻白眼一样，简直让人怀疑他这样子还能不能看见东西，而且眼睛几乎一眨都不眨。头发被油一样的东西粘得紧紧的，脸上有什么东西斑驳陆离。当我发现那是人血的时候，双腿就开始颤抖个不停。

K从我面前经过，完全没有停顿，默默走进诊疗室。没有任何辩解、交易、胁迫的打算，仅仅说了一句：我感冒了，请帮我看看。虽然没看到土田医生的表情，不过我听到他说了一声“请坐”。

虽然没有被召唤，但我还是进了诊疗室，因为我想医生一个人恐怕应付不来。土田医生看到了我，不过什么也没有说，只让K张开嘴，检查他的喉咙。K的咽喉通红，好像非常难受。似乎正在发烧，又因为恶寒而在不停发抖。

---

① 日语，指眼睛的眼白出现于瞳仁的左、下、右三个地方，瞳仁贴近上眼睑式的眼睛。——译者

不过，那是不是真的感冒，我也不知道。在K杀害无数人的过程中，吸入了大量雾状的血液，也许因此产生了某种过敏反应。如果真是这样的话，牺牲者们到底也是复仇了吧，即使只是微不足道的复仇。

土田医生在K的咽喉处涂了碘酒，然后让我去里面的药剂室拿抗生素来。我虽然不愿意把珍贵的药物用在恶鬼身上，但还是按照吩咐，去取青霉素了。平时的库存基本上都在伤者身上用完了，所以我又去找打算销毁的过期药物，这花了一些时间。因此在这段时间里发生的事情，我没有看到。不过，从残留的证据上看，事实是很明显的。

土田医生从急救用的药剂保管柜里取出氯化钾片剂，将之以致死量的数倍溶解在蒸馏水里，然后伪称是治感冒的药，注射到K的静脉里。

突然听到叫声传来，我一下子丢掉了终于找到的抗生素药盒，立刻往诊疗室赶。

下一刹那，传来某种激烈的爆炸声。我在门口看到诊疗室里已经染成了一片鲜红。K把土田医生的头炸飞了。

可怕的叫声还在持续。K虽然承受着临死的痛苦，但是一时半会儿还死不了。那叫声显得异常邪恶和可怕，让人感觉就像是人类的身体中依附了恶魔一样。终于，那声音逐渐减弱下去，变成了孩子般的啜泣。然后，慢慢地，听不到了……

富子说完了故事，死死盯住手中捧着的茶碗。

明明有无数想问的问题，我却连一句话也说不出来。

“……小町需要漫长的时间和坚强的忍耐，才能从恶鬼残留的残忍破坏中恢复过来。我们最先做的是从幸存者中完全去除 K 的血统。”

“去除血统？”我像鹦鹉学舌般重复道。

“K 身上有两个重大的遗传缺陷，也就是攻击抑制的欠缺和愧死结构的无效。与 K 具有近亲关系的人，遗传基因中很可能也带有同样的缺陷。因此，必须将 K 的血统回溯到五代，彻底灭绝其所有的分支。不要误解，这不是复仇，仅仅是绝不容许再度出现恶鬼的强烈意志的具体表现而已。”

“但是，怎么做？把那些人……”

自己放在膝头的手映入眼帘中，我清楚看见它正在微微颤抖。

“是啊，都说到这个地步了，也没必要再隐瞒了。那个时候，用了化鼠。我们从最忠实于人类的部族中挑选精壮的士兵，组成约有四十匹的部队，给予它们暗杀用的装备，让它们在一夜之间奇袭所有继承了罪恶血统的人。当然，如果被对手发现的话，化鼠们一个回合都支撑不了，所以作战行动慎之又慎。即使如此，化鼠也损失了一半，不过反正剩余的化鼠也必须处理掉，唔……也可以说是完美的成功吧。”

富子简直像是在解说町内的卫生大扫除活动一样，淡淡地解释道。

“不过，单单如此还是不够。K的血统即使断绝了，也不能保证恶鬼不会再出现。因此，我们针对学校和教育制度进行了全面的修订。废止了指导学校，创立了全新的、可以更有效率地把握全体学生一切状况的完人学校。大幅扩充教育委员会的权限，使之成为除了伦理委员会之外，不受其他任何组织指挥的部门。又修改了伦理规定的一部分条款，将基本人权的开始时期大幅延后。”

“什么意思？”

富子将新的热水倒进茶壶，重新给两个茶碗添上茶。

“在旧的伦理规定中，将人权产生的时间定为受胎之后的第二十二周。这是按流产手术适用期来定的规矩。而在新的伦理规定中，将这一时间推后到出生之后十七岁为止。因此，直到十七岁，在教育委员会的职权范围内，还是可以进行处决的。”

在法律意义上自己等同于尚未成熟的胎儿，还不被承认为人类——得知这一点时产生的冲击，实在是一言难尽。在和贵园也好，在完人学校也好，从来没人告诉过我们这种事情。而且话说回来，人权是从几岁开始的、自己是不是有人权，有谁会产生这种疑问呢？

“然后，处决方法也变更为更加高明的做法。不管化鼠如何忠实于人类，允许具有那样高智能的生物杀人，会成为未来的祸根。因此，我们将普通的家猫用咒力加以改良，创造出不净猫。”

不净猫……这个词在心中某个被封印的部分引起了强烈的感情。恐怖，还有悲痛。

“在那之后，因为采取了极其彻底的手段，事先去除了所有危险的因素，恶鬼再也没有出现。不过，还是发生了另一起可怕的事件。那起事件发生在距今不过二十多年前，很多人还记忆犹新。”

富子喝了一口茶，再度开口讲述。

咒力泄漏的危险性，据说在古代文明的末期就被指出了。但是，咒力的恶性泄漏长期以来都未受重视，也没有得到足够的评估。最多也就是精密机械频繁故障、周围的物体发生扭曲之类，这通常被认为没有危及人畜的危险性。实际上，从长期以来发生的事例上看，差不多也都是这种程度的情况。

但是，那个学生，也就是名叫湫川泉美的少女，却不一样。她的咒力简直像是放射能一样，污染了周围的一切。泉美当时是黄金乡郊外农场的独生女，在那里长到了青春期。迎来祝灵之后，农场的家畜就开始出现畸形，频率高得异常。农作物也大片大片枯萎，一开始的时候人们还怀疑是不是某种新病毒造成的疾病。

到了完人学校，放置在泉美周围十几米范围内的物品，全都出现异常的变形。过不了多久，桌子、椅子就变得无法使用。到了后期，泉美周围的墙壁和地板都生出无数气泡和眼睛一般的图案，还有被称作阎罗之须的微小突起等等，长得密密麻麻，简直像是在噩梦里一样。

伦理委员会和教育委员会成立了专家组成的特别调查组。调查结果显示，泉美咒力的恶性泄漏甚至连人类的遗传基因都会损伤。这一结果在当时引起了很大的骚乱。于是调查组决定暂且不让她再上完人学校，自己在家里学习。但那时候她的恶性泄漏已经扩大到非常广大的范围。当时在距离她家六公里的地方建有一座钟塔，突然从某一天开始，钟塔内部的齿轮发生扭曲，指针再也不动了。

我们召开紧急会议，正式认定湫川泉美是桥本－阿培巴姆症候群患者，得出必须视作业魔进行处理的结论。我作为伦理委员会的责任人，想要向她直接传达这一结论。但当时她的附近都已经变成了危险区域，只能远距离操纵运茶人偶①，把结论写给她看。

直到今天，一想起当时的事，我还会心痛。泉美是个坦诚、善良的好孩子。然而从至今为止的案例看来，那样的孩子，成为业魔的可能性反而更高。

---

① 日本传统的机械人偶，在人偶手中放上茶碗，内部的齿轮便会旋转起来带动人偶前进。取下茶碗则停止前进。——译者

泉美知道因为自己的缘故导致许多人的生命受到威胁，她主动提出，无论怎样的处置，自己都会尽力协助。

因为湫川农场就是所谓的原爆点[①]，一切生物都早已死绝了。父母和农场的工作人员虽然丢下泉美一个人紧急避难去了，但实际上还是发生了全身肌肉组织急速纤维化的怪病，都已经不在人世了。不过这个事实我还是向泉美作了隐瞒。

我从墙缝间远远看过最后一眼。农场的建筑物就像阿米巴变形虫一样不停变幻，仿佛马上就要流淌出来，把周围所有的一切都吞下去一样。

在离我最远的一端，有个差不多已经融解了一半的小房子。我通过远距离操纵人偶，在桌上放了五片药片，告诉泉美说那是抑制恶性泄漏的精神安定剂，指示泉美每天服用一片。其实当中有一片是致死的毒剂。

泉美当天就把五片全都吃了。我想聪明的她，已经意识到那到底是什么药了。也许她担心一天吃一片的话，会因为恶性泄漏而改变药的性质，使其失去效果吧……

泪水滑落脸颊。

为什么会这样，我自己也不知道。我从心底同情那位素未

① Ground Zero，也称为“零地带”或“原爆点”，原为军事术语，狭义指原子弹爆炸时投影至地面的中心点，广义指大规模爆炸的中心点。——译者

谋面的、名叫泉美的少女固然是事实，但恐怕不单是这个原因。

我的心就像是暴风雨中的小船一样在激烈地摇晃。无法抑制的泪水滚滚而落，连绵不断。

“你痛苦的心情，我很理解。”富子说，“好吧，尽情哭吧。”

“为什么……为什么，我会这么难过？”

对于我的问题，富子静静地摇了摇头。

“这一点现在还不能说。但是，人在直面巨大悲痛的时候，为了消化它、接受它，必须进行悲哀的工作。[①] 对你而言，这样的痛哭必不可少。”

“那和我们记忆中消失的经历有关吗？”

“嗯，是的。”

无脸少年的身影浮现在脑海里。

“请把我的记忆还给我。”

“不行。”富子悲伤地微笑着，“不单是你们的记忆，我们从一切记录中——包括秋月真理亚的日记在内——抹除了那个孩子的信息。之所以作出这个决定，是因为那是太过冲击、太过鲜活的事件。关于那一事件的记忆，本身就会成为精神的创

---

① 语出弗洛伊德，指由于爱的对象的丧失而引起的一连串的心理过程。——译者

伤，不单是孩子，连町里的成人精神都会变得不稳定，甚至有可能引发更大的悲剧，就像是多米诺骨牌的倒塌一样……”

富子女士的表情毫无变化，但我却仿佛感到下面掠过一道悲伤的波纹。

“如果是你，也许还可以忍耐。但是，如果解除了你记忆的封印，你恐怕无法向朋友隐瞒吧？结果就会是大家都知道了。”

“可是……”

“请认真思考我对你说的这些话的意义。锁链通常都是从最脆弱的地方断开的。我们必须始终关注最脆弱的人。”

“最脆弱的人……吗？”

富子轻抚我的头发，仿佛在怜恤我一般。

“刚才我说希望你继承我的工作，这绝不是在开玩笑。等那一天到来的时候，你也可以取回你失去的记忆了。”

“我绝对无法取代您的呀。”

不管人格指数如何如何，自己的精神绝对没有那么强韧，这一点我自己是最清楚的。

“我很明白你说这话的心情。我在承担这份工作之前，也和你想的一样。但是，到了某一天，必然会面临不得不做的时刻。因为那是非你不可的工作，明白吗？到那时候，请你记住，为了不让恶鬼和业魔再次出现，有些事情是不得不做的。”

富子的话语，在我的心中沉重地回荡。

3

守突然离家出走，是二月中旬的事。天气依旧寒冷彻骨。

守的父亲一大早在登窑[①]里点上火，之后去喊他起床的时候，好像还没发现什么异常。但是等了好久也没见守来吃早饭，再到他房间里去看，只见卧室里是空的，哪儿都不见守的人影。

桌子上放着一张纸，上面只写了短短的一句话："请不要找我。"有史以来，这恐怕是离家出走的人留下最多的一句话，同时也是最没意义的蠢话吧。

"怎么办?"

真理亚吐出白色的气息，都要哭出来了。带有防寒耳套的帽子不知是被霜还是被雪花染白了，连睫毛都冻在一起，样子非常可怜。

真理亚和守的家分别在小町的东西两头，他们每天早上都会先碰面，然后一同到校，这事情我也知道。可是，今天真理亚等了很久也没见守出现，最后等不住了，去他家里找他，结果从惊慌失措的守的父亲那里听说守失踪了。真理亚拜托守的父亲绝对不要向任何人提起这件事，然后直接跑来找我商量。

“这还有什么好说的，赶紧找啊。”

那时候我正在解开白莲Ⅳ号的船索。真理亚再晚来一会儿，就会和我错过了吧。

“把觉也叫上，三个人一起去追守吧。”

“但是，咱们一班的四个人全都不去学校的话，别人不会觉得奇怪吗？”

名义上良虽然是一班的学生，但现在基本上只和二班的孩子一起行动。所以就像真理亚说的一样，如果一班全部缺席，那就不是单单有所怀疑的问题了，肯定立刻就会有人加以审问的。

“那好吧，先去下学校。今天三四节课不是自由研究吗？那时候再悄悄溜出来。”

因为这一天刚好是周六，完人学校只有上午有课。

“可是，怎么也不可能赶在班会时间回来啊。”

---

① 一种烧陶瓷器的窑，依山而筑，由下室逐次向上室烧，上室可以利用下室的余温。——译者

“回头再找借口就是了。咱们当中不是有个编故事的天才吗？总之现在最要紧的是赶紧找到守。”

这年冬天，一开始让人觉得是暖冬，但到一月结束的时候，从大陆袭来的强烈寒潮让气温降到了破纪录的程度。昨天夜里还下了大雪，把小町彻底变成了银色世界。虽然不知道守去了哪个方向，但我还是拿上了平时用于在雪原上滑雪用的心爱的滑雪板，收在白莲Ⅳ号上。

到达完人学校的时候差点迟到，不过还好没有引起“太阳王”的注意，我悄悄溜进了教室。真理亚解释说守感冒了不能来上课，没有引起任何怀疑。

第一节课的题目是“人类社会与伦理道德”，是非常无聊的课程。我们一面忍耐着心焦火燎，一边等待时间快快过去。宣告下课的铃声刚刚响起，我和真理亚便抓住觉，把事情告诉了他。

第二节课是让我平时就非常头疼而且一直学不好的数学。这堂课里，焦躁不安的学生至少增加到了三个人。

然后，我们苦苦等待的第三节课终于来了。这是各班的自由研究时间，如果有需要的话，也可以去校外。我们三个结伴正要出教室的时候，出现了第一个障碍。

“喂，你们去哪儿啊？”良躲开我的视线，向觉搭话说。

“不是自由研究吗？”

“所以我问你们去哪儿啊？我和你们不也是同一班的吗？”

“你平时不是一直都和二班的学生在一起吗？”真理亚急躁地说。

“但是，我好歹还是一班的人啊，而且以前不是也和你们在一起的吗？为什么变成现在这样子，我也很不明白……”

良似乎也一直在思考自己身处的这种混乱状态。

“知道了，知道了。不好意思，还没向你解释。”

觉像是道歉似的拍拍良的肩膀。那副样子一点也看不出亲密感，更没有半点两个人曾经相恋过的模样。

“之前讨论自由研究课题的时候，良你刚好不在。大家集思广益，最后决定去调查雪的结晶类型。”

“雪的结晶？什么呀，那是？再怎么说，这个课题也太孩子气了吧？我记得这还是我在友爱园寒假时候做的课题哪。”

良虽然和我们从小熟识，但与我和觉上的和贵园不同，他和守一样是从友爱园毕业的。

“所以我们是要调查咒力的作用会给它带来什么样的变化。已经分配好各自的任务了。良你要去校舍后面积雪的地方调查。”

“说是调查，到底是怎么调查？”

“首先，用放大镜观察雪的结晶，把形状描下来。最少最少也要选择一百个形状。然后试试看能不能用咒力把某处积雪复制上同样的形状。”

“可是，已经形成的结晶，能改变形状吗？”良将信将疑地说。

“对，对的！实际上，这一点正是这次自由研究最大的目的。”觉毫不迟疑地回答，“你明白了吗？所谓固体呢，基本上都是各种各样的结晶，对吧？所以，如果能用咒力把水的结晶在未融解的情况下加以变形的话，那所有物体的特性也许都可以更加自如地进行改变了。”

“唔……”

良低吟了一声，仿佛深有同感。他对觉的信口开河似乎全然没有免疫力，也没起半点疑心。大约他也没有当真想过要和我们一起行动吧。

“是吗？我的任务是校舍后面喽？”

“嗯，拜托了。我们都是分头调查。啊，对了，一旦开始调查，可不要半途而废哦。不然的话，又要从头开始了。”

“知道了。”良爽快地回答了一声，掉头向校舍后面走去。

“恶魔。”我从心底夸赞了觉一句。

“什么呀，这也是迫不得已的嘛。”

我们大大方方出了学校的正门，向船坞走去。天气很冷，露在毛线帽子下面的耳垂都有种刺痛的感觉。天空中还在纷纷扬扬下着小雪。

觉先回了趟家，因为要拿上必需的装备。我和真理亚乘白莲Ⅳ号去守的家。和水温相比，外面的气温更冷，水路上升起腾腾的水汽，好像温泉一样。不少地方都结了冰，在还没有做过咒力碎冰的地方，船头就咯吱咯吱地破冰前进。虽然说还在小町里，却像是进入北冰洋的古代破冰船一般。

“说到守离家出走的原因，有什么头绪吗?”

对于我的疑问，真理亚陷入了沉思。

“不知道……不过，最近他好像有点不开心。”

听真理亚这么一说，我也有同样的感觉。

“为什么呢？发生了什么吗?”

“唔，也没有什么值得一提的事情啦，其实可能也就我一个人注意到了。”

“说说看?”

“咒力的课题上有些进展不太顺利的地方。不是很难的题目，以守的能力本应该轻松解决的。可他天生就是个悲观的人，一旦想到失败，就真的不行了。”

“就这个?”

这种鸡毛蒜皮的小事，至于离家出走吗?

“唔……因为这个，他被‘太阳王’留下来个别辅导了，然后守就开始纠结……然后我开玩笑说，弄不好会有猫怪来抓他，他的脸一下子就白了，好像一点都不认为这是个玩笑。”

要是这么说的话，我岂不是也有一半责任吗？说不定正是因为我说起过班级里消失的学生，才惹得守胡思乱想吧。

如果真理亚，还有富子女士的评价正确的话，守要比我柔弱多了。

忽然间，我的背脊蹿过一股寒意。

“锁链通常都是从最脆弱的地方断开……”

“什么?”真理亚怪讶地问。

我一边回答说没什么，一边想要整理头脑中混乱的思绪。就在刚才，有某种令我毛骨悚然的想法在头脑中一闪而过，但不知为什么，我怎么也无法清晰地把握住它。

守的家所在的栎林乡位于小町的最西面。在这个季节，迎面吹着凛冽的河风，航行着实辛苦。好不容易抵达的时候，脸上已经全然没有感觉了。

我把白莲Ⅳ号系在舫柱上，背上双肩背包，穿上长板雪欙——那是把适合越野滑雪的特里马雪橇和日本自古就有的轮欙[①]组合在一起的东西。在长板内侧加工出无数细小的逆棘，既不会影响到前进，又能在后退时起到制动的效果。因此，在平地上以通常的方式行走或者滑行都可以。用咒力策动的时候，则将两腿张开到等肩的宽度，稳稳地沉下腰。不但在平地上也可以有很高的速度，上坡也不成问题。唯一的问题是下坡的时候，虽然可以不断用咒力减速，但精神上很容易疲劳，还不如直接滑雪来得轻松。

真理亚依旧穿着她平时的靴子，像妖精一般在空中飘浮

---

① 日本积雪山地使用的一种鞋子，面积很大，可以在雪地上行走而不下陷。——译者

前进。

一到守的家，我们首先查看周围残留的足迹。当有人失踪，需要寻找踪迹的时候，大雪也能帮上些忙。

“啊，会不会是这个?”

我发现的不是足迹，而是两条雪橇的痕迹。从狭窄的宽度看来，似乎是孩子用的东西。

“守不是很擅长用滑板，其实更应该说基本上不用。”

“他是把友爱园时期用过的雪橇拽出来了吧。而且从痕迹的深度来看，好像带了很沉的行李。”

拿儿童用的雪橇装满东西离家出走，这个做法虽然谈不上帅气，不过的确像是守的作为。

我们在雪橇痕迹旁边等了一会儿，只见觉的船以迅猛的速度从水路上飞驰而来。

“久等了。该去哪儿，知道了吗?”

从船上下来的觉，身上已经把去雪原滑雪的装备穿戴整齐了。他的长板雪樏比我的更长更宽。这样子虽然会要求更强健的脚力，不过在静止的水面上会成为可以取代水蜘蛛①的上好用品。

我们三个人追随雪橇的痕迹而去。虽然守先走了大概三个

---

① 古代日本忍者使用的渡水用具，在鞋子周围套上木制的轮盘，再缚以比重较轻的浮物。——译者

多小时，但考虑到他在儿童用雪橇上堆满了行李、稳定性很差，速度肯定不快。如果又在半路上犹豫不决，不知道去哪儿的话，我们应该能在两小时之内追上他。

雪橇的痕迹从守家的后院开始，沿着大路持续了一阵，然后在中途向右，转上了一个小小的山丘。

“这家伙像是要去没有人烟的地方啊。”觉说。

“都不知道要用咒力消除雪橇的痕迹，还真像守的脾气。”头上的真理亚回答说。

“不过，为什么不用船呢?”我问。

一开始我就有这个疑问。比起不顺手的雪橇，乘船既可以有好几倍的速度，也能搬运更重的行李。

“会不会是不想被人看见呢?”

这个确实应该是最大的理由吧，我想。但是，也许还有其他的原因。沿水路与河流航行，逃走固然容易，但对追赶的一方来说，相应的也更方便。搞不好守是打算越过八丁标，进入深山吗?

刚刚停了片刻的小雪，又开始纷纷扬扬地下起来。我们决定加快追踪的速度。觉和我一左一右夹着雪橇的痕迹在雪上滑行，真理亚以一次四五十米的距离纵身轻跳，跟在后面。比起一直持续飘浮，这种方式更加轻松。

“等一下!”

后面的真理亚叫了起来，我们停下雪橇。

“怎么了?”

我费力地转回身问。真理亚蹲在距离雪橇痕迹四五米的地方，正在查看地面。

“看这个。你们怎么想?”

真理亚指的是留在雪上的脚印。脚印纵长，不过并没有人类的脚印宽，也不像是狗熊或者猴子的脚印，顶多像是兔子的脚印，但相比兔子又显得太大，而且不是跳跃前进，而是像人类一样交替向前行走的模样。

太大，而且不是双足跳跃，是像人类一样交替向前走的样子。

“大概是化鼠吧……”在我身后端详脚印的觉喘着气说。

“化鼠？在这种地方干什么?”

“你问我，我问谁？会不会是出来打猎的?”

“打猎?”

我看着脚印，忽然感到一股不祥的骚动。

“打猎的话……搞不好要糟。”

“什么意思?”

“你仔细看看这些脚印，和雪橇的痕迹一直都是平行的对吧?”

显然，不管怎么看，唯一的解释只会是在追踪守的痕迹。

雪上的两条痕迹逐渐将我们引去人烟罕至的地方。从新雪上可以窥见前进的艰难。走了许久，我们来到一处陡峭山坡的脚下，看起来要比雪堆好走，像是斜行而上的样子。

“那家伙，就这么硬生生把儿童雪橇推上去啊。”觉愕然说，“守看起来畏畏缩缩的，没想到还是个天不怕地不怕的家伙呀。”

要不然也许是因为后面有更可怕的东西追赶，已经到了无法瞻前顾后的地步了。

我们也随着雪橇的痕迹登上斜坡，但吹开细雪，底下都是结冰的冰坡，滑雪板总会打滑，好几次都差点摔倒。如果没有咒力帮助的话，恐怕早就从斜坡上掉下来摔个四脚朝天了。

斜坡半路上有个大大的弯道，过了弯道还在继续向上延伸。越往上走，崖下的山谷也越深。守大概是想一口气冲上去吧，但是半路上有不少横生的树木，挡住了去路。再往前看，上面变得更加陡峭，坚硬的岩石裸露在外面。事到如今只有两个选择：要么继续向上，直到无路可走；要么折返回去，另寻他路。但坐在沉重的雪橇里，就算用咒力，也很难在斜坡上转换方向。看来守是陷入进退两难的境地，无计可施之下，只有硬着头皮继续向前吧。

“喂，看不见雪橇的痕迹了，你知道哪儿有吗？”我停在斜坡半当中，放声呼叫。

觉向我摇头。“不知道啊。守那个雪橇很重，一直都有痕迹，就算在冰坡上也有，可是到了这儿之后……”

"我去上面看看。"说着，蝗虫一样在斜坡上一路跳过来的真理亚像个气球似的飘浮起来。

"一直到这儿都有隐约的痕迹啊。"

我用咒力撑住身子，免得滑到山谷里去，伸手触摸粗糙冰面上划破的地方。

指尖触到了某个异样的东西。是石头。石头并没有高出地面，所以单靠眼睛看不出来，但显然不是冰坡，而是平坦而坚硬的岩石，差不多有三个榻榻米那么大的面积。

我用咒力把覆在岩石上的薄薄的一层细雪吹开。在岩盘靠近中央的部分，发现像是金属刮出来的线条。

"觉！看这个！"

觉在斜坡上转了一个漂亮的弯，来到我身边，猛然停住。

"你看，搞不好，守的雪橇在这儿……"

就在这时，真理亚也在斜坡上面落下来了。

"上面什么痕迹也没有，而且我想从这儿是上不去的。"

"真理亚！不好了！"

我把自己发现的情况指给真理亚看。她的脸本来就已经因为寒冷而发白，现在更变得面无血色。

"那，守在这儿打滑……掉下去了？"

我们探身望向悬崖下面。不知不觉间我们已经走到了很高的地方，距离谷底恐怕有百米之遥。如果从这儿掉下去的话，除非能得心应手地使用咒力保护自己，否则只怕性命难保。

“总之先下去看看。就算真从这儿掉下去了，也不见得会一路落到最下面。”

听觉这么一说，我们慢慢向山谷下面滑去。这一侧山坡的斜度怕有三十度。

下到三四十米的地方，长板雪樏上传来的触感忽然一变。

“积雪！”

陡坡半当中有个深凹下去的部分，里面填满了柔软的雪。

“还有希望。说不定雪橇在这儿能有个缓冲停下来。”

“可是前面已经没有雪橇的痕迹了。”

真理亚再也忍耐不住，开始想要用咒力除雪。

“危险！真理亚你还是用咒力保持飘浮，我来弄吧。”

我拦住她，卷起一阵旋风，想把积雪一口气吹飞。觉招架不住飞舞的雪烟，连连退让。

虽然我对真理亚说得很坚决，但其实不用咒力我也没办法停在陡坡上。基本上每隔几秒钟就不得不把咒力从引发旋风上转移到支撑自己的身体上来。

没过多久，真理亚的叫喊声传来，我停下风。

“在那儿埋着！”

真理亚的喊声里满是悲痛。顺着她手指的方向望去，只见雪里露出一个东西，像是铁质雪橇的一角。

“我来挖，你们别插手。”

觉似乎做了一个巨大铁铲的意象，挖起大块大块的雪扔到悬崖下面。等差不多能看到雪橇的大部分形状之后，又换成人手一样的细微动作挖掘。去掉了碍事的雪，又把底朝天的雪橇翻正过来。雪橇周围散布着沉重的行李，大约本来都是堆在雪橇上的。但是唯独没有守的身影。

“在哪儿？守在哪儿？”

真理亚差不多已经陷入半疯狂状态了。

“这儿要是没有，那他肯定掉下去了是吧？快，快去救他！”

我低下头，不知道如何回答真理亚。如果守还能用咒力，应该会在这儿停住身子。反过来说，如果从这里再往下掉，肯定意味着他在半路上失去了意识……那还能有存活的希望吗？

“不对，等等……”只有觉还保持着冷静，“你们不觉得奇怪吗？为什么雪橇埋得这么彻底？”

我在觉的语气中感觉到某种东西，心里不禁又生出些许希望。

“那不是因为下雪的缘故吗？”我试着这样回答。

觉缓缓摇头。

“不是下雪。守经过这里之后，如果下了那么大的雪，那连雪橇的痕迹也会被埋住，我们根本不可能追到这里来。”

“那会不会是雪橇掉在这里的时候，冲击力让它栽进了雪里？”

“就算是这样，我觉得那时候扬起的雪也不至于能把雪橇埋得这么彻底。”

“你们到底在说什么？守不在了呀！你们这样也算是朋友？现在还有空扯那些乱七八糟的吗！”

“不，你想错了……说不定，守现在平安无事。”

觉的话让我们都不禁吸了一口气。

“真的？”“什么意思？”

我们异口同声地问。

“要说在这儿掩埋雪橇的理由，我只能想到一个。”觉字斟句酌地说，“为了不让人发现，特意埋在里面的。”

“守埋的？”

真理亚的声音明显变得明快起来。

“嗯……或者是追上了守的化鼠……”

不管是守还是化鼠，埋了雪橇之后只能徒步行走，那他们会去哪儿呢？我们决定找一条现实可行的路径。

与山坡平行着向前走了半晌，来到一处坡度稍微舒缓一些的地方，再向前走一会儿，有一片丛生的灌木。我们从当中穿过去，发现一条细细的小路，可以登上刚才的山坡。

“好像是兽道。”

道路上残留着化鼠的脚印，还有像是拖着某种重物的痕迹。

“难道说，守……”

真理亚像是想到什么无比可怕的事情，用近乎默念的声音喃喃自语。

“不，你恐怕猜错了。守大概是昏过去了吧。化鼠为了救他，把他拉回去了，我想。”觉回头说。

“你怎么知道?”

我这么一问，觉指着道路的正中说：“喏，看这儿。有个树根露在外面的吧？牵拉的痕迹刻意躲开了有树根的地方。如果化鼠运的是尸体的话，根本不会在意会不会撞上树根什么的，不是吗?”

也许仅仅是想把货物运得更稳一点而已，我想。这理由算不上很有说服力。不过即使如此，我们还是被激励出不小的勇气。

穿过兽道，攀上斜坡，雪上持续的痕迹忽然消失了。不过，仔细观察附近的地面，很快便发现雪上有仔细抹匀涂去痕迹的模样。

再继续向前走大约二十米，果然，化鼠的脚印和拖曳的痕迹又出现了。我生出一股莫名的紧张，仿佛有种即将抵达终点的预感。

雪上的痕迹穿过稀疏的树林，又向前延伸了百米左右。

“喂，看那个!”觉指着前面说。

他指的方向被树丛挡着，不过在两棵粗大的松树中间刚好可以看到有堵雪墙。

我们悄悄凑过去看，只见那是一个高约两米的半球形物体。

“雪洞！”①

真理亚压低声音叫道。的确，那和我们孩提时候做的雪窖非常相似。表面同样有拍打的痕迹，做法恐怕也相同，都是先做一个巨大的雪球，再把里面掏空。这个雪洞两边有松树支撑，看上去比我们以前做的雪洞更结实。

“怎么办？”觉神色紧张地问。

“直接过去吧。”

没时间讨论。我下定决心，凑近雪洞。觉和真理亚心领神会地向左右两边散开。就算化鼠鬼迷心窍，胆敢向具备咒力的人类出手，只要我们三个人不是聚在一起，而是像这样占据相互支援的位置，应该不会构成致命的威胁。

“有人吗？”

我在雪洞前面站定，出声招呼。没有回音。我围着雪洞转了一圈，只见背面有一个茶室小门大的洞，上面挂着用绳子串在一起的枯枝权充门帘。

“觉！真理亚！在这儿！”

听到我的叫喊声，两个人都跑过来，一起向雪洞里张望。

---

① 日本秋田、新潟一带降雪地域的新年习俗，用雪做成洞穴，在里面设祭坛，祭祀水神。不过这里的雪洞则是千年之后变化的习俗了。——译者

里面的空间颇大，躺在中间、身上裹着毛毯的，不是别人，正是守。虽然大半个脸都蒙在毯子里，但那爆炸一样的鬓角肯定不会错。他的胸口微微起伏，显然没有生命危险，好像是在睡觉。

“太好了……”

真理亚终于放了心，双手捂住脸哭了起来。听到哭声，守微微睁开了眼睛。

“呀，大家都来找我了呀。”

“谁来找你了。你这小子，真会给我们惹事啊。”

觉虽然嘴里这么说，脸上却满是笑意。

“到底怎么回事？我们在斜坡上看到雪橇滑落的痕迹。”

我这么一问，守皱起眉头，像是在寻找丢失的记忆。

“哦，怪不得，果然还是滑下去了……那时候的事情我记不得了，只记得好像脑袋被撞了一下，大脑一片模糊。腿也很疼，连路都没办法走。幸亏斯阔库找到了我，把我从雪里挖出来，又一直把我运到这里。”

“谁？”真理亚又哭又笑地问。

“斯阔库。它的真名太难发音了……对了，你们也见过它的，很久以前。”

“我们也见过？什么时候？”

就在这时，背后传来树叶摇动的沙沙声。

猛一回头，只见一只化鼠呆若木鸡地站在那里，像是僵住了一样。好像是因为突然看到我们，被吓得够呛。

觉用咒力把化鼠抓了起来。化鼠手上掉了一个什么东西，嘴里叽叽地叫着什么，似乎很害怕。它身上穿得鼓鼓囊囊的，像个球似的，里面似乎还套着保温性很高的纸衣[1]，一动就发出窸窸窣窣的声音。最外面披着一件脏兮兮的斗篷，呼啦啦随风飘舞的样子唤醒了我心中古老的记忆。

“莫不成，这家伙是那时候的……”

“早季，你认识?”真理亚吃惊地说。

“嗯，那时候大家不是都在的吗？喏，就是刚升入完人学校之后不久，有一回我们救过一只掉进河里的化鼠，还记得吗?”

记忆慢慢被重新唤醒。我隐约记得它的额头上应该刺着一个“木”字的刺青，表示木蠹蛾族……觉和真理亚似乎也想起来了。

“快把斯阔库放下，它可是我的救命恩人。”

守的话让觉把化鼠轻轻放在我们面前的地上。

“Tiiiiiiiiii ……天神圣主，非常嘎谢。”

这只叫斯阔库的化鼠向我们俯身叩头。

“唔……是我们应该感谢你救了守。”

“不不不。特特特特特特特……伊伊伊伊……烟烟……天

---

① 纸衣，用厚纸制成的衣服，涂以柿油，用于保暖。——译者

神圣主既然陷入困境……pssssh……是当然的。”

和当年的斯奎拉或者奇狼丸相比，斯阔库的发音十分难懂，经常混有喘气的声音，还有从喉头漏出的呻吟一样的声音。不过比起把它从河里救上来的时候，好像已经进步不少了。

“我们是要谢谢你救了守，斯阔库。不过，你跟在守的痕迹后面干什么？”

觉的语气近乎盘问。

“我是偶然经过，看到雪上的痕迹，然后，grrrrr……我想会不会是哪个部族的化鼠留下的，ssssh……就跟去看了一下。”

斯阔库抬起像猪一样满是皱褶的鼻子，结结巴巴地说。松弛的嘴唇中间露出黄色的门牙。口水带着发白的呼气一滴滴滑落。

“唔……那你又是因为什么到这儿来的呢？”

对于我的质问，没等斯阔库回答，真理亚先拦住了。

“好了吧，你们问东问西的。这孩子救了守呀。为什么你们两个说起话来好像是在责怪它似的呢？”

“我们没有那个意思。”我狼狈地接口说。

如果在这时候多问斯阔库几句的话，之后发生的事情会不会多少有所变化呢？不过考虑到化鼠天性狡诈，编出的借口连觉都只能甘拜下风，恐怕问得再多也不会有什么差别吧。

即使如此，哪怕只是问问斯阔库为什么会在八丁标的内侧，也总好过什么都不问吧，我想。如果当时我们能了解到尽管孩子们被禁止走到八丁标外面去，但化鼠却可以自由出入的话，也许会产生更强烈的危机感吧。

至于不禁止化鼠出入八丁标的理由，后来我才得知，是因为化鼠是所谓的“文明化野生动物”。

“好了，守，解释一下吧。”真理亚转而以严厉的语气逼问守。

“唔……抱歉。”

“抱歉什么？我不明白。你为什么一个人偷偷溜掉？”

守在床上直起身子，像被母亲责骂的孩子一样抽泣起来。

“因为……不是没办法吗？我不想死呀！”

“什么意思？”真理亚皱起眉头。

“我和你们不一样。我的咒力比你们都差，也没有别的可取的地方，只会拖你们的后腿。”

“胡说八道，哪有这种事。”我插嘴说，但是守根本不理我。

“‘太阳王’看我的眼神也是冷冰冰的。我已经被放进要被处决的名单里了。就像X、以前在我们班上的女孩子，还有早季的姐姐等等。”

真理亚责备地看了我一眼。

“我可什么都没说。”我赶忙解释。

“我知道的，你们偷偷说的那些事情。早季姐姐留下的镜子什么的，故意把我一个人支开，不给我听是吧。”

“你偷听了？”我反问道，但还是没人理我。

“……好了，处决也好、名单也好，都是你想太多了。根本没那回事。”真理亚转为劝慰孩子的语气。

“猫怪来了呀。”

守的一句话，让全场的气氛刹那间冻住。

“啊？什么意思？都说了……”

真理亚想要说话，但一看到守的神色，不由得把剩下的话彻底咽回去了。

“我至少看到过两回。头一回是四天前的晚上。太阳快要落山的时候，我正在回家的路上，感觉像是有什么东西在跟踪我。于是我就在点着篝火的街角拐了个弯，往前走了一阵，然后猛然一回头。”

“看到了？”觉压低声音问。

“没看到猫怪。但是，我知道有什么东西就躲在刚刚转过来的街角……因为篝火照耀出的影子映到了道路这边。虽然看不清楚形状，但是影子很大。”

我不禁咽了一口唾沫。大家全被守的话吸引了。

“我吓得惊慌失措，赶紧引爆篝火。柴火变成白亮的火球，一转眼全都烧完了。可是在那之前影子就已经不见了。道路变得一片漆黑，我拼命跑回家。”

“……说不定只是你的疑神疑鬼吧。不是有个成语……叫什么‘风声鹤唳’的吗?”真理亚用抚慰的语气说，想要缓解紧张的气氛。

“对对。如果不净……猫怪真要来的话，肯定早就下手了。”我也附和道。

“唔……这该怎么说呢……”觉把我们的努力拆台拆了个干干净净，“猫怪的故事虽然有各种版本，不过很不幸，有一点是相同的。传说猫怪有种习性，在捕猎之前，首先会做一次预演，偷偷跟踪在猎物后面。”

守用力点点头。

“唔，我也觉得那天猫怪并没有袭击我的意思……但是，昨天就不一样了。”

“昨天？难道……”

真理亚好像想起了。

“那是昨天放学以后的事。我因为补习，一个人留在学校，补习完了之后正要回去，‘太阳王’又找我做事，让我把剩下的卷子都拿去备品仓库……”

“备品仓库？就是那个，去中庭半路上的那个?”

我感到一股寒气袭来。恐怕不是因为气温的缘故。

“嗯。我就按照‘太阳王’的吩咐把卷子送去了。没有几张纸，我不知道为什么非要特意让我送过去。打开门，把卷子放好之后，我就想回去，这时候忽然感觉到背后有东西。”

守的眼角渗出一滴眼泪。

“背后的走廊没有窗户，周围一片漆黑。我加快脚步，不知怎么，总觉得自己绝对不能回头，好像一回头就完了似的。我一边走一边竖起耳朵听身后的动静，然后果然被我听到了。走路很轻很轻，完全没有脚步声。但是体重好像比人类重很多，压得走廊地板发出咯吱咯吱的声音。”

守的呼吸像是抽泣一样。

“我停住脚，后面的声音也停住。我吓得无法动弹，耳朵里甚至能听到动物的呼吸声，然后还有野兽的气味。我觉得自己完蛋了，要被猫怪吃掉了。就在这时候，我想自己可能是在差不多无意识的状态下迸发出咒力了吧，周围的空气开始像龙卷风一样旋转起来，然后就听见后面传来可怕的呻吟声。我回过头……看见了。”

“看见什么了？”觉探出身子问。

“只看到一眼白色的背影，就消失在黑暗里了。很大，大得让人难以置信，像猫一样。走廊里残留着点点血痕。我想可能是龙卷风形成的镰鼬弄伤它了。”

我们沉默无语。

“昨天我本来打算等守补习结束的。但是‘太阳王’告诉我时间会比较长，让我先回去了。”真理亚的眼睛里燃烧着怒火，“一开始就打算趁守一个人的时候杀掉他吗……”

“但是，等一下。为什么要处死守呢？守的咒力虽然不算出色，但也过得去，性格上也完全没有问题吧？他一直都很沉稳，协调性也这么高……”

“谁知道为什么！守确实看到猫怪了，不是吗？而且看到了两回。都这样了还有什么要怀疑的？”

听着觉和真理亚的争论，我又一次生出不寒而栗的感觉。

如果根据富子女士告诉我的情况判断，守会被当成处理对象，其实并不奇怪。当不净猫追迫到身后的时候，守虽然处于极度恐惧的状态当中，但他在没有看见对象的情况下发动了危险的咒力。这一点若是弄得不巧，便有可能发展成对人攻击的暴行。而且他又说这是无意识的行为，这就更成问题。如果不能在意识层面完善地控制咒力，在不远的将来，甚至会有变成业魔的可能性……

我忽然意识到自己不知不觉已经站在教育委员会的立场上思考问题了，不禁愕然。

“看到猫怪的时候，我想起来一件事。”守静静地说，“我以前也见过那东西。”

“什么意思？”觉有点发愣。

“记得不清楚，我想那部分记忆大概也被消除了……但是，我确实进过中庭，躲在仓库一样的小房子背后。后来门打开了，从里面跳出来那东西，就是猫怪。”

真理亚“啊”的一声叫了起来。

“那个我也记得！我也……在那儿。”

然后沉默笼罩了我们。连空气都显得异常沉重。

找到守带回去就没事了的天真计划被彻底粉碎了。接下来该如何是好？我们四个人完全没有了方向。

守的腿可能骨折了。不管怎么说，马上带回去肯定是不行的。我们决定先让觉一个人回去。当然，对“太阳王”编个借口说我和真理亚感冒了先回家之类的事情就交给他了。

留下来的我和真理亚在守的雪洞旁边又弄了一个雪洞。出门的时候我为了以防万一在背包里放了睡袋，但是真理亚什么都没带，我们两个只好折回去挖守的雪橇。

幸好守当时准备了极其充分的食物和日用品，我们把那些东西重新堆上雪橇，点起篝火，融化积雪，烧出热水，三个人吃了晚饭，也给斯阔库分了少许干肉。

“明天好像是个晴天呀。”我喝着饭后的茶水说。

“是呀。”

不知怎的，真理亚似乎没什么精神。

“天气好的话，也许可以让守乘上雪橇，转移一个地方。”

“去哪儿?”

“这……”

我无言以对。

“我不回去。”守抬起头宣布说。

“可是……”

“回去的话我就要被杀掉的。”

“是哦！差一点儿守就真的被杀了。”

真理亚也是同样的意见。

“你们现实一点好不好？除了回去还能去哪儿？”

我想说服两个人。

“我和伦理委员会的议长朝比奈富子女士谈过。只要和她谈谈……她一定能理解你们。”

虽然嘴上这么说，实际上我也没有半点信心。说不定富子女士也会同样认为守对小町非常危险。就算不是这样，也很难说她会不会冒着侵犯教育委员会职权的危险庇护守。

“不行，町里没人能相信。”真理亚断然拒绝。

“早季你说的可能也没错，伦理委员会和学生的处决也许没有直接的关系，但肯定也是默认的。不然大家不会一个接一个消失。就像早季的姐姐，我们班上的女孩，还有X那样。”

无脸少年的身影在脑海中浮现出来。换作是他的话，对于此刻的状况，会给出什么样的建议呢？

“那你们打算怎么办？不回小町的话。”

回答我的是守。

“自己活下去。”

“啊？这和野营完全不一样，之后几十年都要一个人生活……”

“这个我已经反复想过多少回了，越想越害怕。但是，只要有咒力在，总会有办法吧。”

“这、这……”

“我也觉得总会有办法。”

真理亚又给守鼓劲了。

“只要不断磨炼自己的咒力，基本上所有事情一个人都可以做到。而且守并不是一个人，我也一起留下。”

“等等、等等，饶了我吧。怎么连你也开始说胡话了。”

我一阵眩晕。

“因为我不能让守一个人留下呀，我们是值班委员嘛。”

出乎意料的是，这一次守提出了异议。

“不行的。你不回去的话，你父母会担心的。”

“为什么？你讨厌和我在一起？”

“怎么可能讨厌呢？我很开心，很受鼓舞。但是，离开小町自力更生，肯定会遇到很多很苦很难的事。我是因为没办法，大人不让我在小町活下去，真理亚可不是这样……”

“你想得太多了。”真理亚露出温柔的微笑，“所以你才一个人离家出走的吧，连一声招呼都不打。真的，像你这么好的男孩子，我想在哪儿都找不到。不过，从今往后，咱们永不分离，好吗？答应我。”

守没有说话，泪水盈满了眼眶。

我深深叹了一口气。不管我再说多少，他们也不会回头了。

那天晚上，我在雪洞里和真理亚亲热。

“以后再也见不到了吧?”我把脸埋在她的胸口，撒娇般地问。

“不会的，一定会再见的。”真理亚抚摸着我的头发说。

“我在心底深爱着早季。但是，现在更担心守。因为再没别人能像我这样守护他了。”

“这个我知道，可是……”

“什么?”

“羡慕。”

“笨蛋。”

真理亚“噗”的一声笑了出来。

“接下来，我们两个人要和严酷的自然斗争，努力活下去。不管怎么看，值得羡慕的也是早季你呀。”

“是呀，对不起。”我向真理亚道歉。

“好了，原谅你。”

真理亚用手指挑起我的下颌，飞快地吻上我的唇。

然后，我们仿佛惜别一般，交换了一个漫长、灼热、贪婪的吻。

于是，那成了我和真理亚之间最后的吻。

4

第二天清晨，在小雪纷飞中，我一个人回到了小町。

虽然大多数时候都是靠咒力推进，不过毕竟脚上套着沉重的长板雪橇走了很久，腿和腰都到达了疲劳的极限。而且心里也是沉甸甸的，不仅是因为真理亚和守，也有对于未来的隐约不安。

终于进入栎林乡，一直到船坞为止，路上一个人也没看到。虽然是星期天，但如果是平时的话，路上多少总有几个人。不过这时候我还没有足够的警觉意识到异常，相反，当时我心里想的只有：真是天助我也，居然一个人都没有碰到。

解开船索，乘上白莲Ⅳ号，我向自家驶去。由于一路上无节制地使用咒力，到这时候我的注意力已经很弱了，眼神也飘忽不定，小船驶得歪歪扭扭，途中好几次都差点撞上河岸。

从栎林乡返回水车乡的途中也没有遇到一艘船。

我开始感到有点奇怪。

被雪染成一片洁白的两岸上，别说人影，连任何活动的东西都看不到，简直像是整个神栖六十六町都被遗弃、化为废墟一般。

犹如棉絮一般飞舞飘扬的雪片逐渐变大，变成鹅毛大雪。尽管我一路不停除雪，但雪还是在白莲Ⅳ号的船舷上堆积起来。

当我家房子那熟悉的轮廓映入眼帘的时候，我大吃一惊。父母伫立在船坞旁。两个人肩并肩站着，没有打伞。飞舞的雪花把他们的头发和肩膀都融在一起了。

“对不起。”泊好白莲Ⅳ号，我向两个人招呼道，“弄晚了……昨天实在回不来。”

两个人无言地微笑。

过了一会儿，母亲说：“肚子饿了吗？”

我摇摇头。

“我知道你很累，不过教育委员会在找你，和我们一起过去吧。”父亲用深沉的声音说。

“先让早季稍微休息会儿吧？”

母亲仿佛恳求一般向父亲望去。

“唔……不行啊。事态紧急，拖延久了可不好。”

“没关系，我也不累。”我努力发出充满活力的声音。

“是吗？那去爸爸的船上吧。开船的时候你还可以休息一会儿。”

我们乘上了父亲的船。那是私人的船，比白莲Ⅳ号大上两圈。

母亲搂着我的肩膀，给我盖上毛毯。我闭上眼睛，心中忐忑不安，怎么也睡不着。

茅轮乡的船坞上有人迎接。那是两年前夏季野营归来时见过的中年女性，但这时候她却在刻意躲避我的视线。

我被父母带下船，踩着大路上的积雪走上前去。

教育委员会的所在地，是在母亲上班的图书馆旁边隔了一幢楼的建筑物里。周围竖着竹栅栏和高高的围墙，从外面看不到里面的动静。

穿过正门旁边的普通出入口，发现里面的地上没有一丝积雪。天空中明明还飘着雪，所以应该是用咒力完全除去了吧。从入口到玄关足有三十米，我们踩着踏脚石走过去。

进入大楼，细细的走廊延伸开去。虽然大楼外表看上去并不像之前去过的伦理委员会，但内部的构造似乎有些类似。

“接下来，请这位小姐单独入内。”

中年女性在半路对我的父母说。

“作为家长，也作为町长，我想申明一句：我们准备了请愿书。”

“父母不适合出席。”

父亲虽然将骨肉之情都拿出来进行恳求，但对方似乎丝毫不为所动。

“我作为町上的图书管理者，痛感自己责任难逃。有关本次事件，我也有需要陈情之处，能否特别加以考虑?”

“非常抱歉，不能认可这一特例。”

母亲想要灵活运用图书馆司书的权威，然而这也无济于事。两个人只能放弃。

“早季，听好了，所有事情都要**照实**回答哦。”

母亲把双手放在我的肩头，认真地叮嘱我说。

“嗯，没问题……我知道的。”我回答说。

母亲的真意，我心领神会。和字面表达的相反，母亲是要我斟酌事实有选择性地回答。由此刻开始，随口说的一句无心之语，说不定便会成为夺取性命的一言。

我被领进一处闪烁着黑光的西洋式房间。房间很宽敞，不过天窗很小，又很高，看起来像是教科书上的那种伦勃朗画作，整体上有种很阴暗的感觉。中间横向摆放着巨大的桌子，像是供许多人用餐一样，对面端端正正地坐着十多个人。正中间的是教育委员会的议长鸟饲宏美。左右分列的肯定也都是教育委员会的成员吧，我想。

“渡边早季小姐是吗？请坐在那儿。”

左边胖胖的高大女性开口道。鸟饲宏美没有说话。我依照指示，在孤零零的椅子上坐下来。

“我是本教育委员会的副议长小松崎晶代。接下来有若干事项需要向你确认。不管问到什么问题，都请如实回答，绝对不可隐瞒、欺骗。明白吗？”

小松崎晶代的语气虽然如同学校老师一样温和，但犹如丝线一般的细细双眼却一眨不眨地盯着我。承受着不可言喻的威严与压力，我短短地应了一声“是”。

“昨天早上，我们接到报告说，和你同一个班级的伊东守离家出走了。这件事有疑问吗？”

“没有。”我细声应道。

“你得知这个消息是在什么时候？”

我知道隐瞒也无济于事，决定坦白回答。

“到达学校之前不久。”

“怎么知道的？”

“真理亚……秋月真理亚告诉我的。”

“然后你做了什么？”

“我先去了学校，然后决定去找伊东守。”

“为什么不在一开始就向父母或者老师报告？”

这个问题回答起来要小心。我急中生智。

“可以的话，我想在发展成重大事件之前把他带回来。”

“原来如此。但是说得重一点，这种行为和包庇是一样的。而且这里面也有对教育委员会的决定持有异议的意思，对吧？关于这一条，你……”

不知为什么，坐在旁边的宏美女士与晶代女士耳语了一番。晶代女士低声应了一句“明白了”。

“……继续提问。你在自由研究的时间里去找伊东守了，是吗？和谁一起？”

“秋月真理亚，还有朝比奈觉。”

“原来如此。三个人去找伊东守啊。然后，找到了吗？”

我犹豫了。昨天先回来的觉，应该已经被问过了事情的经过。觉到底是怎么回答的呢？

“早季小姐，怎么了？也许你是第一次经历，这是正式的调查会议，你必须如实陈述。”

晶代女士的声音严厉起来，房间中弥漫起一股不安的空气。这时候，一直沉默不语的宏美女士开口了。

“朝比奈觉已经报告说你们发现了伊东守。他乘坐的雪橇翻倒，腿疼得无法行走。还有，你和秋月真理亚为了照顾他而留下，他一个人先回来了。”

觉似乎隐瞒了化鼠的事。

“议长……”

晶代女士向宏美女士投去仿佛谴责的眼神。

“好了，这是为了了解实情而设的会场，不是要给这孩子设陷阱。”

宏美女士用几乎很难听到的小声说。

“是吗？朝比奈觉所说的都是事实吗？”

“……是的。”

我感到宏美女士果然不是那么冷酷的人，稍微有点释然。

“那么，之后发生了什么？为什么只有你一个人回来？我们本来期待你和秋月真理亚，还有伊东守平安归来。”

晶代女士再度提问。

我放眼打量坐在对面的诸位教育委员会成员。到底该怎么掩饰才好呢？权宜之计的谎言，只会让事态更加恶化吧。唯一能做的只有尽可能少坦白一些真相。

“我试图说服守和我一起回来。但是，不管怎么劝，他都不愿意回来。没有办法，我只好一个人回来了。又因为守一个人无法走动，所以真理亚留在那里照顾他。”

“那么，秋月真理亚是在继续说服伊东守了？”

“嗯。”

我回答的时候，移开了目光。

“那么，你一个人回来是打算做什么呢？是要对父母、老师，还有本教育委员会，进行完整翔实的报告吗？”

“这……我不知道。”

“不知道？你到底……”

晶代女士勃然变色，探出身子，这时候宏美女士抢先说话了。

“你的困惑也不是不能理解。遇到这样的情况，换了谁恐怕都不知道如何是好……不过你不用困惑，只要对提出的问题坦白回答就好了。之后的事情就交给我们，好吗?”

“知道了。”

“那么，伊东守为什么不愿意回来？你肯定问过原因的，是吧?”

“是的。”我不小心下意识地点了点头。

“伊东守不愿意回来的原因是什么?”

我深深吸了一口气。自己比预想的还要沉着，这一点让我自己也很意外。对于这个问题，该怎么搪塞过去呢？当然不能说守清清楚楚看到了不净猫，那该编个怎样的故事才能……

“怎么了？快回答!”不知道是不是看出了我胆怯犹豫的心情，晶代女士大喝一声，“你知道眼下神栖六十六町是什么状况吗？町里颁布了外出禁止令，居民全都惴惴不安。所有这一切，都是因为一个学生自由散漫的行动导致的!”

充其量只是一个学生失踪而已，为什么搞出这么大的反应，这时候的我对此完全无法理解。而且更重要的是，在我心中沸腾燃烧、压倒了其他一切的，乃是强烈的愤怒。

守的行为是自由散漫的行动吗?!这话说起来倒是轻松!不但在精神上对守穷追不舍，到头来还要杀他的，不正是教育委员会吗?!

似乎是感觉到我的奇怪表现，桌子对面响起一片交头接耳之声。

“怎么了？为什么一言不发？请说话。”晶代女士用手指敲着桌子逼问。

“守之所以逃走，我想是因为他不想死。”

说出去了。已经无路可退了。

“什、什么……不要乱讲！”

“我只是回答您的提问。”

我竟然是这么坚强的人吗？对于自己的激烈反应，连我自己都很吃惊。

“这是我从守那里亲耳听到的。根据他的说法，最近几天，猫怪……不净猫曾经两度接近过他，虽说第一次似乎只是在跟踪。”

“住口！你在说什么胡话？”

“第二次是在前天放学以后。守被班主任太阳……远藤老师留下来，而且被故意派去靠近中庭的地方。”我索性豁出去继续往下说，“在那儿，守差一点被不净猫杀死。他清楚地看到不净猫的身影，甚至知道毛是白色的。因此，守……”

“够了！闭嘴！你侮辱了这个调查会议和教育委员会！你的言行违反了伦理规定，是重大的罪过！”

晶代女士歇斯底里地叫了起来，声音响彻整个房间。

“我也非常遗憾。你的父母都是非常出色的人，对于这样的结果，想必也是非常痛心的。”宏美女士叹息着说。

虽然她的声音干巴巴的，很难听清，但却让我第一次对她生出恐惧。

“两位在别室？……哦，知道了。”

宏美女士在教育委员会的成员间快速密谈了几句，然后再度向我转来。

“那么，请出去吧。但是不能和父母一同回去。请你留在这幢楼里……像这样的结果，真的只能说是非常遗憾。”

这等于宣告实质上的死刑了。

“我要被处死了吗？”我盯住宏美女士，反抗般地说。

“真是让人讨厌的孩子呀，这种词也能这么轻易说出口。”

宏美女士像是唾弃一般地嘟囔了一句，从我的身上移开目光，站起身来。

就在这时，传来轻轻的敲门声。

“谁？现在正在召开调查会议，请勿打扰！”

晶代女士训斥道，但是敲门的人完全没有停顿，反而推开了门。

对面桌子后面的人全都僵住了。我回过头，也是大吃一惊。

“打扰你们了吗？不好意思，不过有些话到底还是必须趁现在说。”

衣服外面披着毛皮披肩的朝比奈富子女士朝慌乱起立的教育委员会的诸人微微一笑。

“各位都辛苦了。早季的事情能交给我处理吗？”

“您来处理当然没有问题，不过涉及儿童的调查，是教育委员会的专属事项。即便是富子大人，用这样的形式从旁干涉，恐怕……”

宏美女士以低沉到近乎消失的声音说。

“是呀，真是抱歉。我本来也不希望这样。但是，关于早季的事情，我也有责任。”

“请稍等，富子大人。关于这件事，我想还是换一个地方讨论为好。”

晶代女士一边瞥着我一边说，但富子女士完全无视她的存在，眼睛只盯着宏美女士。

“……您说您也有责任，是什么意思?”宏美女士无奈之下只得发问。

“我呀，对早季说了很多东西。不净猫的事情也是其中之一。”

“这……我想稍微有点破例了。”

宏美女士的表情虽然没什么变化，但脸色还是明显变了。

“是呀，可能确实是破例了。不过，为了培养小町将来的指导者，也没有别的办法。”

“指导者? 这孩子吗?”晶代女士很吃惊地问。

“所以，宏美，早季的事情要宽容一点。”

“不是宽容不宽容的问题，富子大人。现在不单是男生，连女生都失踪了!”

不知道是不是内心在纠结，宏美女士的声音听起来在发抖。

“我知道。这的确是很严重的事态。但是，发展到这一步，你们教育委员会的责任也不小吧？”

“我们的责任……吗？”

在场的教育委员会成员明显产生了动摇。

“是呀。原本处决伊东守的决定我就认为操之过急，有点太草率了。而且正因为连这一处决都没有做好，才导致了现在的局面，不是吗？”

“这……”

宏美女士哑口无言，脸上的五官都扭曲了。

“要说责任，现在在场的每一个人都无法推卸责任。连我自己，说不定在更加根本的地方也要承担责任，因为正是我指示对一班的孩子们进行实验。但现在不是放这种马后炮的时候，对吧？接下来该怎么办，才是最先需要考虑的，不是吗？”

这些连町长乃至图书馆司书都不放在眼里、握有莫大权力的教育委员们，一个个像是被老师训斥的学生一样垂头不语。

“听从您的教诲。”宏美女士用细若蚊蚋的声音说。

“你们能理解，我很开心。那么，早季就交给我吧。不用担心。我会把误会的地方一点一点解释给她听。”

不用说，此时已经没人出声反对了。

“内厅的围炉[1]能借我用一下吗？我想在那儿说说话。”

“啊，那个，那边，现在……”晶代女士慌慌张张地说。

“哎呀，刚才是打算把早季带去那边吗？”富子女士微微一笑，“没关系，全都放着好了。”

那是个大约三十畳的宽敞房间，靠中间的地方有一个大大的围炉，围炉里面烧着红红的火。从天花板上垂下来的自在钩[2]上挂了一只装满水的铁锅，正冒着腾腾的热气。

“不用那么拘谨。”

富子女士用柄杓[3]舀了一勺热水，温了温黄色调的荻烧茶碗[4]。将茶筅[5]烫过三回，然后将水倒在建水[6]里，再用茶巾擦过茶碗内侧，取下利休枣[7]的盖子，拿茶杓舀了两杯抹茶，再度以柄杓舀入热水，用茶筅快速搅拌。

我带着畏惧，啜饮富子女士为我沏的茶。

“不用介意饮法，好好品尝就是了。”

我虽然点头，但紧张却有增无减。

---

① 有点类似北方的土炕，不同之处是在中间挖洞，在里面生火取暖，主客在火边围坐交谈。——译者

② 炉灶上用以吊锅、壶的吊钩，可以自由伸缩。——译者

③ 舀水器具。——译者

④ 日本著名陶器。——译者

⑤ 日本茶道中用的圆筒竹刷。——译者

⑥ 日本茶道中倒洗茶碗水的桶。——译者

⑦ 日本茶道中装抹茶的枣形茶叶罐。——译者

不管再怎么告诉自己不要去看，但悠然躺在围炉对面的那三只不净猫的身影还是占据了我的视野。那分别是三色猫、茶虎猫，以及黑底灰纹的猫。三只都闭着眼睛，似乎很舒服，偶尔耳朵略微一动，或者竖起尾巴摇一摇。虽然场景很平和，但三只猫的躯体大得异常，倒显得原本大气的围炉像是迷你玩具一样。

“唔，你好像一直在担心小猫们呀。放心吧，只要没有命令，它们绝对不会攻击人的。”

“……可是，为什么会有三只？”

我把一开始产生的疑问抛了出去。

“这些小猫接受的本来就是三只一组的训练。这一方面是因为做好了损失两只的准备，另一方面也是为了实施被称作三位一体或者天地人之类的攻击方法。”

“三只同时攻击？”

“嗯。有时候会遇到催眠术没什么效果的对手。不过就算是那样的人，只要三只猫同时从三个方向攻击，除非咒力十分了得，否则也很难防御。”富子女士微笑着说。

“可是，教育委员会预定要处决的不是我吗？要对付我，一只应该就足够了。”

能平静地将这一点说出口来，我自己也觉得不可思议。

“你有一次——也许有两次击退不净猫攻击的经验。虽然那时候的事情你自己都忘了。”

“这……难以置信。”

我在毛毡上不寒而栗。每当我意识到自己的记忆存在空缺的时候，总有一种令人不快的感觉涌上来。

“想问一件事，可以吗？”

沉默持续了半晌，我终于再度开口。

“请。”

“富子女士……富子大人。”

“富子女士就行了。”

“富子女士，刚才您说，您指示对一班的孩子进行实验，是吗？那是什么意思？”

“啊，记得很清楚呀。”

富子女士将手中的荻烧茶碗缓缓旋转。茶碗的红色底纹上点有白色的釉药，犹如美丽的肌肤颜色。

“你们应该也有所意识吧？一班集中了很多奇怪的家伙。”

“这……嗯。”

“你们的确很特别。一般的学生从小就被反复施加催眠暗示，连思考内容都被捆得死死的。不要说坏事，就算稍微有点不合适的东西都没办法去想。唯独你们，基本上没有经过剥夺思考自由的处理。”

“为什么？为什么只有我们才受到这样的特别对待？”

“这是因为呀，单靠顺从的绵羊，守护不了小町。对于指导者来说，需要清浊并吞的度量，以及勇于承担污秽工作的坚强信念。而且，为了让小町自身能够适应时代的变化，也需要寻找某种怪人、某种革命者一般的人物。”

“把我编入一班，也是这个原因?”

“是呀。”富子女士坦率地承认。

“那觉呢？因为是您的孙子，所以编进特别班?”

“孙子呀……”富子女士显出不可解的笑容，“说到觉呢，仅仅是因为朝比奈这个名字偶然排在五十音序的前面而已。不过，尽管是偶然，一班确实从一开始就集中了具备特殊素质的孩子们。所以，把你放那里，管理起来应该更容易。”

富子女士轻快地起身，走到围炉对面，蹲在茶虎猫身边，搔它的耳朵后面。茶虎猫似乎很舒服，喉咙里发出咕噜咕噜的声音。

“但是，结果却接连不断地发生了各种未曾预料的事态。最遗憾的是，连小町上最被寄予厚望的孩子……”

富子女士看到我的表情，忽然停住了口。

“这一次的事件也是。如果换作普通的孩子，像什么离开小町独立生活之类的想法，根本连想都不会想到，对吧？单单想到要越过八丁标，恐怕就会吓得迈不出腿去。但是你们不一样。既然回到小町就会被夺去性命，那还不如选择自力更生的道路，是吧?”

我哑口无言。一切都被看穿了。

“我认为这是非常理性的判断。这一点正是自由思考的礼物，要是让我选的话，大概也会这样。不过，眼下这一选择却从根本上威胁到了小町的安全。”

“两个孩子的消失，对于小町来说，会有那么大的影响吗?”我低声提出自己的疑问，“真理亚也好，守也好，我想都不会再回小町了。因此，要说会有什么坏影响，我想是没有的……”

“你完全没有看到问题的本质呀。”

富子女士的表情仿佛有些悲哀。

“什么意思?”

富子女士停下了搔猫耳后的手。

“你知道今天日本列岛的人口有多少吗?”

突如其来的问题，让我困惑不已。

“这……不知道。”

“从前这是地理课上最先要学的内容吧。就连这样的基本事实，现在也变成了需要当作机密保护的东西……现在日本有九个町，全部的人口，据推测大约是五到六万人。”

“有这么多?”我非常吃惊。

“按照古代文明的标准，应该说是只有这么点。千年之前，单单日本一地，据说便有超过一亿的人口。”

难以置信。又不是翻车鱼的卵，人类的数目怎么可能以亿为单位？首先，如果有那么多人口，粮食就是绝大的难题。如果人口都集中到舒适的地域，那基本上都没有立锥之地了吧。

“你知道吗？在古代文明中，有种名叫核武器的东西。通过放射性物质的核分裂，或者重氢的核融合，仅仅一颗炸弹，便能将一个都市夷为平地。核武器就具有这样的威力。”

“将都市夷为平地……”

我完全不能理解为什么需要这样愚蠢的武器。就算是为了征服对手、获取财富，如果将作为对象的城市都消灭了，胜利又有什么意义呢？

“所以，古代人对核武器的信息管理费尽了心机，比如哪个国家拥有多少枚、哪个国家新拥有了核武器等等……而现在的状况，也许应该说和那时候一样，甚至更加危险。”

“您的意思我完全不理解。那种武器不是应该早就没有了吗？”

“嗯，核武器是没有了，但是今天的世界却满是比那更加可怕的东西。”

“是什么？”

“人类呀。”

富子女士挠着茶虎猫的下颌，猫的喉头发出咕噜咕噜的声音，犹如远雷一般在房间里轰响。

“你仔细想想我之前和你说过的话。仅仅一个恶鬼，便可以轻易将一个小町的居民屠杀殆尽。而且和只能爆炸一次的核弹不同，只要保有足够的体力，便可以无休无止地杀戮……至于说业魔，从理论上讲，一个人的精神失衡，甚至有可能毁灭整个地球。”

“……可是，那只是非常特殊的情况，而且只要进行严格的预防……”

“错了，不是那样的。你只看到了咒力以怎样的形式失控，但没有看到问题的本质。人类的力量中隐藏了无限的能量，这才是问题的关键。我们必须认识到，单单日本列岛一地便面临五到六万枚‘核武器’的威胁……当其中两枚下落不明的时候，能说一句‘最多两枚’就可以了吗？”

三色猫站起身，伸展开比狮子还要大两圈的巨大躯体，露出剑齿虎一般的獠牙，伸了个懒腰。它对于我没有显出任何兴趣，将地板踩得咯吱作响，悠然向不知何处去了。

如果说富子女士的话没有让我大受冲击，那是在撒谎。我从未想过以这样的角度看待人类。如果说为政者总要从最坏的预期着眼，必须常备不懈的话，这样的看法也许是必须的。但是，对于此时的我而言，富子女士的这番话，听起来仅仅像是被恐惧附身的老女人的妄想。

“把两个人带回来。”富子女士说，“要救他们的性命，只有这一条路可走。只要能回小町上来，两个人的性命我可以保证。但是，如果继续这样逃亡下去，两个人不可能活得太久。”

“为什么？”

“教育委员会会全力追击他们，这一点你也明白的。周边的化鼠部族都接到了杀掉他们的指令。而且，对于两个人可能接近的小町，比如东北的白石七十一町、北陆的胎内八十四町、中部的小海九十五町等等，教育委员会都会发出文件，敦促警惕他们的接近，请求协助进行处决。各个小町应该都有驱逐危险分子的特有方法，为了自卫，当然也会行使那些手段的吧。”

“这……太残酷了！”

“所以，在事态发展到那一步之前，必须把他们两个人带回来。给你三天时间。三天之内，我会想办法拦住教育委员会。在这段时间里，你一定要找到他们，哪怕捆也要把他们捆回来，明白吗？”

我挺直背脊，做了一次深呼吸。没有选择的余地，我已然下了决心。

“明白了，我这就出发。”

“加油，你能行。”

我站起身，行过一礼，正要从房间出去。就在这时，眼角瞥见黑底灰纹的不净猫的身影。它眯着眼睛，微微摇晃着尾巴，仿佛像在给我送行一般。不过我在自家附近看到小猫盯着麻雀的时候，那副样子也和这有点相似。

“如果没有富子女士，我现在已经变成这些猫的猎物了吧。”在门口转过身，我向富子女士发自内心地表示感谢。

“也许吧。”富子女士微笑点头。

忽然间，我的心中升起一个新的疑问。

“可是，富子女士为什么会有如此……如此强大的影响力呢？”

富子女士半晌没有回答。就在我开始后悔自己是不是提出了一个失礼的问题的时候，富子女士站起身，来到我的身边。

“我送你去船坞吧。你父母那边，等下我会告诉他们你已经出发了。”

“谢谢。”

我们像是关系亲密的祖母和孙女一样离开了教育委员会的总部。雪略微小了一些，但依然纷纷扬扬。吐着白色的气息，我再一次回首眺望犹如伏魔殿一般的建筑。能从里面平安无事地出来，我想只能说是一种奇迹吧。

“刚才你的问题……”

富子女士抬起手，接住一片风中飞舞的雪花。那手掌年轻得让人意外。不用说手腕没有老人斑，就连血管也没有凸起。雪在手掌上转瞬之间便融化了。

“趁这个机会，应该和你说说了，我想。”

我咽了一口唾沫，等待接下来的话。

“确实，我现在在这个小町里拥有极大的权力。如果愿意的话，说不定也能做个独裁者什么的，虽然说我并不想成为那样的人。”

我知道富子女士不是在夸大其词。在富子女士面前，就连人人畏惧的教育委员会也像是群孩子一样。

“你知道，权力都会来自于什么地方吗？这个问题你大概很难回答吧，因为你们基本上没有接受过有关人类历史的教育。古代的掌权者，要么通过暴力产生的恐怖直接获得权力，要么以财力、宗教之类的手段巧妙获取权力。然而对我来说，这些我都没有。我唯一拥有的……只有时间。”

“时间？”

我完全不得要领。

“是的。我是个平凡得一无是处的人，唯独时间绰绰有余。”

我们到了船坞。富子女士已经为我备好了船。不知她到底什么时候下的指示，我有些惊讶。小船是楔形的快速艇，里面已经装好了长板雪橇，还有能在雪山露营几天的装备。

“早季，你看我多少岁了？”

这也是个困难的问题。我怕说得比实际年龄大会失礼，但又完全没有线索，只得照实回答。

“六十……七岁左右？”

“没猜对哦，这下你要吃惊了……因为只猜对了后两位数。”富子女士莞尔一笑，“我真实的年龄是二百六十七岁。”

“怎么会！”

我以为富子女士是在开玩笑，不禁笑了起来，但是富子女士的表情依旧很严肃。

“我遭遇恶鬼的时候还是医院里的护士，那是距今二百四十五年前的事。至于说就任伦理委员会的议长，是距今一百七十年前的事。”

听到这话，我不敢相信自己的耳朵。

“可、可是……为什么会……”

下面的话我说不出来了。

“为什么会活这么久是吗？还是说，为什么会看起来这么年轻？哎呀，不要用看怪物的眼神看我啦。”

我轻轻摇摇头。

“从一开始，我的咒力成绩就很平凡。如果放在现在的完人学校里，大概到了二年级，课程就要跟不上了吧。但是，唯独有一门技术只有我才能做到。那是任何人都没能炼成的奥义，包括肆星在内……那就是：我能修复自身细胞的端粒。端粒知道是什么吗？”

“不知道。”

“是吗？现在这样的知识也受到控制呀。所谓端粒，是指细胞内 DNA 的末端部分。人类细胞分裂的时候，不知为什么，末端部分总不能完美复制，所以端粒会逐渐变短。端粒一旦磨损殆尽，细胞就不能再进行分裂，只有等待死亡了。所以，端粒的长度，就像是显示我们余下生命的蜡烛一样。”

我们学到的生物学知识是受限制的，因此，对我来说，富子女士所说的事情我当然不可能充分理解，不过却能在脑海中鲜明地描绘出那幅图景。在细胞核中分裂复制的双螺旋结构。

伴随着年龄增长，末端逐渐缩短。如果能将之恢复到原来的长度，长生不老也不是梦吧。

“……所以，觉虽然是我的直系子孙，其实也不是真正的孙子。”富子女士的声音里透着愉悦，“我还记得距今二百一十一年前第一个孙子诞生的时候。孙子呀，都说比儿子更可爱，确实是这样的哦。真的就像天使一样。不过到了曾孙、玄孙的时候，和我的亲密度也就越来越降低了。觉是我第九代的子孙，只继承了我遗传基因的五百一十二分之一。当然也不是说不可爱，不过基本上已经没有作为血亲的感情了。”

所以，虽然说富子女士是觉的祖母，但恐怕也涌不起什么真实的感觉。而且对觉来说，居然会有两个祖母，大概也会和记忆生出龃龉吧。

“所有一切，等你回来再说。”在我的船临近出发前，富子女士宛若饯行一般地说，“在完人学校，我想也该给你新的课题了。到现在为止，让你做的都是很无聊的事情，对吧？”

“这……修复瓶子的技术，偶尔也能起些作用。”

“是的。不过私下可以告诉你一个秘密：把打碎的瓶子修复如初所需要的意象，和修复端粒的意象略微有些相似哦。”

每每回想起自己当时的天真，我就不禁生出一身冷汗。对于通晓人心的指导者来说，要给对方一个强烈的动机，让他心甘情愿按照指导者的意愿行事，根本就**如扭断婴儿的胳膊**一样轻而易举吧。（最近刚在古代书本中看到这个说法[1]，哪怕是作为比喻来看，也未免太残酷了。从前的人类真做过这么残忍的事吗？）

总而言之，驱动着楔形的快速艇，我意气风发。一定要找到真理亚和守并把他们带回来的强烈意志充满了我小小的身体。

当然，拯救挚友的性命，这是第一要务。不过，作为被选中的接班人，不可否认，有种着魔一般的兴奋也在背后推动着我前进。

如今回想起来，我说不定是想成为下一届女王吧，就像被支配着巢穴的女蜂王指名的继任者一样。

起初我打算带着昂扬的心情，一鼓作气奔往真理亚他们所在的地方，不过在迎面吹来的彻骨寒风连续刺激之下，我的头脑终于稍微冷却了一点。

一个人行动有点太危险了。守不就是前车之鉴吗？如果没有化鼠斯阔库的救助，说不定他早已经死在路上了。

我停住了船。

我需要帮手。必须想办法找到觉。但是他现在在哪儿呢？我现在只知道他先一步回来之后接受了教育委员会的调查。因为有富子女士在，他肯定平安无事。

---

① 此比喻说法是日语中的俗语。——译者

我有点后悔自己势如下山猛虎一般冲出来的举动了。要是先向富子女士申请两个人共同行动就好了。是不是该先折回去一次呢？但是，又有什么东西让我踌躇不决，不愿回去。

静静飘扬的雪花被一片片吸入暗色的水面，纷纷融解。那颜色，与某种事物很是相似。

是了。那是富子女士凝视我的双眸。在那双瞳孔之中，有着仿佛要将我吸入的无底深渊的力量。看着她的眼睛，简直像是在窥探时间本身一般……

迷茫了半晌，我正要调转船头回去的时候，却看见后面有一艘船赶了上来。由于下雪的缘故，视野里像是蒙了一层纱布，不过依然可以清晰看到在波浪间滑行的漆黑侧影。似乎和我一样，也是快速艇。

“喂——”

对方似乎也认出了我的船。船上的人影一边叫喊，一边挥动手臂。是觉的声音。

我也情不自禁地挥起手臂。

“早季！太好了。总算追上了。”觉喘着气说，“下这么大的雪，我还在想是不是要到雪原上追踪你的痕迹了。”

“怎么了？你受到教育委员会的调查了吧？”

“嗯。昨天晚上被搞了半天。喏，就是那个叫鸟饲宏美的讨厌女人。然后还要我今天也过去。我以为这回是要处决我了，都作好心理准备了。”

“有你祖母在，没事的。”

我想觉大概还不知道富子女士到底是自己的什么人吧。

“唔……果然奶奶庇护了我吗……反正今天一早上都让我等在一个很狭小的房间里，后来终于有人来了，我还以为是要喊我出去，结果是让我赶快来追你。真让人吃惊。完全搞不清状况。”

“那你现在了解情况了？”

“啊，反正就是必须把真理亚和守带回来是吧。”

知道这一点就足够了。

和前一次不同，因为已经知道了守藏身的雪洞所在地，所以可以尽可能抄近道走水路。我们横穿过栎林乡直至终点，从那里再把小船像雪橇一样在雪上硬是推行了大约两百米。船底时不时传来撞击岩石的声音，这两百米下来恐怕伤痕累累了，不过这时候已经顾不上这么多了。

抵达利根川的时候，我们就像为了求水而在山道上艰难跋涉的鳗鱼一般，总算放下了一颗心。接下来溯流而上逆行两公里，我们再度上岸。

为了防止小船漂走，我们把小船也弄上了岸。这时候我们才发现，船身侧面画着模仿町章的“神之眼”，旁边写着红色的号码，还有显示所属部署的梵文。那是意指大日如来的文字“𑖪𑖽”，很少使用，我也是第一次看到。这恐怕是伦理委员会的船只。如此粗暴对待它的人，我想肯定从来没有过吧。

我们蹬上长板雪橇，背上登山包。

时间应该刚刚过晌午，天空却阴沉沉的，让人感觉接近日落一般。雪依然满天飞扬，空气冰冷，吹在脸上犹如刀割。

我们踢着雪，被看不见的绳索牵拉着，沿着舒缓的斜坡笔直前行。

5

坦白地说，我差不多是个方向白痴。

前面写过我和觉两个人在化鼠巢穴里彷徨的事，那时候我应该就说过自己不是很擅长记路。实际上，那样的描述还算好的。真正能让我不会迷路，正确走到目的地的，只有从小走惯的乡间小道，或者带有标志的水路之类。

“……唔，是往这儿吧？”

觉和我截然相反，具有犹如候鸟一般的方向感。不过毕竟因为走的路和之前不一样，时不时也需要停下来想上半天。

“大概是吧。”

每当这时，我就随声附和。原本我也没办法判断，当然只能这么说。不过这好像让觉很生气。

“早季……其实你根本就没好好想吧？”

“怎么可能，当然想了呀。”

“不知道就说不知道，不要跟着点头好吗？”

“说了我是有好好想过的嘛！”

觉无可奈何地摇了摇头，嘴里一边嘟囔，一边拖动长板雪橇，沿斜坡向上攀登。我机灵地沿着他留下的足迹跟在后面。

现在回想起来，我把事态看得也许太乐观了。我产生了一种错觉，以为只要能够抵达真理亚他们所在的雪洞，任务差不多就接近完成了。而且与觉的会合也让我有一种已经成功了一半的感觉。

“啊呀，这里不是走过的吗？”

穿过起伏不定的雪原和竹林，翻过大大的山丘，眼前伸展开来的景色似乎在哪里见过。

“不对吧？上回这一带好像有雪橇痕迹来着。”觉看着大雪覆盖的山坡，颇为遗憾地说。

雪下了整整一天，在山坡上积得很厚。不管什么痕迹都留不下来吧。

“啊，但是，肯定是这儿没错！”

我虽然把握十足，但觉的反应却并不热切。

“为什么这么说？”

“因为我记得嘛。”

“骗人的吧？早季你连到这儿来的路都一点儿也不记得，不是吗？”

“哎呀，这个嘛……来这儿的路呀……”

说实话我并不想承认这一点，不过为了说服觉，这些小事就不和他纠缠了。

“但是，这个地方我记得很清楚。因为你看这棵树。”

我指向旁边生长的花楸树。

“这一带很少看到这种树，对吧？所以我确实记得哦。”

“真的？”觉半信半疑地说。

“而且，对面的石头我也记得。你看它的形状是不是有点儿像大蛇卷成一团的样子？所以虽然当时只是瞥了一眼，但还是留在记忆里了。”

“哪儿像蛇了……更像一堆大粪。”

觉虽然是一副厌恶的口气，不过好像也认可了我的记忆。

“总之是这儿没错吧？咱们就快到了。”

我们开始沿着斜坡滑行。虽然看不到雪橇的痕迹，但记忆确实也被一点点唤醒。我们斗志昂扬，觉得自己终于踏上了正轨，速度自然也随之提升，甚至快到连长板雪橇都开始振动的程度。

渐渐地，斜坡变得陡峭起来。似乎我们在不知不觉间来到了很高的地方。左手边是深不见底的山谷，正张着血盆大口。在我们向上爬的时候，雪依然纷纷扬扬，能见度很低。为了安全，我们不得不降低速度。

“早季，那个什么……有块很平坦的岩石地面是在哪儿来着？就是守的雪橇打滑的地方。”觉问我。

“不晓得，看不到任何线索。”我坦白回答。

当时在爬坡的时候就没看到任何感兴趣的东西，而且又在下雪，整体模样一直在变。细雪纷飞的时候冰坡上虽然没有堆积，但是后来下的都是鹅毛大雪，早就被盖住了吧。

不得已，我们停住了长板雪橇。

“这样太危险了。根本不知道那块岩石会在哪儿给我们下绊子啊。”觉一边摩擦冻僵的手指一边说。

“只能慢慢走？”

“那样又太浪费时间。而且走得再慢也没用，该打滑的时候还是要打滑。”

我们面面相觑，暗自期待对方能想出一条妙计。可惜天下事没有那么遂人愿的。更糟糕的是，雪越下越大，风也越刮越猛。我们置身在毫无遮挡的斜坡上，不禁感觉冷到彻骨。这一路上都是用咒力推动长板雪橇在斜坡上奔驰，不过因为需要绷紧全身的肌肉保持半蹲的姿势，身体因而在发热。另外，从早上开始什么东西都还没吃，一口气赶到这里已经差不多是极限了。不晓得是不是血糖值下降的缘故，浑身使不上力气，头脑也有些昏昏沉沉的。

“对了，只要不踩到那块大石头就行了，对吧？就算不小心走过了头，反正是向上的路就对了吧？”

我的脑海里还鲜明地记得丛生的灌木，还有其中那条犹如兽道一般的小径。

“说不踩就能不踩吗？关键是怎么弄？”

“用咒力造一条路出来不就行了？”

“是吗……对呀，就这么干。”

我们果然还是因为疲劳和焦躁而丧失了判断力吧。这个办法，足可以和守当初拿个儿童雪橇就敢爬山的壮举媲美。我们两个做成巨大的铲子意象，铲去眼前的积雪，铲出一道直线，造出一条路来。在雪中笔直穿过的道路，看起来远比冰坡更加安全，也更加快捷。

“好，走吧。”

我们一前一后，在细细的道路上滑行。铲雪的距离大约有四五十米，走完这段，还要停下来再铲。

就在这时，传来嘎吱嘎吱的声音，像是某种重物正在倾轧下来似的。

“糟糕，雪崩……”

我们齐齐打了个冷战。回想一下，我们实际上是在陡坡积雪的半当中笔直切了一刀。不引起雪崩才真是怪了。

“做个屋顶！”

“拨到左右两边去！”

各自大喊了一声之后，我们全都集中精神。雪之洪流从斜坡上以万夫不当之势向我们猛扑过来，像是要将我们彻底吞没般一气坠下，不过到了距离我们头上两三米的地方就被看不见的楔子分到左右两边，到了几十厘米的地方又被分了一道，化作闪闪发亮的雪线，落向深邃的谷底。

骤起的变故持续了不到一分钟。但对我们来说，却仿佛永恒一般。

等回过神来的时候，雪崩已经结束了。积雪滚落的时候，似乎把冰坡的一部分也带着崩塌了，只剩下犹如砂土一般的滚滚雪流，断断续续向下滑落。

“没事吧，早季?”

“嗯，觉呢?”

“没事。”

急迫之间，我们想象出的是尖锐的歇山顶。我们都觉得，相比于和巨大重量的雪崩硬撑，不如把它向左右两边拨开更合适。万幸的是，我们两个做出的意象没有相互干扰，两个人都毫发无伤。饶是如此，我们还是被吓得够呛，身体的颤抖停不下来。

“和下雨导致的路面结冰不一样嘛……你看。”

觉指着斜坡上面说。积雪被一扫而空，露出的地面正是我们昨天看到的冰坡，粗糙不平，已经冻得结结实实了。

到这时候，我们终于想到应该在上来之前就先引发雪崩，把斜坡上的浮雪扫清，自然可以安全地前进。不过这也是马后炮了。

接着再走一会儿，就看到了令守的雪橇打滑的平石。再往前则是穿过斜坡的小径。我们沿着兽道一般狭窄的小路，穿过丛生的灌木林。

“马上就到了。”

雪上的痕迹虽然早就没了，不过觉的信心十足。我想我们很快就可以和真理亚相见了，自然也加快了长板雪橇的速度。

“咦?”

觉突然停了下来。紧跟在他后面飞奔的我差点撞上去。

“别突然停啊!”

“雪洞没了。”

“胡说，怎么可能……”

我放眼眺望稀疏的丛林。雪洞确实应该就在这里……不过我也不敢百分之百地确定。也许是在前面一点儿的地方……

就在这时，我的眼中捕捉到三十米之外的两棵松树。

“就是那儿！那两棵树!”

我们绕着松树转了好几圈。虽然毫无雪洞的痕迹，不过我们还是发现了几处稍微有些不自然的地方。在松树的高处，有几堆小小的积雪。

“肯定是拆了雪洞之后又把雪弄平了，掩人耳目。”觉摸着下巴说。这是他沉思时的习惯性动作。

“干得这么漂亮，恐怕不是化鼠的手艺。能搭出雪洞的雪肯定不少，能把那么多雪都弄掉，唯一的办法只有把它化成细雪吹散出去。应该是真理亚或者守用咒力干的。”

我稍微放了点心。至少两个人从这里撤离的时候还是平安无事的。

“可是他们去哪儿了呢?”

我们检视四周的积雪。没看到脚印或者雪橇之类的痕迹。

“不知道，看来他们把痕迹都抹干净了。”

“一边扫掉脚印一边走的?”

“化鼠大概是这么做的吧。真理亚可能抱着守直接跳走了。”

我哑口无言。只要到了这里就能顺利解决——现在我终于深刻明白自己这个想法有多自以为是了。

“会不会……两个人回小町了?”

我带着一点微弱的希望问。觉的一句话又把这希望打得粉碎。

“要是回小町的话，就不用清扫自己的脚印了。”

那现在该怎么办?我禁不住想哭。不过因为有觉在，总算忍着没有哭出来。

“必须找到他们。”

我虽然嘴上这么说，但眼下实在无计可施。这一点我自己也心知肚明。

“是啊……不过在那之前还是先稍微休息一下吧。生上火，吃点东西。肚子饿得摇摇晃晃的状态下什么都做不了。”

觉把倒伏的树的积雪吹飞，坐在树干上，打开登山包。

带着些许听天由命的心情，我在旁边跟着坐下。

我们沿着刚刚经过的道路折返回去。抵达船坞的时候，心中满满的都是徒劳感。但还是不能放弃，剩下的时间已经不多了。

天空阴沉沉的，太阳遮挡在厚厚的云层后面，正向西面的天空移动。大概已经过了下午三点了吧。雪虽然停了，但还是有星星点点的雪花飞舞。

我们催动两艘快艇，沿着利根川深绿色的水流而上。

和两年前相比，我们以咒力操控小船的技术已经提升了好几个档次，小船本身也以侧重速度为前提设计，前进起来相当迅速。中途肯定在什么地方越过了八丁标，不过注连绳到底没有设到利根川上来，具体是在哪儿过的八丁标，我们也不知道。

登陆地点当然没有那么容易决定。坦白地说，完全是依靠觉的直觉。可惜船上连地图都没准备，折回去取又太费时间，总之只有走一步算一步了。

觉减慢小船的速度，向我叫喊："早季！大概差不多了吧！"

"上去?"

觉指向前方。前面是片宽阔的河岸，雪原一直延绵到北方。选这里作出发点应该不坏吧。

我们把快艇靠岸，来到雪原上。这一路上一直都在用咒力，大脑深处已经有些晕乎乎的了。虽然很想小憩片刻，可惜没有那个闲暇。我们把两艘快艇弄上岸，迅速装好长板雪橇，随即开始狂奔。雪原的前方是座小山，爬上去之后沿着山脊走上一阵；随后便是连绵的缓坡，总算可以交给重力向下滑行，让咒力有个休息的时间；等下坡变成平地之后，就不再使用咒力，靠身体的肌肉力量用腿部蹭着前进。

经过这段时间，大脑的热度总算稍微冷却了一点儿，不过很不习惯的运动方式又让我开始喘粗气，吸入的冰冷空气让肺部刺痛得厉害。

“稍微，等一下……”

我实在坚持不住，终于还是出声求饶，停了下来。在我前面不远处疾驰的觉，慢慢转了个弯，折返回来。

“没事吧?”

“嗯，让我稍微休息一下。”

我直接倒在松软的雪上，等待呼吸恢复正常。寒风从火烧一般的脸颊上带走热量，颇让人心旷神怡。不过上升的体温慢慢下降，全身的汗水逐渐变冷，又让我觉得有些难受。我用咒力提升衣服的温度，立刻从我身体上冒出摇曳的水汽。

“补充点水分吧。”

觉把自己水壶里温暖的茶水倒到盖子里，递给我。

“谢谢。”

我喝着温润的茶水，抬头看觉。这是我第一次感到他如此耐心、如此值得信赖。

“怎么了，这样子盯着我看？”

“对我真好呀，我在想。”

觉扭开了头，好像有点害羞。

“……我说，能找到真理亚他们吗？”

“能找到。”觉回过头，明快地一口断定。

“要帮他们两个，只有这个办法吗？”

“是吧。”

“我们就是为了这个，才跑了这么远，到这种地方来……怎么了？”

我正要把倒了茶水的盖子举到嘴边，突然僵住了。

“别回头。你身后……大约一百米远处的山坡上。”

“什么东西？”

“恐怕是化鼠。”

因为只能看到漆黑的影子，不好断定，不过明显不是狗熊或者猴子。要说是人的话，个子又太小。而且这种地方应该也不会有人来。

觉又使出他的拿手技艺了。眼前的空间中出现了一面三十厘米见方的镜子，镜子的角度一点点变化，慢慢地映出远处山坡上的情况。

“是有。”觉用平板的声音说，“不过这个距离看不清，还要再靠近一点儿。”

就在这时，不巧的是，阳光从厚厚的云层间照射下来，似乎把镜子光反射过去了。黑影转眼间便消失了。

“被发现了。”觉咂嘴道。

“快追。”

我从雪上跳起来。短短的休息总算让我的体力稍微恢复了一些。

按照我们刚才一路过来时那种慢速越野跑的方式，怎么也不可能追上化鼠。所以我们都以咒力推动长板雪橇前进。转眼的工夫，我们便穿过雪原，以一个险峻的角度冲上了山坡。

“哪个部族?”

“不知道。不过，搞不好是斯阔库吧。”

按理说，化鼠不可能像我们这样短时间内移动这么长的距离。

到达山顶的时候，当然没看到任何化鼠的身影。我们仔细搜寻足迹。

“有了!”

在山丘的另一边，有一道小小的两足行走的足迹。

“在这儿。”

我飞快策动长板雪橇，想沿着足迹前进。就在这时，觉叫了一声“等等!”

我“啊”了一声，刚转过头，刹那间脚下骤起裂痕，支撑体重的力量突然消失得无影无踪。

我感到自己的身体轻飘飘地浮起，穿过雪层直坠下去。

觉的叫喊声远远传来。

然后，我的意识消失在黑暗中。

我睁开眼睛。

眼中看见的是竹子编织的天花板，上面映着复杂的纹路。是行灯[①]的光线吧。天花板上的影子摇曳不定。我似乎是睡在不知何处的小屋中，身上盖着薄薄的被褥。旁边是个小围炉，熊熊燃烧的炭火上，铁壶正在冒着水汽。

“早季。”

觉的声音。我向声音传来的方向转过头去。

“我怎么了？”

觉露齿一笑，似乎一直悬着的心终于放下。他望着我。

“踩到雪檐了。”

“雪檐？”

“在山坡的背风一侧经常会出现悬空的雪坡，像屋檐一样。从上面看就像是山丘的延续，其实只有雪，没有实地，不留神踩上去的时候就会掉下去。”

---

① 木框周围糊纸，里面放上油皿和灯芯的灯具。——译者

“我掉到下面去了？”

“没有。差一点掉下去，还好及时接住了。你应该没地方受伤。就是一直都没醒，让我有点儿担心。”

我缓缓伸展四肢，好像的确没有异状。看起来应该是我被吓昏过去之后，长时间积存的疲劳又让我一直昏睡不醒。

“这个小房子是？”

“你猜是哪儿？吓你一跳哦。是我们要找的地方。”

“难道……骗人的吧？这里是食虫虻族？”

“对头。吃惊吧？别看房子这么小，好像还是它们的贵宾室哪。”

觉告诉我，我们追赶的化鼠正好是食虫虻族的士兵。它们看到我掉下去，紧急向部族作了报告。食虫虻族立刻派出救助队来到现场，把我送到了这里。

“那也能见到斯奎拉了？”

“啊。它如今已经声名显赫了，连名字都变了。”

就在这时，小屋门口的地方传来声音。

“天神圣主醒了吗？太好了！”

“斯奎拉！”

那条纤弱的身影和别的化鼠没什么区别，但那咬字清晰的声音绝对不会弄错。正是食虫虻族的禀奏大臣，斯奎拉。两年前它身上披的还是寒碜的铠甲，如今穿的已经是狗熊毛皮所制的舒适大衣了。

“天神圣主，久未谋面了。”

“是呀。斯奎拉你还好吧?”

“是，托天神圣主的福，无病无灾……最近侍奉天神圣主的机会也多了，在下非常荣幸地被赏赐了一个值得骄傲的名字。”

斯奎拉自傲地稍微挺了挺胸。

“什么名字?”

“赐名野狐丸。原野的野，狐狸的狐。”

斯奎拉……野狐丸果然崭露头角了。这个名字的确和它这种以智慧见长的化鼠很是匹配。即使和凸显勇武的奇狼丸这个名字相比，也毫不逊色。

“我食虫虻族和两年前相比，也抖擞精神，步上了复兴之道。虽然那时候遭遇了部族存亡的危机，不过如今通过与附近若干部族的合并，已经到达了全员共有一万八千匹的规模。说起来，这也是圣主的赏赐之一……”

“部族的事情回头慢慢再说。现在有紧急情况。”觉拦住了野狐丸越说越长的话，“现在有件事情十分需要借助你的力量。”

“遵命。”

野狐丸连内容都没问，首先优雅地一揖。

“所有都请交与在下。既然是两位于我有大恩的天神圣主，便是要我舍掉这条性命，我野狐丸都在所不惜。”

我觉得它答应得有点太爽快了。不过在那时候，它的回答的确让我们十分振奋。

“木蠹蛾族在哪儿？”我单刀直入地问。

“距离这里大约四五公里的西北方向。它们并没有纳入大黄蜂族的伞下，对我们的合并提议也颇为消极……是如今为数不多的独立部族。”

我发现野狐丸的眼睛仿佛在发光。

“木蠹蛾它们怎么了？”

我和觉对视了一眼。眼下这个时候，既然需要依靠野狐丸的协助，我们这边就不得不分享一定程度的情报。

“我们在找朋友……”

觉尽可能避开敏感的部分，简略地解释了目前的情况。

“明白了！既然如此，找到那个叫做斯阔库的是最快的办法。明天一早就去木蠹蛾族。”

“我想现在立刻就去……”

“您的心情我十分理解，不过夜间走雪路相当危险。而且木蠹蛾方面说不定也会误以为是偷袭。况且再有四五个小时天就亮了，到那时再出发，我想应该更好。”

已经这么晚了吗？我很是吃惊。向觉望去，只见他也点头，于是我们决定还是明天早上出发。

“那么，在下准备了简陋的饭菜。虽然只是我们化鼠的粗鄙食物，恐怕不合天神圣主的口味，但还是请二位勉为其难品尝品尝。”

野狐丸做了个手势，两只小个子化鼠捧着朱漆的餐具走了进来。我回想起两年前在大黄蜂族的夜营地吃过的杂烩。煮得很软的米饭，放了很多牛蒡、山芋之类蔬菜的味噌汤，还有不明成分的干肉和咸鱼。除了干肉硬得像石头而且没有味道、实在不是人吃的之外，其他东西的味道倒也过得去。

我们吃饭的时候，野狐丸一直都陪在旁边，也问了我们很多事情。虽然装成闲聊的样子，但明显是要从我们口中探听各种消息，实在很烦人。等终于吃完饭，我们也提出我们的要求。

“说起来，两年前来到这里的时候也是夜里吧。”

“嗯，嗯。真是令人怀念的记忆，虽说地点不是这儿。”

“我记得那时候虽然时间很晚，不过还是拜见了女王，是吧？今天是不是也该去拜会一下才好?”

不知怎么，野狐丸显出一副困窘的模样。

“这……好吧，我明白了。女王也许休息了，总之先去看看再说。这么说来，天神圣主要不要顺便参观一下我们的部族？和两年前相比，变化很大。”

我们出了小屋，由野狐丸领着参观食虫虻族，我们越看越感到吃惊。

两年前，化鼠们基本上都在地下的洞穴里生活，要说露出地面的构造物，只有蚁塚一般的尖塔而已。但是到今天，它们的集团化居住地差不多都可以用“小镇”一词来形容了。

最吸引我们注意的是一种让人联想起巨型蘑菇的建筑。野狐丸向我们解释说，它们是用木头和竹子等做骨架，再涂上黏土和家畜粪便搅拌而成的材料做土墙。土墙上开了好几个圆孔，充当窗户和出入口，圆孔里面漏出灯光。

“不过，我们毕竟是穴居性动物，所以建筑物全都以地下隧道连通……这边的建筑，都是制造各种物品的工场。”

炼铁、织布、染色、抄纸之类的工场，整然有序地排列在狭窄的通道两侧，工作人员在里面彻夜工作。在所有的工场当中，水泥工场尤为引人注目。野狐丸告诉我们，它们从比筑波山还要遥远的山上挖出石灰岩运来，粉碎之后加上黏土，经过高温煅烧，再拌上石膏重新磨成粉末，做成水泥。

“请看那边。那就是第一座用混凝土建筑起来的房子。”

野狐丸所指的是位于部族中心位置的建筑。虽说是平房，但直径足足超过三十米，让我们瞠目结舌。

“这座建筑是部族的评议场。”野狐丸自豪地解释道，“代表一万八千名部族成员的六十名评议员，就在这座建筑中畅所欲言，讨论决定各项事务。”

两年前，部族的中心应该是女王所住的龙穴。为什么在这么短暂的时间里发生如此激烈的根本性变化？这可能吗？

“龙穴怎么走？”

我的问题让野狐丸的声音中带上了少许阴霾。

“如您所见，我们正在将生活的中心从地下洞穴转向修筑于地表的建筑中去。伴随着这种转变，龙穴之类的场所也不得不做些改革和调整。另外，由于部族之间的合并，出现了多个女王，在管理上也产生了集中在一处的需要……”

“那就去那儿吧，明天的事情还要向女王面陈才行。”

“唔……不过，部族的决策现在由评议会负责。明天早上的事情，在下野狐丸可以代表评议会承诺。”

“我们也没想怎么样，只是想问候一下女王而已。”

觉有点不耐烦，说了这么一句。野狐丸露出听天由命般的表情。

“……明白了。那么，在下给两位带路。”

就在这时，有个化鼠跑了过来。野狐丸向我们解释说刚才派它去看了女王的情况。那只化鼠吱吱叫着，向野狐丸报告什么，野狐丸挥挥手，让它退下。

“那么，请这边走。”

提着灯笼的野狐丸当先带路，我们向工场的反方向走去。目标似乎是一排土墙房子中最边上的一个。

“这是什么……”

我不禁皱起眉。作为女王居住的建筑，也未免太寒酸了点。虽然尺寸很大，但土制的粗鄙墙面，还有蒿草的房顶，就像猪圈一样。

打开厚厚的门进到里面，猛然间一股浓烈的臭味直冲鼻腔。

我想起两年前进入龙穴的时候也是充满了几乎让人窒息的兽臭。但是这股味道似乎和当时有所不同。臭味本身比起以前好像容易忍受一点，但在里面却混入了消毒药水之类的气味，酝酿出独特的令人生厌的气味。打个比方来说，以前进入龙穴时的恶臭，是让人感觉到强烈生命力的臭气，几乎可以直接召来恐惧；而现在充塞在这座建筑中的则是像在医院或者妙法农场里闻到的病理般的非自然异臭。

房子是细长的长方形，正中间有条走廊顺着长边延伸，似乎是类似厩舍一般的构造，两侧都是用粗大的木头做成的围栏，看起来很结实。由于光线昏暗，围栏深处笼罩在黑暗中，什么都看不见。

不过，我感觉到围栏深处有几头巨型生物。那边好像也察觉得了我们的到来，发出扭动身体的声音，其中还混杂着哐当哐当的锁链声。

我吃了一惊，去看野狐丸，但是周围一片昏暗，野狐丸落在灯笼的阴影里，看不出它的表情。

“这便是我们的女王。”野狐丸在一个围栏前站住脚步说。

“女王，许久不见。我是之前拜见过您的早季。”

我轻轻出声招呼，然而没有任何回应。

“请去里面吧。”

野狐丸打开围栏的门，大步流星走了进去。我们也小心翼翼地跟在后面。

野狐丸将灯笼高举到蹲在围栏深处的女王头上。

巨型毛毛虫一样的身影在黑暗中浮现出来。满是皱褶的雪白躯体，短短的四肢。

黑暗中传来细微的风箱般的声音，是安静睡眠时的呼吸声。

原来如此，我放了心。原来是在睡觉。已经过了半夜了，当然应该睡觉吧。

我小心翼翼地伸出手，触摸女王那个比牛还大的腹部。那里就像自己也具有生命一样，正以舒缓的节奏上下动着。

“睡得很香呀。”

我绕着女王的身躯转了一圈，手掌从女王的腹部经过脖子向平坦的头部滑去。在头部的前方，我感到有个奇怪的接缝部位，差点勾住手指。女王还是没有睁眼。

“早季。女王睡得迷迷糊糊的，说不定会咬你。”觉担心地说。

“没关系。醒了我会知道的。”

就在这么说的时候，我的手一滑，中指一下子戳到了女王的眼睛。我吓了一跳，赶紧缩回手。女王的头微微一动。但也仅此而已，再没有显示出别的反应。

忽然间，我的心中生出可怕的疑惑。刚才手指摸到的缝是……

“灯笼照过来!”

我用强硬的语气命令野狐丸。野狐丸犹豫了一下，慢吞吞地移动光圈。

女王的眼睛正大张着。它从一开始就没有睡觉。但是，瞳孔放大的眼睛里，看不到半点智慧的光芒。不对，也许因为干燥，连视力都丧失了。半开半闭的嘴巴里，露出足以同不净猫相媲美的巨大犬齿，口水正在一滴滴落到蒿草上。

我从野狐丸手里夺过灯笼，将光线凑近女王的头。头部前方略偏右的地方，有一道大大的 V 字形手术痕迹。用粗线缝过的伤口的痕迹，犹如田垄一般隆起。

“喂，这是怎么回事?”觉的声音里带着怒气。

“没办法。”野狐丸悄声回答。

“没办法是什么意思?你到底对女王做了什么?”

我们的声音在厩舍一般的建筑物中回荡。巨型兽类扭动身体的声音和锁链的声音都变大了。

“两位容我解释。先请去外面吧。”

我们来到收容女王们的建筑物外面。冷冷的风吹在身上，沁人心脾，吹散了笼罩在身体周围的恶臭，让人心情舒畅。

“我们原本并没有想对女王采取那种十分残酷的处理手法……女王毕竟是我们部族全体成员的母亲。”

“既然如此，又为什么那么做?”我逼近野狐丸诘难道。

不知从哪里出现化鼠的卫兵，纷纷向我们跑来。野狐丸摇摇头，让士兵退下。

“以前您见女王的时候，是否也有所感觉？女王的精神有些不正常。”

“哦？是有点感觉。”

“不管哪个部族，女王历来都是绝对权威的存在。我们的女王原本也有专制暴政的行为，但在精神失常之后，暴虐的程度愈发猛烈了。情绪的变动极其激烈，突然就会张口撕咬没有任何错误的近侍，重伤致死的情况层出不穷。到了后来，更被妄想和猜忌驱使，将致力复兴部族的重臣一个个处以极刑。我们食虫虻族原本就在土蜘蛛的战争中遭受了巨大打击，照这样下去，只有灭亡一途。”

“话虽如此……”觉插话道，但却也说不下去了。

“我们都是部族的成员，原本就宣誓对部族和女王绝对忠诚，但我们也并非兔死狗烹之辈。因为我们也有自己的思想，可以说除了天神圣主之外，我们在这颗行星上具有最高的智慧，不是蚂蚁或者蜜蜂一样的社会性昆虫。带着这样的想法，忧心于部族未来的我们，自然而然地集中在一起，在我的倡议下，经讨论结成了公会。”

“公会？”

“是的。因为要想守护我们最低限度的权利，必须与女王进行交涉。但是女王非常愤怒，她把我们的行为视作反叛……因此，经过诸多曲折，无可奈何之下，最终导致了这样的结果。”

“这样的结果是说……你们联合起来，把女王弄成了植物状态，是吧？那还不如直接杀了更好吧？”

对于觉的责难，野狐丸摇了摇头。

“不，不是。我们从来没有想过要破坏女王的大脑。我们只是对女王做了脑白质切除术，切除了前额叶而已。手术之后，女王的攻击性得到抑制，和以前判若两人，禀性变得很温和，也可以专心于生产这一女王专属的职责，对部族的扩大作出积极的贡献。至于女王自身，我相信和深陷精神疾患的时期相比，也应该是更加幸福的……不过唯一让人遗憾的是，因为是第一次进行这样的手术，卫生方面似乎产生了一些问题，引发了脑炎之类的术后并发症，女王才变成了这个样子，精神活动显著降低。”

“太可怕了……”我喃喃自语。

“天神圣主这样的看法也许合情合理，不过在下依然感到很遗憾。”野狐丸以如泣如诉的眼神看着我们，“大凡具有智慧的存在，不都应该享有同等的权利吗？我在天神圣主的书本中学到了这一点，这是民主主义的大原则。”

我们困惑不解，对望了一眼。我们从没想过能从类似老鼠的怪物嘴里听到这样的话。

“好吧，你们的女王也许是暴君，但其他的女王也是吗？有必要把所有女王全都塞进那个猪圈一样的地方吗？”

“凡是赞同我们部族的思想与我们联合的部族，程度虽然有所不同，但都有着同样的问题。部族中具备生殖能力的只有女王一个，所以没有女王就意味着部族的毁灭。但是，话虽如此，部族绝不应该是女王的专属物。我们食虫虻族的基本方针是，女王应该专心于生产这一重要的工作，至于政治、军事之类的脑力劳动，还是交给最为适合的人去做。”

在这个时期，神栖六十六町周边的化鼠部族逐渐划分为两股势力：一个是以大黄蜂族为领导的集团，另一个是由许多部族合并而成的食虫虻族。在大黄蜂集团中，大黄蜂是最强大的部族，单此一家就有超过三万只化鼠。奇狼丸将军虽然一直都手握实权，但还是坚守着以女王为支配者的传统范式，而在其庇护下的部族也都具有同样的以女王作为绝对君王的保守价值观。而另一方面，食虫虻族则采取翻天覆地的手段，通过合并毫无血缘关系的部族，急速扩张势力。它们开始被旧势力部族视为异端，受到敌视。

“……是吗？好吧。唔，反正你们的事情我们也不打算干涉。”觉说完这一句，大大地伸了一个懒腰，“有点儿累了，我们该去休息了。”

“遵命。在下这就去准备床铺。”

野狐丸的眼中，放出些微绿色的磷光。

我们回到被称为贵宾室的小房间。野狐丸刚一离开，觉便将围炉里的炭火燃成炽热，伸直双腿，长长叹了一口气。

“不喜欢啊……怎么也不喜欢。”

“怎么了?”

“这个部族也好，斯奎拉……野狐丸也好，总有点怪怪的，很可疑。我觉得它说的话和肚子里想的东西完全不一样，不能相信。”

“可是，要找真理亚他们，没有野狐丸的帮助，怎么也不行的吧?”

“话是如此……”觉的脸上还是阴云密布，“你也看到那家伙对自己女王做的事了吧？那是生下它的亲生母亲啊？它怎么能做出那么残酷的事?”

“这一点我也很吃惊。”

我想起女王空洞的眼神，不禁有些颤抖。

“……但是，化鼠不管再怎么能说会道，到底还是野兽呀。感情虽然和人类相似，但核心的地方应该是不同的。而且，野狐丸的解释，我想也有一定道理。它们为了延续自身的生存，无可奈何之下，才做了那种事吧。”

“你倒是很替那只化鼠说话嘛。”

“也不是替它说话啦。”我在地上坐直身子，“我们经常会把人类的感情轻率地投射到动物身上，对吧？这只动物性格温顺啦，妈妈为了儿子舍弃生命啦，等等等等。其实这些看法和现实完全不同。我读过古代文明的动物行为学的书。”因为我母亲是图书馆司书，要说接触禁书的机会，恐怕没有别的孩子能比吧。

“受到了很大的冲击。比方说河马。在和贵园读的绘本上说，河马在同伴死的时候，会围成一圈进行吊唁，对吧？可是，实际情况是，河马是杂食性动物，之所以在同伴的尸体周围聚集，是为了吃它。”

“啊，这个我知道。”

“袋鼠什么的更是坏得一塌糊涂。我本来还以为妈妈把孩子放在袋子里是为了小心养育呢。”

“什么意思？”

“被捕食者追到走投无路的时候，袋鼠就会从袋子里拽出孩子，扔给对方。孩子被大口大口吃掉的时候，妈妈就可以安然无恙逃走了。”

觉皱起眉头。“这倒是有点像蓑白。不过，切下自己身体的一部分交给对手的方式还比这个说得过去。”

“所以，用人类的伦理去衡量化鼠的行为，这种思考方式不是很合适。”

觉把双手围在脑袋后面。

“唔……我感到的厌恶并不单是这一点。该怎么说才好呢……这些家伙，我感觉，不如说是太过于像人类了。”

“确实，像这样的动物，其他还真没有了。”

觉跪着爬到小屋的入口处，查看有没有化鼠在。

“我有种感觉，这些家伙，搞不好是想把人类取而代之。混凝土建筑物什么的，连神栖六十六町都没有吧？看到那个工场，只能认为它们是想把人类一度舍弃的物质文明变成自己的东西啊。”

我把头脑中盘旋了好一阵的疑问，试着向觉提出。

“即便如此，野狐丸又是从哪儿得到那些知识的呢？虽然它说是从书上看来的。”

“没那么凑巧吧。想学什么知识，就能挖到什么书？”

“不然的话，又是从哪儿学来的呢？”

“我猜，会不会是野狐丸捉到了一只拟蓑白？拟蓑白放出的七色光对人虽然有催眠效果，但也许对化鼠无效吧。”

觉的话让我不禁感到有些恐惧。自小对化鼠这种存在所抱有的不祥预感，仿佛突然间有了现实的意义。

“……化鼠总不会背叛人类吧？”

“这倒不可能。因为你看，哪怕就是我们两个人，要想全歼这个部族，也是易如反掌的事。”

的确，不管化鼠把物质文明发展到如何的高度，还是无法想象它们能对抗具备咒力的人类。原本将高度发达的文明导向崩溃的就是咒力。不过，即使明白这一点，不安还是挥之不去。

“我说，野狐丸对女王做的那种手术，如果用在人类身上会怎么样？”觉皱起眉头，“也会同样变成废人吧……你的意思我明白。如果手术做得很好，也没有并发感染症的话，确实有可能造出对化鼠唯命是从的人类。”

我打了一个寒战。

“那样……不就糟糕了吗？”

“不会，没关系的。”觉微微一笑，“野狐丸说的前额叶，就是女王被切除的部分，主司意识和创造性。也就是说，咒力的根源就在前额叶。意识和创造性被剥夺的人类，绝对无法发动咒力。所以，不用那么担心。”

我们的讨论到这里为止。虽然没有几个小时就要天亮了，但是能睡一会儿也是好的。我沉沉睡去，觉却好像辗转难眠。

我在化鼠铺的床上躺下，迷迷糊糊中，噩梦一般的图像在心中此起彼伏。和觉一样，我自己也在食虫虻族中感到一种异样的厌恶感。

不过，在我弄清这一感觉的真正来源之前，我的意识已然沉入了黑暗的深处。

6

睁开眼睛的时候，天色已经微微亮了。

我们所处的小屋，是在木头支柱上辅以竹竿做成骨架、外面再蒙上类似兽皮的结实布料做成的。从做法上看，与其说是小屋，其实更近似于蒙古包或者帐篷一类。天色一旦放亮，光线便会朦朦胧胧透进来。

觉比我早醒一会儿，正在收拾。

“早啊。”我招呼了一声。

觉无精打采地点点头。

“能马上出发吗？那些家伙好像已经准备好了，大概是趁着夜里叽叽咕咕搞的吧。”

小屋外面确实传来忙忙碌碌的声音，好像来了很多化鼠。

“知道了。”

我也急急忙忙飞身跳起，开始作出发的准备。不过说是出发的准备，其实也就是穿上防寒服、系上高帮靴、检查登山包里的东西，花不了两分钟。

一出小屋，天空与前几天截然不同，晴空万里。朝阳正从遥远的太平洋之东冉冉升起。

我将视线转回地上的时候，正看见一只化鼠从松树枝条上取下一条晾干的东西。那东西通体发白，像是风干的腊鱼腊肉一样，不过长度足有一米以上，比鱼大得多。仔细观察，原来是干燥的蓑白。

我们不禁对望了一眼。

“难以置信，竟然吃蓑白。”

在神栖六十六町中被视为神圣动物受到慎重对待的蓑白，竟然被化鼠当作口粮。我感到一种无法言喻的不快。

“……这个季节，蓑白应该正在冬眠吧。难不成化鼠是把洞穴挖开，抓住蓑白风干做成腌制品的吗？”

觉也是一副吃到黄连的苦涩表情。回想到昨天晚上吃到的不明成分的腌制品，说不定正是风干的蓑白，就连觉也不禁说不出话来。

就在这时，野狐丸从对面走了过来。

“早上好。天神圣主，眼下便可出发，不过要不要先用早餐？”

难不成又要搬上腌蓑白了吗？我可完全没有食欲。

“你们的早饭怎么弄?”

“着急的话，我们可以一边走一边吃干粮。不过因为是兵粮，味道不会太好。”

“我们也吃干粮就行了。”

“遵命。”

野狐丸好像很怕冷似的，除了全身紧裹着带帽子的皮大衣之外，还披着钉有金属铆钉的皮革铠甲。两年前相遇的时候，它身上还有一股挥之不去的文官气息，如今完全是将军的派头了。野狐丸吹响挂在脖子上的短笛，周围出现了总数两百匹左右的化鼠，列成队列。

“喂喂，有必要这么多化鼠一起去吗?”觉皱起眉头。

“路上也许有危险。无论遇到什么情况，我们都必须尽全力守护天神圣主。”野狐丸恭恭敬敬地回答。

我们和野狐丸一同进入长长队列的正中位置。据野狐丸解释，先锋和殿后一样危险。我们的前后左右都配备了手持巨大盾牌的强健士兵作为护卫。

食虫虻族周围的雪早已经清理得干干净净，我们踩着霜柱咯吱咯吱前进。一进入雪原，我们便套上长板雪橇，士兵们也套上好像滑雪板一样的靴子，不过更加简陋。化鼠们靠短短的下肢努力滑行，不过和以咒力推进相比，速度实在差得太远。觉有些不耐烦。

“能再快点儿吗？要不把地点告诉我，我一个人先去也行。”

“十分抱歉。我们无法像天神圣主一般轻快前进。不过，木蠹蛾族已经相距不远了。无论如何，请再忍耐片刻。如果两位天神圣主遭受什么不测，那才是无可挽回的。”

没办法，我们只能配合化鼠行军的节奏。在雪原上缓慢滑行期间，野狐丸给了我们所谓的干粮。外观像是小小的饭团，放进嘴里咀嚼，有一股微微的甜味，似乎是在米粉中加入蜂蜜、梅干、果子等等熬炼而成的。这东西确实距离美味两个字很有些距离，但至少没放蓑白进去，不至于让人反胃得吃不下。

过了雪原，翻过好几个山丘的时候，忽然间我想到一个问题：为什么这一带会有这么多山呢？而且，虽然现在有积雪，看不太清，但每个山丘的土质明显都不相同，各个地方生长的植物也不一样。

奇怪的想象在头脑中掠过。

那是具有咒力的人类相互交战的战争图景。巨型岩石和小型山峰从远方飞来，划出舒缓的抛物线，重重砸到地上。那破坏力远比古代文明的核武器凌厉吧。因为据说六千五百万年前导致恐龙灭绝的只是一颗直径不过十公里的陨石撞击而已。

这想法也太白痴了，我想。以常识而论，不可能出现那种事情。尽管理论上咒力的力量没有上限，但现实中发动咒力的时候，到底还存在各种各样的限制。要以咒力施加影响的对象，首先必须在头脑中完美重构，因此受物的大小和复杂度本身就存在界限，并非只要想把地球劈成两半就能劈成两半的。

不过……我放眼眺望如同山脉一般绵延的山丘，又想，即便是我们这样的初学者，也能引发山崩、抛掷大石，如果是镝木肆星那样的高人，投掷一座山峰也未必不可能。

“很快就到了。”野狐丸告诉我们，“那边有个拐角。木蠹蛾族在山腹里修建了易守难攻的要塞。”

出现在我们眼前的，与其说是山丘，不如说是一块巨大的岩石。高约一百五十米，宽约三百米。周围基本都是九十度的绝壁，没有积雪。一眼望去，没有什么可以攀援的凹凸之处，显然不是轻易能爬上去的。

“山腹……这不都是石头吗？哪里有什么要塞了？”

觉眯起眼睛打量巨大的岩石。

“在那里。您看见了吗？岩石上有个探出的平台，上面长着松树的地方，树荫里有个洞口。”

我们向野狐丸所指的方向张望，但还是没看到什么洞口。不单没看到洞口，连一个活动的东西都没有，四周静悄悄一片。

“木蠹蛾族经年累月，在那岩石中挖掘出纵横无尽的道路。换句话说，整个岩石都是它们的要塞。”

“那该从哪儿进去呢？”

我完全找不到头绪。

“据说也有从岩石里面伸进地下的隧道，但是出入口隐藏得很巧妙，不知道在哪儿。平时出入都是拿绳子垂到地上爬上爬下，现在之所以没有绳子，大概是知道我们过来，拉上去了吧。它们和其他部族一概不做接触，只要有什么东西从外面过来，它们就会缩回到巢穴里去，等对方离开……不过这一次可不能让它们再打这种如意算盘，一定要让它们知道我们的决心。”

野狐丸从队伍后面唤来士兵。那士兵虽然没到土蜘蛛突变体那种程度，但胸廓很发达，让人想起水仙的球茎。它手里拿着喇叭筒形状的大筒。

士兵听野狐丸附耳吩咐了几句，随后朝木蠹蛾族的要塞开始大声喊话。站在旁边听着，感觉连鼓膜都要震破了。我和觉用双手捂住耳朵。看到野狐丸和其他化鼠士兵恍如无事，我们简直无法相信。

有可能引发雪崩的巨大声响在雪原上回荡。那个士兵不停呼喊，但木蠹蛾族毫无反应。

“看来不给它们来点真的不行啊。”

野狐丸一声令下，弓箭手走上前来排成横排张弓搭箭。

“等一下，我们可不是来打仗的！”觉抗议道。

“的确如此。不过，如您所见，木蠹蛾完全无视我们的呼叫。要想掀开它们富于惰性的傲慢外壳，多少不得不采取一些非常手段。”

野狐丸用尖锐的声音下达命令。

几十支箭向着岩石中部的松树描出优美的弧线，大半落在岩石上弹开，也有好几支刺在树上，其中一支竟然还插到了岩石里。

木蠹蛾依然没有反应。根据野狐丸的指示，排成横排的弓箭手，这一次把头上裹了布的箭搭在弓上，用燧石点上火。布似乎事先浸了油，转眼便熊熊燃烧起来。

数十支火箭划破长空。

射中松树的火箭继续烧了一阵，树上开始冒出黑烟。木蠹蛾好像终于沉不住气了，开始有所反应。树后冒出雪烟一样的东西，似乎是在撒雪灭火。

“现在它们也该识相了吧，再喊一回看看。”

野狐丸轻轻举起右手。刚才拿喇叭的士兵再度上前，又以震耳欲聋的声音放声大叫。因为说的是化鼠的语言，我们不知道它在说什么，不过还是感到一种奇怪的威吓感。这真是单纯的喊话吗？

木蠹蛾的回答是数十倍射向我们这边的箭矢。

我的注意力一直集中在松树周围，不过看起来岩石表面好像开了无数箭孔，随时都能一齐发射。它们的箭矢毕竟是从上往下射来的，轨道笔直，远比食虫虻的箭矢迅速。排成一排的弓箭手毫无防备，连同拿喇叭的士兵一起，眼看就要被如雨的箭矢射成刺猬了。

不过紧接着的一刹那，如同黄蜂一般飞来的箭矢像是撞上了看不见的楔子一样向左右分开，飞去了错误的方向。

是我和觉联手改变了箭矢的方向，就像之前差点被雪崩吞没的时候一样。尽管事发突然，不过我想我们两个的联手还是很漂亮的。不愧是多年的好友，我和觉似乎正在逐渐到达心意相通的地步。

接下来出现的沉默，仿佛在诉说木蠹蛾族的困惑。也许偶尔会遇上突如其来的强风把箭矢吹走的情况，但要说在命中目标之前自动向左右两边分开，显然不可能是自然现象。

“感谢天神圣主！您二位救了我们士兵的性命，我谨表示衷心的感谢！”

野狐丸深深鞠躬施礼。

“如圣主所见，木蠹蛾族是连神明都不知敬畏的不逞之徒。为了让它们回应交涉，还是要再进行一次劝告，不过根据结果如何，也许还需要采取更加强硬的手段。”

不等我们回答，野狐丸便让拿喇叭的士兵再度站到前面。喊话的内容依然不明，语气则是前所未有的激烈，还带着一种难以言喻的盛气凌人感。完全不像是要求停战的喊话。用词说不定也是类似最后通牒一般吧。

对于未曾想到的事态，木蠹蛾族恐怕也不知如何应对吧。但可想而知的是，连续不断的言语挑衅，似乎终于导致某个士兵失去了自制力，一支飞矢带着破空之声向喊话的士兵直射而来。

这一次我和觉的合作没能像上次那么漂亮。我们两个人的咒力同时捕捉到那支箭，但由于咒力相互干涉，空气发生扭曲，好像受到炙热阳光的照射一样，呈现出彩虹一般奇异的图案。咒力的相互干涉有可能引发不可预料的后果，我们慌忙停下咒力。位于咒力焦点上的飞矢，伴随着炫目的光芒消失在空气中。

仅仅为了防御一支飞矢，这有点太夸张了。不过站在木蠹蛾族的角度来看，也许会将之视作我们盛怒之下的示威行为吧。

“天神圣主！木蠹蛾明知天神圣主在此，还敢放箭，这是断断不可容许的渎神行为！恳请圣主降下神罚！”

“……可是，只是一支箭而已，会不会是不小心射出来的呢？”

我对于野狐丸进言攻击木蠹蛾族的要求不是很喜欢。

“一支箭已经足够了！胆敢对圣主张弓搭箭，本来就是足以将部族荡平的重罪……而且照这样下去也没有个结果。只要木蠹蛾不回应我们这边打探消息的要求，我们就没办法搜寻天神圣主的朋友。”

“知道了，那就没办法了。”觉首先下了决定。

“不要做得太过火。”我向觉叮嘱了一句。

回想起来，一开始还是木蠹蛾部族的斯阔库救了守，结果反而拿致命打击报答它们的话，未免太恩将仇报了。

“我知道。”

觉面向岩石要塞，口中念诵真言。

掩护洞窟入口的松树发出如同薪火爆起的声音，根部断裂，无力地垂了下来。

隐蔽在树后的木蠹蛾士兵们惊恐地颤抖不已。

接着，伴随着巨大的声音，像是被看不见的拳头击打一样，岩石表面出现了裂纹，碎石纷纷飞出。一拳……又一拳。箭孔一样的部分崩塌了，开了一个大大的洞。

“好了！住手!”

我拦住觉。

我们又观望了一阵。对面终于传来尖锐的叫喊声。虽然依旧是听不懂的化鼠语言，不过总觉得有什么地方带着乞怜的语气。

对于木蠹蛾的回答，拿喇叭的士兵以无比强硬的语气回应。之后，从折断的松树后面出现了几只化鼠的身影，身上都披着鱼一样的鳞甲，中间一只还披着斗篷，好像是部族的高官。后来得知它是掌握木蠹蛾族实权的摄政，名叫奎齐。旁边的化鼠向地面垂下长长的绳索。

我不经意间向旁边看了一眼，野狐丸沉默不语，脸上浮现着奇怪的表情。它的脸色虽然像是在愤怒，但那双眼睛却满满地都是抑制不住的喜色。

野狐丸与奎齐的交涉过程，即使逐一写在这里，大概也没什么意义吧。野狐丸带着征服者的胜利姿态对奎齐颐指气使，我们虽然听不懂它说的话，但肯定向奎齐提出了各种各样的要求。至于奎齐，不管要求有多不合理，应该也无法说个“不”字吧。

焦急万分的觉终于等得不耐烦，插进去询问真理亚和守的下落。奎齐下令把斯阔库带到我们面前。

斯阔库本来吓得缩成一团，不过看到我们，似乎稍微恢复了一点生气。

“斯阔库，还记得我们吗?”

“GGGGGG……是，天森圣主。”

“真理亚和守去了哪里?”

觉单刀直入的问题，让斯阔库不知所措。

“不呲道，天森圣主。”

“不知道？你不是和真理亚他们在一起的吗?”

“是。可是，那两位天森圣主，走了。”

我闭上眼睛，试图抗拒汹涌而来的绝望感。

“走了？走去哪儿了?”

“不呲道。”

“那大概的方向总该知道的吧?”

“不呲道，天森圣主。不过，有信……留下。”

斯阔库从贯头衣一般的简陋衣服里面拿出一封信捧给我。我接过信，撕开信封。里面确实和斯阔库说的一样，有一封真理亚写给我的信。

致深爱的早季：

当你读到这封信的时候，我和守应该已经在某个非常遥远的地方了。

对于既是挚友，又是恋人的你，我从未想到竟会不得不以这样的形式来写离别的书信。真的真的非常对不起。

然后，无论如何，请不要再找我们了。

写下这句话的时候，不知怎么，心里有种难以言喻的苦闷。当初在守留下的信里看到同样这句话的时候，我们明明那么生气。可是，没有文采的我，到头来也只能写下同样的句子。

你这么担心我们，我非常开心，真的。我知道，如果换成我站在你的角度，也会像你一样担心吧。可是，可是，没有别的办法。

我们已经无法在神栖六十六町活下去了。小町不许我们活下去。如果只是我一个的话，也许还能平平安安生活一段时间。但是，守已经被打上了失格的烙印。只要被打上了那个烙印，便无法再回到当初了。这不是对待人类的方式，而是和甄选不良品一样的做法，你不觉得吗？烧瓷窖开启的时候，走形的、有裂纹的瓷器，等待它们的就是被敲碎的命运。如果等待我们的就是被敲碎的话，显然只有抢先一步，不是坐以待毙，而是远走高飞吧。

我想你和我们一起走，真的，我不能否认这一点。但是，早季，你和我们不一样。以前我也说过，你是非常坚强的人。这不是说你身体强壮，也不是说你意志坚定。不是这些意思。你也会哭，也会软弱。我也喜欢这样的你。但是，不管遇上什么样的困难，哪怕从心底都被打垮了，你还是可以重新站起来。你不是那种一旦被折断就再也起不来的人。

如果是你，一定可以在小町活下去，而且我想，对于小町，你也是必不可少的人。

守不是这样。所以，如果我抛弃守，他便再也活不下去了。请你理解。

离开小町回头去看，有一件事我看得清清楚楚。

我们的小町，很扭曲。

你是不是也这么想过？为了维持小町的安定和秩序，不断杀害孩子们的小町，还能称为人类的社会吗？根据拟蓑白的讲述，人类从涂满鲜血的历史中走过，才抵达如今的状态。然而即使是和过去最黑暗的时代相比，我想，今天的小町也并不是值得自豪的替代品。到了今天，我仔细回想小町中的种种事情，渐渐意识到那种扭曲到底是从哪里来的了。

那是成年人从心底恐惧孩子的事实。

也许，不管什么时代都有类似的情况。自己的创造被后人否定，这肯定不会令人愉快。如果对方是与自己有着血缘关系的孩子，恐怕更加让人难以忍受吧。

但是，神栖六十六町的成年人，投向自家孩子的视线却又不是与那样的感情相同，而是极端扭曲的。一定要说的话，就好像一边死死盯着一大批蛋的孵化，一边擦着头上的冷汗，不知道里面出来的是天使，还是在百万分之一的可能性中诞生的恶魔。我们仅仅因为大人们莫须有的不祥预感，便被打碎、被丢弃。作为成千上万只蛋当中的一个，我们不想再受到那样的对待了。

下定决心离开生我养我的家庭，离开生我养我的父母，我的心中真的充满了悲伤失落。可是，再想想父母会是怎样的心情，我又有些释然了。如果我被小町下达了处决的决定，父母大约会痛哭一阵，然后就把我忘记的吧。就像你的父母最终放弃了你的姐姐一样。

我们之间的牵绊一定不是那样的，我相信。如果我将被处决的话，你绝对不会抛弃我的，对吧？而如果是你面临危难，我想不管是我、是觉，也都会不顾一切去救你的。

我们当中曾经还有一个朋友，如今连名字都不容许我们记起的朋友。他，X，在那个时候，也一定会帮助我们的，不是吗？

就像我现在必须帮助守一样。

但是无论如何，不能再和你、和觉相会，比任何事情都让我痛苦。

万幸的是，我们具有咒力这种神奇的能力，就算被丢弃在自然中，应该也能想办法活下去。虽然水平一般，不过好歹已经习惯了使用咒力，从这一点上说，我们对于小町和完人学校，还是有着深深的感谢。

我和守，接下来将会两个人互相扶助，构筑新的生活。

在这里，对你有一个请求。如果小町问起我们的消息，请报告说我们死了。我们打算去到很远很远的地方，小町的视线绝对不会到达的地方。不过，如果小町能够忘记我们的存在，我们晚上睡得多少也能比现在踏实一些吧。

我从心底盼望有一天还能和你再度相会。

深爱你的真理亚

读着这封信，我的泪水夺眶而出，怎么也止不住。

信封里还有一张画，像是守画的。那是一张速写，画的是想象中我和真理亚的微笑。

从我手中接过书信的觉，无言地看了一遍，抱住我的肩膀。我好不容易才忍住没有呜咽出声，然而怎么也无法止住泪水。不能再见到真理亚的预感，不知何时变成了一种确信。

当初看到雪洞消失的时候，我们决定奔往食虫虻族的方向，去寻求斯奎拉的帮助。那是因为我们认为借助同样是化鼠的力量会更快捷。虽然知道绝对不能完全相信改名为野狐丸的斯奎拉，但因为事发紧急，有种只求目的、不择手段的想法。

然而最终被利用的根本就是我们。对于无比狡猾的化鼠来说，要操纵目光短浅、焦躁不安的人类孩子，根本就是儿戏吧。

就像“名副其实”这个成语显示的那样，食虫虻这种动物生性凶猛，袭击别种牛虻、马蜂、甲虫等等，吸取它们的体液。它在日文里被叫做盐屋虻，这个名字来源于尾巴上犹如盐堆一样的白色毛穗。与之亲缘关系相近的种类还有食鸟虻。不过后者在古代生物图鉴上没有任何记载，通常认为是近千年以来新出现的物种。即使在今天，也只有在八丁标的周围才能看见，是非常罕见的品种。和食虫虻相比，食鸟虻的体型很大，体长甚至可以达到十三至十八厘米，细长的躯体和蜻蜓有些相似。为了高效率地吸收氧气，躯体上排列着发达的气门，看上去像是无数的眼睛。小时候我们还管它叫百目蜻蜓。

食鸟虻通常潜伏在树干里，当麻雀、斑鸠、画眉、山雀、伯劳、白头翁之类的小鸟经过的时候，会从背后偷袭，用利剑一般的口器刺入小鸟的延髓将之杀死，然后吸食小鸟的血液，它们常常会把自己的身子吸到像气球一样，胀得飞都飞不起来。据说还有袭击乌鸦的例子。

之所以用这个名字来命名食虫虻族，也许是因为它们和食鸟虻这种本是昆虫却又把位于食物链上端的鸟类作为猎物的物种类似，都有一种以下克上的秩序破坏者的性格吧。

历经千辛万苦来到了木蠹蛾族，然而关于真理亚他们的行踪，所有线索都断绝了。

虽然野狐丸承诺会全力搜索，但我们也不知道能有多大的指望，而且也赶不上迫在眉睫的期限。想到和富子女士约定好明天必须带着真理亚他们回去的事，我非常绝望。

和觉商量之后，我们决定退而求其次。

“明白了！请交给我吧。”

只能按照真理亚在信上的要求，向小町报告说他们死了。我们拜托野狐丸统一口径，野狐丸爽快地一口答应。我本以为对于背叛伦理委员会的行为，它多少会表示一下为难，然而答应得这么爽快，简直让我都感到有些不满。

“就说两位天神圣主遭遇雪崩坠落谷底，这样应该可以吧。遗体也被卷去不知哪里了，很难搜索。”

的确，最合适的说法只有这样了吧。也许两个具备咒力的人一起摔落会让人感觉比较奇怪，不过如果说是守的雪橇先滑了下去，真理亚在救他的时候也掉下去了，大约也能说得过去吧。

“如果时间充分的话，还可以准备好骨头，这样更完美。连骨头一起送去的话，应该会相信的吧。”

我不禁打了一个寒战。

“你说什么？骨头？你打算从哪儿弄？”觉用严厉的语气质问。

野狐丸仿佛意识到自己的失言，脸色都青了。

“……哎呀，那个，没有的事！您误解了！我们怎么可能筹措天神圣主的遗骨？不会的、不会的。我的意思是说，可以拿化鼠的骨头代替，虽然这么说对天神圣主十分不敬。不过即使是我们的骨头，只要部位合适，也分辨不出是不是天神圣主的遗骨，尤其是高个子的化鼠，和年轻的天神圣主基本上没什么区别，所以用那个骨头……为了以防万一，还可以用石头打磨……”

“够了！别说了。交给你就是了。”我让野狐丸闭嘴。听它这么说，有种真理亚他们的遗体在受侮辱的感觉。

“遵命。所有一切都请交给我来处理。”

野狐丸恭恭敬敬一揖到地，不知道是不是理解了我的情绪。

费了两天时间赶到这里，最终也只是白跑一趟。但是无论如何不能气馁。我们拒绝了野狐丸的邀请，没有再去食虫虻族那儿休息一晚，而是决定直接返回出发地点，就是那个雪洞所在的地方。按照斯阔库的说法，它和真理亚他们就是在那儿分别的。

我们穿上长板雪橇，朝着存放快艇的地点出发。

根据太阳的方位判断，不知不觉间时辰已经过了正午。不过肚子似乎一点也不饿。这应该不单是热切思念导致的茶饭不思。虽然心中急躁不安，但心情却和周遭的无尽雪原一样冷彻骨髓。

真理亚他们去了哪里？再也找不到了吗？不过我也想到，就算找到了什么线索，知道他们去了哪个方向，但要想追上能在天空中飞舞的真理亚，无论如何也是不可能的吧。

我就像是在毫无胜算的比赛中早已被对手彻底甩下的选手，但仍然决定不听到终场哨声绝不认输，坚持自己徒劳无益的努力。

为什么还要装出一副还有希望的样子啊？要骗谁呢？是要欺骗自己，维护一种“我绝不会抛弃挚友”的自我幻象吗？还是要欺骗觉呢？

我望向在我稍前一点的地方滑行的觉。看不出他的心里到底在想什么。是和我一样在拼命逃避绝望感吗？还是在想别的什么事情？

当我意识到自己正和觉并肩疾驰的时候，我忽然发现了自己真正的恐惧。

在我的世界当中，除了父母，只有完人学校。而在完人学校里，能够称得上是朋友的，只有一班的同学。但那些朋友一个个都在消失，剩下的只有我和觉两个人了。

不要。我觉得自己快要疯了。不要。我不要再失去朋友了。

再不要失去深爱的人了。

面前的觉的身影，和另一个少年的影子重合在一起。

突然间，我生出一种想要伸手去摸的欲望。就在那一刹那，那个令我怀念的、封印在记忆坟场中的身影，清晰地在眼前复苏。然而幻影终究只是幻影，转眼间又如梦幻般消失了。

我被重新抛进冷酷的现实。在这个世界，我和觉只是两个渺小的人而已。

真理亚现在也是同样孤独吗？不，她应该和我不一样。因为她已经舍弃了所有的一切，遁世而去了。

晴空万里，和昨天恍若隔世。阳光照在雪上反射出来，让人目眩。然而这明亮的景色，在我眼中却显得比昨天更加阴郁。

觉出类拔萃的方向感让我们很快找到了快艇。我脱长板雪橇的时候，觉用咒力提起小船，放到河面上。

“我来驾船，你稍微休息会儿吧。”上了船，觉看着我说。

“为什么？觉也很累吧。”

我的回答并非出于真心，只是客气一句而已。

“没关系。”

觉拍了拍我的后背。我也没有力气再坚持了，嘟囔了一声“谢谢”，坐倒在船上，陷入半昏睡的状态。那感觉就像是船底逐渐融解，无数河童聚集过来，伸手慢慢把我拖向河底一样。

梦。一开始是由于极度疲惫而做的毫无脉络的噩梦。因为没有意识的压制，潜伏在心底深处的魑魅魍魉逐一浮现。

在地上爬来爬去的妖魔鬼怪，摆动着昆虫一般的细长触角。在头顶乱舞的大群独眼天狗，蛾羽上撒下无数磷粉。

地狱的亡者被锁链牵引，排成一列向前移动，下腹都长着牛袋，连精神都被控制。就算想逃也逃不了，只能瞪大圆圆的眼睛，发出牛一般的鸣叫。

粉色半透明的蓑白因为情欲扭动身体，触手全都变化成耸立的男根，根部的无数女性性器犹如海葵一般张合不已。

紧贴着蓑白，无声无息走过去的是死神的化身，巨大的猫怪。

化鼠们扬起丑陋的鼻子，不停嗅着空气里的气味。它们的脸都是一片平板。不知道是不是代替脸上的五官，它们全身的皱褶之间生着无数的眼睛，一刻不停地窥探周围。剑一般锐利的口器伸缩不停。

比所有这一切都可怕的，是一个小小孩子的身影。那是脸上涂满了鲜血、在忘情杀戮的恍惚中翻出白眼的恶鬼。

异性怪物齐声鸣叫，蠢动不已。他，在那最里面。

静静伫立的少年，仿佛融解在黑暗中一般。脖子以下的部分都能看见，唯独脸庞隐在黑暗里，看不真切。

无脸少年。我焦急地想要呼唤他，但怎么也想不起他的名字。

他好像认识我，但并不开口说话。我记得以前也曾经在梦里见过他，那时候虽然看不见他的相貌，但至少还能听见声音。可是现在他似乎并不打算说话。然而即便不说话，无脸少年的周身依然传递出清晰无误的消息。那是深刻的忧虑。

“怎样才能找到真理亚？”

无脸少年似乎微微摇了摇头。

“我不懂。该怎么做才好？”我又问了一次。

还是没有回答。

“求求你，告诉我，到底该怎么做？”

无脸少年用食指指向自己的嘴。

他一言不发。我也看不到他化作幻影的口形。但不知为什么，我明白了他要说的话。

我困惑不已，呆立在原地。我不知道他为什么要说那种话。但是，接下去他告诉我的，更让我大受冲击，如罹雷劈。

骗人，骗人的！你胡说，怎么会……

我想要出声抗议，但是空有满腔话语，一句话都说不出来。

“早季！早季！”

有个声音在喊我。

我的意识急速觉醒。

“早季，做噩梦了？”

我睁开眼睛。觉正担心地望着我。

“……唔，有点。”

短短的时间我出了一身大汗。我想要强颜欢笑，不过在觉看来，恐怕只是不自然地扭曲嘴唇吧。

“咱们到了。接下来再往前，只能穿上长板雪橇走了。”

觉的表情有些犹豫，“早季在这儿等我吧？我一个人也没问题的。”

我断然摇头。

“我也去。”

“是吗……好吧。”

大约看到我的脸色，知道再说下去也没用吧，觉没有再试图说服我。

地上清晰地保留着我们往返的痕迹，一直通向雪洞曾在的地方。我想起昨天刚好是在同一时间、从同一个地方出发。花了整整一天，最终却只能返回出发点。

不，不对。是比出发的时候更糟。昨天虽然知道前面困难重重，但还是深信自己能找到真理亚。而在此时此刻，所有的线索都断绝了。

明知如此，我们还是带着万分之一的侥幸，再度滑动长板雪橇，攀登缓坡。

再一次的搜索没有任何成果。

真理亚和守似乎挖走了被埋的雪橇，我们把周围数十米的半径内一寸一寸找了个遍，也没有发现雪橇留下的痕迹。真理亚肯定是预想到小町会来找他们，把雪橇飘浮着运过一定的距离，又把雪地里残留的痕迹仔细抹掉了。

太阳向西面山峦的另一侧缓缓沉下。静静的绝望汹涌而来，填满了我的胸膛。

“早季。”觉从背后抱住我的肩，“不要哭……我们已经尽力了。”

这时候我才意识到我在流泪。连滑过脸颊而落的温暖感触都没有注意到，我真的是不正常了。

“还有整整一天才到期限。等到天亮，咱们去西北方向走走看。说不定能找到真理亚他们留下的痕迹。”

这只不过是宽慰我的话而已，我很清楚。如果是锡兰幸运的王子大人①自然另当别论，但我们想靠这种办法撞大运，基本上不可能找到线索。

① 语出波斯神话《锡兰三王子》，描述锡兰国王为磨炼三个王子，让他们徒步旅行各地的故事。——译者

虽然明知这一点，但觉的话还是给了我一些安慰。

我们在雪原上作好过夜的准备。简易帐篷留在船上没有带来，我们决定模仿斯阔库救守的办法，做个雪洞出来。

我们从周围运过来许多雪，堆成半圆形的雪堆，压实之后再把里面的雪挖出来。因为有咒力的帮助，本以为做起来肯定远比斯阔库顺手，结果实际做的时候才发现要压实雪堆，铲子比咒力更合适。不过，最大的困难恐怕还是因为我总是陷入恍惚状态吧。

建成避难所之后，我们开始吃晚饭。虽然没什么食欲，不过因为午饭也没吃，硬塞也得塞点东西到肚子里。觉把石头挖成一个锅，在里面放些雪，点上篝火，再放进带着味噌味的干燥米饭，煮了一锅杂烩粥。

我们默默地吃粥。

觉时不时向我搭话，大约是担心我的精神状态吧。但是对话怎么也持续不下去。觉察觉到我的心情，也不管我有没有回话，一个人自顾自往下说。

“……所以说，那本书上写的东西有多少能够相信，我很想弄弄清楚。下次要是再能抓到拟蓑白，我得好好问问。”

我并不想对他的话充耳不闻，但能听进耳朵的，只有断断续续的内容。

“……能够产生极大能量的咒力，本身只需要极小的能量输入，像在大脑中进行的葡萄糖代谢就足够了，这一点显然是很明确的，对吧？那么自然就会产生这样的疑问：力量是从哪儿来的呢？对于这个问题，作者介绍了两种假说。一种认为，在太阳系中发动的咒力，其能量全部来自于太阳。至于太阳的能量通过何种路径被咒力引用，我反正是不明白，不过根据这种假说，离开了太阳系，也许就没办法使用咒力了，或者至少发动咒力的形式会有所变化。有趣吧？虽说这个本来也没办法验证，恐怕只是随便说说的。”

“……所以说，每当使用念动力，也就是咒力的时候，太阳的能量就会被夺取，成为熵的丢弃场，产生相应的老化。太阳的剩余寿命据说大约是 50 亿年，不过如果我们频繁使用咒力的话，也许会更早迎来终结。”

“另一个假说更难理解。根据量子理论，观察这一行为本身会对对象造成影响，使其发生变化。而咒力就是将之从电子层面的微观世界衍生至我们的宏观世界了。这就是拟蓑白说过的那个，首次做实验证实咒力存在的学者，叫什么名字来着，是他的假说。”

“……也就是说，时间、空间、物质，所有都被还原为信息。咒力则可以改写这些构成宇宙的信息，是一种终极的力量。按照这个解释，咒力发展到终极阶段，不要说地球，就连整个宇宙的形态都可以改变。这是宏大的循环论观点。宇宙创造元素，元素构成物质，物质生出生命，生命进化为人，人发展出复杂的大脑，最终大脑形成的幻象又回过来改变宇宙本身的面貌……”

“……我最感兴趣的是，到发现咒力为止的精神构造，与未开化社会中巫术性质的思考方法之间近乎奇妙地一致。按照文化人类学者弗雷泽的分类，咒术包括感染咒术和类感咒术两类，后者尤其……”

“我说，觉。”我打断觉的话。

“嗯，什么？”

“我们会忘记真理亚和守吗？”

觉的表情僵住了。

“就算死了，也不忘记的。”

“但是，如果教育委员会又把我们的记忆……”

“不会再让他们这么干了。”觉斩钉截铁地说，“他们要是以为能永远管理我们的意识和记忆什么的，那就大错特错了。如果他们要违背我们的意志强制行动的话，我们也离开小町就是了。”

“我们？”

“早季也会和我一起走的吧？”

觉的表情显得有些担心。我微笑起来。

“你说反了呀。”

“说反了？”

“是我离开小町。觉要陪我哦。”

觉目瞪口呆了好一阵，然后终于慢慢绽开了笑容。

“我知道了，这样也行。”

“嗯。如果我们也离开小町的话，咱们就去找真理亚他们，和他们会合吧。”

“啊，当然。比起两个人，四个人一起更坚强。”

“是呀！到那个时候，找到真理亚他们……”

我的声音断了，就像是喉咙里塞了什么东西似的，说不出话来。我张着嘴，浑身发抖，眼泪夺眶而出。

等到终于可以发出声音的时候，我号泣起来。

觉来到我身边，紧紧抱住呜咽的我。

那天晚上，在雪洞里，我们结合了。

生来第一次接受男性的侵入，疼痛超出预想。我和真理亚之间虽然有丰富的性体验，但和男女之间的性行为意义完全不同。对于这一点，我也终于有了最真切的亲身体会。

“痛吗？”觉停下动作，柔声问。

“唔……停一下就好，就快习惯了。”我紧咬牙齿回答。

男和女之间为什么会出现如此的不公平呢？我在心中抱怨。女性原本就要在四十周的漫长怀孕期中忍受诸多不便，又要忍受男性几乎不可能忍受的疼痛产下孩子。既然如此，怎么连性行为还要附加痛苦啊。

“别勉强自己。”

“没事……觉不痛吗？”

“完全不。”

忽然间我发现，觉明明知道我很疼痛，却依然无比兴奋。他不但不同情我的苦痛，相反地，简直像是在我的苦痛中得到快感一样。这个混蛋。

不过，过了一阵，疼痛慢慢舒缓下来，我逐渐感觉到一种过去不曾有过的湿润。我处在被征服的立场上而感受到欢愉。

当我忍不住呻吟出声的时候，觉问：“舒服吗?”

“笨蛋。”

愚蠢无比的问题。我用力挠他的后背代替回答。

我不再是处女了。下一次身体检查该怎么应付，我也不知道。而且仔细想来，似乎只有我才要面对这个问题。

觉的动作逐渐激烈起来。就在快感的漩涡即将吞没我的时候，残存的理智让我慌张地抗议说：“等等。”如果怀孕的话，那就真的麻烦了。

不过，在我制止之前，觉就停下了动作。

有那么一瞬间，我还以为是他想到了避孕的问题。然而并非如此。

觉俯视着我，眼神如泣如诉。

我以近乎直觉的感受领悟到他的这个表情并非是朝向我的。原因我也不知道，但是我知道，他在我这里看到的是他永远深爱的某个男孩的面影。

同时，那也是让我在心底为爱恋所焦灼的少年。

觉再度加快了动作。

我也以刚才无法相比的速度迎合上去。猛力贯穿我的不如说也不是觉，而是逐渐变为另一个少年的形象。

我们将彼此作为媒介，与已经不在这个世界的男孩做爱。这可以说是十分异常的行为，也许也是相互间对彼此的背叛。但是，我想，我们两个既深深明白这一点，也在深深期待这一点。

在我迎来绝顶高潮之后，觉犹如崩溃一般抛下我，将精液射在雪洞的墙上。

随后的半晌时间，我们横躺在地上，不停地喘着粗气。

我沉浸在快感的余韵中，头脑中却在回味无脸少年在梦中说的话。

他为什么会向我传达那样的信息？

他说，*我不能帮助真理亚逃走*。

然后还有，*真理亚不能不死*。

Ⅴ. 劫　火

1

我用水洗干净萝卜、牛蒡、胡萝卜之类的蔬菜，切成容易食用的大小，聚拢到一起放进盆里，拿去饲养室中的裸滨鼠巢箱。裸滨鼠原本是在地下洞穴里生活的动物，现在则在错综复杂的粗大玻璃管里欢快地来回奔跑。

我打开食槽的盖子，把盆里的蔬菜倒进去。听到食物啪啦啪啦掉下的声音，裸滨鼠们纷纷通过玻璃管跑过来。它们因为适应了地下生活的缘故，视力很弱，但对声音和振动却非常敏感。

所有的裸滨鼠都长着短短的四肢和红色的皮肤，身上没有什么毛发，看上去就像满是皱褶的火腿。工鼠一出生就被冠以“公一”至“公三十一”的名字，用能够渗透到皮下的染料写在身体上，以便区分。顺便说一句，之所以用“公”这个字，除了表示是政府饲养的公有动物之外，也有谐模“火腿”的意思在内。①

工鼠们开始吃食的时候，玻璃管里出现了身体比工鼠大上一圈的裸滨鼠，正好和另外一只标号“公八”的工鼠撞上。新出现的这只裸滨鼠毫不停顿，继续向前，公八拼命后退，但还是没来得及退出去，就被大个裸滨鼠踩着身子走过去。

这只大个裸滨鼠是巢穴的女王沙裸美。它的体色比工鼠更深，身上还有暗褐色和白色的斑点，让人联想起腊香肠，这也是她的名字的由来。②

沙裸美的后面还跟着三只裸滨鼠，带有“♂1”至“♂3”的标记。它们是巢穴中为数稀少的具有生殖能力的雄性，收集食物、防卫巢穴之类的劳动一概不做，唯一的任务就是与沙裸美交配、产下后代。不过说起来它们原本也是沙裸美产下的儿子。

沙裸美一出现在食槽，工鼠们慌忙让出地方。女王沙裸美，带着既是其爱人又是其儿子的裸滨鼠们，首先享用食物。

不管是外表还是习性，像裸滨鼠这样令人厌恶的动物，世上恐怕很少吧。既然在做饲养工作，多少也有些移情，但即便

---

① “火腿”在日语中写作“ハム”，而且日语的传统版式为竖排，这个词看起来就像分开的“公”字。——译者

② “沙裸美”的日文发音是“サラミ”，正是“腊香肠”的意思。——译者

如此，每每还是能感到它们身上显露出其后代化鼠的一些最惹人生厌的习性，所以实在让人不易接受。每当这时，我就会奇怪，数百年前的人究竟出于什么考虑，非要挑选这么丑陋的动物加以改良，将之提升为具备近乎人类智慧的存在呢？

当然，要说像蜜蜂一样，女王具有绝对权力、工鼠围绕在女王身边的真社会性哺乳类，的确只有裸滨鼠这一种。但是，如果仅仅是要让其作为人类的奴仆侍奉人类的话，更加**正经的动物**，我想还是有很多的。如果一定要找同样穴居生活的哺乳类，那么猫鼬之类的动物，岂不是更加顺眼、也更容易亲近吗？

无论如何，不管我本身是否愿意，饲养裸滨鼠都是我的任务。不过这并不是我的全部工作。我的职务是隶属位于茅轮乡的町立保健所异类管理科，负责化鼠的实地调查和管理。

二三七年七月，我二十六岁。六年前，我从完人学校毕业，选择的工作单位是町保健所。在咒力上成绩优异的同学，在抽签会议上光荣地受到各种工房的指名，以三顾之礼被迎接过去。而在另一方面，像我这样咒力平凡、学业一般的学生，去町的管理部门就职乃是通常的选择。

但对我而言，因为之前有过各种各样的经历，所以对于教育委员会以及学校抱有一种秘密的不信任（或者更恰当地说，是一种近乎厌恶的感情）；而像图书馆这种作为工作环境来说基本没有什么缺点的地方，也因为想要早些从母亲的庇护下独立的想法，基本上没有纳入我的选择范围；而且当时父亲还在担任町长职务(他任职的时间可以说长得近乎异例了)，我也不想选择政府直辖的部门。结果就只剩下保健所之类寥寥几个候补了。

不过话虽这么说，我也并不是无可奈何才选择了这里的。

说不清是为什么，我对化鼠总抱有一种不祥的预感。在将来的某一天，化鼠必然会引发某种灾祸——这一想法在我的脑海中逐渐变成强迫症一般的念头。大部分人只把化鼠看成是比猴子多少更聪明一点儿的、散发着恶臭的可怕动物而已，这也是让我的危机感隐约加重的原因之一。

因此，当我进入保健所之后，立刻提出想要去异类管理科任职的时候，周围投来的都是惊讶的视线，也有人吃吃发笑。大概一般人更喜欢工作清闲的地方吧。

“早季，有客人哦。”

传声管传来绵引科长慢吞吞的声音。

“是，马上过去。”

我快速收拾干净食物的残屑，洗过手，走出饲养室。异类管理科向来很少有人访问。说是有客人，我也猜不出会是谁。

推开异类管理科的房门，绵引科长带着满面的和善笑容迎接我。他四十年前从完人学校毕业，一直都在保健所全心全意地工作，作为退休之前的最后职务，是担任仅有我一个科员的异类管理科科长。绵引科长性格沉稳而认真，作为上司来说没什么可挑剔的，不过他将异类管理科视作赋闲之处，这一点我不敢苟同。

“早季，你和朝比奈君是同学吧？”

绵引科长视线所及的地方，站着觉。

“啊……是的。”我带着困惑回答。

“是吗？唔……虽说离午休还有一会儿，不过你们两个先走也没关系。反正今天也没什么要紧的工作。”

“不不，那个……”我正要坚决推辞。

“唔……绵引科长，今天来这里，是因为工作上的事情。”觉有点为难地说。

工作上的事？到底是什么呢？

“知道了，知道了。那我先去休息休息也没关系吧？你们两个就在这儿说吧。”

绵引科长一脸心知肚明的表情，飞快出去了。他是上司，也没办法对他说什么还没下班之类的话，于是我们两个被孤零零地丢在房间里。

“跑得真快……你这科长想得太多了吧。”觉像是要缓和尴尬气氛一般地说。

我们两个已经有一个月没说话了，为什么缘故早就想不起来了，反正就是因为无聊的小事吵架的吧。

“那么，您今天来这里是有什么事？”我冷淡地问。

倒也不是想要显示冷战状态还在继续，纯粹是因为觉说有工作上的原因，我对此比较关心。

“啊……有些关于化鼠的事情想要咨询你。”

觉用悦耳的男中音回答。他还是孩子的时候说话总是咕噜咕噜的，像是小狗一样，自从青春期之后就像换了个人似的飞速成长，变成了需要仰视的白皙青年。我在女性当中也算比较高的，但也已经习惯了和他说话的时候抬头仰视。

“现在有什么化鼠部族在交战吗？”

觉的问题让我大感意外，不禁连那种敬而远之的语气都忘了。

“战争？唔……应该没有啊。”

“你确定？哪儿都没有交战？小部族、小冲突，什么都没有？”

我拉开抽屉，取出几份文件，示意觉在待客桌的对面坐下。

“喏，你看。这是化鼠被要求的义务，开战之前必须提交的。如果怠慢的话，最坏情况下甚至有可能因此被消灭整个部族。所以化鼠不可能忘记提交，更不敢故意不做申请。”

觉接过我递去的文件，用很新鲜的眼神打量。

“《异类A号文件Ⅰ：部族间战争行为等许可申请书》？化鼠就算在向对手发动奇袭的时候也要事先提交这种文件？”

“我们又不会把消息泄露给它们的对手。”

“后面是什么……《异类A号文件Ⅱ：部族统废合报告》、

《异类B号文件Ⅰ：幼兽等管理移转申请书》？原来如此。难怪每个部族都需要精通日语的禀奏大臣。”觉点点头，像是终于理解了，“嗯，每份文件都需要按上化鼠禀奏大臣和女王或者摄政之类最高责任者的鼻纹……我说，你不觉得无聊？”

“嗯？”我顿了一下，“这种工作你也觉得没意义吧？说是政府部门的工作，最终也就是走走形式。和你在做的那种真正对小町发展有用的工作完全不能比。”

“不不，我可没有这么想。”好像被我说中了，觉慌忙解释。

无论咒力或者学业，觉在完人学校中都是前三名，所以各个工房都向他伸出橄榄枝。在这种情况下，一般都会把自己的命运托付给抽签会议，不过觉却利用可以指定公立机构的制度，申请了妙法农场的工作。和我的情况一样，他的选择也让许多人大感意外。但当大家看到他在建部优的研究室——顺便说一句，那是被公认为生物工学方面的顶尖研究室——致力于品种改良和遗传基因相关研究时，也不得不承认这是相当合适的选择。

觉原本就擅长光的操作，现在应该正在进行辅助咒力的新型显微镜制作方面的研究。

“只是，该怎么说呢……用词很特殊。早季，你这个部门主要处理的是化鼠相关事务吧？既然如此，直接写汉字‘化鼠’不就好了吗？为什么特意要用‘异类’这样的词代替呢？”

“因为‘化鼠管理科’这个名字有点太那个了。”

我嘴上这么回答，心里却想起自己从前也有过同样的疑问。在机关部门中，“化鼠”就像个禁忌的词语，完全不予使用。不管什么场合，必然都被改称为“异类”，而且这一点贯彻得相当彻底，哪怕是在无关紧要的对话中偶尔提及也会被纠正。

“……不说这个了，你问这个干什么，化鼠有没有在交战?”我折回原来的话题。

“唔，早季你也知道吧，我们研究室经常要派化鼠去采集实验材料。不管沼泽也好、森林也好，它们总能找到我们想要的东西。”

“妙法农场用的好像是鳖甲蜂族和篪虫族吧?”

“是的。最近这段时间，我让鳖甲蜂族去栎林乡深处采集黏菌，结果昨天早上遭遇了伏击。”

“伏击?”

“嗯，不晓得哪个族干的，突然射来无数箭矢，鳖甲蜂族都来不及应战，只能逃跑，死了好几只化鼠。”

“会不会是打猎的弄错了?”

“不会。鳖甲蜂族的化鼠都在视野开阔的地方行走，不可能看错。而且对方躲在隐蔽处狙击，明显是故意的行为。”

我陷入沉思。化鼠虽然生性好战，但是现在并没有什么地方的局势紧张到那种程度，另外我也想不出有什么部族需要宣示自己的实力。

“你说它们在视野开阔的地方行走，那对方认出它们是鳖甲蜂族了吗?”

“这个我倒不清楚。怎么了?”觉哼了一声，似乎有点不高兴。

“首先，遭遇伏击的不是一般的弱小部族，而是鳖甲蜂族，这一点值得注意。鳖甲蜂族战斗力很强，而且还是大黄蜂的嫡系。袭击它们，等于是向大黄蜂族发出宣战布告。”

“既不怕忤逆人类，又敢与最强部族兵戎相见……是不是又有外来种侵入了?”

我们都想起了土蜘蛛。的确，如此胆大妄为、无视本地区规则的举动，确实很像是无知无谋的外来种会采取的行为。

“可是这一带已经有很长一段时间没有出现外来种了。就算是外来种的侦察兵，肯定也会被某个部族注意到，然后也会立刻向这里报告。”

觉站起来，走到窗边，抱起胳膊看着外面。

“我以为来到这儿就能弄明白，没想到疑点反而更多了。”

“对了，先不说这个。鳖甲蜂找你投诉遇袭的事了?”我发现一个奇怪的地方，皱起眉头问。

“没有。是我们农场的同事偶然遇到了在森林里遇袭的鳖甲蜂小队，它们向我的同事寻求保护，那个同事立刻搜索了附近地区，但是没有发现伏击者的踪迹。”

“唔……”

真奇怪。通常情况下，如果遭受其他部族的攻击，首先应该向异类管理科报告遇袭的事实，获得复仇的许可。可是为什么鳖甲蜂族到现在还没有任何音讯呢？

“总之这件事不能置之不理对吧？会影响实验材料的收集，而且更严重的是蔑视人类的指令。”

“是呀。这样吧，我们马上进行紧急调查。”

“如果锁定了擅自发动攻击的部族，你们会怎么处理？”

“我想至少会给予某种惩罚吧，命令大黄蜂族代为处罚，或者由别的部门外出执行。”

在保健所里，和异类管理科关联较多的是环境卫生科和有害鸟兽对策科。当后者正式出动的时候，就意味着将要彻底消灭作为处罚对象的部族。

“说起来……”

觉的表情像是在憋着笑。

“怎么了？”

“哎呀，怎么说呢……因为我觉得吧，早季你说话的语气就像异类管理科的科长一样。”

我们相视而笑。心中的芥蒂早已冰消雪融了。

在这时候，我心里甚至有一种欣喜。多亏了某处化鼠部族突如其来的愚蠢行动，我和觉重归于好了。

就连小町里对化鼠最具戒心的我也没有想到，这件事与怎样可怕的事件有所关联。

保健所的月例会十分无聊，各科总是慢悠悠地汇报毫无变化的工作。所以当职员们出席二三七年会议的时候，肯定应该无比吃惊吧。

第一个变化是小保健所最高责任者金子弘所长的旁边多了三位小町的重要人物。那是作为观察员坐镇于此的职能会议代表日野光风、安全保障会议顾问镝木肆星，以及伦理委员会议长朝比奈富子。前两位分别被认为是代表了小町最高与最强咒力的两大招牌，是最确实意义上的实力人物。至于富子女士，我想到现在已经不用再介绍了吧。

这三个人原本就很少同时出现，更不用说保健所月例会这种无聊的场合。大部分前来开会的人恐怕都以为是不是出现什么新的疾病了吧。

“今天因为有优先课题需要讨论，各课的定例报告全部省略。”

这是金子所长的第一句话。他的声音比平时要紧张许多。

“一周前，鳌甲蜂族的六只异类接受妙法农场的指派去采集实验材料，结果遭遇了不明身份的对手攻击，其中两只中了毒箭，当场死亡。”

会议室里顿时响起一片交头接耳声，大家都很惊讶。不过这并非因为事件重大，而是因为不明白为什么要把化鼠被杀这种小事作为优先课题。

“当前我们并未收到化鼠……异类的《部族间战争行为等许可申请书》，更没有下达许可，同时也没有正在审核中的申请。因此，这是明显的违法事件，应当予以处罚。另外今天传唤了两只异类的代表，正在外面的房间等候，接下来将听取它们各自的陈述，然后考虑给出适当的惩处。不过在那之前，作为预备知识，有请异类管理科针对目前异类界的势力分布作一个说明。那么，渡边早季小姐，请。”

“是。”

我动作略带僵硬地站起身，走到会议室中间墙上挂的白板前，转身向大家鞠了一躬。这样的报告原本应当是绵引科长的任务，不过目前对化鼠最熟悉的就是我，所以也就被推到台前来了。

“关东近郊的异类部族，近十年来逐渐发展成两大组织，目前基本处于势均力敌的状态。”

我在可以感应咒力的白板上画出非常简单的表格。虽然是用咒力来写，但也和手书一样难看，实在很丢人。

“一组是大黄蜂系。大黄蜂族本身的兵力约有十万。麾下有力的部族有十三个，分别是长腿蜂、鳖甲蜂、黑褐蚁、步行虫、斑蝥、埋葬虫、大螳螂、大蜻蜓、大锹形、龙虱、蟋蟀、优草螽、灶马，合计兵力五十万。每个部族都对人类很忠诚，在不适合人类做的工作上，它们是很宝贵的劳动力。”

“我们观察员有问题的话可以提出吗?”

举手的是镝木肆星。最近他的发际线似乎有些后退，不过那副戴着黑色墨镜的风貌依然充满了不变的压迫力。

“请。”金子所长立刻回答。

“化鼠……异类是吗？这些部族如何组织在一起的？能把整个组织看成是一个整体吗?”

“按照我的理解，大黄蜂系的情况有些类似于封建领主的主从关系。各个部族保持相对的独立，各自拥戴在自己部族中具有绝对权威的女王，但同时都将大黄蜂族尊为首领，结成联盟。对于其中任何一个部族的攻击，都将被视为对整个组织的攻击。至于盟约的维持方式，首先各个部族之间会交换具有生殖能力的雄性，而当某个部族的女王衰老时，也有从组织中的其他部族请来新女王的例子，因此可以说它们在血缘上的联系非常紧密，很难想象会有背叛行为。”

镝木肆星点点头。

“另一个组织是食虫虻系。食虫虻族的兵力推测为五万五千名。加上斑虻、螟蛾、灯蛾、盗蛾、青头蜈蚣、女郎蜘蛛、宿蝇、白蜡虫八个部族，总兵力在二十五万至三十万左右。这个组织通常也对人类表现出恭顺的姿态，也一直在申请分担一部分人类指派的工作——这些工作长期以来始终被大黄蜂系独占……继续回答刚才的问题，食虫虻系中的部族融合速度非常快，上述部族的名字，基本上已经沦为城塞的名字，或者仅仅作为军事行动单位的师团名残存至今。”

“这是什么意思?”镝木肆星问。

“首先，食虫虻系的部族，全都通过革命颠覆了女王的绝对统治。各部族的方针政策都由选举产生的代议员讨论制定，部族之间也会派出代表集中议事，以决定整个组织的行动纲领。女王的职责完全被限制在生育上。”

议论声再度响起。发生在化鼠社会中天翻地覆的变化，一般人可以说一无所知。我还刻意避开了这些部族将女王当作家畜对待的情况。

“两个组织集团化发展的结果，就是基本没有哪个异类部族能够保持中立，只有从大陆归化的马陆族之类还算是中立部族当中较有实力的。”

“原来如此……这么说来，攻击大黄蜂系鳖甲蜂族的，很可能是食虫虻系的部族，或者是那个马陆部族?”

镝木肆星连珠炮般地发出疑问。我不敢肯定这些问题由我回答是否合适，向金子所长的方向望去。

“……我们仔细鉴定了残留在现场的遗留物品，最终判明袭击鳖甲蜂族的是木蠹蛾族士兵。”

“木蠹蛾族?”镝木肆星的声音转为疑问。

“那边的表上没有那个名字……刚刚说的中立部族也没有提到它，这是怎么回事?”

问题再度被引回到我身上。

“木蠹蛾族在十几年前宣布中立，声称自己是独立系部族。所以我没有把它写在表上。但从现状判断，通常认为木蠹蛾族与食虫虻系相当接近。因为有这样的情况，所以暂时没有写在表上。”

当然，我并不想坦白说，十二年前创造出契机让两者结合的不是别人，正是我自己。

“原来如此，是这么回事啊！”日野光风胖乎乎的脸颊上堆起笑容，扫视着在场的诸人，用尖细的声音开口说。他的秃头在灯光下闪闪发亮，“换句话说，这个问题往严重里讲，是背叛人类的行为。如果是食虫虻一系生事，弄不好就需要把这一带化鼠中的半数全都灭除吧？”

“哎呀……关于这一点目前还没有任何结论。”

金子所长慌忙出言否认，但会议室的气氛已经被日野光风的这句话彻底搅乱了。如果事态的发展最终要求消灭掉足足三十万只的化鼠，那将是异常严重的事件。到这时候，在场诸人终于明白为什么小町的三位重量级人物特意来此列席旁听了。

“那么，接下来我将传唤在外候命的异类代表，大黄蜂族的主席司令官奇狼丸和食虫虻族的代表野狐丸。各位意见如何？首先我想由奇狼丸开始质询。”

一直默默旁听的富子女士对金子所长的意见提出异议。

“我们观察员并不想干涉会议进程，不过是否可以让双方同时进场？如果彼此的描述有所差异，当场对峙的时候更容易分辨真伪吧？”

“如您所说。那么就遵照您的意见。”

金子所长用力点点头，向绵引科长示意。绵引科长迅速起身，将两只化鼠带进会议室。

裹着白色宽衣、与人类身高相差无几的奇狼丸，微微倾着身子，步调沉着地走了进来。它和十二年前相比更具风度，不过反过来也可以说它已然步入老年。看起来化鼠的老化速度尽管比其祖先裸滨鼠缓慢，但比人类还是要快一些。

跟在奇狼丸身后的是也穿了一身白衣的野狐丸。它的体型远比奇狼丸小，不过似乎正当壮年的模样，感觉比以前更加精力充沛。两只化鼠在会议室下首并排站好，彼此保持着一定的距离，相互之间连视线都不交会。

“那么，首先质询大黄蜂族的奇狼丸。”金子所长以严厉的语气开口，“鳌甲蜂族是大黄蜂庇护下的部族？”

“是。”奇狼丸用略带嘶哑的清晰声音回答。

“一周前的早上，鳌甲蜂族的六名士兵遭遇不明身份者袭击，其中两名死亡。这一事件你知道的吧？”

“是。”

“是谁干的，你有怀疑对象吗？”

“根据幸存士兵的描述，直接下手的是木蠹蛾族的士兵。”

“直接下手？你的意思是说还有幕后指使者？”

“是。”

奇狼丸用可怕的眼神瞥了野狐丸一眼。

“木蠹蛾族和食虫虻是表里一体。可以认为它们是受了食虫虻族的命令。”

野狐丸动了动身子，似乎想要说什么，不过看了看会议室里的人，又垂下了头。

“那么，接下来质询食虫虻族的野狐丸。是你下令让木蠹蛾族袭击鳖甲蜂族的士兵?”

“绝无此事!”野狐丸双手抱在胸前叫道，“我向天地神明发誓，绝对没有下过那样的指示。”

“但是木蠹蛾族受你们部族的庇护对吧？更准确地说，木蠹蛾是食虫虻族的一个部，难道不是吗?”

“我们之前确实一直在和木蠹蛾族接触，希望它们能和我们合并，但是目前尚未实现。理由有二。第一，木蠹蛾族中受到陈旧思想束缚，无论如何也无法与拥戴女王的旧体制诀别；第二，长期以来，大黄蜂系各部族都对木蠹蛾虎视眈眈，甚至恫吓木蠹蛾族，一旦和我们合并，就会出兵攻击，所以木蠹蛾族也不敢轻举妄动。”

“奇狼丸，刚才野狐丸的话是真的吗?”

“满口胡言，胡说八道。”

奇狼丸的嘴咧到耳边，像是在笑一样。

“它从来没有一句真话，诸位神明不要被它的如簧巧舌蛊惑。关于第一点，我听说木蠹蛾的女王已经是幽禁状态了。第二点也是，我们从来没有威胁过木蠹蛾族。”

“野狐丸？”金子所长再度转换目标。

“哎呀，真的吗？木蠹蛾族的女王已经被幽禁了？这种没根据的消息，你是从哪儿听说的？女王至今还健在，而且依然君临部族，只是把政务相关的工作委托给有能力的摄政奎齐而已。”

“神之御前也敢如此恬不知耻地说谎。不怕你这张臭嘴被撕烂吗？”奇狼丸用充满压迫力的声音威胁。

“奇狼丸，未经允许不得发言。”

被金子所长训斥了一句，奇狼丸深施一礼致歉。

“你是叫野狐丸吧？我想问问你。”富子女士插了进来，“你刚才说，木蠹蛾族的女王还健在，但是政务由摄政代行。这消息确切吗？”

“是的，准确无误。”

野狐丸的语气虽然得意，不过它似乎知道富子女士的身份，几乎都要跪倒在地。

“唔……这么说来，你对内情如此了解，至少也说明你的部族和木蠹蛾的关系要比奇狼丸的部族更加密切，是吧？”

“啊……这……这个，嗯，刚才也说过的，我们一直在努力构建关系……自然也对内部状况有所了解。”意识到自己的失言，野狐丸开始流汗了，“但、但是……就算关系亲密，也绝没有违背神明的圣意、下令攻击鳖甲蜂族的道理。谁要是胆敢犯下那般大罪，立刻就会遭受神罚，这不是清清楚楚的吗？我们为什么要做那种自杀的行为呢？”

“那你的意思是说，木蠹蛾族是自己干的了？但按照你的说法，我想也同样解释不通吧？”

“天神圣主所言极是。不过，我有一个小小的想法，能允许在这里陈述吗？”

被逼入绝境的野狐丸迅速重整旗鼓。

“好，你说说看。”

“不管是我们的命令，还是木蠹蛾自己的过激行为，没有得到神明的允许就去攻击其他部族，除非说是发了疯，否则没有别的解释。不过，如果这是鳖甲蜂族自己表演的一出苦肉计呢？”

奇狼丸眦目怒张，眼中几乎都要喷出绿色的怒火，死死瞪住野狐丸。野狐丸浑当没有看见。

“木蠹蛾族的弓箭甲胄，只要有心，终究不是弄不到的东西。会不会有谁自编自演，扮出一副受害者的模样呢？我们和大黄蜂族如今正势均力敌，如果正面冲突，双方都会蒙受很大的损失。因此我斗胆猜测，大黄蜂说不定是想欺骗天神圣主。如果诡计得逞，就可以将我们一举消灭，自己却毫发无伤……”

奇狼丸紧握的双拳微微颤抖，仿佛马上就要扑过去掐死野狐丸，不过它似乎用钢铁般的自制力控制着熊熊燃烧的怒火。

“但是，鳖甲蜂族不是死了两名士兵吗？”金子所长插进来问。

“对于大黄蜂族来说，几名士兵的牺牲恐怕可以忽略不计吧。这一点和我们部族有着根本的差异。我们是将民主主义奉为基本理念的部族，每个成员都具有平等的权利，都被视作世界上无可取代的存在。只有在以女王作为绝对权威的旧体制下，士兵的生命才会被当作随时可以丢弃的棋子、战争的消耗品看待！”

野狐丸这家伙肯定是先从嘴长起来的吧。它不但巧妙化解了所有的攻击，还趁势给对手下了个绊，实在漂亮。在场的每个人虽然多多少少都有怀疑，但从它这一番慷慨激昂的讲述里却也找不出什么破绽。

“这一位……野狐丸说的话，你觉得可信的成分有多大？你刚刚好像说过犯罪的是木蠹蛾族。”富子女士询问金子所长。

“嗯……野狐丸的解释，有点超出常理。不过要问是不是绝对不可能，倒也无法断言。我们确实也没有讨论过自编自演的可能性。”

金子所长已经混乱了。

最后，这一天的会议没有得出任何结论。毁灭的脚步声已经近在咫尺，抢先一步摘除危险萌芽的最后一个宝贵机会，就这样白白丧失了。

漫山遍野的十万大军，果然蔚为壮观。画着大黄蜂图腾的黄黑相间的甲胄在阳光下闪闪发光，气势远比对面恢弘。数以千计的旌旗以同样的节奏挥舞，十万人马仿佛化作一只巨大的生物。轰响之声犹如虎吼，低频声波将草木都震得瑟瑟发抖。

“请看我等如何在一小时之内歼灭敌军。”

顶盔掼甲的奇狼丸放声大吼。看到它那副威风凛凛的模样，再听到它信心十足的宣言，我不禁感到它所言非虚。

“野狐丸的打算，在前锋战中已经窥知端倪。它知道正面交手没有胜算，所以分散部队、游击作战，只在占据数量优势的地方进行决战。可惜它的算盘打得有点太好了。靠这种浅薄的战术就想取胜，未免把战争看得太过轻松。也罢，就让我来给它一个刻骨铭心的教训吧。”

“祝你旗开得胜。”抱着文件夹站在一旁的我说。不过我自己也觉得这句话有点不合时宜。“要说明的是，我们只会保持中立立场，即使敌军攻入这里，我们也只会迅速撤退，不会出手相助。”

“我明白。”奇狼丸咧开狼一样的嘴笑了，“不过，这样的担心大可不必。敌军连一支箭都射不到这里来。”

“明白就好。唔……这里是大黄蜂族的主力十万，对面的对手是斑虻、螟蛾、灯蛾、盗蛾、女郎蜘蛛、白蜡虫族的联合军，预计十四万……咦？为什么食虫虻族的主力不在？”我一边填写报告书的项目，一边问。

“这个问题，天神圣主应该去问那个光一张嘴厉害的疯子更合适。不过据我推测，即使占据数量优势，食虫虻族恐怕还是没有面对我军的勇气。说不定是把斑虻它们都当成炮灰，哪怕能阻挡我军片刻也是好的——民主主义什么的，嘴上说得冠冕堂皇，实际上食虫虻的一贯手段就是驱使士兵去当炮灰。”奇狼丸啐了一口，不屑地说。

“原来如此。那么，请尽情出战吧。”

“好。”

奇狼丸挥起军扇[①]，大黄蜂族的人马开始缓缓进军。对面的联军也陆续现身，像是在呼应大黄蜂的行动一般。在数量上，对面明显比大黄蜂这边多出许多。

“渡边小姐，咱们离远一点吧。”同行而来保护我的鸟兽保护官乾先生提醒我，“流弹可能会飞到这里来。”

“流弹？什么意思？”

“最近，化鼠在战斗中不仅使用弓箭，也开始使用火绳枪了。火绳枪的子弹速度极快，眼睛无法分辨，来不及用咒力阻止。”

我慌忙退到安全地带。仿佛以此为信号，战场上响起激烈的吼叫声。两军终于交战了。

---

① 日本古时大将指挥军队用的指挥扇。——译者

箭矢飞舞，紧接着又是连续不断的枪击声。硝烟弥漫。

我们所在的山丘可以将战场尽收眼底。联合军摆出一字长蛇阵的阵势，个个手持弓箭和火绳枪；大黄蜂军则是以锋矢阵形直取对手。联合军似乎是想以齐射阻止大黄蜂军的冲锋，然后再一气转入反攻，但看来计算落空，阵形都有些保持不住。即使冒着枪林弹雨，大黄蜂的士卒也没有丝毫退避。

仔细看去，只见当先的士卒几只一组，手举形状奇异的盾牌前进。

“那是避弹。”乾先生告诉我。

他是个身形比我还要瘦小的中年男子，但是体力极好，可以连续好几天不眠不休地在山野中行走。同时他也有着作为鸟兽保护官的丰富经验，在保健所里最为可靠。

“火绳枪的子弹差不多可以贯穿所有铠甲，但请看那盾牌，中间部分突出，带有一定角度，对吧？那个造型能把子弹挡到两边，让子弹打偏。”

接下来乾先生又向我解释了避弹的原理。那是用三列青竹排成伞形的盾，又在竹子表面裹上好几层强韧的麻布，用胶粘牢，再涂上厚厚的蜡，更在要紧部位镶上铁片，具有极佳的防弹性能。

“据考证，这是上古时期的战国时代出现的‘竹束’。就像这个名字所显示的那样，当时只是拿竹子捆在一起束成盾牌，而像现在这样，在上面附加麻布、蜡、铁片等等，提高强度、改造成适合避弹的盾牌，好像是化鼠的创意。”

“是吗……难以置信，虽然我一直认为它们头脑很聪明。”

“不晓得化鼠是不是连战国时期的武器装备都了解，不过如果连竹束都是它们自己想出来的话，也未免太神奇了。我猜它们应该从什么地方获得了某些知识吧。”

我的头脑中立即浮现出拟蓑白的回忆。十二年前去食虫虻族的时候，觉曾经怀疑它们是不是捕获了拟蓑白。这样说来，大黄蜂族当然也有同样的可能。不过，拟蓑白的存在本身就是禁忌，是不是要对乾先生说出自己的怀疑，我也有点犹豫不决。

这时候，战况明显开始向大黄蜂军偏移。张弓以待的大黄蜂军射手开始齐射火绳枪。射击之间的间隔明显比联合军更短，一支枪足可以顶三支枪用。

“大黄蜂军的火绳枪也是改造之后的产物。火绳枪射击之后要清扫枪膛、填入火药、放进子弹、用棍子塞进火药仓，然后才算准备好下一次的发射。大黄蜂军基本上把这些都省略了。据考证，远古时期日本也曾出现被称为‘早合’的原始弹夹，虽然简化了这些步骤，但并没有真正省略，所以大黄蜂军的改进是根本性的。”

仔细看去，大黄蜂军的射手在射击之后立刻把新的火药包从枪口放入，只用棍子充填一次，就开始了下一次的射击。

“我不太清楚现在这种火绳枪的详细构造，不过好像只要把火药和子弹用油纸包好放进去就可以进行下一次射击了……说实话，有时候我真觉得这些家伙聪明得吓人。”

具有压倒性火力优势的大黄蜂族，原本也可以选择远距离射击作战的方法，但它们还是直接杀入敌阵，展开了激烈的肉搏。

“乾先生，关于化鼠，您真是无所不知呀。我也很想像您一样博闻强识。”

“哎呀……要说知识的全面性，我还是比不上渡边小姐哦。只不过我因为工作上的关系，有机会去部族内部参观罢了。”乾先生那张风吹日晒的脸上显出笑容。

“你知道它们在背后管我们这些鸟兽保护官叫什么吗？当面叫天神圣主，背后管我们叫死神。唔……这也是没办法的事。”

“鸟兽保护官”大概可以算是最典型的名不副实的职务名称。大部分鸟兽保护官都隶属于有害鸟兽对策科，主要任务是剿灭那些表现出反抗人类倾向的化鼠。

“……总之，看了这么多部族，我感觉还是大黄蜂的军队最强。特别是像这样进入肉搏战，其他部族的士兵根本不是对手。”

“为什么它们这么强？”

乾先生笑了。“它们说这是秘密，不可外泄，不过和您说说应该没关系。大黄蜂族在决战之前会给所有士兵分发某种药物。”

“药物？麻药一样的东西吗？”

“嗯。基本上是在部族种植的大麻里混合女王尿液提炼的兴奋物质，具体配方是机密。服用之后头脑会变得很清晰，在使命感高涨的同时，攻击性也会上升到极限，感觉不到任何疼痛。其结果就是打造出无敌的士兵。”

我背后一阵发冷。驰骋在战场上的大黄蜂士卒，的确一个个都在毫不犹豫地扑向敌军。那身影和我十二年前的记忆重合了。面对身长三倍于自身的土蜘蛛投石机兵，大黄蜂的士兵们也全然不惧，冲上去勇猛厮杀，那幅景象让它们真配得上“战斗狂”的称号。

大战持续了一个小时稍多一点。总数应在大黄蜂军之上的联合军惨败，大半溃逃，丢下遍野横尸。

“未能按照战前的约定结束战斗，我奇狼丸十分惭愧。”亲自去前线指挥的奇狼丸回来了，“碾碎这点敌军，用的时间居然超过了一个小时，真让我出乎意料。”

奇狼丸张开大口，满面笑容，但那眼中却放射着如同狼一样可怕的绿色磷光。

我回到保健所，正在整理决战经过，撰写报告书的时候，绵引科长慌慌张张地回来了。

“科长，您辛苦了。”

“啊，早季。怎么样?”

“大黄蜂军取得压倒性胜利。食虫虻族联盟怕是受到了致命打击。”

“是吗？唔……既然是奇狼丸指挥的主力，这个结果很正常吧。”

回想起漫山遍野的尸体，我的胸口不禁一阵刺痛。虽说是啮齿类动物，但毕竟具有高度的智慧。我亲眼目睹了它们大屠杀的场面。

不过没时间沉湎在伤感里。如果任由尸体腐烂，会有爆发瘟疫的可能，所以接下来需要环境卫生科加以处理。也许需要化鼠临时停战掩埋尸体，或者直接用咒力进行碳化处理。

“科长这边呢?”

“唔……结果有点出乎意料。”

绵引科长的表情并不惊讶。

“这么说，是木蠹蛾一方赢了?”

“唔。这么说也行吧……倒戈了，鳖甲蜂族。”

“啊?”

我张口结舌，难以置信。我本以为早已理解了化鼠部族间的力量关系。在这个时候，鳖甲蜂族背叛奇狼丸、投靠野狐丸一方，应该是天翻地覆也不可能的啊。

原本这场大战的导火索不就是鳖甲蜂族士兵遭受了木蠹蛾族的攻击吗？当事者背叛前来助阵的友军、加入敌方阵营，这到底是……

忽然，我想到一件奇怪的事情。鳖甲蜂族在遭受攻击之后曾经向偶然经过的妙法农场职员申诉，但并没有向异类管理科提交受害报告。

到底怎么回事？化鼠本来是复仇心极强的生物，根本不可能为了避免争斗而忍气吞声。如果对手具有压倒性优势、己方毫无胜算的话，也许出于部族存续的考虑而不敢反抗，但现状却是以大黄蜂阵营为后盾的鳖甲蜂一方占据优势才对。

“……那，实际的战斗过程呢？”

“嗯，鳖甲蜂军突然脱离战线，加入木蠹蛾军的一方，使得前来支援鳖甲蜂军的步行虫、斑蝥和黑山蚁各军措手不及，基本上没有什么交战，木蠹蛾军便取得了胜利。”

“太让人惊讶了。”

“是很奇怪啊……”

“这样的话，也就是一胜一败，那么战争的趋势还是回归到起点，这么看没错吧？”

“大概可以这么说吧……我刚刚也说了，基本上没有什么战斗。当然，鳖甲蜂军尽数投靠食虫虻，导致双方数量变化更大，不过实战中大胜的大黄蜂军阵营，优势依然不可动摇吧。”

绵引科长的预测或者说是期望(之所以有这样的期望，也是因为如果对人类忠诚的大黄蜂阵营获得胜利，战后处理起来会很简单)，仅仅四天之后便被打得粉碎。

不过出乎意料的是，带来这一消息的是觉。

“早季！听说了吗？”

神色慌张、突然闯进来的觉劈头来了一句，弄得我不知所措。

“听说了什么？”

“战争啊！大黄蜂和食虫虻的主力决战了啊？”

“这个我还没听说。虽然规定应该事先提交申请，不过有时候战斗也会因为偶然接触而发生……如果预先知道决战的时间，我们会尽量列席观察，回来写出报告书。”

“那，你还不知道结果？”

“嗯……你知道？”

“我偶然经过了战场附近。有些实验材料非得采集不可，眼下这个时候又没办法指派化鼠，只好自己去弄。”

“太危险了，战争地带本来是禁止进入的。”我皱起眉说。

“嗯，我知道，不过实验很急……反正等我看到的时候战斗早就已经完了，看样子好像打了整整一天，刚好遇到一个负了重伤的士兵，我给它做了应急包扎，顺便问了问战况。”

严格来说，包扎伤员也是对化鼠战争的干涉，属于被禁止的行为。不过现在我更想尽早听到结果。

“然后呢？大黄蜂一方胜了吧？”

觉摇摇头。“没有，反了。大黄蜂军全军覆没。”

“这……怎么可能？”我倒吸一口冷气。

“士兵的日语很差，我听不太明白战斗的经过，只知道差不多全军覆没……好像是被屠杀殆尽。据说奇狼丸仅以身免，如今下落不明。”

2

安全保障会议从一开始就笼罩着沉重的气氛。

“关于刚刚朝比奈觉的发言，诸位有什么问题吗？”

议长镝木肆星低声说。会场上的沉默持续了半晌。

这一次小町的主要领导全都出席了。伦理委员会议长朝比奈富子，教育委员会议长鸟饲宏美，职能会议代表日野光风，我的母亲，图书馆司书渡边瑞穗、我的父亲，町长杉浦敬，还有金子弘所长以下的保健所职员。已有百岁高龄的无瞋上人虽然没有出席，但也有两名僧侣代表清净寺列席。

打破沉寂的是父亲。

“朝比奈君。大黄蜂族的士兵是怎么被杀的，我想听听你的陈述。”

觉舔舔嘴唇。“坦白地说，我不知道。战场上只有大黄蜂族的尸体，看情况似乎是单方面的屠杀。”

“关于大黄蜂族士兵的死因，你有什么头绪？”

“这一点我也提不出任何意见。大部分尸体都有箭矢刺入，但看情形很像是死后所做的破坏行为，因为大部分都没有保留原形。”

“破坏行为具体是指什么？”

“大部分都被砍得七零八落，有些像是被当成了靶子，射得全是箭孔。”

“你询问大黄蜂士兵的时候，它说了什么？”

“基本上都是不成词句的片断，比如像这样：大黄蜂、被杀、杀光、逃……我问它发生了什么事情，它却吓得抽搐起来，又用化鼠语尖叫。”

“没让它翻译成日语？”

“没有。它抽搐了半天，终究因为伤势太重而死。”

沉默再度笼罩会场。

“议长。”富子女士抬起眼睛问，“实地检验的结果如何？”

全体的视线集中在镝木肆星身上。

“在。我听了朝比奈君的报告之后，昨天去了现场。但遗憾的是，证据已经被毁灭了。”

“证据毁灭？什么意思？”

“现场一带洒了油性液体烧过了，凡能烧的东西全都已是完全碳化的状态。”

会场响起交头接耳声。

“刻意做出这种举动，是不是背后有什么阴谋？”鸟饲宏美小声自语。

“呵呵呵呵呵呵。”日野光风发出意义不明的刺耳笑声，“这么说来，发生了什么，无迹可循？”

“我有一点猜测，但因为没有确凿的证据，希望放到最后再讲。”镝木肆星的措辞慎重得不同寻常。

“烧毁尸体这种事，很难认为单纯出于卫生方面的考虑。我认为，肯定是为了掩盖屠杀的手段。”这一次是母亲发言。

“关于屠杀的手段，你有什么看法吗？”

富子女士用一种仿佛对女儿一般的慈爱目光望着母亲。

“这……没有。只是最近化鼠的急速进步和军备扩张，显示它们可能得到了某种信息源。”

“你的意思是指拟蓑白？”

“是。旧国会图书馆的移动终端有可能还有几台残留。化鼠们也许捕捉了其中的一台，获得了知识。”

“这样的话，长期以来的图书馆政策是否也有问题？忽视拟蓑白的存在，仅仅保持被动的姿态，而没有采取措施将之作为潜在的隐患清除干净。”

镝木肆星说得很尖锐。他对母亲的严厉指责，让我听了禁不住有些发颤。

“灭绝拟蓑白意味着将人类的知识遗产彻底抹除。而且保留的决议也是取得伦理委员会的承认的。”母亲决然反驳。

富子女生也发言回护说：“这件事，伦理委员会确实审议过。得出的结论是，偶然捕获的拟蓑白，原则上加以破坏，但不主动灭绝。而且，眼下也不是讨论图书馆政策是否妥当的场合。瑞穗，如果化鼠确实从拟蓑白那里得到了一些信息，其中会有包含能将大黄蜂士兵全部屠杀的手段吗？”

母亲沉思了片刻。

“……那是第四分类的知识，而且属于其中的第三种‘殃’。即便在目前的紧急情况下，我也不能说。”

“安全保障会议应当优先于其他所有规定。你要是不说，我们就没办法有进展。”镝木肆星焦躁地说。

“我也不是要求你把书籍公开，只是请你在自己记得的范围内挑选一些告诉我们。不管怎么说，现在是紧急情况……能将大黄蜂士兵轻易歼灭的手段，会存在吗？”

被富子女士这样一说，母亲也无法继续坚持了。

“古代文明中存在数种大规模杀伤性武器。采用那些武器，的确有可能迅速歼灭化鼠军队。不过，我无法判断这一次用的是其中哪一种。”

“为什么？”

“第一，不管哪种武器，就算得到相关知识，一朝一夕之间也不可能完成。它们都需要有极其发达的科学技术和生产能力，而化鼠还远远没有到达那个阶段；第二，如果使用了大规模杀伤性武器，必然会留下特殊的痕迹。”

“具体说说看。”

母亲犹豫了一下，还是无可奈何地说了下去。

“破坏力最大的是核武器，但不可能是它。在现今的世界既没有制造工艺，也筹备不到原料。而且使用核武器的时候，会产生足以同之前业魔事件相匹敌的……”

母亲似乎意识到了我的存在，向我这里瞥了一眼。

“无论如何，现场并没有发生巨大的爆炸，也没有残留的放射能，可以完全否定核武器的可能性。接下来能够杀伤大范围敌军的是毒气，但化鼠基本上也不可能制造出这种武器。”

“……可是，以前土蜘蛛曾经采用过毒气攻击。”我情不自禁冲口而出。

“我说的毒气，不是燃烧硫磺和塑料这种层次的东西，而是神经毒气、窒息性气体、糜烂性气体之类。它们可以将一个小镇轻易毁灭，是极其可怕的武器。”母亲像是回护我一般，回答说。

我当然不是安全保障会议的成员，只是因为有关化鼠的问题而被招来出席的。万幸的是，没有人追究我违反规则的发言。

“同样，致死性病毒之类的生物武器，制造本身也很困难，而且也不像前两种具备即效性，不在考察范围之内。除此之外，还有地震武器和激光武器等等，虽然可以引发大范围的死伤，但就连现在的人类都无法制造，更遑论化鼠，而且和现场残留的痕迹也不一致。”

“如此说来，可以断言过去存在的各种武器都与本次的事件无关了？你是不是还想到什么线索了呢？”

富子女士简直就像是看透了母亲的心一样，委婉地追问。

“……如果要说和现场残留的痕迹不矛盾的东西，大约也就是超级子母弹一类的武器了。”母亲叹息了一声，挤出词句。

“那是什么？”

“通常由航空机进行空投。母弹一旦破碎，内藏的数百枚子炸弹就会大范围撒开，子炸弹再次爆炸，又会向周围撒出数万枚孙炸弹。孙炸弹里除了炸药之外，还填有微小的金属球和旋转飞舞的螺旋桨型金属片。一旦爆炸，孙炸弹周围半径数十米内的柔软目标都会全身穿孔。这样的话，也就可以解释为何现场没有巨大的凹陷坑，以及为什么数万化鼠的尸体会变成那种零碎的情况。”

这些东西单单听一听描述就让人恶心到想吐，简直让人怀疑古代人到底有没有人性。要说今人的想象力比古人欠缺是很简单，但到底是怀着怎样的想法才能设计出这样的武器啊？相比子母弹中蕴含的冷酷无情，气球狗之类反倒显得很可爱了。

“这东西化鼠能制造吗？”

镝木肆星的问题，恐怕代表了全体成员的疑问。

“就它们的技术水准而言，要从头开始制造，目前还不可能。”

母亲挤出这句话，脸上显出很痛苦的表情，

“不过……除了超级子母弹之外，其他几种大规模杀伤性武器也许还有现存。”

“什么……”

在场众人全都倒吸一口冷气。

“当然，历经千年，我认为那些武器如今还能使用的可能性极低……但是，如果化鼠从拟蓑白处得到信息，从而对那些武器进行挖掘回收，则具有一定的可能性。”

“这件事连我也是第一次听说。”富子女士的眉头刻出深深的皱纹。

“有关这一信息，历来仅由图书馆司书口口相传。”

“那么，那些大规模杀伤性武器，现在都在哪里？”

“这一点在这里不能回答。”母亲坚决地说，“只能说，距离并不太远。”

会场顿时一片嘈杂。如果化鼠真的得到了那种东西，并且万一还能使用的话，对于小町来说，将是严重的威胁。

“杀杀杀。哈哈哈哈哈哈，邪恶的化鼠只有杀光！”

不知怎么，日野光风的心情似乎很愉快。他一边抚摸秃头，一边歌唱般地说。

“感谢您的意见。接下来，我想谈谈我目睹现场时候的印象。那幅情景，很难让人联想到炸弹。”

镝木肆星的一句话，让会场再度安静下来。

“肆星，不要吊胃口了。你觉得是什么?”富子女士探出身子。

“也许会被人说我太傲慢，不过我还是直说了吧。不管化鼠怎么想要毁灭证据，瞒得过别人可瞒不过我。尽灭大黄蜂军的，不会是别的，只能是身怀咒力的人类。”

所有人目瞪口呆。

“为什么……这么想?”

“现场的东西虽然全部碳化，但还有保留了原形的东西。其中吸引我注意的是箭。”

“箭怎么了?”

“大黄蜂军的箭和食虫虻军的箭，箭头和箭羽的形状都有所不同。战场上留下了不少明显是大黄蜂军射的箭，但每一支箭上都看不到任何损伤。”

“这是什么意思?”

“箭撞到什么东西弹回来，或者没有射中目标插到地上的时候，必然会在某处出现磨损。只有用咒力将之在空中停止，才会完全没有损伤。”

果然镝木肆星的话更具可信度。

“啊，这样说来……对不起。”觉脱口叫了一声，随即又慌忙捂住了嘴。

“没关系，你说说看。”

富子女士看他的眼神不是远缘的子孙，而是像直系的孙子。

“是。我看到现场的时候，感觉有点奇怪。大黄蜂军的士兵全都没有拿武器。当然这也可能是因为被战胜方掳走了，但通常来说，折断毁损的武器应该直接丢在原地不管……如果说它们的武器是被咒力夺走的，这一点也就可以得到解释了。”

“可、可是……在这个小町里，没有人会为食虫虻族出手去屠杀大黄蜂军吧？首先不管说鸟兽保护官也好，其他的保健所职员也好，都绝对不会这么做的。”金子所长慌忙插口。

“嗯，肯定不会是小町的人吧。能想到的……对了，比如说，来自其他小町的干涉，这种可能性是否存在？”

镝木肆星这样一说，会场又重新陷入混乱，但富子女士明确摇头否认。

“这绝对不可能。从神栖六十六町来看，距离相对较近的只有东北的白石七十一町、北陆的胎内八十四町、中部的小海九十五町几个。哪个町都不会干这种蠢事。”

“富子会长常年和其他小町保持联络，严密监控。”鸟饲宏美女士细声细气地补充说。

“我的确一直在观察其他小町的情况。很久以前就开始了。这一点哪个町都是一样的。每个小町都很担心其他小町是否有什么异常情况，所以都希望保持定期交流。所以我们在全国的九个町之间设立了恳谈会，对于恶鬼、业魔的出现，以及其他被认为是安全保障方面的重大事件都会相互交换信息。所以我可以保证，不管哪个町，如今想的只有平静地生活下去。”

“原来如此。的确，无意义地造成紧张，对他们来说没有任何好处。”镝木肆星坦率地放弃了自己的假设，“这样说来，只有一种可能性了。既然既不是现在住在小町里的人，也不是其他町的人，那会不会是过去从町里出去的人？”

我的心脏猛然跳动起来。镝木肆星说的显然是真理亚他们。

“这种可能性也没有。”富子女士用低沉的声音说，“那两个孩子早已经死了。”

骗人的。富子女士是在庇护真理亚他们。不然的话……

“我也听说了遗骨回收的消息。好像是失踪之后两三年左右的事情吧。”

“是的，你应该也很清楚。”

遗骨……听到这难以置信的词，我的头脑顿时一片混乱。

“但是，到了现在，我反而有点怀疑了。至于原因，是因为上书称发现遗骨的是野狐丸，而它正好也是引发本次事件的潜在元凶。”

听到这话，我又放心了。像是重新充满了活力一般。十二年前野狐丸说过的话又回响在耳边。

“如果时间充分的话，还可以准备好骨头，这样更完

美。连骨头一起送去的话，应该会相信的吧。”

“……不过即使是我们的骨头，只要部位合适，也分辨不出是不是天神圣主的遗骨，尤其是高个子的化鼠，和年轻的天神圣主基本上没什么区别，所以用那个骨头……为了以防万一，还可以用石头打磨……”

是了，肯定是这样。野狐丸送来的是假的遗骨。那么狡猾的谋士，做这种事情肯定易如反掌。大概是对化鼠的骨头进行巧妙的加工……

“那骨头是真的没错。”

我怀疑自己的耳朵是不是有问题。富子女士到底在说什么？

“我们对遗骨进行了慎之又慎的鉴定。没错，是人类的骨头。年龄和性别都没有矛盾。最终的决定性证据是和贵园保管的两个人的齿形。为了以防万一，又委托了妙法农场的技术人员作了 DNA 鉴定。”

不可能。骗人的。不会的。真理亚怎么会死，胡说八道，绝对不会的。我浑身冷汗，眼前也逐渐发黑。

“秋月真理亚和伊东守二人，已经确认百分之百死亡。因此，和本次的事件无关。”

富子女士的声音简直像是阎罗大王的宣判一般冷酷地回荡。那之后发生了什么，我都记不得了。记忆一片混乱，只能回想起不成意义的片段画面和词句。

总之会议似乎就此陷入泥潭，无法得出结论。每个猜想都遇到反驳，该如何找出使用咒力协助食虫虻族的嫌疑犯，也没有结论。唯一确定的似乎只有从一开始就决定好的化鼠处理结论。

在那当中，我记得觉频频向我投来担心的视线。

另一方面，鸟饲宏美女士提出动议，是否应当将一周后马上就要举行的夏祭延期，不过这个提议只招来一阵冷笑，认为她又开始神经质了。没人加以理睬。

结果，会议决定目前暂且观望事态的发展，搜索嫌疑犯的事留待以后再下结论。至于食虫虻族及其同盟部族的化鼠，虽然还不清楚具体罪状，但对于将之全部消灭的决定，没有任何异议。

以乾先生为首的五名鸟兽保护官被请进来，受到大家热烈的鼓掌欢迎。据说他们全都是灭除化鼠的老手，个个身怀绝技，能在完美封锁弓箭和小火器反击的同时迅速消灭成千上万的化鼠。从化鼠的角度来看，人类仅仅因为自己的好恶而派出的这些鸟兽保护官们，的确是与死神这一称呼相适应的存在。

安全保障会议散会之后，我的情绪依然极其激动，被父母和觉扶出会场。我的泪水流个不停，嘴里胡言乱语，不停呼唤真理亚的名字。但奇异的是，在一片混乱的大脑中，某个角落还保持着冷静，不断向自己投来重复的问题。

这十二年里，你到底在想什么？你真的相信真理亚他们还活着吗？或者，你只是装出一副相信的模样，自欺欺人而已？

也许在很久很久以前，我就已经在心中作好了接受真理亚他们死亡消息的准备。

也许我知道自己无法再承受当年失去那个无脸少年时的无助感，所以就像蜥蜴断尾求生一样，把自己心灵的一部分切除，静静地看着它迈向死亡。

是这样吧。

神栖六十六町每年都会举行许多祭祀。春天有追傩、御田植祭、镇花祭；到了夏天，有夏祭、火祭、精灵会；秋天有八朔祭和新尝赏；冬天有雪祭、新年祭、左义长……

在这些祭祀之中，要说宗教性和仪式性最淡、最受大家期待的，就是夏祭。夏祭也叫鬼节，名字虽然很可怕，不过主旨并非是装扮鬼怪吓唬人，而只是由祭祀的实行委员们用编笠和头巾遮住面庞充当怪物，向路上行人泼洒御神酒而已。至于说夏祭何以能够酝酿出一种近乎不可思议的神秘氛围，大概是因为夏祭总在新月之夜举行的缘故吧。在这天晚上，小町的灯火尽数熄灭，仅有沿路的篝火与竿灯投出的光线，以及偶尔在空中绽放的焰火光芒。被黑沉沉的夜晚包围，我们的小町顿时转为上演盛大节目的舞台。

不过，从另一个角度来看，这也令我们小町的孤独更加醒目。

在如此广大的日本列岛上，仅仅点缀着九个小町。神栖六十六町作为其中的一个，尽管死死抓住身为日本人的民族性，实际上早已同数千年的历史彻底断绝，变成了时间的孤岛……

小町的年度祭典，每一项都有百年以上的历史。但是，那些全都是在古代文明崩溃之后、基于录像记录与文献重新复制出来的产物。据说鬼节原本也是从别处传来的祭典，我们町在其中加入了经过仔细筛选的各种祭祀要素，将之作为我们町的产物复活。

我时常会有这样的疑问：借来的、甚至是凭空捏造的东西，重复百年之后，就会变成有着正统来源的传统吗？

小船抵达的时候，迎面正好有篝火，让我原本已经适应了黑暗的眼睛略微有些刺痛。穿着低齿木屐的脚，有一种奇怪的飘忽感。

觉伸手扶住我，我才终于能从船坞上下来。

“没事吧？”

“嗯。”

忽然，十几年前夏祭的情景又苏醒了。我和真理亚一起收到浴衣，开心得不得了。

“我们的浴衣一样的呀！”

“嗯，一样的呀!”

至今我还记得那时候的浴衣图案。我是水蓝底色上搭配白色水泡和红色金鱼的图案，真理亚是白底上的水蓝色水泡和红色金鱼。

真理亚用穿着漆木屐的脚漂亮地转了一圈让我看。那副样子十分惹人怜爱。我什么都说不出来，只有呆呆地望着她。

“好了，去参加祭典吧!”

“嗯，不过要小心，不然会被鬼抓走的。”

“没关系。快被抓到的时候，只要念咒就行了。”

“念咒?”

“嗯。妈妈她们刚刚说的，真言什么的。只告诉早季一个人。”

对于还没有咒力的我们来说，世界充满了惊异和威胁。但也正因为年幼，我们深信只要长大之后得到咒力，就不会再有任何东西值得害怕了。

走在前面的真理亚背影越来越小，我忽然不安起来，一边喊她的名字，一边努力伸出手去抓……

“……季……早季?”

觉的呼唤声终于让我回过神来。

“怎么了?”

“没什么，只是出了会儿神。”

“是吗……去对面看看吧。那边好像在搞什么仪式。”

觉拉住我的手，我跟着他走起来。木屐发出咔哒咔哒声。

篝火的黄色光芒照亮了沿运河伸展的宽阔道路，但左右都是黑漆漆的，那幅景象仿佛是由生之世界延伸到死之国度的独木桥一般。走在光明的领域上还算安全，但只要离开道路踏入黑暗区域，就好像再也回不来了……

从我记事的时候开始，夏祭就从没有中断过。而被这种奇异的感觉囚禁，我想还是在我极小的时候就开始了。

在我们的前后，三三两两的行人在路上漫步。大家全都穿着浴衣和木屐，手里拿着团扇。天南海北聊天嬉笑的声音和往日一样带着愉悦回荡在四周，但在这时候的我听来，这些却只像是风一般的杂音。

前面出现了**两个鬼怪**。两个人都是戴编笠、披头巾的造型，其中一个还戴着天狗的面具，完全看不出是谁。

鬼怪们无言地向路人分发御神酒。我们也一口口啜饮装在纸杯中的御神酒。这是带点甜味的清酒。喝完这一小杯，便感觉有少许醉意涌上。

“看，竿灯来了。”

觉指的方向上，可以看见缀满灯笼的巨大竹竿。据说在古代文明的祭典中，竿灯是由一个人支着的，而现在的一根竿灯接近一吨重，显然不可能由人力支撑。夏祭的时候，七个乡每个出一支竿灯，但因为**十二年前的天灾**，朽木乡有好几年未能参加，其间就由茅轮乡出两支。而在这一年，时隔数年，朽木乡重新加入，于是竿灯一共就有了八支。

巨大的竿灯静静地在道路上悬空飘过来。经过头顶的是我出生的水车乡的竿灯。灯笼上画着各个种类的水车图案。上挂、逆车、下挂、胸挂……

竿灯对面跑过几只鬼，个子很矮，像是孩子。全都戴着编笠，没有披头巾，脸上戴着狐狸和猴子的面具。

“看，小孩扮的鬼。”

我指的时候，那几个孩子已经跑过去了，觉没看到。

“小孩？奇怪，小孩也要扮演鬼了吗？”

“可是刚刚在跑啊，那边。”

大炮一般的声音轰响起来。那是今天晚上的第一枚烟花。黑暗的夜空中绽放开巨幅的花朵，接着又是第二枚、第三枚。菊花、牡丹，各种花朵的形状。闪烁着绚丽垂丝的金色烟花引出一阵阵的欢声。这是单靠火药和机关创造出的各种图案，没有使用任何咒力。

“……好美。”我低声呢喃。

“是啊。”觉轻轻揽住我的肩膀。

随着烟花绽放，祭囃子[①]的旋律也开始响了起来。在曲调独特的笛子声中，鼓和钲的声音浑然一体，酿造出异度空间的

① 日本民族音乐的一种，专门在祭典中演奏。——译者

鬼节氛围。

我，在这儿做什么呢？

再度向前走去的时候，我默默地问自己。

得知真理亚他们的死讯到现在才只过了一周。在这期间，我虽然在工作上没有请过一天的假，但也一直忍着痛苦，远不是欣赏祭典的心情。

但是小町的所有人差不多都会参加夏祭。除去医院和育儿所之外，没人会把自己关在房子里。在这样的夜晚，如果一个人躲在角落，我想也是难以忍受的。

觉提议出来看看夏祭散散心的时候，我之所以答应他，还有一个原因。神栖六十六町的年度祭祀，每个季节都有一定的主题。比如说，春季的追傩、御田植祭和镇花祭，除了祈愿五谷丰登之外，也有祛除疾病与恶灵之类秽物的意味；而在夏天举行的夏祭、火祭、精灵会，全都是感谢先祖、祈求冥福的祭典。换句话说，夏祭是一年中生者与死者距离最近的晚上。

如果真理亚想要和我再会，一定会在夏祭的某处向我展现身影吧——也许这份潜意识中的期待才是我来参加夏祭的真正原因。

来到祭典的会场，只见架设好的高台上已经搭起了红白帷幔的舞台。距离祭典的主要活动还有一点时间，但因为鬼怪的一杯赠酒而变得飘飘然的人们，已经在和捞金鱼、射靶子的货摊老板打趣了。这些游戏用上咒力都很简单，不过在祭典之夜，除开需要操纵竿灯之类的事务人员，人们习惯上都会封印自己的咒力。

“等我一下，我去买个棉花糖。”

觉去路边摊了，我闲得无聊，下意识地四下张望。忽然间，我看到一个身穿浴衣的小小女孩子的背影。

真理亚……不可能。我揉揉眼睛。但是那头长长的红发，一直垂到后背，还用一枚银色发饰束在一起，那模样和幼年时候的真理亚非常相似。浴衣图案是白底上带着水蓝色气泡和红色金鱼，分明也是她当年穿过的东西。

我慢慢向少女的方向走去。但就在距离她还剩四五米的时候，少女忽然跑开了。

“等等!”

我叫喊着追在后面。

少女跑出祭典会场，在沿运河的漆黑道路上奔跑。

“真理亚!”

我拼命想要追上去，但是也许因为太着急，没穿习惯的木屐让脚下一滑，差一点摔倒。我赶紧用咒力支撑身体，再度望向前方，然而少女的身影已经不见了。

“早季！怎么了?”

后面传来喘着粗气跑过来的觉的声音。

“对不起，没事。”

我终于回过神，向觉道歉。

“没事？没事为什么这么急跑来这儿?”

“这……”

我没办法说自己在追真理亚的幻影，只得闭口不言。刚才这一会儿好像跑得比预想的还远，周围已经没什么人了。

“刚刚你是不是在叫‘真理亚’?”

“你听到了?”

“嗯。你看到幻影了?”

我默默抬头仰望漆黑的夜空。天上没有月亮，而且不知是不是因为云多的缘故，连星光都没有。

“……不知道。也许只是个长得很像的孩子。”

说起来，那个背影的确和小时候的真理亚酷似。但是，如果她真的想要和我再会，为什么又要逃走呢？眼下这个样子，简直就像是想把我引来这个地方一样。

耳边掠过细微的翅音。我反射性地躲开身子。

“蚊子。”

觉不快地哼了一声。借着篝火的光线一找到缓缓飞行的蚊子，就把它的躯体“啪”的一声爆开了。

“怎么有蚊子?”

八丁标里一般没有蚊子，也没有苍蝇。特别是吸人血的蚊子，很多人都讨厌，只要听到翅音的瞬间，便会用咒力消灭。

“可能是有谁去荒山，把蚊子带回来了吧。”

“夏祭的晚上?”

在这样的晚上，会有人跑去八丁标外面吗？只有喝醉的人才会这么干吧。

“嗯。说不定是乾先生他们回来了吧。”

一周前，鸟兽保护官们开始着手消灭食虫虻系。目标是三天之内除灭二十万只化鼠，但却没能达到效果。不知怎么，仿佛是由第六感察觉到“死神”的到来一般，以野狐丸为首的大军，突然间如冰消雪融一般不知去向。

“是吧……”

连续一周露宿山野，整天就靠干粮为食——从以前夏季野营的经验来看，这恐怕十分辛苦吧。这么说来，他们也许是先回来休整一下吧。虽说没完成任务就折回来，不是乾先生他们一贯的作风。

“那回去吧，烟花绘大赛很快就要开始了。”

所谓烟花绘，是用咒力改变发射的烟花，使之在夜空中描绘出美丽光芒的比赛。每年小町中身怀最高咒力的人相互挑战，博得观众的满堂喝彩。这是夏祭的最高潮。

“唔……”

直到今天，回想起当时的情景，我依然不明白自己那时候为什么会向身后看。我像是被什么人操纵着一样转回头去，然后猛地打了个冷战，仿佛当头浇了一盆冰水。

“早季，怎么了？”

觉看到我的模样，奇怪地问。

“那儿……”

我用颤抖的手指指向运河。

“那儿怎么了？什么也看不见啊。”

的确，那幅景象只闪现了一刹那。但我确确实实捕捉到了那一刹那。

“真理亚和守站在那儿……还有无脸少年……”

在黑漆漆的运河水面上，三个人静悄悄地伫立在那里，仿佛是从遥远的国度静静守望现世一样。那幅场景，与“幽冥之境”这个词无比贴切。

“早季。”觉抱住我，“……我也有同样的想法。只要能和真理亚他们再会，哪怕是幽灵也没关系。可是……”

“不是错觉，请相信我。”

“啊，我想你是能看见。不过，早季，你在来祭典之前就一直期待和真理亚他们相会，对吧？不用隐瞒，我知道的。”

“你怎么知道？”

“你穿的浴衣。没什么花纹的深蓝色，就像我穿的这件没装饰的。”

虽然不是刻意配合，觉的浴衣也是带了浅浅纹理的深蓝色。

“去接你的时候，一看到你穿的浴衣，我就感觉像丧服一样。”

被点破了心思，我默然无语。

“好了，你是想和真理亚他们相会，对吧？恰恰就是你这份强烈的思念投射到水上，做出了影像。”

“……唔。”

只有如此解释吧。但我的心中却依旧无法释然。水上那三个人的幻影也许确实是我潜意识创造出的东西。但是，如果真是这样的话，从祭典的广场一直跑到这里来的少女，又是什么呢？

我们抱在一起，静静地站了半晌，一动不动。觉大约也是在等我平静下来吧。

不知道经过了多少时间，我微微睁开眼睛。

越过觉的肩膀，可以看见祭典广场的方向。和适才一样，篝火还在燃烧，不过路上已经没什么人了。大家大概都已经去了广场，作好观看烟花的准备了吧。

咦？怎么**鬼怪**还在分酒？都是戴着面具的小小**鬼怪**。一定是孩子们扮演的吧。

我没有半点疑心——直到看见一个喝了一口酒的男人突然倒在地上为止。

“觉！”

我大叫起来的时候，鬼怪们一下子逃得无影无踪。

“早季？怎么了？”

觉大概以为我的精神又不稳定了，他把我抱得更紧。

“不！放开我！人，有人倒下去了！那边！”

听了我的话，觉终于回过头，随后我听见他倒吸一口冷气。

“怎么回事?”

“刚才，他喝了小鬼怪送的酒……”

我们跑去倒下的男人身旁。刚刚他还是一副急促喘气的样子，现在已经不动了。

“死了……不是病死，是被投毒了。”觉探了探男子的呼吸说。

“投毒？谁会……到底……”

“你刚刚说是小鬼怪?”

“嗯。”

觉脸上显出的表情，将恐惧传染给我。

“人类干不出这种事。那些鬼怪，是化鼠!”

“化鼠？怎么可能？不会的。这是对人类的公然反叛，会被彻底消灭的!”

“横竖都要被杀，它们大概是豁出去拼命了吧。”

“食虫虻……”

我的脑海中浮现出野狐丸的脸。一刻不停嗅探空气的鼻子，如同谋士一般闪闪发光的小圆眼。

“走！快向大家报警。”

我们正要跑去广场，烟花开始发射了。一发、两发、三发。无数菊花和牡丹的图案化作绵软的漩涡，如同水车一般旋转着，逐渐描出让人目眩的复杂图案。

广场方向传来震天的欢呼声。烟花绘大赛开始了。这样一来，就算我们扯破了嗓子叫喊，大家也听不到了吧。

我从来没有这么强烈的愿望，盼望自己能像真理亚一样飞上天空。但是，如果真的飞上天空的话，恐怕也就活不成了吧。

震天动地的巨响陡然响起。那不是烟花发射的声音，而是猛烈的爆炸声，像是要将周围的一切尽数破坏一般。

随之响起无数人的哭喊声。

觉一把拉住我的肩膀往回拽。

“快逃！”

“可是……要报警啊！”

“已经晚了，总攻开始了。到了现在，我们再过去也没用了。”

我虽然对觉过于冷静的判断有所抵触，但还是听了他的话。

“广场上的大家……”

“没事的。那边都是咒力的高人。化鼠之类的跳梁小丑，不可能得逞的。”

这番话让我放心了。无论如何，广场上有那么多身怀咒力的人类，对于原始武器的攻击，收拾起来肯定不在话下。

然而当我带着心如刀绞的感觉向广场的反方向逃了一百多

米的时候，忽然感到头顶上有种不同寻常的感觉。抬头去看，只见无数箭矢从头顶飞过，然而不管怎么凝神细看，也只能看见隐约的影子。所有箭矢似乎都被涂得漆黑。

接着又是几百架火绳枪的发射声。怒吼与悲号交错，后者逐渐占据上风。我忍不住蹲下来捂住耳朵。小町的人们被化鼠屠杀……我从没有想过这居然会变成现实。

“站起来！快跑！”

觉拉住我的胳膊，强行要拉我起身。

就在这时，要逃去的道路对面传来细微的声音。像是金属摩擦的喀嚓喀嚓声，还有刻意隐匿的脚步声。声音正在逐渐靠近。

是化鼠……我吞了一口唾液，浑身僵硬。觉在嘴唇前竖起食指，做个手势让我俯身。

化鼠来了。比预想的更多。怕有两三百只。它们分散在道路上，低着身子小心前进。

我们之所以幸运地没有被化鼠发现，是因为两点：第一，我们恰好是在下风处，不然的话，单凭化鼠那种足以与狗匹敌的敏锐嗅觉，恐怕立刻就能察觉到我们的存在；第二，我们都穿着能融入夜色的深蓝色和服。正因为身上的衣服颜色，我们即使进入了化鼠的视野，它们一时间也分辨不出有人。

化鼠部队中间一带的士兵，突然发出令人目眩的火焰燃烧了起来。

燃烧的化鼠发出临死时的惨叫，痛苦地扭动身躯。红红的火光映出周围士兵的身影，一个个呆若木鸡，不知所措。

“该死的畜生!”觉唾骂道。

化鼠的头部逐一炸飞，就像连着同一根导火索的爆竹一样。不到十秒的时间，两百多只化鼠士兵就被炸成了石榴。仿佛是被无边的恐惧攫住了一般，这些化鼠不要说反击，连试图逃跑的都没有。

“这些畜生……”

对于已经化为死尸的化鼠，觉还在执拗地击碎。鲜血飞溅，骨头碎裂的声音不绝于耳。

“停手吧。”我站起来，制止觉。

“这些下等的屎虫……竟敢杀人!”

觉仿佛听不到我的声音。

我想起以前觉也曾经变成过这样。那是遭遇土蜘蛛袭击的时候。在地下隧道彷徨许久之后，取回了被封印的咒力，终于回到地上开始反击……我还记得，那时候的觉虽然还只是十二岁的少年，但也可窥见宛如恶鬼一般的形象，让我不寒而栗。

此刻的觉的脸隐在阴影里看不分明，但恐怕也浮现着和那时候一样的表情吧。无法控制的怒火与嗜杀的狂热奇妙地结合在一起……

“化鼠都死了！不能在这儿停太久!”

觉的头脑似乎终于冷静下来了。

“对的。总之，快逃。”

刚走了两三步，觉站住了。

“怎么了？”

“刚才杀掉的化鼠和袭击广场的恐怕是不同的部队。它们是打算在刚才那边夹击从广场逃出的人吧。不过这点数量应该只是先遣队，后面很可能还有大部队。也就是说，再往前逃，说不定还会遭遇化鼠。所以就算危险，也还是回广场去再说。”

“可是……”

“不用担心。化鼠的突袭也许会造成一些牺牲者，但人类不可能这么容易被算计的。现在形势说不定已经逆转了。”

觉的预测准确无误。

化鼠期望的是以闪电般的夜袭引起心理上的恐慌。

它们首先打扮成鬼怪潜入祭典，在开始的时候分发普通的酒水，到了即将开始攻击的时候则分发毒酒，造成各处出现死者的情况，引发混乱；然后，在烟花发射的同时，将预先设置在各个紧要场所的炸弹一齐引爆，造成大范围的恐慌；当人群纷纷要去避难的时候，则自远处射来黑色的弓箭，制造更多的牺牲者，以此诱发群体性失控；最后，当人群都被逼到一起，由于过度密集而很难发动咒力的时候，再集中数百架火绳枪，给予人类致命的一击。

这一系列的计划十有八九出自野狐丸之手，而且险些完全得逞。人类之所以能够力挽狂澜、扭转胜负，多亏了被誉为具有近乎神明之力的两个人。

由于化鼠的连环攻击，死伤的人数超过两百。剩下的两千余人堪堪陷入歇斯底里的状态，不过因为一个人在空中描画的指示，人群得以恢复了冷静。顺便说一句，不借助烟花，直接在空中描绘出发光的文字，乃是那天晚上昙花一现的技艺。自那之后也再没有人成功过，所以没人知道用的是什么方法。

总之，两千名群众依照指示集中在一起，构成直径仅有十六米左右的圆。为了防止咒力相互干涉，全员遵照文字的指示，封印了自己的咒力。而人们之所以能够采取如此一致的行动，完全是因为对镝木肆星的莫大信赖。

镝木肆星没有辜负这份信赖。直径十六米的圆，仿佛童话故事里的魔法阵一般，挡住了一切攻击。漆黑的箭矢也好，火绳枪的子弹也好，就像被看不见的半圆形盾牌挡住了一样，纷纷弹开。

这时候我们刚好回到广场。看到镝木肆星轻而易举便挡住了速度快得让肉眼无法分辨的弓箭和子弹，我们只有惊叹不已的份。

攻击全然无效的化鼠部队进退维谷。就在这时，一个人摇晃着巨大的身体翩然出列。那是日野光风。

“嘿嘿嘿嘿嘿嘿嘿嘿。呀，糟糕。到底，没事，可做了。”日野光风手中的团扇在秃头上轻轻叩打。带着奇妙的停顿，犹如唱歌一般地说，“骗人的坏鼠，怎么处理？拔了舌头，剥了皮囊，晒成肉干吧。忤逆人的妖鼠，狠狠惩罚。一只一只，碾碎骨头，拉长身子，折成三段，剁成肉泥。”

人群中响起拍手声，每个人都盼望用无限残虐的方法进行复仇。我再度向化鼠的方向望去，只见那里的情况已然大变。最异样的是化鼠埋在肉里的细细眼睛犹如乒乓球一样纷纷迸出。

日野光风用可怕的声音吼叫，“好了，杀人的恶鼠，喜欢哪种死法？”

独唱会还没有结束。接下来，日野光风开始用化鼠语叫喊。内容恐怕和日语说的一样，应该是特意翻译给它们听的吧。布袋一般的肥大汉子鼓动脸颊发出犹如超声波一般的高亢声音——如果换个时间、换个场合，肯定会让人捧腹大笑的。

就在这时，觉低声说了一句。

“上风……奇怪啊……”

“怎么了？”

“我一直在奇怪，为什么刚才那些家伙会从上风处过来……如果从下风处过来的话，就能闻到我们的气味了。特意挑选上风处……不好！”

觉向日野光风放声大叫，“毒气！当心！它们想从上风处用毒气！”

日野光风用不明所以的眼神看了我们一会儿，终于露出得意的微笑，点点头。

“对头对头，谢谢提醒，小家伙。对头对头，也不是太蠢。”

异臭的飘来恰好就在同一时间。那不是土蜘蛛使用的硫磺，而是让眼睛疼痛的刺激臭味。

这才是化鼠真正的目的吗？我再一次对野狐丸的奸诈不寒而栗。它恐怕准备了第二拨、第三拨的计划吧。说不定它从一开始就计算到奇袭不会完全成功吧。

而向自家部队所在的地方投放毒气的冷血战术，更是没有任何人类能想得到吧。

3

我们紧张得差点忘记了呼吸，目不转睛地注视着事态的发展。两位超绝的咒术者，打算如何对付毒气呢？

但是，什么都没有发生。不知什么时候，日野光风的眼睛眯了起来，带着一脸困倦的表情轻轻拍打团扇。镝木肆星则是一副事不关己的样子，抱着胳膊动也不动。

“风……”

最先注意到的是觉。的确，刚才还有风在吹，现在却完全停止了。更明显的是，刚才感觉到的异臭，已经差不多全都消失了。

不对，又开始吹了。虽然只是微风，但确实能感觉到。不过那风向和刚刚正好相反。风势从微风开始逐渐变强，直至变成强风。

“这……太神奇了，竟然能将风向逆转。”我感叹地喃喃自语。

不管是这两位当中哪一位做的，都让我们见识了前所未见的本事。

“真的，我一辈子都赶不上。”

觉已经佩服得五体投地了。他自己在夏季野营遭遇土蜘蛛毒气攻击的时候曾经引发龙卷风，将部族上空滞留的有毒气体一扫而空，但那是在现场无风的状态下，或是只有局部微风且风向频繁改变的状态下才得以实现的。

晚上吹的是山地向平地的山风，以及平地向海面的大陆风。风速虽然很弱，但要将大气循环的巨大流动逆转，吹向相反的方向，那是无法想象的神功。我根本想不出到底要做出怎样的意象才能实现这个效果。

刚刚埋伏在上风处的化鼠部队依然不见踪迹，但传来了骚动不安的声音和哀嚎。这正是所谓的自作自受。风向逆转，投放的毒气全都朝它们自己扑去。

“唔哈哈哈哈哈哈。”日野光风发出令人毛骨悚然的笑声，“浅薄浅薄，比浅薄还浅薄。使用这种下等的手段，真以为能杀得了万物之灵的我们吗？”

日野光风拿团扇啪哒啪哒地扇着犹如煮熟章鱼一般通红的秃头，厚厚的嘴唇边浮现着淫荡的笑容，还伸出舌头舔个不停。

“嗯——嗯，高兴啊高兴。浅薄的化鼠们哦，哎呀哎呀，怎么收拾呀？嘿嘿嘿嘿嘿嘿嘿……好吧，稍微打几下，玩玩吧。”

投入奇袭的化鼠大约有四五千只吧，这时候全都惊慌失措，在日野光风面前一度进退维谷。但突然间其中一部分像机器一样整齐地动作起来，整个队伍被分成两列。

我以为这又是要准备什么攻击了，但看样子总有些奇怪。构成新队列的化鼠士兵像是蜡像一样一动不动，而原来队列的化鼠士兵则是一副愕然的表情，手中的刀枪纷纷举向新队伍里的同伴。

“镝木，如何？来一盘？”日野光风疯疯癫癫的声音在夜空里回荡，“你可以挑自己喜欢的一边。”

受邀的镝木肆星抱着胳膊摇摇头：“不用了。”

“唔，遗憾哪。一个人唱独角戏，气氛搞不了太热烈，没办法。好吧，开始了。”

日野光风深深吸一口气，双手打起拍子，用中气十足、响彻广场的声音叫喊。

“啊——噫啊噫啊噫啊噫啊噫！”

圈里的人们开始跟着打起拍子。化鼠的眼球再度纷纷迸出。

日野光风用破钟般的声音大叫：“啊——啦，哎、撒、撒——”

声音未落，新队列的化鼠便一齐向原先的队列杀了过去。

“这、这……到底是怎么弄的？”觉呆呆地说。

通过咒力操纵生物的大脑，这是难度极高的技术。单纯要引发愤怒和恐惧之类强烈的感情，就需要相当的技术，更不用说控制对象采取复杂的行动。那需要的是与对象的大脑层次相匹配的、在意象构成方面的非凡想象力，以及超出常人的高度注意力。

而且，日野光风操纵的化鼠虽然只是一半，但也在两千只以上。同时控制这么多高等生物的大脑，完全不是人类可以做到的。也许日野光风已经踏入神之领域的传言并没有半点夸张吧，我想。

受咒力操纵的化鼠们如同发条玩具一样，猛挥着刀枪向同伴冲杀过去。剩下的士兵虽然也是全力应战，但看到刚刚还是同伴的士兵眼下却如恶魔附体一样杀将过来，恐怕早已经被吓得全无斗志了吧。

我想起以前觉也曾经采用过类似的战术：操纵化鼠的尸体，成功使迷信的土蜘蛛士兵陷入恐慌。虽然在技术上和眼前的场景完全无法相提并论，不过心理上的效果大概是类似的吧。

“嘎吱嘎吱嘎吱吱、磨啊磨啊磨脑浆。收茶队伍赶得快，锁门关窗喘气忙。灰扑扑的老鼠受了惊，吱吱——怎么回事——吱吱——吱吱——吱吱——”①

---

① 这首歌原为日本江户时代的童谣，表现的是向德川将军献茶的队伍经过，百姓锁门关窗回避的景象。此处的日野光风将歌词稍作了一些改动。——译者

日野光风敲着从舞台上拿过来的鼓，高声唱起自编歌词的童谣。合着歌声，无数化鼠的刀枪划出弧线，血光四溅，头颅乱飞。那凄惨的场面实在让人无法直视。

“啊……”出神凝望化鼠自相残杀的觉叫了一声。

“怎么了？”

“受操纵的化鼠，有些动作完全一样……”

日野光风离我们虽然有些距离，不过还是听见了觉的话。他朝我们这里吐了吐舌头。那个样子比眼球迸出还吓人。

“哎呀，不好，失策了，把戏露馅了。”

这时候我也终于反应过来了。仔细观察被操纵的化鼠，有许多动作完全一样的个体。其中有些士兵还朝着没有任何对手的空处毫无意义地刺杀。全部的动作种类大概只有十来种。

“我是想让每只的动作都不同啦，不过数量太多，弄起来实在麻烦。而且御神酒喝多了……”

就在他说话的时候，化鼠们受操纵的动作也没有任何停顿。

“嘿嘿嘿嘿。那边想逃跑，这边不怕死。我这偷懒的操纵看来也不错嘛。不过，要是以为我光风就这么点本事，那可就错了。来，再踢个屁股让你们看看。”

受操纵的化鼠动作突然加快了数倍。高强度的动作让化鼠的胳膊和手腕关节纷纷脱臼，但依然在做疯狂的攻击。

“噫嘿嘿嘿嘿嘿嘿嘿嘿……”

广场上升起腥臭的血雾，日野光风的尖锐狂笑回荡在半空。

我们沉醉于观看残酷的杀戮表演，彻底丧失了警惕。想必是对化鼠的激烈愤怒与憎恨，再加上从恐怖中解放后生出的昂扬感，使我们的心理状态产生了异常。

今天回想起来，野狐丸也许连这一点都算计到了。否则，接下来发生的事情，时机未免太妙了。

两千多只化鼠士兵只剩了不到三分之一，我们正以为即将分出胜负的时候，突然响起了爆炸声，接着是十几发干涩的射击声，然后又是地动山摇般的爆炸声。

我一下子没有反应过来发生了什么。恐怕在场的人都是一样吧。

不过将事后收集的幸存者的证言综合起来加以分析，基本上还原出了当时发生的事情。

一边坐视同胞被杀戮，一边紧盯机会的几只化鼠，突然间一齐开枪。目标只有两个：日野光风和镝木肆星。

我们茫然地以为化鼠从一开始就知道自己的灭亡不可避免，目的只是想做一点最后的挣扎，哪怕多杀一个人也是好的，挠也要挠条大点儿的爪痕，就像被猫逼得走投无路的耗子一样。但是，野狐丸一开始的目的就是胜利。而为了实现这个目的，它所设定的战略目标就是夺取日野光风和镝木肆星的性命。

从背后射来的子弹当中，三枚击中了日野光风，其中一枚击穿了他厚厚的胸膛。

日野光风慢慢倒了下去。

同时，远远散开的四只化鼠枪手，从四个方向朝镝木肆星猛射，根本不顾及是否会伤及对面的同胞。硝烟将镝木肆星的身影完全盖住。趁着这个机会，两只化鼠猛冲过去。两只身上都裹了大量火药和铁菱，一冲到镝木肆星身边，便引发自爆。

为什么化鼠可以突然出现在咫尺之遥的地方，仿佛从天而降一般？我想每个人都会产生这样的疑问吧。其实答案很简单。它们从一开始就在我们身边，就在镝木肆星所保护的、直径仅有十六米的圆圈之中。

看到突然间从自己身边跳出来举着火绳枪的化鼠，任谁都要倒吸一口冷气吧。因为不管怎么看，这些家伙都和人类很相似。

不过，仔细看来还是有许多不同。被塑造成类似人类的脸庞上，没有头发眉毛之类的毛发，皮肤白得异常，像是被漂白的，又如老人一样满是褶皱，突出的嘴唇里露出尖尖的黄色门牙。

既然土蜘蛛的女王可以控制胚胎发育过程，产下气球狗和丛林兵这样的畸形怪物，那么通过这种方式造出酷似人类的拟人兽也没什么奇怪的吧。拟人兽的拟态有两个效果：第一，可以潜身于人群中。当然，如果放在平时，肯定会有人对这副相貌感到奇怪，从而看穿拟人兽的身份，但因为当前所有人的注意力都被吸引到了化鼠的奇袭上，没有人注意到异类的潜入；另一个效果就是为了现在的狙击。如果是具备化鼠外观的射手，当场就会被人类以咒力剿灭，但对于夜间一眼望去与人类无甚分别的拟人兽，人的攻击抑制机能产生作用，无法当即发挥咒力。这一点连镝木肆星也不例外。在拟人兽的枪击和自爆攻击之下，即使镝木肆星这样的高人恐怕也保不住性命吧。

不过，爆炸却在一半的时候停了。硝烟散去的时候，镝木肆星依然站在那里。

他的左右各有一个奇妙的球体。烟与火在直径约二三米的肥皂泡一样的透明球体中滴溜溜地旋转。

镝木肆星的咒力完美地封印了两个爆炸。这和当初觉抑制气球狗爆炸的时候类似，不过这一次的密封是完美的。

镝木肆星的视线落在倒伏于地的日野光风身上。他的表情毫无变化，依旧沉默无语，但似乎燃烧着无与伦比的愤怒。

“我来善后，请各位不要使用咒力。”

平静的声音反而更让人感到可怕。

镝木肆星将夜里也戴着的墨镜摘了下来。

近乎无声的惊呼响起。因为几乎没有人见过镝木肆星的真面目。

眼梢极长的大眼睛闪闪发亮，五官也很端正，称之英俊也不为过——如果不考虑那双异样的眼珠的话。

镝木肆星的每只眼睛都有两个瞳孔，合计四个，在昏暗中闪烁着琥珀色。这是镝木家代代相传的特异遗传特征，据说是一般人不可企及的咒力之证明。

所谓肆星，其实是“四星”这一名讳换去一个字的结果。而且“肆”字更有一层“杀”的意思在内。

“外道。”

镝木肆星低低吐了一声。与此同时，被封印了的透明球体开了一个孔。被咒力抑制的能量迸发出来，袭向残留的两只拟人兽。

拟人兽撞上包含铁菱的超高速喷气流，上半身犹如被刨菜板磨去一样迅速消失。残留的下半身直挺挺地摔下去。

镝木肆星可怕的眼睛转向人群的方向。每个人都浑身僵硬，一点声音也不敢出。

两千人中的十几人忽然飘浮起来。

不过仔细看去，那些扭动挣扎的躯体原来全都是拟人兽。

“你们以为，拟态之类的把戏能瞒得过我的眼睛？”

十几只拟人兽像是被巨大的弹弓弹出去一样，以猛烈的速度射出去，朝着黑暗夜空的远方，踏上超音速的死亡旅途。

“危险！”

我不禁高叫一声。在互相残杀的最后残留下来的化鼠士兵，发动所有剩余的火器和弓箭，向镝木肆星的背后发起最后的攻击。

镝木肆星连头都没有回。

飞速逼来的无数箭矢枪弹，像是遇到了黏性急速增加的空气一样，越靠近镝木肆星，速度越慢，最终停了下来。

镝木肆星从容不迫地缓缓转头，透过停在半空的箭矢枪弹，用四枚瞳孔望向化鼠的方向。

伴随着几乎要灼烧视网膜的光线，残存的六百多只化鼠瞬间蒸发。激烈的水蒸气化作雾霾升腾而起。紧接着，强劲的热风也朝我们的方向压迫而来。如果没有及时用咒力护住脸庞，简直都要遭受严重的烧伤。

镝木肆星慢慢向依旧倒伏在地的日野光风走去。在他背后，伴随着吧啦吧啦的声音，箭矢和枪弹纷纷掉落。

镝木肆星抱起日野光风，后者微微睁开眼睛，咳了一口血。

“真衰啊，就像……下、下等的化鼠……”

“对不起。是我疏忽了，没有守护好背后。”

日野光风似乎已经听不见任何词句了。

“为什么，明明是神之子……肉体还这么脆弱……”

觉和我跑过去，想看看有没有什么可以帮忙的。镝木肆星向我们轻轻摇了摇头。

“我心中的……艺术家……与世长辞……太、可惜了……”

日野光风像是在说胡话一样喃喃自语。

“美之……残像……”

这是他最后的言语。刹那间，天空中出现模糊而明亮的图像。像是女子。我屏息静气凝望着它。在沐浴夕阳光芒的草原上，全裸的窈窕少女向我们绽放微笑。我从没有见过那般美丽的图像。

那到底是谁呢……就在我茫然思索的时候，图像慢慢失去了光辉，融进黑暗里去了。

被称为具有至高之咒力的日野光风，就这样无声无息地走完了他的一生。

镝木肆星瞑目起身。

“诸位，请冷静。当下的危机已经过去。安全保障会议的诸位都在吗?”

人群之中有了动静。首先踉跄而出的是保健所的金子所长。即使是在夜色之中，也能看到他的脸色苍白，似乎被吓得无法开口了。接着是我的父母。看到他们的身影，我总算放下了一颗心。虽然我绝对相信他们还活着，不过终于确认他们平安无事的时候，还是禁不住热泪盈眶。我情不自禁跑过去，和父母紧紧抱在一起。

跟随在后面的是沉着冷静的富子女士。

“光风他……”

“过世了。”镝木肆星回答。

“是吗……与此有关的化鼠，哪怕关系再小，也都请全部灭除，凡有嫌疑的均视为同犯。”

“当然。”

“完全没想到现实中会发生这样的事情。”富子女士的声音严厉起来，“不过，那只名叫野狐丸的化鼠，竟能设定连续不断的计划袭击人类，智力万万不可小视。光风实力超群，但就因为轻视对手，落得死于非命的结果。你明白吧？”

“我明白。不过不用担心，任何攻击对我都无效。”

“嗯，你拥有三百六十度的视野，没有死角也没有盲点，连隐蔽物都能看穿，反应速度更是远远超出通常神经细胞的界限，我也想不出有什么方法能打倒你……但是，我心里总有股隐隐的担忧。”

这时候，包括父母在内的安全保障会议的成员开始收拾残局。父亲首先以町长的身份开始下达各种指示。

“受伤需要治疗的人请来这里。有医生和护士吗？”

我发现少了一个人，问富子女士。

“鸟饲宏美女士呢？”

富子女士的眼角微微跳了一下，慢慢摇了摇头。

“啊？”

“她是最爱操心的孩子，也最慎重。可惜头上中了子弹，当场死亡。真是太遗憾了。现在回想起来，在安全保障会议上，只有宏美提出夏祭应该延期。”

富子女士用低沉的声音说。

“自从和那个恶鬼 K 遭遇以来，我还没有过如此强烈的憎恨。可恨的化鼠，野狐丸，一定要让它好好偿还。我发誓，必定要让它尝尽任何生物都没尝过的痛苦，一点点磨尽它的性命。”

富子女士闪过一道悲壮的笑容，随即呼唤伦理委员会的成员开始讨论。

这时候，镝木肆星也开始向伤者之外的众人发布指令。

“各位请回想以前的紧急事态训练，按照当时五人一组的分组，确认小组成员是否平安。不足五人的组，请和其他组合并，绝对不要少于五人……组成小组之后就请去巡视小町，扫荡残余的化鼠。一有发现，格杀勿论。哪怕是自称对人类忠诚的部族乞求饶命也不行。要立刻戳穿它的心脏，或者直接扭断脖子。五个人要时刻确认周围的情况，绝对不要留死角。天上地下也不可疏忽。”

觉抓起我的手腕。

“走吧。”

“啊？”

“我们不是按完人学校的分班情况分组的吗？那时候有五个人，现在只有两个，所以要去找不满五人的组合并。”

“唔，可是……咦，你在想什么？”

“没什么……不过总觉得会发生什么事。”

觉没有再多说。我们很快找到了三人组，在觉的建议下合并到一起。那三位都是冶金工场的工人。组长是个名叫藤田的年长男子；另一个三十多岁的男性名叫仓持，也是小町消防团的成员；还有一个名叫冈野的女性，比我大两三岁。他们的五人组剩下的两个人当中，一个人住院，没有来参观祭典，另一个被化鼠的毒箭射中身亡。说到这个的时候，三个人都异常悲痛，并且义愤填膺。仓持恨不得立刻找化鼠复仇，冈野因悼念在晚上的突袭中殒命的朋友，抽泣不止。他们都很担心住院的同事，于是我们决定去医院看看。

“早季，小心点。”

我和父母道别，母亲紧紧抱了我半晌，流泪目送我离开。

“虽然有咒力，但你们五个也不能分开，不然会很危险，明白吧？绝对不要分开，知道吗？”父亲千叮万嘱。

“我知道，没事的。”

我虽然给出明快的回答，但心中却有种隐隐的担忧，怎么也无法挥去。

神栖六十六町中只有唯一一所有床位的医院，能够收容住院患者。它位于远离小町中心部的黄金乡，周围是水田地带。这个时候，刚好是绿叶间终于抽出稻穗的季节。

我们乘着一叶小舟，在漆黑的水路上飞驰。大家都想早一刻赶到目的地。不过尽管心中焦急，小船还是不得不慢慢前进。而且离天亮还有一段时间，必须提防化鼠的埋伏。我们在前面推动一只无人的小船做诱饵，但能不能诱出化鼠，谁也不敢保证。

“我说，觉，你刚才说总觉得很不安，那是什么意思？能告诉我吗？”

觉仿佛不想让同船的另几个人听见一般小声对我说：“唔……该怎么说呢……我觉得很多事情解释不通。”

“比如说？”

“首先，野狐丸为什么会挑起毫无胜算的战斗？那家伙的脾气你也知道的，如果没有充分的胜算，我想它绝对不会赌运气的。”

“你们很了解野狐丸？”

在船尾负责放哨的藤田站起身，来到我们旁边。

“嗯。那家伙还叫斯奎拉的时候，我们见过。”

觉把夏季野营的事情简单解释了一遍。

“原来如此。听起来确实很狡猾。不过，不管它再怎么诡计多端，也不可能有什么胜算。今夜的奇袭已经是它们拼尽全力的豪赌了吧。”

“我也这么想，不过……”觉的声音有些奇怪，像是臼齿咬着什么东西似的，“之前我们在去祭典广场的途中遭遇了另一队化鼠，我就把它们收拾掉了。”

“是吗，干得不错。”

“嗯。不过，看到那些化鼠的刺青，我发现它们不是食虫虻族的士兵。”

“啊，是吗?”

我不禁愕然。身为化鼠管理的专业人员，竟然没有觉观察得仔细，让我很是惭愧。

“它们的额头上有一个‘鳖’字，应该是鳖甲蜂族的符牒。”

“鳖甲蜂？那不是一开始被食虫虻袭击的部族吗？后来不知道为什么投靠食虫虻那一边了，是吧?”

一边操纵小船、一边侧耳倾听我们谈话的仓持，用尖锐的声音询问。那场化鼠大战的来龙去脉，已经有不少人知道了。

“对哦，这么一说我也想起来了。鳖甲蜂为什么要投靠敌方，我一直都很奇怪。”

“呵呵。那么，你的推测呢?”藤田问。

“……我想，恐怕是因为鳖甲蜂族断定食虫虻一方必将获胜，所以，为了自身的生存，它们宁肯背叛大黄蜂。”

“你果然还是想说化鼠有胜算啊，我觉得你是想多了……不过这个解释倒也说得通。”藤田面带微笑，摇了摇头。

“不过，还有一个地方让我感觉奇怪。食虫虻一方在决战中全歼了大黄蜂军。但奇狼丸是身经百战的将军，麾下的士兵恐怕可以说是化鼠之中最强的，为什么这么轻易就被击溃？像今夜的奇袭攻击之类的手段，在化鼠自身的战争中，我想应该起不到什么作用吧。”

藤田的脸上笑容消失了。

“你的意思是说，野狐丸还有王牌没出？”我问觉。

“嗯，虽然不知道到底是什么。也许是你母亲说的古代大规模杀伤性武器。”后半段觉压低了声音。

“但是，镝木肆星那时候……”

在那场会议上，镝木肆星断言说，歼灭大黄蜂军的是身怀咒力的人类。

觉用眼神示意我不能再往下说了。再说下去，让另外三个人听到的话，只能徒增他们的惶恐而已。

“明白了。说不定它们真有什么远比刀枪箭矢更加强大的武器。各位行动时请保持充分警惕。”藤田沉思了半晌，开口说。

“有什么好怕的！不管有什么武器，还能胜得了咒力吗？只要我们抢先出手，化鼠能搞出什么花样？”仓持焦躁地插话说。

“就算它们藏起来跟我们打埋伏，实在不行的话，把建筑物一幢幢拆掉就是了。总之，不把杀害根本的化鼠全部杀光，我这口气就咽不下去。”

“你的心情我理解，不过还是冷静一点好。”藤田责备道。

“知道知道，我知道。”仓持望着一边回答。

小船左右摇晃了几下，似乎显示了他心中的愤懑。

一直沉默不语的冈野抬起了头。

“要我说……要我说的话，我恨不得把那么邪恶的生物全部杀光，一只不剩。不过，现在最令人担心的还是留在医院的大内先生。”

“是啊。不过不用担心。医院里有五六十个人，虽然是病人，但是差不多都能用咒力。应该不至于轻易被化鼠之流算计。”

藤田像是在给冈野鼓气。

“是啊……肯定的。”冈野低声呢喃，像是说给自己听一样。

“没事的，不用担心。”

我搂住冈野的肩膀。冈野的身子在微微颤抖。我轻轻拍着安抚她。大内说不定是冈野的恋人吧，我想。回忆起当年我曾经用同样的方式安慰过真理亚，不禁有些感伤。

充作诱饵的小船在前面先行，我们跟在后面抵达了船坞。从船坞到医院的正门有细细的水路连通，不过两侧都是水田，化鼠有可能在水稻间和泥土中潜身埋伏，看起来比较危险。

“大家看。”觉指着木质三层楼的医院低声说。

楼里的灯光全都灭了，一点声音都听不到，玄关处笼罩着深邃的黑暗。门乍看上去好像敞开着，但是仔细观察，就看见周围卷起许多木板。

“那是什么？门坏了？”

“嗯，好像开了个大洞。”

“这……”

冈野差一点叫喊起来，藤田赶紧捂住她的嘴。

“……嘘，没事的。就算有什么事情，大家肯定也都避难去了。不管怎么说，等到了医院里看看就知道了。”

两艘小船尽可能悄无声息地前进。我、觉和藤田，全神贯注地观察左右。化鼠随时都可能袭击过来。我的心脏咚咚直跳，声音大得几乎周围人都能听见。手心里满满地都是汗，不得不在浴衣上擦个不停。

两艘小船抵达了医院的正门。玄关的门果然完全消失了。取而代之的是一个直径大约二米的完整圆形。

“这个洞是怎么回事？就算是化鼠干的，它们又是怎么开出来的？没什么火药的味道。”藤田吸着鼻子，惊讶地说。

“这个洞爱怎么怎么着吧，快走吧。”

仓持从小船上站起身。

“等等，还不知道有什么……”

无视藤田的阻止，仓持径直从小船上下去了。

我们哑然看着他的背影。他可不是镝木肆星那样的高人。如果在这个状态下遭遇狙击，恐怕很难生还吧。

但是，周围的黑暗中静悄悄地毫无动静。仓持大踏步走过去，从玄关的洞往里看。

“……没人，里面散落的都是木头。好像是用粗木头把门撞破的。”

仓持的声音在黑夜里格外响亮。

“早季，你有没有觉得奇怪?”觉向我耳语，声音紧张。

“怎么了?”

“太安静了吧?”

“安静是安静……”

刚说了这一句，我猛然反应过来了。周围连一只虫子的叫声都听不到，太奇怪了。不对。通常来说，在这个季节，医院周围的水田里应该回荡着青蛙的大合唱才对。

“……难道说，这一带有化鼠埋伏?”

“唔，我想数量还不少。”

“怎么办?”

觉悄悄向藤田和冈野招手，跟他们解释情况。

“……它们大概是在等我们全部下船之后，趁我们毫无防备的时候一口气猛攻。”

“那、那样的话，我们先发制人?”

“嗯。但是现在动手的话，仓持会成为化鼠的靶子。”

“那快喊他回来呀……”冈野的声音在颤抖。

“不行。喊他回来，化鼠就知道我们发现了它们的埋伏，然后肯定会乱射一气，反而麻烦。仓持也很难平安回来。”

“那怎么办?”我问。

“等仓持从洞里进去医院，在他身影消失的刹那，咱们抢占先机击溃化鼠。”

仓持在黑暗的洞口前犹豫着。建筑物里面比外面还黑，不过他似乎觉得点起火把更危险吧。

“喂——在干什么呢？不过来吗？”仓持转身焦急地向我们这边喊。

“马上就去，请稍等一下。现在在看周围的情况。”觉回答说。

“嗤，什么嘛。害怕了？”

仓持哼了一声，像是下了决心似的，钻进洞里，身影消失了。

就在这一刹那，根据觉的信号，我们各自向自己的管辖场所释放咒力。

水田里的所有水稻以冲天之势燃烧起来。

一开始的两三秒里，什么也没有发生。我正以为是不是觉想多了的时候，只见水田里跳出无数伏兵，数量足有好几百。那些化鼠纷纷取出隐藏在稻秆间的武器，朝我们张弓放箭、开枪射击。

但是埋伏既然已经败露，化鼠当然再也玩不出什么花样。红红燃烧的稻穗成为向我们展示化鼠藏身之处的绝好光源，而习惯黑暗的化鼠更被火光晃得睁不开眼睛。它们放出的箭矢枪弹大半都偏离目标，从我们头上飞过，连命中小船的都很少。

而我们四个人在给水田点上火之后，更展开了毫不留情的攻击。我们被愤怒驱使，熊熊燃烧的复仇之火让我们做出各种残酷的意象，将化鼠一只只扭断脖子、击碎颅骨、折断脊柱、捏爆心脏。时常会有咒力相互干涉，生出彩虹一样的火花，但我们根本不在乎，心中只想着一只都不要放过，投身在彻底的杀戮之中。在这片眼看就要迎来结实之秋的水田里，稻穗爆裂的声音和化鼠临死前的尖叫声回荡着，将这里化作阿鼻叫唤的地狱。

“够了！停手！足够了！”

到觉大声喝止我们的时候，已经过了十分钟。稻穗差不多都烧尽了，化鼠的反击也早就绝迹了。

“成功了？”

藤田兴奋得难以自持，从小船里探出身子。

“嗯，敌军应该已经全灭了。”觉回答说。

覆盖水田的火焰自然熄灭之后，周围再度笼罩在黑暗里。皮肉烧焦的恶臭升腾不去。

“我……这么……”

挤出这几个字，冈野的身子探出船舷，开始呕吐起来。

“正常的。冈野，开心点，没事的。谁都不想做这种事，哪怕对手是化鼠。”

我轻抚冈野的后背。

“怎么了？没问题。没事，没事……”

藤田无意义地重复了几声之后，忽然想起来仓持，转头向医院的方向呼唤。

“喂！仓持！怎么样？没事吧？”

但是，等了半天也没有回答。

“怎么回事？”藤田奇怪地问觉。

“不知道。不会被流弹击中了吧？”

“化鼠已经全灭了吧？去看看？”

“嗯。不过，医院里面说不定还有残党埋伏着。”

“唔……是吧……那，怎么办才好？”

藤田本来是组长，但这时候却已经不知不觉变得彻底依赖觉了。大概他自己也打算采取聆听年轻人意见的姿态吧。

“我去。”

“是吗？能行吗？”

“觉！你说什么呢？”我情不自禁叫起来。

“没事的。咱们已经全歼了设埋伏的家伙，不会遭到来自背后的攻击了。”

“可是……话虽如此……”

“掩护我。”

觉静静地下船，脚步沉着地向医院正面的玄关走去。他仔细查看了洞口周围之后，向我们回过身。

“仓持不在，我想可能进到更深处去了。”

“是吗？能再进去一点看看吗？”

藤田的声音像是在安抚小猫一般，实际是在逼觉进去。我心头火起。怎么能坐视觉只身入虎穴！

“不行！找支援来！一个人到楼里去太危险了。”

“可是，现在到处都是很艰难的情况，很难请求支援吧？”藤田安抚我说。

“请不要躲在安全的地方说些不负责任的话！要去的话，你自己怎么不去？”我一步不让。

藤田似乎有点害怕，不说话了。

“觉！不行。绝对不能再往里走了！”

觉一脸困惑，犹犹豫豫地走回来。

“可是，早季，这样下去也不是办法啊……”

“你死了就能有办法了？”

我的火气恐怕很厉害，觉也显出害怕的模样。

“哎呀，这个……”

觉这家伙，还是好奇心一起就不分轻重，从十二岁的时候开始完全没有任何进步。

“……唔，是吗……知道了，知道了。是啊，渡边小姐说的也有道理。”藤田给自己找台阶下，“那就拆了医院的楼吧。只能这么办了。这样的话，就算真有化鼠埋伏……”

“组长！说什么混蛋话呢?!”出乎意料，这一回怒声反驳的是冈野，“里面说不定还有幸存者，对吧？大内先生、仓持先生都在里面。现在拆楼……是要牺牲大家吗？”

“哎呀，我啊，完全没有那个意思……只是，那个什么，要是能把大楼解体……”

藤田彻底畏缩了。

“啊，看！”

我抬头望向三楼的窗户，叫喊起来。那里有隐约的光线。

“那是什么？在发光。”

觉也差不多同时发现了。朦胧的光芒不停闪烁。我们刚到医院外面的时候还没有这道光，水田燃烧的时候大概也看不到它吧。

“有谁在里面吗……”觉再度向医院走去，“那不是萤火虫，是咒力做出来的光。”

虽然没有做鬼火的经验，但身为光线的专家，觉的话还是很有说服力的。

“恐怕是有人在求助，我去看看。”

“但也可能是陷阱吧？你看，与其做出那种光，开窗呼救不是更合理吗？”

对于我的反驳，觉摇了摇头。

“不能这么说。也可能是负了重伤，无法走动。总之，我去看看。虽然不知道是谁，但总没有丢下不管的道理。”

这一次觉似乎下定了决心，再拦也没用了。

“好吧，那我也去。”

“唔，早季你……”

“你一个人的话，背后遇袭没办法处理的吧？”

我跟着下了小船。脚下还穿着高齿木屐，感觉站立不稳。

“我也去。”

冈野用很小但却坚决的声音说。

“三个人更安全。”

“唔……去的人太多，也许反而危险……”藤田有些装腔作势地大声叹着气说。谁也没有搭话。

“我去。我要去确认大内先生和仓持先生平安无事。”

冈野下了小船，来到我和觉身边。

“那好吧。这样的话，我就在这儿观察周围的情况。一齐过去会很危险。万一你们遇到什么情况，请大声呼救。”

谁都听得出来这只是胆怯的借口而已。不过，作为战术，这似乎也并不为错。于是藤田一个人留在船上，我们去医院里察看。

觉、我、冈野，三个人按顺序钻过圆洞，进了一楼。和仓持说的一样，地上铺满了细细的木头碎片。

我们捡起细长的木棒，或者直接从墙上拆一根下来，点上火，各自做成火把。虽然知道这样会暴露自身的所在，但在没有光线的情况下，我们根本无法前进。

一楼有个宽阔的大厅，右手边是接待台。由正面上二楼，有个向左右分开的玄关。按理说应该把一楼的房间都看一遍再上去，不过这时候还是需要尽早赶到三楼。万一真有人受伤求助，早一点赶到也是好的。

由觉领头，我们上了台阶。平时医院里的工作人员都是以咒力搬运患者，不太使用楼梯。我主要负责左右的警戒，冈野提防背后。木屐的齿踩在木头楼梯上发出咔哒咔哒的声音，非常刺耳。

“仓持先生去哪里了呢?”

冈野低声自语，像是耐不住沉默似的。我和觉只有沉默，因为连安慰的回答都想不出来。

从二楼上到三楼，紧张感高得几乎无法忍受。考虑到仓持的神秘消失，很难认为三楼没有什么东西。

走在前面的觉，在即将踏上三楼走廊的地方停住了脚。

“怎么了?”我用尽可能小的声音耳语。

“刚才的光是在走廊的右手方向，而现在是映在玻璃上。”觉也用耳语回答。

“早季，冈野，你们人别动，慢慢把火把往前移。”

我们按照觉说的去做。飘浮在空中的两只火把，在楼梯上慢悠悠地前进，到了三楼。走廊被照亮了。

“还不出现吗?”

觉开始集中精神。走廊中间，我们正对面的空间隐约闪烁起来。是镜子。觉慢慢转动角度。

火把的光线将右手走廊的深处都映照出来。没有人——不对，有人倒在地上。一动不动，像是死了。

觉转动镜子，接下来照出左手的走廊。

有了。四只化鼠士兵正站在那里瑟瑟发抖。它们也能看见我们吧。其中一只慌慌张张发射吹箭。细长的箭矢穿过觉做的镜子，向右手飞去。

“杀！”

我对觉的指令有些困惑，因为从没有过向直接看到的东西之外施加咒力的经验。不过，四只化鼠当中的一只浮上了半空。是觉抓的吧。

虽然迟了点，我和冈野也效仿觉，依靠镜子里映出的影像，向没有直接看到的化鼠施加咒力。

觉抓住的那只化鼠，脑袋绕着身子滴溜溜转了一圈。接着，冈野抓住了刚才射吹箭的士兵，把它的头拧飞。

我也终于可以将左右反转的影像和自己的意象重合起来。到了现在，我的心已经完全麻木了，对于非人的生物，可以心平气和地加以残杀。看不见的镰刀割下化鼠的头颅，鲜血喷涌而出。化鼠仰天栽倒的时候，觉刚好也收拾掉了最后一只。

“留一只活口是不是好一点？”

“不，反正语言也不通。能说日语的只是一部分精英分子。”

我们小心翼翼地上了三楼，一边走，一边担心是不是某处还有什么陷阱。不过似乎已经没有化鼠了。

冈野靠近倒在走廊里的人，哭了起来。

“仓持先生……这、怎么会！”

“别看了。”

觉把冈野从尸体旁边拉开。我抱住抽泣的冈野。

“看他的样子好像没有什么痛苦，大概是当场死亡的吧。”觉一字一顿地说。

是这样的吧，我想。仓持进入医院的时候，我们点燃了水田里的水稻。仓持应该会转身查看发生了什么。大概就是趁那时候，化鼠射出了吹箭或者别的什么吧。然后，化鼠故意把仓持的遗体拖到这里来，恐怕也是想趁我们疏忽而下杀手。

“进去看看。”

觉沿着走廊继续向右走。

“小心！”

“没事了。伏兵已经没了，而且我更想知道刚才看到的光线是从哪儿……”

觉突然停住了口。

“怎么了？”

“早季，过来！”

觉奔入走廊右侧的一个病房。我们也反射性地追在后面。

跳入眼帘的，是全然出乎意料的光景。

4

天花板下面吊着三个巨大的蚕茧一般的物体。这幅怪异的光景不禁让我们毛骨悚然。不过仔细一看，发现那“蚕茧”是用床单紧紧裹起来的，又用绷带像埃及木乃伊一样密密捆住。床单上部露出黑色的头发，看起来里面捆的是人，而且胸廓的部分还在上下颤动，还有呼吸。

“放下来。”

我们依次将木乃伊一样的物体飘在空中，割断绷带，慢慢放到地上。

打开床单，里面是三个人。其中一个是曾经给我看过病的医生，名叫野口；后面两个好像是护士和清洁工，一个姓关，一个姓涧村。三个人都被蒙着眼睛，双手反绑在背后。我们赶紧解开绷带，把蒙眼布取下，可这三个人却像是小动物一样瑟瑟发抖，眼神游移不定。

“没事吧？”

对于觉的问题，三个人都没什么反应。

“他们可能受伤了吧？是不是打到头了？”

冈野查看了三个人的身体，但是一点伤痕都没发现。

“是不是被喂了什么药？”觉依次检视三个人的眼睛，沉吟道。

不知为什么，对于现在这种状况，我有一种寒毛倒竖的恐惧。如果在这房间里看到的是三具伤痕累累的尸体，恐怕也不会像现在这样让我畏惧。有某种挥之不去的不协调感，像是某件重要的事情被搞错了一般的感觉。为什么会这样，我自己也不明白。

“唔……在下面看到的萤火虫一样的光，就是这几位当中的谁做的吗？”冈野用一副不太信服的模样说。

“是吧……只能这么认为吧。”

“既然能用咒力，不是应该也能自己挣脱束缚吗？”

“嗯……捆绑这些人的方式非常巧妙。眼睛被蒙住，就看不到对象，所以就很难使用咒力。而且被吊在半空的不安感，还有对掉落的恐惧感，应该更难让他们下决心割断绷带。而且，刚才还有化鼠监视。”

“那么，那光又是怎么回事呢？”

“恐怕是他们费尽力气弄出来的吧。在完全看不到周围的情况下，那已经是极限了。我猜，大概他们当中有谁牢牢记着医院内部的构造，然后把萤火虫飞舞的意象重合在上面了。带着一线希望，盼望有人过来，注意到那股光线。”

听着觉和冈野的对话，我终于慢慢发现自己为什么会觉得这个房间有什么地方奇怪了。

“觉……你觉得，这些人为什么会变成俘虏？”

“嗯？是因为被化鼠打了个措手不及吧？这没什么好奇怪的啊。死在野狐丸诡计之下的人都已经那么多了。”

“可这些都是活人。背后遇袭是没办法，但是，一点抵抗都没有就被活捉，而且连眼睛都被蒙上……这可绝不普通。”

觉被问住了。

“……不可能的，不会的。”冈野惊惧地说。

“不管什么情况，就算有人被当成了人质，只要使用咒力，应该也能做点什么。而且还有三个人……”

“但是，也不能说绝对不可能，对吧？重击头部使之昏迷，或者使用麻药什么的……唔，虽说不知道具体用了什么办法……”

觉抱起胳膊，陷入沉思。

“……啊、啊、啊。”野口医生突然发出了声音，像是突然清醒了过来。

“好点了吗？我们来救你们了。没事了。这里的化鼠全都灭除了，一只都不剩。”觉蹲到野口面前对他说。

"逃……逃，快!"

野口医生根本没听觉的话，抢着说。

"怎么了？发生什么事了?"

"快、快回去……马上，逃!"

"回去？什么?"

"大内先生——他是这里的住院患者，他没事吧?"

就在觉和冈野同时向野口医生提问的时候，关护士忽然开始放声号叫。

我听不懂她在叫什么，但在那声音里，只有赤裸裸的恐惧。和她的叫喊比起来，就连今晚发生的恐怖事件也仿佛没有那么让我胆战心惊。从我记事以来，还从未听到过人类发出这样的声音。

"关小姐？请冷静。已经没事了!"

冈野按捺着自己的恐惧，试图让关护士冷静下来，但没有任何效果，却似乎让她更加兴奋。凄惨的叫声，在差不多已然化作废墟的医院中回荡。

就在这时，不知是不是被叫声触发的，涧村突然站了起来。

但是我们根本来不及向他说话。涧村只瞥了我们一眼，随即迅速转身，一溜烟地逃走了。那脚步声扎实得让人意外，从他逃走的方向，传来两三级台阶并着跑下去的声音。

我手足无措，望向觉。

“总之先离开这里吧。把这些人也带上船，离开这地方。”

“刚刚逃走的人呢？”

“那个回头再说。”

我们向医生和护士伸出手，拉他们起来。

“快，快，快逃……”

野口医生似乎只在片刻间恢复了神志，但又继续像是说胡话一样呢喃起来，脚下也踉踉跄跄。关护士那边，虽然终于停住了尖叫，却又像得了疟疾一样身体颤抖不已，完全说不出话来。

下楼梯的途中，外面传来某人的大声叫喊。

“怎么了？”

觉跑回三楼，透过窗户向外看。我也在旁边紧贴上去看。

有个在远处全速奔跑的男子。在星光下看不清楚，不过像是涧村先生。

“喂！怎么了？不用逃了哦！”

叫喊的是藤田。站在小船的船头频频呼唤，但是涧村先生毫不理睬。

“藤田先生！那个人……”

就在这时，野口医生在楼梯中间压低声音警告：“……别喊！声音太大会引起注意。”

野口的声音不大，但声音中的紧张让我们立刻噤声。我们反射性地离开窗户。

“什么意思？化鼠……”

“不是化鼠！那家伙……那家伙回来了！”

关护士又开始发疯般地叫喊起来，那是犹如怪鸟一般十分刺耳的叫声。

“别叫，快！”

被野口医生一说，冈野赶紧捂住关护士的嘴。他的声音里有种让人不得不听的压迫力。关护士拼命挣扎了一会儿，突然又像虚脱一样萎顿了。

“‘那家伙’是说谁？这里到底有什么？”

觉抓住野口医生的双肩摇晃。

“那家伙……那家伙是谁，我不知道……但是……都被他杀了。医院的员工……患者，全都被杀了。”

冈野的身体因为惊惧而僵硬起来。

“活下来的只有我们三个人，大概是想拿我们作人质……”

“为什么不抵抗？”

“抵抗？抵抗不了啊。想逃的人都被杀了。”

不知从什么地方传来咔哒咔哒的轻微声响。怪讶之余，我意识到那声音是从野口医生的嘴里发出的。是他回想起了恐怖的记忆，牙齿也随之颤抖不已。

“逃吧，快，不然的话……”野口医生目光散乱地说。

“觉，总之先逃吧！”迫切的危机感让我喊了起来。

“知道了。”

我们沉默着急速下楼，来到一楼的大厅。就在这个时候……

“救命！”

外面传来可怕的叫声。从玄关门上的大洞里，可以看到涧村正向我们这里跑来。和我们大约有七八十米的距离。

“喂！这里！”

传来藤田大声呼应的声音。

“来不及了吗……不能出去了，往里面逃吧。”

野口医生猛然转身，飞快向医院里面跑去。

我们不知道该如何是好，站在原地不动。

下一刹那，向我们跑来的涧村，全身突然被炫目的火焰裹住了。

“这……这是……”

觉震惊得说不出话来。所谓不敢相信自己的眼睛，说的就是这样的情况吧。难以置信，怎么会有这样的事情……

涧村在火里挥舞双手，痛苦不已。就在这时，一阵大风吹过，涧村身上的火焰剧烈摇晃，眼看要被吹灭了。

是藤田。我反应过来。藤田在用咒力消除火焰。

“去帮忙！”

我自己也要发动咒力，消除剩余的火焰。

“住手！”

觉抓住我的肩膀。

“可是，再不帮忙……”

“逃！”

觉用力抓住我的手臂，向医院里面跑。我一边被拽着跑，一边还在扭头看外面。

火焰比刚才更大了。涧村倒在地上，还在燃烧。

藤田的身影出现了。他从小船上下来，跑去涧村的方向，但是在半路上突然变了方向，向医院跑来。

然后，他的身影突然被拉了回去。

我倒吸一口冷气。果然……但是，这种事情，绝对，不可能……

藤田浮在空中。

不是自己浮起来的。

是被咒力吊上去的。

我强忍住快要脱口而出的哀号。

当人亲眼目睹某种绝不可能发生的事情时，就会丧失行动的信念，陷入怪异的彷徨状态。此时的我正是这样。

然后，就在我面前仅仅四五十米的地方，一个人类，就要被活生生地分尸了。

“别看。”

在将要发生的刹那，觉把我的头扭到反方向。

“啊啊啊啊啊啊啊啊啊啊啊啊！”

背后响起可怕的尖叫。空气中霎时充满浓密的湿气，飘浮起血腥的气息。

觉沉默着抱住我的肩膀，向医院里面疾奔。

“快，这边。”

野口医生小声叫着，向我们招手。我一开始还没明白，仔细看去，才发现原来在楼梯内侧有一条通向对面的细细走廊。后来才知道，那是搬运遗体的通道。

“那个……到底是什么？”觉用颤抖的声音询问野口医生。

“你知道的吧？每个人都知道。那家伙……”

野口医生突然停住了口，打手势向我们比了一个不要出声的信号。

我吃了一惊，侧耳细听。

听见了，脚步声。不是很重，步幅似乎也不大。正在慢慢接近医院的玄关。

脚步声钻过玄关的洞口，来到里面。然后，带着咯吱咯吱地板的声音，走上楼梯。

就在这时，我无意间看到了关护士的表情，不禁愕然。她的整个面庞都被恐惧扭曲，似乎随时都会号叫起来。如果她叫出声音，那就全都完了。

不过，在关护士叫出声来之前，冈野采取了迅速的行动，把关护士的头抱到胸前，安慰般地抚摸她的后背。关护士的身体僵硬了一下，但随即慢慢缓解了紧张。

在这期间，脚步声经过了中途的平台，向二楼走去。

野口医生向我们招招手。我们蹑手蹑脚朝医院后门走去。野口医生握住后门的把手开门。

打不开。跟在后面的我们都要急疯了。他转而开启门上的小门闩，门带着轻微的嘎吱声开了。感觉简直就像是从飘着腐臭的狭窄棺材中钻去广阔的地狱一般。

一关上门，野口医生便向不太对头的方向蹒跚走去。

“医生，不是那儿。”

觉要去拉他的手，却被他用力甩开。

“别跟着我，随你们去哪儿。”

“等等……”

“听好了，咱们必须分头逃跑。虽然我们可能一个都逃不掉。但是运气好的话，也许能有个把人获救。”

医院的楼里回响起异样的叫声。像是人在哭诉，又像是野兽的号叫。是那家伙看到了化鼠的尸体，发现俘虏逃走了吧。没时间了，我们必须赶快从这儿逃出去。

“分散开来会被各个击破。现在我们应当集中在一起行动。”

“在一起？有什么意义吗？”

野口医生显出嘲讽般的表情。嘴角露出的牙齿闪闪发光。背后的医院里，传来由三楼跑下的脚步声，没时间了。

“刚才两个人被杀的情况你看到了吧？不管五个人还是一百人，下场没什么不一样。”

“可是……”

“面对恶鬼，你要怎么和它战斗？好了，分头逃！”

野口医生推搡觉的胸口。

恶鬼……单单听到这个词，就让我恐惧得几乎连血液都要凝固。

按照理性和常识，怎么也不会发生这种事的。为什么、到底是为什么，恶鬼会和化鼠的袭击同时出现呢？

但是，我刚刚亲眼看到了最真实的证据。活生生的人类被咒力点燃、被咒力分尸。除了恶鬼，还有谁能干出这么残酷的事情？

“没办法，我们向反方向逃吧。”

看着在黑暗中离去的野口医生，觉也要抬腿走。

“等等。”

我抓住觉的袖子。

“怎么了？”

“来了！在楼里迂回……”

轻微的声音顺风而来。我再一次侧耳细听，没错。虽然没有刚才进入楼里的时候那么清晰，但确实是踩在沙地上、拨开草丛的声音。那声音正在向我们这里走来。

觉悄无声息地做了个手势，让我们集中到一起，然后又小心翼翼地打开我们刚刚出来的那扇门。

不知什么时候，觉已经把脚上容易发出声音的木屐脱了提在手上。我和冈野也效仿，然后把关护士夹在中间，静静地进入楼里。觉在最后滑进来，小心地关上门。

千钧一发。我们刚刚屏住呼吸，就听见紧挨着门外有脚步声走过。距离大约只有两三米。

与此同时，耳中也听到奇怪的呢喃声，像是低低的诅咒一般，是在喉咙深处发出的咕噜咕噜的声音，还有像是蛇在威吓对手时发出的尖锐的嘶嘶的齿擦音。

恶鬼……此刻，就在隔着一扇薄薄门板的地方。

如果它发现了这扇门的话……

我拼死祈祷。

神啊，求求你。请不要让恶鬼发现我们。

无论如何，请让恶鬼从这里离开。

无论如何，就这样，什么也不要发生……就在这么祈祷的时候，我忽然打了一个寒战。

完全没有声音。既没了恶鬼的脚步声，也没了可怕的呢喃声。

听不到离开的脚步声。这样说来，恶鬼应该还在近旁。如果没有声音的话，必然意味着它有意藏起了自己的声音。

恶鬼，此刻正在侧耳探听——这么一想，我顿时紧张得连唾沫都咽不下去了。在恍若永恒的漫长时间中，我的眼中捕捉到一幅可怕的景象：门把在慢慢地转动……

完了。我恐惧得几乎要昏厥了。

不过门终于没有打开。

“Grrrrr……★＊V＄▲XA♯！”

恶鬼发出高亢而怪异的可怕声音。紧接着响起跑出去的声音，像是发现猎物的猎狗一样。就在我刚刚舒了一口气，庆幸得救了的时候，猛然间听见外面传来让人毛骨悚然的悲号声。

是野口医生的声音。我捂住耳朵。

“混蛋！不要过来！你这恶鬼！”

接着又是不忍卒听的叫声。恶鬼似乎毫不犹豫地把非人的折磨加诸野口医生身上。

“快！这边！”

觉飞快地横穿医院，回到玄关，从洞口向外小心观察。我们三个人也紧跟在后面。赤着的脚不小心踩到了木片，割出的血把脚印都染红了，但也许是因为异常的精神状态，我并没有感到疼痛。

“你……你，到底，是谁？”

楼里传来野口医生临死前的尖叫。我紧咬住牙齿，拼命摇头。我什么也做不了，只能不听、不想。现在唯一要考虑的只有如何活着逃出去……

“小船好像还在，快！”

觉从洞口钻了出去，转身向我们招手。我们也急忙跟上，但却不得不停在洞口前面。关护士发着抖，双腿僵直，使尽全身力气拦在那里。

“在干什么？快逃啊……喂，听到没有！”

我心中充满绝望。

“早季，快过来，别管她了。”

觉冷酷的声音在回荡。

“可是！”

“这样下去大家都活不成。要是没人回去通知恶鬼的存在，小町就全完了。”

“你们两位去吧。”冈野静静地说，“我和她躲在这儿，回头请来救我们。”

她的声音清澈平静，似乎已经有了死的决心。

“这不行！”

“只能这样，对吧？而且乘船说不定更危险。那家伙也许不会想到这里还有人躲着……好了，快走！”

“早季，走吧。”

觉抓住我的手臂，强行把我拉过洞口。

“对不起……”

泪水夺眶而出。我向冈野道一声歉，转过身，和觉一起全力向小船跑去。

视野里闪过焦黑的遗体，还在冒着朦胧的烟气。对面还有藤田先生散落的四肢。我想要硬起心肠不去理会，但身体的颤抖怎么也停不下来。

上了小船，觉飞快地解开缆绳。我们采取了一个比船舷还低的姿势，仰面躺下。小船慢慢旋转着开动了。

在夜空漆黑的背景下，犹如幽灵屋一般耸立的医院填满了我的视野。恶鬼随时都有可能出现的恐惧，让我全身没有一丝气力。

小船在觉的巧妙控制下，沿着细细的水路前进，离医院愈来愈远。明明看不到周围，他是怎么控制小船的呢？我向觉望去。原来他借助星光，在小船上方不断做出小小的镜子，通过镜中的景象获取必须的信息。

终于，小船慢慢地转了一个大弯。

“……没事了。到了这儿，医院那边就看不见我们了。”觉低声说。

“那，快……全速逃吧！”我小声恳求，但是觉摇摇头。

“还要先悄无声息地走一阵。这附近除了恶鬼之外，说不定还有化鼠。离岸太近了，化鼠要是开枪，我们很难应付。再走一会儿就到宽阔的运河了，等到了那儿再逃。”

我们小心翼翼地从船舷探出头。小船带着微微的水声，在黑暗的水路上前进。

“冈野她们……都平安吧？”

觉没有回答。大约是知道无论怎么安慰都不会有什么说服力吧。

“那个真是恶鬼吗？”

觉挠了挠头。“只能这么认为吧。”

“可是，它……是从哪儿来的呢？我们小町里应该一个异常者都没有啊。教育委员会都那么神经质了。”

“不知道啊，眼下什么都不知道。不过，有一点总算清楚了。”

“是什么？”

“为什么奇狼丸率领的大黄蜂军会全军覆灭。不管化鼠怎么勇猛，遇上恶鬼，也都是不堪一击的。”

“是呀……”

“而且还有一点：为什么野狐丸敢于开战。虽然还不清楚化鼠和恶鬼的关系，但如果我的设想正确的话……”

觉突然停住了口。

“怎么了？”

“安静……不要乱动。保持冷静，继续说话。”

“你在说什么呀？”

“声音的语调不要变化。”

“知道了。这样可以吗？到底怎么回事？”我努力用平时的语气问。

“大约百米之后，有艘小船跟着我们。”

“啊？怎么会……”

我浑身的血液都凝固了。

“大概是我们来的时候用作诱饵的那艘。现在坐在上面的肯定是恶鬼。”

我悚然张望，借着水面反射的星光，看见了跟在后面的皮划艇。

“怎么办？它为什么不攻击？而且……”

“声音的语调不要变。如果它知道我们发现了它，那我们这艘小船恐怕就要被干掉了……它现在之所以没有动手，大概是想让我们领它去人类集中的地方吧。”

这是最坏的情况。如果就这样与小町的人会合，等于给大家带去了死神。我拼命想找个对策，但恐惧让我的大脑一片空白，根本无法思考。

“等到运河……开到全速，能逃掉吗？”

“不行。”觉一口否决，“运河基本上都是直线，视野开阔。一旦我们提速，恶鬼肯定会使用咒力，那我们立刻就完了。”

照这样说来，我们完全没有任何阻挡后面这条小船的方法。只要我们稍稍露出一点苗头，恶鬼立刻就会发动攻击。只要我们在它的视野里，那就只能听凭恶鬼的摆布了。

“那……可是，难道说，咱们没救了？”

“容我想想，我在想办法。你接着说话，说什么都行。”

到了现在，只有依靠觉的冷静了。我也只能照着他的嘱咐不停说下去。

“怎么会变成这样？我根本没想过会发生这种事。今天晚上这些事情怎么会是真的？而且还是夏祭的晚上。那么多人都死了，刚才还有人死在我的眼前……而且，我们还丢下了冈野她们……唔……眼睁睁让她们死掉。为什么会这样？到底什么地方错了？”

我的泪水夺眶而出。

“我不想死在这儿。我不想什么都不知道，人生就突然终结了。这样死去，和突然被踩死的虫子有什么区别？如果非死不可的话，至少要让我知道自己为什么不得不死。不然我死也死不瞑目。”

觉全神贯注地思考着什么。

“我不相信真理亚死了，我不愿相信。我一直爱着真理亚……而且，今天晚上是她救了我们。还记得吧？要去广场的时候，我看到过一个女孩的身影。就是因为去追她了，我们才躲过了化鼠的突袭。如果那时候去了广场，也许就会被子弹或者弓箭射中而死……就像那个谁，鸟饲宏美。我以前很讨厌那个人。因为你看，她拿我们就当实验动物一样，想杀就杀，而且还用那种可怕的不净猫。但是现在我明白了。她只是因为害怕，她是为了防止发生今天这么可怕的事情。只是为了这个……不过就算我明白，我还是无法原谅她对真理亚他们做过的事。不单这一件，还有她对我们的挚友、无脸少年做过的事。”

我心中一阵悸动，一时间不知说什么才好。

“我喜欢他，从心底爱着他，所以我不能还没想起他的名字就这样死去……我也很喜欢你，觉。但是，我对他还是放不下。只要放不下他，我就一步也迈不出去，所以……”

觉看着我。

“我也是一样的感觉啊，早季。长大之后，这种事情就羞于说出口了。正是因为被剥夺了记忆，所以我到今天也还不能舍弃对他的思念。”

“觉……”

“所以，我们不能死在这里……虽然我想不出击毙恶鬼的方法，但骗过它逃走的办法，我想可能还是有的。”

“怎么做?”

仿佛有一缕希望的光芒照亮了我的内心。觉解释了他的方法。

“问题在于如何上岸这件事。一旦进入宽广的运河，那就难了。在那之前，必须要找个合适的地方，水路狭窄的地方。”

我灵光一闪。

“……唔，宽点儿的地方更好。最好是恶鬼绝对想不到我们会上岸的地方。”

我把想到的办法和觉一说，觉笑了。

“好，就这么办。虽然我从来没有把人弄得飘浮起来过，不过应该没问题吧。进了运河立刻就弄。”

“明白!”

我在头脑中反刍要做的事。虽说一切都依赖于觉的技术能否同时进行两项任务，但我这边如果失败的话，也将是致命的。机会只有一次。

被小船载着的我们心情紧张，但我们还是用和刚才一样的速度缓缓前进。突然加速会招致怀疑，此刻只有耐心等待。

渐渐地，前方的视野开阔起来。眼看就要到达狭窄水路并入宽阔运河的地方了。

就在这时，我注意到周围的景物渐渐变得清晰起来。这不但是因为眼睛习惯了黑暗，恐怕也是黎明将近了吧。要让恶鬼目眩，本应该是漆黑一片的时候更好，但这时候容不得我们挑三拣四。

觉时不时偷看后面的动静，目测距离。恶鬼的小船在相距百米左右的地方紧紧跟着。

随后，我们的船由水路进入了竖直交汇的运河，向左方拐去。河面有数十米宽，简直可以和利根川的干流相比。恶鬼的船虽然还没进入运河，但因为四周无遮无拦，我们的小船应该还在它的视野范围内。

慎重计算着时间的觉，趁着恶鬼的船进入运河的瞬间，在背后的空间展开了一面镜子。那是他以前从未做过的巨大镜子，差不多横跨了整个河面。

就这样走了将近两百米。恶鬼的小船依旧紧紧跟在后面。不过现在恶鬼看到的不是我们的船，而是它自己的船的镜像。

“准备好了？要飞了哦。”

“嗯……”

紧接着，我的身体从小船上浮起来，由船舷横躺着飘浮出去。在紧贴水面的地方，以鹰一般的速度滑翔。

我们没学会像真理亚那样的空中浮游技术。不过，通过咒力运送相互的身体还是可以的。

我眼看着小船远去。然后，身体像是受到空气阻力一样逐渐减速，被扔到了运河的岸边。

一落在草地上，我立刻换成俯卧的姿势，观察小船的位置。觉所在的小船已经在很远的前方了。隔着镜子，恶鬼的小船紧随其后。恶鬼的注意力恐怕都集中在自己小船的镜像上，被浮在空中的镜子挡住，应该没看到我的身影。

这一回该我出场了。我用咒力将远远望见的觉的身体提起来。一边小心不要脱离镜子的遮蔽，一边向我这一侧的岸边拖过来。

觉以抱膝的姿势一边旋转一边以飞快的速度朝岸边接近。飞到半路的时候，我发现速度太快，慌忙想要制止，但是刹车的时机似乎太迟了，他在落地之后先是重重弹起，然后又在草原上咕噜咕噜滚了半天。

与此同时，夹在两个小船之间的镜子碎裂开来，恢复成无数的细小水滴，烟消云散。在黎明前的昏暗中，恶鬼大概也不容易分辨出哪个是它所在的小船的镜像，哪个是我们的小船吧。

不过接下来还有要做的事。我把已经无人的小船猛然加速。船身徐徐上浮，变成在水面上滑翔的状态。相比于操纵自己乘坐的小船，由外面操纵起来非常简单。恶鬼的船追赶不及，眼看着就被甩下了。

然后，觉的预言得到了证实。我们的小船突然间被炫目的火光包围了。

我为了防止和恶鬼的咒力发生干涉，收起了咒力。燃烧的小船失去推进力，借着惯性前进了一阵，撞上对岸停了下来。小船继续燃烧了一阵，终于船头浸水，慢慢旋转着沉没了。

火焰一消失，周围再度被深蓝色的黑暗笼罩。

觉以低低的姿势向我跑来，最后一段则是匍匐前进，最终和我躺到一起。他不时会去揉他的腰，似乎刚才被狠狠撞到了。我们的手紧紧握在一起。

恶鬼乘的小船来到沉没的小船旁边，在附近徘徊了一阵，像是有所不舍似的。我们焦急地注视着它的动静，不知道它到底在干什么。只要恶鬼还在，我们就不能离开现在这个地方。我们一动都不敢动。这一次要是被发现了，逃都没处逃了。

终于，恶鬼的小船慢慢掉了个头。它从我们眼前通过的时候，我们的呼吸都停止了，浑身的寒毛都竖了起来。不过看到它向原来的方向返回，又生出“得救了”的想法，全身都放松下来。

虽说如此，还是不能高兴。看到恶鬼的船再度由运河驶入通向医院的水路，阴郁的想法又一次涌上心头。

只有祈祷冈野她们能有充足的时间逃跑了。如果现在还在医院里屏息躲着的话……

“好了，走吧。”觉站起来，向我伸出手，“没有船，只有徒步回去了。得赶快走。”

“那，还是像刚才相互扔出去吧？这次扔到对面的小丘上。”

我努力掩饰自己的泪水，尽力用轻松的语气说。

“饶了我吧。早季的帮忙，让我吃了个大苦头。”觉苦笑着说。

周围天色逐渐变亮，可以清楚看见彼此的表情。

东面的天空射来几缕曙光，将小丘和远方的水平线染成蔷薇色。

那是极其怪异的朝霞，鲜红如血。

必须尽快与小町的众人会合，把我们看到的东西告诉大家——我们两个人都被这个想法折磨得发狂，但在不知道哪里会有化鼠陷阱的状态下，不得不小心翼翼放低身子前进。更要命的是，我们两个都光着脚，在医院受伤之后，我的脚出血越来越严重，觉看到以后撕开浴衣做了个简易的布鞋，但在每一脚下去都会疼痛的状态下，实在也走不了多快。

各种思绪纷至沓来。那些单单一想都会痛苦的事情，我试图将之赶出自己的头脑，努力集中于现在的状况。从这一点上说，脚底传来的疼痛，也未必不是一件好事，至少它能让我忘记昨晚以来的可怖经历。

但是，我的意识逐渐也开始要从眼前艰辛的现实当中逃避了。

我猜，从那时候开始，我就一直在想古代文明的事。

当时尽管没有咒力，但好像也实现了许多奇迹。当然，也有无数必须放在今天才能做到的事，但在两个主要的问题上，我们的文明大大落后于古代文明。

其中之一是通讯手段的缺乏。在古代文明中，似乎可以通过使用无线电波的机器，极其迅速地交换大量信息。而在现代，距离短的情况下可以用传声管进行对话，但显然无法覆盖小町的全域。除此之外，不考虑镝木肆星在空中书写文字之类的特例，只有信鸽狼烟之类的原始技术，足以让古代人笑掉大牙吧。一般情况下，这虽然不会成为什么问题，但在紧急情况下，通讯手段比什么都重要。而到这时，我想还从没有人认识到这一点。

第二个问题是移动方式的局限性。神栖六十六町是水乡，利用犹如血管一样伸展开的运河和水路，人员往来和物资运送都可以有效进行，但除去大雪覆盖的冬季，很少有陆地行进的手段。实际上，此时此刻，我们对于这一点有着无比的悔恨。

很快，这一弱点就将在野狐丸的巧妙战术冲击下暴露，显出我们小町的极度脆弱。不过显然，在眼下这个时候我们还一无所知。

话题回到刚才。不得不拖着满是伤口的脚急行的我们，半路上发现了一处野外的民宅，总算得以休息片刻。

能够抵达这一家，仿佛也是真理亚冥冥之中的引导。每当我们不知该往哪里去的时候，她似乎就会在我的耳边呢喃，仿佛是个在背后推动我们的守护天使。不过觉说我想多了。但是不管怎样，能撞上这个民宅，我认为几近奇迹。因为周围五公里的范围内，再没有其他任何一处民宅了。

闯进无人的空屋明显违背我们通常的伦理观，理论上说是被严禁的。但在此时此刻，紧急避难的原则当然最为优先。

我们在这里终于能把破烂不堪的浴衣脱掉，换上整洁的衣服。虽说房间里只有成年男性和男孩子的衣服，不过我总算能换上棉质的短裤和咖啡色 T 恤，觉则选了牛仔裤和短袖衬衫。比什么都开心的是，我们总算找到了合脚的鞋子。而且，在厨房找到了精制小麦粉，大概是准备做面包的。我们把小麦粉放进锅里，加些合适的蔬菜和味噌，用咒力瞬间加热做成面疙瘩汤匆匆填了肚子。

房子后院停着一辆板车，不知道是做什么用的。虽然只是有两个木制车轮的大板车，但在疲惫不堪的我们的眼中，看到的却是无比舒适的交通工具。

我们乘上板车，决定以后再向主人当面道歉，算是宽慰自己这种近乎掠夺的行为。车轴做得很结实，用咒力驱动应该可以跑出相当的速度。但是，道路不平导致的冲击力直接传递过来，加上只有两个车轮，前后很不稳定，坐在上面非常难受。

“我……不行了，受不了了。”

我从板车上爬下来，拼命和呕吐的感觉作斗争。刚刚吃过的面疙瘩在我胃里咕噜噜翻滚。

“这东西果然不是人坐的。”

觉也脸色发青，勉强应了一句。到底是从昨天晚上到现在都没合过眼。

“不行了，走水路吧。这样下去什么时候能到都不知道。”

“可是没有船啊。”

“就用这个板车。要是浮力不够，拿咒力补充就是了。”

我打量了下板车。的确，要是浮在水上，倒也有点像木筏的样子。

“可是，如果途中遭遇化鼠袭击呢？”

“这种风险免不了吧。但要是一直担心这个的话，也许就赶不及了……唔，反正咱们有两个人，只要不撞上恶鬼，怎么也能有办法。”

我不知道觉的乐观是仔细考虑之后的结果，还是单纯因为太过疲惫不想再思考了。

以水路为目标，我们在草比人还高的茂密草原中前进。走到一半的时候，远处传来爆炸声。

“刚刚是什么？”

觉的表情变得很严肃。

“战斗还在继续……”

紧接着又是第二声、第三声。爆炸声愈发激烈。

“不知道具体情况，现在就算乱猜也没用，总之快点和大家会合。”

在那之后，爆炸声恐怕又响了七八回。

每一次爆炸声响起，都像鞭子抽在我的身上一样。是的，此刻我无法知道那里究竟发生了什么，但至少有一点可以肯定，人类攻击化鼠的时候不会使用炸药。

终于看到了通向小町中心部的运河。觉悄悄将板车放下水。这东西虽然好歹能浮在水上，但当我们两个人上去之后，板车就沉到了水里，起伏不定。为了尽可能减轻重量，觉把木制车轮上镶的一圈铁圈剥掉，但即便如此，遇上稍大一点的浪花，还是会被水淹没。

不能再浪费时间了，我们强行发动。一开始，觉专心推车，我则负责不让板车沉没。原本以为车轮转动起来的时候多少能增加一点浮力，可惜没有任何效果。在做各种尝试的过程中，板车的前部高高翘起，差点把我们都抛下去，我们赶紧抓住前缘，结果却发现这种形状最稳定，于是我们将板车前缘稍稍抬起，用咒力在后面推，这样推进力的一部分会变成提升力，可以使板车像独木舟一样将水左右劈开前进。

在那之后，数公里的道路走起来很轻松。虽然全身都湿透了，不过因为是夏天，倒也没有太难受。只是在板车上实在不舒服，而且一直在用咒力，大脑很疲倦，又加之看不到前方的情况，总是禁不住担心撞上什么东西。不过即便如此，比起要不停提防化鼠的伏击、拖着疼痛的双脚走路的情况，还是现在要轻松太多了。

从运河干线进入支线之后，再往前走了一会儿，板车下面传来钝钝的冲击感，似乎撞到了水面下的什么东西。

“刚刚是什么？”

觉停住了板车。倾斜的板车回到水平状态，压着水面随水波摇晃。

“……好像是右边的车轮擦到什么东西了。”

“石头？”

“运河正中不应该有那么大的石头吧。这一带的水深至少有四五米哪。”

我们小心翼翼地把头探出板车，透过水往下看。一开始，因为体积太大，我一下子没明白**那个**是什么。不过水很清澈，隐约可以看到有什么东西盘踞在水底。

“那……到底是什么？”

觉也答不上来。那东西的颜色和堆积在运河河底的土砂颜色类似，很难分辨，不过长度约有二三十米，是个两头尖的纺锤形。简单地说，颜色和形状就像是超巨大的海参。

“刚刚撞到的就是那个？”

“从位置看来，应该不会接触到……”

觉凑到水面上，仔细打量那个奇怪的东西。我也学着他一起看。稍远一点的地方有块石头浮起，慢慢向我们这里漂来。是觉在用咒力移动它。没时间瞻前顾后了。石头像个生物似的晃晃悠悠地游着，撞上了那巨大生物的尾部(其实我并不知道哪边是头，为了方便，姑且认为和我们前进方向一致的是头部)。

反应让人出乎意料。巨大海参一般的怪物将身体大大弯曲，在水底猛然一弹，以令人难以置信的速度游了起来。

我赶忙要用咒力去拉它的尾巴。这样一来，那怪物似乎感觉到有东西在拉它，头部朝我们扭过来，喷出犹如墨汁一般漆黑的液体。液体的量大得惊人，立刻就把周围的水染成一片漆黑，遮住了怪物的身影。

“糟糕。快上岸!”

我们从水上抬起头，将板车向运河的左岸靠去。在漆黑的水里，无法判断哪里会有攻击。我们从板车跳上岸，躲进茂密的草丛，向能俯瞰运河全景的高处移动。

“难道有毒?”

我这么一问，觉仔细端详自己被黑水浸湿的手掌。

“唔……这东西好像和章鱼乌贼什么的墨汁不一样。”

我也观察自己从手腕到手肘被黑水浸湿的部分。

“这个黑色不是液体啊……”

我发现透明的水和黑色的细小微粒清楚地分开。

“这东西看起来像是很细的墨粉。”

觉望向运河被染黑的部分，念诵真言。黑漆漆的水立刻变得澄清起来。他用咒力沉淀了黑墨粒子。

终于，在七分通透的澄清水底，可以看到刚才的怪物还潜伏在那里。怪物似乎意识到隐藏自己的烟幕消失了，想要再度逃走。不过这一次我们也有了准备，用咒力牢牢抓住它类似软体动物的巨大身体，把它从水里拎出来。怪物周身落下无数水珠，溅起许多飞沫。

怪物像是放弃了一般没再挣扎，只是转动头部，似乎在寻找把自己吊起来的人。

看到怪物的头，我不禁打了一个寒战。那怪物尽管有着如同长须鲸一样的巨大躯体，头的大小却和人类没有什么区别。瞪圆的大眼如同海豹一样漆黑。尤其怪异的是它那长达两三米的吻部，如同鸟嘴或者长吻鳄的嘴。不过如果不考虑那个巨大的尺寸，最像的还是蚊子的口器。

“这东西也是化鼠的变异体。”觉说。

如果不是以前见过土蜘蛛生的丛林兵和气球狗之类的，现在怎么也不能相信吧。土蜘蛛虽然也有类似青蛙一样适应了沼泽的士兵，不过眼前的怪物似乎更加完全地适应水栖生活。

“……是吗？这家伙是打算吐墨把运河水搞黑吧。”

为了控制小町中纵横无尽的水路，要将透明的水染成漆黑吗？我再一次为野狐丸的奸诈惊惧不已。

“不过，这家伙的任务只有这个吗？”觉再一次端详自己的手掌，“如果这样的话，像章鱼和乌贼那样吐出液态墨汁不是更好吗？为什么这家伙喷的是细小的墨粉……”

觉忽然露出大惊失色的表情。

“不对。这家伙另有目的……对了，我明白了！刚才的爆炸！”

“什么意思？”

就在这时，怪物的眼睛看到了我们。它那漆黑的眼珠一眨不眨，紧盯着我们。刚刚我们没有注意的细长突起从怪物的头顶部竖起，仿佛若干旗子一样的鳍在风中摇摆。

“危险！”觉叫喊起来。

就在这一刹那，怪物的细长口器对准我们，喷出大量漆黑烟雾一般的东西。

5

黑雾立刻遮住了视野。这是命悬一线的刹那。

如果吸入细小的墨粉，必然会导致肺泡阻塞窒息而死。就算用咒力做成墙壁阻挡墨粉，我们也会被飘浮的大量粉尘包围，无法行动。并且，依照后面发生的事情来看，也不可能有时间造出风来吹散烟雾。

吊起怪物的咒力之手消失，足有五十吨重的巨大躯体直直掉下。犹如储水袋一样的身体，重重撞上坚固的地面，顿时摔扁了。那冲击肯定给怪物的内脏造成了致命的损伤，但它依旧抬起头部，继续喷出漆黑的粉尘。仅仅几秒钟的时间，就将体内储存的大量粉尘全都吐了出来。

紧接着发生的事情超乎想象，不过基本可以推测，怪物细长的口器由于通过大量的空气和粉尘而产生了摩擦热，转眼就达到数百度的高温。不知道是直接引发了起火，还是由于过热导致口器破裂，碎片飞入黑雾之中，总之起到了点火器的效果。火焰刹那间扩散到全部粉末，引起爆炸性的燃烧，也就是所谓的粉尘爆炸。炭块原本燃烧得很慢，但变成微粒就更容易和周围的氧气结合，急速燃烧之下就会引发爆炸。

爆炸范围的半径足有数百米。如果身在那个范围里，除非是镝木肆星，否则没有生还的可能吧。

在黑雾遮蔽视野的刹那，浮现在我脑海中的不是保护自己，而是要救觉的强烈意识。然后，觉和我似乎也是一样的想法。而之前我们为了从恶鬼的手下逃走而采取的互相投掷对方身体的行动，也可以说是幸运的预先演习。

在因黑雾失去了怪物身影的刹那，我放弃将怪物吊起的起重机意象，转而勾勒出投石机的图像，用钩子钩住觉的身体，向上扔去。

就在同一刹那，有一种眩晕感侵袭上来，仿佛是强烈的加速度推动我的大脑一样。定睛一看，大地已经在遥远的下方了。

在我将觉扔出去的差不多同时，觉也同样将我扔了上去。我大概条件反射性地用咒力护住了耳朵，并赶紧从鼻子往外吐气，保持鼓膜内外的压力平衡，没有被气压差弄破鼓膜。伴随自由落体而产生的无重力状态，让我有一种胃被吊起来的恶心感觉。从下面吹上来的强烈的风，将短裤和 T 恤吹得高高掀起。

我现在到底在多高的地方啊？放眼望去，下面是神栖六十六町的全景，连周围的森林乃至筑波山都尽收眼底，但却没有看到觉的身影。

地面上很大一片区域都被漆黑的粉尘云覆盖。看起来简直像是诡异的黑蘑菇在慢慢膨胀增殖一般。

照这样下去，又会直直掉到黑雾里去。我伸直四肢，控制姿势，努力想让身体飘浮，但该做出什么样的意象才能在空中飞舞，我毫无头绪。

紧接着的刹那，下面的粉尘云，伴随着炫目的光芒，产生了大爆炸。

不断下落的身体，再度被向上的气流推上去。转眼之间，我感到自己被扔出了很远的距离。

我在空中飞舞着，但连我自己都感到很不可思议的是，此时的我并没有恐惧感。坠地的冲击，某种程度上可以用咒力缓解——虽然我有这点自信，但这份自信是从哪里来的呢？我明明是第一次来到这么高的地方。

毫无遮挡的阳光在大气中散射开来，闪烁不定。恍若透明的蓝天上飘着白色棉絮一样的云朵。

我产生幻视就是在这个时候。

明亮的天空仿佛突然反转成相机底片，变成了黑暗的夜空。

挂在天上的月亮变得无比巨大，简直都能看清上面一个个的火山口。皎洁的光辉照亮了大地。

啊，这是……

我确信这是自己曾经亲身体验过的经历。

曾经被消除的记忆。

那仿佛是将其他记忆的细微部分拼凑到一起，并重现出来的一样。

> **在下方，可以看见月光映照的■[①]的小屋。**
>
> **视线所及之处，地面全都像蒜臼一样开始塌陷。**
>
> **周围的砂土犹如泥石流一般，向着小屋所在的地方涌去。低频电波一样的大地轰鸣声中，混杂着树木被连根拔起、纷纷折断的声音。**
>
> **犹如世界终结一般的可怕光景逐渐远去。我发现自己的身体正划出一道大大的抛物线，朝后方疾飞。迎着激烈的风，身上的夹克被震得呼呼作响。发卡也被吹飞了，头发在夜空中猎猎飞舞。**
>
> **如果就这样撞到什么地方死掉，未尝不是一件幸事吧。**
>
> **被这样的想法驱使，我闭上了眼睛。**

---

① “■”是原文如此。——译者

但是，随即我又睁开了眼睛。

[redacted]用了最后的力气救我。

我必须活下去。

我转向迎风的方向。虽然脸上吹来凛冽的风，但我再也不闭眼睛了。泪水向身后飞去。

幻视只在一刹那。在我的周围，上午的阳光倾盆而泻，恢复到原来的明亮空间。

我曾经被无脸少年救过命。我终于清楚地想起了这件事。就像刚刚觉救了我一样。

乘着爆炸的气流，我飞过漫长距离的同时，也在急速下坠。我发现自己似乎正在向小町中心飞去。

下方的景色逐渐变得清晰起来。那是茅轮乡的闹市区，也是小町中最为繁华的地方。意识到这一点的时候，我大吃一惊。那里的建筑物基本上都被破坏了，变成了不忍卒睹的废墟。完全看不到一个人影。

我做不到让自己慢慢下落。重力加速度拖着我，我眼看要重重撞上地面。我赶紧用咒力去推地面，降低下落的速度。

我想在水上降落。如果掉在水里，就算没有完全刹住速度，应该也不会受重伤。

但就在这时，映入眼帘的河道却是一片干涸。

水被抽掉了……

没有闲暇思考为什么了。我急速改变方针，做出双翼的意象，通过滑翔再向前飞一段路。只有如此了。

能够软着陆的地方非常有限。黄色的物体映入眼帘。似乎是向日葵田。为了榨油，那里密密麻麻种了许多向日葵。

我艰难地改变方向，以向日葵田为目标，试图降落。在这时候，我禁不住想真理亚为什么能够那么轻松地在空中飘浮。

黄色的花向眼前迫来。糟糕。没能如意象所示的那样减速。我赶紧用咒力做出手臂的意象撞击地面。好几根向日葵被我折断，飞上半空。

着地的瞬间，我情不自禁地闭上眼睛。折断的向日葵枝条掠过面颊。

我重重地撞上了地面。即使有向日葵的缓冲，还是被撞到胸口，喘不上气来。我就这样抱着无数的花，失去了意识。

苏醒过来的时候，我正趴在地上。我慢慢伸展四肢，检查自己的状态。手掌虽然有擦破的地方，不过似乎并没有骨折。我仔细听了听周围的动静，悄悄站起身。

这是个阳光明媚的夏日早晨。按道理该有小鸟鸣叫。但实际上周围一片深深的寂静，什么声音也听不到。

觉在哪里呢？我试图回忆粉尘即将爆炸的时候自己把他扔去了哪个方向，但记忆很模糊。虽然相信他应该平安无事，但怎么也无法放心。

咒力用得太多，我的大脑昏昏沉沉的。失去意识最多也就五到十分钟吧，基本上没有起到休息的效果。

如果现在遭遇化鼠或者那种怪物的话，我大概很难保护自己吧，恶鬼当然更不用说了。但也不能在这里磨蹭，白白浪费时间。必须尽快和小町的众人会合。

我一边提防周围的动静，一边向外面走去。

钻出向日葵田，进入小树林，路上看到无数树木折倒在地，让我想起了来时听到的爆炸声。一定是那个怪物的同类出现了许多，在小町中心引发了无数爆炸。从这里受到的影响来看，被爆炸冲击波袭击的范围恐怕非同小可。

不过，从爆炸的规模来看，怪物自己显然也活不成。也就是说，怪物的行为基本上等同于自爆。以前遇见的气球狗，是赌上性命守护土蜘蛛的龙穴；而吐出粉尘的怪物，从一开始就是为了狙击敌人——也就是为了狙击人类而生的，是攻击性的武器。其他的化鼠士兵也是一样。与其说是生物，不如说是棋子。它们似乎根本不怕牺牲，或者更确切地说，从一开始就决定了要做自杀性的攻击。

我从来没有想过竟会发生这样的事情。也许是我们太过相信咒力这种绝对的力量，小看了化鼠。

可是，化鼠又是为什么要采取如此决绝的行动呢？

我似乎常常因为沉湎于思考而放松了对周围的警惕。就在我快要走出小树林的时候，突然遭遇了袭击。

带着轰鸣声，迎面飞来一块巨大的石头。

措手不及之下，我连用咒力阻止都来不及，一屁股跌坐在地上。幸亏瞄得不是很准，石头从我头上飞过去，落在身后。

第一击刚一失败，下一拨的攻击立刻又来了。在爆炸中幸存的树木，发出咯吱咯吱的声音，一棵棵连根拔起。不管怎么看，那只能是咒力所为。

难道是恶鬼来了？我愕然失措。要是这样的话，可就真的无路可逃了……

我慌忙用咒力抵挡袭来的大树。伴随着咒力相撞的难受感觉，空中出现彩虹模样的干涉条纹。

“哇，那是……”对面传来惊讶的叫声。

我用尽全力叫喊：“住手！我是人!”

支撑的两股咒力一消失，飘浮在空中的大树顿时掉在地上。果然如此，是有人把我错当成化鼠攻击了。

“等等。现在我出来。”

我一边挥舞双手，一边从小树林里走出来。距离我五六十米的地方，有个人呆呆站在那里。是个男孩子，大概十五六岁的样子。看到我出来，立刻跑了过来。

“对不起。我以为是化鼠……”

“当心点！要是我死了，你也会愧死的。”

“愧死是什么?”长相讨喜的男孩茫然问道。

“哦，还没教你愧死结构的事啊……总之，使用咒力的时候要多加小心。”

“嗯……可是，化鼠总是躲着搞突然袭击。”

男孩子名叫坂井进，自称是完人学校的四年级学生。我向进询问昨晚以来小町中发生的事情，得到的回答让人吃惊。坂井进虽然还是孩子，但还是自告奋勇地参加了与化鼠的战斗，亲眼目睹了其中的一连串事件。

在夏祭的会场遭受袭击之后，燃烧起复仇火焰的人们，五个一组开始了扫荡化鼠的战斗。就在我们抵达医院、与埋伏的化鼠开始战斗的差不多同一时刻，在小町中心也发生了激烈的战斗。

化鼠采用的似乎是彻底的游击战术。正面和具有咒力的人类作战只有死路一条。它们也没有别的选择吧。

不过，游击战术取得了巨大的战果。这一方面是因为野狐丸把自己的士兵完全视作消耗品和炮灰，制定出无比冷酷的战术；另一方面是因为人类完全没有做好战斗准备，而化鼠则趁着大家都去参加夏祭，侵入空荡荡的房屋，摆好了巷战的阵势。说起来，一开始就应该把所有建筑彻底摧毁，让化鼠无处藏身。但在那时候，没有一个人认为需要作出那种牺牲。

另外，虽然要求五个一组的人时刻保持全方位的警惕，但之前几乎没有任何这方面的训练，而且又是突然投入实战，个个都很冲动。所以一看见对面大张旗鼓冲来一群化鼠，所有人的视线和意识都会集中到那里。于是，在充当诱饵的部队被咒力捻碎的时候，潜在背后的化鼠枪手开始狙击，这种极其简单的战术让许多人成了牺牲品。

人类对意料之外的发展大惊失色，紧急将多个小组联合在一起行动，然而这样的结果却是正中野狐丸的圈套。

五个一组的拟人兽也趁着夜色混入人类的小组中，一旦发现机会，拟人兽便骤然发起袭击，引起人类一方的巨大混乱。不仅有被拟人兽的弓箭枪弹杀死的人，还有人将人误认作拟人兽自相残杀。在后一种情况下，死的不仅是被误杀的人，错误发动攻击的人也会因为愧死结构的作用而毙命。

在这噩梦般的一夜终于迎来天亮的时候，人类一方的战死者上升到两三百人。当然，被人类杀死的化鼠更在两三倍之上，但这两者显然不能相提并论。

再有，随着太阳升起，野狐丸的另一项战术也开始启用。化鼠的部队整整一晚都在陆陆续续进行攻击，到了黎明时分，拟人兽终于被扫荡一空，人类基本上不再出现牺牲者了，但却没人发现这只是野狐丸的诡计，它真正的日的是要让人类整晚都不成眠。

纠缠了一晚的化鼠攻击终于归于平息，大部分人都略微放下了一颗心——就在这时候，我们曾经遭遇过的“喷炭兽”，带着满满的炭粉登场了。

喷炭兽应该是趁着深夜沿水路侵入小町，在水中等待时机的。它们虽然有着足以与长须鲸匹敌的巨大躯体，但人类的注意力都被激烈的战斗所吸引，没有一个人注意到它们的存在。化鼠一方也是为了不让喷炭兽的存在暴露，在前期攻击中刻意避开了水路。

然后，就在大家都以为战斗告一段落的时候，七八只喷炭兽突然从河道探出头来，喷出漆黑的炭粉。粉尘的目的地事先肯定经过了计算，都被喷在建筑物之间的小巷之类能够引发最大危害的空间，在人类能意识到这一真正的狙击之前，便已经引发了连绵不断的大爆炸。

激烈的爆炸和建筑物的碎片袭击了毫无防备的人群。而且接二连三的粉尘爆炸也导致有人因为缺氧而死。

"如果没有镝木肆星，我恐怕也死了……老师死在了爆炸里，爸爸妈妈也下落不明，我一个人一直在找。"

进的眼圈红了。

"既然这样，为什么突然拿石头砸我呢？说不定是你的爸爸妈妈呢？"

"因为姐姐你在那个树林里呀。大家都被反复告诫说绝对不要进树林。化鼠可能躲在里面，也可能被当成化鼠攻击。"

"是吗？我不知道呀。"

我也对父母的安危无比担心，但进也不知道更多的消息。

还有一件事，无论如何也要问清楚。

"小进，除此之外……你还有没有看到或者听到什么更可怕的东西?”

进皱起眉头。

“除此之外更可怕的东西?已经够可怕的了吧，一个晚上发生了这么多可怕的事情。”

“嗯。对不起，我问了个奇怪的问题。”

看起来恶鬼还没出现。这样的话，更要赶紧警告小町的众人了。如果可能，找到富子女士或者镝木肆星最好。

我和进一起走。不过不是肩并肩，而是采取尽可能背靠背的姿势，注意着四周的动静。

我们来到水路旁边。和在空中望见的一样，水都干了，露出了河床。

“为什么水路的水没了?”

进的回答并没有太让我意外。

“委员会下的指示，为了小心起见，关闭了水闸，把水全部抽干。”

“是因为化鼠躲在里面偷袭?”

“嗯，我想是因为喷炭兽也是从水路来的缘故吧。据说化鼠当中也有其他的两栖品种什么的。”

在神栖六十六町中，运河和水路犹如蜘蛛网一样四通八达。既然无法全部监控，抽干水也许是理所当然的对策。但是这一步也被野狐丸计算到了。可以说人类一方始终没有跳出野狐丸的手掌心。

我甚至有一种感觉：也许，与其说到这一步为止，一切尽在野狐丸的计算之中，恐怕更应该说我们都是按照野狐丸的计划一步步在走吧。无法使用水路的情况下，转移大量人员就会很困难——这一点早已被野狐丸看穿了。

走了一阵，终于逐渐看到了其他人。刚开始看到有人的时候，我略微放了一点心，但渐渐地心情又变得沉重起来。

伏在遗体上哭泣的年轻女子、受了枪击呻吟不止的男子、拼命寻找失踪父母的孩子们。

我们走过的时候，大家都投来求助的视线。我也想停住脚步，哪怕帮一点小忙也好，但实在没有时间停留。如果恶鬼来了，恐怕将会出现比现在更加悲惨的地狱图景吧。我必须赶在事态发展到那一步之前，向小町主事的众人传达信息，寻找对策。

“求求你……帮帮我。”

倒在路旁的中年女子朝我们拼命伸出手臂。一眼望去，她脸上和手臂露出的部分都有很严重的烧伤，衣服也是烧得漆黑。按照这个伤势看来，恐怕也坚持不了多久了。

“水，给我水。”

我咬住嘴唇。实在不忍将这个人就这样丢下走开。但是，我的信息传递如果有所延误，后果将是无法设想的。

“姐姐，我来帮她。”

进帮我解除困境。

“你快走吧！你是要赶去委员会那边吧？”

“嗯……谢谢，拜托了！”

我握了握进的手，正要走。

“等等。”倒在地上的女人喊住我，“你到底要找谁……这么紧急？”

我回过头。

“对不起。我有消息必须要向富子女士或者镝木肆星报告。不然的话，会发生更加可怕的情况……”

我语塞了。对于正在死亡边缘徘徊的人，“更加可怕的情况”这种说法，太莫名其妙了吧。

“富子女士……在学校，她应该去完人学校避难了，只有那边的建筑还完好。”

女人很痛苦地咳嗽着说。

我吃了一惊。这个人说不定是伦理委员会的成员。这样说来，我似乎感觉在哪里见过这张脸，但是因为烧伤的原因不太看得出来。

“谢谢。”

我深施一礼，然后快步走出去。知道了富子女士在哪里，接下来就是尽早赶去了。

我的速度越来越快，逐渐变成小跑。刚刚的疲惫感一时间不知道被吹去了哪里。

自我毕业以来，这还是第一次回到完人学校。小町其实就这么大，什么时候都能回去，但是因为有着悲伤的记忆，自然会对那里敬而远之。随着我离学校越来越近，有关周围景色的记忆逐渐复苏。和小町的中心相比，这里遭受的破坏程度多少要轻一些，但即使如此，看到自己记忆中的建筑群大半损毁，心中还是疼痛不已。

半路上，天空中开始淅淅沥沥下起雨来。抬头仰望，还是不变的蓝天。我刚以为是太阳雨，天上又慢慢聚集起了乌云。

来到完人学校门口的时候，猛然下起了骤雨。在校门前，有个伦理委员会职员模样的人拦住了我。

“由于紧急事态，这幢楼由伦理委员会接管，不得入内。”个子矮小的老男人说。

我想起以前曾经见过他，他在富子女士手下工作，好像姓新见。

“我是保健所异类管理科的渡边早季。现在有极其紧急的事情要向富子女士当面汇报。”

“……请在这儿稍等。”

新见先生皱起眉走进校舍。我在屋檐下一边躲雨一边等他回来。半天不见人影，心中正在焦急的时候，他终于出现了。

“请进。”

跟在新见先生后面，我走进久违的校舍。楼房本身似乎很结实，没有倒塌的危险，但可能是因为爆炸冲击波的缘故，里面散乱着损坏的物品和碎木头、玻璃片等等，没有落脚的地方。我本以为富子女士会在校长室里，却没想到被带去了医疗室。

“打扰了。”

“请进。”

回应新见先生的毫无疑问是富子女士的声音。知道她安然无恙，我顿时松了一口气。

“早季?”

“是……”

看到躺在床上的富子女士，我大受冲击。她的头部被绷带裹了一层又一层，双眼也被完全蒙住，肩膀上还吊着三角巾，其他地方似乎也受了重伤。

“你没事真是太好了。”

“您受伤了呀……”

“嗯，没什么关系。只不过被玻璃碎片擦到了一点儿。没想到天亮之后还会碰上喷炭兽那样的怪物。”

富子女士轻轻一笑，随即正色道·“好了，你说有紧急的事情要当面向我报告，是什么?”

“嗯……最坏的事态发生了。”

我把和觉他们去医院看到的情况原原本本说了一遍。

“绝对没错，肯定是恶鬼。必须立刻讨论对策，不然事态将会无法收拾。”

富子女士沉默良久，没有回答。

“……不可能的，哪怕是你早季说的，我也无法相信。”

“我没有乱说！我亲眼看到的！虽然没看到恶鬼的模样，但我清清楚楚看到两个人惨遭杀害！”

“可是，不合逻辑啊。为什么恶鬼会在现在出现？教育委员会明明都已经那么严密地管理孩子们了。应该没有任何一个孩子会有哪怕一点点拉曼－库洛基斯症候群的征兆啊。”

“为什么现在出现我不知道。但是，如果不是恶鬼，那到底还有什么人能用咒力杀害人类？”

富子女士再度沉默了。

“求求你，相信我。再拖下去，真就没有挽回的办法了。”

“可是啊……早季……”富子女士嘶哑着声音说，“如果你说的是真的，那就已经没有挽回的办法了。”

“这……”

“我能想到的，唔……也许是生在其他小町的恶鬼，因为某种理由，来到我们这里了。在这种情况下，我们没有任何能够击毙恶鬼的方法。如果恶鬼尚未被唤醒，也许还能使用不净猫，但一旦成为真正的恶鬼，只有靠万分之一的侥幸……靠乞求上天了。乞求恶鬼遭遇事故，或者染上疾病。”

“两个世纪以前，这个小町虽然也遭遇了恶鬼的惨祸，但不是也成功复兴了吗？目击那一切的不正是您吗？”

“嗯，是啊。正因为如此，我向自己发誓，不管做什么，都决不能再让恶鬼出现了。因为我确信，下一次再有恶鬼出现的时候，小町就会彻底灭亡。”富子女士低声淡淡地说，“那时候的我们可以说无比幸运。这一次恐怕怎么也不会那么走运了。而且现在就连对付化鼠都已经这么费力了……”

像是突然想起了什么，富子女士的话顿住了。

“应该不是偶然吧。化鼠的袭击和恶鬼的出现，应该有所关联。可是，为什么会有这种事情……”

窗外传来叫喊声。我的心脏猛然一跳。声音逐渐接近。不是一个人，似乎是许多人在叫喊。

“新见，外面在乱什么?”富子女士问。

新见先生和我走去窗边，向外张望。学校门前的路上，有许多人在跑，一眼望去，好像全都陷入了疯狂状态。当中还听到有人在叫“恶鬼!”

终于来了……恐怖与绝望把我支撑双腿的气力都要抽走了。

“早季，快逃。”富子女士用严厉的声音说。

“一起逃!”

“我留在这里。以我现在的样子，只能是个累赘。”

“可是!”

“你穿过八丁标，赶去清净寺。安全保障会议上决定，当遇到这样的紧急情况时，就去清净寺重整旗鼓。你的父母应该也在向清净寺逃亡，如果他们平安无事的话。”

我感到自己的身体里忽然又有血液开始流动了。虽然仅是微薄的希望，但此时此刻，也只有紧紧抓住这一条了。

“很久以前我说的话你还记得吗？我说你是我的继承者，那是我的真心话。虽然不得不用这样的形式交接，我也很遗憾，但神栖六十六町就托付给你了。”

“等等。我……这、太……”

“还有，新见，你也和早季一起走吧。”

新见先生畏缩而又坚定地说：“如果富子女士不逃，我也留在这里。”

“不，你还有任务。请向肆星传达刚刚的消息。然后，如果真是恶鬼来了，请去公民馆发送广播，向大家发出警告，让尽可能多的人尽力逃走，能逃多远逃多远。”

“……我明白了。”新见先生站直身子，垂首行礼。

“好了，别愣着了，快走！”

我不知道如何才好，站在原地不知所措。新见先生抓住我的手臂，强行把我拽出了房间。

“等等！富子女士一个人……”

“这是富子女士的意思。”

新见先生在流泪。我也感到自己眼睛发热。

朝比奈富子女士第一次遭遇恶鬼，年纪应该和现在的我差不多。在那之后经过漫长的两百年，富子女士一直守护着这座小町。好也罢，坏也罢，可以说她就是小町本身。而现在，富子女士要为这座小町殉葬了。

但我不能永远沉浸在悲伤里。我是坚强的人，所以我必须去做自己该做的事。在心中，我无数次这样对自己说。

因为不这样的话，一想到在前方等待着的东西，我就会被恐惧折磨得再也无法走下去。

被恐惧附体的人群开始疯狂地奔跑，那副样子让人想起投死的旅鼠，根本抓不到可以冷静下来听我们说话的人。

“渡边小姐，请你按照富子女士的嘱咐去清净寺。”

新见先生的双手在嘴巴前面摆出喇叭形，大声朝我叫喊。

“可是，你怎么办？”

“我去找镝木肆星，把富子女士的话转达给他。”

“这样的话，我也一起去。只有我知道恶鬼真的存在。”

恐怕镝木肆星即便听说众人见到恶鬼，也以为那只是幻觉吧，最多也会被他当作是化鼠的诡计而已，我觉得。如果说有人能对付恶鬼的话，在日野光风亡故之后，只有镝木肆星才有这个可能了，必须尽早将正确的信息传达给他。

我们一边小心不被人群的洪流卷走，一边在路边前进。这么多人混杂在一起，谁也无法使用咒力。那些争先恐后逃跑的身影，没有半点神选之民的模样，一个个仿佛回到了比古代文明更加久远的往昔一般，变成了在洞窟中栖身、畏惧潜伏在黑暗中的超自然力、连风声都害怕的可怜的穴居人群体。

早上晴朗的天空，覆盖上了阴沉沉的乌黑云朵。骤雨虽然告一段落，但说不定什么时候还会再下。

“镝木肆星应该在这里。”新见先生说，“就在不久之前，他把没受伤的人集中到一起，安排大家收拾瓦砾，搭建收容伤者的帐篷。又吩咐说，这些事情做完就去重新整编自卫团。”

“可是，这些人……”

我看着人群，不禁感到深深的绝望。到底怎样才能找到镝木肆星，与他会合？

人群蜂拥到广场的时候，忽然间，前方的天空闪烁起明亮的光辉。

在昏暗的乌云背景下，天空中浮现出巨大的闪光文字。

请冷静。

不要害怕。

我会守护诸位。

信息的效果无可比拟。陷入疯狂、忘记自我的人们看到信息，纷纷停下脚步，慢慢恢复了冷静。

“恐惧让人失去理智，这正是化鼠的期望。诸位，请务必冷静从事。”

镝木肆星飘浮在半空中，出现在广场上。戴着金色的画着四只眼的面具。那是追傩仪式上使用的方相氏的面具。镝木肆星的声音经过咒力的放大，比扬声器更加清晰洪亮。

“诡诈的化鼠设想出恶魔般的奸计反叛人类，给我们的小町制造了许多牺牲者。此时此刻，我们应当悼念亡故的逝者，团结一致，消灭化鼠。”

四下里响起劈里啪啦的拍手声。那声音逐渐增大，波及人群全体。“说得对！”“要团结！”的声音纷纷响起。

“将化鼠碎尸万段！”

镝木肆星这样叫道，缓缓降落在广场正中。

“将化鼠碎尸万段！”

“将化鼠碎尸万段！”

“将化鼠碎尸万段！”

人群狂热起来，挥舞着拳头，反复呼喊口号。

如果没有镝木肆星卓越的领导能力，恐怕不可能这么轻易就将人群从疯狂中拯救出来吧。他果然很会掌控人心。能将恐惧从人心中驱除出去的强烈感情，只有愤怒。煽动大家，使之燃烧起原始的愤怒，这是一剂危险的猛药。不过，能让大家恢复理智的神药，也唯有如此强烈的刺激了。

然而，站在今天回头去看，所有的一切，恐怕依然尽在野狐丸冷酷的掌握之中。

恶鬼登场的时机大约也经过了精心的安排，驱赶人群的方向也是一样，就连镝木肆星会在广场阻拦众人，也被野狐丸预料在内了吧。

没有任何前兆，广场的地面突然像是波浪一般膨胀起来，紧接着崩塌下去。人们连号叫都来不及，被突然间出现在脚下的巨大洞穴吞没。

陷没的范围波及半径足有五十米的整个广场，就发生在我和新见先生的眼前，距离紧追人群的我们不过一步之遥。在人群的中心，在层层人墙的正中间，正是镝木肆星从半空中落下的地方。

在这时候，化鼠的技术能力，至少是土木工程方面的技术能力，恐怕远远领先于人类。至今为止我们都不知道它们如何能在一刹那间让如此大范围的地区下陷，只能推测这是从它们原本就极为拿手的挖洞能力派生出来的。它们大概是先在广场下面挖出纵横无尽的隧道，弄成容易陷落的状态，然后在更深的地方挖出巨大的空洞以待爆破。

至于诱发爆破的东西，一般认为是通过狭窄洞穴运来的小型喷炭兽。密闭空间的粉尘爆炸，使本身已然弱化的地基顿时崩塌，将地上的数百人尽数吞没。

遮天蔽日的砂土完全挡住了视线。我用双手捂住脸，阻挡砂子进入眼睛。

“快逃!”

新见先生拉起我的手。

“可是，还没有告诉镝木肆星……”

“来不及了，现在这样根本……”新见先生一边剧烈咳嗽一边说。

镝木肆星不可能这么轻易死去，我想。但现实告诉我，无论如何强大的存在，这一次也许真没有发动咒力的时间了。

我们开始向广场的反方向逃，这时候，天空中再度下起了雨。雨水起初还是淅淅沥沥的，但是逐渐越下越大，到后来几乎赶上刚才的暴雨了。

仰头看天，我悚然而惊。下雨的只是很小一块区域，而且就在刚才地陷引发砂土飞扬的地方。

突然间雨势骤停，接下来又是强风吹起。被雨水冲刷过的砂土烟尘顿时被风吹得干干净净。

镝木肆星依旧站在地陷之前的地方。不，不对。他的脚下已经没有任何凭借了，应该说是飘浮在半空才对。

在他周围，许多人也同样飘浮着。他们不是用自身的咒力飘浮，而是被咒力浮在半空。人人都是茫然失措的模样，慢慢被放到坑洞外缘。

“没能救下所有人，我十分惭愧。”镝木肆星充满愤怒和苦涩的声音响起，“但我会给大家报仇的。这些丑陋的物种，该诅咒的生物，我会向它们一一讨回。连化鼠这个物种本身，都要从神之国日本彻底灭绝，我发誓……”

就在那话语结束之前，猛然响起激烈的枪声。

地面崩落而产生的巨大坑洞里，有无数开口的横道，化鼠士兵从那里一齐开枪射击，更又从别的横道中同时射出数百只箭矢。目标只有一个：镝木肆星。

不过，由下方如雨般飞来的枪弹箭矢，抵达目标之前就像被异度空间吞没一般消失不见了。

“化鼠的伎俩的确让人惊诧。不过你们还是想得太美了。不管什么伎俩，对我都没用。”

所有的化鼠都被看不见的手从横道里拽了出来，数量足有好几百只。

“有能听懂人话的吗？”镝木肆星问。

似乎是领悟到自己无法逃脱的命运，飘浮在空中的化鼠都紧闭着嘴，从容等待死期的到来。

“我没有让动物安享死亡的动物保护精神。从昨天晚上开始，你们就把我们折腾得好苦。”

所有的化鼠突然间显出痛苦的表情。

“痛苦吗？痛苦的信号正在注入你们的神经细胞。不过那只是信号而已，并没有实体，你们不会死的。只要不回答我的问题，痛苦就会一直持续下去。”

一只化鼠终于开口了。

“停……停下……”

“呵呵，这不是很会说话吗？你们的主帅在哪儿？”

“吱！不知道……吱吱！”

被拷问的化鼠，吐着白沫扭动身子。

“杀！杀！杀！”

到了这个时候，终于从冲击中恢复过来的人群，开始叫喊起来。

“快说！不然……”镝木肆星以严厉的声音追问。

但是，化鼠拼命挣扎了片刻，突然间翻起白眼，流下口水，发出意义不明的声音。

“痛苦强度上升得太快了吗？”镝木肆星啐了一句。

变成废物的化鼠发出白色的火焰燃烧起来，转瞬之间化作黑炭，掉在坑洞底部。

就在这时，距离我们很远的后方传来激烈的哀号。

回过头，地狱般的场景顿时跃入眼帘。

好些人像是飞舞的纸屑一样飘上半空。几个人径直撞上建筑物的外墙，留下花朵般绽放的黑红色血痕。

“恶鬼！”

街道立刻化作恐怖与狂乱的空间，但是无路可逃。

“恶鬼？什么鬼话……怎么可能……”

镝木肆星从坑洞之上的半空飘落到我们这一侧的地上。

被吊起的化鼠群已经失去了用处，一个个逐次破裂，肋骨迸出，垂下长长的肠子。像是吊着它们的绳子断了似的，残骸消失在坑洞底下。

远处传来犹如狂怒野兽一般的高亢呻吟声。

我们背后的数十人，刹那间被火焰包围。人们惨叫着倒在地上。新见先生把我的头抱在胸口，躲进建筑物的阴影里。

那些牺牲者的惨叫声消失之后，整个道路被诡异的寂静包围。幸存者和我们一样，全都躲在道路两边，牙齿因为恐惧而磕碰不已。

在道路的正中，恶鬼向我们走来。

那是全然无法正视的存在。我只能将全部精神都集中在那轻微的脚步声上。

心脏发狂一般拼命跳动，简直就像是不知道自己什么时候会停止跳动，所以要在临死之前对这个世界刻下所有的依恋一般。

可是……

我从新见先生的手臂下面看到了恶鬼的身影。立刻，我像是被勾魂一样，再也移不开视线了。虽然有着无比的恐惧，但还是怎么也移不开眼睛。

那是一个很小的身影。像是化鼠，又像小孩子。

不，不对。那肯定是人类的孩子，男孩子。最多也就是九岁或十岁的样子吧。

他身上裹着毛皮盔甲，像是化鼠穿的衣服，脸上和手臂上都刺有青黑色的复杂纹路。他对我们不屑一顾，只盯着正对面的镝木肆星。

“真的……是恶鬼？可是……为什么？你是谁?”镝木肆星叫道。

我瞪大了眼睛。

这个孩子我是第一次见到，但我清楚地知道他是谁。

他有着椭圆的脸庞，端正的五官。不管怎么看，都和真理亚非常相似。

然后，还有那一头恣意生长的长发，和真理亚一样都是红色，又和守一样卷曲着。

突然出现的恶鬼，是那两人的遗孤。

“Grrr……★XV $ AT!”

混合着野兽般的低吟声，恶鬼用怪异的少年高音发出尖叫。

数枚瓦砾飘浮起来，以弹丸般的速度向镝木肆星激射而去。不过所有瓦砾都在半路化成齑粉，像是撞到了透明的墙壁一样。

几条树根从镝木肆星背后的坑洞里冒出来，悄悄向他逼近。两侧楼房的墙面纷纷碎裂，从里面飞出长长的木头。

但是所有攻击都没有效果。两根木头在撞上镝木肆星之前就已经变成了粉末，从他背后袭来的树根也在半路上燃烧起来，化作白灰，随风飘散了。

“KXON……EA！0E!”

恶鬼似乎猛然提高了警惕，停住了脚步，像是被猎物的意外抵抗弄得束手无策的捕食猛兽，它微微侧头，瞪着镝木肆星。

“没用的，你这等简单的伎俩，哪里能瞒得了我!”镝木肆星傲然说道，“难得有这个机会，就让你看看我的本事吧。”

恶鬼两侧的房子，突然间犹如砂糖之山一样沙沙崩落。异变一直延伸到恶鬼脚下，道路上的铺路石都化成了微粒，如同蚁狮捕猎时形成巨大的凹陷。恶鬼以野生动物般的敏捷飞速后退，脸上的惊愕神色无法掩饰。

“早季!”

突然，背后有人喊我，我吓得差点跳起来。回头一看，是一脸悲怆的觉站在身后。

“觉……你没事啊!”

“快逃吧，胜负一目了然。”

“啊？可是……”

恶鬼和镝木肆星，以胶着状态互相怒视。从技术的优劣来说，两者全然无法比较，但似乎两边都没有能够打开局面的手段。

“眼下镝木肆星的威吓行为还有效果，恶鬼不敢有所动作。但那家伙意识过来也只是时间问题。”

“意识过来是什么意思？”

“镝木肆星身上因为有攻击抑制和愧死结构，杀不了同为人类的恶鬼……但是，它不一样。”

“可是不对啊，恶鬼这一方不是也没办法对付镝木肆星吗？不管什么攻击，镝木肆星都能轻易化解。”新见先生插嘴道。

“不。对恶鬼来说，恐怕轻而易举。”

“这……”

我的脑海中，忽然再度浮现出已然失却的记忆。

最后，镝木肆星慢慢走近了正在与白鸡蛋对峙的■。

每个人都在期待这一历史性的相会。每个人都把■视为迟早会继承镝木肆星衣钵的学生。既然如此，他会不会在这里第一次接受镝木肆星的直接指导呢？

但是，走到一半，镝木肆星的脚步突然停住了。

怎么了？我正感觉奇怪的时候，镝木肆星倒退了一步、两步，然后迅速转身，在大家一片茫然中，飞也似的从实习室出去了。

咒力的泄漏。这也是很长时间里一直忘记了的词。无敌的镝木肆星，那时候到底在害怕什么呢？

“嘎啊啊啊啊啊啊！”

突然，镝木肆星叫喊起来。那不是尖锐的呐喊，完全是临死前的号叫。

镝木肆星脸上覆盖的黄金面具被掀飞了。极其可怕的、有着四枚瞳孔的眼睛剥露出来，但在那眼中出现的只有浓厚的死亡之象了。

“快逃！只有现在这个机会了！”

被觉拉着，我们跑了出去。不是原来的方向，而是从恶鬼的身边跑过，也擦着镝木肆星的身边过去。

恶鬼对我们三个人毫不关心，全力对付镝木肆星。

我回头一瞥的时候，正看见镝木肆星的头部被彩虹一般的光芒覆盖。那是咒力与咒力撞击时候出现的干涉花纹。

恶鬼正在直接向镝木肆星的肉体施加咒力。哪怕是镝木肆星，也无法以咒力攘除咒力本身。

镝木肆星的身上传来毛骨悚然的声音，仿佛枯枝折断一般。

他的脖子朝着不可能的方向弯曲，那是我所见到的镝木肆星的最后形象。

原本是广场的地方，张开血盆大口的坑洞迫在眼前。那是让人难以置信的巨大空间，有着看不见底的深邃。

我们疯狂地跳向死亡。

6

巨大的坑洞让人恍然以为它一直会延续到大地的中心。在无数人类与化鼠葬身的坑洞底部，黑漆漆的没有任何光线。如果落到了那个伸手不见五指的地方，将无法使用咒力。我赶紧用咒力的钩子勾住洞穴边缘。垂下想象中的网，让它尽力挂在洞壁上。

因为刚才的雨水，岩石表面变得很光滑。除了闷热之外，地底的爆炸也消耗了大量氧气，让人呼吸困难。而且空气中还混着烧焦的味道、血腥的味道，以及不明所以的恶臭。

“早季，没事吧?”

是觉的声音。他在我上面一点儿。那里似乎有个落脚的地方。

“我在这儿！新见先生呢?”

“我也没事。”

突起的石头挡住了我的视线，看不到新见先生的身影，不过听声音比想象的还要近。

“在我下面一点的地方可以看到一个横道，进那里去吧。”

绝壁上闪过一道标记性的绿色火焰。刹那间有点炫目，不过可以清楚确认位置。红色的光圈慢慢横穿视野。

我做了一个意象，让岩石表面像磁铁一样吸住我的身体，保持住稳定，然后再像壁虎一样慢慢往上爬。

洞穴外面传来许多人的哀号，伴随着建筑物崩塌的巨大声音。恶鬼再度展开杀戮了吧。我咬住嘴唇。此时此刻我们什么也不能做，只有祈祷多些人逃走。

我闭上眼睛，努力让心跳平静下来。现在必须考虑如何继续逃走。恶鬼的注意力应该再过一会儿才会转到横道上来。

我和新见先生到达横道的时候，觉已经在里面等着了。

“快进来!”

觉逐一抓着我们的手拉进横道里。

横道的直径只有一点五米左右，我们不得不弯着腰。比刚才还难闻的恶臭袭来，中人欲呕。

“这是什么臭味?”

“大概为了加固隧道，用混合了排泄物的黏土和灰浆吧。”觉也捂着鼻子说。

“怎么用这个?”

“是为了突击工事吧。化鼠为了这场战争也是倾尽全力了。”

新见先生找到了一根掉在地上的火把。火一点燃，更感觉呼吸困难，不过好歹能看见一点横道里的样子。地上全是垃圾。杂草的根、昆虫的翅膀和肢体等等。恐怕这些都是它们兵粮的残渣吧。

“看这儿。”

新见先生找到了什么东西。地面上有大量血痕，还有爬行的痕迹。

“有受伤的化鼠。小心点，也许还活着。”觉低声说。

我们顺着血痕朝横道里面走，里面果然有一只化鼠，像是死了一样趴在地上。不过，仔细观察，它的胸部还在微微上下移动。

“看，没有左臂……”觉指着说。

濒死的化鼠左臂齐根切断，右手紧紧握着血刃。

“大概是被镝木肆星的咒力抓住了左臂，要被拽出去的时候自己切断了胳膊吧。”

“这样的动物竟然能做得这么坚决……”新见先生喃喃自语。

“刚才镝木肆星从洞里拽出去的士兵好像都没穿衣服，这一只身上倒是套着镶嵌金属的皮甲。看起来像是将官一级的。它大概是为了保护自己掌握的重要情报，才做出这种举动吧。”

“……杀了它？”

“不，如果还能说话，就让它说说……没事的，恶鬼追到这里，多少还有点时间。”

觉用咒力夺下化鼠的刀，化鼠好像被弄醒了。睁开因为火把而反射出红光的眼睛看着我们。

“喂，老实回答问题，给你个痛快的死。”觉蹲在化鼠面前，“你们让我们吃了很多苦头啊。为什么这样反抗人类？你们到底在想什么？我们很不理解。”

化鼠依旧趴在地上，盯着觉。

“怎么了？你能说人类的话吧？到现在还想装听不懂可是没用的，骗不了我们。”

“没有骗的必要。”化鼠的声音虽然嘶哑，语气却很平静，像是闲聊般地回答道。

“是吗？那就说吧。野狐丸在哪儿？”

对于这个问题，化鼠紧闭嘴巴不作回答。

“你们全都被野狐丸骗了。为什么不明白呢？那家伙对士兵的生命一点都不顾惜。”

“士兵的生命？本来就没有价值。在大义面前，单个个体的生命轻如鸿毛。”

“你说的大义是什么？”

“将我们整个种族从你们的暴政下解放出来。”

“暴政是什么意思？我们什么时候对你们施暴了？”我不禁

插了一句。

“我们有高等的智慧，本应当是与你们平等相处的存在。可是，你们以恶魔的力量夺去我们的尊严，给予我们野兽般的对待。既然如此，除了将你们从世上一扫而空之外，我们便没有恢复尊严的可能。”

“将人类一扫而空？你们真以为自己能做到这种事？”觉不禁怒吼了一声，“你们化鼠的确用卑怯的欺诈手段杀害了不少人。但是，只要还有一个人类活着，就能把你们彻底扫平！”

“只要解放的英雄——被你们喊作野狐丸的斯奎拉与我们同在，你们就做不到。而且还有我们的救世主从天而降拯救我们。”

“救世主？你是说那个恶鬼？”

“恶鬼？你们才是恶鬼！”

化鼠原本是四肢趴在地上的姿势，突然蹬地前冲，向觉扑去。

刹那间三个人的咒力交错，彩虹般的光芒闪过。化鼠像是石子一般被抛到了隧道的尽头，撞上露出的岩石。

“糟糕！”觉叫了一声，但已经迟了。

脊柱折断的化鼠显然已经毙命了。

“这家伙是故意冲过来的吧，就为了让我们杀了它……”

“行了，走吧。”新见先生催促我们，“没时间在这儿磨蹭，我身上还有富子女士给我的最后任务。你们也要快去清净寺。”

我们淌着大滴的汗，屏住呼吸，向狭窄隧道的深处前进。某个地方应该有通向地面的出口。觉乐观地认为恶鬼还没学会用咒力向下挖出纵道，我们应该可以逃掉。不过如果恶鬼早早结束了大屠杀，先绕到出口处的危险性还是存在的。

我回想起十四年前夏季野营时候的事。那时候我和觉也是不得不在化鼠的隧道中彷徨。我曾经以为再不会有比那时候更加绝望的状况了，但和现在比较起来，那次只不过是试试胆量而已。

这许多人被杀，连父母是否安然无恙都不知道的现在，我们连可以回去的地方都没有了。

我拼命忍住将要夺眶而出的泪水。

连不世出的天才日野光风和镝木肆星都殒命了，再没有一个人能有对抗恶鬼的手段了。但是，即便如此也不能放弃。正是在对未来没有任何希望的时候，一个人能坚持到什么地步，才真正体现出这个人有多坚强。从这个意义上说，此时此刻，正是对我们的考验。

不能认输。我是被富子女士托付了整个小町的，作为她的继承者。单单这一个想法，就支撑我坚持下去。

沿着化鼠的横道走了大约两百米，有一条通向地面的纵道。出入口挖在树根间，用杂草巧妙地作了掩饰。化鼠竟然敢在紧挨着小町的地方挖出这样的东西，让我们十分震惊。

检查过附近没有恶鬼或者化鼠的部队之后，我们钻出洞口。

按理说应当直接去往附近的水路，从水路逃走。但为了防备喷炭兽，大部分水路的水都已经抽掉了。剩下的干线运河肯定已处于化鼠的严密监视之下。

我和觉没有办法，只得决定徒步去向利根川的干流。然后，和新见先生就此分别。

“祝你们两位平安无事。”新见先生握着我们的手说。

“新见先生真的不和我们一起走吗？”觉再度询问道。

新见先生摇摇头。

“不了，我要去公民馆。这是富子女士的指示。”

“可是，现在再发送广播，不是也已经迟了吗？恶鬼已经把茅轮乡的人差不多都……”

“迟不迟我不知道。但就算哪怕有一个人因为我的广播而逃生，我的所作所为也不算白费。”

新见先生的意志似乎很坚决，于是我们相互道别。这也是我们最后一次见面。

拨开草丛，登上山丘。不知何时恶鬼会在背后出现的恐惧让我全身都是冷汗。回过头，小町的中心正升腾着几缕令人毛骨悚然的黑烟。

我们一边提防化鼠的伏击一边前进，和从医院逃出来奔往小町的时候一样，速度十分缓慢。

终于将要走出茅轮乡的时候，公民馆的广播声乘风传来。

紧急警报。紧急警报。恶鬼出现。恶鬼出现。姓名及类型不明，但可能是库洛基斯Ⅰ型或Ⅱ型的变异型。恶鬼可能是库洛基斯Ⅰ型或Ⅱ型的变异型。恶鬼袭击了茅轮乡，造成大量死伤。重复：恶鬼袭击了茅轮乡，造成大量死伤。请迅速避难。尚在小町中心的各位，请立刻离开。在周边的各位，也请立刻离开小町，尽可能远离……

那是新见先生的声音。觉猛然抓住我的肩膀。新见先生抵达公民馆比我们想的更早。他一定是不顾与恶鬼和化鼠遭遇的危险，飞速赶到那里的吧。

在那之后，人声广播又将同样的内容重复了半晌。顺便说一句，作为恶鬼正式名称的拉曼-库洛基斯症候群，又分为被称作混沌型的拉曼Ⅰ～Ⅳ型，和被称作秩序型的库洛基斯Ⅰ～Ⅲ型。混沌型和秩序型之间，因为破坏和杀戮的形态不同，避难时候的注意点也有所不同。

接着，广播变成古老的黑胶唱片音乐。

当然，古代的唱机不可能保存千年以上。那是用咒力将音沟复制在陶瓷盘上的复制品，不过演奏本身乃是遥远往昔录音的原声。

音乐是德沃夏克的交响乐《来自新世界》的第二乐章的一部

分，名叫《归途》。新见先生为什么选择这首曲子，我不知道。在故乡的小町即将被消灭的时候，为什么要播放每天日落之前催促孩子们回家的曲子呢？

音乐中没有歌声，但在我的脑海里清晰地浮现出歌词。

远山外　晚霞里　落日西西沉
青天上　月渐明　星星眨眼睛
今日事　今日毕　努力又用心
该休息　也休息　不要强打拼
放轻松　舒心灵　快快莫犹豫
夕阳好　黄昏妙　享受这美景
享受这美景

黑暗中　夜晚里　篝火燃烧起
跳不定　闪不停　火焰晃不已
仿佛是　邀请你　沉入梦乡里
甜甜梦　浓浓情　安宁又温馨
火儿暖　心儿静　嘴角留笑意
快快来　愉快地　沉入梦乡里
沉入梦乡里

《归途》的旋律无尽地流淌着。

“看来新见先生离开公民馆了……我们也走吧。”觉催促我说。

“嗯。”

距离太阳落山还有些时间，不过听到这首曲子，我的脑海中便条件反射般地浮现出夕阳落山时的情景。然后，我忽然意识到一点：公民馆的广播一般是用乡里唯一一个发电水车的电力播放的，但现在水路的水应该早已全部抽干了。

所以新见先生还在公民馆里。因为没有新见先生的咒力，广播就无法播放。

我刚要把这个发现告诉觉，却看见他的侧脸带着肃穆的神色。他早就意识到了吧。

我们无言地继续前进，穿过干涸的水路，向利根川走去。距离公民馆越来越远，《归途》的声音也越来越微弱。

突然间，那微弱的声音断了。

我闭上眼睛，咬紧牙关不让眼泪流下，然后，慢慢地、深深地，吐出长长一口气。

新见先生听到我被富子女士指定为后继者。是不是因为这个缘故，所以他故意赶去相反方向的公民馆，吸引恶鬼过去，好让我们安全逃往清净寺呢？

我永远也不知道答案。

我们避开运河干线，穿过原野，绕了个远路抵达利根川。在我的记忆中，再没有其他时候看到过感觉如此清澈雄伟的美丽大河了。我们在附近寻找船只，但是老天没有那么照顾，最后只找到三根倒在地上的木头，我们用咒力把它们强行黏合在一起，造了一个简单的木筏。

溯利根川而上，将身子交给慢慢上下抖动的水流，不足二十四小时之内发生的种种事情再度浮现在眼前。每一幕都仿佛并非是在现实中发生过的。

这一定是梦，肯定是梦没错。我想这样告诉自己。可是残留在身体上的无数割伤和青肿，还有无法摆脱的疲劳感，全都高声主张所有这一切的真实性。

也许是因为从昨天晚上到现在一直都没有合眼，我的大脑变得恍惚起来。太多太多的冲击性事件接连不断，大脑似乎已经不堪重负，无法处理了。

不知不觉间，我陷入了奇异的冷漠状态。

再过一千年，我们所有人都将行迹无存了。再没有人能想起这里曾经发生过什么。既然如此，这样拼命忍耐恐惧、满怀痛苦地继续战斗，到底又有什么意义呢……

“早季，恐怕就在这附近了吧。”

即使听到觉朝我说话，恍惚间我也无法理解其含义。

“入口在哪儿，你还记得吗？”

这时候我才终于反应过来，觉在问清净寺的入口。

“……不知道。不过那边那棵槐树以前好像看到过。”

清净寺的地点虽然不是秘密，但一般也并不公开。因为成长仪式的时候都被没有窗户的篷船运来，当然也不知道是从哪条河道进入利根川、又拐进了哪条河道。我因为是异类管理科的职员，有时候需要和鸟兽保护官一起去做田野工作，也曾经来过清净寺几次。我记得从利根川到清净寺的地界应该有直通的河道，但这时候并没有看到。

“奇怪啊，我也觉得应该是这一带才对。”

“怎么办?”

应该上岸探索吗?但如果地方错了，再怎么找也不可能找到。更不用说还极有可能遭遇化鼠。

“对不起！有人在吗?”觉大声呼叫。

“快停下，被恶鬼听见了怎么办?”

我慌忙阻止，觉却摇摇头。

“我知道很危险。但就在我们犹豫的时候，恶鬼说不定正在往这儿追赶。我们必须尽快找到清净寺……对不起！有人吗？有清净寺的人在吗?”

觉又喊了几声，突然间响起回答的声音，吓了我一跳。

“是哪位?”

“我是在妙法农场生物实验科工作的朝比奈觉，这一位是保健所的职员渡边早季。富子女士让我们来清净寺避难，因此来到这里。”

“请稍等。”

伴随着某个物体咯吱咯吱绞动的声音，我们木筏正对面的草丛向左右分开，露出通向里面的水路。

“请直接进来。”

声音的主人还是没有现出身影。我们乘着用木头强行结合起来的粗糙木筏进入水路。在我们的背后，隐蔽的草门再度关上。仔细打量，那草门并不巨大，不过没有咒力要想打开还是比较困难的吧。首先，乘船经过的时候很难发现它；其次，即使走陆路，也会因丛生的草和岩石阻挡，很不容易被发现。

木筏穿过狭窄弯曲的水路，抵达被围栏团团围住的船坞。我想起来了，这是成长仪式的时候我被领来的地方。附近一定应该还有更宽阔的河道，不过这时候大概都被封锁了吧。

“两位平安来到这里，十分不易。”

一位僧人模样的人合掌出现，我们也恭谨回礼。

“我是清净寺的知客僧，法号寂静。两位想必十分疲惫，首先请好好休息，之后还有少许信息相询。”

所谓知客，是寺院里负责接待客人的一种职务名称。我们走上被围栏遮挡视线的台阶，进入寺院。那是宿坊①，我们两个人被领去有榻榻米的房间。很快两人份的膳食送了上来，盘子里只是白饭、腌菜，以及一碗白汤而已，但对此时的我们而言，这比什么大餐都要丰盛。我们狼吞虎咽，等回过神来的时候，盘子都已经空了。

---

① 寺内住宿处。——译者

然后我们在安心的状态下休息了一会儿。虽然有无数的话要和觉说，但我连说话的力气都没有。仿佛在木筏上经历过的冷漠状态又一次附体了。

房间外面传来招呼声。是刚才那位知客僧寂静的声音。

“朝比奈觉先生，渡边早季小姐。你们远途疲惫，本不该贸然打扰，不过能否尽快随我去大殿？”

“好的。”我们两个同声回答。

我们被领去大殿。那里已经聚集了许多僧侣，看起来似乎正在进行焚烧护摩的准备。

“朝比奈觉先生，渡边早季小姐，请进。”

寂静师的声音一响起，大殿中顿时鸦雀无声。

“哦，哦，来得好……”

说这话的是无瞋上人。他已经是年逾百岁的高龄。有一段时间不见，看起来颇显老态。

“富子女士……别来无恙吗？”

我不知道该说什么才好，一时间哑口无言。无瞋上人似乎从我的表情中读出了一切，默默闭上了眼睛。

取而代之向我们搭话的是另一位同样也让人感到垂垂老矣的僧侣。这位僧人如仙鹤般瘦削，自我介绍说是担任清净寺监寺职务的行舍。所谓监寺，是仅次于寺院住持无瞋上人的职位，可以说是实际上的最高责任者。我觉得自己似乎在哪里见过他，仔细想了想，好像是在一周前召开的安全保障会议上。

“我们十分需要你们的帮助。你们两位，哪位和恶鬼近距离接触过?”

“我们两个都看到过。”觉回答说。

“那么，能向我们形容那个恶鬼的相貌体型吗？它大约几岁，长得什么模样?”

“恶鬼……年龄大约十岁，我想。”

我这样一说，大殿中顿时响起一阵交头接耳声。

“十岁？这么年幼的恶鬼，还是第一次听说。”

“还是个少年，不，应该说还是个孩子，不过五官非常端正，头发是红色的卷毛……”

我确信恶鬼是真理亚和守留在这世上的孩子，不过到底该不该说出这一条，我有些犹豫。在我和觉描述恶鬼相貌的时候，护摩坛里升起了火。火焰直冲到天花板附近。数名僧侣开始诵经。

“基本上了解了。那么，恶鬼差不多是这样的了?”

行舍师如此一说，火焰之中隐约浮现出恶鬼的模样。

“哦……是的，没错!”

图像唤起了我在咫尺间看到恶鬼时的战栗记忆，我听到自己的声音分明在颤抖。

“谢谢，你们可以回去休息了。”

行舍师说完，便和无瞋上人等一起坐在护摩坛前。火焰里注入香油，护摩木燃烧起来。火粉迸散，总数三十名左右的僧侣一齐念诵经文，声音在大殿里回荡。

“请等一下，我还有事情想问……”

我正想喊住行舍师，却被寂静师拦住了。

“有问题可以问我，总之现在请先回去。”

“这是要祈祷什么？”

寂静师略微犹豫了一下。

“原本不可为外人道，不过对你们二位，特别加以告知。由此时此刻开始，我等将举清净寺全寺之总力，焚起护摩，降服恶鬼。”

“降服恶鬼？还有这种事？”我惊讶地叫道。

“当然，这不是轻易可成的功业。不过，护摩仪式里集中了一切强力秘仪。有以北极星放射的佛光行阻止妖魔横行的炽盛光法，有以毗沙门天的神力镇压鬼神的镇将夜叉法，有四大法要之一的镇地灵、御国难的大安镇法，有太古时候祭神风抵御蒙古军来袭的尊胜佛顶陀罗尼法，以及至高至强的咒法——一字金轮法。这些秘仪联合使用，必然能发挥出更高的效力，降服恶鬼。对此效果不容置疑。”寂静师满怀自信地说。

“至今为止，有成功降服的例子吗？”觉毫不客气地问。

“根据传至本寺的古文书，据说对于四百年前突然出现的恶鬼，举全寺之力祈祷三天三夜，成功将之降服，之后再无一名牺牲者出现。”

“那是……杀了恶鬼的意思？”觉再度追问。

寂静师的表情阴沉下来。“哦，不是这个意思。古时候确实存在为了咒杀对手而做的行动，但那背离了佛祖之道，如今已经是绝对的禁忌。”

“可是恶鬼已经杀了许许多多的人。杀恶鬼一人，使多数人获救，这岂不正是遵从佛道的吗?”

“话虽如此，然而通过祈祷杀死恶鬼是不可能的，这一点我们和大家都一样。人类要用咒力杀人，不管采用什么做法，都绝对行不通。”

看起来，不管采取怎样迂回曲折的形式，要欺骗烙印在我们 DNA 中的攻击抑制和愧死结构都是不可能的。但是，既然不能直接攻击恶鬼，焚烧护摩又有什么用呢?

觉似乎也有和我同样的疑问。

“那么，祈祷到底会有什么效力?”

“所谓降服恶鬼，是牵制其行动，自其惭愧之念唤起佛心，制止无益的杀戮。”

既然从人类潜意识中泄漏的咒力可以连生物的进化都扭曲，那么积累修行的僧侣们一心念诵的咒力，肯定也会具有极大的效力。依照寂静师所说的意思，降服恶鬼的护摩，大约不是给恶鬼物理上的攻击，而是施加精神上的影响，以制约其行动吧。作为和平解决的手段，也许再没有比这个办法更有效的了。

但是，从这一手段的出发点来看，恐怕有着重大的误判。

至今为止出现的恶鬼，全都曾经是我们社会的一员。即便是被恶鬼的人格支配了心灵，但在其意识深处，应该还长眠着身为人类的时候极其普通的记忆和感情。如果能够唤起那样深层的记忆，或许可以使之在杀戮时有所犹豫。但这一次的恶鬼恐怕完全没有在人类社会生活的经验，应该连日语都全然不懂。哪怕它在遗传上属于人类，精神上却应该彻底属于化鼠吧。我不认为这样的对手能够被佛法打动。

是不是应该向寂静师说明这一点，我有些犹豫。不过，在那之前还有一件事情必须要问。

“富子女士说，非常时期，安全保障会议的成员会到清净寺紧急避难。我的父母……图书馆司书渡边瑞穗和町长杉浦敬，来这里了吗？”

寂静师的回答出乎我的意料。

“我接待过。”

“啊？那，他们现在在哪里？”

我急急追问，但看到寂静师沉郁的表情，顿时有种被当头浇了一盆冷水的感觉。

“他们两位和无瞋上人与行舍师交谈过之后便返回小町了。就在你们两位来这里的两三个小时之前。”

这样说来，我们应该是在利根川上擦身而过了吧。

“这……为什么？”

“你的父母十分担心你的安危，不过他们相信你必定会平安无事来到这里，所以一直在这里等待。后来，从小町来了急报，说是恶鬼出现了。”

我的视线怎么也无法从寂静师的脸上移开。

“你的父母认为，无论付出多大牺牲，阻止恶鬼乃是第一急务，因此决定返回小町。他们首先要将小町中饲养的不净猫全部释放，一只不留；然后要把图书馆的资料加以处理，以防被化鼠得到。”

“这样的话……”

我感到浑身都没了力气。如果没有觉伸手揽住我的肩头，我恐怕就要当场瘫倒了吧。

我的父母亲赴死去了吗？

“两位有东西留下，说是等你来的时候交给你的。稍后请看吧。”

“现在……就请给我看。”

我除了茫然低语，不知该做什么。

“好吧，那我立刻去取。不过在那之前，还有人等着一定要见你们二位。当然也是敝寺的客人。”

寂静师的话根本没有进入我的耳朵。

就算马上去追也来不及了，我的父母应该已经进入了恶鬼和化鼠控制的地区。那样的话，不可能再活着回来了吧。

我永远失去自己的父母了吗？想到这里，全身的力气都从我的身体里抽走了。

觉和寂静师说了些什么，抱住我的肩膀，沿着长长的走廊向前走去。

“打扰了，渡边早季小姐和朝比奈觉先生来了。”

“请进。”

里面的声音似乎在哪里听过。

寂静师打开木板门，这也是个木板搭设的房间，里面铺着简陋的床铺。同样是宿坊，似乎比领我们去的房间差很多。

“渡边小姐，看到你平安无事真是太好了。朝比奈先生也是。”半躺在床上的男子说。

他的脸被太阳晒得黝黑，又长满了半白的络腮胡子，但我还是一眼就认出了他。

“乾先生……”

身为保健所的鸟兽保护官，乾先生前去灭除食虫虻族，之后便没有了消息。他恐怕是第一个遭遇恶鬼的人物。

“我十分羞愧，没有完成被赋予的使命，只能这样狼狈地逃回来。”乾先生低下头。

“哦，对手既然是恶鬼，这也是无可奈何的事。”觉安慰道。

但乾先生摇摇头。

“不，如果我能早点通报小町……应该也不至于发生如此……如此可怕的事件。”

“乾先生，您去灭除食虫虻族，大约是一周之前吧？那时候到底发生了什么?”

对于觉的问题，乾先生开始断断续续讲述起来。

接受安全保障会议的决议，五名鸟兽保护官前去剿灭食虫虻族。但是，不要说一开始被要求的三日内剿灭二十万只的巨大工作量，他们就连一只化鼠也没有见到。以食虫虻族为首的庞大军队，仿佛事先察觉到恶名远扬的“死神”将要到来，全都消失得无影无踪，简直像是潜入了地下一般。

白天在荒山跋涉整整一天，晚上撰写报告书，第二天一早将报告系在信鸽脚上送去保健所——最初的三天过得千篇一律，每天都是毫无结果的探索。而事件的发生则是在第四天。

五名鸟兽保护官每个都是老手，熟知化鼠的战术和弱点。因此，即使对手使用隐遁之术，也不会犯下分头搜索的愚蠢错误。当有多人身怀咒力时，化鼠的惯用手段就是诱使人分散以各个击破。

这一天早上，五个人也是全神贯注，提防着所有方向的动静，出发搜寻化鼠。他们如同熟练的猎人一般在山野中漫步，终于发现了像是化鼠小分队夜营的痕迹。

经过大约一个小时的追踪，五个人发现了化鼠的小分队。十几只化鼠在岩山断崖下挖掘出的洞口进进出出，正在向外运送弓箭。五个人中视力最好的海野先生分辨出那是食虫虻系火取蛾族的士兵。于是五个人分散开来，各自选择了一个可以将其他人尽收眼底的位置，构成随时都可以相互援助的阵形，铺开包围圈，准备全歼化鼠。

灭除少量化鼠，危险性近似于从蜂巢中取蜂蜜。两个人负责彻底封锁化鼠的反击，一个人从正面进攻，剩余的两个人机动，在视野开阔的地方布阵，以便随时剿除想逃的化鼠，或者为了探听情报而捉几只活的。乾先生的职责就是机动，他转到右侧巨大的石山，从背面登上去，抵达俯瞰战场的好位置。另一个负责机动的会泽先生则绕去左边，在地上的凹陷处藏身。

攻击终于开始。由于不知道洞穴有多少出入口，如果一开始就被发现是人类的攻击，洞穴里面的士兵有可能逃走，因此负责攻击的川又先生便使用细小的石子伪装成枪击。据说他的伪装非常专业，连枪声都可以完美模拟。

果然，火取蛾族的士兵误以为是敌对部族的攻击，立刻摆出临战姿态。它们发现是单发的枪击，便躲在石头和竹制盾牌后面开始反击。川又先生将模仿成子弹的石子伪装成是从稍远一些的松树树影下面射出来的样子，所以化鼠的弓箭也都集中在那里。然后，看着时间差不多了，川又先生停下了石子攻击。化鼠们以为敌人子弹用尽，便一个接一个从洞穴里钻出来。

就在此时，开在山顶附近的洞口里爬出一只化鼠士兵。从它的位置可以清楚看见会泽先生的身影。不过在士兵拉开弓箭准备射击之前，乾先生便已经悄无声息地杀了它。尽管天气炎热，那只化鼠身上还是披着绿色和灰色的迷彩斗篷。大概是个总在阴影里暗杀敌人的角色吧。

在这段时间里，下方的化鼠转眼之间便被收拾得干干净净。出了洞口的士兵，被川又先生以熟练的技术一个个扭断了脖子。负责防御的海野先生和鸭志田先生无事可做，显得十分无聊。

就在这时，山麓的洞口里又出来了一只化鼠，从头到脚都披着斗篷。俯视战场的乾先生以为它是代表剩余化鼠出来投降的，没有杀它，而在地上的四个鸟兽保护官似乎也和他是一样的想法，没有一个人攻击新出现的这个家伙。可是乾先生又觉得有什么地方有点不太对劲。

四个鸟兽保护官，川又、海野、鸭志田、会泽，一个接一个地从藏身处走了出来。对方既然只有一只，不管它玩什么花样，这四个人都能彻底防御。不过即便如此，通常也不会在战斗中把所有人都展示出来给对方看。

“你是谁？在这儿干什么？”川又先生问。

这时候乾先生也才终于意识到出来的是人，因为他差不多是从正上方往下看，所以刚才没能分辨出来，而且出来的这个人个头和化鼠差不多，恐怕还是个孩子。

接下来发生的事情，简直就是噩梦。

川又先生的头就像西瓜一样迸出鲜血四散炸开。接着是海野先生，然后是鸭志田和会泽。巨大的冲击使乾先生的大脑变得一片空白。他的心狂跳不已，冷汗淋漓，只有“恶鬼”一词浮现在脑海里。

等到大脑稍微能转动的时候，一个接一个的疑问涌出来。恶鬼为什么会出现？为什么从化鼠的洞穴里出来？它到底是谁？

但这些问题显然不可能找到答案，眼下不能在这些没有答案的问题上浪费时间。乾先生立刻开始思考下一个问题：怎样才能从这里安全逃出去。

本能的恐惧让乾先生想要转身就逃，但他还是拼命告诫自己要冷静思考对策。他从刚才击毙的狙击手身上剥下迷彩花纹的斗篷。从结果上看，这恐怕是唯一正确的选择。

从石山上下来，乾先生发现，不管朝哪里逃，都无法逃出化鼠的重围。一旦发展成遭遇战，自己孤身一人，实在没有必胜的把握。而且如果恶鬼出现，自己只有死路一条。

乾先生不断改变藏身的位置，等待化鼠离开。但是，和乾先生的期待相反，化鼠一直驻扎在周围。它们也许知道“死神”历来五人一组行动，乾先生想。照这样看来，说不定化鼠是设好了陷阱在等着他们。

迷彩色的斗篷，果真是名副其实的救命之物。斗篷上面还连着兜帽，能把全身都裹住，可以骗过近视的化鼠。而且斗篷上也沾染了化鼠强烈的体臭，不至于因为气味而暴露。不过即使如此，乾先生还是遭遇了一次千钧一发的事态：一支化鼠的大部队迎面走来，眼看就要撞上乾先生，他赶紧悄悄避开道路，躲进森林，但还是进入了化鼠的视野。幸好乾先生的个头不高，刚好和化鼠身高差不多，加之他每天都在仔细观察化鼠，可以很拿手地模仿化鼠的动作，总算没让化鼠起疑心。

“……不过，单是东躲西藏，不让化鼠发现，就已经耗尽了我的力气，怎么也无法突破包围返回小町。”乾先生的声音里满是苦涩，“我就这样熬了四天。这四天里，除了喝点草露之外，基本上什么都没有吃，体力也到了极限。但是，第四天的白天……也就是昨天，化鼠突然开始移动了。它们一齐去了什么地方。我开始还以为是陷阱，但也没有更多的精力去怀疑。等到周围暗下来的时候，我就向小町出发。我想，化鼠暂且不管，但必须立刻警告大家出现了恶鬼。”

乾先生差不多一路爬过山丘，终于来到见晴乡。他本打算不管遇到谁都赶紧求助，但一个人都没遇到。这时候他才终于意识到这是夏祭的晚上。这天晚上所有人差不多都会出门。乾先生不禁异常气馁。不过，他还是想到两个肯定会有人在的地方：

医院和新生儿的育儿所。

医院在黄金乡，距离有些远，不过妇产医院和新生儿育儿所恰好就在见晴乡。乾先生当然选择了育儿所。夜空中花火炫彩，远处的茅轮乡传来欢声笑语。

然后，当乾先生终于抵达育儿所的时候，他看到了一幅极其可怕的场景。

“当然，我知道它们是有这种习性。以前每当部族间的战斗决出胜负的时候，就会出现这样的景象。但在那时候，我总觉得那是下等动物间才有的事，从没想到它居然也会发生在人类……”

乾先生说了一半，说不下去了。

“等等。难道说，化鼠……”

觉也像是大受冲击，连问题都问不下去了。

“是的。它们胆大包天，竟敢瞄准人类的婴儿。”

十二岁的时候，夏季野营的记忆，在我的脑海里复苏了。

从龙穴里拥出大批大黄蜂的士兵，各自手中都小心翼翼地抱着什么东西。

“那是……”

问到一半，我反应过来了。那是幼年化鼠。

“龙穴中有许多产室。全是土蜘蛛女王产下的幼兽。”

“但是，为什么——”

奇狼丸显出一种满足的表情，简直让人厌恶。

“那才是真正贵重的战利品，是支撑我们部族未来的

劳动力。”

抱着幼年化鼠的士兵来到奇狼丸身边。幼年化鼠还没有睁眼，不断探出上肢，想要触摸什么。它的肌肤是很干净的粉红色，和成年化鼠比较起来，脸长得更像老鼠。

我想起了斯奎拉说过的话。

“女王会被处死，其余所有成员会被当作奴隶役使。只要活着一天，就会受到比家畜还不如的残酷待遇，死后尸体也会被丢弃在山里，或被当作田间的肥料。”

想到等待幼年化鼠的命运，我只有黯然无语。

巨大的冲击让我的大脑一片混乱，简直想要呕吐。

野狐丸的另一个目的，或者说真正的目的，是袭击育儿所，得到人类的婴儿。

“它们凶残屠杀了育儿所的保育员——当然，不是化鼠干的，是恶鬼的手笔——然后抢走婴儿。而且不仅如此，化鼠还当场给哭泣叫喊的婴儿们刺上刺青，用它们的奇怪文字。”

我到异类管理科工作之后，看到过好几次化鼠的文字。那文字和汉字十分相似，但总有些地方不同。硬要说的话，大概和上古的女真文字、契丹文字、西夏文字之类的相仿。

“这是翻倍游戏吗？”觉脸色苍白地说，“一开始是真理亚他们的孩子。这孩子长大之后变成连镝木肆星都无法对抗的恶鬼。然后，在胜利中得到的大批婴儿，过了十年，全都会用咒力了……”

我也终于明白了。这才是野狐丸隐秘描绘的远大构想吧。

如果靠一个恶鬼就能征服神栖六十六町的话，那当然也不错。就算不能完全征服，十年之内只要能够维持现状就行了。虽然不知道育儿所里有多少婴儿，但至少也有一百个吧。如果这些孩子们被化鼠养大，同样成为恶鬼的话，整个日本便再没有哪个小町能够与之抗衡了。如果它们再抢到更多的孩子，组成恶鬼大军，那么征服日本全土乃至欧亚大陆，甚至征服全世界也不是梦吧。伟大的化鼠帝国将会由此诞生。

“我到现在也不知道那时候应该怎么做才对。也许应该悄悄离开那里，向小町的委员会汇报才对吧。但我实在忍不住了。要我压住怒火，装作没看到那一幕，我实在做不到。所以当我看见一只化鼠出现在眼前，还把一个哭泣叫喊的人类孩子拎在手上得意洋洋地玩弄时，我就把那混蛋的头捻成了粉末。”

一直沉着冷静的乾先生，脸颊被激烈的情绪染成了红色。

“这个举动立刻引发了骚动。我是用咒力作的攻击，化鼠弄不清方向，乱作一团。我趁着这个机会得以逃走。当然，我事先并没有算到这一步，完全是一时冲动杀了那只化鼠。”

“不过，还是平安逃走了呀。”觉仿佛鼓励般地说。

“唉，也不是平安无事。我逃的时候还是披着那件斗篷，但在半路上被化鼠士兵发现了，左臂还中了弹。我一边想着这次真的要完了，一边继续往前逃，没想到一下子和那个恶鬼撞上了。虽然不是迎面撞上，但肯定就是它。”

“那后来呢？”我倒吸一口冷气。

“常言道技多不压身，幸亏我会讲化鼠的语言，我就一边喊痛一边逃跑，头也一直低着，恶鬼大概没弄明白我到底是谁吧，并没有对我出手。”

乾先生似乎是因为把心中郁结的话全都倾吐了出来，情绪有所好转，说话也有些轻松了。

“见晴乡已经落入了化鼠的手中，我只能向原野方向逃。但是逃到那个时候，我已经要绝望了。不管再怎么逃，最后还是会被那些家伙抓到，被它们千刀万剐吧。实际上我也已经做好准备了。就在我眼看要昏过去的时候，朦胧之间感到好像有谁扶住了自己。啊，总算遇上人了。我这么想着，睁开眼睛一看，正盯着我的那个‘人’，横看竖看都是化鼠……哎呀，完了——换了你们也会这么想吧？但是嘿嘿，那小子啊，把我送到清净寺来了。人生啊，就是这么捉摸不透的东西。”

“什么意思？你被化鼠救了？”觉一脸惊讶地问。

“嗯，那家伙是野狐丸的老对手，大黄蜂族的总帅奇狼丸。我一直都知道它很厉害。不过话说回来，真是做梦也没想到，在那时候居然会被它救了命。”

“奇狼丸还活着啊……它现在在哪儿？”我禁不住插嘴问。

“唔，在哪儿呢……我醒过来的时候，那位寂静和尚告诉我说渡边小姐你们来了，我就让他先请你们过来。现在回想起来，我倒是把奇狼丸彻底给忘了。”

“打扰了。”

那是寂静师的声音。他刚刚不知何时离开了。

“这是渡边早季小姐的父母让我转交的东西，请收下。”

那是一个平平的桐木箱子，比想象的要大。长边有六十厘米。我伸手接过。箱子十分沉重，上面还有一封信。

“谢谢。”

觉问寂静师：“刚才乾先生说大黄蜂族的奇狼丸把他带来了寺院，那之后它去哪儿了？”

“啊……那个异类啊。”寂静师冷淡地说，“留在本寺了。因为可能还有事情需要调查。”

“能见见吗？”

“唔，大概吧。”

我把寂静师交给我的盒子放在床边，打开信封。

7

书信是以毛笔写的。那是母亲的笔迹，让我怀念不已。单单看到这笔迹，我的胸口便一阵发紧，禁不住要落泪。

亲爱的早季：

我们相信你会平安无事到达清净寺，所以写了这封书信给你。

虽然我们不知道事态为什么会发展到这个地步，但此刻小町中恐怕正有恶鬼肆虐，造成诸多伤亡。我们必须尽力阻止恶鬼，所以没有等你便回小町去了。说不定我们也会一去不回，但这是我们被赋予的责任。常言道，知识就是力量，要对抗恶鬼，知识是必须的。作为图书馆司书，我被赋予了那些知识。

你绝对不要追赶我们。我们虽然打算尽一切努力驱除恶鬼，但那有可能无法成功。而你还有无论如何必须去完成的任务。

接下来所写的，是第四分类的知识当中属于第三种“殃”的内容。因此，你读过这封信之后，请立刻将其销毁，不要沉溺于个人的感伤。你要时刻考虑着小町的将来而行动。不要忘记你是富子女士选中的人。

你应该还记得安全保障会议上我的发言吧。那些关于古代大规模杀伤性武器的内容。

曾经，在地球上，满满的都是足够将人类屠杀数十回的武器。这些武器其中大半都被破坏了，剩下的也无法对抗千年的时间，应该都腐朽了。我虽然说到过超级子母弹，但那种武器就算真的残留至今，也很难想象它还能正常使用。

但是，后来我在搜寻超级子母弹相关资料的时候，发现了一份记录。根据这份记录的记载，即便是在经历了千年的现在，还存在一种有可能正常使用的大规模杀伤性武器。讽刺的是，那是不具备咒力的人类为了彻底根除有咒力的人类而开发的武器，名字很可怕，叫作超能毁灭者。

超能毁灭者在美国开发完成，可能是通过当时驻扎在日本的美国军队悄悄运进了日本。

之后信里写了以“东京都”开头并包含着数字的句子，好像咒文一样。但没有提及这个名叫超能毁灭者的武器到底是什么样的东西。

聪明的早季，我想你已经知道了。现在的我们为什么不得不需要这样一种可怕的武器。

过去，在各个小町和村庄，恶鬼曾经多次出现。每当恶鬼出现的时候，都会尸横遍野，血流成河。在某种意义上，恶鬼也许是深深扎根于人类本质之中的业一般的存在。我们没有应对它的方法。

我查阅了许多过去恶鬼出现的案例。各个时代的人们所经历的艰苦奋斗跃然纸上。有些案例只能认为是有神明的庇佑。比如，摧毁建筑筑成瓦砾之山阻止恶鬼靠近的时候，偶然有一根钢筋飞出去，恰好插入恶鬼的胸口。摧毁建筑的人虽然也因为愧死结构的发作而死，不过从结果上看，还是拯救了许多人的生命。

但当人们想要刻意创造出这种情况的时候，所有的尝试都以失败而告终。要在恶鬼周遭进行破坏行为的时候，也会因为攻击抑制的作用，无法使用咒力。其他的计谋，比如隐藏杀意给恶鬼灌酒、使用麻药等等，遗憾的是没有一件取得成功。不管使用哪种骗术，要骗过自己是最困难的。

不过，有一个比较近的例子给出了成功的提示。那是距今二百五十七年前的事。袭击我们小町的恶鬼K，因为一位医生的英雄行为而被击毙。医生向K注射了毒剂。虽然那位医生被K当场杀害，但K也确实毙命了。

至于说如果没有被K杀害的话医生最后会怎么样，我想他还是很可能因为愧死结构的发作而死亡。但重要的是，无论如何，他确实成功击毙了K。

没有人知道医生的心里如何看待注射毒剂的行为。不过此时此刻我哪怕只是写下这段文字，身体中也仿佛有一股寒流穿过。但这件事给我们的启示是：不使用咒力，而是借助某种东西作为媒介，那么连今天的我们也可以杀人。

以前也曾尝试使用弓箭和枪支，但都未能成功。这是因为这类武器必须对目标充满杀意才能使用。而古代文明创造出的大规模杀伤性武器和它们不一样。只要按个按钮就有可能导致数百万人丧生。不过，对于这种事情即便在理论上有所认识，也不会产生什么切身的体会。换句话说，良心的苛责也好、对杀人的厌恶感也好，都被很体贴地去掉了，这样也才使得大规模杀人成为可能。

超能毁灭者也属于大规模杀伤性武器。不过，它并没有大范围杀伤的能力，而更像是在暗杀之类的恐怖活动中使用的武器。最重要的是，它的用法很难让人感到自己是在杀人，不仅和攻击抑制没有抵触，应该也可以避免愧死结构的发作。

根据使用目的不同，恶魔的武器也可能像观音大士降下的甘霖一般普度众生。

超能毁灭者的存放地点留有记录，就是刚刚你看到的古代地点坐标。我知道单凭一个坐标很难成功抵达，不过用上箱子里的那个物品——如果那个物品还能正常使用的话，应该可以找到。

早季，你有着极其罕见、极其难得的资质，哪怕一边哭泣一边战斗，你也绝对不会退缩。你可以将目的贯彻到最后。这不单是父母眼中的认识，富子女士也同样给出了很高的评价。

只要超能毁灭者完整保留到今天，只要是你，肯定会找到的。用它去毙恶鬼，拯救小町吧。

我们从心底爱你。无论何时，无论何地，都在守护你的未来。

你的母亲　渡边瑞穗

读完书信，我已经泣不成声。

我把书信递给担心地看着我的觉。然后打开桐木箱的盖子。

放在里面的是一个长约五十厘米的东西，像是海蛆一样。背面蛇腹状的装甲上镶嵌着数枚闪烁着深紫色光芒的长笺状物体。

“拟蓑白……”

觉打量着箱子里面，很吃惊地喃喃自语。确实，虽然和孩提时代见到的那只拟蓑白形状不同，但整体感觉很相似。不过，这东西的背上没有触手状的突起，相比之下更像真正的蓑白。也许应该管它叫伪拟蓑白、假拟蓑白什么的吧。

“可这东西还能动吗?”我擦去眼泪问。

“谁知道呢?里面还有纸，大概是说明书什么的吧。”

我把放在箱子里一张折了四折的纸拿出来。这张纸好像很有年头了，整体上透着一层灰黄色。纸上用不常见的方块文字写着关于伪拟蓑白的说明。

一二九年四月十一日。在筑波山发掘的地下四号仓库发现。

型号：东芝太阳能电池式自走型文档型号 SP-SPTA-6000

使用说明、注意事项：

(1) 本机启动前需照射阳光使之充电。长时间休眠后，在夏季强烈日照条件下至少需要六小时。在缺乏照明处长时间使用有可能耗尽电池。

(2) 欲使本机返回休眠状态，可于口头下令。在确认动作指示灯关闭后，置于暗处保存。

(3) 本机在确认安全的状态下顺从人类的指令，但被疏忽对待时有可能对人类进行光的幻惑，图谋逃脱。请以对待野生动物一样的加倍谨慎态度对待本机。

(4) 本机依照极长的寿命及耐久性要求而设计，但其自我修复功能有所限制，并因型号过于古老，更换部件的可能性近乎为零。

（5）电路中有可能存在部分故障且无法修复。出现异常动作时，最好使之休息一段时间，供其冷却。

（6）在本机所存的各类信息与知识当中，也包含许多属于第四分类的内容，使用时需要慎重考虑。根据一般伦理规定，自走型文档在发现时原则上应当予以破坏。除图书馆相关人员之外，绝对不可提及本机的存在。

“一二九年……距今一百多年前了。还能不能动，实在很成问题啊。”觉说，“总之先拿去晒晒太阳看看吧。”

这台机器大概在图书馆的地下秘密保存了一百多年吧。这是母亲在避难前特意去绕了一圈拿过来的。我不想认为它是彻底损坏了的破烂货。

我们向寂静师借了铁制的笼子，把伪拟蓑白放进去，放在寺院里能照到阳光的地方。到日落时分恐怕已经没有六个小时了。今天能不能启动它，只有天知道。

“这里。”

望向寂静师指的地方，我们皱起眉头。寺院后山的岩盘上开了一个大洞，洞口嵌着结实的木制栅栏。怎么看怎么像是土牢。

“怎么关在这里？”觉眉宇间带着非难之色质问。

“不管怎么说，它是异类，总不能留宿它。更何况眼下这种时候，化鼠正在搞叛乱，死了那么多人。”

“可是，奇狼丸不是忠实于人类的大黄蜂族的将军吗？而且明明还救了乾先生的性命，把它关在这里……”我也忍不住插口说。

“只要是化鼠，不问部族尽数驱除，这是伦理委员会发出的通告。而且，即便是暂时对人忠实的部族，只要战况变化，轻易就会背叛原来的阵营，这是畜生常有的事。”

寂静师的语气里透出一种“没有杀它就已经很仁慈了”的味道。他打开栅栏锁，开了门。

昏暗的土牢中笼罩着热气和野兽的气息。

“奇狼丸，有客人专程过来见你。”寂静师开口道。

洞里面四肢着地爬出一个巨大的身影。如果站起来的话，恐怕要顶到天花板了。我立刻知道那正是奇狼丸：闪烁着绿色光芒的眼睛，沿着鼻梁刺着的纹路复杂的刺青。在化鼠里个头极大，独特的身形让人联想起野狼。不过，此时的奇狼丸异常消瘦，一只眼睛瞎了，全身还有许多尚未痊愈的伤口。

奇狼丸想要再往前走，却被哐啷一声牵住了。它踉跄了几步，挣扎了一下。

“欢迎光临。天神圣主屈尊来到如此肮脏之处，奇狼丸惶恐之至。”

即便是在这种状况下，它的语气还是和以前一样毫无变化。语带讥讽的声音里透着无比的自傲。

“我是渡边早季，你还记得吗？这是朝比奈觉……”

我忍耐不住，朝寂静师转过头去。

“这么对待它太过分了吧？快把锁链去掉！”

“可是，没有监寺的许可……”

“但现在监寺正在行法事，对吧？等完了再申请也不迟。”觉斩钉截铁地说了一句，用咒力切断了锁着奇狼丸后肢的锁链。

“这个让我很难办啊……”

寂静师满脸为难之色，但我们装作没有看见。

“你们二位的事情，我一直记得。异类管理科的渡边早季大人自不用说，朝比奈觉大人，在当初相遇的时候还是个可爱的少年哪，现在长成很帅气的大人了。”

奇狼丸来到我们的近前。不知是不是外面光线刺眼的缘故，它不停地眨眼。

“对不起，让你受这样的罪……然后还要谢谢你救了乾先生。”

我这样一说，奇狼丸咧开大嘴笑了。

“有什么好谢的，我只是做了该做的事而已。比起这个，那只恶鬼你们打算怎么办？”它单刀直入地问了过来。

“这岂是容你这异类置喙的话题！休得放肆！”

寂静师大声喝止，但奇狼丸全然无视，继续向我们说：“我军精锐向来以同族中最强而自夸，可惜被那只恶鬼轻易全歼，实在让人愤懑。我们射出去的箭，悉数停在空中，所有武器也都被尽数夺走，我们毫无办法。那恶鬼虽然还是个孩子，但的的确确只能说是无比可怕的对手。”

“那后来呢？”

“恶鬼并没有屠杀我军的士卒，我想它大概是想看我们被敌军活活折磨吧。我军精锐一个个做了食虫虻的活靶子，被迫手无寸铁地与敌军肉搏，那场面只能说是单方面的屠杀。”奇狼丸神色不变地说。

“还好你平安无事。”

说了这句话，我才意识到奇狼丸明明少了一只眼睛。这种情况下还说它平安无事，未免太缺乏敏感度了。

“我之所以能以身免，实在是近乎奇迹。以我的副官为首，精锐将士聚成一团向敌军突击，为我杀出一条血路。但是冲到一半，所有的武器都被夺走，就像被磁铁吸过去一样。他们赤手空拳，逐一被杀，我目睹着这一切，从距离恶鬼仅有二三十米的地方飞奔而过，跳进沟里。多亏神明庇佑，恶鬼没有注意到我……”

“是吗？恶鬼也袭击了我们的小町……放心吧，你部下的仇，我们必定会为你报的。”

“可是，天神圣主……人类对于同类，不是不能运用咒力的吗？既然如此，你们打算如何对付恶鬼？”

“你从哪儿知道这个的？”寂静师惊愕地叫道。

“天神圣主向来都有对我们的智慧评价过低的倾向。在我等中间，这可以说是众所周知的事实。当然，那个堕落的骗子野狐丸也应该知道。这一次计划的缘起，恐怕也是以此作为出发点的。”奇狼丸依然仅向我们说话。

“奇狼丸，你觉得怎样可以消灭恶鬼？”觉问。

奇狼丸在化鼠当中号称名将，觉大概认为它会有什么想法吧。

“如果无法使用咒力，便只有依靠我等通常所用的战术了。枪、毒箭、陷阱之类……无论哪种方法，都必须一击毙命，否则无法消灭恶鬼。可是现在恶鬼身边应该有食虫虻族的士兵充当贴身护卫，恐怕没有那么容易得手。”

这样说来，好像确实没有什么妙计。

“是吗……我还想问件事情。我们接下来要去东京。你对那儿有没有什么了解？”

奇狼丸瞪大了剩下的那只眼睛，仿佛很吃惊。

“那等被诅咒的地方，不要说天神圣主，就是我等同族也很少靠近。现在在那附近应该没有任何部族。”

“我听说，在久远的战争中，那里的水土都被污染了。这是真的吗？”我问。

“唔……那片地方很大，但一直都被遗弃，从这一点看来，应该还残留着什么有害物质吧。”

“有传闻说那里有致命的毒气和放射线，只要踏入一步就会死，这是真的吗?”

奇狼丸笑了。“哎呀，我想那只是单纯的传闻。毒气可能确实有过，不过早就消失了吧。至于说放射线，铀239的半衰期虽然有两万四千年之久，但在那片地域上，我不认为会有危及生命的严重污染。”

“你为什么这么肯定?”

“我曾经去过那片地域，虽然只有一次。当然，在当地我没有喝水，也没有吃东西，不过整整一天都在里面游荡，呼吸着东京的空气。对我的健康好像也没有什么影响。”

我和觉对视了一眼。这不是上天的惠赠吗?奇狼丸似乎也敏感地察觉了这种气氛。

“但凡去过一次的地方，我肯定不会忘记。带我一起去，我给你们指路。”

“二位！这个家伙说的话不可当真！异类终究是异类。在忠义的外表之下，谁也不知道它们抱着何种企图。”寂静师慌忙警告。

“如果对我的忠诚心有所怀疑，至少请相信这一点：我对野狐丸的憎恨无比真切。那个恶魔把我们大黄蜂族的女王禁闭在牢狱里。女王受到的对待恐怕还不如此刻的我。无论如何，我一定要把野狐丸大卸八块，救出女王。这是我现在唯一的愿望，也是我活下去的全部意义所在。”

慷慨陈词的奇狼丸眼中几乎要喷出绿色的火来。

“而且，刚才虽然说我自己的健康没有受损，但没有来得及说的是，同行的士兵死伤了差不多三分之一。那个幽暗地带至今还潜伏着许多危险。哪怕是天神圣主，如果没有合适的向导而贸然闯入，恐怕也与自杀无异。”

话说到这里，虽然寂静师还在不停规劝，但我们已经充耳不闻了。接下来必须奔赴东京这一被诅咒之地的念头，完全填满了我们的大脑。

伪拟蓑白的太阳能充电已经持续了六个多小时，但看起来还是完全没有启动的模样。

“不好办哪。这家伙不动，就不知道具体位置在哪儿啊。”觉叹着气说，“单单告诉我们古代的坐标也没用啊，我们连当时的地图都没有。”

“明天再充一次电看看吧。到底休眠了一百多年，没那么快吧。总之咱们还是要尽快出发。”

我伸手触摸伪拟蓑白的外壳。它虽然因为阳光而在发热，但感觉不到像要启动的样子。

“那就现在走吧。马上太阳就落山了，河面上正好在反射黄昏的阳光，比起晚上，现在这时候敌军更难发现我们。”

奇狼丸洗了个澡，吃过了饭，似乎完全恢复了精神。当然总不能让它裸着身子，所以从清净寺借了僧服穿上。那副打扮怪异无比，看上去就像妖怪寺的怪物和尚一般。

“……可是，这东西到底要怎么操纵呢？”

望着浮在寺院船坞里的奇怪物体，乾先生说。那艘船——总之应该是艘船吧——的船腹上刻着“梦应鲤鱼号”几个字。长度大约五米，形状像是两艘船上下倒扣在一起。顶上有一扇可以完全紧闭的门，关上之后能够阻挡水的进入。从这里进到船里，三个人和一只化鼠估计会挤成沙丁鱼罐头。

“一个人从前面的小窗观察外面发出指示，剩下一个或者两个人用咒力驱动船体侧面的外轮。”寂静师解释说。

船体侧面的外轮形状像是小型的水车，有贯穿船壳的轮轴将其连在内侧如同船舵一样的轮子上，转动内轮就可以带动外轮。不过为了防止进水，内轮上罩着半球形的玻璃，只能通过咒力驱动。将两侧的外轮前进旋转的时候船体可以向前，后退旋转则可以向后。如果将两侧内轮向左右反方向旋转，也可以让船体转弯。

“这是本寺保管的唯一一艘潜水艇，也是小町的唯一一艘。原本是为了调查河底而制造的，危急之时，则用作住持监寺之类高僧的最后避难所。不过鉴于这一次的使命之重大，特别申请了使用许可……”

“寂静师父，给您添了不少麻烦。”觉委婉地拦住了寂静师的喋喋不休，“没能向无瞋上人和行舍监寺道谢，我们十分遗憾。请转达我们的感激之情。”

“这就要走了吗？不要怪我多嘴，两位是不是再好好考虑考虑？带着这样的异类同行，我认为太过冒险了。”

“此时此刻已经没有别的选择了，我们只能借助一切可以借助的力量。”

我们把换洗衣服和伪拟蓑白等等都塞进登山包(其实只是个简易背包而已)，带着满怀的不安开了船。我负责由前面的窗户向外观察，觉负责右边，乾先生负责左边。一开始我们浮在水面上通过寺院的水路，寂静师为我们打开了伪装成草丛的门。船一出利根川，门便慢慢重新关上了。于是，这成为我们拜访清净寺的最后一次。

关上门，我们开始潜航。船内一片漆黑。除了河水的浑浊茶色之外，随着太阳逐渐落山，窗外的视野也越发昏暗。所以一开始我的指示总有些迟疑，而左右外轮的联动也没有配合得很好，“梦应鲤鱼号”在晃晃悠悠中蜿蜒前行。不过，经过几次眼看就要撞上岩石的危险之后，三个人总算是逐渐配合得顺畅了些。

这时候，我们发现了这艘船的最大缺点：船的容积太小，载满乘客之后，过不了多久就会氧气不足，让人呼吸困难，不得不浮上水面，打开上面的门，灌入新鲜空气。我们有好一阵都是这样前进的。

潜航的时候，因为必须依靠左右外轮前进，速度没有想象中那么快，所以到了上浮的时候，我们都想尽量多走一些距离。奇狼丸把头探出上面的门，不停嗅着空气。过了一阵，它关上门，告诉我们：“还是潜航吧，前面飘来强烈的同类气味。”

“梦应鲤鱼号”再次慢慢沉下去，差不多擦着河底，慢吞吞地转动外轮前进。

“要潜航到哪里才合适呢……”觉自言自语般地问。

没有人回答。

再向前走了一阵，头顶上出现了船影。两艘、三艘……化鼠似乎在河面上戒严。现在利根川的下游流域完全处在敌方的控制之下。

“梦应鲤鱼号”像在河底爬行一般，在敌影下面潜行。所有人都屏息静气，不敢做出任何动作。因为谁也不知道船里发出的声音会传到外面多远的地方。

过了好一阵，敌军的船影终于看不到了。

“上浮吧。”觉说。

“唔……还是再等一阵比较好吧？化鼠说不定还在附近。”

对于我的反驳，觉摇了摇头。“我们再继续潜航的话，说不定会进入敌军的下一道封锁线。我们不能错过换气的机会。”

乾先生和奇狼丸都赞成觉的意见，三比一，潜艇开始上浮。

打开门，新鲜空气涌进来。我们全都做深呼吸，咀嚼着氧气的馈赠。

“照这样子什么时候才能入海啊……干脆就在上浮的时候全速全力猛冲是不是更好？化鼠应该也拿我们没办法。”

我实在不想再潜水了，忍不住任性地说。

“这个办法已经讨论过了吧？确实，只要它们没在河上张网，倒是可以突破河口进入大海。但是这么一来，我们的动向就会泄露给对方，弄不好连我们的意图都会被野狐丸察觉。只要有机会悄悄入海，就应该尽量避免惊动它们。”

觉说得很有道理，我也不能再发什么牢骚。

太阳已经落山了，周围飞快变黑。就连浮在水面上靠目视指示航行的时候也要注意，我不禁开始担心潜到水里会怎样。就在这时候，奇狼丸的声音响起。

“关门，潜航。前面有相当数量的同类。可能又是一条封锁线。”

“梦应鲤鱼号”静静地下沉到水底，这里已经伸手不见五指了。

这一带利根川的水深最多也就是四五米吧。虽然这种水深不至于完全遮住光线，但今天本来就是弯月，天上又有厚厚的云层，连星光都不多。河底像是墨水一般漆黑。在这样的情况下，单靠目视我没办法给出有意义的指示。

“对不起，我已经完全看不见前面了。”

我这样一说，觉和乾先生很困惑地停住了船舵。

“就随着水流走一段吧。”奇狼丸帮我说了一句，“只要小心注意别撞上什么东西。”

能见度为零的情况下，怎么样才能避免冲撞？我对奇狼丸不禁有点生气，不过还是盯紧了一片漆黑的窗外。

“对了，只要有光就行了！在窗户里面做个小小的光源，应该就能看到很远的地方吧！”

“不行。”觉一口否定，“水里发光会非常显眼。”

“那……照这样子，只能摸着石头往前走了。”

“也没有别的办法吧？”

我正要反驳的时候，忽然发现小窗外面隐约射来朦胧的光线。

“哦？看，亮了。”

“嘘！安静。”

乾先生从后面抓住我的肩膀。

我们一动不动地等了一阵，慢慢地，前方的水面上有光线亮起来。

“它们拿火把照亮了河面……”觉悄声说。

“能看见咱们的船吗？”

“大概还没事吧。”

觉嘴上虽然这么说，但语气里并没有足够的自信。

“不用担心。上面的家伙们一心监视水面，大概还没想到会有能在水下潜行的船。”

和觉相反，奇狼丸倒是一副非常自信的模样。

多亏了火把的光线，我们又能看见前方了，船也得以缓慢而切实地前进。化鼠似乎确实和奇狼丸说的一样，完全没有注意到我们。这样说来，夜晚的时候在水面上点火把，由于光线的反射，大概更不容易看见水下的东西吧。

借着隐约的光线，能看到前方水面上浮现着无数的影子，看上去好像木筏。

“觉，看。”

我小声呼唤，觉将外轮的旋转交给乾先生，探身过来。

“那是什么？”

觉仔细看了一阵，然后长长吁了一口气。

“原来如此，没想到它们能弄到这种程度……”

“什么意思？”

“它们在水面上布了障碍物，排了满满的木筏，让船只无法通行。木筏上恐怕还配备了射击手吧。”

这一带的河面虽然比其他地方稍窄，但也有数百米的宽度。就算是拿几根木头捆在一起的粗糙木筏，要做出这种规模的封锁线，肯定也需要无数劳力。

“搞出这个阵势，也太疑神疑鬼了吧。不过再怎么多疑的谋士看来都没想到我们会在水下潜行。”奇狼丸满意地说。

“梦应鲤鱼号”贴着河底，在木筏的遥遥下方通过。

钻过化鼠的封锁，周围又笼罩在黑暗中。我们再向前走了一阵，然后悄悄上浮，更换船里的空气。

“清净寺的人也真是的，要是在这船上装通气管之类的东西就好了。”觉抱怨道。

“不过既然已经到了这里，再有一点儿就到入海口了。”乾先生的情绪似乎很高涨，“接下来应该不用再潜航了吧？”

“奇狼丸。还有化……你同类的气息吗？”我问奇狼丸。

“不知道。刚才风向变了，开始吹大陆风了。”

奇狼丸一边竖着耳朵，一边不停嗅探空气中的气味。

“现在听不到任何声音，不过我们最好也别弄出声音。”

“梦应鲤鱼号”保持着上浮，沿着利根川的中线静静地向下游驶去。我的头探在门外，观察前方的情况。河面比刚才被木筏并排封锁的地点远为宽阔，几乎看不见两岸。

不会再有情况了。我紧绷的神经放松下来。照这样继续向前就是入海口了。然后只要进了太平洋，化鼠就抓不到我们了。只要再忍耐一会儿就行了。

就在这时，前方一公里左右的地方，隐约出现两三只船影。

“有船，怎么办？”

“等等。”

“梦应鲤鱼号”停止了前进。觉和乾先生将向前转动的外轮反过来旋转，逆着水流将船暂时停止在原地。

“……潜航吧。从这里到大海的距离，空气应该够了。”

就在这一刹那，奇狼丸压低声音喊了起来。

“快逃!”

“啊？怎么了?”

“同类和……那家伙的！没错，是恶鬼的气味!”

“可是，风向是反的……”

刚说到一半，我反应过来了。恶鬼从背后追上来了。

回过头，只见昏暗的大河上有一艘张着巨大风帆的船影，正以极高的速度接近。距离我们恐怕只有四五百米了吧。

直觉告诉我，恶鬼发现了我们。它是远比化鼠视力好的人类，哪怕是在一片漆黑的河面上，借助星光也有可能看见我们细微的航行痕迹。

“潜水吗?”

“来不及了……就这么突破!”觉叫道。

我用咒力猛地加速“梦应鲤鱼号”。觉也从狭窄的入口处一起探出头，向后面开始扰乱对手的工作。后来听他说，他是在水里吹入大量空气，形成巨大的气泡墙，至少能起到掩盖我们航行痕迹的作用。

“早季，闭眼!”觉转向前方叫道。

我不明白他的意思，不过还是照他的嘱咐紧紧闭上眼睛，靠头脑中保存的加速船只的意象前进。刹那间，透过眼睑，我感觉到强烈的光芒。在前方游弋着的化鼠的小船似乎正在一个个放出炫目的光芒燃烧起来。如果恶鬼看到那些强光的话，它的眼睛应该也会有一阵子什么都看不到了吧。

“梦应鲤鱼号”在操纵者闭着眼睛的危险状态下，从燃烧的船只中间擦身而过。

一睁开眼睛，我更是发疯般地将船继续加速。“梦应鲤鱼号”以疯狂的速度在水面上疾驰。

回过神来的时候，我们已经在太平洋上了。陆地被甩在遥远的身后，海岸忽隐忽现。海面上波涛汹涌，十分恐怖，利根川的波浪完全无法与之相比。那是鹿岛滩的怒涛。

“恶鬼……呢？甩掉了吧？”

“唔，现在算是吧，不过恐怕还会再追上来吧。”

“为什么？”

“如果我们只是为了逃走，不应该穿过它们的控制区域沿河而下，而是选陆路才对。我们没有这么做，反而冒着危险强行突破，这说明我们肯定带有某种目的。野狐丸不可能算不到这一点。至少它也会认为不能对我们置之不理。”

小船每一次摇晃，胃就像是被扔起来一样的感觉。潮水的气息直呛到鼻子深处。

“那要赶紧……”

“嗯，接下来也简单，顺着右边的陆地往前走就是了。越过犬吠崎，绕房总半岛转个大圈过去。”

觉凝视着黑暗大海的远方。

“问题是在那之后怎么办。如果伪拟蓑白不醒的话，我们束手无策。”

星光照耀的东京湾是点缀着无数滩涂的美丽内海，丝毫感觉不到奇狼丸所说的可怕。

“梦应鲤鱼号”停在海湾深处等待天亮。因为奇狼丸说深夜里靠近岸边会很危险。据说过去它们从陆路进入东京的时候，虽然白天没有任何异状，但到了晚上，所有靠近岸边的奇狼丸部下，全都被不明怪物或杀或吃了。

海湾内的波浪比起大洋要平稳许多，但即使如此，在大洋上狠狠摇晃了那么久，我还是恨不得尽早踏上坚固的地面。所以当东方射来金色曙光的时候，我长出了一口气，想着终于可以踏上岸了。

就在这时，头上覆盖下巨大的影子。我大吃一惊，抬头去看，只见黎明的天空被乱舞的无数生物覆盖得严严实实的。

“蝙蝠。这里栖息了无数蝙蝠，可以说它们是东京现在的统治者。”奇狼丸解释说。

看它冷静的模样，这些似乎并不危险，但我还是不禁在想，蝙蝠到底为什么会繁殖到这种程度。

“梦应鲤鱼号”向东京湾的西北岸驶去。到处都是一望无际的灰白色沙滩，看不到什么显眼的动物或植物。

船一上沙滩，我立刻跳下船去，大大伸个懒腰，舒展僵硬的肌肉。沙滩的触感让人心旷神怡。不过即便上了岸，还是感觉身体在摇晃。其他几位也逐一上岸。

为了防备追兵，我们要寻找隐藏船只的地方。在沙滩深处，有灰色岩礁一样的东西。仔细看去，那好像是混凝土质地的古代建筑物残骸，让我想起以前在食虫虻族看到的圆形建筑物，不过要比那个大很多。再往前有个巨大的壕沟。我探头往里看，只见下面二十米左右的地方有个突出的岩石平台，面积挺大，而这个壕沟似乎还在往下延伸，我甚至能感到冰冷微臭的空气。我们把当前必须带的行李卸下来，将“梦应鲤鱼号”安置在岩石平台上。

“好了，接下来怎么办?”

“埋头乱走也不是办法，总之再给这家伙充充电吧。”

觉指指装伪拟蓑白的背包。

“在那之前，先要找个安全的地方。要能看到海，最好是一有追兵过来立刻就能看到的地方。”

根据乾先生的建议，我们来到一处稍微高于别处的小山丘上。那是一座黑色的石头山，好像和之前看到的灰色岩礁残骸一样，都是古代建筑毁败之后剩下的东西。沙滩上的沙石也像是粉碎的混凝土，不过即便同属于混凝土，这里的材质似乎也要比之前看到的更具黏性，尽管也在岁月的侵蚀中慢慢变形，但好歹没有彻底崩塌。

我们把伪拟蓑白放在朝阳的光芒慢慢变强的地方。然后，能做的只有等待。我们开始吃早饭。当然不能点火，不然会有烟。我们默默地咀嚼清净寺为我们准备的兵粮团子。这东西以荞麦粉为主体，里面裹了鲣鱼、梅干、胡桃、枸杞等等，再混上蜜糖捏紧。我不禁想起很久很久以前吃过的化鼠行军粮。那是和野狐丸一起去木蠹蛾族时候的事。现在这东西的味道和那个时候虽然不同，但也没什么太大的差别。忍耐一下的话，也不是不能吃。

填饱了肚子之后，接下来就想睡觉了。为什么会在这时候想睡觉啊，我想。大概是看到我昏昏欲睡的模样，乾先生提议说交换值班，于是我落入彻底的睡眠之中。

那时候做了什么梦，我已经记不得了。不过在真正面临危机的时候，人似乎并不会做噩梦。我有一点模模糊糊的印象，好像做了个快乐的美梦。大概是梦到孩提时代的事了吧。

就在那场梦里，突然出现了闯入者。奇异的怪物。像青蛙一样低声嘎嘎地叫着，又像鸟一样用高亢的声音哔哔鸣叫。

真吵啊——就在我这么想的时候，意识忽然清醒过来。这到底是什么声音？

睁开眼睛，除我之外的两个人和一只化鼠正围在伪拟蓑白旁边。

“怎么了？”

“启动了……充完电了。”

听到觉的回答，我彻底清醒了。我跳起身来，加入他们。

伪拟蓑白不断发出刺耳的机械声，最后终于发出了第一声人声。

“我是国立国会图书馆筑波馆镜像终端〇〇八号。”

那是柔和的女性声音。周围响起一阵欢呼声。

“有事情问你。”

无视觉的问题，伪拟蓑白继续说：“此刻正在进行同步……正在进行同步……正在进行同步……”

看来是在同其他图书馆终端进行信息交换。等了一阵，伪拟蓑白终于夸耀似的宣布：

“同步完成……日期校正及文档上传成功。”

尽管距离遥远，机器之间似乎也可以轻而易举地通讯。

“恭喜恭喜。对了，有问题要问。”觉再次开口说。

“要使用检索服务，必须首先进行用户登记。”

觉瞥了我一眼。很久很久以前，我们在夏季野营的时候捉到的拟蓑白，说的也是同样的台词。

“用户登记是要怎么做？”

“能够进行注册的人士需要满十八周岁以上。为了证明其姓名、住址、年龄，需要以下证件：驾驶证、保险证(需要记载住址)、护照(需要记载出生日期的个人信息页与记载有现住址的部分的复印件)、学生证(需要记载住址及出生日期)、户籍证明的副本(发行日期需在最近三个月以内)、公务证件及类似品。所有这些都必须是有效期内的证件。”

“没有这些东西。”

“此外，以下证件不可申请，请注意：工作证、学生证(未记有住址或出生日期的)、月票、名片……”

“听好了，你要是再啰里啰嗦不回答问题，我就干掉你。另外警告你一句，别想用催眠术。”

“……省略证件审查手续。以下开始进行用户登记!”

“这也省了。我要问的是这个地方。要去这里该怎么走?”

觉把信里写的地址念出来。伪拟蓑白再度发出刺耳的哔哔声。

“无法启动全球定位系统……无法接收 GPS 卫星信号……无法接收 GPS 卫星信号……在信号范围外。”

“别费劲了，那些东西早就没了。”

“利用其他终端的信号以三角定位法测算现在的位置。”

伪拟蓑白沉默了半晌，埋头于时隔一个世纪之后被赋予的任务。

“……与地图数据核对完毕。以电子罗盘进行的地磁测位完成。目的地方位判明。请由当前位置向西北 29 度前进。”

太好了，我握紧拳头。这样就可以抵达信里所写的地方了。虽然只有老天知道过了这么多年那里是不是还有超能毁灭者。

“喂，我问你啊，超能毁灭者是个什么东西?”

伪拟蓑白陷入沉思。

“……检索到 57 个结果。”

“也叫超能杀手什么的，应该是某种武器。”

“检索到1个结果。超能毁灭者是古代文明末期美国用于清除超能力者的细菌武器的俗称。”

细菌……我不寒而栗。

“但是，‘超能’（psycho）这个前缀，不是指精神病什么的……精神异常者吗?”觉问了另一个问题。他以前那种喜欢追究无聊细节的癖好好像还没改掉。

“在希区柯克的电影中广为人知的psycho这个俚语的确是指精神异常者，而具有念动力的人被称为psyko，两者的日语假名是一样的。后者指的是念动力，即psychokinesis的简称，这是公认的称呼。”

“这个先不管他，你刚才说的细菌武器是什么意思?”

“超能毁灭者的正式名称，是剧毒性炭疽菌，Strong Toxicity Basillus Anthracis，简称STBA。炭疽菌是在土壤中普遍存在的枯草菌中的一种，但被摄入人体后，会引起皮肤炭疽、肺炭疽、肠炭疽等严重症状……”

伪拟蓑白的解释，让我的皮肤上都起了鸡皮疙瘩。当环境恶化的时候，炭疽菌为了延长生命，会以孢子状态休眠，所以被认为是非常便于使用的生物武器。培养炭疽菌并将其干燥之后，就可以得到白色粉末状的孢子。这些孢子耐热耐干燥，并保持着通过空气感染的能力，因此也可以采用装入信封里邮寄之类的手段。

STBA是通过基因工程，对炭疽菌的毒性加以强化之后的产物，据说将普通的肺炭疽菌致死率从通常的80%～90%成功提升到将近100%，而且据说STBA还有多重耐药性，对一般炭疽菌有效的青霉素和四环素之类的抗生素，对STBA也完全无效。

"……此外，普通炭疽菌基本不会在人与人之间传染，但STBA因为有着极强的感染力，通常的防疫方法很难抑制STBA感染的爆发。此外，STBA作为具有理想破坏力的斩首型武器的同时，与其他细菌或病毒武器相比，还有着易于进行战后处理的优点。按照设计，STBA的毒性在一两年内就会降低到普通炭疽菌的水平，因此除了使用方便之外，STBA也是对环境具有保护作用的生物武器……"

真是疯狂，完全无法理解古代人的思维。

"……我们真要启用这样的东西吗?"

对于我的问题，两个人和一只化鼠似乎完全不能理解。

"这是为了击毙恶鬼啊，没别的办法吧。"觉说。

"就算投放到环境里，过一段时间毒性就会减弱。这样也不会给将来留下隐患啊。"乾先生说。

"真了不起。用这东西，在恶鬼还没注意到的时候让它感染是可能的。不过问题在于如何能让它吸进粉末。"这是奇狼丸的感想。

"……普通的炭疽菌孢子可以生存五十年以上，这一点已经确认；而 STBA 的孢子有人认为具有千年以上的耐久性。这是……”

伪拟蓑白继续喋喋不休地介绍超能毁灭者。

“够了。”

觉制止了时不时混合哔哔声的怪异女声，恐怕是担心电池吧。

突然，奇狼丸脸色骤变，站起身来。“糟糕……”

“怎么了?”乾先生吃惊地问。

“那只鸟，抓住它。”

奇狼丸指的是一只迅速飞走的鸟影，和我们的距离已有百米了。

但在乾先生将意识集中到鸟身上之前，觉小声叫道：“不，等等。”

在觉眼前的空间里形成了一面真空透镜。和通常的透镜相反，那是凹面镜，能够扩大对象的图像。我们聚集到觉的身边。

透镜中央，清晰地映出由地平线远方驶来的风帆的尖顶。

“难以置信，已经追上来了……”觉低声自语，语气中透着诧异。

“是我不小心，我等同类常用飞鸟做侦察。很可能昨晚在海湾内停泊的时候就被猫头鹰、夜鹰之类的夜行性鸟类发现了。”奇狼丸懊恼不已地说。

“现在怎么办?”

“我想它们已经掌握了我们现在的位置。虽然现在应该立刻转移，但半径三十公里的范围都是不毛的空地和沙漠，没有地方藏身。而它们可以随时把握我们的位置，采取直线距离追赶。我们被追上只是时间问题。”

“既然如此，潜入地下怎么样?”乾先生紧皱眉头，问奇狼丸。

“东京的地下不啻于地狱。我当年的部下差不多都是在地下探险时折损的。不过现在这个时候也没有别的办法了。”

奇狼丸指着距离四五十米的地方一个风洞一样的开口。

“刚刚经过那边的时候我闻过风的气息，这里应该和东京地下纵横交错的巨大洞窟相连通。而且一开始的斜坡比较舒缓，我想应该能走下去。”

看来没有别的选择了。

“好。总之只要在被追上之前找到超能毁灭者就行了。要是恶鬼追上来的话，还省了咱们的事情……就算是最坏的情况，也可以在狭窄的洞窟里喷洒粉末，拼着一死也要感染恶鬼那个混蛋。”

乾先生的话，道出了此时此刻我们全员的决心。

Ⅵ. 黑暗中燃烧的篝火

1

小心翼翼地检查着脚下的坚实度，我们一步一步往地底深处走去。脚下是灰白色的石灰岩，稍有不慎就会滑倒。

我本以为洞窟里面会比外面凉爽，但沿着斜坡下了一阵，身上就开始渗出黏黏的汗水。这里不单温度高，湿度恐怕也接近百分之百。

“为什么这么热?”

我这么一问，奇狼丸只说了一句“蝙蝠”，依旧急匆匆向前赶。

从地下深处吹上来几股复杂交织的风。奇狼丸似乎是通过其中的气味来选择前进的道路。从觉的背包里探出头来的伪拟蓑白虽然可以告知距离目标建筑的方位和距离，但对中途的地形却提供不了任何可资参考的信息。如果没有奇狼丸带路，我们一步也前进不了。

舒缓的斜坡结束之后，道路变得水平。这里已经距离入口很远了，不过因为时不时会有通向地面的孔洞或裂缝，光线还是很充足。

“再往前还会更热，请忍一忍。”

前方传来轻微的嘈杂声。同时还有让人闷得发慌的热浪和仿佛猪圈般的臭气扑面而来。奇狼丸指向高处直径一米左右的洞穴。那里好像就是一切的源头。

领先的奇狼丸开始攀登陡峭的斜坡。原本就光溜溜的石灰岩，因为潮湿的缘故，更加容易打滑。仅仅四五米的距离，我们费了很大力气才爬上去。

探头张望洞穴内部的奇狼丸，朝我们回过头。

“这里面一片漆黑，准备好照明吧。”

我们从背包里取出预备的灯笼。光量虽然小，不过装满菜籽油之类的植物油之后可以持续燃烧十五小时以上。此外，除了点火的时候之外，其他时候都不需要使用咒力，这一点也很方便。

高亢的噪音震耳欲聋。那奇异的声音好像铃铛一样，又像是无数妖精在兴高采烈地说话。跟在奇狼丸的后面钻过狭窄的入口，眼前是远比刚才宽阔的空间。但那股闷热和无比的臭气让人无法开口惊叹。

“当心脚下。”

奇狼丸提醒我们注意。它的独眼闪烁着可怕的绿色光芒。

我举起灯笼照亮脚下，却被眼前的景象吓了一大跳，几乎要尖叫起来。在宽阔的洞窟底部，有无数生物在蠕动。仔细看去，那是无数的蛆虫。从未见过的巨大蛆虫、蠕虫、蚰蜒般的多足昆虫和蟑螂、大蜘蛛等等。这些生物在泥土一般不知延续到何处的东西上爬动，但从那“泥土”散发出的无与伦比的臭气中，我明白那是厚厚堆积起来的粪便。这异常的热气似乎也是在大量粪便发酵的过程中产生的。

“这种地方怎么走路!”

我虽然哀号不已，但奇狼丸和乾先生已经开始走了起来。

“早季，只有走啊。”

觉想要拉着我的手一起走，但生理上的厌恶感让我一步也迈不出去。

“这里面要是有毒虫怎么办？要是不小心被咬一口怎么办？”

我一边说一边举起灯笼向上照，想看看头顶上是不是也有虫子。

洞穴顶部距离我们足有十米以上。一眼望去，上面挂满了无数的蝙蝠。奇异的声音就是蝙蝠的鸣叫声。我知道自己已经面无血色了。

“不行，我走不了。要是这些蝙蝠冲下来袭击我们就完了。”

觉询问背包里的伪拟蓑白："这里的蝙蝠会危害人类吗？"

"一般认为，栖息在这个洞穴里的基本都是东京大蝙蝠。东京大蝙蝠白天在关东近郊主要以昆虫等为食，夜晚回到天敌很少的东京洞窟。至今为止，没有记录显示它们对人类有任何形式的危害，也没有以它们为媒介导致人类感染疾病的案例。"

"你看，没事的。"觉激励我说。

"……旧东京二十三区地下洞窟中，推测总计栖息着约百亿只东京大蝙蝠。东京大蝙蝠在洞窟内排泄的粪便是许多动物的食物，从根本上改变了原本是不毛之地的洞窟生态。此外，东京大蝙蝠因为体型大而被赋予大蝙蝠的名字，但对于认为其先祖是小笠原大蝙蝠的假说，学界存有疑问。因为包括小笠原大蝙蝠在内，所有大蝙蝠都不具备洞窟性，而且东京大蝙蝠也不进行超声定位。因此，另有假说认为，东京大蝙蝠是关东地区占据优势的菊头蝙蝠大型化之后……"

虽然没人提问，伪拟蓑白还是继续往下解释。似乎只要没有新的问题，或者没有让它停止，它就会不断说下去。

"……那么，在蝙蝠的粪便里生活的虫子当中，有没有有毒的？"觉问。

"这里的虫子基本上都没有毒性，不会咬人。唯一的例外是洞窟蛆蝇。洞窟蛆蝇是适应了丰富的蝙蝠粪便作为食物的环境而丧失飞翔能力的蝇，以蛆的形式度过一生，进行幼体生殖。它具备锐利的口器，有咬人手足的记录。虽然未发现有毒性，但因为环境不洁净，伤口受到细菌感染的可能性较高。另外，洞窟蛆蝇的唾液偶尔会引起过敏反应……”

“知道了知道了，够了。”觉让伪拟蓑白停下。

“就是这个大蛆虫吧？总之小心这家伙就是了。好了，走吧，没时间了。”

我闭上眼睛，踏上有恶心的虫子不停蠕动的蝙蝠粪便。鞋子咯吱咯吱的，陷到脚踝周围。我的全身都生出鸡皮疙瘩，一阵阵恶寒让我颤抖不已。不过也多亏了这一点——虽然这么说也很怪异——因为恶心的缘故，对于周围飞舞的无数小虫，还有桑拿般的高温和湿气，基本上都不在意了。

走了一阵，终于踏上了坚实的石地。我总算放下了一颗心，膝盖都软了。

“东京的地下不啻于地狱，这话的意思我终于明白了。”

我这么一说，奇狼丸笑了。

“错了，这一带还算是天堂咧。”

穿过蝙蝠栖息的大洞窟，稍微凉爽了些。起初的时候还觉得很舒服，但再走一阵，汗水冷却，变得寒冷起来。我第一次发现寒冷而湿度又高的状态会是如此难受。

走在前面的奇狼丸对周围的环境像是完全没有感觉一般。我想起化鼠原本就是穴居动物，不禁感到颇受鼓舞。不过转念一想，追赶我们的化鼠也可以说是一样的。

“你说自己以前来过东京？”

“是。”

不知怎么，奇狼丸似乎不太愿意提及那段过去。

“那你对这里的情况也十分了解吧？为什么没有在这里建立部族呢？明明有这么大的现成洞窟。”

“我们一族里，各种挑战者层出不穷，但想来这里居住的，确实一个都还没有。”奇狼丸郑重其事地说，“这里有许多麻烦的本土生物。我原来也说过，单单在这里转一转，我部下士兵当中近三分之一的性命就交代在这儿了。”

这么说来，是不是应该仔细问问奇狼丸或者伪拟蓑白，那些麻烦的本土生物到底是什么呢？我正在这么想的时候，觉问了伪拟蓑白另一个问题。

“目的地距离这里的方位？”

“西北27度，至今为止大体都向着正确的方位前进。”

“唔……”

不知为什么，觉并没有显得很高兴。

“目标建筑物是不是还在，当然也不知道了？”

“关于这一点，因为存档文件中没有相关信息，无法确认。不过，建筑本身——至少其中一部分残留至今的概率，在计算中超过百分之五十。”

“真的？这么说有什么依据吗？不是已经过了上千年了吗？”觉叫道。

我终于明白他原来是在担心这个。

“目标建筑中央合同厅舍八号馆，采用超长寿命混凝土修建。它掺入了乙二醇醚衍生物和氨基醇衍生物的混合剂，又经过高分子聚合物含浸处理和表面玻璃化处理……”

“详细解释就算了。重要的是，即使过了上千年，这栋楼还是有可能存在的，是吗？”

“理论上是的。”伪拟蓑白一本正经地回答。

“那么，为什么其他的大楼基本都没剩下？”

“古代文明使用的普通混凝土，一般只有五十年左右的耐久度，最长不过百年。再加上施工不良、混凝土中掺入太多水分、使用海砂导致的碱性骨料反应等影响，寿命更短。在九日战争中，东京都三分之一的建筑物的地上部分都遭到破坏，剩余的部分大半也在百年内崩塌。混凝土在强酸雨的作用下风化，石灰部分融解，流入原本被用于各种用途的巨大地下空间。因此，在自然状态下需要数百万年才能完成的钟乳洞，仅仅数百年的时间就出现了。”

“九日战争是什么？”我问。

“那是普通人猎杀超能力者的阶段终结之后，超能力者转入反攻、驱逐普通人的战争。不足百人的超能力者，在仅仅九天时间内，便将东京都内的一千万普通人……”

“够了。”

我听不下去了，拦住伪拟蓑白的话。

学校里从来没有教过这些。我当然知道，人类的历史都是这样充满了战争和杀戮的记录。但在心底，我不愿相信那些具备咒力的人、和今天的我们没有根本差异的人，竟会如此残杀没有咒力的普通人。

在另一方面，我们要去取的名为超能毁灭者的武器似乎也没能改变当年的战局。然而时至今日，胜者的末裔却不得不将命运托付给那样的东西，这也可以说是命运的讽刺吧。

要说讽刺，用混凝土将地表涂上浓妆的都市东京，其存在本身也是一种讽刺吧。本来是为了改造自然而使用的混凝土，却加速促成了远古喀斯特地貌的形成。如今地面上是绵延不绝的不毛之地，地下则充满了热量和湿气，肆虐着可怕的生物，环境化作地狱一般。

奇狼丸突然停住脚步，抬起头，不断嗅探空气中的气味，然后又朝着墙壁上细细的裂缝探出鼻子。

“怎么了？”乾先生问。

“追兵。有气味飘过来……呵呵，果然如此。”

“喂，那还不快逃……”觉叫道。

“没关系。敌军还在很远的地方，而且似乎和我们走了不同的路。只有气味通过细细的通道被风传过来而已。基本上可以推定对方的阵容。”

“阵容？有多少只？”

我对奇狼丸的能力产生了兴趣。

“嗯，一共……七只。比预想的要少，不过对于在狭窄地下迅速行动来说，这个数目大概正合适吧。其中五只的气味第一次闻到，大概是一般的士兵。不过后面就是老朋友了。那个恶鬼，还有野狐丸。”

“野狐丸?”觉吃惊地叫了起来。

“难道主将亲自追来了？这家伙原来一直躲得很好的啊。”

“没什么好奇怪的。”奇狼丸嗤之以鼻，“为了打赢这一战，必须启用恶鬼。与此同时，恶鬼也是那家伙的王牌。失去恶鬼，直接意味着败北。由这一点来看，野狐丸亲临战场指挥，以期万全，也是理所当然的。”

奇狼丸的话中，也包含着换了自己也是一样做法的意思。

“等一下，照你这么说，它们也知道我们的人数了?”乾先生敏锐地提出问题。

“有这个可能。”奇狼丸一脸明知故问的表情。“东京地下有纵横无尽的大小隧道，风向千变万化。我们留下的空气也会由风运去。闻到那些气味，它们对我们的数量和构成也是了如指掌了吧。”

彼此都对敌我的阵容了然于胸，乍看似乎是五五分，但敌方有着恶鬼这张王牌，而且数目也多于己方，这样看来，它们岂不是具有绝对优势吗?

到这时候，我对局势的判断还是这样的。

我们默默地在昏暗的钟乳洞中前进。

该怎么走，基本上都听伪拟蓑白和奇狼丸的指示，因此我有充分的时间思考。

从大前天那个夏祭的夜晚开始，接连不断发生了如此之多的可怕事件，使我们疲于奔命，根本没有时间思考更加核心的问题。

“我说，觉。为什么真理亚他们的孩子会变成恶鬼?”

对我提出的问题，觉半晌没有回答。

“……不知道。不清楚化鼠怎么把它养大的，大概用了什么药物吧?”

觉瞥了一眼走在前面的奇狼丸的背影。

“但是，这样子能把普通的孩子变成恶鬼吗?”

“据说至今为止出现的恶鬼全都是突然变异产生的。即使父母没有异常，也有可能生下具有恶鬼潜质的孩子。”

“现实中真有这样的事吗? 变异成恶鬼的概率应该极小吧?”

觉摇摇头。

“现在想这些又有什么用呢? 总之，要是阻止不了恶鬼，我们小町就完了。现在，为了这个目的，我们需要超能毁灭者。”

“唔……可是……”我想把头脑中模模糊糊的想法诉诸语言，“该怎么说呢……那个孩子会不会不是恶鬼啊……我一直有这样的想法。”

“你在说什么呢？那家伙干了什么，你不是也看见了吗？它到底杀了多少人，你知道吗？连镝木肆星都遭了它的毒手!”

觉怒形于色。可能是因为那声音的影响，头顶上有什么东西啪嗒一声掉在觉的身上。

“哇——!”

混合着惊讶和痛苦的哀号在洞窟中回荡。觉一个踉跄，坐倒在地。

“立刻摘下来!”回过头的奇狼丸，语调严厉地说。

我用灯笼照亮觉的身子。觉的左肩上贴着一个三十厘米左右、湿漉漉的发光物体。

“不能强行拉扯，要用火烧，让它自己脱落。”

遵照奇狼丸的指示，我将那东西的体表一部分变成赤热的状态。虽然直接点燃会更快，不过那样的话觉也会被烧伤。

两三秒的时间里，那东西完全没有反应，不过等到湿漉漉的身体上冒出水泡和烟的时候，那奇怪的生物开始伸展身体。刚刚团成一团的身子逐渐变得细长，在一方的顶端出现四只触角一样的东西。

“蛞蝓啊……”

难以置信。蛞蝓会袭击人吗？我点燃四只触角。蛞蝓怪物将身躯伸展到六七十厘米，痛苦地扭动了几下，掉落在地，随即被蓝白色的高温火焰包裹。蛞蝓在火焰中痛苦地扭动，发出“咯”的一声，伴随着烟雾和水汽化成灰烬。

“没事吧?”

我赶到觉身边。

“小心点！上面还有。”奇狼丸指向漆黑的头顶。

乾先生将灯笼的光线照上去。只见头顶的岩石上有无数蛞蝓的同类在蠕动。似乎想像最初的个体一样飞扑下来，但惊讶于火焰的存在，一时间不知如何是好的模样。

乾先生以咒力将蛞蝓尽数剥落，砸向地面。加在一起大概有一百多只。被咒力集中到一起堆成小山之后，依然蠢蠢蠕动，探出附有小小眼睛的触角。被火焰包围之后，更是一齐喷出黏液和水泡，形成怪异的哀号大合唱。恶臭扑鼻。

我检查觉的伤口。夏威夷衬衫的肩膀部分像是被细细的锉刀挫伤一般变得血肉模糊，被染成红色。那下面大范围的皮肤都是红红的状态，鲜血淋漓。

“痛吗?”

觉咬着牙点点头。

“这到底是什么?”

我朝装在觉背包里的伪拟蓑白怒吼。伪拟蓑白伸出细长的探测器，观察目标。那形状和被观察的蛞蝓有着奇异的相似。

“吸血蛞蝓。附着在洞窟顶部，当有猎物通过的时候就会落下，用强力的吸盘吸住，使用生有许多逆棘状齿的齿舌，挫伤猎物的大范围表皮进行吸血。如果一次性被许多吸血蛞蝓吸血，猎物也有因失血过多而死的案例。”

“蛞蝓一般不是只吃植物性的东西吗？”

我从背包里拿出急救包，给觉的伤口消毒，一边问。

“原产欧洲的笠被蛞蝓，与通常的蛞蝓分属不同科，是肉食性动物，捕食老鼠。不过，具有吸血性质的陆生软体类动物，至今为止，除了吸血蛞蝓之外再不知道别的品种。”

“毒性呢？”

“通常无毒。”

伪拟蓑白的回答，稍微让我放了点心。

“伤口好像不深，不过放置不管的话，会出很多血。还是要用力压迫止血。”奇狼丸观察着觉的伤口说。

“有这样的怪物……这里果然是地狱啊。”我喃喃自语。

奇狼丸却摇摇头。

“这只是序曲而已。”

觉忍着疼痛继续前进。被吸血蛞蝓吸过的痕迹好像灼伤一样隆起，出血迟迟不止。伤口本身并不深，是不是真的没有毒，很让人担心，但是手上也没有任何解毒的药剂。后来我们才知道，吸血蛞蝓在吸血时会施加强烈的负压，连深处的血管都会被破坏。

急救包里虽然有镇痛剂，但觉说对使用咒力可能会有影响，拒绝使用。

“太怪异了，所有一切都是……这样的地方，还是不能久留。”觉忽然说。

“什么意思?”我想能分散一点他的注意力也好，一边走一边问。

“你不觉得奇怪吗？生物进化得这么怪异。”

“嗯……不过我们的小町周围，八丁标附近也有类似的情况。在我们意识阈下的零散咒力不断向外泄漏，作为不净之力，向八丁标外……”

说着说着，我开始奇怪自己到底从哪儿听到这个说法。

“咒力的泄漏吗……有趣的想法。好像的确是这样。据说千年以来新的生物都是在八丁标周围出现的。”

我感到觉以惊讶的眼神看着我。

“这样说来，东京变成现在这样，说不定也是同样的原因。住在日本的人们，大家都持有‘东京就是地狱’的印象。每当人们想到东京的时候，泄漏的咒力就会将东京向真正的地狱转变……”

我不寒而栗。我们似乎真是在货真价实的地狱中巡游。

“在这么短的时间里形成钟乳洞，肯定也并非单纯像伪拟蓑白说的那样，仅仅因为酸雨的作用吧。”

突然间，我被另一个骤然涌现的想法攫住了。

咒力的泄漏……不对，这不是我的想法。

我感到自己的内心深处仿佛还有另一个人存在。

某个对我非常了解的人。

穿过水平的隧道，奇狼丸突然停住脚步，将耳朵贴在地上。

“怎么了？”乾先生吃惊地问。

难道它听到追兵的脚步声了？

“这附近的地面好像很薄。下面是深渊一样的空洞。对于设陷阱来说，是个再好不过的地方。”

“明白了。”

乾先生仿佛立刻理解了。我们走过来之后，乾先生在地上弄出无数裂痕。一只化鼠踩上去大概还能撑得住，如果好几只一起上去，地面就会陷落。

“不能指望靠这个全歼追兵，”奇狼丸满意地说，“不过，让它们想到会有中陷阱的可能，多少能牵制一下它们追赶的速度。”

“如果我们不得不返回呢？”

“要是掉进自己设下的陷阱，那就没有活下去的资格了。”

我开始担心自己有没有活下去的资格了。

往前再走一阵，苍蝇的数量多了起来，在脸庞周围飞来飞去，稍不注意就会叮上来，十分烦人，却也让人无可奈何。汗水沿着鬓角滑落，气温似乎又高起来了。

“这前面好像又是蝙蝠的聚集地。”奇狼丸说，“从那边穿过去，说不定可以暂时掩盖我们的气味……”

一想到又不得不穿过那个化粪池地狱，我就从心底灰心丧气。不过幸运的是，之后很快发现了一条捷径。

前方的微暗之中垂着丝带一样的东西，隐约闪烁着绿色的光芒，数量大约有几十根。

“那是什么?”我问。

奇狼丸的咽喉深处发出一声低哼，让我想起不净猫用喉咙低吼的样子。看起来它的心情好像很不错。

“那东西要是不留神被沾上就动不了了，不过只要小心点儿，就不是很危险的生物。相比于危险性，它更算是一种印记，表示那边有上层的洞窟。这也许是换一条路绕开追兵的机会。”

把奇狼丸的话和伪拟蓑白的解释综合在一起，就是这样的意思：

东京有许多巨大的洞窟，纵横无尽，也有无数小隧道与它们平行延伸。另外，在洞窟群中，由较浅的地方开始，到地底一般的深处，有无数层。一般人要想在层间来往，通常只能利用大地的裂缝，或者比较稀少的纵向坑道。不过，层与层之间还有着无数的细孔。那是螺旋锥蚯蚓的功劳。这种生物的头部极其坚硬，可以一边分泌强酸一边像钻头一样旋转前进，就连普通生物完全无法对付的混凝土和岩石，也能轻易钻出孔洞。它们钻出的孔洞，除了将氧气、水和光线带去深处的地层之外，也被许多生物所利用。一截捕蝇纸便是其中的一种。

一截捕蝇纸是自太古就存在的大三筋笄蛭的直系子孙。笄蛭和水蛭没有关系，而是与涡虫相近的生物。大三筋笄蛭也有体长在一米以上的，薄薄的身体像是带子一样，腹部中央有口，捕食老鼠和蛞蝓之类的小动物。另外，它能像蜘蛛一样吐丝下落的特性也广为人知。

一截捕蝇纸在螺旋锥蚯蚓钻出来的纵向坑道中吐丝进行地层间的垂直移动。它的身体像发光虫一样散发朦胧的绿色光芒，同时分泌出黏糊糊的液体，一旦飞虫和苍蝇等受到光的吸引飞过来，它就用身体侧面每隔三十厘米就有一个的口捕食。一截捕蝇纸的体长最大可达十二米，据说哪怕是像东京大蝙蝠那样的大型猎物飞来，也会被紧紧卷住，窒息而死。

我们增强灯笼的火焰进行恐吓，感受到火焰的热量，几十只一截捕蝇纸全都缩了上去，只剩下头顶上如同蜂巢一样的孔洞。

根据奇狼丸的估算，到上面一层的厚度最多只有四十厘米。螺旋锥蚯蚓的习性就是挑选岩层较薄的地方钻孔。我和乾先生小心翼翼地将岩石切下。一截捕蝇纸似乎早早逃去了更上面的地层，踪迹皆无。

我们急急冲去前方的蝙蝠集散地，沾上一身臭气，然后再折回来，从刚才的洞窟向上面的地层移动。

上来之后，就是我的特技派上用场的时候了。切开岩石的时候特意切成上宽下窄的形状，好像塞子一样，差不多可以完全盖住原来的洞口。我以修补损坏陶器的要领消除石灰岩的裂缝。虽然不从下面看，谁也不知道最终效果如何，不过我还是很有自信的。只要不是仔细观察，应该发现不了。我的特技虽然没什么意思，但也是高等级的技术，对于只会释放破坏欲的恶鬼来说，应该根本连想都想不到。

根据奇狼丸的说明，水平通道内部的风可以将气味送到很远的地方，但很难在螺旋锥蚯蚓的洞中上下扩散。就算被闻到了，应该也不知道是从别的地层飘来的。

走到一半换个地层的计策很漂亮，不过也许应该再仔细考虑考虑。投机取巧未必一定会有好结果。

上面的这一层，和刚才的洞窟相比，温度和湿度都有所降低，而动物种类似乎远为丰富。

得出这个印象的原因之一，是这里除了石灰岩之外，也有丰富的土壤，里面生活着大大小小各个种类的蚯蚓。另一个原因是我们在这里见到了唯一一种哺乳类动物：洞窟鼠。根据伪拟蓑白的解释，洞窟鼠是古代适应都市环境的沟鼠末裔。到了今天，洞窟鼠的眼睛基本上已完全退化，专门依靠嗅觉在细细的裂缝中往来，以聚集在蝙蝠粪便中的洞窟蛆蝇等昆虫为食。

这两种动物据说构成了这一层食物链中接近底层的部分。换句话说，当然存在以它们为食的生物。

没有走多久，我们便看到了不少那样的捕食者。

最让人惊讶的是突然出现在灯笼光线中的巨型蛭。它的体长足有四米以上，橙色的体表上带有黑色的条纹和斑点，身躯非常肥大，尖细的头部显得异常狰狞，高高昂起，仿佛是在窥视我们的动静。哪怕是同样长度的蟒蛇，也没有这么强烈的压迫感。我心生恐惧，情不自禁地在口中唱诵真言。

“没必要杀它，只要稍微动两下给它看看就行了。这家伙正在根据震动和热量推测我们的大小。”

我很奇怪为什么奇狼丸突然变成了博爱主义者，不过还是按照它的建议动了动身子。巨型蛭好像断定我们个头太大，不适合当作食物，以出人意料的敏捷动作换了个方向，消失在黑暗深处。根据伪拟蓑白的解释，这是名为虎斑陆蛭的种类，推测认为可能是由自古栖息在山中的日本山蛭进化而来，是环节动物的一种。不过据说为了捕食也具有能与爬行类相媲美的智能。

紧接着，我们便目睹了另一种蛭捕食猎物的场面。

洞窟墙壁爬着大约七八十厘米长的山手蚯蚓，细长的身体侧面以相等的间隔排列着发光点。根据伪拟蓑白的解释，那样子类似于古代的火车。

突然间，从顶上的孔洞里犹如弓箭一般蹿出某个物体，一下按住了山手蚯蚓的头。据说那是冠齿蛭。它的先祖齿蛭有三枚齿，而它为了捕食螺旋锥蚯蚓之类的生物，头部长出了如同王冠一样的十六枚齿。和刚才看到的虎斑陆蛭相比，冠齿蛭的身体要细很多，但看到它灵巧地使用多枚牙齿将挣扎不休的山手蚯蚓鲸吞下去的模样，我不禁感到它身上有一种超越了低等生命的压迫力，看得入了神。

“到这儿应该走了三分之一了吧。”

又走了一阵之后，奇狼丸说。才三分之一吗？我有点灰心丧气。从刚才开始，就听见周围好些虫子的动听鸣叫。可是这里明明连棵草都没有，到底是什么虫子在叫呢？

“那些虫子是什么？金钟儿吗？”我问装在觉背包里的伪拟蓑白。

“在这里鸣叫的都是蜚蠊的同类。似织蜚蠊、邯郸蜚蠊、叩钲蜚蠊等等，为了在黑暗的洞窟中吸引雌性……”

“行了行了。”我赶紧拦住。

“早季，尽量别问没用的问题。要是在抵达目的地之前这家伙没电了该怎么办？”觉板着脸说。

“对不起。”

觉似乎非常焦躁。大概肩膀上的伤口很痛吧。

这时候，我们是按照奇狼丸、乾先生、觉、我的顺序走的。虽然作为殿后心中不安，但是话说回来，我也没有做前卫的自信。而且觉的状况也不好，只有我来做。

忽然间，我感到背后有什么东西，我转回身去看。

什么也没有。只有刚刚走过的昏暗洞窟。

但即使继续向前走，心中那股郁郁的不安怎么也挥之不去。

再向前走一阵，我猛然飞速转身，举起灯笼去看，依然还是什么都没有。只有我的影子大大地映在墙上。

“怎么了?”觉转过身问。

不知道是不是他感觉自己刚才太严厉，现在的语气比较温和。

“唔，没什么。就是觉得有什么东西……大概我有点疑神疑鬼吧。”

接下来我们又无言地走了一阵。我竖着耳朵听背后是不是有什么声音，但什么也听不到。

忽然间我发现了。什么都听不到，恰恰是这一点很奇怪。

在我们的前方传来蜚蠊的鸣叫声，但在背后，不知为什么，听不到任何声音。

即使在我们经过的时候，蜚蠊也浑不在意继续鸣叫，但在我们走过之后，过了一阵却会忽然停下叫声，这一点也非常怪异。

我想问问伪拟蓑白怎么回事，但因为刚才的情况，我到底有些犹豫。又走了一阵，我再一次慢慢转过身。还是一如既往，灯笼的光线照出来的只有影子。但是……

我站住了。可是影子还在慢慢接近。

“影子来了——”我叫了起来。

奇狼丸慌张地从前面跑回来。

“点火！用火烧!”

使用咒力能把可燃物点着，但如果没有任何可燃物的话，咒力也升不了火。我赶紧打开灯笼的盖子，把灯油像水枪一样喷出去，随即把油的温度升到超过起火点。

炫目的火舌舔上洞窟的墙壁，但“影子”在火焰到达之前的刹那散开，消失不见了。

“那是什么?”

“快逃!”

我们向一片漆黑的前方跑去。这里是凹凸不平的钟乳洞，而且周围一片漆黑，只有颠簸不已的灯笼投下微弱的光线照亮一小块地方。在这样的地方飞奔，简直是疯了。

跑了两三分钟，在我快要喘不上气的时候，四肢着地一路狂奔的奇狼丸总算站住了。

“应该差不多甩开一段距离了。‘影子’移动的速度没有那么快。”

“那到底是什么东西?”觉问奇狼丸。

“不知道。但在上次的探险当中，造成伤亡最多的就是那个‘影子’。一旦被它抓到就没救了。”

“喂，那个‘影子’是什么东西，快说!”觉向伪拟蓑白怒吼。

“那是黑寡妇壁虱，肉食性壁虱，如黑影一样在洞窟墙壁上移动，进行集体捕食。能分泌致死性神经毒素，从软体动物、环节动物到脊椎动物都能发生作用。基本上可以捕食洞窟内的所有动物，啃食柔软组织。”

“……总之，继续走吧。”乾先生说。

我们继续快速走起来。用火烧虽然简单，但黑寡妇壁虱本身太小，而且集散的速度又很快，难以被当作目标。而且洞窟里面也没有什么可燃的东西。刮风也不行。岩石上有这么多凹凸不平的地方，很难把紧紧抓住墙壁移动的黑寡妇壁虱吹走。作为最后的手段，如果破坏洞窟顶部和墙壁，又有大规模塌方的危险。总而言之，最好的办法大概只有赶紧逃走。

往前又走了一会儿，我们发现地上有个奇怪的东西。

“这是什么？”

乾先生用灯笼照过去。在光圈中浮现出来的是一个数米长的物体，像是扁平的袋子一样，外表是橙色中带有黑色的图案。

这是刚才看到的虎斑陆蛭的残骸……只剩下皮囊了。我们瞠目结舌。

“……应该是被‘影子’吃掉了。当年我的士兵阵亡的时候也都是这样只剩皮和骨头。”奇狼丸冷静地说。

“那，吃了这家伙的大群壁虱就在附近吗？”

“大概还在这一带的墙壁和顶上吧。”

我们吓了一跳，赶紧打量四周。

“不用怕。刚扫平了这么大的东西，‘影子’现在应该也饱了。走吧。尽量不要发出声音刺激它们就是了。”

我们蹑手蹑脚离开那里。

“这一层的隧道看来是凶猛壁虱的巢穴。虽然没想到会是这种情况，但这样也有这样的好处。”奇狼丸的语气轻描淡写。

觉反驳说：“好处？什么好处？我们的生命随时都有危险啊！隧道里一片漆黑，什么都看不到，壁虱又那么小，咒力也派不上用场……”

“你说的一点没错，但有一点你不要忘了，对我们来说，最大的威胁还是追在后面的恶鬼。”

觉好像吃了一惊。

“它要是也追在我们后面进了同一层，当然也会受到‘影子’的狙击。速度下降是肯定的，说不定也会有所伤亡……从这一点来说，一开始那些蛞蝓其实也应该留着。总之接下来栖息在洞窟里的麻烦角色还是要尽量避免杀戮。”

“话也不能这么说……”

我们正说着，代替我殿后的乾先生发出警告，“刚才的‘影子’动作好像比预想的要快，差不多又要追上来了……”

我们立刻就要拔腿开跑，但奇狼丸不知怎么露出一副成竹在胸的表情。

“我们也不是没有办法。请看，安全地带就在眼前。”

奇狼丸所指的方向，有一片闪烁着朦胧绿光的丝带丛林，随风摇摆。那是一截捕蝇纸。

“不知道为什么，‘影子’从不靠近那些生物。走到那儿去，我们应该可以喘口气了。”

对了，我明白了。对于微小的壁虱来说，黏糊糊的捕蝇纸一样的生物乃是天敌。就算有缝隙能通过，恐怕它们也会出于本能而忌讳的吧。

“要是像刚才那样惊吓它们的话，那些家伙肯定又会逃去上层。小心点从下面钻过去。注意绝对不要碰到它们。”

依照奇狼丸的指示，我们四肢着地，贴着犹如绿色门帘一般的一截捕蝇纸下面钻过去。一截捕蝇纸和地面之间的间隔最多也就是四十厘米左右，要钻过去实在很不容易，不过大家总算都钻过来了。

从浅绿色的发光防护栏下面观察身后的情况，只见无数壁虱将洞窟染成漆黑，那数量超乎我们的想象。不过所有的壁虱都和我们保持了一定的距离，没有再逼近。

得救了。我们长出了一口气。不过一截捕蝇纸不知什么时候也许会忽然转移到别的地层去。那样的话，壁虱的集团军又要像怒涛一般蜂拥而来了吧。

总而言之，还是要往前快走。在半路上遇到好几处岔路，我们尽可能挑选和伪拟蓑白所示方位接近的隧道走。过了差不多三个岔道以后，我已经搞不清自己是从哪儿来的了。如果是我一个人在这地下彷徨的话，肯定早就迷路了。

接下来的道路相对来说比较好走。我们又走了几公里，不知道从哪儿传来微弱的金属响声。一声、两声、三声……

奇狼丸把耳朵贴在墙上，全神贯注地听。

“敌军好像分兵两路搜索我们，相互之间用这种声音联络……另外，地面上似乎也有部队。”

“那种声音是怎么发出来的?”觉问。

“唔，办法很简单：在岩壁上打进铁钉，用铁锤敲击而已……在岩石多的地层，这是经常使用的通信手段。”

“你知道它们在说什么吗?”我问。

“唔，每个部族都有自己的暗号，我也没办法完全理解。不过，至少现在似乎还没有掌握我们的具体位置。”

话虽如此，我还是感觉化鼠仿佛正在逐渐缩小包围圈。这是和时间的战斗。从一开始，我们对这一点就有心理准备。

此外还有一点：历时千年，超能毁灭者这个武器是不是真的还在。

我们茫然驻足。

眼前是悬崖峭壁。对面的墙壁上，看不到任何像是隧道入口的地方。

地表的光线透过细细的裂缝从头顶上照射下来，在遥远的下方散射，闪烁出粼粼的波光。有水。因为听不到水声，一开始我们还以为那是地下的水坑，不过扔了一张纸片下去，仔细观察之后，发现那水正从对面向我们这边缓慢流动。似乎是一条地下河。

“要再往前走，只能沿着那条河向上。”

奇狼丸的语气像是经过了充分的考虑。

“这个不行的吧。”乾先生提出异议，“这里没有船，也没有半根木头，连简单的木筏都搭不了。至于说游泳，又太危险了。”

游泳……单单想一想就让人不寒而栗。根据至今为止的经验来看，没人知道水里会潜伏着怎样的未知生物。

“不如索性到地面去看看？”觉建议说，“大部分追兵现在都在地下，对吧？至少恶鬼是。这样的话，在地上走应该更快……”

“不行。”奇狼丸一口否决，“它们的地面部队用鸟做侦察，我们只要一出去，那真是会被鹰眼一下子发现。一旦发现我们，消息立刻就会传到地下。只要我们的位置被锁定，那就等于一半掉进锅里了。不要说恶鬼说不定什么时候就会出现，突然遭受狙击的可能性也是有的。”

“可是……这样的话，还有别的什么办法吗？”

“我们也兵分两路。”奇狼丸把身子探出悬崖，凝视下方，“一队返回刚刚过来的洞窟，用气味把追兵引到错误的方向去，然后再回到这里。与此同时，另一队转移到下面的地层，折回原来的地方。”

“另一队折回去干什么？”觉惊讶地问。

“返回登陆地点，去拿潜水艇。要沿这条河溯行，必须用潜水艇。”

觉目瞪口呆。

“岂有此理！那么大的东西，怎么拿到这里来啊！”

“这条地下河通向大海。不过我们在岸边没看到类似河口的地方。这就是说，在海里必定会有开口。乘坐潜艇，应该可以比较安全地来到这里。”

大家都沉默了。不管分到哪支队伍，都比刚才远为危险。

但是，每个人也都知道，除此之外，再无对策。

2

我高举灯笼，小心翼翼地往前走。这里又热又闷，湿度近乎百分百，简直像是蒸桑拿一样，和之前的洞窟没什么分别。而且墙壁和头顶还在渗水，脚下也有小小的水流，更让人吃不消。视野很窄，一不小心就会打滑。

“没事吧?”

走在前面的乾先生转回头问。他的脚步很轻快，一点也不像他的年纪。

“嗯……要是没有这些水，走起来大概更快吧。”

我终于忍不住说了傻话。

“不过好像多亏了有水，那个可怕的‘影子’……壁虱没再跟来。”

的确。壁虱虽然好像喜欢高湿度，但在洞窟墙面这么潮湿的情况下，行动也会很困难吧。对于微小的生物来说，水的表面张力和黏性相当讨厌。如果黑寡妇壁虱真是因为渗水才没有跟来，那我的出口抱怨真是该打了。

我们四个人按照奇狼丸的建议分成两队。我和乾先生去海岸取“梦应鲤鱼号”，觉和奇狼丸去制造错误的气味和痕迹误导敌军。

觉说他被吸血蛞蝓咬伤了，难以进行长距离的步行，把去海岸的事情托付给了我。其实，虽然他看上去确实很痛苦，但作这种安排的真实意图还是一目了然的。他分明打算由自己去面对更加危险的一方。诱导敌军的任务，就算有奇狼丸在，也是虎口拔牙的行为，只要走错一步，自己就会变成猎物。

我在完全明白觉的意图的基础上，接受了觉的建议。

此时此刻，我唯一能做的，只有相信所有人绝对都会安然无恙。

“乾先生，一切都会顺利的，是吧？”

我这样问，大约只是希望乾先生说一句“是吧”，好让自己宽心。但乾先生的反应却和我的期待不同。

“说实话，我什么也不好说。所有这些事情，都远远超出我的预计了。”

“是吗……”

我感到情绪愈发低落。

“不过，不管发生什么事情，我都想渡边小姐坚强地活下去。我会为此尽我的一切努力。”

“谢谢。乾先生您这样说，让我很安心。因为乾先生是强者如云的鸟兽保护官中唯一一位幸存者。”

说完这句话，我立刻后悔了。

“幸存者……”乾先生似笑非笑地说。

“对不起，我说了不该说的话。”

“哎呀，不是不是。只是我怎么也不算幸存者吧。更准确的说法……大概应该是死而无益吧，这么说才对。”

“没有这样的事……”

“不，就是这样。我失去了比亲人更亲密的四个朋友。我之所以没有死，只是因为偶然……不过是机缘巧合而已。现在的我，和行尸走肉没什么区别。恐怕只是因为我想要为朋友完成未能完成的任务吧。只是因为这一点，我才苟延残喘到今天。”

同样的话，似乎在某个人口中听到过，就在最近。

“所以我绝不能放过那个恶鬼。”

平日里十分冷静的乾先生，这时也可窥见他内心的一缕激情。

“所以渡边小姐，请你答应我。如果我没能实现自己的愿望就倒下了，你一定要阻止那个恶鬼。”

“嗯，我答应。”

阻止……我们因为心理的抑制作用，对于人类，忌惮使用更加激烈的词，但那意思是很明确的。

“被化鼠们称为死神的，如今只剩下我一个人了。不过到了现在，我才第一次体会到被猎杀的感觉。”

“这一点我也是……就像这个世界突然被噩梦吞噬了一样。所有的事情都不像是在现实中发生的，想都不敢想。肯定会有人觉得，一切都是噩梦，明天一早睁开眼睛就不用怕了……”

我的心口一阵发紧，再也说不下去了。

“我明白。我也不是没有这样的期盼。不过，现实情况是，为了保证明天早上还能活着睁开眼睛，我们必须尽一切努力。”

乾先生重重叹了一口气。

“无论如何，还有一件事情必须要说。关于奇狼丸的。”

“奇狼丸？”

让我感到意外的发言。

“说实话，到底能不能完全信任它，我还是有疑问。”

“这……救了乾先生的不正是奇狼丸吗？而且这一次要是没有奇狼丸的话，还不知道会变成什么样……”

“你说的都有道理。”乾先生站住脚，“渡边小姐，你觉得，人类的洞察力在什么时候最低？”

我想了想。

“所有一切都很顺利的时候？要是一直提心吊胆的，怎么也不会疏忽大意的吧？”

“在一切顺利的时候，确实有人心情放松，马虎大意。不过如果是生性谨慎的人，反而会更加警惕，不会疏忽。”

“那，会是什么时候最低呢?”

“在我的经验里，恐怕是觉得情况最糟糕的时候。这时候已经相当绝望了，很少有人会冷静思考实际情况是否有可能更糟糕。人的天性总是会让自己死死抓住微弱的一丝希望，导致轻易放过危险的征兆。”

“也就是说，就像此刻的我们?”

“状况严峻到现在这个地步，一般人不会再去想会不会有‘狮子身中虫’，对吧?”

“您是说，奇狼丸是叛徒?”

“这种可能性必须纳入考虑。”

“为什么？只是因为它不是人类？还是说，有什么更明确的理由?”

“怀疑它的理由有两个。”

乾先生再度举起灯笼，在昏暗的洞窟里走起来。我跟在后面。

“首先，奇狼丸过去曾经来过东京，这一点本身就很奇怪。它来这儿干什么?”

“这……不是说，它觉得需要来这里调查一下吗？就算为了和其他的部族竞争，也要先来看看这是个什么样的地方……说不定能找到什么有价值的东西什么的。”

“这种暧昧的动机，会让奇狼丸继续这种严酷的探险，直到损失三分之一的部下吗？像奇狼丸这样优秀的指挥官，一开始出现牺牲者的时候应该就会终止计划、偃旗息鼓了吧。”

“那，乾先生认为，它是为什么来的呢？”

“这一点我不知道。但是，如果背后没有什么缘故的话，奇狼丸为什么要含糊其词，而不肯直截了当告诉我们呢？”

这一点我当然也不是完全没有注意，只是因为觉得眼下不是追根究底的时候罢了。而且，在当前的情况下，万一奇狼丸真是敌人，那将是无法面对的局面。或者说，如果它是敌人，我们真不知道该怎么办才好了。

“难道说……”

我开了个口，又停住了。不知从哪里传来奇怪的声音。

我们站住脚，竖起耳朵细听。乾先生把耳朵贴在墙壁上。

那是如同地鸣一般低低的声音。似乎是从很远的上层传来的。

“什么声音？”

“可能是某处洞窟的一部分崩塌了，我想。”

我吃了一惊。

“会不会是我们做的陷阱成功了？”

“唔……至少不仅仅是我们的陷阱。因为刚才的声音是断断续续的，听起来响了四次。”

乾先生沉思了片刻，但并没有再多说。

我们行走的脚步自然而然地加快。忽然间，我想起来了。

“刚才您说怀疑奇狼丸的理由有两个，对吧？还有一个是什么呢?”

“还有一个很快就会知道了。”

“很快?”

“到达海岸，上了地面，大概就会一目了然。”

乾先生给我留下一个谜团。

返回海岸的行程虽然比来的时候快，但也费了好几个小时。洞窟撞上了一条通向地面的巨大裂缝。伪拟蓑白通过电子罗盘确认当前的位置，告诉我们现在距离隐蔽“梦应鲤鱼号”的天堑以及通往地下的斜坡不足百米。

我的身体已经疲惫不堪了，连续走在艰难的路面上，脚更是疼痛难忍。但是没有时间休息。我用咒力支撑着身体攀爬陡峭斜坡的时候，大地深处传来奇怪的声响。听上去就像是无数妖怪在笑，那可怕的声音带着阴森的气息。

我打了个冷战，身子僵住了。

“不用担心，是蝙蝠。”

乾先生的话让我放下了心。

洞窟深处，数十万、数百万的东京大蝙蝠带着嘈杂刺耳的叫声飞了出来。它们擦着我们的头顶和后背掠过，不知是不是靠了声音定位的帮助，没有一只撞上我们。

大群的东京大蝙蝠，犹如一只巨大的生物，充满了大地的裂缝，融入黄昏的天空。到这时候，我终于注意到太阳正在落山。因为一大早就潜入地下的缘故，对时间的感觉已经彻底混乱了。我想起除了早上吃过兵粮团子之外，肚子里还没有填过其他任何东西，但基本上没有感到肚子饿。就算低血糖让头脑昏沉沉的，也完全没有食欲，也许是因为太紧张了吧。

天空急速从深蓝色向藏青色转变。我们爬上陡坡的时候，天色已然全黑。太阳落下山去，周围悄然落下夜晚的帷幕。

我们从裂缝中探出头，窥探周围和天空的模样。自东京大蝙蝠的巢穴处形成数百个犹如黑色柱子一般的集群。乱舞的蝙蝠，总数也许要以亿为单位吧。在这种遮天蔽日的情况下，根本无法使用猫头鹰、夜鹰之类的鸟监视。我们低着身子，跑向一开始隐藏“梦应鲤鱼号”的地方。

潜水艇安然无恙，看来没被敌军发现。我们用咒力悄悄把它抬起来。

我正要就这样把它移去海岸的时候，被乾先生制止了。

“等一下。”

“怎么了？拖延太久会被发现的。”

“你忘了？奇狼丸说过，夜间靠近海岸会很危险。”

我咬住嘴唇。这件事完全被我丢到九霄云外了。

“我昏了头了……”

我打开乾先生的背包，问伪拟蓑白。

“这附近的海岸，夜晚有可能袭击人或化鼠的最危险的生物是什么？”

伪拟蓑白沉默了半晌。在我开始担心它是不是故障了的时候，它终于发出断断续续的回答声：

“……可能是大鬼矶女……被认为是由沙蚕的一种，即矶沙蚕进化而来……仅在东京湾内及……栖息……两只眼点和触手冠仿佛人类……强大的两对大颚……是最终捕食者……夜行性……雌雄配对的季节……尤其危险……”

然后，伪拟蓑白突然什么都不说了。

“糟糕，好像坏掉了！”我抬头叫道。

“电池用完了吧。晒完太阳启动之后，一直都在黑暗的地方用，时间太久了。”

“可是这东西要是不动的话，连地下河在哪儿都不知道了……”

“等一下再考虑有什么办法让它重新启动吧，现在要考虑的是怎么坐上潜水艇。”

乾先生把我的注意力从这个问题上拉了回来。

“袭击奇狼丸部下的大概就是沙蚕的近亲吧。”

即使听到沙蚕这两个字，我也基本上没有什么印象。

“是海里类似小小蚯蚓一样的生物？”①

---

① “矶沙蚕”日文中写作“鬼矶蚯蚓”，所以主人公会有这样的联想。另外，进化后的新种“大鬼矶女”的名称也由日文名而来。——译者

“如果是矶沙蚕的近亲，恐怕把它想象成海栖蜈蚣一样的生物更合适，我想。而且，能够袭击化鼠士兵的，大概不会很小吧。”

乾先生的表情变得很严肃。

“怀疑奇狼丸的第二个理由，就是这个了。我们返回海岸的时候很可能就是日落时分，这一点很容易想到吧。但是，奇狼丸对于海岸附近的危险没有给出任何警示。不但如此，而且连关于大鬼矶女这种生物，他都没有告诉我们任何信息。”

“可是，关于海岸的怪物，奇狼丸说不定只是知道士兵遭遇袭击，别的也不知道吧？”我反过来替奇狼丸辩护，“也可能它是认为我们这里有伪拟蓑白，怎么都能想点办法什么的。”

“唔……事态紧急，确实也不是深究这个的时候。”乾先生也松口了，“总之走吧。对手如果是沙蚕的话，进入潜水艇应该就安全了。”

依照乾先生的指示，我进入“梦应鲤鱼号”的里面，关上上面的门。接着，乾先生用咒力举起潜水艇，把我在距离岸边稍远的浅水区悄悄放下。

船底触到沙地的感觉。慢慢涌来的波浪轻轻摇晃“梦应鲤鱼号”，船身按照一定的韵律左右摇摆。

从船头的小窗向外看，刚好是海面的高度，什么都看不见。如果不是事先有所了解，根本想不到这里会是如此危险的地方。

我看见乾先生从左手边小心翼翼地进入海里，慢慢向小船靠近。是不是马上就会有怪物一般的沙蚕袭击过来，我咽着口水紧盯着看，不过什么都没有发生。

乾先生登船体的声音传来。咚咚地敲上面的门。我打开插销。门开了，乾先生的脸露出来。

“这个时间，怪物还……”

就在这时，外面传来咔嚓咔嚓的声音。好像有某种巨大的生物飞速爬上船体。下一刹那，乾先生的身影从视野里消失了。接着，漆黑的细长物体从入口上面滑过。那身影无论怎么看都和蜈蚣非常相似。因为速度太快，虽然看见无数的肢体一闪而过，但那长度却让人觉得永无穷尽一般。时间足够瞄准。

我点燃了怪物的身体。伴随着火焰，响起让人寒毛直竖的惨叫。那声音和人类如此相似，简直让人怀疑是不是乾先生发出的声音。

身体中央部分起火的怪物哗啦啦掉下去，发出巨大的水声，摔下浅滩。我急忙爬上梯子，来到船外。

在眼前挣扎着的是极其可怕的怪物。无数肢体蠢蠢颤动，长长的躯体蜿蜒起伏，将船紧紧卷住。完全看不出到底有多长。

那怪物的头部从水中冒出来，死死盯着我这里。那轮廓和人脸相似到让人惊惧的程度，上面还有黑黑的毛发一样的东西，不知道是触手还是附在上面的水藻。直盯着我的双眸燃烧着凶暴的愤怒之火。

不过能让人联想到人类的也就是这些了。头部其实只是个附着双眼的瘤而已，在那下面看上去像是胸口一样的地方才是真正的口吧。象牙一般的两对白色大颚，宛如狙击猎物的蚁狮一般大大地左右张开。

我尖叫起来。

怪物像是吓人箱的人偶一般弹起，一口咬向三米以上高处的我。

那对可怕的大颚，就在将要咬到我的头的刹那，骤然粉碎。

失去了头部的大鬼矶女，像是疯了一般摆动长长的脖子，疯狂挣扎。紧接着又起了两三次爆炸。每次都被炸断一截的长虫，渐渐痉挛着倒下，浮在海面上不动了。

“你还好吧?”乾先生在距离数米的浅滩上叫道。

“嗯。”

我仅仅回答这一声就已经费尽了力气。身体因为恐惧而麻痹。如果不是乾先生在千钧一发之际拦住了那个怪物，我肯定已经变成那对大颚的牺牲品了。

“也许还有同类。快离开这儿!”

乾先生飞快地爬上船体外侧的梯子。他在我跳进船里的同时一齐跳进来，随即关上门，插上插销。

“梦应鲤鱼号”慢慢地潜下去，向深处前进。

我浑身都是大鬼矶女爆炸的体液，黏糊糊的。不但感觉很糟糕，而且那混合着海腥气和腐臭的气味让人难以忍受，不过现在最优先的还是要从怪物的栖身处逃离。遵照乾先生的指示，我控制外轮的转动，乾先生从前方的小窗往外看，寻找理应开在海里的地下河河口。

海里已经差不多一片漆黑了。乾先生一边用灯笼的光照亮外面，一边为了避免反光，把脸紧紧贴在小窗上。我开始想象万一还有一只大鬼矶女突然冲出来用大颚透过小窗咬进来，这念头把自己吓得六神无主。

不过幸运的是，我的胡思乱想没有变成现实。乾先生终于发现了巨大的洞窟入口。看到海草的摇晃，可以肯定那就是河口。

“梦应鲤鱼号”驶进洞窟。驶向被熬干的墨汁一般、比夜晚的海更加浓密、更加深邃的黑暗。

进入海里的洞窟之后，我的不安逐渐加剧。“梦应鲤鱼号”的容积很小，如果潜水时间太长，也许会缺氧。潜入利根川水底的时候有四个人乘坐，而现在是两个人，在简单的计算中，应该能保证一倍的时间。虽然并不清楚灯笼燃烧需要消耗多少氧气。

“渡边小姐，刚才你救了我。”乾先生依然望着前方说。

“这……是您救了我才对。”

“不，是那之前的事。我虽然飞快跳进海里想逃，但那个怪物的动作快得怪异，差点被它咬到。如果不是渡边小姐把那东西的身体点燃，我真要变成两段了。”

的确，虽说是措手不及，但如果没有两个具备咒力的人，恐怕杀不了那个怪物。我再一次深深体会到东京是地狱的说法。我连一秒钟都不想待在这里，如果不是因为必须拿到名为超能毁灭者的可怕武器的话。

不过，仔细想来，把恶鬼引诱到这里，说不定也是一件好事。如果幸运女神眷顾，栖息在东京的可怕生物之中，也许有某一只会将其收拾掉。

我任由自己生出黑暗的想象。为了保持精神的平衡，我必须这么做。要想在地狱活下去，只能让自己变成鬼。小町也好，父母也好，深爱的每一个人也好，全都不去考虑。此时此刻，我唯一要考虑的就是如何从这里活着离开。

不管走到哪里，洞窟都是一样的。只有缓缓流动的水流，没有空气，没有光。

也许，等待我们的命运就是这样窒息而死吧。汗水沿着鬓角淌下。是因为闷热还是因为紧张，我自己也分不清。不过越来越喘不过气的感觉，似乎并非只是因为大鬼矶女的恶臭。

会不会进错了河口呢？这是让人绝望的想法。但是，仔细想来，注入这一带的地下河恐怕确实不止一条吧。

在这个洞窟里，只有在地下绵延流淌的水流绵绵不断，也许最后一切将会因撞到渗出地下水的岩壁而终结吧。

机械地转动着“梦应鲤鱼号”的外轮，现实和想象的界限渐渐变得模糊起来。

我想起我在很久很久以前经历过同样的事情。那是在我还是个孩子的时候。我们去夏季野营，卷入化鼠的战争，在地下隧道彷徨。

我似乎有一个特点，只要在昏暗的地方受到长时间的单调刺激，意识就会衰退，陷入催眠状态。也许这和很久以前在清净寺无瞋上人为我举行的成长仪式有关。

而在这时候，我又一次陷入恍惚状态。身体的感觉逐渐消失，只有意识飘浮在漆黑的虚空中。

然后，幻听出现了。

“早季，早季。”

不知从哪里传来呼唤我的声音。

“是谁……”我喃喃自语。

“早季，是我啊。”

那是令人怀念的声音。

“你是……”

是那个无脸少年。

“我的名字还没想起来呀。不过没关系，我一直和你在一起。我，住在你的心里。”

“我的心里？”

“是的。所谓咒力，就是将思维刻画到外部世界的能力。而所谓人的灵魂，说到底，除了思想，再无其他。我灵魂的一部分，烙印在你的心底深处啊。”

“可是，为什么？你到底怎么了？”

“那些你也忘记了？嗯，没关系，总会想起来的。”

“至少要告诉我你的名字吧。”

“你知道我的名字哦。只不过因为心里被设置了障碍，想不起来罢了。”

“渡边小姐？你没事吧？”

似乎是对我的自言自语感到奇怪，乾先生问。

“唔……没事。”

我的意识完全分裂成两个，感觉好像是另一个人在回答。

“早季，早季。什么都不用担心。我只想说这个。”

“可是，我真能击毙那个恶鬼吗？”

“恶鬼？你误解了。那不是恶鬼……”

说到一半，那个声音忽然远去了。取而代之的是另一个声音震动我的鼓膜。

“渡边小姐！坚强点！你还好吧？”

乾先生在大声呼唤我。

现实感慢慢回来了。

“嗯，对不起。好像有点走神了……”

向乾先生作出回答的自我，和陷入催眠状态的自我慢慢重合在一起。

“咱们上浮了。”

“上浮?”

“水流变慢了很多，上面就是水面。我们好像进了一条很大的通道。”

“梦应鲤鱼号”在几乎静止不动的昏暗水流中上浮。

乾先生小心翼翼地侧耳听了一会儿，然后打开上面的门。

新鲜的空气流淌进来，我不禁长长吸了一口气。

“这地方很宽阔啊。应该是很久很久以前人工修建的地方。”

乾先生站在“梦应鲤鱼号”上面，我也爬上梯子。眼前是一片穹顶广场般的地方。

“星星?”

我一抬头，不禁低低喊了一声，不过随即明白过来并非如此。在宽阔的“天顶”上密密麻麻闪烁的绿色光芒，我以前也曾经见过。

“发光虫啊……”

这里的景象和以前在化鼠巢穴看到的完全不同。这里简直像是银河。静静流淌的漆黑水流，像镜子一般映出“天上”的光芒。

“我也是第一次看到实物。它们的光芒可以引诱小虫吧。”

乾先生饶有兴趣地抬头望着“天顶”。

“发光虫能在这里繁衍，是因为没有竞争对手——就是那个发光的一截捕蝇纸——吗……原来如此，顶上好像没有孔，螺旋锥蚯蚓看来也没办法在这里钻孔。是因为岩石太厚，还是太硬呢？不管什么原因，一截捕蝇纸下不来吧。”

就在这时候，我的脑海里，另一幅全然不同的景色复苏了。

顺流而下的小船周围，同心圆状的波纹一层层荡漾开来。慢慢地，在扩散出去的同心圆内侧，一切涟漪都开始消失。

“啊，真厉害……”

简直像是以我们为中心的区域被急速冻结起来一样，水面上凹凸不平的起伏都不见了。转瞬之间，水面就变得犹如打磨过的玻璃一样光滑平整，成了映照出满天星斗的漆黑镜面。

“太美了，就像是在宇宙里旅行！”

那一晚的经历，我这一生恐怕都不会忘记吧。

我们旅行的地方，不是地上的河流，而是闪烁着无数恒星的、天上的银河。

“怎么了？”

向着凝然伫立的我，乾先生出声招呼。

“唔……啊，没什么。”

我装出打量圆顶的模样，扭开了头。不想被乾先生看到我流泪。

完美的瞬间，完美的世界……

我想起来了。让我看到那幅景象的，不是别人，正是那个无脸少年。

“很快就要充完电了。”乾先生抬起头说。

单单看他满头大汗的样子，就能窥见他为了集中精神如何辛苦。

“谢谢……能做到这种事情，真是了不起。要是我一个人的话，真的束手无策了。”

我发自内心地称赞。

“哎呀，技术上没有那么困难。我是因为一开始总想着要弄出和太阳光一样波长的光线照它，所以搞得很辛苦……”乾先生盯着刚刚被他折腾了很久的灯笼和火把说，“好不容易充了一点电，把这家伙稍微启动一下，问清楚太阳能电池的构造之后，后面就简单了。虽然不知道它是怎么把感光部分照射到的光线转化成电的，不过重点在于它会吸收电力加以存储，所以直接用咒力把电送进去就行了。”

乾先生指着拆开太阳能电池之后露出来的带电线的部件。

虽然乾先生这么说，但我还是产生不出任何意象。电流之类抽象的东西该描绘怎样的意象才行呢？说起来，觉对这些机械电子方面的东西也很拿手，这大概是男女之间的巨大差异吧。

过了一阵，伪拟蓑白又可以像原来那样应答了。就算是在睡觉的时候，它好像也一直掌握着现在的位置。对于我的问题，它立刻就答出了方位。看起来，我们似乎很幸运，进了正确的河口。

在穹顶广场，我请乾先生先进“梦应鲤鱼号”避一避，用地下河的水洗了身子，换上新的 T 恤和短裤，终于得以从大鬼矶女的恶臭中解放，看到了未来的希望。虽然不能说是勇气百倍，多少也有了些前途略显光明的感觉。接下来只要和觉与奇狼丸会合，再让伪拟蓑白找到古代建筑的废墟就行了。

不过很快我就会知道，我把前方的困难想得太简单了。

“梦应鲤鱼号”到达大地裂缝的时候，已经是半夜了。

不用伪拟蓑白确认，我也能一眼看出这就是和觉他们分别的地方。但本应该在这里等待我们的觉和奇狼丸却不见踪影。

我们等了一会儿，终于，乾先生作了最后的决定。

“走吧，不能再浪费时间了。”

“可是，觉他们……”

我试图抗议，但也知道自己没有道理。

“他们会没事的。可能是把恶鬼引开之后，被困在什么地方不能行动了……不管怎样，来到这里已经花了太多时间。我们还有更重要的使命，现在应当将之作为第一优先的任务考虑。”

我们再度启动“梦应鲤鱼号”。

与河口附近相比，地下河稍微狭窄了一些，不过宽度和高度都几乎不变。看来这一带不是被水浸蚀出来的钟乳洞，而是从一开始就作为人工隧道建造出来的……好像是类似古代铁路遗迹一样的东西。

另外，这一带基本上看不到螺旋锥蚯蚓钻出的孔洞，也许说明了混凝土的质量高。我们预感到，目标建筑中央合同厅舍八号馆，应该不会太远了。

很快，我们来到了一处开阔的场所。虽然没有刚才那个有发光虫天象仪的穹顶广场那么大，但也有不小的宽度和高度。据伪拟蓑白说，那是“地铁车站”。

在深夜里没有照明的地下，被灯笼光芒照亮的墙面上勉强还能看出的人工痕迹，却更让人感到毛骨悚然。

“梦应鲤鱼号”慢慢地沿着宽阔的地下河溯流而上，然后，突然间撞上了尽头。前方是堵墙壁。

“河断了……”

“再往前恐怕还是要钻到水里前进吧，潜下去看看。”

“梦应鲤鱼号”下潜的时候，船体发出咯吱咯吱的声音，似乎是因为至今为止一直超负荷工作的缘故。我们关上上面的门，慢慢潜入水下。

在昏暗的水里，我们通过船体前部的观察窗查看墙壁的样子，由此得知的结果有两个：第一，水流进来的裂缝和缝隙很多；第二，没有一处能大到让“梦应鲤鱼号”通过。

“不好办哪，再往前好像用不了潜水艇了啊。”

“用咒力开个洞呢？”

“水流有可能一下子涌出来，而且弄不好整个洞窟都有可能崩塌。”

我禁不住咬住嘴唇。都来到这儿了，为什么还……然后忽然我想起来一件事，问伪拟蓑白。

“目标建筑物很快就到了吧？”

“存在误差，不过直线距离大约百米。从前方的 A19 出口上台阶，应该可以直接进入大楼。”

一个决定静静地填满胸口。已经走到这一步了，踏破最后的百米，没有理由犹豫。

“你浸水也没关系吗？”

乾先生问伪拟蓑白。

“东芝太阳能电池式自走型文档 SP－SPTA－6000 是完全防水设计，可以在 13 个气压、水深 120 米处活动。”

机器得意洋洋地回答，似乎完全没有想到接下来自己会遭遇怎样的可悲命运。

“我先走。如果没问题，我就折回来。”

对于乾先生的提议，我摇了摇头。

“我们一起走。万一有什么情况发生，一个人很可能应付不来。”

“但是……”

乾先生并不同意，我努力说服他。

“如果乾先生有个万一，我一个人什么也做不了。既然如此，那从一开始就生死与共，不是更合理的选择吗？”

我们争论了半晌，乾先生终于让步了。总而言之，我们先让“梦应鲤鱼号”上浮，打开上面的门，来到外面。

在水底步行实在不是我拿手的技艺。早知今日，当初在完人学校的时候就应该认真学些游泳的技巧才对，我不禁想。但这也是书到用时方恨少的悔恨了。

我们各自用咒力将洞窟内的空气聚集起来塞进水里，做出巨大的气泡。

乾先生首先下水。我心里不禁有一点埋怨，我可是刚刚换好衣服的。不过还是跟在后面。水冷得像冰一样。

我们背着重物，慢慢在水下前进。上半身和灯笼都在刚才塞进水里的巨大气泡中。保持几分钟时间的呼吸应该没问题吧。

在水底行走，比预想的远为困难。首先，水的阻力很大，而且前方还有水流，虽然是微速，但稍一疏忽就会被推走。背后的重物，虽然能够防止身体上浮，但也给肩膀增加了很大的负担。

而且因为有灯笼光线的漫反射，从气泡内侧基本上看不清外面。为了确认周围的情况，需要时不时把头探到气泡外面。相反地，脚下却比想象的平坦。周围的墙壁很好地保留着古代建造时的形状。这种混凝土材料也许浸泡在水里反而更加容易保存吧。

在没有空气的隧道里前进了几十米，走在前面的乾先生，在气泡中将灯笼左右晃动，发出信号。似乎找到了伪拟蓑白所说的出口。我从气泡里探出头去看，只见那边有一个四方形的开口。在那前面一定有台阶吧。

再有一点儿就行了，我不禁加快脚步。不对，等等。模样有点奇怪。乾先生这不是在拼命挥手吗？到底怎么了？

刹那之间，我的身体猛然上升，钻出气泡，撞上天花板——是乾先生用咒力把我扔了上去。就在我奇怪发生了什么的时候，伴随着急速的水流，有一个巨大的影子贴着我的脚下擦过。

大鬼矶女！而且比之前那只还大。似乎是瞄准了我而来的。失去了目标的它，冲着乾先生猛扑过去。乾先生没有及时躲开。巨大的颚咬断了乾先生的脖子。与之差不多同时，怪物沙蚕炸成了碎片，鲜红的血将附近一带的水染成红色。

灯笼的光芒消失，水里被黑暗笼罩。我在濒临疯狂的边缘，拼死维持自己即将发狂的意志。因为背上的重物，身子再度慢慢下沉。我粗暴地扯下背包扔掉，重新浮上去。刚才被扔上去的时候，反射性地将空气都吐出去了。照这样下去将会窒息而死，我伸出手，仿佛试着摸索空气。

有了。在天花板的一角滞留着一点空气。可能是我或者乾先生带来的气泡吧。空间太小，没办法把头伸进去，我只能向上张口，吸入空气。

没时间胡思乱想，我集中精神思考获救的办法。我们已经走了将近百米，靠现在这点空气，怎么也回不去。只有前进才有活路。

乾先生发现的出口应该就在眼前。我想要游泳前进，忽然反应过来，再一次潜入到水底，把刚才扔下的背包捡起，重新背上。背包里面还放着伪拟蓑白。

我一步一步在水底前进。什么都不想，专心走路，尽量不消耗氧气，我一边这样嘱咐自己，一边摸索前进，像在洞窟里栖息的虾一样。可是刚才的出口怎么也找不到。难道是方向弄错了吗？就在我焦急万分的时候，手摸到了墙壁。沿着墙向左右两边摸，左手摸了个空。是开口。我用和刚才一样的步伐向前走。在黑暗的水里，一步、两步、三步……脚撞上了什么东西。是台阶。我小心地抬起脚，向上走。呼吸困难，喘不上气。

不要思考。走。脚踏实地。一步一步。

意识逐渐模糊。刚才满满吸入肺里的空气，已经忍不住要往外吐了。

台阶像是永恒的折磨一般持续着。不行了。我将背包丢下，一口气向上浮去。无法再忍的空气气泡从鼻子里喷涌而出。

在一个类似楼梯平台的地方，我终于从水里探出了头。喉咙里咯的一声，狠狠吸入微臭的停滞空气。虽然可能含有有害气体，但已经顾不上那么多了。我一边深呼吸，一边咳嗽得连眼泪都流了出来。

得救了。我摇摇晃晃地爬上台阶，从水里走出来，瘫倒在地上，开始一个人啜泣。那是因为想到了为救我而失去生命的乾先生，也是为在地狱深处孤零零一个人的自己感到悲哀。

木制的建筑有不少都能承受千年的风雪，然而应该比其进步许多的混凝土建筑，大半都不满百年就崩溃了，这是巨大的历史矛盾之一。

中央合同厅舍八号馆，大部分地下室以及地上的一楼和二楼之所以还能原封不动地残留着，似乎有好几个因素：第一，如流水般花费税金购买的超长寿命混凝土，能在钢筋彻底朽坏之后依然保持建筑的形状；第二，大楼的地下以及地基部分淹没在涌出的地下河里；第三，地上部分被崩塌的其他大楼的混凝土覆盖了。因此，当战争和破坏终结之后，残留在地上的瓦砾之山融解，石灰成分化成喀斯特地貌，客观上起到了保护这座水下建筑的作用。

我用左臂抱住伪拟蓑白，右手举起点燃的背包，借着这点光芒，在大楼里探索。伪拟蓑白似乎也有发光机能，不过珍贵的电力不能浪费在这样的事情上。乾先生亡故之后的当下，除非等出了地面，晒到阳光，否则没办法给它充电。

比起再一次回到混合着大鬼矶女的体液与残渣的水里，把放了伪拟蓑白的背包拿回来，我真宁愿死了才好。不过，想到舍生忘死救下我的乾先生，这点折磨又能算得了什么。即便面临死亡，也没有惊慌失措地失去注意力，拉着对手一同上路——恐怕也只有被称为死神的鸟兽保护官才能做到这一点吧。多亏了乾先生的英勇，我现在才能活着呼吸空气。如果大鬼矶女没有死，我就不得不在能见度为零的黑暗水中面对它，那么等待我的恐怕只有成为它的食物的下场。

既然如此，我当然也不能违背和乾先生的约定。不管发生什么，都要阻止恶鬼。

我慢慢地深呼吸。

在我眼前的是经历了许多世纪、封闭在冰冷黑暗中的建筑。我有一种感觉，仿佛有某种刺激人类根源性恐惧的东西沉淀在这里一般。

各个房间里，当年应该非常舒适的内部装潢已经悉数变质，变成了焦油状的黏液以及聚在一起的尘土块。让人惊讶的是，某种树木的根系在地板上蔓延，似乎是从地上延伸下来的。我以为东京的地面全都是沙漠一般的不毛之地，但看来依然有植物在这样的地方不屈地生长。根须是如何侵入这个螺旋锥蚯蚓也没能穿透的混凝土箱子的呢？我一边想着，一边追溯源头，来到了一处大的纵坑，坑前有个锈迹斑斑的铁门。根据伪拟蓑白的解释，这是被称作电梯的通道，是为了方便人在各楼层间移动而设置的。

我切断几条巨大的树根捆在一起，做成简单的火把。背包快要烧光了，这真是雪中送炭的好东西。含有水分的根必须不断用咒力促使其燃烧，否则火焰就会灭掉，不过也因为这一点，树根烧得很慢，发出包含水蒸气的白烟，倒也很不错。

不过，在这片完完全全的废墟里，当真存在着我要搜索的东西吗？我越看越觉得希望渺茫。

母亲信里有关地点的记载，在地址和大楼名称的后面也记了两个房间号。但大部分的房门因为金属部分的腐蚀和木质部分的朽烂，没有一个保留原形。

最初的楼层没有任何收获。当然如果化作白骨的两具遗体也算收获的话，那就另当别论了。从缠在遗体上的破布上判断，这两个人似乎穿着白色的衣服。从大小判断，似乎一具是男性，一具是女性。两具遗体都是破烂不堪，看不出死因何在。

顺着楼梯再上一层。这里的房间和之前的有所差异，至少还残留有未受腐蚀的金属门。表面的文字虽然有些发白，但有着可以清楚看出的图案。那是这样的记号：

“这是什么意思？”我问伪拟蓑白。

“Biohazard Mark，提示危险生物的标志。意思是说，在这个房间里存有病原性微生物一类的东西。”

也就是说，很可能有超能毁灭者之类的东西吧。

我按捺住兴奋，试图打开金属制的门。那好像是拉门，但不知道是锁上了，还是哪里锈住了，一动也不动。

我退后一步，用咒力撬门。伴随着微微的咯吱声，金属门发出野兽咆哮一般的怪异声音弯曲了。我将被扯断的门丢在一旁，进入房间。

这里像是个实验室。地上积了泥水，不知道从哪里进来的。玻璃碎片散落一地。墙上有个保管箱一样的东西。金属制的门上画着和刚才一样的标志。如果有的话，恐怕就在这里了。

我将伪拟蓑白放在地上——为了防止它逃跑，已经用树根捆住了。手放在门上的时候，我能感觉到自己的心脏在剧烈跳动。为了来到这里，我们付出了多大的牺牲啊。终于能拿到恶魔般的武器了吗？

门没有上锁，轻轻一用力，门就开了。

里面——是空的。

屏息静气的我，从充满期待的胸中吐出空虚的呼气。

脚下散乱的玻璃碎片似乎就是放在这里的容器的最后形态。不必询问伪拟蓑白我也知道，就算里面有超能毁灭者，也在泥水中死绝了。

为防万一，我再一次检查了整个房间。什么也没有找到。

我抱起伪拟蓑白上楼，探索上一层。还是什么也没有找到。果然，期待能在千年以上的大楼废墟中找到东西，这本身就是痴人说梦吧。

我依次上楼，检查所有的房间。经过了多少时间，我已经不知道了。期待虽然已经无比淡薄，但就算什么成果也得不到，也只有进行到最后了。不然的话，对于死去的人们，我无颜以对。

然后，我来到了地上的楼层。

虽然外面完全被砂石掩埋，但每个房间都有巨大的窗户，足以说明已经到了地上。砂石的一部分侵入了房间内部，更有流进来的雨水在各处形成了积水。刚才实验室的地上积存的水大概原本也是雨水吧。

那个房间是在楼层刚好中间的地方，和其他的房间没什么大的差别，但是房间里面的桌子像是天然木材制成的，而且比之前看到的所有桌子都要大上好几倍。这个房间的主人，也许是个地位很高的官员。

我扫视了一圈，这里只是间办公室，不像是保管危险病菌的房间。这样想着，正要放弃的时候，火把的光芒照到墙壁上一处四方形模样的东西。

那是什么？我凑过去看。混凝土墙壁的一部分露出四十厘米见方的金属块，像是一扇小门，表面有个旋钮一样的东西。

“这是什么东西?”

我没有带着什么期待，随口问了伪拟蓑白一句。

“保险柜。为了安全保存财物的容器。这应该是隐蔽性保险柜。经年日久，原本遮挡在外面的绘画壁纸等等可能都消失了。”

这点说明已经够了。我想用咒力强行撬开坚固的金属门，但和刚才有保管库的房间门相比，厚度和强度都不是一个档次，很难破坏。撬的时候，埋设保险柜的混凝土都出现了裂缝，似乎连墙都要塌了的样子。

我换了个意象，试图将门挖开。金属门的强韧令人赞叹，面对咒力也在顽强抵抗。

终于，门上挖出一个椭圆形的洞，金属块随之发出噪声掉到地上。那柜门厚度足有十厘米以上。

我举起火把，透过洞往里看。

3

里面有什么东西。是个金属容器，像个铅笔盒，另外还有一封信一样的东西，很厚。

我先把容器拿了出来。容器表面上画着奇异的标志。红色的圆圈里面画着一个类似大头宇宙人的生物，大张着双臂，上面还有一道斜线，似乎表现他无法超出圆圈的意思。

我不知道怎么打开容器，摸索了好一阵，最后偶然按到了某个小小的按钮，才打开了盖子。里面的东西完全出乎我的意料。那是个十字架，长约七八厘米，原本大概是像玻璃一样透明的材质，只是经年日久，已经失去了光泽。不过，让我感到异样的还是它的形状：中央处镶嵌着一个大大的圆环，十字架的三个顶端都有大大的分叉，让人联想起山羊或者恶魔的角，有种奇异的阴森感。

询问伪拟蓑白的结果，一般来说最常见的带圆形的十字架叫作凯尔特十字架，由十字架与圆环组合而成。前者是基督教的象征，后者则代表了凯尔特民族所信仰的轮回转生。不过，我手中这个十字架与被称为久留子的家族纹章更像，其寓意恐怕更接近于古代日本基督教被禁的时期地下基督徒们制作的异形十字架吧。

我把十字架放回盒子里，打开信封，里面放着几张折好的纸。展开来看，却是一头雾水。纸的氧化很严重，变色很厉害，不过写得满满的细细的文字依然鲜明。可惜我无法阅读，因为不是日语。

我让伪拟蓑白扫描文本，翻译给我听。

“祛魔宣言。这是矢志净化恶魔附体之人的决意，也是向终极之恶展开圣战的宣战檄文……”

这封信显然是一个活生生的例子，显示出被恐惧攫获、只能向狭隘的信仰寻求救赎的人类能够疯狂到何种程度。

“恶魔最狡诈的地方是它对自己的馈赠不要求任何报偿。它之所以不向人类要求任何报偿便将念动力这一可怕的能力赋予人类，根本是因为恶魔用它那有着细长虹膜的、能够预见到千年之后的山羊之眼，准确地观察到了人类的末路。权力招致腐败，绝对的权力招致绝对的腐败。这一论断绝不仅限于政治上的权力。与个体不相适应的过大权力，迟早必将导致其主人的灭亡，也会给周围带来莫大的灾祸。”

柔和的女性声音淡淡地讲述着翻译出的文字，让我浑身寒毛直竖，但又不能打断它的翻译。我必须知道这封信和那个十字架是否与超能毁灭者有关。

“……这股力量本身即充满了邪恶。而被念动力寄宿的人类，也化作了恶魔与女巫。在这一意义上，近六个世纪前问世的先驱性名著《女巫的铁锤》，该是到了为其平反的时候了。猎杀女巫的行为，并不是因市井冲突演变而成的群体性疯狂。即便是在科学尚不发达的年代，还是有人正确认识到了念动力的极度危险性。那些先知所采取的把妖术之种子扼杀于萌芽中的举动，即使偶尔波及无辜、构陷冤狱，从全体人类的视角上看，依然可以说是正当的行为吧。”

关于这里提到的《女巫的铁锤》，后来我也了解了大致的内容。那是两位修道士撰写的书（无论怎么看，被恶魔附体的倒像是这两位），一度成为猎杀女巫的教科书。如果真有应当打上“訞”或“殃”的烙印并将其付之一炬的书，这本恐怕是最合适不过的了吧。

对于获得咒力者的诅咒，在那之后还持续了很久，最后，伪拟蓑白的翻译终于进入了核心部分。

“……故此，对于被恶魔之力控制的人，除了将之处死、净化，使之再不能犯下更大的罪行之外，再无别的选择。为此目的，最为有效的手段之一，即是强毒性炭疽菌，通称超能毁灭者。这一武器可谓上帝之祝福。哈利路亚。无论怎样的时代，上帝都没有舍弃我们，赐予我们必要的口粮。”

充满宗教狂热的檄文又持续了好一阵，终于有了关于用法的说明。

“圣粉可以放在信封里邮寄，也可以直接向对象喷撒，就像过去的异教徒为了政治目的而采取的恐怖行为一样。不过，在我们的祛魔圣战中，使用圣本笃圣章一般的圣具，才是最为适宜的。”

圣本笃是古代基督教的圣人，古代文明的人们喜欢将其形象与十字架一同雕刻在纪念章上，并认为这种纪念章具有治疗疾病、祛除恶魔的效果。

“这是行正义、祛罪恶的十字架。在恶魔的脚下砸碎，封存在惰性气体中的圣粉便会飞散。圣粉即使历时千年也不会丧失活性，只要恶魔吸入，即使数量极微，邪恶的生命也会终结。哈利路亚……”

我闭着眼睛，将伪拟蓑白的翻译听到最后，然后再一次从金属容器中取出十字架。

在这千年的时光里，这东西里面一直封存着致死的细菌啊。单单这样一想，手就禁不住颤抖起来。就在这时，我发现十字架的角度有些偏斜，我这才注意到，这不是十字架。一眼看上去好像是在模仿十字架的造型，但实际上和刚才看到的危险生物标志相似。

刻意做成这种形状，实在想不出有什么实用性上的理由。

到底有着怎样扭曲的心理，才会在这东西当中体会到幽默呢？

我慎之又慎地将十字架收进盒子里。

我也许正要将这个恶魔从混凝土坟墓中解放出来吧。但是，这个疯狂与憎恨的种子，如今却可以说是留给我们的唯一希望。

我想要站起身，但疲劳让我的脚下一个踉跄。还是要稍微休息一会儿吧。之后，如果可以的话，要去找觉和奇狼丸会合；如果这一点实现不了，那只有靠我一个人独自击毙恶鬼了。不管怎么说，当下的任务还是要从这里出去。

再一次潜回来时的水路吗？如果能够回到“梦应鲤鱼号”的话……一个人操纵虽然很困难，但总不至于做不到。只要回到小船里面，返回到会合地点也应该没有什么困难。

哎呀，不行。再度潜回水路，不但在生理上抗拒，危险性也太大了。如果还有一只大鬼矶女的话，那就再没人能救我了。刚才追赶我们的也许是一对当中的一只。即使不是，也有可能因为乾先生碾碎的那一只发出的血腥气，把远处其他的大鬼矶女招来。

可是，不走水路又能走哪儿呢？把这栋楼打穿，能上到地面吗？就算能上去，地上也一直处在敌军的监视之下。怎么也瞒不过鸟的眼睛吧？一旦被发现，恐怕就逃不了了……

忽然间，我意识到一点：蝙蝠。之前回到海岸去取“梦应鲤鱼号”的时候发生的情况，只要重演一次就行了。在无数蝙蝠出入洞窟的时间段里，东京的上空将被覆盖，无法从空中进行监视。

现在到底是几点呢？

“蝙蝠返回洞窟还有多久？”

“如果假定与昨天同一时间，那么约在一个半小时之后。”

伪拟蓑白的回答，不禁让我长舒了一口气。

“到那时候，喊我起来。”

“遵命。”

我把捆着伪拟蓑白的树根在胳膊上卷了好几道，在地上抱膝躺倒。转眼之间，我便落入如同无底沼泽一般的睡眠中。

刺耳的信号在叫。意识急速觉醒。

“凌晨四点零五分。距离日出还有三十一分钟，应当是蝙蝠返回洞窟的时间。”

骗人的吧。完全没感觉睡过一觉。不过既然伪拟蓑白这么说了，应该不会错。

我起身收拾。虽说是收拾，其实基本上也没什么行李。背包已经烧光了，而且真正需要的只有伪拟蓑白和超能毁灭者。

说不定这是最后一次活着醒来了。不祥的预感从脑海中掠过，我摇摇头将之甩开。这种事情想了也没什么好处。

现在只要去做该做的事情。

我离开了被诅咒的房间。千年之前被黑暗的妄想附体的房间主人，仿佛此时此刻依然伫立在房间的角落里，死死盯着我的背影目送我离开。

我沿着楼梯向地上二楼走去。和一楼不同的是，这里的大半都被压碎了，掩埋在砂石之中。

我试图找一个看上去尽可能接近地面的地方。因为外面还是一片漆黑，要找这样的地方不是很容易，不过在一个地方我感觉到了微弱的风。似乎是因为建筑物的外墙上有条小小的裂缝，风正从外面涌进来。

侧耳细听，无数蝙蝠交织的鸣声传来。最先头的蝙蝠似乎已经回来了。我必须赶紧趁现在出去，找个可以藏身的地方。

我尽可能悄无声息地一点一点扩大混凝土的裂缝，运走砂石。

干了两三分钟，总算弄出了一个大小够我钻过去的缝隙。我低下头，悄悄爬出去。

微弱的星光映照下，外面是一片不逊于地下的荒凉景象。

古代的建筑群早已化作废墟，地上部分最多只残留了两三层，钢筋全都腐蚀殆尽，只靠着超耐久性的混凝土才勉强保持了形状。

破碎的建筑物变作风化的灰色沙砾，其中一部分逐渐融解，创造出喀斯特地貌一般的景观。到处都有仿佛河流一般的漆黑条纹，按照伪拟蓑白的解释，那是长年暴露在紫外线之下、失去黏性的柏油马路。

植物很少，放眼所见差不多都是杂草。偶尔有几株能将根系一直伸展到建筑物地下的树木，每一棵的地上部分都很低矮，而且都弯曲得厉害，不知道是不是因为承受了冬季毫无遮拦地肆虐在关东平原上的狂风的缘故。由于地面的水土流失严重，整个大地都是一片干燥的不毛之地，这些树木为了寻找水分，不得不将根系深深扎入地底，似乎也因此耗尽了长高的力量。

头上的天空，被盘旋飞舞的无数蝙蝠覆盖。根据昨天的经验，所有的蝙蝠返回巢穴大约要花一两个小时。在那之前，必须赶到和觉他们分开的地方，那个断崖一般的壕沟去。

我扶着墙，在建筑残骸的阴影中行走，急匆匆赶往伪拟蓑白指示的方向。

敌方的耳目绝不会仅限于天空。地上的部队很可能就在这一带附近放哨。

黎明前的黑暗里，我在荒芜的大地上小跑着前进。渐渐地，我感到自己的意识在发生奇异的变化。

这是什么啊……是所谓的既视感吗？我应该是生平第一次来这里的，但却怎么也甩不开一种曾经来过的感觉，仿佛在很久很久以前，我在哪里看到过同样的景象似的。

又在做梦了吗？唔，应该不是。我意识清醒，思路也很明晰，可为什么……

我放眼扫视周围稀疏生长的树木。

周围树木的变形开始变得醒目，就像是生长在长年遭受狂风肆虐的地区一样，差不多所有树木都朝着同一个方向扭曲。

从刚才开始，就有一股隐约的不安和不快笼罩了我。

想要回去。想要立刻、现在、马上，从这里逃出去。这是本能的声音。一秒钟也不想在这里停留。

但是，一想到■，我还是拼命给自己鼓劲。现在不能回头。能救他的，只有我了。

总之先往前走。扭曲成奇形怪状的植物，仔细看去也有路标的作用。俯瞰全体，我发现整个森林似乎呈现出漩涡状的变形。如此说来，■会不会就在漩涡的中心部位呢？

树木像是生有无数触手的怪物。我仿佛被那些不绝蠕动的触手召唤一般，向前走去。

这到底是什么？我眨了眨眼睛。我看到了别的景象，和现在的景色重合在一起。

大概是因为身心的疲敝，出现幻觉了吧。我伸手扶着旁边的建筑物外墙，支撑住身体。那么坚固的超耐久性混凝土，也因为长年的侵蚀和风化，表面浮现出奇怪的扭曲图案。

原本很坚实的土墙软软地扭曲、振动，无数气泡一样的东西此起彼伏，这幅光景单单看一眼都会让人发疯。我的头再度剧烈地痛起来。

我吓了一跳，放开手。我在恐惧中喘息。不可能的。坚固的混凝土会变成那样子，现实中完全不可想象。

但是，这不仅仅是幻觉。

我曾经亲眼见到过这个景象，这是从心底深处沸腾涌上的确信。

蝙蝠的骚动更大了。有光。天色已经亮了。

抬头仰望，足有数百万、数千万的蝙蝠排成纵行，宛如一只巨大的飞龙，在拂晓的天空中翻腾。

无数条蝙蝠构成的长带将天空分割开来。那，简直就像……

朝霞的光芒，刹那间将漆黑的蝙蝠群染成蔷薇色。

突然间，周围亮了起来，宛如探照灯照在舞台上一样。抬头仰望，只见天空中出现了极光。浅绿色的光芒，构成让人联想起巨大幕布的波纹，在那之上，更有红色、粉红、紫色的光线渗透出来。

我感到热泪沿着脸颊流淌下来。

记忆是不会被彻底消除的。无论采取如何巧妙的手段，也不可能把不喜欢的部分全部擦除，最多只能使之沉睡于潜意识的深渊中而已。

而在此时此刻，所有的记忆都鲜明地复苏了。那就像是被封印的记忆自己挣脱了加诸其身上的枷锁，打开了被封闭的门扉一般。

那个晚上，我的确穿过黑暗的森林，与他相会了。

与那个无脸少年。是的，他的名字是……

我惊愕地睁开眼睛。

崩坏的混凝土荒野上，突然出现了他的身影。就在不远的地方，距离我只有几十米。

“瞬!”

我叫喊起来。

瞬转身要跑。

“等等!”

我拼命在后面追赶。

瞬飞一般地跑着，背影在荒芜的建筑物残骸中忽隐忽现。

是不是会被敌方发现的担心早已经不知道丢去了哪里，我只顾埋头追赶。

瞬的身影转过一幢楼，看不见了。我不顾一切地追在后面，跟着他绕过大楼，然后，猛然站住了。

他就伫立在仅仅距离我十几米的地方。

“瞬！为什么……”

想要问什么，我自己也不知道。

瞬慢慢抬起头，微笑着。那久违的笑容，让我心中生出一股暖意。

就在这时，朝阳的光线越过瓦砾之山照射过来。刹那间，瞬的身影被炫目的光芒包裹住了。

然后，以让人难以置信的突然，魔法时间宣告结束。我茫然呆立，不知所措。

“你还好吧？”

这样问我的不是瞬。不，非但不是瞬，连人类都不是。

“你怎么知道我们在这儿？乾先生呢？”

奇狼丸一脸惊讶，急迫地问我。

“我……瞬……唔，觉在哪儿？”

我僵硬的舌头终于能动了。

“在附近的洞窟里休息。稍微受了点儿伤。我正要找你们两个。”

“受伤？严重吗？”

“不，没什么大事，没有生命危险。”

以奇狼丸的基准，就算说没什么大事，我也还是禁不住担心。

“带我去找觉……怎么受的伤？”

“恶鬼追赶的时候弄碎了石头，他被石头碎片砸到了。”奇狼丸在前面带路，一边走一边说。

“蝙蝠群稀疏了很多，快走吧。”

我们从地面上的开口下到洞窟里。这个洞似乎是混凝土逐渐被雨水侵蚀的产物。虽说偶然，但和喀斯特地貌中常见的滴水洞很相似。

“早季！”觉叫道，“你没事就好！我一直在担心。”

觉的状况怎么看都很不好。被吸血蛞蝓咬伤的左肩还没有痊愈，右臂也包了绷带，绷带上染满了鲜红的血。

“乾先生呢？”

我缓缓摇了摇头。觉的表情顿时一变，静静地垂下头，低声念诵祈祷的词句。

“是吗……一定死得很壮烈吧。”

“嗯。在地下河，被沙蚕怪袭击了。如果是乾先生一个人的话，我想他肯定能保护自己。但是，为了保护我……”

我说不下去了。

“早季，决不能让乾先生白白牺牲。”

“当然……东西找到了。这也是多亏了乾先生救我。”

“找到了？真的？”

“嗯，就是这个。”

我把怀里用树根捆着的金属容器递给觉。觉脸上的表情扭曲着，似乎是在强忍手臂的疼痛，解开树根，打开容器，端详里面的十字架。

“小心！不留神摔碎的话，我们就全完了。用的时候也只要在对方脚下砸碎了就行。”

我把发现时候的情况简单做了说明。

“知道了。”

觉说了这一句，伸手拿起十字架，把串在上面的链条挂在脖子上。

“你要干什么？”

“要是放在盒子里，恶鬼突然出现的时候可能来不及吧？挂在脖子上用起来方便。”

“不行。你手臂受伤了，我来拿着。”

“要砸碎这东西，我还是能行的。”觉若无其事地说。

他是作好了牺牲自己的打算了吧。

“我砸起来更快。”

“好吧，那咱们换着拿。先从我开始。”

觉说完这一句，再不退让。我也没有再争执。无论如何，如果装有超能毁灭者的十字架在狭窄的洞窟里破裂，周围的人全都逃不脱受感染的命运吧。

“在一个地方停得太久会很危险。差不多该走了。”一直沉默倾听的奇狼丸插口说。

“可是接下来该怎么办？”

“原先的目标是拿到超能毁灭者，现在这个目标已经完成了，就此撤退也是一个方案。不过反过来说，现在说不定是个千载难逢的好机会。我们最终的目标恶鬼，现在就在附近，而且身边只有很少的护卫。”奇狼丸笑了起来，大嘴咧到耳根，“而且有利的地方还有好几处：第一，恶鬼一直在追捕我们。越是一门心思捕猎的人，越会误判自己的处境，往往要到大难临头，才会发现自己变成了猎物；第二，敌军不知道我们拿到了超能毁灭者，咱们不能白白放过这个大好的机会。”

我不禁向觉望去。觉静静地回望着我，点点头。机会只有现在，我们两个都很清楚。还有一点我们同样清楚的是，即使我们全都再也回不去了，也必须在这里阻止恶鬼。

奇狼丸脱下僧服，把身体仔细在地下水中洗过一遍，又将全身上下涂上泥土和蝙蝠粪便的混合物。

“……臭得要死。”

我捂住鼻子。化鼠的嗅觉应该比人类敏锐许多，奇狼丸还真能忍得了。

“嗯，我也有同感，不过现在不是讲究的时候。必须彻底消除我的气息。”

奇狼丸连脸上都仔仔细细涂上了粪泥，简直像是上妆一般。

“野狐丸它们拼命追着你们二位的气味，但是对我好像一点都不感兴趣，不知道怎么回事。”

“为什么?”

“唔，原本就没什么兴趣吧。只要解决了你们二位，像我这样的家伙也不会造成多大的威胁。它们大概是这么想的吧。”

“应该说是奇狼丸你给了它们很大的打击吧，搞得它们不敢对你轻举妄动。”

觉似乎也被恶臭熏得张不开嘴，虽然是在笑着说话，但鼻子附近还是皱着。

“你们打了胜仗?”

“当然当然，简直是三头六臂，杀了七只敌方的士兵。”

“这么厉害？怎么杀的?”

“一开始是用我们的气味把它们引去那个黑寡妇壁虱的洞窟，让它们吃了大苦头。就连恶鬼和野狐丸，也只有连滚带爬地逃走。不过奇狼丸的可怕之处在于不以此为满足，接下来又引着其他的大群黑寡妇壁虱冲进它们的野营地。它们果然只有夹着尾巴仓皇逃窜的份儿。不过后面就不好办了。失去了目标的大群壁虱换了方向，开始追我们。我们也是这时候才知道，那些壁虱虽然对付不了结露水的墙壁，但水面倒是可以轻松越过。”

“是吗?”

“它们能分泌大量油脂，整个群体抱成一大团，像浮萍一样在水面上浮着漂过来……当然啦，那么密集的状态下，要烧它们也容易得很。”

觉颇为自得地继续着闲话，但在我心中，疑惑愈演愈烈。为什么奇狼丸能得到这样的战果呢？

“杀了敌军七名士兵，是真的吗？”

“啊，当然。不过，那还只是我看到的数目。实际上也许杀得更多。”

“但是，一开始的时候，不是说敌军全部加在一起只有七只吗？”

“每当地下部队遭遇损失的时候，敌军就会从地面部队派来增援。不过地面部队好像也没那么多了，目前敌军的地下部队大约有五只。”从妖怪和尚变身为泥偶的奇狼丸解释说。

“对了，你为什么没告诉我大鬼矶女的事？”

对我的提问，奇狼丸显得很不解。

“那是什么东西？”

“在海岸边的沙蚕怪。因为那东西，乾先生……”

奇狼丸涂满泥的脸上露出惋惜的表情。“我以为不用多嘱咐，你们也已经知道夜间海岸会非常危险了。抱歉说一句，如果是你一个人，也许要另当别论，但有那个绰号‘死神’的鸟兽保护官同行，我想不用专门叮嘱。而且，关于怪物的真实情况，我也完全不知道。上次来的时候，我确实损失了很多部下，但我一次也没能看到那是什么东西。”

觉把手放在我的肩头，像是安抚我一般，不让我再继续追问下去。

“哎呀……这天气，糟糕。”

奇狼丸抬头望天，探出鼻子嗅嗅。

“地面上要下雨了。”

“下雨为什么糟糕？”觉问。

“通常情况下，下雨对逃亡者是好事。洞窟里会流进雨水，能把气味冲刷干净。可是现在不一样。来路上留下的恶臭一旦消失，要引诱它们就困难了。”

到这时候，我们的耳朵里也终于听到了微弱的水声。

“不过这个洞窟不会被水淹，请放心。因为这里像蜂巢一样开着无数的排水孔，通往更深的地下……”

头顶附近的孔洞里落下几条水流。各种水声在洞窟中交织呼应。瀑布一般的声响。还有让人联想起水琴窟①的潺潺溪水一般的声音。

“快点吧，速战速决。”

我们在奇狼丸的带领下，向东京洞窟的最深处前进。如果拿血管比喻，我们刚才是在大动脉一般的粗大洞穴里逡巡，而现在则是逐渐进入毛细血管一般的狭路。

奇狼丸不愧是适应了地下生活的化鼠，没有半分犹豫，在如同迷宫一般的地下交叉路前进。

我很担心觉，他的呼吸非常粗重，也许伤势的影响超出

① 一种日本庭园的装饰和乐器，由倒转的壶和小水池组成。——译者

预料。

一开始我以为是在往地底走，但在半路上转而变成向上走。滴水在岩石上如同覆了薄膜，很容易打滑，我不得不小心翼翼。

走上不知道第几个陡峭的斜坡，眼前突然开阔起来。雨声仿佛直接在头顶响起一般，看上去我们来到了距离地面很近的地方。光线也隐约照射进来。如果地上不是暴雨天气的话，这一带肯定更加明亮。

“我们就在这儿设陷阱吧。”

我顺着奇狼丸回头指给我们的地方看过去，只见岩石上隐约开着一个直径三四米的洞口。

“这大概是千年之前人工挖掘的隧道。顺着这个往前走大约一公里半就会到地面。最好的地方是，这条隧道半路上基本没有岔路，一条路到底。”

“这哪里好了？这不是说我们只有一条路可逃吗？”也许是因为伤口的疼痛，觉紧皱着眉说。

“追兵也只能沿着一个方向在背后追赶，所以敌我的距离很容易估算。而且，虽然说是一条直路，但在半路上也会有复杂的左右转弯，只要不被追上，我们也不会进入恶鬼的视野。”

覆盖奇狼丸身体的粪泥被雨水和汗水浸得斑驳剥落。在那中间放射出绿色磷光的独眼非常诡异。

“另外虽说没什么岔道，但路上也有几条小道，每条都很窄，绝对不要错钻进去。”

“是不是小道怎么判断?”我不安地问。

“一看就知道。小道比这个洞窟狭窄得多，而且基本上都和隧道十字交叉。总之，只要沿着像是道路的地方走，就不会迷路。”

奇狼丸的语气简直像是在哀叹人类的路盲。

“……但是，这里真是最合适的地方吗?”觉困惑地说。

“对于我们的目的来说，没有比这里更好的地方了。”奇狼丸满怀自信地断言，“最大的优点，是风。”

洞窟里迎面吹来微风。不知道这风是怎么产生的。东京的地下洞窟里，好像经常会有几股风交错的复杂通道。

沿着这个洞窟一直向前，实际上就等于朝上风口前进。背后追来的恶鬼，是在我们的下风处。只要砸碎十字架，释放出超能毁灭者，便会感染恶鬼，而在上风处的我们则不会被孢子沾到。这就是奇狼丸的安排。

可是，一切果真能那么天遂人愿吗？我们感到一种难以言喻的不安，但除了奇狼丸的计策之外，也想不出更好的方案了。

“坏兆头啊……看起来暴雨可能比预想的还要大。”奇狼丸抬头望着顶上说。它似乎在听我们的耳朵听不到的声音。

“当初计划用一路上留下的臭味把恶鬼引诱到洞里来，我们在出口前面一点的地方埋伏，用超能毁灭者感染它。但是到了现在，单靠这样能不能起作用，我有点担心。”

“什么意思?”

我有了一种不祥的预感。

“气味被水冲没了。我们必须要让敌方感到现在是唯一的机会，不能给它们时间多想，要让它们在后面紧追才行。为了这个目的，需要更加强有力的诱饵……也就是说，需要明确无误的囮。”

“喂，等等。什么叫囮……”觉的声音里，能听出阴暗的疑惑。

“就是说，你们二位至少要在一瞬间让它们看到你们的身影才行。然后再迅速逃进洞里，这样恶鬼才会不顾一切追在后面吧。”

“喂，你在说什么呢？你要我们和恶鬼躲猫猫吗？而且还要凑到面前给它看?”觉叫道，“不行，绝对不行！在洞窟里绊一下，或者哪怕在转弯的时候被它瞥到一眼，那不就完了?”

“你们二位都是脚力不错的成年人。至于那个恶鬼，其实还只是个孩子吧？要拼脚力，应该是你们两位有优势。”

“胡说八道!”

“还有一点：使用超能毁灭者的时候，必须在最近的距离敲碎十字架。按照眼下这种充满湿气的情况来看，粉末的飞散也会受到限制，弄得不好，粉末差不多都会粘在潮湿的墙壁上。”

对于觉的抗议，奇狼丸连听都懒得听的样子。

“不行，根本不行的。”我看着奇狼丸的眼睛说。

“不行？什么叫不行？”

独眼的绿色瞳仁，一眨不眨地盯住了我。

“因为，这么……”

“你有没有想过，我们来到这里，付出了多少牺牲？”

奇狼丸的声音变得无比严厉，让我们不寒而栗。

“你们对于我同胞的生命向来漠不关心，我也就不说了。但是，包括乾先生在内，你们数数看，有多少人献出了自己的生命？所有牺牲都是为了击毙恶鬼的这一刹那。所有人都是因为相信你们，才会毫不犹豫舍弃自己的生命，把一切希望托付在你们身上，不是吗？可是，当现在这个千载难逢的机会来到眼前的时候，你们就这么轻轻松松说一声不行吗？这样的机会以前从来没有过，以后恐怕也不会再有了，但就因为你们这种像个小屁孩一样的懦弱、不敢直面恶鬼的恐惧，就这么放弃了吗？”

对奇狼丸的指责，我们无言以对。我只有垂首不语。

“只要击毙恶鬼，你们二位还有活下去的机会——可以说有十二分的把握活下去，对吧？现在这个时候，正是你们奋起的时机。如果放过现在这个机会，你们只会在无尽的后悔中度过余生——我很想这么说，但其实你们活不了那么长的，对吧？你们自己也知道的。你们最多只能苟延残喘片刻，或迟或早，还是要惨死在恶鬼手上。到那时候，你们的脑海里大概只会剩下无比的悔恨吧：*‘早知道会这样毫无意义地死去，为什么那时候放过刺杀恶鬼的机会’*……”

奇狼丸的话，深深刺入我的心里。

“……好了，我知道了，确实如你所说……”觉低声说，“我们来到这里，本来就下定了决心，哪怕舍弃生命，也要阻止恶鬼。到了现在，怎么可能因为恐惧而放弃……不过，你呢？在我们用生命去躲猫猫的时候，你就在一边袖手旁观吗？这有点太舒服了吧？”

奇狼丸的绿色眼珠，带上了仿佛悲哀的光芒。

“你说的话，简直像是个要脾气的孩子。*‘让我干这种虎口拔牙的事，这只化鼠为什么不用做啊？真坏啊。明明应该这家伙先去送死才对啊。’*”

“喂，等等！再怎么熟，这种说法也太失礼了吧！”觉发火了。

“那好吧，你说个方案，什么都行。如果我的生命能够换来恶鬼的死亡，我会毫不犹豫地执行任务。或者，我在这里自杀，能够激励你们二位的话，我也会这么做的。之所以没有这么做，仅仅因为一点：我死了，就没人能把恶鬼引到这里来了。”

“既然能把恶鬼引来这里，那不就能一直把它引到最后吗？”觉刨根问底地说。

“最后时刻最为关键。要让恶鬼一马当先冲过来，没有比你们二位更好的囮了。看到你们两位的身影，其他士卒应该不敢过来送死；反过来说，如果我来作囮，恐怕怎么也无法诱使恶鬼出马。”奇狼丸悲伤地摇了摇头，用奇异的声音继续道，“当然，我无法强迫你们二位做任何事。不但不能强迫，只要对你们二位稍有忤逆，我就会像个虫豸一样被你们瞬间碾碎……无论如何，最终下决定的还是你们自己……”

在这时候，我心中对奇狼丸的疑念再一次翻腾起来。同时，对这个处处都要求绝对精确才能成功的计划，我们又是不是太过一厢情愿？我心中的不安始终难以平息。

不过至少，对于接下来自己该做的事，我已经不再迷惘了。

从奇狼丸拿着我们的贴身衣物消失算起，已经过了两个多小时了。它去来路上制造引诱恶鬼的气味。

在这段时间里，我们把即将成为最终决战地的隧道仔仔细细检查了一遍，一直走到通往地面的终点为止。

“这里的路比想象中要好。没有那么多起伏不平。绊脚的石头、容易撞到的障碍，也很容易弄掉……剩下的只要小心半路上的三四道裂缝就行了。”

觉在头脑中把整个路线默默回溯了一遍。

“早季呢？都记住了吗？”

“我只有在岔路太多的时候才会迷路，而这个隧道都是直来直去的。”

觉简直像是在叮嘱傻瓜一样，让我很生气。

“真正开始的时候要在近乎全黑的环境里全速奔跑，如果没记住整个路线，万一拐弯的时候撞到墙壁，那就完了。”

“嗯，是有这个问题，不过一个人拿着火把跑不就行了？一只手上拿个东西，对跑步的速度不会有太大影响吧。”

“那个不行。”觉一口拒绝。

奇狼丸走了以后，他似乎立刻把魔鬼教官的职务接收过去了。

“就算我们跑步的速度没有变化，恶鬼那一方可是大大不同。如果我们照亮了洞窟，它们也能全速奔跑了。相反，如果周围环境很黑，熟悉道路的我们应该可以跑得更快。”

“可是恶鬼它们肯定会拿着火把追过来，不是吗？”

“嗯。真拿着火把追来就好了，我们可以突然泼水上去，灭掉火把。习惯了光线的眼睛，没那么容易适应黑暗。”

“不过这样一来恶鬼说不定会变得很小心，不肯在黑暗里追过来吧。”

恶鬼知道我们无法用咒力攻击它，所以应该不会害怕我们，而是会直接追过来。不过，伸手不见五指的黑暗也可能唤起它的戒心。

“也有这种可能……如果它在隧道入口处停下来，那就不好办了……这样吧，早季，你弄出小火苗在前面跑，我也可以借着火光跑快点……唔，不过这样子恶鬼也会举着火把追，速度应该也不慢……”

躲猫猫的游戏比想象的还要难。

“仔细想想，这个方案也有优点。只要转头看看恶鬼的火把，就能知道它距离我们还有多远……然后就可以保持安全的距离，把它引去‘屏风石’那边。”

屏风石是我们两个一致认为最适合使用超能毁灭者的地点。那是在直线通道的尽头伸展开的屏风状薄岩石，躲在它后面，可以清楚看到恶鬼追来的身影。等它来到足够近的地方，往它脚下砸碎十字架就行了。

问题在于砸碎之后。超能毁灭者虽然可以让恶鬼感染，并在几天之内夺去它的性命，但并不能当场让它昏迷。吸入孢子的恶鬼，至少在数小时之内都能与之前同样行动，毫无异状。

古人有所谓一击即走的说法，眼下我们需要的就是这样一种状况。我们必须自力更生，从还在活蹦乱跳的恶鬼身边逃开。

“……那个十字架，还是我拿着比较好吧？你看，你两只手都受伤了。”

“这种程度的伤势根本算不了什么。而且说到投掷，一直都是我比你拿手。”

觉像是看透了我的心思。

“可是……”

“而且，你想想吧。你是在我前面跑的，你弄碎超能毁灭者的时候，不是连我都感染了吗?”

“不会的。要用这个十字架，得等到了屏风石才行，那时候你已经追上来了。”

“不，还是我拿。要是你不小心摔了一跤什么的，弄碎了十字架就糟糕了。”

虽然是半开玩笑的语气，但其实他是做好了最坏的打算吧。比如说，跑到半路被追上的时候，拉着恶鬼同归于尽。

地面的雨似乎无休无止。四处渗出的水把洞窟的墙壁彻底浸湿，脚下也有细细的水流。空气很沉重，像是粘在肌肤上一样。

“真的能行吗?”

我喃喃自语。觉向我投来不解的视线。

“我们……是要杀人啊。”

“够了!”觉用尖厉的声音喝止，“不要胡思乱想。我们只是在恶鬼面前砸碎十字架而已，而且恶鬼也不会立刻死亡。”

觉是在诡辩，这一点我们都很清楚。不过，使用超能毁灭者的是他，要是让他产生了罪恶意识，那也很不妙。

“对不起。我说了不该说的话。”

“好了……我们只是要完成使命。此时此刻，除了这一点，不要再想其他的东西了。”

“嗯……可是……”

无论如何，我还是感到有些话不得不说。忽然间，有一种再不说就会错过时机的感觉在心中沸腾起来。

“真理亚和守的孩子，真的是恶鬼吗?”

“怎么又提起这个?”觉很不耐烦地说，“看看那家伙干的事情吧。杀了那么多小町的人，这不正是恶鬼的所作所为吗?”

“这一点我知道。可是，我总感觉它和以前出现的恶鬼有什么根本性的差别。”

“……硬要说的话，大概多少有些差别吧。我们通称的恶鬼，其实也是分为若干类型的。不过现在研究差别又有什么用呢？还是把恶鬼……阻止以后，再慢慢细想吧。”

“对我来说，还是没办法把那个孩子想成是恶鬼。”

觉站起身，挠着头说：“行了！现在这个时候，为什么一定要说这些让我混乱的话?”

“对不起！可是，请听我说。我只是忍不住在想，如果那个孩子，只是不知道自己是谁呢?”

“就算是那样，又能如何?不管怎么说，都必须阻止它。不然的话，小町就会毁灭，日本全土都会任野狐丸为所欲为。就算现在势力还小，随着恶鬼的队伍不断壮大，说不定连整个世界都会落进化鼠的魔掌!”

“我知道，我知道。无论如何都要阻止它，这一点我也知道。可是，那是真理亚的孩子啊！我想要一次机会，只要一次就行。”

“机会？我不懂你在说什么。”

“如果能让那个孩子觉醒……”

我把自己的计划解释给觉听。那是个恐怕只有觉才能做到的方法。

“你疯了吧？这么做能有什么用？”

“但是总有一试的价值吧？求求你，就一次。就在屏风石后面，使用超能毁灭者之前，肯定有时间的，我想。”

觉抱起胳膊沉思了片刻。

“……我不能承诺你。”

这是觉终于挤出的回答。

“到了那时候，如果还有时间，也许可以试一试。但不能因为这个目的影响到原来的核心计划。使用超能毁灭者是最优先的任务。如果我认为来不及，我会立刻砸碎十字架。”

“嗯，那是当然。”我发自内心地说，“你能听我说这些毫无道理的话，我已经很感激了。这些话……本来应该永远埋在我的心里。可是……可我怎么也没办法把它埋在心里。”

“我明白……你的心情。”

觉只说了这一句，便沉默了。恐怕他也不愿意继续深入这个话题吧。

就在这时，远处传来硬物撞击的声音。像是金属和岩石敲打时发出的声音，非常刺耳。

"那个声音……"

我刚叫了一声，觉在嘴唇上竖起食指，做了个噤声的手势。

又响了一声。声音似乎沿着复杂的通路一直传到我们的耳朵里。它在长长蜿蜒的洞窟中回响不已，一部分沿着坚固的岩盘直接传播。

"是它们。地下和地上在联络。"

狩猎终于开始了吗？敌军追击的猎物一定就是奇狼丸。

然后，就在接下来的一刹那，响起了另一个声音。独特的声音拖着长长的余韵，像是狼嚎一般。

"是奇狼丸!"觉叫道。

它已经来到了近处。和预定的一样，那是引来恶鬼的信号。

"来了。进隧道吧……大概只有两三分钟了。"

我们来到预定的位置，点燃用树根绞在一起做出的小小火把。接下来的瞬间将是一道巨大的难关，我们必须让恶鬼清楚看见我们的身影。

心脏剧烈跳动，手指颤抖不已，我全身都渗出冷汗。也许恶鬼马上就会在近在咫尺的洞窟里出现。绝对不能失败，否则，不但会葬送我们两个人的生命，也将葬送无数人的生命。

紧张让我生出眩晕和呕吐的感觉，太阳穴突突地刺痛。

就在这时——

意识忽然变得无比澄明，仿佛思考能力骤然提升了数倍。那是一种不可思议的体验，仿佛自己变得不是自己似的，但绝没有不快的感觉，倒不如说那是伴随着近乎眩晕的欢喜。如果一定要举出最为接近的感觉，大约只有绝顶的性高潮可以与之相比吧。是的，没错。此时此刻，瞬正在我的耳边低语，和我共享思考。

由此，我终于得以从客观的角度——仿佛是借了旁人的眼睛观察——仔细审视一直以来纠缠不去的隐约担忧与疑惑。

对于奇狼丸的怀疑当然还在，但我终于明白，我那股担忧的根源是在另一个地方。

“恶鬼一直在猎捕我们。越是一门心思捕猎的人，越会误判自己的处境，往往要到大难临头，才会发现自己变成了猎物。”

奇狼丸的话在脑海中复苏。虽然它是在说敌军，但是不是也可以原封不动地套用到我们身上呢？

类似的说法曾经在什么地方听到过……对了，是在和贵园学围棋的时候。

吃子太贪反被吃……越是埋头吃对方棋子的时候，自己的棋子越是危险。这句格言告诫的正是这一点。

为什么对这一点如此不安？

野狐丸……我记得，还在它被喊作斯奎拉的时候，好像说过它从围棋书里学过军事战略。

如此狡猾的化鼠，真会对我们的意图一无所觉吗？明明在奇狼丸的巧妙战术之下遭受了巨大的打击，还会那么容易被我们引诱出来，把恶鬼这张王牌置于危险之中？

不，不对。不仅如此。野狐丸真是因为奇袭**出乎意料**地损失了七名士兵吗？它那无比冷酷的战略，特点不正在于能将自己的部下随意当作炮灰使用吗？

如果我们自始至终都在野狐丸的手掌心里跳舞……

冷汗再度渗出。

但是，已经无法回头了。

奇狼丸从前方的洞窟里跳了出来，和我们对视了一眼，立刻又跳进别的洞窟去了。

“来了……”觉低声叫道。

恐怖终于展现出它的身影。

4

从刚刚奇狼丸跳出的洞窟里，依次爬出数个黑影。

那是化鼠的士兵。基本上都是裸体，背着皮革袋子一样的东西，带着吹箭筒。在狭窄的空间里，那东西比弓箭更方便吧。

它们大约闻到了我们的气味，在宽阔的空间散开，在嘴边放好吹箭筒，摆出临战状态。不知道是不是对自身的暗视能力很有自信，还是原本就不太依靠视觉，四只当中只有一只举着火把。

接着，又出现一个黑影。在黑暗中辨不清模样，不过大概不是野狐丸就是恶鬼。

那个黑影径直来到前面，没有半分畏惧的模样。它的体格和化鼠士兵差不多，虽然洞窟里十分闷热，但头上还是严严实实裹着斗篷一样的东西，那副样子好像正透过黑暗打量周围。

士兵们似乎在追踪气味，寻找奇狼丸逃进的洞窟。它们的注意力都朝着那边。披着斗篷的那个，稍微往前屈了屈身，那一刹那，借着火把的光，可以看到在兜帽前面垂下的头发。映着火光的是血一般的殷红……

是恶鬼。

我和觉挑了看得最清楚的两只化鼠士兵，用咒力扭断了它们的脖子。颈椎碎裂的声音响起，两只化鼠连哀号都没有发出就倒了下去。剩下的两只一时间好像没反应过来发生了什么，被吓得跳进了旁边的洞窟。

只有披着斗篷的那只，傲然挺立，一动不动，慢慢地转头望向我们这里。

我们刹那间躲进岩石的阴影，向隧道深处跑去。

恶鬼是不是清楚看到了我们的身影，我们不敢肯定。不过两只化鼠被咒力诛杀，这已经足够向它清楚传达了吧。

接下来，就看恶鬼会不会按照我们的计划乖乖追上来了。我们沿着隧道向前跑了将近二十米，在一个拐角站住，点上树根火把。我咽了一口唾沫，屏息静气察看身后的动静。

隧道入口处，有一个影子伸展过来，手上似乎拿着火把。黑色的影子，披着斗篷的小小死神。

那是发令枪，宣布生死相搏的竞走开始。我们像是弹跳一般，再度开始奔跑。

连回头去看的余暇都没有。我们埋头一个劲全速全力往前跑。

追击的一方可以按照自己喜欢的步调追赶，而逃的一方没有选择的余地。考虑体力分配什么的，完全没有可能。当我们这方控制速度的时候，如果追兵一气杀到，哪怕自己的背影只有一刹那落在它的视线里，那就全完了。

和预定的一样，我在前面奔跑，觉紧紧跟随在后面。我的脚力仿佛被恐惧弄得萎缩了，简直跑不动。我一边斥责自己，一边用力蹬踹地面，在弯曲蜿蜒的洞窟里飞一般地前进。

我拼命奔跑，什么都不想。要是意识转向多余的事情，脚下就会疏忽。一块突起的石头、一条窄窄的裂缝，都有可能绊住脚，给我们两个人的短短人生打上休止符。

恶鬼正在背后追赶。恐惧让我的心脏都快要破裂了。

我们和恶鬼之间至少必须保持一个拐角，只有这样，才能保证我们的身影不会落在它的视野里。

在黑暗中，恶鬼应该也无法用咒力随意攻击，否则整个洞窟都有可能崩塌，在我们和它之间造成多余的障碍。

但一想到我们的气味正乘着迎面的风飘向身后，踩在地上的腿就不禁变得软绵绵的，使不上力气。我到底是不是还保持着平衡呢？是不是马上就要摔倒了呢？连我自己也弄不清楚了。

“早季！早季！没事，放慢速度！”觉在背后喊我。

“恶鬼追得好像很慢。”

是的。追击一方当然不用焦急。只要不紧不慢地跟在后面，等着我们猛跑之后的疲惫袭来就可以了。

我们将速度降到慢跑。恶鬼火把的光线被弯曲的洞窟阻挡，传不到这里来，不过可以听到微弱的脚步声。那是很有规律的步调，与其说是跑步，不如说是快步行走。

我们也决定再降低一点速度。交替慢跑和快走，以防呼吸不畅，不过因为一开始全力奔走的缘故，呼吸已经很痛苦了。

背后再次响起金属和岩石敲打的声音，而且似乎是由好几处发出的，从地下向地上。是在发什么消息吧。不过到了这个时候，发什么我们两个都不在意了。

“感觉不错，这样下去就行了。”

觉的呼吸也显得有些凌乱，不过声音听起来很满意。

“恶鬼大概想显示它并不着急。不过这么长的间隔，正中下怀。如果一开始就猛追过来，那才是最可怕的。”

“……照这样子没问题吧？”

“嗯。到那个屏风石的时候，尽可能调整呼吸前进。早季再往前走一点儿。我停一下，尽量接近那家伙，看看它的样子。如果它突然提升速度，我会叫‘来了’。”

“唔。”

隐约的担忧再度开始变得强烈了。不过，这一次我告诉自己太多疑了，按照觉的指挥去做就好。所有一切都在依照计划进行。

也许是因为紧张稍微缓解了一点点——虽然只是一点点——脑海中浮现出各种思绪。

奇狼丸是不是内奸，所有一切是不是野狐丸的圈套——我想把这些担心都从心里赶走。硬币已经扔出去了，是正是反，几分钟之后就会见分晓。到了现在这个时候，再去想这些东西，实在很不合适。

连我自己都感到奇异的是，取而代之从潜意识深处浮上来的，是在很久很久以前，在和贵园里听到的日本创世神话。

伊奘诺尊的妻子伊奘冉尊生下火神，却反被烧死。伊奘诺尊舍不得妻子，追至死者居住的黄泉之国。伊奘冉尊便警告他“绝对不可看我的模样”，然而伊奘诺尊不听，结果看到了脓沸虫流的可怕模样。伊奘诺尊大惊，由大地底部沿着洞窟逃走。伊奘冉尊感到自己受了羞辱，愤怒不已，派出怪物黄泉丑女追赶。

当然，在生死相搏的逃亡之中，这神话故事不可能是被悠闲地回想起来的，是我出现了幻视。那是极富色彩的怪异图像，在黑暗的洞窟中跃动。也许是占据了我整个意识的恐惧，仿佛咒术一般，从记忆深处召来了相似的故事吧。

每当将被怪物追上的时候，伊奘诺尊就会扔下发饰、梳齿、桃子等物品，好不容易才得以逃走。

但是，眼下我们和恶鬼之间还有足够的距离。既然有这么远的距离……

奇怪吧。

传来某个人的声音。

瞬……是瞬吗？我在心里问。

奇怪。你不觉得奇怪吗？

微弱的声音，执拗地持续着。

奇怪？什么地方奇怪？

你没听见吗？

就在这时，背后再度传来敌方通信的声音。依然不是一个地方，而像是从多个地点同时发出的信号。但是，那是什么呢？

危险。这是陷阱。

那是瞬的声音，我听得清清楚楚。

停下。早季。

“停下？为什么？不能停啊！”

我情不自禁叫出声来。

你没发现吗？恶鬼并没有追上来。

我原本正要从快步走转成慢跑，这时候降下了速度，再度变成快步走，然后又停了下来。

“早季！你在干什么？快走！”追上来的觉叫道。

“觉，这一定是陷阱！”

“你在说什么？你又出现幻觉了吧？从刚才开始，你就一个人嘟嘟囔囔不知道在说什么。”觉推着我的后背说。

“等等，恶鬼没有追上来。你想这是为什么？”

觉像是突然反应过来一样，转回头去看。

“大概是在走路吧。但是，再不走的话，马上就要被追上了！”

“可是你能听到脚步声吗？从刚才开始，只能听到雨声和敌方通讯的声音，不是吗？”

“真的……可是不管怎么样，咱们只能往前走。因为只有这一条路啊。”

“但是，等等，万一，这是……”

我拦住觉。

然后，这个举动在间不容发之际救了我们两个的命。

在我们即将前进的方向上，洞窟伴随着轰鸣声崩塌了。无数碎岩石带着水流倾泻而下，撞上洞窟的地面之后弹跳起来，向我们这边喷涌。

“快逃！”

我们转身向来的方向跑出去。可是——那里还有恶鬼在等着。走投无路的局面下，觉紧紧握住脖子上的十字架。看来，他是打算在被恶鬼杀害的时候拉着它同归于尽。

我们沿着隧道往回跑了四五十米，但没有看到恶鬼的身影。

“去哪儿了？”觉站住脚，用颤抖的声音低低地问。

我转过身，向我们过来的方向望去。崩塌已经停了。不知道是不是因为雨水和湿气的关系，腾起的砂土烟雾慢慢沉淀下来。原本近乎漆黑的洞窟稍微明亮了一些。好像这场崩塌开出了通向地面的通风口。

“回去吧。”

“回去是回哪里去？”

觉好像已经乱了方寸，完全失去了自信。

“最初起跑的地方……下风口。”

“那里有恶鬼的吧？”

“不是没有吗？”

我的心脏依然被恐惧紧紧攫住，但头脑的一部分却像云散雾开一般晴朗。

“还不明白吗？刚才是个陷阱。野狐丸算到了我们逃跑的方向，把那边搞塌了。”

“那，奇狼丸也是同谋吗？”

“这一点我不知道……总之，往那边走就是自杀行为。敌军在那儿等着我们呢。”

“可是，对面有恶鬼啊。”觉显出从心底畏惧的表情，“无论如何，咱们只能往那儿走。刚才的崩塌说不定打开了一条通往地面的纵道，咱们也许能从那边逃走。”

“不行！你仔细想想，化鼠是怎么把坚固的岩石弄崩塌的？”

我扔出去的问题，让觉的脸都白了。

“不是火药。没有硝烟和硫磺的气味，也没有爆炸声。只有岩盘崩塌的声音……可是，难道，那是……”

就在那时，我的眼中看到了落在隧道地上的某样东西。觉顺着我的视线望过去，也看到了那个东西。

落在那里的，是被切下来的红色头发。

“畜生！一开始就被骗了。”觉痛苦地叫起来。

我们果然一直都在野狐丸的手掌心跳舞。

仔细想来，恶鬼披着斗篷这一点，本来就很不自然。洞窟里的闷热另当别论，以那种造型出现，弄不好也可能被我们误认为是化鼠士兵而杀死。当然，杀它的我们虽然也会愧死，但从野狐丸的角度来看，拿恶鬼这张王牌来和一个普通人类做交换，这笔交易怎么也不划算。

那不是恶鬼。从恶鬼身上割下头发，让化鼠士兵打扮成恶鬼，装模作样地追赶我们，然后用信号把我们逃跑的方位传递到地面上。在地上发动咒力，当然就不用顾忌活埋自己的危险，可以随意弄塌洞窟了。

这样说来，在前方等待我们的是……

“快逃！”

我正催促觉，却发现他瞪着茫然的眼睛，凝视我的背后。

透过薄薄的砂尘，朦朦胧胧地浮现出一个孩子的身影，手中举着发光的火把……

我们如脱兔一般飞奔出去。

从背后响起轻快的疾走声音，那不是悠长的追踪，而是仿佛要立决胜负般的追赶。我们和恶鬼之间只隔了一个转弯，一旦进入长长的直线隧道，我们的身影被恶鬼尽收眼底，恐怕立刻就会被扭断脖子吧。

刹那间的灵感让我伸出右手，抓住前面的觉的背包。

“早季？你在干什么？”觉叫道。

我在背包里摸到伪拟蓑白，立刻朝背后扔去。就像在千钧一发之际，依靠宝贝脱身的伊奘诺尊一样。

突然被扔到洞窟里的伪拟蓑白，好像也察觉到危险，摆动着无数的步行肢，如同海蛆一样开始向墙上爬。

我们刚刚转过下一个拐角，背后骤然亮起强烈的光芒。那是伪拟蓑白为了自保，放出光芒晃闪恶鬼的眼睛吧。

七色的光芒持续了几秒钟，突然间像是被吹灭的蜡烛一样消失了。虽然不清楚伪拟蓑白最终的命运，不过至少将恶鬼的脚步阻止了几秒钟。光芒消失的时候，刚好是我们即将抵达漫长的直线隧道终点的时候，如果没有那几秒钟的话，我们的生命大概已经结束了吧。

我们还没有来得及检查是不是拉开了足够的距离，背后便又响起了急速的脚步声。孩子的脚步比预想的更快。小而轻盈的身体似乎更容易在狭窄的洞窟里辗转腾挪，飞速前进。

而拼命逃亡的我们也有微弱的优势。这条隧道我们已经走了好几次了，哪里有拐弯，哪里有障碍物，完全都印在头脑里了。

也是多亏了这一点，我们才能继续逃下去，和恶鬼之间的距离没有缩短。但这显然不可能永远持续下去。

肺已经超负荷了，开始发出哀号。气管烫得像要烧起来一样。恐惧正在从根本上夺走我们的体力。

最糟糕的是，和当初的计划正相反，我们是在向下风的方向逃。所以就算下定决心要用超能毁灭者，上风处的恶鬼也很可能完全不会吸入孢子。

觉猛然间停住脚，侧身让我跑过，一个人落在后面。

“怎么了？”我叫道。

“你的方案，我试试。”

觉向背后的空间集中注意力。昏暗的洞窟像是被挂上了一块薄薄的纱帘，光线全被挡住，我们这一边变得一片漆黑。

仅仅两秒钟之后，恶鬼出现了。他手中火把发出的光透过纱帘，隐约映出他的模样。不过从恶鬼那边看来，由于大部分光线都被反射回去，应该只会看到一张镜面。

恶鬼站住了，高举着火把，目不转睛地盯着镜子，似乎很困惑。他身上只穿着短蓑衣和靴子，看上去只是个年纪尚幼的少年而已。

如果能让那个孩子觉醒……

我向觉解释了自己的计划。那个孩子从小被化鼠养大，恐怕一直都以为自己是化鼠。那么，如果让它看到镜子，会怎么样呢？我们在化鼠部族里从来没有看到过镜子。化鼠大概也没有照镜子的习惯吧。那个孩子虽然也可能看到过映在水面的倒影，但应该没有仔细凝视过自己的身影。

一直把自己当成是化鼠的孩子，当他发现自己长得和敌对的人类一模一样的时候，是否会对自我产生动摇呢？是否会因此唤起他对人的攻击抑制呢？哪怕只有一点点？

“你疯了吧？这么做能有什么用？”

听到我这个计划的时候，觉曾经这么说过。但是现在，他却拼上了自己的性命，造出一块镜面，实施我的计划。

“早季，这里就交给我了，你快逃。”觉低声说。

“不要。”

我不肯退让。我不想再跑了，我绝不接受一个人逃走的结果。而且，如果这一计划失败的话，我也不可能生还吧。

恶鬼……真理亚的孩子，一步步走近镜面。我们能看到的只有轮廓朦胧的人影，看不出他的表情，但从动作中明显能感到它的疑惑。

“……很好，仔细看看。你是人类，是和我们一样的人类。”觉低声自语。

这时候，就像是呼应觉的自语一般，恶鬼开口了。

“Grrrrr……IIrガIII▼E◎△?”

“IIrガIII▼E◎△?”

“IIrガIII▼E◎△?”

恶鬼显然是在用化鼠语重复同一句话。然后，它侧过头，似乎是要仔细端详自己的镜像，但突然间又以尖锐的童声咆哮起来。

“ギ★＊V$▲XA□ラエ!”

刹那间，恶鬼身侧的墙壁上生出了无数的龟裂。

“危险！快逃!”

我叫喊着低下头。觉也想效仿，但还是迟了一瞬。

龟裂的墙壁上剥落下来的数十枚石块带着呼啸声飞了过来。石块穿过镜面，从我头上飞过。其中一枚猛地擦过觉的太阳穴。

觉踉跄了几步，好容易才站稳。

我抬起头，倒吸一口冷气。

镜面已经烟消云散了。

我和觉之间是十五米的距离。而在距离觉仅仅十米远的地方，恶鬼站在那里。

觉僵立着一动不动。太阳穴上滴滴答答地滴下鲜血。我们已经是被蛇盯死的青蛙了。

恶鬼慢悠悠地向我们迫近，连半点戒备的模样都没有。它显然很清楚我们无法反击。被割去一截的红发下面，是犹如天使般美丽端正的脸庞。然而寄宿在那双眼睛里的却是残忍的光芒，如同正舔着嘴唇打算将老鼠虐杀的猫一样。

“早季，快逃。”觉静静地说。

我正惊讶于他想干什么的时候，洞窟里的风减弱了。

“觉?”

虽说是在狭窄的隧道里，不过他应该没有用咒力逆转风向的技术。但是，觉还是成功地停住了隧道里的风。一时间隧道里变成无风的状态。

“在这里做个了断吧。”

“不行……住手!”

我意识到他要做什么，不禁尖叫起来。

恶鬼还在慢慢逼近，和觉之间的距离已经不到五米了。

“给你的礼物，收下吧!”

觉飞快挥起十字架，用尽力气向恶鬼的脚下砸去。

骤然间，我的时间感仿佛被拉伸了数十倍。

所有的图像似乎是在用极慢的速度播放，每个动作都极其缓慢。觉砸下十字架的动作，就像是连续翻动数百页静止的图画一样，清清楚楚映在我的眼中。

既像鬼百合的花瓣、又像恶魔之角的畸形十字架撞上石头，咔吧一声折断。灰白色的粉末像烟一般扩散开来……

啊，一切都结束了，我想。我们的使命终于完成了。不管我们最后的结局是什么，至少恶鬼被摧毁了。神栖六十六町因此而得救，和平与秩序再度降临……

不，不对，这是谎言。

在这么近的距离下，会被超能毁灭者感染的不仅仅是恶鬼，还会有觉。没错，觉一定会被感染的。

我绝不允许这种事发生。

超越理性的疯狂在我的脑海里喷涌而出。

我所爱的人，一个个都走了。姐姐、瞬，然后就连真理亚和守也……

哪怕我幸存下来，但如果连觉都失去的话，我不就是孤苦伶仃的一个人了吗？我们一班，岂不是只有我一个人活着？这个结局，真的是上天期望的结果吗？

不要！

我在心中怒吼。

强毒性炭疽菌的孢子在空气中慢慢扩散，像是落在水中的白色颜料一样。

然而孢子忽然发出炫目的光芒，燃烧起来。

火焰的速度远远超过白色粉末的扩散速度，连一个孢子都没放过，用带着光芒的火舌将它们舔得一干二净。历时千年，延续到今天的诅咒之武器——超能毁灭者，在清净的业火中燃烧殆尽……

猛然间回过神来的时候，事态已然急速展开。

觉跌坐在地上，茫然不知所措。

而恶鬼……

它大声哭叫，踉跄着向后逃去。大约是超能毁灭者的微粒剧烈燃烧的时候，它身上什么地方被烧伤了吧。

“觉！快逃！”

我抓住他的手臂，强行拉他起来。

“早季，到底……”觉呆呆地说。

“行了，快！”

我们刚刚转身，背后随即响起可怕的吼叫声。

回头去看，只见恶鬼露出愤怒的表情，死盯着我们。它的红发被烧焦了，两只手臂上的皮肤似乎都被火焰炙得发红溃烂。

这一回真的结束了。

在麻痹一般的恐惧之中，我望着恶鬼。

此时此刻，我的生命终于要结束了。这一点我毫不怀疑。

我那愚不可及的冲动行为，将至今为止的努力，以及无数人的牺牲，都化作了泡影。我们终于未能击毙恶鬼，而在这地底深处化作黄土……

我听天由命地等待死亡的到来，放弃了一切挣扎。因此，接下来发生的情况，我一下子未能理解。

一块石头从我们背后飞来，眼看就要击中恶鬼的时候，被咒力弹飞了，但不知怎么，恶鬼却露出惊惧的神色，后退了几步。

从背后的暗处低着身子跳出来的是奇狼丸。

“这里！”

奇狼丸抓着我和觉的衣服，向恶鬼的反方向跑出去。

那真是怪异的刹那。排成一排逃走的我们，应该完全落在恶鬼的视野之中，它应该可以轻而易举将我们全都烧成灰烬。但奇怪的是，什么也没有发生。

越过拐弯的时候，我才终于领悟到自己奇迹般获救的事实。

但眼下的局面依旧近乎于走投无路。死神依然紧随身后。

不过，至少此刻我们还没有被它的镰刀砍中。

是的。我们的确在九死一生中闯了过来。然而与此同时，我们也与千载难逢的机会失之交臂。

我们拼死在地下隧道里逃亡。

“恶鬼好像还没有追上来。”

奇狼丸吸着鼻子说。现在恶鬼是在上风处，如果接近的话，奇狼丸立刻就能知道。

“因为它受了很重的烧伤，大概是要先包扎一下吧。”觉低声说。

这样说来，他太阳穴上的血还没有干。

我们不再奔跑，改为走路。

“接下来去哪儿?”

对我的问题，奇狼丸显出难色。

“不知道。总之先离恶鬼越远越好。”

“对不起。因为我的错，超能毁灭者……”

“现在可没时间后悔。注意看前面，野狐丸说不定设了伏兵。”

隧道差不多快要走完了，敌军一直没有发动袭击。这也没什么好奇怪的，我乐观地想，因为敌军的王牌恶鬼被留在我们身后了。

但是，来到隧道出口附近的时候，奇狼丸站住了。我们在上风处，闻不到对面的气味。不过化鼠特有的敏锐听力似乎听到了什么，好像是敌军正在外面埋伏。

奇狼丸无声地抬手制止我们。我们正在慢慢向隧道后退的时候，响起了激烈的枪声。墙壁上的石头碎片四卜迸溅。

我们向隧道里面一气跑了二三十米。紧接着又是第二拨枪击。这一次子弹射得更深。

想要反击，但是我们看不到化鼠的位置。如果贸然去找，很可能一露头就做了靶子。而要用咒力破坏洞窟的话，搞不好连自己都会被埋住。

刚刚还放心地以为能逃出去，现在又陷入了进退两难的境地。这一次真是无路可走了。

第三拨枪击又来了。虽然知道敌军也是闭着眼睛乱射，但流弹不长眼睛，我们还是躲进了隧道左手边的小路。这里确实是一条极其狭窄的通道。

隧道里响起口哨一般的尖锐声音，野狐丸那边似乎在和恶鬼进行联络。

“……恶鬼的气味。好像终于追上来了。”奇狼丸皱起鼻子说。

它的语气像是在说一个老朋友过来拜访一般。

“混着焦味和血腥气。从汗臭味里能嗅出恐惧感。行动非常谨慎，不知道是不是因为刚受了伤……停下来了。距离我们大概三四十米。好像在观察我们的动静。看上去它好像知道我们在这儿。”

为什么还不一口气把我们杀光呢？模模糊糊的疑问在我的头脑中产生。

“不行了。”觉抱着头坐下，深深叹了一口气。

“我们被困在这里动弹不得。唯一的王牌，超能毁灭者也没了。再也不行了，没希望了……”

超能毁灭者的事情完全是我的责任，我心里非常痛苦。但让我意外的是，奇狼丸却出声反驳。

“说这话未免为时尚早。”

“什么意思？你还有什么好主意吗？”

我带着一丝希望问，然而它的回答却让我的期待落空。

“不，事已至此，我也想不到还有什么回天的手段……不过，野狐丸那边看上去好像也没什么一击致胜的办法。”

奇狼丸的话，也道出了我刚才感到的疑惑。

“它们又不用着急。已经占据了压倒性的优势，只要坐等我们自取灭亡就行了。”觉彻底绝望了。

“未必。不见得是这个原因。”奇狼丸冷静地分析事态，“我们还有最后的手段。下定决心和它们同归于尽，用咒力摧毁洞窟，大家一起活埋。”

“这……野狐丸是因为害怕这个，所以没有追迫我们？”

如此说来，我们能期待的只有大规模塌方会把敌军一起埋住了吗？

“也有这个原因吧。野狐丸那边眼下虽然占据绝对优势，但可能也没有决定性一击的手段。你们两位的咒力很可怕，野狐丸的士兵进不了隧道。而恶鬼好像也不太敢独自硬闯。”

“为什么？”

“一个是因为有我在的缘故吧。我虽然没有咒力，但攻击恶鬼的时候不会有任何犹豫……而且，说不定它心里产生了别的疑惑。”

“别的疑惑？”

“刚才的遭遇战，让恶鬼受了很重的烧伤。它本以为自己不会遭受咒力攻击，却被弄了这么一下，说不定开始怀疑自己是不是真的不会受咒力攻击。这种疑惑也算合理吧？”

“这样说来……”觉抬起头，“早季，你烧的是超能毁灭者，实际上变成了攻击恶鬼。为什么能这样？”

“这……”我自己也不禁扪心自问，“大概是因为我想点燃超能毁灭者，而**在结果上**则是拯救恶鬼的性命，所以才能做到的吧。要救命的时候，就算不小心让对象受伤，也不能算是攻击吧？”

“原来如此……”觉低低说了一句，“这一点能不能想办法应用呢？表面上是要救恶鬼的命，这样发动咒力……”

“不行的。”我摇摇头，“从前已经有很多人试过了。伪装攻击的意图……没有任何成功的记录。只要自己知道是欺骗，就瞒不过攻击抑制和愧死结构。”

说起来，如果这么简单的欺骗就能奏效，那也没有必要到这个地狱深处来找超能毁灭者吧。

就在这时，隧道外面忽然响起野狐丸的大声呼叫。

“我是食虫虻族的总司令野狐丸。咱们谈谈如何？死的人已经够多了，咱们停战吧？”

“这个混蛋，到底在说什么？”觉愤怒地低声咬牙道，“它以为是谁搞的突然袭击，杀害了那么多无辜的人？”

“请回答。人类和化鼠虽然种族不同，但都是具有智慧的生命。无论有什么利害冲突，应该都能通过对话解决。要达到这个目的，首先需要进行沟通。”

“不要回答。”奇狼丸小声提醒，“野狐丸很可能是想根据我们的回应确定位置。”

“照现在这样下去，等待你们的只有死路一条。”尽管我们没有回答，野狐丸还是继续往下说，“这不是我的本意。我以野狐丸的名誉保证，此时此刻，如果各位投降，我保证各位的生命不受威胁，而且也保证对各位给予人道的俘虏待遇。”

“就像伪巢蛇对鸟保证说，你们在我的巢里产卵吧，我绝对不会吃的。”奇狼丸讽刺道，“这个巧舌如簧的家伙，大概也没指望我们会轻易被它蛊惑了跑出去。只不过说了也没什么坏处吧。”

知道我们这边不会回应，野狐丸也终于住口不说了。

沉重的寂静笼罩了整个空间。

“觉……对不起，我真是愚蠢。我一想到超能毁灭者也会感染觉，就……”

“没关系，我明白。”觉心不在焉地低声回答，“刚才用的超能毁灭者大概是能感染恶鬼，但在恶鬼发病之前，我应该早就被它碾碎了……这样一想，我到底也算多活了一会儿吧。”

“……最后的结局还是被你说中了啊。”我转向奇狼丸，自嘲地说，*“我把刺杀恶鬼的机会白白丢掉了。一定会在满腔懊悔中死去吧。”*

“我们有句俗话：车轱辘话留到坟里说给蛆听。”奇狼丸的独眼还在熠熠生辉，“两位，现在放弃还为时过早。我们种族不到心脏停跳的时候，绝不肯放弃。哪怕就是停止跳动的刹那，也在寻找逆转的对策。就算所有的努力最终付诸流水，反正也没什么损失。只要活着就要继续战斗，这与其说是士兵的本分，还不如说是生物的本分。”

对于到了这时候还没有丧失斗志的奇狼丸，我只有佩服。不过佩服归佩服，它这番话在我听来也只是虚张声势、逃避现实而已。

我们已经用尽了手段，更被堵在大地深处，无路可走。接下来，还能有什么办法可想？

“奇狼丸，有件事想问你。”

觉抬起双手抱着的头。

“什么事？”

“刚才我们中了野狐丸的计。说实话，当时我在想你是不是野狐丸的内奸。”

“原来如此。发现自己上当的时候，产生这种想法也很正常吧。我也承认自己确实是被野狐丸算计了。”奇狼丸没有半分惊慌的模样，“不过，仔细想想，我根本不可能投靠野狐丸，这一点你们也明白的吧。第一，对我来说，没有任何理由背叛你们二位而去帮助那个混蛋。我现在的生存目的只有一个，就是要救出我们的女王，把那混蛋碎尸万段；第二，如果我是野狐丸一伙的，你们二位恐怕早就归西了。兵分两路的时候，可以说有的是机会。说实话，要取你们的性命，就像探囊取物一样。”

“嗯，你说得有道理。”

我直视奇狼丸的眼睛。不可否认，不管看多少次，那眼睛都让我有一股寒彻心脾的感觉。

“你在我们将被恶鬼杀死的时候奋不顾身来救我们，要是再怀疑你，实在说不过去……不过，我还是有个问题不得不问你。”

“不管什么问题，我都知无不言。”

“你说你以前曾经率领部下来过东京，对吧？而且你对这里的地形确实也很熟悉。可我不明白的是，你来这儿是为什么呢？为什么一定要冒着损失三分之一部下的危险，来这个可怕的地方呢？”

奇狼丸笑了起来，大嘴张到了耳根。

“原来如此。对我猜疑的根源果然是在这儿啊。这件事情我不是很想说，不过事到如今，也没必要再隐瞒什么了。”

奇狼丸站起身，侧耳细听了一会儿，又仔细嗅了嗅，确认敌方没有动静，这才继续说下去。

“我们决定探索东京地下的理由，和这一次完全相同，也是为了获得人类古代文明的遗物：大规模杀伤性武器。”

“……为什么？”

对我的问题，奇狼丸失笑了。

"为什么？要找武器，总不能为了收藏吧。当然是为了用。超能毁灭者的力量还有所不足，不过如果能找到核武器，或者至少能找到大量放射性物质的话，未必不能建立化鼠的霸权，将人类取而代之。"

"为什么？大黄蜂族和人类的关系不是很好吗？难道你们还是和野狐丸抱有一样的野心吗？"觉叫了起来，难以置信地。

"首先，我们的目的并不是什么野心，这一点敬请理解。所有的生命，都是为了自身的延续和繁殖的目的而诞生的。对于我们的部族来说，唯一的目的就是将部族自身延续到未来并且持续保持繁荣。所以，从防患于未然的考虑出发，我们必须预先设想所有可能的危险，准备各种对策。大黄蜂族的麾下虽然聚集了许多强有力的部族，但不管是对敌对部族还是友好部族，我们都准备了突袭乃至歼灭的计划。一旦有必要，随时都会付诸实施。"奇狼丸淡淡地继续道，"从这样的想法出发，应该也可以理解，对于我们的部族来说，人类的存在是怎样的一种不确定因素和威胁了吧？所谓的良好关系，到底是什么？是我们对人类宣誓效忠，奉上山珍海味，提供免费劳役，终于被恩赐了苟延残喘的机会。但就算这样，我们也不知道风向什么时候会突然转变。也许突然有一天就会因为一个完全不可理解的理由，整个部族就会被彻底消灭——实际上这类事情也并不鲜见。"

"所以你们就想先发制人，消灭人类？"

“如果有足够的胜算先发制人，我们会那么做的，就像这一次野狐丸做的一样。不过很遗憾，我们没能找到核武器，也没有找到别的武器，所以这个企图也就自然消失了。”

“这么说来，你们又是怎么知道核武器的?”

“我想你们应该知道，就是你们称为拟蓑白或者伪拟蓑白的图书馆终端。很久以前我们就意识到知识就是力量。所以我们一直在努力捕获更多的图书馆终端。终端原本进化出了专门针对人类的防御措施，不过最近也开始出现我们很难捕获的新类型……遗憾的是，我们部族抓到的终端都被野狐丸抢走了。现在那家伙手上至少应该有四台。”

也许正因为自己具有咒力这种压倒性的力量，反而使我们太疏于防备了。无论哪个时代，统治者的权力基础大概都是被疏忽和大意腐蚀得千疮百孔，最终走向崩溃的吧。

“我们很感谢你这么坦诚，把这一切都毫不隐瞒地告诉我们。不过，你觉得我们听了这些之后，还能信任你吗?”

“当然。正因为你们不得不信任我，我才毫无隐瞒地告诉你们。”对我的问题，奇狼丸的语气里充满理所当然，“我们既不是出于叛逆的想法而敌视人类，也不是被征服欲冲昏了头脑。我衷心期望的仅仅是我们部族的存续和繁荣。然而眼下我们部族正面临着存亡的危机，其元凶则是禁闭了我们女王的野狐丸和食虫虻族。”

奇狼丸的眼中，骤然闪过刀刃一般的寒光。

“那个混蛋才是被权力欲冲昏了头脑的怪物，丧失了我们为种族而生的本能。它借用民主主义的名义，传播危险的思想，以此掌握所有的权力，打算自己坐上独裁者的位子。”

不知是不是因为愤怒的缘故，奇狼丸的声音里混合了野兽般的声响。不过很快又低了下去，似乎是怕被敌方听到。

“我们种族虽然对人类的隶属性很强，但一直以来也被容许继承自身的独立文化和醇美风俗。但如果野狐丸的霸权得以确立，我们种族就完了。对亲生母亲实施脑白质切除术，将之作为奴隶圈养——我绝不容许这种社会的到来。”

我想起在食虫虻族看到的“猪圈”一般的凄惨光景。对于奇狼丸的话，我第一次有了超越种族的共鸣。

“……所以，不管采取什么手段，我都要击毙恶鬼，粉碎野狐丸的野心。在这一点上，我和你们各位的利害完全一致。这样说你们可以接受吗？”

“嗯，我接受。”我点点头。

“是啊，我也接受……”

觉似乎想接下去说什么，不过最终还是什么也没说。在这时候，就算知道奇狼丸可以信任，状况也不会有丝毫好转。

已经走投无路了。我们所有人都对这一点深信不疑，就连奇狼丸大概也不例外。野狐丸一方恐怕也是同样的看法。

但是，实际的形势恰恰相反。如果早一点意识到这一点，我们应该可以不再有任何牺牲，直接取得胜利了。

话虽如此，在这时候，又有谁能想到，实际上是我方具有压倒性的优势呢？

……有趣。

我的头脑中再次响起说话的声音。

瞬？什么意思？什么叫有趣？

为了不让觉和奇狼丸觉得奇怪，我只在头脑中发问。

奇狼丸哦。小丑牌……也许能变成大王牌。

我不懂你在说什么，解释一下。

我说过的。那不是恶鬼。只要想明白这一点……

瞬的声音骤然远去。

瞬。瞬！怎么了？告诉我。

……胜利了……该给你看了……在地面上……我的身影……了吗？

然后，突然间，什么都听不见了。

我茫然不知所措。

“早季，怎么了？”觉似乎感到我的模样很奇怪，开口问道。

我正在想要不要坦白瞬的事情，奇狼丸低声说：“来了……恶鬼。”

我们悚然而惊，视线一齐转向入口的方向。我们藏身的小路不是直的，半路上有个大弯，我们的视线望不见隧道。

“轻轻地在走，很慢，正在慢慢靠近。还有两三米……”

恶鬼发现我们躲在这儿吗？如果他进来的话，我们真是无路可逃了。我开始集中精神，准备随时将洞窟弄塌。但这不仅仅是自杀，也是为了和恶鬼同归于尽，换句话说，这也是一种对人攻击的行为。到了最后一刹那，攻击抑制恐怕还是会捆住我的咒力吧。如果那样的话，是不是应该现在就动手？趁着还没看到恶鬼的时候……

我抬头望向洞窟顶……不行。绝望淹没了我。

把洞窟弄塌等于杀害觉，所以还是无法发动咒力。

我闭上眼睛，等待生命的终结。

但是，过了一会儿，奇狼丸像是终于放下了一颗悬着的心，低声说：“恶鬼走过去了，大概是和野狐丸它们会合去了。”

停滞的血液仿佛又开始在全身循环。心悸愈发强烈，全身都渗出冷汗。

“恶鬼怎么走了？”觉长长出了一口气，说。

“也许是害怕我们孤注一掷，向野狐丸它们发起猛攻吧。你们二位可以用咒力转移子弹。只要活下来一位，就能把它们杀个一干二净。”奇狼丸摸着自己的下巴说，“而现在恶鬼过去与它们会合了，刚才的夹击态势变成有退路了，这是诱使我们逃走的计策呢，还是……”

“就算是陷阱也只有跳。它们可能还有别的部队正在赶来，如果现在不逃，恐怕就没机会了。”

觉准备从小路退出去。

“等等！”我叫了起来。

我明白了。瞬要说的话，我终于明白了。

那不是恶鬼。如果那孩子真是拉曼－库洛基斯症候群的患者，就像富子女士说的，我们确实没有任何办法。

但如果那孩子不是恶鬼……

“早季？”觉奇怪地看着我。

“我们有个视而不见的盲点。好几次绝佳的机会，都被我们白白放过了。”

“什么意思？”奇狼丸探出身子问。

“不过，说不定还有机会，虽然比刚才要难……但反过来看呢？将计就计的话……”

“早季，求你了，说明白一点行吗？”觉忍无可忍地叫了起来。

“很简单。击毙恶鬼的方法！”

5

“我一直都有一个疑问：为什么偏偏真理亚他们的孩子变成了恶鬼？”我舔舔嘴唇，一边在头脑中整理思路，一边讲述，“突变导致恶鬼的概率原本应该非常小。而在历史上第一个落入化鼠手中的孩子竟然恰好又是恶鬼，这种情况发生的概率更是小得近乎不可能。”

“……可是，化鼠可能动了什么手脚吧？它们会用操纵精神的药物，不是吗？”

“这种想法可能是我们先入为主了。对于野狐丸它们来说，获得人类的婴儿恐怕也是第一次。在完全没有任何经验的情况下，就能用药物随心所欲地加以控制，你觉得可能吗？”

“我们所用的精神类药物最多也就是几种。”奇狼丸插口道，“我们的先祖裸滨鼠的女王据说能够通过尿液中含有的精神控制物质来操纵工鼠。我们的女王也继承了这一特性。不过，由于我们的智能飞速发展，彻底的精神控制变得很难，唯一能够取得较好效果的只有配合大麻之类的药物去除士兵的恐惧心理……至于说对于和我们种族相异的人类婴儿是否同样有效，我也和你一样抱有疑问。而且要做到只麻痹攻击抑制从而创造出恶鬼，我觉得基本没有可能。”

“那……是什么意思？如果那家伙不是恶鬼？”觉满心疑惑地说。

太阳穴上流下来的鲜血还没有完全干透，看上去就很痛。

“……不对，不管怎么看，都只能认为它是恶鬼吧？你看看它干的事！”

“那正是遮挡了我们双眼的最大原因。”

随着对话的进展，我心里似乎也慢慢形成了言之有据的论点。

“那个孩子能够心平气和地展开屠杀，这对我们造成极大的恐惧和冲击，使我们立刻得出‘它是恶鬼’的结论。这恐怕是因为我们希望通过这个结论来让自己安心吧。”

“安心？你在说什么哪？知道是恶鬼还能安心？”

“因为拉曼－库洛基斯症候群至少不是未知的存在。对于人类而言，和未知的恐怖比较起来，已知的恐怖相对来说还是比较容易接受的，我想。”

觉抱起胳膊，陷入沉思。

“而且，有决定性的证据显示那个孩子不是恶鬼。恶鬼当中虽然也分为冷静运用头脑的秩序型，以及完全被潜意识的黑暗吞没的混沌型，但有一点是共通的：他们都会把周围存在的所有生命全部屠杀殆尽。如果那个孩子真的是恶鬼，为什么野狐丸它们可以安然无恙呢？”

“……这不正是野狐丸它们使用药物加以控制的结果吗？”

“不行的。饲养恶鬼，绝对做不到。如果能做到的话，我们小町应该早就用了。那样的话，过去发生过的那么多惨剧，还有在惨剧中丧生的牺牲者，也会少很多。另外，如果使用令意识模糊的药物，恶鬼也不可能袭击小町、杀害人类吧？”

觉张口结舌。

“那……为什么那家伙的攻击抑制和愧死结构都无效？”

“恐怕不是无效，我想。”

“什么意思？”

“原因很简单。那个孩子一出生就离开了父母，从小被化鼠养大，对吧？所以他应该是把自己当成是化鼠，而不是人类。”

“也许是这样，可这到底……”觉突然露出恍然大悟的模样，“难道说是这样子：恶鬼……那家伙的攻击抑制，不是以人类为对象，而是针对化鼠的？”

“没错。”

到了这时候，在我心中隐约翻腾的想法已然变成了确信。对于那个把自己认作化鼠的孩子来说，不可能杀戮**作为同族的**

化鼠；但对于**身为异类的人**，当然可以尽情屠杀，不会有半分犹豫。

“但是，话虽如此，它怎能那么残酷地杀害人类?”

“我们不也是心平气和地在做吗?”

“啊?”觉大吃一惊。

“虽说对象是化鼠。”

说到这里，我才意识到一直在旁边听的是奇狼丸。

“……原来如此。果然如此。我确实没有意识到这种可能性。”奇狼丸瞪大了独眼，“更早之前我就应该觉得奇怪才对。当初能把我军全歼的时候，那小子却偏偏没用咒力直接下手，只顾着防御我们射出去的弓箭，夺走我们的武器。那时候我还以为他生性嗜虐，喜欢把我们逼到束手无策的地步再加以屠杀……后来我在逃走的途中和他遭遇，但也没有受到攻击。那时候我和他之间的距离只有二三十米，按道理说不可能没看见我。”奇狼丸发出地鸣般的沉吟声，“这么一分析我就想通了。刚才我看见你们二位和恶鬼对峙，拿了一块石头当武器冲上去。本来是想少了你们二位就再也不可能取得胜利，不过确实也没想过还能活着逃走。本以为能救出一个人，就已经谢天谢地了，但恶鬼居然没有出手，坐视我们逃走。原来是因为有我在，恶鬼没办法发动攻击!”

奇狼丸搔着头，扭动着身子后悔不已。

“等等，这么说来……在那家伙一个人的时候，如果奇狼丸过去突袭他……”

觉的声音都颤抖了。

“嗯。那个孩子对奇狼丸无法使用咒力，大概没办法反击，收拾他应该很简单。而且我想还能生擒他。”

“混蛋!”

觉瞪的洞窟墙壁上有条裂缝。刹那间一股冷风吹来。

“胜利原来唾手可得！可是我们竟然连胜利的机会白白溜走了都没发现！为什么没早点想到啊!”

“喂，冷静点，现在还不迟啊。”我尽可能用平静的声音说，“虽然现在还是困境，但不管怎么说，我们到底还是想到了。”

“唉，至少应该在恶鬼……那小子从这条小路前面穿过去之前想到才好。现在就算奇狼丸单身突进，也只是白白被射死。”

觉抱着胳膊，长长叹了一口气。

即便如此，还是有办法的，我想。成功的希望也许很渺茫，但并不是零。到了现在这时候，也只有赌一把了吧。

不过，如此残酷无情的方法，却让我不得不犹豫。换个立场来看，也就是说如果换作野狐丸，大概就会毫不犹豫实行的吧。但我还是非常抗拒。人类也好、化鼠也好，都是活生生的生命。心脏会跳，会流热血，会哭、会笑、会愤怒、会思考……都是具有智慧的存在，不是随用随弃的棋子。和奇狼丸共同进退的这段时间，让我对这一点深有感触。而且，想到那个孩子是真理亚和守留在世上的唯一牵绊，我的心便痛苦得仿佛要爆裂。

袭击小町、破坏建筑，杀害无数无辜的人们，这些都是无可辩驳的事实。我自己的心中也曾经充满了憎恶与复仇。

但是，那个孩子，不是恶鬼。

那个孩子原本没有任何罪过。父母被化鼠杀害，由化鼠养大，听从化鼠的命令大肆杀戮。对于相信自己是化鼠的他来说，没有任何疑问，也没有任何良心的苛责。在他看来，所谓人类，只是将化鼠当作奴隶一样驱使、时常还会残杀化鼠的罪恶化身。事实也是如此。

不但如此。那个孩子对于化鼠的命令，完全不能有任何抵抗。至于原因，那是因为他被强劲的攻击抑制和愧死结构束缚的缘故。他不可能对化鼠进行攻击，而化鼠一方却可以自由攻击他。

也就是说，那个孩子，完全是化鼠的奴隶。

他到底过着怎样的生活呢？自从真理亚和守亡故之后，他的日子过得恐怕无比悲惨吧。想到这一点，我就心痛得无法忍耐。

可是反过来看，如果我们在这里失败的话，世界又会变成什么样子？

小町里幸存的人，等待他们的只有被屠杀的命运，不然只能远远逃亡。野狐丸肯定会拿婴儿作盾牌，抵挡其他小町的报复，争取时间。十年之后，从小町抢走的婴儿们开始获得咒力。到了那时候，就再没有任何挽回的手段了。日本全国都将会被化鼠征服。

此时此刻，对于该做什么，不能有任何犹豫。

我只能成为恶魔。

如果是富子女士的话，应该也会和我作出同样的决断吧。

“早季。”觉抬起头，“刚才你说，击毙恶鬼的方法，只有一个?”

“嗯。”我点点头，“为此，首先必须掌握敌方的位置。”

我们蹑手蹑脚地来到离小路出口四五米的地方。

隧道里听不到任何声音。

我做了个手势，觉把空气中的水蒸气集中起来做成细微的水滴层，接着在隧道左边不显眼的地方造出一面小小的镜子，然后慢慢将镜子倾斜，映出反方向的、也就是敌方所在的位置。

看到了。觉立刻将镜子消除。我们再度悄悄返回小路深处。

虽然只是一瞬，但也看得清清楚楚。敌方的士兵有五只，埋伏在距离小路入口处仅有二十米左右的地方。再往后，大约五米处是那个孩子。

“恶鬼……那小子转移地点，不但是为了和野狐丸会合，也是想给我们设陷阱。”觉悄声说，“我们要是想从这里冲出去逃走的话，那就完了。”

“以我们同类的士兵作先锋，恶鬼作后援的配置，也是符合常理的阵势。”奇狼丸也压低声音评论说，“这样一来，我就不能一马当先冲出去了。不然肯定会被先锋的士兵射成蜂窝。而反过来，如果你们两位出去，就会被盯在后面的恶鬼用咒力虐杀。”

“看到野狐丸了吗？”

“没有……那个疑神疑鬼的混蛋大概躲在很远的后面。”

我们的目标，恶鬼……那个孩子，守在化鼠的背后。这和预想的基本一致。

而野狐丸不在前线则是意料之外的好消息。胜败将在一刹那决定。如果野狐丸在现场，说不定有可能在刹那之间看穿我们的企图。而它现在既然在后方，我们行动的时候它应该来不及作出反应。

对野狐丸来说，这是很罕见的战略错误。大概是在成功与孤立的“恶鬼”会合之后，总是满心猜忌的它也不禁相信自己构筑了不败的阵势，从而生出了疏忽吧。

必须趁它还没意识到错误的时候迅速行动。

而我们的王牌，就是奇狼丸。

“有件事情，只能拜托你。”我转向奇狼丸说。

“请说……只要对胜利有用。”

我解释了自己的计划。

连奇狼丸也不禁张口结舌，露出惊愕的表情。

“这……还有这样的办法吗……你是怎么想到的？”觉愕然问。

“瞬教给我的。”

“瞬？瞬是……啊！”

终于，觉心中的记忆封印似乎也被打破了。

奇狼丸沉默了半晌，突然大笑起来。

“了不起，你真是一流的战略家。我本以为彻底丧失了机会，没想到还有这么简单的办法。”

“你会去吗？”

“当然。眼下的问题是气味。我们在上风处，同族的士兵在前面，很容易分辨我们的气味。”

“是啊……”

我们在小路里搜寻，看到墙壁上流淌下不少水。雨水依然倾泻如注，眼下似乎不必担心水源不足。

奇狼丸仔细将身子用水洗干净，擦上泥。觉将身上的衣服全都脱掉。

“如果有蝙蝠的粪便那就完美了，不过这个应该也很难分辨了。”奇狼丸一边嗅着自己的身体，一边说。

“单靠这个还不够吧……觉，能改变隧道的风向吗？几秒钟就行。”

觉一脸难色。

“我还要做镜子啊……不过，几秒钟时间，我想好歹还能坚持一下。”

说完这话，觉的脸上浮现出微微的笑容。

“要是换了瞬，同时使用两项技能，那是轻而易举的吧……等咱们出去以后，你要把你想起来的瞬的事情都告诉我哦。”

“嗯。”

我有无数话要和觉说。

如果能活着出去的话。

奇狼丸正在奋力和觉的衣服搏斗，我们也一起帮忙。人和化鼠的身体形态不同，给它穿觉的衣服相当困难，不过总算把它塞进去了。接下来只要遮住脸就行了。

“对了，用这东西。”

觉解开裹着手臂和太阳穴的绷带。绷带粘在伤口的创盖上，撕开的时候伤口又渗出新的血液，不过觉毫不介意。

“嗯，不错，用这个应该能骗过它们。恶鬼说不定也会以为这是超能毁灭者燃烧的时候被烧伤的……”

奇狼丸从觉手中接过满是鲜血的绷带，一层层裹住了头部。

“好，这样就万事俱备了。不过，在行动之前，我对你们二位有一个请求。”变成木乃伊一般瘆人形状的奇狼丸，换了一种语气说。

“好，请尽管说。”

“这场动乱结束之后，我想町中的诸位大约都会倾向于将所有化鼠尽数消灭。但无论如何，请务必留下我大黄蜂族女王的性命。她是我们的母亲，是部族所有成员的生命与希望所在……”

“明白了，我答应你。”

“我也答应你。不管有什么事情，我们一定救出你的女王，绝不杀她。你们的部族也一定会再度复兴。”

虽然特征性的大嘴隐藏在绷带下面，不过奇狼丸好像是笑了。

“只要听到这句话，我就死而无憾了。一想到能把那个巧舌如簧的邪魔外道打个落花流水，我就欢欣鼓舞，等不下去了。”

我们悄悄凑近小路的出口。

“好，按照刚才决定的顺序，我从十开始倒读秒数，读到零的时候开始。然后再从一开始顺着读秒。一的时候，觉停住风；二、三、四的时候，将风逆转，制作镜子；五、六、七的时候，我攻击；然后，八的时候奇狼丸跳出去……”

“明白。”

“了解。”

我慢慢地深呼吸。

接下来的一分钟，将决定所有的一切。想到这个，我的双腿都不禁开始发抖。原以为自己闯过了那么多鬼门关，好歹也有了足够的胆量，但事关重大的时候，果然还是恐惧不已。

我会死的。

还有许多许多想做的事。一想到有可能会在这样的地底死去，意识归于虚无，身体陷于腐烂，就不禁感到无法忍受。

不，不是的。

真正恐惧的，是死得毫无价值。是未能击毙恶鬼，毫无意义地失去生命。是临死之际，听到野狐丸高奏的凯歌。是一边向所有人为自己的能力不足致歉，一边逝去。

紧张让嘴巴变得干涸，甚至感到轻微的眩晕。

冷静。

集中于眼前的使命。

我拼命对自己说。

“那，都准备好了吧？十、九、八、七……”

倒数之间，心脏剧烈地跳动，身体仿佛也在为接下来的战斗做着准备。

“三、二、一、零。”

隧道里的风急速减弱。觉在隧道左边深处建起障壁，阻挡风势，又以制作空气透镜时同样的意象在障壁的前面造成真空地区。

“一。”

空气中的水蒸气凝结，开始显现出镜子的形状。

“二、三、四。”

觉将真空前方的障碍稍微放开一个口子，负压引发了逆向的风。我们身在小路里，肌肤感觉不到风向，不过仔细观察细小的尘埃还是能看出微风在向反方向吹。接着，镜子慢慢改变方向，把我们右手边的敌方布阵映照出来。我选了映在镜子里的一只敌兵。这回可不能静静扭断脖子就算完了，必须要更加华丽的做法。我默默唱诵真言。

“五。”

敌兵的头部喷出血雾，灰飞烟灭。

“六。”

陷入恐慌的敌兵一齐乱射。野狐丸似乎喊了几声要它们住手，但都被枪声掩盖了。火绳枪一旦发射，就要填入下一枚子弹才能射击，这会花费一定时间。

“七。”

枪声断了。我将第二只化鼠抓上半空，撞击洞顶。碎裂的岩石连同血水和肉块在敌兵头上落下。残余的士兵还有三只，其中一只开始逃跑，另外两只也立刻效仿。

“八！”

奇狼丸纵身而出，我跟在它身后。

它套着觉的衣服，样子多少有些怪异。不过在化鼠当中，它也算是个头大的，单看它以后肢蹬地飞奔的姿态，在昏暗的隧道里的确不容易和人类区分。在奇狼丸的身子前面，可以看见有个小小的身影，红发如血。是那个孩子。

扮成人类的奇狼丸，其演技只有“精彩”二字可以形容，大概和扮成化鼠脱离险境的乾先生难分伯仲。它一边跑，一边摆出宛如使用咒力的动作，指向没来得及逃走的士兵。

当时间，扮演双簧的我便挥起看不见的刀，将那士兵的首级割下。狭窄的洞窟里，血腥气直迫得我几乎无法呼吸。

“ギ★＊V＄▲X……A□ヲア!”

恶鬼……那个孩子，用听不出半点人类孩童的声音咆哮起来。

在我前面一路狂奔的奇狼丸，猛然间好像撞到了一堵看不见的墙壁似的，停住了。

它的躯体炸了开来，露出一个前后通透的大洞，肠子从背后飞出来，垂到地面。我被血沫浇了一身。

“ギ★＊V＄……”

那个孩子似乎感到有什么地方不对头了，忽然停止了咆哮，再度仔细端详起奇狼丸的身影。

奇狼丸还站着。换成人类的话，大概当场就死了吧。但奇狼丸似乎还保持着清醒，它还有任务需要完成。它抬起痉挛的右手，把包裹头部的绷带扯开。

刚刚的惨叫声仿佛是幻听一般，洞窟中陷入一片死寂。

奇狼丸解开了绷带，露出化鼠的头。那个孩子一动不动，像是僵住了似的。

“IIrガ……▼ E ……△”

奇狼丸最后吐出一句不知其意的化鼠语，随即栽倒下去。我向它倒下的地方跑去。它显然已经气绝身亡了，但在那大张的嘴上，看上去似乎正浮现着会心的笑容。

面前传来可怕的哀号，我抬起头。

“IIrガIII ▼ E ……◎△?”

恶鬼……那个孩子，一脸愕然，浑身颤抖，红发下的额头浮现出大滴的汗珠。

我不忍观看，但还是咬住嘴唇，继续盯着他的身影。

那个孩子——真理亚和守的孩子，跪倒在地上，伸手按住左胸。

用咒力杀害同胞的认识，启动了愧死结构。

我紧紧咬着嘴唇，口中弥散开铁一般的血腥味。

回天无术了。那个孩子，这样就……

就在这时，我的左胸忽然也感到一阵跳痛。异样的恶寒从背后唰地升起，我全身的寒毛仿佛都要倒竖起来了。

这简直就是晴天霹雳，我也要受惩罚了吗?

完全没有想到。不过，那个孩子和我一样是人，我也确实想要置他于死地……

觉从背后跑上来。

“早季？怎么了？”

感觉很糟。我带着死的觉悟，按住胸口，同时拼命告诉自己：不是我杀的。不是我杀的。不是我杀的……

忽然间，我对自己为什么还要坚持活下去感到非常不可思议。我深爱的人一个个都逝去了，而且踏过如此多的尸体……为什么我还想活下去？

不过，等我回过神来的时候，疼痛已经过去了。我还活着吗？抬起头，觉正微笑地看着我，一脸放心的模样。

“不用担心……已经没事了。”

他紧紧抱住我，勒得我都痛了。

我确实把那个孩子迫入了死地，但不是直接攻击，所以愧死结构没有发作，只出现了跳痛的前兆作为警告，便结束了。

我再一次将目光投向那个孩子。横躺在地上的小小身影一动不动，像是已经死了。

在他身旁，野狐丸茫然而立。

头发垂到地面，那熟悉的色彩跃入我的眼帘。那是令我回忆起真理亚的嫣红颜色。

我的挚友在这世上残留的唯一证据……这个孩子，我不想他死。但是，除此之外，别无他法。

泪水沿着脸颊滑落。

如果他在小町长大，一定会是个非常可爱、非常活泼的少年。

这个孩子没有任何罪过……

时至今日，我常常还是有一种模糊的恐惧，感到自己罪孽深重。然后，虽然知道自己的期盼不可能实现，但还是忍不住懊悔：哪怕在那个孩子临死的一刻，能让我把他作为人类迎接回来也好……

犹如诸神的黄昏[①]一般可怕的战争与混乱，急速收敛。

对失去了王牌的野狐丸而言，战争的结局已经一目了然了吧。它失魂落魄，毫无反抗地被我们活捉。我们征缴了化鼠的船，凯旋而归。

町里的人似乎决定放弃小町逃亡，有很多人已经出发了。不过，从我们这里听说“恶鬼”已死之后，状况顿时逆转。

以富子女士为首的伦理委员会成员大半亡故，作为代替，组成了作为临时性最高决策机构的秩序整顿委员会，开始着手对化鼠的正式反攻。虽然年纪尚轻，我和觉也被选为成员。

此前一直指导小町的人，大部分都在战争中牺牲，没时间考虑年龄层问题了。秩序整顿委员会的大部分成员都是在和化鼠的战斗中崭露头角的青年，年纪多为二十至三十多岁。

牺牲者中有我的父母。觉的全家也都牺牲了。

得知这个消息，我恸哭不已。我原本以为自己的泪水都已

① 北欧神话的一连串巨大劫难，无数神祇死亡，世界沉入水底。——译者

经流干了，然而它还是连绵不断，磅礴不已，无论多少天都哭不尽。

后来我从与父母相遇的人们那里听说了他们最后的情况。根据那些人的讲述，了解到我的父母回到小町的时候，正值战况危急的时候。

被“恶鬼”杀害的镝木肆星，遗体被野狐丸曝于八丁标的绳子上。看到那一幕，大家的恐惧超乎想象，许多人都丧失了抵抗的勇气，只能抱头鼠窜。因此，在“恶鬼”的恐怖威胁下，化鼠的“狩猎”根本就成了单方面的屠杀，近百人被俘。

在这一阶段，野狐丸的方针已经从杀戮转向了优先获取人质。落在化鼠手里的人都被蒙住眼睛，关在笼子里，似乎是为了不让他们发动咒力。

而在另一方面，没有放弃战斗的年轻人一边小心躲避“恶鬼”，一边对化鼠部队展开连续不断的偷袭，切实损耗了不少敌方的战斗力。

就在这种局面下，抵达小町的父母来到学校，放出不净猫。

不净猫具备的智能似乎比我想象的要高。沾有目标气味的遗留物当然不在话下，甚至只要拿念写的照片给它们看，它就能正确记住目标，几周之后依然可以进行狙击。

父母释放的不净猫一共有十二只。它们在小町的废墟中隐藏身影，虎视眈眈，等待杀掉“恶鬼”的机会。其中有一回甚至差一点就成功了。

根据在稍远的建筑物屋顶上看到全过程的目击者描述，原本是从不同的地方释放出来的不净猫发现“恶鬼”之后，就会像是事先商量好的一样进行协同作战。那一回的经过是这样的：

由化鼠卫兵守护的“恶鬼”沿着大路南下的时候，从东西方向分别有不净猫接近。西面是茶色的猫，东面是灰色的猫。上风处的茶色猫被化鼠嗅到了气味，卫兵们加强了西侧的防卫。趁着这个空隙，东面来的灰色猫发起了突袭。

简直就像是等待这一时机似的，第三、第四个刺客：一只黑猫和一只花斑猫，从“恶鬼”背后的北面杀来。其中的花斑猫快速迂回到南面。在那个时刻，“恶鬼”被三只不净猫包围，已经陷入走投无路的境地。只要不是像镝木肆星那样具有超凡身手的人，是很难应对三只猫的同时攻击的，最多也只能挡住其中一两只吧。

然而就在千钧一发之际，防御在“恶鬼”周围的几只卫兵挡下了不净猫的攻击。卫兵是满身棘刺的变异体，像是刺猬一样。即便是长于杀戮的不净猫，解决它们也要花费几秒钟的时间。前肢一击击倒刺猬兵，再用利爪划开柔软的腹部——而这时候，稳住阵脚的“恶鬼”，已经有足够的时间使用咒力屠杀三只不净猫了。

结果，不净猫最终没能收拾掉“恶鬼”。不过它们还是延缓了“恶鬼”的脚步。在那期间，有相当数量的人得以从小町逃走。

我的父母则在不净猫拖延“恶鬼”的期间去了图书馆，将所有不能落入化鼠手里的重要书籍和文件付之一炬。但燃烧的烟雾也引起了敌方的注意，两个人在离开图书馆的时候，迎面撞上了“恶鬼”……

和为小町殉职的所有人一样，我父母的死，我想绝不是毫无价值的。

然而这时候形势也已经逐渐明朗了。人类没有任何手段能够对付化鼠的王牌——“恶鬼”，人类的不利局面一目了然。

不过，据说这时候“恶鬼”的行为突然间变得很奇怪。不仅发动攻击的时候会有所犹豫，而且还显得精神恍惚、心不在焉。多亏这个变化，很多人因此得以逃脱。具体的原因没人能够确定，不过似乎是清净寺为降服“恶鬼”而举行的护摩法事发挥了效力。

野狐丸通过拷问俘虏，得知了这个情况。“恶鬼”和野狐丸率领的精锐部队立刻作出反应，离开小町，很快摧毁了清净寺。以无瞋上人、行舍监寺为首，大部分僧侣都和寺院命运与共。最终，再也没有什么能够掣肘“恶鬼”的行动了。

接着，可能是因为在清净寺得到了什么讯息，野狐丸来追我们了。

接着刚才的话题。“恶鬼”已死的消息迅速传开，将犹如恶魔一般控制人心的恐怖一扫而空，取而代之的则是以激怒和复仇为名的双生怪物。

然后，像是特意等待这个信号一样，附近的小町：北陆胎内八十四町、中部小海九十五町的救援也到了。

化鼠不但失去了“恶鬼”这一强大武器，其首脑野狐丸也早已被擒获，加之喷炭兽之类专门为对付人类而创造出的变异体也全都用罄，它们手中已经没有可以打的牌了。而且又陷入附近小町派来的鸟兽保护官的重重包围，连逃走都不可能。

接替野狐丸执掌食虫虻族指挥权的是名为斯奎卡的将军。它将夺取的人类婴儿尽数归还，同时也派来了请求和解的特使。秩序整顿委员会则将特使的皮剥去一块，将严词拒绝的文书让它叼在嘴里送回去。斯奎卡又派来新的使者，请求无条件投降，以此换取保留士卒的性命。秩序整顿委员会用咒力把使者的遗传基因加以改变，使之浑身长出恶性肿瘤，简直都看不出原来的模样，然后赶它回去。

事已至此，斯奎卡也终于放弃了求饶的幻想，下定决心，率领全军开始了宁为玉碎、不为瓦全的疯狂进攻。

话虽如此，人们当然不会这么轻易让这些化鼠死掉。被愤怒驱使、燃烧着复仇火焰的人们，将所有的化鼠千刀万剐、剥皮抽筋。我和觉也参加了对化鼠的扫荡，不过实在不想仔细描写那时候的场面。

有两件事情，我怎么也忘不了。其一是，广阔的平原上血流成河，一望无际的都是被血腥雾霭笼罩着的可怕景象；其二是，无数啮齿类动物特有的尖锐惨叫声混合着的回荡。那声音无论怎么听都像是无数人类的叫喊。

时隔一周，再度见到野狐丸，它已经全然没有了往昔的精神，身体也仿佛缩小了许多。

被锁链锁住的化鼠坐在石板地上，抬起头看着我们。

“野狐丸，还记得我们吗？”

即使我向它发问，也只得到非常暧昧的反应。

“我是保健所异类管理科的渡边早季，这位是妙法农场的朝比奈觉。”

“……记得。”终于，嘶哑的声音回答道，“你们是在东京的地下洞窟杀了我们的救世主的人，是捉住我的人。”

“你说什么？不是我们杀的！”觉骤然发怒，叫喊道，“是你用卑鄙的奸计杀了真理亚和守！他们的遗孤也是因为你的缘故才杀了那么多人！这些全都是你干的好事！”

野狐丸没有回答。

“接下来你将会接受审判。不过，在那之前，我有件事情非得问你不可。”我静静地说。

通常情况下，人类绝不会对异类进行审判。不过秩序整顿委员会决定仅限这一次，开设特别法庭。以距今千百年前在欧洲进行的动物审判作为参考，第一次，人类以外的被告将被定罪。但是，恐怕对于野狐丸来说，基本上不会被给予发言的机会，更何况一般认为它也不会老实回答。

“你为什么要那么做?”

“为什么那么做?”

野狐丸像是在微微冷笑。

“你的罪状罄竹难书。不过，我还是想听听你的辩解，为什么残酷屠杀无辜的人。”

野狐丸在不自由的状态下扭过脖子望着我。

“所有的一切都不过是战术的一环而已。既然开启了战端，那就只能胜，不能败。如果败了……等待着的就是我现在的下场。”

“那为什么你们要反叛人类?”

“因为我们不是你们的奴隶。”

“奴隶是什么意思？当然，我们有时候是会要求你们提供劳役和贡品，但我们不是也承认你们的完全自治吗?”觉插嘴怒斥。

“那是在主人心情愉悦的时候。一旦因为某些微不足道的理由触到了你们的逆鳞，等待我们的就会是整个部族覆灭的命运。这恐怕比奴隶还不如吧。”

我想起了奇狼丸的话，它和野狐丸说的差不多是同一个意思。

“剿灭部族可是最严厉的处分。除非十分罪大恶极，否则我们不会这么处置你们……基本上只要不是伤害人类、企图造反，我们就不会采取这种手段。”

我逐一回想异类管理科过去下达的处分。

“这不过是先有鸡还是先有蛋的问题……不管怎么说，我们就像是浮在水面的泡沫一样，风雨飘摇。摆脱这种状态，不是很自然的愿望吗?”

野狐丸昂然抬头，侃侃而谈。

“我们是具有高度智慧的存在。哪怕是和你们相比，我们也没有任何低劣之处。如果一定要说有什么不同，只在于是否具有咒力这一恶魔般的力量上。”

“你这话说得胆大至极。单单你刚才的发言，就足够被判死刑了。”

觉冷然俯视野狐丸。

“不管怎么样，我的命运反正也不会变了。”

野狐丸摆了个类似耸肩的动作。

“你口口声声说是为了部族，但奇狼丸和你的看法可不一样。就算部族的融合无可无不可，可是篡夺女王的权力、将之当作生孩子的家畜一般对待，这种行为你又打算如何辩解?”

“奇狼丸虽然是勇猛的将军，但也只不过是个被旧思想束缚的老爷子罢了。那个老头完全没看到问题的本质。只要部族的实权掌握在女王的手里，改革什么的就不可能。我发动革命，并非是为了我自己的部族。”

“那是为了什么？为了满足你那丑恶的权力欲吗？”

“是为了超越部族之类渺小的范畴，是为了我们所有的同胞。”

“为了同胞？说得真好听啊。把自己的士兵当成炮灰，眼都不眨一下的，不正是你吗？”

“刚才我也说过，所有这些都是战术的一环。不能获胜，一切都没有意义。只要取得最终的胜利，一切牺牲便都有了价值。”

觉咋舌不已。

“果然还是伶牙俐齿得很。不过真遗憾。不能获胜，一切都没意义——可惜你败了。”

“是啊。我罪该万死的地方，就在这一点上。明明有救世主这张绝对的王牌，却中了极其单纯的诡计，失去了一切。”

野狐丸颓然垂下头去。

“历史本来可以改变的……解放所有同胞的宏大梦想破灭了。这种千载难逢的好机会，恐怕再也不会有了吧。”

“早季，走吧。再和这家伙废话下去，纯粹是浪费时间。”

“等一下。”我拉住转身要走的觉。

“野狐丸。”

“我的名字叫斯奎拉。”

“好吧，斯奎拉。有件事情要你去做。对于被你杀害的所有人，你要发自内心地向他们谢罪。”

“没问题。”野狐丸……斯奎拉语气里带着讥讽，“只要你们先谢罪。向那些被你们毫无内疚地杀害的、像碾碎虫豸一般杀害的我们的全体同胞谢罪。”

审判，一言以蔽之，是一幕荒诞的闹剧。

野狐丸的罪状，每宣布一条，全体观众(恐怕在幸存的小町居民当中，除了重病和重伤者之外，全都出席了吧)便发出经久不息的怒吼。

担任公诉方的女士姓木元(以前是富子女士的部下)，看到观众的情绪已经被充分煽动起来，便转向锁在被告席上的野狐丸。

“那么，野狐丸，现在给你辩护的机会。”

“我的名字叫斯奎拉!”斯奎拉叫道。

观众中顿时响起强烈的不满声。

“你这野兽胆大包天，竟敢否定町上赐予你的珍贵的名字?”

“我们即便是野兽，也不是你们的奴隶!”

这句话将观众的怒火引至最高潮。泄漏出的咒力把临时法庭都包裹在让人头痛的紧张空气中。然而野狐丸似乎已经做好了死的准备，没有半分怯懦的模样。

“不是野兽，你是什么东西?”

斯奎拉慢慢扫视法庭一圈。刹那之间，它的视线似乎和我的撞上，让我吃了一惊。

“我们是人！”

刹那间，观众鸦雀无声。随后猛然爆发出哄堂大笑。笑声持续不断，木元女士也只有苦笑不已。终于，当法庭再度安静下来的时候，斯奎拉抢在木元女士的前面继续叫喊。

“你们随便笑就是了。邪恶不会永远荣光！就算我今天死了，总有一天，必定会有我的后继者出现！那个时候，就是宣告你们的邪恶暴政终结的时候！”

法庭陷入巨大的混乱。许多观众的额头爆起了青筋，开始大叫着要把斯奎拉当场大卸八块。

“请安静。各位，请安静！”

木元女士努力维持场内的秩序。

“请听我说！请听我说！现在杀它太便宜它了！让它就这么死掉，实在太轻太轻，对吧？请各位好好想想这个恶魔做过的事情。为了一时痛快就把它杀掉，这样好吗？我要求判处这个怪物接受无间地狱的刑罚！”

观众中发出一片欢呼喝彩声。

我悄悄离开了法庭，觉也跟着我出来了。

“怎么了？对那东西来说，这是当然的报应吧？”

“这……”

“你想说什么？你的父母，我的家人，还有小町里那么多人……数都数不过来吧？大家都被那东西害死了，不是吗？”

“嗯。可是，残酷的报复又有什么意义呢？早点剥夺它的生命就是了。”

“那样大家不会满意的。你听听，那些声音。”

观众的狂热呼声经久不息，恐怕好几里外都能听见。那声音慢慢变成了打着拍子的“无间”、“地狱”的叫喊声。

“我不知道……什么是正确的……”

我喃喃自语。

经过大约半天的审判，依照公诉方的要求，斯奎拉被判处无间地狱之刑。那是从全身的神经细胞不断向大脑传送极限的痛苦信息，同时以咒力随时修复损伤，不容许受刑者通过死亡或者发狂的方式逃脱的终极惩罚。

斯奎拉将会在这种状态下生不如死地活下去吧。

富子女士的话在记忆中复苏。那是她立下的誓言：必定要让它尝尽任何生物都没尝过的痛苦，一点点磨尽它的性命。

那份约定，如今变成了现实。

但是，残留在我心里的，只有无底的空虚。

6

我转了好些地方，好不容易采了一些野菜屑和球根，把它们都放进篮子里。这些饲料对于食欲旺盛的裸滨鼠们来说实在太少，不过在当前这种连人类自己的粮食都不太够吃的状况下，也不能让它们太挑剔了。

穿过还遗留着破坏痕迹的保健所，我进入饲养室的废墟。楼房的屋顶已经彻底消失了，抬头就能看见蓝天，不过四周的墙壁还保留了大半。原本作为巢穴的玻璃管因为破损了一部分，比较危险，所以就让三十五只裸滨鼠以自然的状态，在地上挖出的洞穴里生活。饲养室的墙一直埋到地下深处，它们应该不会逃脱。

我把野菜屑撒到食盆里。听到微弱的震动，工鼠们逐一从洞里出来。最后出现的是女王沙裸美和它的雄性伴侣们。沙裸美摇晃着犹如腊红肠的巨大躯体，赶开工鼠，带着雄性伴侣独占食料。

经过了那么残酷的破坏和杀戮，在得知这些小东西平安无事的时候，我的第一反应并不是“太好了”的欣喜，而是感到有些沮丧，总觉得不太合乎情理。话是这么说，不过裸滨鼠们当然没有任何罪过，也没有将之处死的理由。而如果放生，又有可能对环境造成负面影响，所以只有继续饲养下去。

即便如此，这些生物实在越看越让人生厌。不但长相无比丑陋，而且还有近亲通奸的习性，饿起来连自己的排泄物都吃，这些都让人难以产生移情。以前我就很奇怪，为什么非要用咒力将这么丑陋的生物加以品种改良，把它们提升为能与人类相媲美的智慧生命呢。

喂食结束之后，我回到保健所。楼房损坏非常严重，连修补都很困难，不过幸好没有发生火灾，大部分文件都完好。我需要在几天内挑选出必需的物品转移到新的楼房去。

异类管理科从保健所的指挥下独立出来，成为新一届伦理委员会的直属机构；而我则兼任伦理委员会成员和新的异类管理科第一任科长。我的第一项任务是说服伦理委员会，推翻剿灭关东近郊所有化鼠的决定。不管怎么说，如果连一直忠实于人类阵营的部族都施加惩罚，这也太没意义了。就算不能推翻这个决定，至少也要遵守和奇狼丸的约定，无论如何也要救下大黄蜂族的女王。

五十个柳条箱的文件全部都要过目一遍，这份工作可不轻松。不过我还是决定不向任何人求助，自己一个人独力完成。钻进异类管理科的书库深处，查阅着至今为止无缘得见的文件，各种各样的疑问涌上心头。

心底深处，仿佛总有隐约的警告：这些文件当中，有一部分决不能让没有关系的人看到。

这一天，我也新取出一批文件，浏览了其中的一些。等待检查确认的文件堆积如山，按理说应该匆匆浏览，但我就是没办法阻止自己仔细查看其中的内容。

其实今天还有一件无论如何都要去做的事，不能拖延太多时间。

“早季。”

坏了的门的外面突然闪进来一个人，是觉。

“你来得正好，我又翻出几份奇怪的文件。有时间听我说说吗？”

觉好像有什么事情想说，不过还是短短应了一声“哦”。

“你看这个，好像是从英文翻译过来的文件，说的是关于化鼠学名的事。化鼠的先祖裸滨鼠，学名是‘Heterocephalus Glaber’。‘Heterocephalus’在希腊语中是‘相异的头’，‘Glaber’是‘光滑’的意思，不过……”

“唔，不过什么？”

觉扬起眉毛。

“人类的学名是‘Homo Sapiens’，对吧？‘相同’和‘相异’，刚好是相反的意思。”

“那是纯粹的偶然吧？自古就存在的生物，其学名都是古代文明的遗留物。”

“嗯，是的。不过，这份提案书里建议的化鼠学名，则是‘Homocephalus Glaber’，简直像是把裸滨鼠和人类的学名组合在一起似的，你不觉得奇怪吗？”

我本以为觉会一笑置之，但不知为什么，他的脸色变得很严肃。

“……那么，这个学名被采纳了？”

“这里没说。要去查了图书馆的资料才知道。另外我还找到了‘化鼠’这个日文名的提案书。文件的日期部分字迹褪色，认不出来，不过从纸张的状态看来，我想应该是几百年前的文件。”

“那大概是化鼠诞生时候的东西吧。”

觉打量着瓦砾散乱的保健所内部，找了一张没坏的椅子，坐下去。

“这份文件里提到了为什么选择‘化鼠’的‘化’字。这个字的出处是古代的汉日辞典。你知道吗，里面写的是‘左偏旁为人，右偏旁为人的倒转，引申为变化之意’。……我也在现代的汉日辞典里查过，但这一句被删掉了，并被归在第四分类的‘訞’里。”

觉再度站起身，像是坐立不安的样子，在保健所里来回打转。

“觉……怎么了？”

“唔，这个事情，本来不想和你说的。”

“什么事情？”

“我调查过了，化鼠的遗传基因。”

我也情不自禁站了起来。

“什么意思？”

“因为我一直很介意。在那场审判当中，野狐丸……斯奎拉说的那句话。”

“我也是。”

木元女士问它“不是野兽，你是什么东西？”的时候，斯奎拉回答说“我们是人！”这句话一直都在我的心里萦绕不去。它对人类不是怀有激烈的憎恶吗？为什么在指代自身的时候，又要说自己是人类呢？

“我偷偷把农场附近的化鼠躯体冷藏保存了一部分。你可能不知道，在伦理规定当中，有关化鼠遗传基因的一切分析研究都是被禁止的。我原本一直想不通其中的原因。”

“那又怎样呢？”我咽了一口唾沫问。

“不用分析 DNA 就已经很明显了。化鼠的染色体数量，包含性染色体在内，一共二十三对。”

说完这句话，觉轻轻摇了摇头。

“这是什么意思？我不明白。给我解释一下啊。”

“被认为是化鼠先祖的裸滨鼠，染色体是三十对。换句话说，在最基本的结构上，化鼠和裸滨鼠其实是完全不同的生物。”

“也就是说……化鼠，和在这里饲养的裸滨鼠，原本就没有半点关系？”

“也不是这么说。化鼠所具有的许多特性，显然都是因为组合了裸滨鼠的遗传基因而产生的。不过，其基础却是别的物种。”

“那……难道……”

“人类的染色体也是二十三对。而其他具有二十三对染色体的生物，据我所知，只有橄榄树之类。总不能认为化鼠是从橄榄树里创造出来的吧。”

我是从什么时候开始隐隐生出化鼠有可能是人类的疑问的呢？

忽然，夏季野营中捉到拟蓑白的时候瞬向它提出的问题又在我的脑海中浮现出来。

“……奴隶王朝的民众与狩猎民，不是没有咒力……超能力吗？那些人去了哪里？”

拟蓑白的回答没能满足他的期待。

“关于那之后直到今天的历史，可以信赖的文献极其

稀少。因此非常遗憾，这些问题无法回答。”

我不禁打了一个寒战。我们的祖先，具有咒力的人们，将那些没有咒力的人类改造成化鼠了吗？

“但是，为什么？到底因为什么原因，要这样做？”

“原因我想很明显。”觉的声音里满是阴郁，“获得咒力之后的人类写下了历史上从未有过的血腥篇章。当安定与和平终于再度到来的时候，为了封锁以咒力攻击人类的行为，人们在遗传基因中编入了攻击抑制和愧死结构。但是，这样一来，又产生了新的麻烦，那就是如何处理没有咒力的人类。”

“什么意思？”

“一直以来，具有咒力的人类都属于绝对的特权阶级，就像所谓的超级精英，奴役没有咒力的人类，享尽荣华富贵。但是，因为有了攻击抑制和愧死结构，再也无法攻击人类之后，立场就倒转了。具有咒力的人无法攻击没有咒力的人，但反过来却是可以的。这刚好就像恶鬼……真理亚他们的孩子和化鼠之间的那种关系。”

“那，把攻击抑制和愧死结构也编入没有咒力的人类基因里，不就行了吗？”

“没有那么做的原因，我想有两点。第一，具有咒力的人类不想放弃自己对其他人生杀予夺的权力，不愿放弃压倒性的优势；第二，攻击抑制先不说它，至少愧死结构无法编入没有咒力的人类基因当中。你还记得愧死结构的机制吗？首先由大脑认识到自己攻击了同样的人类，然后潜意识就会发动念动力，引起荷尔蒙的异常分泌，最终导致心脏停止跳动。”

所谓愧死结构，也就是由咒力引起的强制自杀。所以，没有咒力的话，愧死结构也就无法起作用。

“因此，就把这些碍事的家伙……没有咒力的人类变成了野兽。”

我终于领悟到自己生活在怎样一个罪孽深重的社会里，不禁战栗不已。

“嗯。单纯的等级制度很不充分。为了将没有咒力的人类贬低到攻击抑制和愧死结构的对象之外，把他们的遗传基因和裸滨鼠的组合，改造成低于人类的野兽……具有咒力的人类，因此得以继续依靠它们的劳动和贡品，保持其作为特权阶级的地位。”

与此同时，具有咒力的“人类”，还在不断残杀着被改造为异形的曾经的同胞们。

“可是，为什么偏偏选择那么丑陋的生物？”

“恐怕那正是被选中的原因，正因为丑陋。”

觉的回答，更让我深深地绝望。

“正因为是丑陋的生物，一看就知道是异类，也就不会产生任何同情，自然可以随意杀戮……当然，也可能是因为裸滨鼠本身属于哺乳类当中非常罕见的真社会性生物，管理起来更加容易吧。”

为什么没有更早注意到呢，我问自己。按照这样的解释，一切都能说得通了。化鼠的躯体要比它的“先祖”裸滨鼠大几百倍，就算是以咒力促进其进化，在这么短的时间里经历如此之大的变化，理论上总应该有些调整不到位的地方。

和狗作个对比就很清楚。狗的进化虽然经过了漫长的岁月，也分化成许多品种，但它们的牙齿还明显残留着不完美的痕迹。像吉娃娃这样的小型犬，小小的颚上密密地挤满了牙齿；而像圣伯纳德犬这样的大型犬，牙齿就很稀疏，齿与齿之间的间隔很大。

但化鼠的牙齿完全没有这样的现象。

不，也许在更根本的地方就应该产生疑问了。

为什么化鼠的女王会具有自由改变孩子们形状的能力？如果是在子宫中控制胎儿的形成，那岂不也是某种意义上的咒力吗？虽然是因为没有咒力而被改造为野兽，但因为起源是人类，所以才会具备能够改变形状的某种咒力。

“我们什么也不知道，就这样心平气和地杀戮它们。虽然并非毫无理由的杀戮，但，杀戮总是事实。”

我再度被觉的讲述震撼了。

“那，我们……本来应该愧死的……应该会。因为我们杀了人呀，而且还杀了那么多……”

单单这样一想，都会隐约感到心跳加速，冷汗横流。

“不，它们不是人类。虽然有可能和我们都是从同一个祖先分化出来的，但现在已经变成了完全不同的生物。”

“可是，明明有二十三对染色体……”

好像就连黑猩猩的染色体数量也和人类不同。

“那不是关键。关键在于，我们不能把化鼠看成是我们的同胞。土蜘蛛的丛林兵、气球狗，还有喷炭兽等等……连那样的异形怪物，你也能把它们看成人类吗?”

觉的问题，一直在我耳中回荡。

坦率地说，不管理论上如何，对我而言，要将化鼠以及它们创造出的异形当作是人类，怎么也做不到。

不过，希望自己不要那样想的愿望也是真的。

我的手上沾满了血腥。虽然基本上都是正当防卫，是为了守护自己和他人而不得不采取的行动，但在与化鼠的战争中，我进行了数不胜数的杀戮也是事实。直到今天，即使会被指责说那是杀人，我也不知道当时是否还有其他选择。虽然到目前为止并没有愧死结构发作的征兆，但在愁眉不展的胡思乱想之中，说不定什么时候它的开关就会被启动吧。

另外，这一天我还有必须要做的事情。无论如何，都没有整天胡思乱想的闲暇。

茅轮乡的中心地区建了一个新的公园。那是一座纪念公园，纪念在化鼠的袭击中亡故的无辜者们。

公园里设了花坛，也建了镇魂石碑。战争结束还不到一个月，小町里的许多建筑都还处于废墟的状态，但这座公园还是早早完成了。

公园的最深处竖着一座永远铭记战争的纪念碑。在这座建筑完成之初，其前面曾经排成长龙。那是被新仇旧恨折磨得热血沸腾的队列。有位老人每天都来，他说他的儿子、女儿、儿媳、女婿、孙子、孙女都被化鼠杀害了。

我走进战争纪念馆。馆里没有参观者，因为今天在见晴乡举行追悼战争遇难者的仪式，差不多所有人都去了那里。

纪念馆里沿着墙壁陈列了许多重现化鼠恶行的武器，还有采用卑鄙的诡计屠杀无辜者的化鼠士兵标本。那些标本虽然对化鼠的身体特征做了夸张的变形，但都是用真正的化鼠制作的。

普通的化鼠士兵旁边，也有拟人兽的标本。夜晚光线昏暗的时候，远远望去和人类难以区别，但在这样的近距离下观看，反而会注目于相异之处，让人毛骨悚然。

陈列在拟人兽对面的喷炭兽。头部是奇迹般保留下来的实物，身体则是按照十分之一的比例缩小的模型。解说板上也有关于粉尘爆炸威力的科学解释。

玻璃柜前面坐着一个职员。那是展示科的职员在值班，二十四小时四班交换制。这一天值班的是个快退休的老人，名叫小野濑。

“呀，渡边小姐，没去参加追悼仪式吗?”小野濑先生一脸惊讶地说。

“去了，刚从那儿过来。小野濑先生呢?”

“去是想去，但这里必须要有人守着……”

小野濑先生一边用打心底厌恶的眼神看着玻璃柜，一边抱怨。

“那您去吧，这里我守着。”

“哎呀，这可不好。把这种事情推给伦理委员会的大人……”

小野濑先生虽然坚辞不受，但想去的心情一览无遗。

“没事的，现在去还能赶得上献花。请去给亡故的令爱捧上一束花吧。”

“是吗……那可真不好意思。那我厚颜麻烦你一回了。”

小野濑先生喜形于色，但走的时候还是盯着玻璃柜。

“全是这个混蛋的错。这个丑陋腐烂的恶魔……您一定要狠狠折磨它。”

“嗯。我也失去了父母和许多朋友……好了，您要赶快了哦。”

“对不起，那我就去一下。”

小野濑先生急匆匆出了战争纪念馆。

我又等了一阵，确定小野濑先生不会回来之后，慢慢向玻璃柜走去。

看到强化玻璃中的物体，我不禁想要移开视线。但是，必须要看。我做了一个深呼吸，从一数到十，然后再移回视线。

躺在那里的，已经不再是生物，而是只为了痛苦而存在的肉块。

“斯奎拉……”

我悄声呼唤。当然，什么反应也没有。

“我应该早点来的。不过，只有今天才有机会。因为必须等周围都没人的时候。”

斯奎拉的神经细胞中被植入了无数特殊的肿瘤，使得痛苦永不间断。我用咒力挡住痛苦的信息，连续的痉挛停止了。大概这是一个月来的第一次吧。

“你已经受了足够的痛苦……所以，让我们结束吧。”

如果没有听觉说那些就好了。后悔再一次袭上心头。自己真的能行吗？无论如何，我已经知道躺在这里的是曾经的人类末裔啊。

辣手仁心这个词，浮现在脑海里。

我闭上眼睛，再一次静静唱诵真言。平时只要在脑袋里瞬间一想就可以的，但这次我还是缓缓用嘴念出来。

然后，使用咒力，麻痹斯奎拉的呼吸中枢。

“我说，斯奎拉，你还记得我们第一次相遇的时候吗？”我温柔地对它说。

隔着玻璃柜，我的声音也许传不进去，就算传进去了，它能不能理解也很难说。

“我们被土蜘蛛抓住了，不过还是想办法逃了出来。在那之后，又遇到了化鼠，我们以为这一次真的完了，但幸运的是，遇到的是你所在的食虫虻族。你是我们的救命恩人啊。”

玻璃柜里面的肉块，当然没有回答。但我总觉得斯奎拉仿佛在侧耳倾听似的。

“你披着气派的铠甲，说着一口流利的日语。听到那个声音的时候，我们有多安心，简直无法用语言形容。”

传来微微的叹息一般的声音。那恐怕只不过是呼吸停止所引起的生理反应吧，却宛如斯奎拉的回答一般。

“在那之后，又发生了许许多多的事情。我们也曾经被奇狼丸追赶，一同趁夜逃走。不过，在那时候，你其实早就背叛了我们，和奇狼丸串通好了的吧？你真是个让人没法信任的家伙。基本上……”

我突然停住了。

看看斯奎拉的动静，我觉得自己做的是对的。我对自己说。

这一个月，对它来说恐怕如永恒一般漫长吧。不过，痛苦总算结束了。

为了不让其他人复活斯奎拉，我将它的尸体直烧成炭灰，然后走出了纪念馆。

我是因为激烈的憎恨这么做的——如果被追究起来，我打算这样辩解。如此解释，应该可以避免惩罚吧。身为伦理委员会的成员，公然违反规则，恐怕十分不合身份。不过，到了这个时候，我认为还有比规则更加重要的事。

走出公园的时候，远方的旋律乘风而来。重建的公民馆正在播放《归途》。

远山外　晚霞里　落日西西沉
青天上　月渐明　星星眨眼睛
今日事　今日毕　努力又用心
该休息　也休息　不要强打拼
放轻松　舒心灵　快快莫犹豫
夕阳好　黄昏妙　享受这美景
享受这美景

黑暗中　夜晚里　篝火燃烧起
跳不定　闪不停　火焰晃不已
仿佛是　邀请你　沉入梦乡里
甜甜梦　浓浓情　安宁又温馨
火儿暖　心儿静　嘴角留笑意
快快来　愉快地　沉入梦乡里
沉入梦乡里

这是为什么。我自言自语。为什么眼泪止不住地流呢？我自己也不明白。

这份悠长的手记，终于要接近尾声了。

自那之后，直到今天所发生的事情，我在这里简单作个描述。

因为对斯奎拉实施了安乐死，我受到一个月的禁闭处分，但并没有受到太多的非难。原因之一是因为我将战争导向终结的功绩受到很高的评价，不过更大的原因恐怕还是因为大部分人对于让化鼠承受“无间地狱”之刑感到难以忍受吧。最初的激情归于平静之后，看到受着永恒痛苦的生命，心里总会感到很不舒服，这也是人之常情。仿佛会有什么恶灵由此而作祟一样，这大概也是日本人的典型心理。

彻底根除小町周边化鼠的提案，在经过激烈的辩论之后，以微弱的差距被否决。以被认定为始终对人类忠诚的大黄蜂族为首，共有五个部族被允许存续。总算实现了和奇狼丸的约定。

除此之外的部族全部剿杀。对于这样的决议，投反对票的只有我一个。

两年后，我和觉结婚了。

然后，再过三年，我经过正式选举，就任伦理委员会历史上最为年轻的议长，直至现今。

从无数事物归于灰烬的那一天算起，已经经过了十年的岁月。

十年这个单位，除了恰好和双手手指的数目相同之外，再没有更多的意义了吧。不过，就像最初所写的那样，当堆积如山的悬案总算逐一清理完毕，新的体制也开始步上正轨的今天，讽刺的是，对未来的疑问也开始生出萌芽。

其中最为紧急的课题，是关于恶鬼与业魔的一份报告。报告指出，接下来，恶鬼或业魔出现的可能性将会前所未有地高。

至今为止，恶鬼或业魔的诞生都是突然变异的结果，被认为是偶然性的产物。但是，根据这份报告，再综合过去的事例来看，恶鬼与业魔的出现与**十年前的社会形势**有明显的相关性。

至于其原因，虽然还只是假说，但据称是构成社会共同体的多数人，在产生过度的紧张，感情上有剧烈动荡的时候，咒力的泄漏会导致遗传基因发生变异，从而导致产下攻击抑制和愧死结构有缺陷的后代概率变高。

此外，也有分析指出，在这样的遗传基因变异之外，由精神上不稳定的父母养育的孩子，成为业魔的概率也会大幅提高。

如果这个假说是真的，恶鬼和业魔产生的机制真是这样的话，那么，说现在是前所未有的危急时刻，也不是杞人忧天的妄想了。十年前，我们的小町遭遇了前所未有的悲剧，经历了因为暴力而导致的大量伤亡，至今依然有许多居民抱有精神创伤（PTSD）。而且在与化鼠激烈战斗的时候，每个人至少都曾一时间被强烈的愤怒以及攻击的欲望支配了心灵。在那之后不久而诞生的孩子们，很快就要获得咒力了。如果在那些孩子当中，哪怕只有一个是拉曼－库洛基斯症候群，或者桥本－阿培巴姆症候群的患者，我们的小町恐怕就真要濒临灭亡的绝境了。

伦理委员会面临一个苦涩的决断。然后，时隔十年，我们决定再度创制不净猫。计划由觉担任场长的妙法农场负责，在极端机密的状态下进行。就在最近，二十二只可爱的仔猫睁开了眼睛。它们现在还只是和普通小猫差不多的大小，不过快的话一年之后就会成长为可以同剑齿虎媲美的猛兽。现在只有祈祷这些孩子们出场的机会永远都不要到来。

新一届伦理委员会的工作不只是这些。

长期以来，在日本列岛散布的九个小町，除了最低限度的联络之外，相互之间基本处于互不交涉的状态。我计划首先着手改变这一局面。

十年前与化鼠的战争，也许可以说是导致这一改变的契机。总而言之，我们与前来救援的北陆的胎内八十四町、中部的小海九十五町，还有东北的白石七十一町之间，启动了有关今后小町活动的对话联络协调会。

而和这些小町一直保持着密切往来的北海道的夕张新生町、关西的精华五十九町、中国[①]的石见银山町、四国的四万十町、九州的西海七十七町，也开始了为推进交流而进行的预先准备工作。

不但如此。以西海七十七町为窗口，我们也向位于朝鲜半岛南部的名为伽耶郡的小町送去了亲笔信(翻译由新捕获的拟蓑白担任)。重新开始与海外的交流，恐怕是这数百年来的第一次吧。

不过，除此之外，还有真正必须要做的事。

就在最近，我和觉之间，刚刚有过这样的对话。

“……大家都太疑神疑鬼，或者说太保守了，时常让我忍不住抓狂。在现在的伦理委员会之中，比我年轻的成员明明很多。”

觉微笑起来。

“不要焦虑。恐怕只是因为大家都不像早季你这么大胆。”

这样说来，大家为什么这么胆小呢？虽然我认为从个性上来说没人会比我更谨慎。

“我时常在想，咒力是不是并没有给予人类什么恩惠呢？就像制作了超能毁灭者十字架的人所写的那样，咒力也许真是

① 日本地域名称，并非指我国。——译者

恶魔的礼物吧。”

“我不这么认为。”觉断然摇头，“咒力是迫近宇宙根源的神力。人类经历了漫长的进化，最后终于达到了这样的高度。刚开始的时候，这股力量也许确实和我们的身量不相称，但最近不是也逐渐能和这股力量共存了吗？”

觉的意见，充满了科学家应有的乐观主义。

“我说，你觉得我们真的能改变吗？”

“能改变的。不能不变。不管怎样的生命，都要通过不断的改变来适应环境，坚持生存下去。”

问题在于，怎样改变。

对于这一点，我自己的意见还从没有对人说起过。因为我想没人会赞同的。

因此，就写在这里吧。

攻击抑制和愧死结构，也许的确维持了和平与秩序。

但这种解决方法难道不是太僵硬、太不自然了吗？

用坚固的甲壳保护身体的乌龟，一旦甲壳有了裂缝、被虫豸侵入，那就只有任凭虫豸啃噬自己的身体了。

攻击抑制和愧死结构一旦失效，将会产生如何可怕的事态，十年前的灾难以及过去的恶鬼案例已经充分证明了吧。

我们迟早必须舍弃这二重枷锁。

即使那会导致所有的一切又要再一次归于灰烬。

我虽然非常不愿相信，但新的秩序也许必须要经过无数鲜血浇灌之后才能诞生吧。

“早季，在想什么呢?”觉一脸奇怪地问。

“唔，没什么……我希望，这个孩子长大成人的时候，社会会变得更好。”

“没事的，肯定会的。”

觉轻轻将手放在我的肚子上。

在我的子宫里，现在正沉睡着新的生命。这是我们的第一个孩子。

从前我对怀孕一直都有所恐惧，但现在不同了。孩子是希望。未来不管发生什么事情，我相信孩子也会健康成长的。

我和觉商定，如果是男孩就叫瞬，是女孩就叫真理亚。

十年前的事件以来，瞬再没有出现过。他一定是在我心底深处、在潜意识的大海中长眠了吧。但不管什么时候，他肯定都在守护着我们。

深夜，周围都安静下来之后，我会沉沉地坐在椅子里，闭上眼睛去看。

眼前浮现出来的，从来都是千篇一律的光景。每一次都一样。

于佛堂的黑暗中燃烧在护摩坛上的火焰。伴着自地底传来的真言朗唱，橘黄色的火粉爆裂绽放，仿佛要将合十的双手包裹起来一样。

每当此时，我都会感到不可思议：为何是这份光景？

一直以来，我都以为是成长仪式时候的催眠暗示具有如此强大的力量的缘故。

但是，在这份手记将要写完的此刻，我有了一种感觉，仿佛并非如此。

那火焰，一定是象征着不变的、朝向未来一直持续下去的某种事物吧。

这份手记，和当初的预定一样，将原稿和复写的两份放入时间胶囊，埋在地下深处。此外，我还打算让拟蓑白扫描下来，在千年之后首次加以公开。

我们果真可以改变吗？距今千年之后的你，读到这份手记的时候，应该已经知道答案了吧。

但愿，那个答案，会是 YES。

二四五年十二月一日　渡边早季

也许是画蛇添足吧，在最后，想在这里记下当初张贴在完人学校墙壁上的标语。

想象力足以改变一切。